Peter Walther

Hans Fallada

atb aufbau taschenbuch

Peter Walther, geboren 1965 in Berlin, studierte u. a. in Falladas Geburtsstadt Greifswald Germanistik und Kunstgeschichte und wurde 1995 in Berlin promoviert. Zusammen mit Birgit Dahlke, Klaus Michael und Lutz Seiler gab er die Literaturzeitschrift »Moosbrand« heraus. Heute leitet er gemeinsam mit Hendrik Röder das Brandenburgische Literaturbüro in Potsdam. Er veröffentlichte Bücher zur Geschichte der Fotografie sowie zu Schriftstellern wie Johann Wolfgang von Goethe, Peter Huchel, Günter Eich und Thomas Mann.

In den letzten Jahren sind zahlreiche Dokumente aufgetaucht, die ein neues Licht auf Falladas Leben werfen. Sie kamen erst spät in die Archive oder waren bislang gesperrt. Der Biograph Peter Walther hat sie gesichtet und vermag dadurch ganze Lebensabschnitte und Ereignisse genauer und farbiger als bisher auszuleuchten: Falladas Lehrjahre als Gutseleve, die Monate des Reichsarbeitsdienstes und das tragische Ende der Ehe mit seiner ersten Frau Suse. Falladas Leben kann nun dicht an den Quellen neu erzählt werden.

Als 1932 mit »Kleiner Mann – was nun?« sein erster Welterfolg erscheint, liegt ein bewegtes Leben hinter ihm: Psychiatriezeiten und Gefängnisaufenthalte, Arbeit als Annoncenjäger und Lokaljournalist. Im Dritten Reich schwankt er lange zwischen Weltflucht und Anpassung. Vor Kriegsende entsteht seine politische Abrechnung mit den Nazis, in der Stunde null sein Buch über den Widerstand eines Arbeiterehepaares gegen das Hitler-Regime: »Jeder stirbt für sich allein« wird erst sechs Jahrzehnte später ein Welterfolg und Falladas einzigartiges Vermächtnis.

»Die hervorragende Biografie eines zerissenen und faszinierenden Menschen und Künstlers.« Friedmar Apel, F.A.Z.

PETER WALTHER

Hans Fallada

Die Biographie

atb aufbau taschenbuch

Mit 59 Abbildungen
(zu den Rechten vgl. S. 515)

MIX
Papier aus verantwortungsvollen Quellen
FSC® C083411

ISBN 978-3-7466-3416-6

Aufbau Taschenbuch ist eine Marke der Aufbau Verlag GmbH & Co. KG

1. Auflage 2018

Die Originalausgabe erschien 2017 bei Aufbau,
einer Marke der Aufbau Verlag GmbH & Co. KG
Umschlaggestaltung zero-media.net, München,
unter Verwendung eines Bildes von © picture alliance / Bifab
Umschlagfotos innen © Hans-Fallada-Archiv, Carwitz,
vorn: Fallada mit Mücke und Uli auf dem Carwitzer Hauptmannsberg,
hinten: mit Suse, Uli und Mücke auf dem Carwitzer See (Juli 1939)
Satz und Reproduktion LVD GmbH, Berlin
Druck und Binden CPI books GmbH, Leck, Germany
Printed in Germany

www.aufbau-verlag.de

INHALT

VORSPIEL

Etwas Feierliches liegt auf diesem Morgen – Schieß noch einmal! – Namen werden zu Schicksalen

Den späten Abend des 16. Oktobers 1911 verbringt Rudolf Ditzen allein auf seinem Zimmer. Es ist der letzte Tag der Herbstferien. Der 18-jährige Gymnasiast, der sich als Schriftsteller Hans Fallada nennen wird, ordnet allerhand Papiere und denkt: *Was werden die Leute morgen sagen?*

Die Stube des Schülers lag vier immer enger und steiler werdende Treppen hoch, in der obersten Spitze des Hausgiebels. Trat der Schüler an sein Fenster und der Tag war klar, so sah er über die Dächer der kleinen Stadt fort, über das mäßig weite Flußtal fort, über die sanften Laubhügel, die die andere Seite des Tals begrenzten, fort bis zu jenen schroffen Basaltfelsen mit ihren dunklen Tannen und Fichten, die »der Uhu« hießen.

Die Nacht ist kurz, nach kaum zwei Stunden Schlaf steht er gegen vier Uhr dreißig mit dem Gedanken auf: *Natürlich, ich kann noch zurück.* Er blättert in einem Buch mit Volksliedern, das er sich ein paar Tage zuvor gekauft hat, und liest Hofmannsthal, »Der Tor und der Tod«: *Ich hab' von all' den lieben Lippen den wahren Trank des Lebens nie gesogen, die Straße einsam schluchzend bin ich nie gezogen. – Etwas Feierliches,* so kommt es ihm vor, *liegt auf diesem Morgen.*

Eine Stunde später zieht sich Ditzen sein braunkariertes Jackett über und macht sich durch das morgendlich verschlafene Rudolstadt auf den Weg zum Haus des Freundes Hanns Dietrich von Necker. In seiner Rocktasche stecken Blätter mit Nietzsche-Gedichten, die er abgeschrieben hat. Es ist fünf Uhr und immer noch stockfinster. Angekommen am Haus der von

Neckers, gibt er dem Freund ein Zeichen. Ditzen wartet, setzt sich auf eine Bank am Haus, zündet sich eine Zigarette an und lässt seine Gedanken wandern: Ist es nicht schade, *all die kleinen Freuden* aufzugeben? Aber sind es nicht nur *halbe Freuden*, wenn auf allem diese *fremde, dunkle Schwere* liegt, die ihn bedrückt? Und *immer wieder dieses eine Wort*, das er *in seiner Tragweite gar nicht begreifen* kann.

Als von Necker herunterkommt, sagt Ditzen: *Ich glaube im einen Augenblick, das Zeug zu einem großen Dichter zu haben, im nächsten halte ich alles für Einbildung.* Der Freund entgegnet: *Aber schließlich würdest du doch dahin kommen, wo du jetzt hingehst, das sind alles nur Verzögerungen – auf einem Weg, den du doch gehen mußt.*

Zur Abschreckung und um den gemeinsamen Vorsatz zu bestärken, erzählt von Necker die Geschichte von einem, der sich töten wollte, sich dann aber vom schlechten Wetter abhalten ließ. So legte er sich wieder ins Bett und wurde später ein *braver Familienvater.*

Während sie die Stadt hinter sich lassen und hinaufsteigen auf den Uhufelsen, reden sie über Seelenwanderung und das Leben nach dem Tod. Bei Sonnenaufgang sitzen beide lange schweigend nebeneinander und rauchen. Um sieben Uhr brechen sie auf, einen geeigneten Platz zu suchen. Sie finden eine Lichtung, aber es ist noch zu dunkel und zu verhangen, um gut zielen zu können. Sie sehen wortlos auf die Nebel, die unter ihnen im Tal liegen. *Es sind Menschen, die in den Himmel greifen*, sagt von Necker nach einer Weile, *sie versuchen es, aber sie verschwinden.*

Jeder raucht noch drei Zigaretten, dann machen sie sich von Jacke und Weste frei und hängen sie, jeder auf seiner Seite, ordentlich an die Bäume. Von Necker steckt sich in Höhe des Herzens eine Blume an, Ditzen eine rote Schleife, um das Ziel zu markieren. Sie laden die Waffen, die sie sich am Vortag ausgeliehen haben, um Spatzen zu schießen, von Necker zählt, sie gehen auseinander, und während der kurzsichtige Ditzen die Waffe auf seinen

Freund richtet, geht es ihm durch den Kopf: *Das ist ja Wahnsinn, daß du hier stehst!*

Von Necker ruft herüber: *Wir müssen schnell machen, wir werden sonst zu kalt.* Sie drücken ab. – Sekunden vergehen, ehe das Echo verhallt, dann blicken sich beide *starr ins Gesicht* – sie stehen noch. Die Waffen werden neu geladen, Ditzen geht auf seinen Freund zu und entdeckt bei ihm unter der Achsel ein kleines Loch. Von Necker beginnt zu zittern, erregt sagt er: *Das darf nicht wieder vorkommen,* und kommandiert, kaum sind sie wieder in Position: »Feuer!«

Sie schießen erneut. Diesmal trifft Ditzen. Mit einem Schrei fällt von Necker nach hinten. Aber er ist noch am Leben. *Schieß noch einmal,* fleht er Ditzen an, doch der hat in der Erregung sein Tesching verloren. Er sieht den Revolver von Neckers im Gras liegen und feuert noch einmal aus nächster Nähe auf den Freund. Dann schießt er sich selbst zweimal in die Brust. Es wird dunkel, aber nach einer Weile kommt Ditzen wieder zu Bewusstsein und ruft nach Hilfe. Nichts passiert. Er versucht sich in die Schläfe zu schießen, doch der Revolver versagt. Am Ende ist es gleich, zwei Schüsse in die Brust – das überlebt niemand. *Fallada! Nomen est omen, Namen werden zu Schicksalen. Eines Tages wirst du fallen und daliegen!*

ERSTES KAPITEL

Die Freude war groß – Glied in einer unendlichen Kette – Glückskind und Pechvogel

»Am 21. Juli 1893 früh 8 Uhr wurde unser Rudolf geboren. Er war ein sehr kräftiges Kind, 6 ¾ Pf. schwer. Die Freude war groß, auch bei den Schwestern. Nur kam«, so fasst die Mutter ihre Sicht auf die Lebensbahn des Sohnes im Abstand eines halben Jahrhunderts zusammen, »leider viel Ungemach hinterher.« Der Greifswalder Landrichter Ditzen und seine Frau zeigen noch am gleichen Tag »ergebenst« die »glückliche Geburt eines gesunden Knaben« an. Getauft wird das Kind zwei Monate später.

Es ist der ersehnte erste Sohn nach zwei Mädchen, zweieinhalb Jahre danach folgt ein Bruder, damit ist die Familie komplett. Bei allen Unfällen, Bedrohungen und Rückschlägen, die er in seiner Kindheit und Jugend erleiden wird – in diese Familie hineingeboren zu sein macht Rudolf Ditzen zum Glückskind. Die Eltern führen eine harmonische Ehe, die berufliche Stellung des Vaters sichert ihnen ein materiell sorgenfreies Dasein.

Wilhelm Ditzen, Rudolfs Vater, ist ein bemerkenswerter Mann: Er vereint Intelligenz, Pflichtgefühl, Sparsamkeit und Genauigkeit bis zur Pedanterie mit Güte, Ironie, Bescheidenheit und einem breiten Interesse für die musischen Seiten des Lebens. Seine Vorfahren stammen aus Ostfriesland, zumeist waren es Verwaltungsbeamte, Juristen, Ärzte, Apotheker oder Geistliche. Bis ins späte 16. Jahrhundert lässt sich die Familie zurückverfolgen.

Auf einem Foto, das den pensionierten Reichsgerichtsrat Wilhelm Ditzen 1936, im Jahr vor seinem Tod, am Flügel in der Leipziger Wohnung zeigt, sieht man ein Gemälde mit dem um 1590 geborenen Ahnen Johann Volrad Kettler. Über die eigene familiäre Herkunft zu reden und die mitunter verwickelten Verwandtschaftsverhältnisse zu erörtern gehört auch bei Ditzens zum bürgerlichen Selbstverständnis. Rudolf Ditzen hat als Hans Fallada eine Szene beschrieben, wie sie sich so oder ähnlich zugetragen haben könnte:

Vater hatte einen starken Familiensinn und erwartete von uns Kindern, daß wir uns genau wie er mit Interesse, Ehrfurcht und Liebe der Kenntnis unserer weitverzweigten Verwandtschaft widmeten [...].

Fragte Vater mich: »Hans, wie sind wir mit Tante Wike verwandt?«, so erinnerte ich mich vielleicht dunkel, von Tante Wike gehört zu haben, mußte aber bekennen, ohne jede Ahnung zu sein, wie es mit der Berechtigung ihrer Tanten-Ansprüche aussah.

Dann sagte Vater geduldig: »Hans, paß doch nur einmal auf! Es ist ganz einfach. Deine Urgroßmutter und Tante Wikes Mutter waren rechte Kusinen, es ist also ein Verwandtschaftsverhältnis welchen Grades? Aufsteigend oder absteigend?«

Ich verharrte in muffigem Schweigen. Hätte Vater mich aber gefragt: »Du erinnerst dich doch an die Tante mit den weißen Handschuhen?«, so hätte ich sofort Bescheid gewußt.

Die genealogischen Spitzfindigkeiten des Vaters werden den Sohn in seiner Kindheit wenig berührt haben. Doch Jahrzehnte später schreibt er in einem Brief an seine Eltern: »Jetzt, wo ich selber Kinder habe, empfinde ich sehr, daß ich nur ein Glied in einer unendlichen Kette bin, und daß es gut ist, von dieser Kette zu wissen, Merkmale von ihr zu besitzen und eines Tages weitergeben zu können.« Ein Leben lang wird Rudolf von der Familie profitieren, von der Liebe, Geduld und Großzügigkeit der Eltern, vom Altruismus seiner Tante Ada und dem Verständnis seiner Schwestern. In Zeiten, da es ihm gutgeht, kann er vieles davon zurückgeben, auch materiell. Er wird sich auf Reisen für die Spuren der Ahnen interessieren und widmet ihnen Porträts in seinen Büchern.

Zu den prägenden Vorfahren in der väterlichen Linie gehört Rudolfs Urgroßvater Cirk Stürenburg. Er amtiert in der ersten

Hälfte des 19. Jahrhunderts als Präsident der ostfriesischen Anwaltskammer, gründet ein landwirtschaftliches Mustergut, ist mit Robert Schumann und Felix Mendelssohn Bartholdy befreundet, leitet in Aurich den Bach-Verein und veröffentlicht nach über zwanzig Jahren Recherche 1857 ein ostfriesisches Wörterbuch. Für die Verbindung prosaischer Interessen mit künstlerischen Neigungen, wie sie auch im Elternhaus von Rudolf gelebt wird, gibt er das Urbild ab. Als konservativer Jurist hat Cirk Stürenburg gegen viele Widerstände und trotz konträrer politischer Grundhaltungen einen Schriftsteller unterstützt, der sich als Parteigänger der 1848er Revolution hervortat – auch politische Liberalität gehört zum Erbteil der Familie.

Sein Schwiegersohn wird Wilhelm Albert Ditzen, der die Geburt seines Enkels Rudolf noch erlebt. Er stirbt wenige Monate später, im Dezember 1893. Rudolfs ältere Schwester hat noch Erinnerungen an den Großvater, den damals 82-jährigen hannöverschen Kronanwalt im Ruhestand: Er war »ungeheuer rücksichtsvoll und schrecklich höflich, er stand immer auf, wenn ein weibliches Wesen sein Zimmer betrat, das erstreckte sich sogar auf seine vierjährige Enkelin, so daß ihm mein Besuch schließlich sehr anstrengend wurde, da ich immer wieder zu ihm hinein wollte«.

Von der Seite der Mutter stammen Rudolfs Vorfahren aus dem Vorharz, aus Clausthal und Celle. »Im mütterlichen Stamm«, heißt es bei Fallada, überwiegt »das Pastörliche«, aber es gab auch Juristen und Beamte. Sie wirkten in den Städten der weiteren Region, in Hannover, Uelzen und Lüneburg. Es wird Wert auf eine gute Ausbildung der Kinder und auf Familiensinn gelegt. Bei den Frauen, deren Talente und Bildungsinteressen in der Familienüberlieferung bezeugt sind, ist das hohe Alter auffällig: Rudolfs Ururgroßmutter stirbt 1865 im für damalige Verhältnisse biblischen Alter von 93 Jahren, seine Urgroßmutter wird 92, die Großmutter 93, die Mutter Rudolfs, die zwei Weltkriege erlebt, 83 und seine Schwester Elisabeth 90.

Großmutter Charlotte, die sechs Jahre nach Goethes Tod geboren wird – das Aufregendste ist für sie ihre erste Begegnung mit der Eisenbahn – und die im hohen Alter noch die ersten schriftstellerischen Erfolge ihres Enkels erlebt, heiratet 1862 Emil Lorenz. Die Entscheidung für den Geistlichen hat auch Konsequenzen für ihre äußere Erscheinung: »Mit meinem künftigen Beruf als Pastorin fand ich es nicht passend, eine hohe Frisur, à la Wahnsinn, zu tragen; den glatten Scheitel fand ich richtiger, so habe ich ihn behalten bis auf den heutigen Tag.« Zehn Jahre später stirbt Lorenz an Tuberkulose. Er ist zuletzt Gefängnispfarrer in Lüneburg und kümmert sich hier mit großer Hingabe um die Belange der Gefangenen. »Nach seinem Tode baten [die Insassen] einmütig [...], von ihren Ersparnissen soviel hergeben zu dürfen, daß ihr lieber Pastor ein schönes Kreuz auf sein Grab bekäme. Diese Bitte, die weitergegeben wurde an die Regierung, ist nicht bewilligt worden. Es hieß, ›Ersparnisse der Sträflinge dürfen nicht in dieser Weise verwendet werden‹.« Fallada hat seinem Großvater in »Jeder stirbt für sich allein« als »Pastor Lorenz« ein literarisches Denkmal gesetzt, mit dem das Andenken an den aufopferungsvollen Pfarrer wohl länger lebendig bleibt, als es das (nie aufgestellte) Kreuz vermocht hätte.

Die Witwe des Pastors, die eine bescheidene Pension bezieht, ist nun, 1872, allein mit fünf Kindern. Elisabeth, Rudolfs spätere Mutter, wird vierjährig in den Haushalt von Verwandten nach Uelzen gegeben, wo sie in materiell gesicherten, aber seelisch bedrückenden Verhältnissen aufwächst. Einmal im Jahr darf sie für 14 Tage ihre Mutter und die Geschwister besuchen. Tante und Onkel haben zwar keine eigenen Kinder, dafür aber eigene Vorstellungen von Erziehung, die auf Strenge, Ordnung und Ruhe hinauslaufen. Andere Kinder im Haus sind nicht erwünscht. Elisabeth fällt es schwer, Freundinnen zu gewinnen, sie sucht Trost in der Literatur: »Kein Buch war sicher vor mir. Meine Pflegeeltern ahnten nicht, wie eifrig ich in all den Klassikern las, die als ältere Bücher auf den Schreibtisch in meinem Zimmer verbannt waren [...]. Ich durfte offiziell nur in Jugendbüchern, z.B. Töchteralben lesen. Wenn etwas von Verloben oder Heiraten vorkam, wurde mir das Buch streng verboten.«

Fallada hat es sich nicht entgehen lassen, die wenig freudvolle Kindheit seiner Mutter mit großer Lust an der Übertreibung auszumalen. Er nimmt dabei vor allem an dem Pflegevater, der in dem Buch »Damals bei uns daheim« als skurriler Advokat »Onkel Pfeifer« auftritt, literarisch Rache: »Er war nachtragend auf Jahre hinaus – verachtete aber andere, die nicht sofort bereit waren, zu vergeben und zu vergessen. Er hielt die Italiener für ein entartetes Volk, weil sie Tomaten aßen und noch dazu roh! Er war der Ansicht, daß Stiefeletten mit Gummizug die einzige anständige Fußbekleidung für Herren seien – kurz, er war ein Menschenalter hindurch nicht aus seinem verschollenen Städtchen herausgekommen. Er war der Nabel der Welt, leider ein zur Entzündung neigender Nabel.«

Wie viel auch der Fabulierlust Falladas geschuldet sein mag, einfach wird das Leben seiner Mutter bei den Pflegeeltern nicht gewesen sein, wie aus ihren eigenen Aufzeichnungen hervorgeht: »An zwei besondere Ereignisse an Weihnachtsabenden erinnere ich mich noch. Es wurde mir mitgeteilt, daß die Rute verbrannt werden sollte, da ich ein artiges Kind gewesen wäre. Sie wurde hinter dem Spiegel hervorgeholt, ich mußte mit Onkel und Tante einen Ringelreihen tanzen, wobei irgendetwas Selbstverfaßtes von ihnen gesungen wurde, und dann wurde die Rute in den Ofen gesteckt und verbrannt. Ich weiß, daß ich mich schrecklich schämte.«

Manchmal finden die Zieheltern, Elisabeth ginge die Treppe »zu schnell und geräuschvoll. Dann mußte ich sie noch ein bis zwei Mal ruhig auf- und abgehen.« Zugute kommt ihr die Gabe, »sich an kleinen Dingen zu freuen«, die sie von der Mutter geerbt hat, und die »Ruhe«, ein Erbteil des Vaters. 1883 wird die 15-Jährige für ein Jahr nach Frankfurt am Main zu Verwandten gegeben, wo sie ihren Horizont erweitern soll: »Ich hatte mich wirklich nicht ungeschickt in die Großstadt gefunden, aber im Herzen blieb ich eine Kleinstädterin«, rekapituliert sie in ihren Erinnerungen. Zurück in Uelzen, lernt sie ihren späteren Mann kennen.

Seine Laufbahn als Jurist hat Wilhelm Ditzen nach Uelzen

verschlagen, wo er als Amtsrichter tätig ist. »Mein Vater war mit Leidenschaft nur eines, nämlich Jurist«, schreibt Fallada. »Der Richterberuf schien ihm einer der edelsten und verantwortungsvollsten von allen. Schon sein Vater war Jurist gewesen und vor ihm der Vater seines Vaters und so fort; so weit Gedächtnis der Familie und Überlieferung reichten, war immer der älteste Sohn in unserer Familie ein Jurist gewesen.« Wilhelm Ditzen absolviert einen beeindruckenden Bildungsgang. Er besucht ab 1867 das preußische Elitegymnasium Schulpforta – drei Jahre zuvor hatte Friedrich Nietzsche hier seine Reifeprüfung abgelegt –, wo er wegen seiner guten Leistungen von der schriftlichen Abiturprüfung befreit wird. Man attestiert ihm, ein »durch sittliche Tüchtigkeit und wissenschaftliches Streben recht erfreulicher Schüler« gewesen zu sein, ein Lob, für das es in dieser Zeit kaum eine Steigerungsform gibt.

Zu den Schulfreunden jener Jahre gehören Fritz Daneel, der ihn in seinen musikalischen Interessen bestärkt, und Theobald von Bethmann Hollweg. Ditzen und Bethmann Hollweg, der spätere Reichskanzler (1909–1917), verbindet ein unverbrauchtes Einverständnis mit der aufstrebenden Idee der Reichseinigung. Sie feiern die Kapitulation von Paris 1871: »Bethmann schlug vor: am Sonntag gehen wir nach Naumburg, um im Ratskeller eine gute Flasche zu trinken. [...] Wir hatten uns in unserem patriotischen Übergefühle zusammen zwei ganze Flaschen – Etikette: Liebfrauenmilch! – geleistet und auf dem Rückwege bei scharfem Frost traben müssen, um rechtzeitig wieder zur Stelle zu sein.« Nur mit Glück entgehen sie der Relegation. Der Stubenkamerad Daneel steht mit Ditzen lebenslang in freundschaftlicher Verbindung, während die späteren Kontakte zu Bethmann Hollweg sporadisch bleiben. Einmal besucht der frisch ernannte Reichskanzler den gerade zum Reichsgerichtsrat berufenen einstigen Schulfreund in Leipzig. Der hohe Herr macht keinen großen Eindruck auf den jungen Rudolf. Fallada erinnert sich: »Weder trug er eine Uniform, noch hatte er seine Orden und Abzeichen angelegt, sondern er war bloß mit einem schlicht bürgerlichen ›Pfeffer-und-Salz‹-Anzug bekleidet, in dem er noch dazu durch seine ungewöhnliche Länge und Magerkeit schlaksig wirkte.«

Mit den ausgezeichneten Referenzen aus Schulpforta nimmt Ditzen ein Jurastudium in Leipzig auf, wechselt von hier nach München und Göttingen und beginnt seine juristische Laufbahn anschließend mit Referendariaten in verschiedenen kleineren Orten. Als 1879 das Reichsgericht in Leipzig installiert wird, verinnerlicht er sein Karriereziel: Jeder junge Jurist müsse sich »als Ziel seines Lebens vorsetzen: ich will Reichsgerichtsrat werden«. Der ehrgeizige Plan führt ihn 1886 nach Uelzen. Hier lernt Ditzen die sechzehn Jahre jüngere Elisabeth Lorenz kennen, die er aus ihrem freudlosen Dasein bei den Pflegeeltern befreit. Sehr viel später, nach Jahrzehnten glücklicher Ehe, konstatiert er mit der Nüchternheit des Juristen: »Wir haben, bis wir am 27. September 1887 in Uelzen getraut wurden, keinen Roman erlebt. Alles ist gutbürgerlich hergegangen.«

Der Sohn findet herzlichere Worte für das Verhältnis der Eltern zueinander: »Vater nahm Mutter und führte sie aus der Enge in die Weite. Sie, die stets für andere hatte da sein müssen, die nie etwas Eigenes hatte sein und besitzen dürfen, lehrte er, ein Mensch zu werden. Er hatte nie Launen, er wurde selten ungeduldig. Zu Anfang wollte der Haushalt gar nicht recht gehen, Mutter konnte nicht selbständig arbeiten, sie wagte nie, einem Mädchen ein Wort zu sagen ... Aber Vater machte ihr Mut, er half ihr, er tröstete sie, er lobte sie, er lächelte über Mißgeschicke, er tadelte nie ... Er machte einen Menschen aus Mutter, aus ihr, die fast ein Automat geworden wäre ...«

Uelzen, wo 1888 und 1890 Rudolfs ältere Schwestern Elisabeth und Margarete zur Welt kommen, wird dem jungen Paar bald zu eng. Der familiären Aufsicht durch die Pflegeeltern der Mutter und den beruflichen Konflikten, die sich durch die gleiche Profession von Pflegevater und Schwiegersohn ergeben, entziehen sich die Ditzens durch die Versetzung Wilhelms ins oberschlesische Beuthen. Dort, am Rand des Reichs, wirkt der Vater für zweieinhalb Jahre als Landrichter, bevor er, wiederum auf eigenen Wunsch, 1893 in die vorpommersche Universitätsstadt Greifswald kommt. Bis 1899, bis zum nächsten Karriereschritt des Vaters, wird die Familie hier leben und zweimal innerhalb der Stadt umziehen.

»Ich bin in der seinerzeit durch ihre Theologische Fakultät und besonders eifriges Biertrinken ihrer Studenten berühmten Universitätsstadt Greifswald geboren. Allerdings gerate ich noch heute in eine gewisse Erregung, wenn man mich als Pommern anspricht«, schreibt Fallada. Die Mutter erinnert sich an die ersten Jahre mit Rudolf: »Er lernte sehr viel später gehen, auch sprechen, immerhin noch eher als später sein Bruder Uli. Zuerst war er auch nicht eigentlich fröhlich, aber nach und nach wurde er sehr lebhaft. Die große Vorliebe für Bücher teilte er bald mit seiner Schwester Elisabeth. Setzte ich ihn in seinen Kinderstuhl, hieß es sofort: ›Vorlesen‹, und meist ›Mackerohr vorlesen‹. Das war Max und Moritz. Bald konnte er es fast auswendig. [...] Eine große Rolle spielte bei ihm in den ersten Jahren das Essen. Saßen wir beim Frühstück, lief er um den Tisch herum und bettelte: ›Semmel, Butter, Fleisch.‹ Dem Onkel Karbe sah er einmal ängstlich beim Essen zu und sagte kläglich: ›Onge alles aufessen.‹«

In den Greifswalder Jahren fährt die Familie jährlich zur ausgedehnten Sommerfrische an die Ostsee, häufig nach Zinnowitz. Das Leben spielt sich überhaupt auf einem gehobenen Niveau ab. Die Eltern unternehmen Reisen in die Schweiz, nach Österreich und Italien. Aus dieser Zeit datiert auch der Brauch der beiden, jeden Abend eine ganze Stunde lang vierhändig Klavier zu spielen. Die Kinder langweilen sich dabei zumeist oder machen heimlich Hausaufgaben. Danach liest der Vater der Familie vor. Er liebt die kleinen Plaudereien, aus allem macht er eine Geschichte, seine literarischen Hausgötter sind Jean Paul, Wilhelm Raabe und Theodor Fontane, auch hat er eine Vorliebe für Heinrich Seidel, den »Behaglichkeitsphilosophen der kleinen Leute«. In späteren Jahren wird der Vater den Kindern Walter Scott, Max Eyth und Gustav Freytag vorlesen, häufig bis zehn

Uhr abends. Die Zeit bis ein Uhr nachts widmet Wilhelm Ditzen dem Aktenstudium und der Prozessvorbereitung.

Rudolf selbst hat an die Zeit in Greifswald »kaum noch Erinnerungen. Einige Plätze, wo ich wohl viel gespielt habe, kann ich mir noch so ungefähr vorstellen, an Personen erinnere ich mich überhaupt nicht mehr. Doch wird mir erzählt, daß ich schon damals sehr still und schüchtern war«, heißt es in einem Lebenslauf, den er 1911 auf Verlangen des Klinikdirektors in Jena verfasst hat. Ungern sehen die Eltern, was sie als Beschäftigung für einen Jungen für unangebracht halten: »Ich habe mit nichts so gerne und so leidenschaftlich gespielt als mit Puppen. Allerdings, richtige Puppen hatte ich nicht. Meine Eltern wollten nicht, daß ich die bekäme, so habe ich lange eigentlich nur mit Osterhasen aus Schokolade und Papier-Maché gespielt.«

Vieles von dem, was er in seiner Familie erlebt und was ihm von Eltern und Geschwistern erzählt wird, fließt in späteren Jahren in die Bücher von Hans Fallada ein. Aber so wie die Erinnerung eigene Wege geht und Selbsterlebtes sich häufig mit später Erzähltem vermengt, so folgen auch Familienanekdoten in Büchern wie »Damals bei uns daheim« oder »Heute bei uns zu Haus« literarischen Gesetzen, die vor der verbürgten Überlieferung nicht haltmachen. Nicht nur Namen, sondern auch zeitliche Abläufe und die Charakterisierung von Personen werden von den inneren Zwängen der Kunstform und nicht selten von unbewussten Entscheidungen regiert, die aus dem Erinnerungsmaterial erst Literatur werden lassen. Dennoch ist Fallada der Idealtypus des Schriftstellers, der nicht *erfindet*, sondern *findet*. Viele von ihm geschilderten Episoden tauchen in gleicher Gestalt in seinen Romanen, in Selbstauskünften für die Öffentlichkeit, in Aufzeichnungen von Verwandten und im Briefwechsel auf.

Für seine frühen Jahren zeichnet sich ein Muster ab, in dem sich Rudolf und die Familie einzurichten versuchen: »Ich bin ein tüchtiger Pechvogel gewesen, der jede Treppe hinunterfiel, sich Mühlsteine auf die Finger warf, unter galoppierende Pferde sich legte, immer auf der Schule erwischt wurde, wenn er mal mogelte.« Bis zu seinem 16. Lebensjahr, erinnert sich die Mutter, sei er wenigstens einmal im Jahr lebensgefährlich erkrankt gewesen. Die Kette der kleineren und größeren Unfälle reicht zurück bis in die Greifswalder Zeit: »Rudolf steckte immer voll von Plänen. In einem Jahr wollte er seinen Vater mit einem abendlichen Feuerwerk überraschen. Er verfertigte sogar mit den Geschwistern Bänke für die Zuschauer und verbrauchte dazu sämtliche Nägel unseres Hauswirts. Das ist das einzige Mal gewesen, daß ich unseren guten Bauern Beyer böse gesehen habe, sonst hatten sie alle eine Engelsgeduld mit den Jungen. Das Feuerwerk mißlang nun aber leider, ein Feuerwerkskörper verletzte meinen Mann ziemlich heftig an der Hand. Da war alle Freude vorbei, und Rudolf hatte es sich doch so schön ausgedacht.«

Wilhelm Ditzen ist in diesen Jahren häufig krank, zeitlebens quälen ihn Magenprobleme. Im Sommer 1897 nimmt er eine Auszeit vom Alltag und reist nach Schleswig-Holstein, um seinem Idol Bismarck einmal persönlich zu begegnen: »Er fuhr vor dem Tore des Friedrichsruher Schlosses in seinem offenen Wagen ganz langsam an mir vorbei, so daß ich ihm in die Augen schauen konnte. Eine unvergeßliche Minute!« Bei Gericht in Greifswald hat er es mit der ganzen Bandbreite von Fällen zu tun, mit Beleidigung, Notzucht, Totschlag und Kindsmord. In kurzer Zeit erwirbt er sich hohes Ansehen und wird zum Landgerichtsrat berufen, er publiziert in juristischen Fachzeitschriften, die Universität trägt ihm eine Professur für Strafrecht an. Aber Wilhelm Ditzen hat andere Pläne. Von Juni bis September arbeitet er in Berlin in einer juristischen Fachkommission mit. Es geht um Fragen, die mit der Einführung des Bürgerlichen Gesetzbuchs zu Neujahr 1900 zusammenhängen. Für die ausgebliebene Sommerfrische belohnen sich die Eheleute mit einem Italienurlaub – ohne Kinder. Zurück in Greifswald, erhält Ditzen die Berufung an das höchste preußische Gericht. Nach nicht ganz sechs Jahren endet die nach dem Zeugnis der Mutter glücklichste Zeit der Eltern, und der Umzug nach Berlin steht an.

ZWEITES KAPITEL

Sieben Zimmer in Schöneberg – Dich wollen wir schon zurechtkriegen – Geflickte Hosen und Fransenfrisur – Die ersten Gedichte – Immer wiederkehrende fixe Ideen – Nichts dauerte in mir

Zwei Jahre nach dem Sieg über Frankreich, den Wilhelm Ditzen gemeinsam mit seinem Jugendfreund Theobald von Bethmann Hollweg feuchtfröhlich gefeiert hatte, formuliert Nietzsche 1873 in seinen »Unzeitgemäßen Betrachtungen« die Ahnung, der gerade errungene Sieg könne sich »in eine völlige Niederlage [...] verwandeln: in die Niederlage, ja Exstirpation des deutschen Geistes zugunsten des ›deutschen Reiches‹«. Als sich diese Befürchtung mehr als vier Jahrzehnte später bewahrheitet, ist es der Reichskanzler Bethmann Hollweg, der im Juli 1914 vor dem großen Abenteuer warnt, vorm »Sprung ins Dunkle«, zu dem die Sattgewordenen – beileibe nicht nur in Deutschland – scheinbar bedenkenlos ansetzen.

Um 1900 ist von alledem wenig zu spüren. Für die Ditzens und die meisten ihrer bürgerlichen Zeitgenossen gibt es in materieller und gesellschaftlicher Hinsicht nur eine Richtung: Es geht aufwärts. Mit Wirkung vom 1. April 1899 wird Wilhelm Ditzen als Kammergerichtsrat an den 1. Strafsenat in Berlin berufen. Wenige Wochen später bezieht die Familie eine Sieben-Zimmer-Wohnung in der Luitpoldstraße in Schöneberg. In dieser Gegend wohnen vor allem hohe Beamte, Ärzte und Rechtsanwälte. Südlich der Luitpoldstraße entsteht in den Berliner Jahren der Ditzens das Bayerische Viertel. Schöneberg bleibt bis 1920 zwar eigenständige Stadt, aber die Straßen gehen nahtlos über in die Reichshauptstadt.

Die Jahrzehnte vor dem Ersten Weltkrieg sind eine Zeit deutscher Prädominanz in Europa, und Europa bedeutet auch im späten 19. Jahrhundert noch die Welt. Führend ist Deutschland nicht nur auf vielen Gebieten der Wissenschaft, auch in der Literatur, Kunst, Philosophie, vor allem aber in der Musik gehen entscheidende Impulse von hier aus. Zugleich wird begierig alles aufgesogen, was aus Frankreich, England und Italien kommt. Deutschland ist in dieser Zeit wie ein hochbegabtes, zu schnell gewachsenes Kind, ungeschickt in seinen Beziehungen zu den Nachbarn, mal vorlaut und säbelrasselnd, mal voll gekünstelter Demut und Bescheidenheit, besonders im Verhältnis zu den »britischen Vettern«, mit denen es eine neurotische Hassliebe verbindet.

Bethmann Hollweg, der lange Jahre zum engen Kreis des Kaisers gehört, sieht in Wilhelm II. an der Spitze des Reichs den treffenden Ausdruck für diese Gemengelage. Alle Gegensätze, die auch das Land zu jener Zeit prägen, sind in der Person des Kaisers vereint: offen gegenüber dem technischen Fortschritt und zugleich beseelt vom Gottesgnadentum seiner Regentschaft und der entsprechenden Institutionen, breit und solide gebildet, doch häufig unbedacht und sprunghaft in seinen Worten und Handlungen. Hinter seinem operettenhaften Auftreten und den rhetorischen Eskapaden versteckt er eine tiefe persönliche Unsicherheit. Dem Kaiser – wie auch dem Land – fehlt das Gewicht der Mitte.

Und dennoch ist die »Welt von gestern« so finster und lächerlich nicht, wie sie Heinrich Mann in seiner Karikatur der wilhelminischen Lebenswelt vor dem Ersten Weltkrieg, im »Untertan«, schildert. Es gibt Licht und Schatten: auf der einen Seite ein parlamentarisches System mit einer starken Sozialdemokratie und eine funktionierende Gewaltenteilung, zugleich aber das preußische Dreiklassenwahlrecht, das die politische Beteiligung ärmerer Schichten in einem großen Teil des Reichs erschwert und Frauen generell ausschließt. Es gibt ein leistungsfähiges Schul- und Universitätssystem, aber Bildungsinhalte und -methoden, die zunehmend hinter der sozialen Entwicklung zurückbleiben.

Das Rechtssystem allerdings muss den Vergleich mit anderen europäischen Ländern nicht scheuen. Am 1. Januar 1900 tritt als »Jahrhundertwerk« das Bürgerliche Gesetzbuch in Kraft. Es vereinheitlicht Gesetze aus über hundert Rechtsregionen des Deutschen Reichs. Die Mitarbeit an der Einführung des BGB gibt Wilhelm Ditzen im Sommer 1898 in Berlin Gelegenheit, seine Karriere einen weiteren Schritt voranzubringen. Materielle Sorgen kennt die Familie nicht, 5400 Mark Jahresgehalt erhält der Vater als Kammergerichtsrat. Das allein hätte, wenn auch bei sparsamer Lebensführung, für den standesgemäßen Unterhalt eines Haushalts mit vier Kindern und mehreren Hausangestellten ausgereicht. Für zusätzliche Entspannung sorgt das Erbe, das der Familie über den Vater Wilhelm Ditzens zukommt: Es sind mehr als 108 000 Mark, nach heutigem Wert ca. 1,8 Millionen Euro. Die Sparsamkeit, einmal auf dem harten Weg nach oben verinnerlicht, wird in der Familie dennoch nicht abgelegt. Schon bald nach seiner Einschulung in die Vorschule im Oktober 1899 wird Rudolf mit den Folgen dieser Mentalität zu kämpfen haben.

»Es kam als nächstgelegene Schule nur das Prinz-Heinrich-Gymnasium in Schöneberg in Frage«, erinnert sich die Mutter. »Die Schule galt als sehr gut, der Direktor als nicht liebenswürdiger Tyrann. Ich mußte mich mit Rudolf ihm vorstellen. Rudolf war unterrichtet, wie er sich benehmen mußte, aber als wir vor dem Gestrengen standen, war alles vergessen. Rudolf war ganz scheu, hatte die Hände in den Hosentaschen, antwortete nur, was unbedingt nötig war. Der Direktor sagte böse: ›Dich wollen wir schon zurechtkriegen.‹« Seine neue Umgebung reagiert ablehnend auf den Jungen. Er wird, mit vielfach geflickten Hosen und einer Fransenfrisur, die dem Faible der Mutter für das lange blonde Haar des Sohnes geschuldet ist, bald Gegenstand des Spotts von Mitschülern und Lehrern.

Vier Jahrzehnte später werden Fallada die zahlreichen Demütigungen seiner Grundschulzeit zum literarischen Stoff. Besonders zu leiden hat der Schüler unter dem Lateinlehrer: »Sobald er mich nur aufrief, fing ich an zu heulen. Ich machte überhaupt nicht mehr den Versuch, eine seiner Fragen zu beantworten. Er würde mich doch über kurz oder lang zum Heulen bringen, also heulte ich lieber gleich los. Dies kam so weit, daß die Klasse vor der Lateinstunde Wetten abschloß, ob ich heulen würde oder nicht.« Kaum angenehmer fällt die Erinnerung an den Deutschlehrer aus, dem es die Frisur des Schülers angetan hat: »Die ganze Unterrichtsstunde hindurch waren seine Finger nur damit beschäftigt, aus den Fransen Zöpfchen zu drehen, kleine, sehr feste, steif von der Stirn abstehende Zöpfchen. Das hatte wohl den nicht zu unterschätzenden Vorteil, daß Herr Gräber mich nie nach etwas fragte. Für die Deutschstunde war ich stets aufgabenfrei und bekam doch eine gute Zensur. Aber wenn Herr Gräber mich dann beim Schluß der Unterrichtsstunde aufforderte, mich zu erheben, und meinen Anblick der Klasse darbot, wenn dann die unausbleibliche Lachsalve losbrach, so hätte ich lieber eine Fünf statt dieser Heiterkeit hingenommen.«

Die Furcht vor Lehrern und Mitschülern, die Unlust, in die Schule zu gehen, prägt den Alltag des Kindes: »Ich sehe mich da noch stehen, blaß, kränklich, verzweifelt, in meinem Mauerwinkel. Die ganze Penne freute sich ihrer Freiviertelstunde, mir war sie eine Qual.« Den Eltern möchte sich Rudolf nicht anvertrauen, er schließt sich immer mehr ab und flüchtet sich in Lektüre. Es entstehen seine ersten Gedichte, die er aber gleich wieder verbrennt. Frühmorgens, bereits als Schüler hat er einen schlechten Schlaf und ist häufig schon gegen vier Uhr wach, schleicht er sich in das Arbeitszimmer des Vaters und liest »wahllos alles durcheinander«: Scott, Swift, Balzac, Tolstoi. Auch die Akten des Kammergerichtsrats bleiben vom Lesehunger des Jungen nicht verschont: »Aber mich interessierte nicht so sehr das Juristische wie das Menschliche in ihnen. Mit klopfendem Herzen las ich die Vernehmungsprotokolle des Untersuchungsrichters, eines nach dem andern, in denen der Beschuldigte leugnet, Ausflüchte macht, seine Unschuld beteuert. Bis dann schließlich in einem Protokoll, meist ganz überraschend, das Geständnis der Wahrheit hervorbricht, noch eingeschränkt durch Entschuldigungen, von Lügen verbrämt, aber doch endlich die Wahrheit –!«

Auf den demütigenden Schulalltag reagiert Rudolf mit Krankheiten. Beinahe in jedem Jahr bleibt er für mehrere Wochen zu Hause, einmal wegen einer Blinddarmentzündung, im Jahr darauf wegen einer langwierigen Darmentzündung, die ihn ein Vierteljahr die Schule versäumen lässt. Nach seiner Genesung eskaliert die Situation: »Der Lateinlehrer Marcetus haßte Rudolf geradezu«, erinnert sich die Mutter, »und so erklärte er eines Morgens zu unserem Entsetzen, er ginge nicht mehr in diese Schule, der Lehrer quäle ihn, er könnte nicht mitkommen und er wollte in eine andere Schule.« Rudolf stiftet einen Freund zum gemeinsamen Ausbruch an. Man möchte nach Hamburg fliehen und von dort in die weite Welt. Um die Reise zu finanzieren, stiehlt er Geld aus dem Arbeitszimmer des Vaters. Die Sache fliegt auf, und der Vater stellt ihn zur Rede: »[...] du mußt jetzt deiner Mutter und mir erzählen, wie unser Junge zu etwas Derartigem kommen konnte. Du hast ja einen Diebstahl begangen, einen schweren Diebstahl sogar, du kennst doch die Unterscheidungen!«

Den Eltern fällt es zunehmend schwer, sich einen Reim zu machen auf das Gebaren dieses verschlossenen Kindes. Schon der Sechsjährige, in der Küche darüber belehrt, es werde eine Pute zubereitet, besteht beharrlich und noch bei Tisch darauf, es handle sich um eine Taube. »Ähnliche Sachen kamen mehr vor, so daß wir ihn für beschränkt hielten«, schreibt der Vater in seinen Erinnerungen. Bei allem guten Willen und der liebenden Geduld, die Elisabeth und Wilhelm Ditzen ihrem schwierigen Sohn gegenüber aufbringen – es sind die Zeiten nicht, in denen Eltern ein weitreichendes Verständnis für die Psychologie des Kindes entwickeln. Was der Kammergerichtsrat jedoch im Gespräch mit dem Lateinlehrer über seinen Sohn zu hören bekommt, geht ihm zu weit, es rührt an seine Vaterehre: »Dieses ewige Heulen«, so der Lehrer, »diese Unfähigkeit, auch die einfachsten lateinischen Formeln zu erlernen, scheinen mir auf einen leichten Schwachsinn zu deuten.« Man trennt sich im Unfrieden, und Rudolf wird 1906 auf das Bismarck-Gymnasium nach Wilmersdorf umgeschult.

In diese Zeit fällt eine Szene, von der Fallada im Rückblick auf die Berliner Jahre in »Damals bei uns daheim« erzählt. Gemeinsam mit einem Freund pilgert er unerlaubterweise von Schöneberg »bis zum Alexanderplatz, von wo uns der Zufall in das Scheunenviertel trieb. Diese Unterwelt, die wir hier betraten, erregte unser lebhaftes Staunen, von diesem Berlin hatten wir noch nichts gesehen. Das ganze Leben seiner Bewohner schien sich auf der Straße abzuspielen, alles stand dort herum, in den unglaublichsten Aufzügen, schnatterte, stritt miteinander ... Jüdische Händler im Kaftan mit langen, schmierigen, gedrehten Löckchen, Kleider über dem Arm, strichen durch die Menge und flüsterten bald hier, bald dort Anpreisungen. Vor einem Kellereingang saß ein dickes, schmieriges Weib, hatte den Kopf eines jaulenden Pudels zwischen die Beine geklemmt und schor ihm mit einer Art Rasenschere den Hinterteil.«

Ohnehin schon zu spät, machen sie sich auf zur Straßenbahn. »Als ich diese Elektrische näher kommen gesehen hatte, die nicht so aussah wie ›unsere‹ im Westen [...], da war mir im selben Augenblick eine Notiz in der Zeitung eingefallen, die ich vor ein oder zwei Tagen gelesen hatte. Irgendwo in Berlins Osten oder Norden war eine Elektrische in Brand geraten, es hatte einen Toten und mehrere Schwerverletzte gegeben. Und nun plötzlich, beim Heranfahren dieses Wagens, war ich blitzartig von der Erkenntnis durchdrungen, daß es solch ein Wagen gewesen war, der gebrannt hatte, daß alle Wagen dieses Typs in Brand geraten würden und daß wir keinesfalls mit einem derartigen Wagen fahren dürften ... Weiß es der Himmel, was da plötzlich in meinem Kopf vorgegangen war! Bis dahin war ich wohl ein schwächliches, oft krankes Kind gewesen, aber von einer solchen Zwangsidee hatte noch nie jemand etwas bei mir bemerkt.«

Mit allerlei Übertreibungen und Notlügen gelingt es ihm, seinen Freund eine Zeitlang von der Gefährlichkeit der Straßenbahnen zu überzeugen, schließlich aber lässt der sich nicht mehr abhalten, und, besessen von seiner Idee, wandert Rudolf allein zu Fuß entlang der Straßenbahnschienen den kilometerlangen Weg in den Berliner Westen zurück. Zu Hause wird er »über das Knie gelegt und nach Noten verdroschen«. Vieles in meinem Leben, schreibt er, wäre »vielleicht anders gekommen, wenn mein langmütiger Vater nicht gerade an diesem Abend die Geduld verloren hätte. Vielleicht hätte ich, nicht so summarisch abgestraft, den Mut gefunden, ihm von meinen Ideen über Elektrische mit Schutzgittern etwas zu erzählen, und vielleicht hätte er dabei doch – obwohl so etwas damals leicht als kindische Albernheit abgetan wurde – aufgehorcht und sich gesagt: Dahinter steckt etwas anderes, und zwar leider noch etwas Schlimmeres als Unpünktlichkeit und Schwindeln. So habe ich meine ganze Jugend hindurch – und noch manches Jahr danach – an diesen immer wiederkehrenden fixen Ideen gelitten und habe doch damals nie mit einem Menschen darüber sprechen können. Die Gelegenheit war mit jenem Prügelabend endgültig verpaßt.«

Der Schulwechsel im Herbst 1906 – Rudolf wiederholt auf dem Bismarck-Gymnasium die Quarta und bekommt zusätzlich Nachhilfestunden – entspannt die Situation: »Ich traf es hier besser. Der Ordinarius der Klasse war ein gutmütiger, alter Herr, dessen erklärter Liebling ich bald wurde. Und nun erwachte auch die Freude und Lust an der Schule. Ich arbeitete eigentlich den ganzen Tag, nur um ein Lob dieses Lehrers zu hören. Meine Eltern hatten mich bisher für beschränkt gehalten, jetzt zeigte sich, daß ich zu den Meistbegabten gehörte.« Nach einem Jahr auf der neuen Schule ist er von den 32 Schülern seiner Klasse der sechstbeste.

Eine wirkliche Befreiung bringt für Rudolf aber nur die Ferienzeit. Alle äußeren Zwänge, die Anforderungen der Lehrer und der Eltern an seine Leistungen und sein Betragen, fallen dann von ihm ab. Zwischen den Mühen des schulischen Alltags und den unbeschwerten Ferien erscheint ihm die Distanz unüberbrückbar:

Mir war so seltsam, als sei ich noch zu Haus in der Luitpoldstraße. Ich meinte, mich dort stehen zu sehen in meinem Zimmer, mich und doch nicht mich, denn ich fuhr ja auch hier in einer Droschke durch den Tiergarten! Und es überkam mich [...], daß es eigentlich zwei Hans Fallada gebe, zwei ganz gleiche Hans Fallada, und sie erlebten beide genau das gleiche, aber sie ertrugen es nicht gleich. [...]

Er war auch ich, aber er war ein Ich, das nicht ganz so wirklich war wie ich [...], er war wie ein Schatten oder ein Gespenst. Oder wie ein Doppelgänger.

Manchmal konnte diese Erscheinung etwas sehr Beängstigendes haben, so wenn dieses zweite Ich etwas tat, was mir gar nicht recht war, und mein erstes Ich hatte dafür einzustehen, als habe es dies selbst getan. Aber in diesem Augenblick, eingezwängt in der übervollen Droschke an einem noch frischen Sommermorgen, war es fast erlösend, daß ich dies andere Ich dort in der Wohnung zurückließ, mürrisch und unzufrieden. Ein tiefes Glück überkam mich, daß ich fort von ihm fuhr, in den Sommer hinein, an einen Ort, wo es dieses andere Ich bestimmt nicht gab. [...]

Ein deutliches Mal fühlte ich mich in diesen Jahren ganz im Einklang mit mir. Es gab keine Zerrissenheit, keinen Zweifel mehr ... Ich war wirklich glücklich ...

Was in Rudolf vorgeht, erfährt niemand: »Ich ging gern viel spazieren, am liebsten allein. Ich phantasierte dann, baute Luftschlösser.« Hinzu kommen noch ganz andere Bedrängnisse, die er später in expressionistisch-exaltierter Sprache im Roman »Der junge Goedeschal« schildert: »Ein rascher Schauer, plötzlichem Hagelschlag gleich, überprallte den Leib. Faltiges Zucken schepperte ihn, hier und da, an der Außenkante. Kleine, blödsinnig glucksende Kehllaute pufften aus seinen Lippen, und während er die Lider preßte und Finger abwehrend verkrampfte, sah er sich doch zum andern Mal jener Wand gesellt, deren abgestandener Duft neu plötzlich und breit seine Nase füllte; die Knie verbogen und einsinkend [...].« Am Bismarck-Gymnasium tritt Rudolf, 14-jährig, dem Wandervogel bei. »Auf einer mehrtägigen Reise«, schreibt er 1911, »verführte mich Jemand [...] zum Onanieren. Ich habe davon bis heute nicht lassen können. Trotzdem es mir eklig ist. Einmal habe ich mit Aufbietung aller Energie sechs Wochen, einmal vier Wochen es ganz gelassen. Doch ich bin wieder rückfällig geworden.«

Ein Erlebnis prägt sich Rudolf so stark ein, dass er es als Schriftsteller gleich mehrmals in sein Werk einfließen lässt. Im Arbeitszimmer des Vaters erregen Aktzeichnungen sein Interesse, die er in der Münchner Zeitschrift »Jugend« entdeckt. Er reißt die Blätter aus und beginnt die Umrisse auszumalen. »Ich hatte meine schrecklich rosa angepinselten Weibsen – sie sahen wie Marzipanschweinchen aus – in einer blauen Mappe gesammelt, und diese Mappe hatte ich sehr gut in meinem verschlossenen Schreibsekretär versteckt. Aber an einem späten Abend – ich lag schon im Bett – kam Mutter zu mir in die Stube. Sie war sehr aufgeregt, sie weinte fast, sie drückte immer wieder meine Hände, sie sah mich immer wieder an. Und plötzlich legte sie diese blaue Mappe auf mein Bett und rief verzweifelt: ›Und ich dachte, mein Junge wäre noch unschuldig!‹ Und lief weinend aus der Stube.«

Prüderie und Sprachlosigkeit der Eltern, aber auch die natürliche Scham des Heranwachsenden haben Rudolf in seinem verschlossenen Wesen, seiner Tendenz, bei äußeren Problemen nach innen zu fliehen, noch bestärkt. Alle Seiten sind überfordert. Die Unschuld des Kindes geht in einem höheren Sinne verloren, mit dem wachsenden Bewusstsein seiner selbst teilt sich die Welt erstmals in ein Inneres und ein Äußeres, in »gut« und »böse«, der Rückweg ins Paradies bleibt, wie es bei Kleist heißt, »verriegelt und der Cherub hinter uns; wir müssen die Reise um die Welt machen, und sehen, ob es vielleicht von hinten irgendwo wieder offen ist«.

Es ist die Lebensphase der absoluten Fragen, die nur absolute Antworten dulden, Jahre der Empfänglichkeit für Religion und Philosophie. Rudolf erhält Konfirmandenunterricht. Während die Mutter aus einer frommen Familie kommt (»das Pastörliche«), hat sich Wilhelm Ditzen schon während seiner Ausbildung in Pforta vom Glauben entfernt. »Gott ist nicht«, lautete die Essenz langer Gespräche mit seinem Freund Bethmann Hollweg, wie sich Wilhelm Ditzen Jahrzehnte später erinnert. Eine Formel, die nicht weit entfernt ist von jenem »Gott ist tot« des Pforta-Zöglings Nietzsche aus seiner »Fröhlichen Wissenschaft«. In Rudolfs Elternhaus pflegt man, gesellschaftlicher Rücksichten wegen und im Einklang mit einer grundsätzlich konservativen Lebensauffassung, eine Art Kultur-Christentum.

Am 12. Dezember 1908 wird Wilhelm Ditzen zum Mitglied des 2. Strafsenats am Reichsgericht in Leipzig ernannt. »Damit hatte ich mein Ziel erreicht«, schreibt er in seinen Erinnerungen. »Etwa jetzt noch eine Stufe höher zu steigen, war ausgeschlossen und konnte mir nicht in den Sinn kommen. Schon mein Lebensalter stand dagegen, daß ich hier in Leipzig etwa Senatspräsident wurde.« Mehr als drei Jahrzehnte später resümiert Fallada: »Unbegreiflich erschien mir bei einem so schwachen, von Krankheit ständig bedrohten Manne solches Festhalten an einem Jugendplan. Durch fast vierzig Jahre ein einziges, allerdings im Möglichen gestecktes Ziel zu verfolgen kam mir nicht nur unmöglich, sondern geradezu auch langweilig vor. Ich war immer auf der Suche nach etwas Neuem, mit jeder so rasch wechselnden Stimmung kamen andere Gedanken und Vorsätze in mir auf, nichts dauerte in mir ...«

Für Rudolfs jüngeren Bruder Uli ist der Schulwechsel wegen des bevorstehenden Umzugs nach Leipzig unproblematisch. Rudolf allerdings ist aufgrund der unterschiedlichen Einschulungszeiten in Berlin und Leipzig vor die Wahl gestellt, ein halbes Schuljahr zu wiederholen oder vorzuarbeiten. »Da schlug mir mein Vater vor, ich soll schon jetzt Weihnachten aus der Schule austreten und mich privatim in einer sogenannten ›Presse‹ vorbereiten lassen, so daß ich vielmehr das halbe Jahr übersprang. Ich wäre so Ostern in die Obersecunda gekommen. Ich war einverstanden. Doch zeigte sich die Aufgabe schwerer als ich gedacht, es brauchte ein Vierteljahr angestrengtester Arbeit – aber einer Arbeit, wo keine Stunde frei für mich war. Doch machte mir allmählich dies strenge Arbeiten große Freude.«

Einen Eindruck von der pädagogischen Praxis in der »Presse« vermittelt Falladas Schilderung in »Damals bei uns daheim«: Herrn Muthesius war die »Aufgabe zugefallen, mich in Mathematik zu unterrichten, ein Gebiet, für das ich zweifellos minderbegabt bin. Das hatte er schnell erkannt [...]. So beschränkte sich Herr Muthesius nur darauf, mir die einzelnen Beweise einzupauken. Ich mußte sie mechanisch auswendig lernen, ohne alle Rücksicht darauf, ob ich sie begriffen hatte oder nicht. Dieses Auswendiglernen aber geschah auf eine erregende, fast wilde Art. Handelte es sich um leichtere Fälle, so schlug Herr Muthesius, auf dem Katheder über mir sitzend, nur den Takt zu den Formeln mit einem sehr breiten Lineal, skandierte damit mein Gestammel. War der Fall aber ernster, so forderte mich der Lehrer auf, hinter ihm im Takt die Bänke des Schulzimmers zu umwandeln, wobei er wild mit dem Fuß aufstampfte und das Lineal in gleichem Rhythmus wie einen Taktstock auf und ab stieß.«

Die älteren Schwestern Rudolfs sind inzwischen zu jungen Frauen herangewachsen, Margarete geht nach Lausanne, um dort Sprachen zu lernen, Elisabeth wird in Leipzig Physik studieren. Am Montag, den 1. Februar 1909, tritt Wilhelm Ditzen sein Amt am Reichsgericht an, am 21. März wird Rudolf im Berliner Dom konfirmiert, vier Tage später erfolgt der Umzug der Familie nach Leipzig.

DRITTES KAPITEL

Ein Huf hatte mich direkt im Mund getroffen – Wilde Gedanken kreuzten mein Hirn – Ungeschickt, mit einer Brille – In Gegenwart der Krankenschwester ohne Bedenken völlig entblößt – Der schwerste Gang seines Lebens

Am Montag, den 19. April 1909, soll Rudolf am Leipziger Carola-Gymnasium seine Aufnahmeprüfung für die Obersekunda ablegen. Ein Vierteljahr hat er in Berlin in der »Presse« gepaukt. Am Tag, auf den die Prüfung festgesetzt ist, findet sich in der Rubrik »Unfälle« in der »Leipziger Volkszeitung« die folgende Notiz: »Am Sonnabend vormittag fuhr an der Ecke der Elisenstraße und Kantstraße ein 16-jähriger Schüler aus der Schenkendorfstraße mit seinem Fahrrade in ein Fleischergeschirr. Der Radfahrer wurde umgerissen und erlitt Verletzungen am Kinn und an den Beinen. Mit dem Krankenwagen wurde der Verunglückte in die elterliche Wohnung gefahren.«

Zu dieser Zeit sind die Ditzens gerade einmal drei Wochen in Leipzig: »Wir entschieden uns für eine 11-Zimmer-Wohnung, Erdgeschoß und erste Etage in der Schenkendorfstraße 61. Eine Innentreppe verband beide Stockwerke, Zentralheizung war da, die Räume schön und ein Garten dabei«, erinnert sich die Mutter. Zwei Wochen lang nimmt Rudolf vor Schulbeginn in Leipzig zusätzlich Unterricht bei Lehrern des Gymnasiums. Als Belohnung für seine Mühen schenkt ihm der Vater schon vor der Aufnahmeprüfung ein Fahrrad, mit dem er am Sonnabend einen Ausflug unternimmt: »Der Rausch der Schnelligkeit, die Freude über das schöne flinke Rad bezaubern mich immer mehr, in kurzem Bogen, ganz schräg liegend, sause ich um die Ecke und sehe direkt vor mir einen Fleischerwagen, dessen beide Braune auf mich zu galoppieren! Ob ich noch versucht habe zu bremsen, weiß ich nicht mehr. […] Ich sehe nur noch zwei braune Pferdebrüste, die hoch, hoch sich über mir erheben, und lange Pferdebeine mit blinkenden Hufeisen, und die Beine werden auf mich zu immer länger, immer länger ... [...] Ein Huf hatte mich direkt im Munde getroffen, die Lippe war zerrissen, die Zähne fehlten zum Teil, zum Teil standen sie wie Kraut und Rüben [...].«

Weitreichender als die akuten Verletzungen – zusätzlich werden eine Magenquetschung und ein gebrochenes Bein festgestellt – sind für Rudolf die seelischen Folgen dieses Unfalls. Monatelang hat er auf ein Ziel hingearbeitet, hat vor allem dem Vater nach allen vorangegangenen Enttäuschungen zeigen wollen, dass er zur Leistung bereit und fähig ist, fast schon sicher ist ihm der Erfolg – da passiert auf den letzten Metern ein Unglück. Die ersten Tage darf er wegen eines Magenrisses nichts essen und trinken. Zum ersten Mal wird er zur Linderung der Schmerzen mit Morphium behandelt. Über ein Vierteljahr liegt Rudolf in einer Privatklinik. Auf diese Zeit blickt er in seinen »Gedanken über den Glauben« zurück: »Wilde Gedanken kreuzten mein Hirn, die sich schließlich alle zu der einen Frage vereinten: Warum? Warum? O du Gott, der du behauptest, der Gütige, der Gerechte zu sein, warum ich? Gibt es nicht tausend schlechtere, denn ich bin? Alte, Betagte? Warum ich? Stand ich nicht erst an der Schwelle meines Lebens? Morgen wollte ich ernten, und du legst deine milde Hand auf mich, so daß die Ernte zu Spreu ward, die der Wind zerstreut. Oh, wenn du ein Gott bist, so weiß ich, was du für einer bist. Kehre dich von mir, denn ich kann dich nicht sehen. Weiche!«

Nur Wochen nach seiner Konfirmation ersetzt Rudolf den christlichen Glauben durch einen bei Nietzsche, Hofmannsthal und Oscar Wilde zusammengelesenen Kraft- und Schönheitskult: »Und eine Vision trat vor meine Augen und machte den Aufruhr in meinem Innern stumm und still, der Wind der Verzweiflung legte sich, und die Hoffnung zog empor, strahlend. Siehe, ich sah einen Ritter, der hatte eine silberne Rüstung an, aber sein Haupt war unbedeckt, und die blonden Haare flogen im Wind, blau leuchteten seine Augen. Schön war sein Antlitz, wie wenn man auf einer Wiese liegt auf dem Rücken und schaut in den blauen Himmel, den keine Wolke trübt. So stand er da, und die Schönheit hieß er [...].«

Erst fünf Monate nach dem Unfall kann Rudolf die Schule besuchen, er wird in die Untersekunda eingeschult. Das gebrochene Bein heilt nur langsam, im Mund trägt er ein »künstliches Gestänge, an dem jeder [...] noch verbliebene Zahn mit Draht angehängt war«, lange quälen ihn Kopfschmerzen und Schwindelanfälle, weshalb er beinahe jede Woche zwei bis drei Tage dem Unterricht fernbleiben muss. Dennoch gehört er zu den besseren Schülern, er überwindet seine Schüchternheit und gewinnt Freunde, wenn er auch weiterhin ein Sonderling bleibt: »Ich kam bald ganz in das Leben des Gymnasiums hinein. Ich trat in eine Geheim-Verbindung von Schülern ein, trieb es dort als einer der Schlimmsten und trat dann angewidert wieder aus. Dann kam ich in den literarischen Verein.« Unter Anleitung des Lateinlehrers Heinrich Degen spielen die Schüler Theater und werden zu Lyrikrezitationen und Vorträgen animiert.

Theater wird auch zu Hause gespielt, Rudolf und sein Bruder Uli führen im Salon der Mutter Stücke in eigener Regie auf. Zum Leidwesen der Eltern sind es zumeist Parodien auf das klassische Repertoire. Zu den Vorstellungen wird die Verwandtschaft eingeladen, Eintrittsgelder sind willkommen. Endlich kann sich Rudolf seinen Wunsch erfüllen und ein paar Tiere anschaffen. Im Garten werden Kaninchen und Meerschweinchen gehalten. 1911 schreibt er: »Ich mochte die Tiere leidenschaftlich gern, stand morgens stets schon sehr früh auf, um ihnen ihr Futter zu besorgen, aber ich konnte nicht lassen, sie zu quälen. Auf eine Weise, die mir hinterher stets so sehr gemein und ekelhaft vorkam. Aber es kam immer wieder. [...] Es ist aber eine Eigenschaft, die ich immer wieder an mir beobachten konnte, daß ich besonders gern die, zu denen ich eine Zuneigung habe – seien es nun Tiere oder Menschen –, quäle. –« In einem 15-strophigen Gedicht seiner unveröffentlichten Sammlung

»Gestalten und Bilder« klingt die problematische Gefühlslage an, die von der Sehnsucht nach einem unverstellten Zugang zum Kreatürlichen und zugleich von der Lust am Quälen und dem Selbstekel geprägt ist:

Als er dem Tier der Atmung Luft versperrte,
Schlug wirbelgleich das Herz an seine Haut,
Ein woll'ger Körper aber zog und zerrte
In wildem Taumel sich bei jedem Laut.

Das Glück stieg hoch hinauf in seine Wangen,
Auch sein Herz sang nun nahe Melodie:
»Ich bin alleine nicht in mir gefangen,
Ich bin in dir und bin in dir doch nie.«

Doch als die Leiche lag in seiner Hände Schragen,
da brach er trostlos in die lustgebeugten Knie:
»Ich habe Gott in dir, mein Tier, erschlagen –
Und Gott verzeiht mir diesen Frevel nie!!«

Im Frühjahr 1910 frischt Rudolf mit einem Besuch in Berlin den Kontakt zu Walter Simmichen auf, einem ehemaligen Mitschüler vom Prinz-Heinrich-Gymnasium. Durch ihn entsteht die briefliche Bekanntschaft mit Hanns Dietrich von Necker, Sohn eines im Jahr zuvor verstorbenen Majors aus Rudolstadt. Beide tauschen sich brieflich über ihre Anschauungen und geistigen Interessen aus und entwickeln bald ein freundschaftliches Verhältnis. »Wir mochten uns gegenseitig gern, hatten auch viel Verwandtes, namentlich die hochmütigen Allüren der Verachtung für andere Sterbliche, die nach unserer Meinung nicht ganz so hoch standen – geistig natürlich – wie wir«, schreibt Rudolf später über ihre Freundschaft. Persönlich begegnen werden sie sich erst im Herbst 1910.

Ein anderer enger Freund am Königin-Carola-Gymnasium ist Willi Burlage, gleichfalls Sohn eines Reichsgerichtsrats und wie Rudolf Mitglied im Literarischen Verein. Beide lernen sich auf einer Ferienfahrt des Wandervogels nach Holland im Sommer 1910 näher kennen. Zum ersten Mal verbringt der 17-jährige Rudolf die Sommerferien getrennt von den Eltern. In der nahen Rückschau waren die Wochen in Holland für ihn »die schönste und reinste Erinnerung«. Im stillen Übereinkommen ist er von allen praktischen Arbeiten befreit. Seine Aufgabe ist es, das Reisetagebuch zu führen. Freund Burlage begeistert ihn für Volkslieder, er selbst entdeckt sein dichterisches Talent: »Ich machte kleine lyrische Gedichte, schrieb Novellen und auch Entwürfe zu Romanen, alles Sachen, die sich schon damals in einem müden Entsagen gefiehlen und eigentlich nie die Freude sondern nur den Schmerz suchten.« Ein Leipziger Klassen- und Wandervogelkamerad erinnert sich, wie Rudolf dicke Packen mit Briefen nach Hause schickte. Ihm gegenüber erwähnt er auch den Wunsch, Schriftsteller zu werden.

Im größeren zeitlichen Abstand fällt die Erinnerung an die Holland-Fahrt, die Fallada später mehrfach literarisch verarbeitet, weniger euphorisch aus: »Sie hatten unter sich einen Gymnasiasten, ein langes, wadenloses Tier, ungeschickt, mit einer Brille, das weder ein Instrument spielen noch eine Melodie mitbrummen konnte, das aber einen herrlichen grünen Filzhut mit einer langen Fasanenfeder hatte. Wenn dann die Holländer, erfreut über die schöne Abendmusik, klatschten, tauchte das musikalische Untier aus dem Hintergrunde auf, zog seinen Hut und sah, während die anderen weitersangen und spielten, das Publikum mit seinen großen, traurigen, bebrillten Eulenaugen [...] an, daß ganz von selbst nicht nur Fünf- und Zehn-Cent-Stücke, sondern auch Gulden in den Hut fielen.« Bereits in dieser Zeit neigt er zu Schwermut. Im später verloren gegangenen Reisetagebuch schreibt er beim Anblick einer schönen Landschaft: »Hier hätte ich liegen mögen bis in alle Ewigkeit und sterben, ruhen. Ewige Ruhe. Bist du so schön? Ich sehne mich nach dir! –«

Zwölf Tage nach Rudolfs Rückkehr von der Wandervogelfahrt wird bei ihm Unterleibstyphus festgestellt. »Mir ist in dieser Beziehung aufgefallen, daß er sich gelegentlich seiner Typhuserkrankung in Gegenwart der Krankenschwester ohne Bedenken völlig entblößt hat«, gibt Ernst Eggebrecht, Vater des später bekannten Publizisten Axel Eggebrecht und Hausarzt der Ditzens in Leipzig, zu Protokoll. Der Verlauf der Krankheit ist mittelschwer, aber alle bereits überwunden geglaubten Nachwirkungen des vorangegangenen Unfalls traten erneut auf, und zwar verstärkt. Rudolf hat mit nervösen Kopfschmerzen zu kämpfen. Eggebrecht rät davon ab, ihn an dem für seine Altersstufe angesetzten Tanzunterricht teilnehmen zu lassen. Wieder ist er der Außenseiter, der Zuschauer, ausgeschlossen vom Anbahnungsmarkt, der ihn dem Ziel seines aufkeimenden erotischen Begehrens hätte näher bringen können. »Ich denke manchmal, mein ganzes Leben wäre anders verlaufen«, schreibt er in »Damals bei uns daheim«, »wenn ich hätte tanzen können.«

Vielleicht ist diese an sich glimpflich verlaufende Typhuserkrankung der eine Tropfen, der das Fass zum Überlaufen bringt, der in Rudolf die Hoffnung zerstört, der liebe Gott, die Vorsehung oder wer auch immer könne es gut mit ihm meinen, und der in ihm den Gedanken reifen lässt, das Schicksal in die eigenen Hände zu nehmen – auf eine ungute Art. Jedenfalls stellt seine Umgebung eine Wesensveränderung an ihm fest. Adelaide Ditzen, die Schwester des Vaters, von den Kindern »Tante Ada« genannt, besucht die Familie im Herbst 1910: »Er war merkwürdig verändert, hatte einen unruhigen Blick, war brutal und rücksichtslos, namentlich gegen seine Mutter.« Über die literarischen Ambitionen des Neffen bemerkt sie: »Mir gegenüber hat er sich damals schon dahin ausgesprochen, daß er Schriftsteller werden wolle. Er faßte überhaupt das ganze Leben nur als Stoff für lyrische und dramatische Versuche auf und hatte außer für Literatur keinerlei Interesse.« Und Rudolf selbst berichtet: »Inzwischen hatte ich zu rauchen angefangen, nicht allmählich, sondern gleich in Massen, Shagpfeife, Cigaretten, zwanzig, ja dreißig an einem Tag waren keine Seltenheit.«

Heinrich Degen, Rudolfs Lateinlehrer, charakterisiert seinen

Schüler so: »Ditzen war sehr begabt, nahm am Unterricht, soweit er ihn interessierte, lebhaft teil. Er zeigte große Schärfe im Denken und hatte schon damals Interessen namentlich auf literarischem Gebiet, die über den Rahmen der Schule hinausgingen. Namentlich im literarischen Verein entwickelte er besonderen Scharfsinn. Seine Lebensauffassung war pessimistisch. Das mag an dem vielen Unglück liegen, das er in seinem Leben gehabt hat.« Degen beobachtet ein »großes Ehrgefühl und ein gesteigertes Selbstbewußtsein. [...] Seine literarischen Versuche bekundeten ebenso viel Talent wie überspannte Phantasie [...].«

Teil der »überspannten Phantasie« ist es, keinen Trennstrich zwischen Literatur und Leben zu ziehen. Rudolf lässt sich von seinen engen Freunden »Harry« nennen, nach der Figur des gebildeten Dandys in Oscar Wildes »Das Bildnis des Dorian Gray«. Mit 17 Jahren denkt er das erste Mal ernsthaft an Selbstmord. Es ist mehr als eine Pubertätskrise, die allerdings verschärfend hinzukommt. Zwangsvorstellungen machten ihm schon als Kind zu schaffen, alle Versuche, andern zu erklären, was er selbst nicht versteht, und seine Außenseiterrolle zu durchbrechen, misslingen. Bei Nietzsche liest er sich in die ästhetische Überhöhung der Selbsttötung ein (»stirb zur rechten Zeit«), mit seinem Brieffreund von Necker erörtert er das Thema. Von Necker bestärkt ihn brieflich in seinen Suizidplänen. Im Herbst 1910 begegnen sich die beiden zum ersten Mal. Wie von Rudolf erbeten, bringt von Necker Gift mit. Aber weder das Gift schlägt an, noch gelingt der Versuch, sich selbst die Halsschlagader durchzuschneiden.

So unterschiedlich die Gründe jeweils sind, Schülerselbstmorde sind in jenen Jahren keine Einzelerscheinung, sondern ein in der Öffentlichkeit vieldiskutiertes Thema. Verantwortlich gemacht werden der Leistungsdruck in der Schule und die Erwartungshaltung der Eltern, auf der anderen Seite die Überreizung der Jugendlichen durch nicht altersgerechte Bücher. Als Rezept gegen die Neigung der Jugend zum Lebensüberdruss gilt der zeitgenössischen Publizistik die »sorgfältigste Überwachung der

Lektüre und des Umgangs, Verbot des Tragens von Waffen und Gift, Behütung in geschlechtlichen Dingen, freundliche Berücksichtigung der Wünsche in der Berufswahl, Vermeidung des übermäßigen Alkoholgenusses«.

Allein am Leipziger Carola-Gymnasium nehmen sich in den zehn Monaten seit Ostern 1910 drei Schüler das Leben. Die Gründe dafür, heißt es von Seiten der Schulleitung, lägen alle außerhalb der Lehranstalt. Die »Selbstmordepidemie« wird zum Kampfbegriff der Schulreformer. Gustav Landauer beobachtet: Selbstmord begingen die Schüler nicht deshalb, »weil sie zurückgeblieben und den Anforderungen der Schule nicht gewachsen sind, sondern weil sie im Gegenteil zu begabt, zu persönlich, zu eigen sind«. 1917 erscheint unter dem Titel »Der Anfang« ein Roman über die Schülerselbstmorde am Carola-Gymnasium, in dem sich auch ein literarisches Porträt des Lateinlehrers Heinrich Degen findet. Verfasser ist Hanns Johst, in seiner expressionistischen Phase mit Peter Suhrkamp befreundet, ab 1935 Präsident der Reichsschrifttumskammer, SS-Gruppenführer und persönlicher Freund Heinrich Himmlers. Er wird ein Vierteljahrhundert nach der gemeinsamen Schulzeit das Dokument unterschreiben, das seinem früheren jüngeren Mitschüler Ditzen die Betätigung als Schriftsteller im Dritten Reich ermöglicht.

Da Rudolf wegen der wieder verstärkt auftretenden Schwindelanfälle nur als Beobachter an den Tanzstunden der Klasse teilnimmt, bleibt ihm Gelegenheit, in Ruhe zu verfolgen, wie sich die Paare bilden. Er wirft ein Auge auf die Tanzpartnerin eines Freundes, die er anziehend findet, und spricht darüber mit Willi Burlage. Der rät ihm, halb spielerisch, halb im Ernst, dem Freund die Partnerin auszuspannen. Rudolfs Ehrgeiz ist geweckt, und es gelingt ihm tatsächlich, das Mädchen, Käthe Matzdorf, auf sich aufmerksam zu machen. Sie ist die Tochter eines Kollegen von Wilhelm Ditzen am Reichsgericht. Es entsteht eine Brieffreundschaft, hin und wieder treffen sich die Jugendlichen in der Stadt: »Eine Freundschaft, die mich im Grunde herzlich langweilte«, resümiert Rudolf im Jahr darauf. Und dennoch ist Ditzens früheste erhaltene Dichtung Käthe Matzdorf gewidmet. »Minnedienst. Ein Epos vom Lieben und Liebeln« heißt das Langgedicht in Hexametern, geschrieben auf sechs großformatigen Foliobogen. In der Dichtung eines unglücklich Verliebten klingen Selbstmitleid und auch schon Todessehnsucht an. Dabei holpert es noch reichlich: »Hier findest du sicher manches / Das in Skizze und Vers zu gebrauchen recht gut.«

Das Schreiben spielt seitdem eine immer größere Rolle in Rudolfs Leben. Nach Weihnachten und zu Beginn des neuen Jahres 1911 setzt eine Phase der »stärksten schriftstellerischen Productivität [ein]. Ich saß oft von 2 Uhr Nachmittags bis 12, 1 Uhr Nachts und schrieb und schrieb. Viele Märchen, Gedichte, und Theaterstücke. Aber hauptsächlich Märchen, im Stil standen sie unbedingt unter der Herrschaft O. Wildes, gedanklich suchte ich Religionsprobleme auf symbolische Weise zu lösen. Dabei wurden die nervösen Kopfschmerzen immer stärker.« Aus dieser Zeit ist das Stück »Das Kräutlein Wahrheit« überliefert, ein konventionell komponiertes Lustspiel. Darin bekommen Figuren, die wie Charakterschemen wirken, von einer »Wahrheitsbowle« zu kosten, woraus sich vorhersehbare Skandälchen ergeben, die sich in einem glücklichen Ende auflösen. Zur grüblerisch-pessimistischen Grundstimmung des Verfassers passt dieses Stück, das er den Eltern 1910 zum Weihnachtsfest widmet, nicht. Es ist wohl eher ein Beleg dafür, wie stark er seine Innenwelt vor der Familie abschottet.

So einfach wie im ersten Anlauf gedacht, lässt sich die eigene religiöse Bindung nicht kappen. »Gott« und die Frage nach einem Leben nach dem Tod gehören zu den zentralen Themen, über die sich Rudolf mit dem gläubigen Katholiken Willi Burlage und dem suchenden Protestanten Hanns Dietrich von Necker austauscht. Im Januar 1911 intensiviert sich der Briefwechsel mit Letzterem, es geht um Gott, Tod, Selbstmord und Seelenwanderung. Von Necker schickt Rudolf eine »Phantasie«: »Er schildert darin, wie er sich erschießt und seine Seele in allen

Welträumen vergeblich nach einem ›Gott‹ sucht, er schaltet von nun an den Gedanken an ein Leben nach dem Tode aus und bekennt sich zur O. Wilde'schen Philosophie.«

Zu schaffen machen Rudolf seine Träume, die häufig mit Ängsten und Obsessionen verbunden sind und nach dem Fahrradunfall und der Typhuserkrankung wieder häufiger von ihm Besitz ergreifen: »So wachte ich einmal gegen Mitte Februar Nachts auf mit dem Gedanken: ›Du mußt an die Mutter von Frl. Matzdorf einen anonymen Brief schreiben, in dem du sie über unser Verhältnis unterrichtest.‹ Unser Verhältnis war nun das denkbar unschuldigste. [...] Ich dachte nicht weiter daran und schlief wieder ein. Aber der Gedanke kam wieder, manchmal zwei-, dreimal nachts. Ich suchte mich zu zwingen, nicht mehr daran zu denken. Aber das war vergeblich. Und dachte ich zuerst nur über den Gedanken nach, so später über die Sache selbst. Sie schien mir vollständig sinnlos. Wenn ich den Verkehr abbrechen wollte, so gab es andere Mittel. Aber ich wollte das gar nicht, nein, ganz im Gegenteil. Ich sah, daß er mich anregte zum schriftstellerischen Arbeiten.«

Ist, was folgt, nur eine Inszenierung, um die eigenen literarischen Ambitionen zu stimulieren? Schafft Rudolf sich literarischen Stoff im Leben, weil das Leben selbst nicht genug davon hergibt? Wenn auch jeder Einzelschritt seiner Handlungen rational motiviert ist, in der Summe ergibt das Vorhaben keinen Sinn. Als Rudolf dem Freund Burlage vom Plan seiner anonymen Selbstbezichtigung erzählt, weist der ihn sogleich darauf hin. »Es ist ja auch nur so eine dumme Idee von mir; ich denke ja gar nicht in Wirklichkeit daran«, erwidert Rudolf. Er entwirft dennoch den Brief, lässt ihn zur Tarnung von anderer Hand schreiben – und steckt ihn zwei Tage später ein: »In den Anlagen der Promenade zwischen fünf und sechs Uhr werden Sie den Schüler Ditzen mit Ihrer Tochter Unzucht treiben sehen. Ein Freund des Hauses, der wacht.«

Wenig später, Rudolf ist bei der Familie Matzdorf zu Gast, wird ihm der Brief gezeigt. »Ich hatte mir vorher keine Gedanken darüber gemacht, was aus der Sache wohl werden würde, daß sie mit dem Einstecken des Briefes nicht beendigt war, hatte ich gar nicht bedacht. – Ich hatte ja nun aber stets gut Theater spielen können. [...] Aber das hatte ich nicht einmal nötig und das ist das Seltsame, worüber ich mir später noch lange Gedanken gemacht habe: Ich war ja gar nicht der, der die Briefe geschrieben hatte, ich war nicht ihr geistiger Urheber. Der war mir ganz fremd und lag fern hinter mir. Ich empfand nur die bodenlose Gemeinheit eines solchen Vorgehens. Ich wurde den Abend so aufgeregt, daß ich Bestürzung erregte. Sie bereuten mir den Brief gezeigt zu haben.«

Rudolf folgt dem Zwang seiner Träume und schreibt weitere Briefe: »Sehr geehrte Frau Rat! Merken Sie, die Sie doch sonst nicht blind sind, denn gar nicht, daß Ihre Tochter mit dem Herren Ditzen in ganz intimem Verkehr steht? Wenn sie freitags aus der Schule kommen, gehen sie nicht den direkten Weg nach Hause, sondern auf Umwegen über den Roßplatz. Was da geschieht, können Sie sich ja denken. Daß das auf Ihre Tochter kein gutes Licht wirft, ist selbstverständlich.« Noch ein Brief wird entworfen, wieder muss es neutrales Briefpapier sein, wieder bemüht er einen Freund, den Entwurf abzuschreiben, um die Herkunft zu verwischen, doch diesmal geht der Brief nicht an die Familie Matzdorf, sondern an ihn selbst.

Dass am Ende alles herauskommt, hängt mit Anspielungen in einem der Briefe zusammen. Sie legen nahe, dass nur Rudolf oder sein Freund Willi Burlage die Briefe geschrieben haben können. Von Rudolfs ehrlicher Empörung geblendet, bezichtigt die Familie Matzdorf nun Willi Burlage als den Übeltäter. Der kann sich gegen die Anschuldigung nur schwer wehren, da er seinem Freund gegenüber im Wort steht, niemandem von den Briefen zu erzählen. Rudolf erinnert sich: »Da sagte ich ihm, daß ich viel zu schwach und zu feige wäre, um meine Schuld selbst zuzugeben, und ich wolle Selbstmord begehen. Ich wußte einen kleinen See in der Dübener Heide, dahinaus wollte ich radeln.« Dem Hausarzt vertraut er an, »er habe sich in die betreffende junge

Dame verliebt und habe im Verlauf der Bekanntschaft den unwiderstehlichen Drang in sich gefühlt, das Mädchen, das er liebte, zu verletzen und ihr weh zu tun.« Später wird Rudolf dieses Motiv konkretisieren, nämlich als Furcht, sich gegen die weitaus schlimmere Zwangsvorstellung nicht wehren zu können, Käthe Matzdorf erschießen zu müssen.

Es ist der 9. März 1911, und Freund Burlage macht das einzig Richtige: Er offenbart Rudolfs Selbstmordabsichten seiner Mutter. Beide laufen in die Schenkendorfstraße, die Ditzen-Eltern werden alarmiert und deren Sohn beim Formulieren von Abschiedsbriefen in seinem Zimmer aufgestört: »Da stand der Vater, breitend die Arme, hob das Gesicht zu ihm auf und wortlos die Augen auf ihn – stand, Arme gebreitet, wortlos die Augen auf ihn –. / ›Vorbei‹ schrie es. ›Kraft ...‹ / Aber er konnte nicht, stürzte hin, Weinen brach aus ihm, ein endloser Fluß; lag verkrümmt; Menschen; ward gehoben; hörte den Mutterschrei: ›Nehmt ihm doch nur den Revolver! Den Revolver!‹ / Da fraß ihn Bitterkeit vom Scheitel zur Zehe: Haß. Lachen. Gemeinheit. Fremdtun dieser. (›Revolver! Revolver!‹) / Und fühlte in diesem Schrei: nichts sei zu Ende, alles wie je: Liebe, Hass, Einsamkeit, Qual; alles neu zu beginnen ... / Und weinte. Und weinte.«

Mehrere Stunden sitzt er starr ohne Bewegung in seinem Sessel. Der Arzt wird gerufen. Als er eintrifft, liegt der junge Ditzen blass, zusammengesunken und nicht zum Sprechen bereit auf dem Bett. Dr. Eggebrecht führt das Verhalten auf Hysterie zurück und rät dazu, ihn aus der Schule zu nehmen. Rudolf selbst lässt den Eltern über seine Schwester einen Zettel zukommen, mit dem er darum bittet, aus Leipzig fortzudürfen. Jetzt tritt Wilhelm Ditzen »den schwersten Gang seines Lebens an«, um sich bei den Eltern Käthes, bei der Familie des Kollegen zu entschuldigen. Zwei Tage nach dem Vorfall verlässt Rudolf das Elternhaus und wird nicht mehr dorthin zurückkehren. Nun sind die Gärten der Kindheit für ihn wirklich verschlossen, aber es tut ihm nicht leid.

VIERTES KAPITEL

Den ganzen Tag im Moor – Gegen meine Eltern habe ich schon länger eine leise Aversion – Angebliche Begabung zum Dichten – Dann sind eben zwei Taugenichtse weniger auf der Welt

Im Frühjahr 1911 ist Mariensee, Kloster seit 1206, ein »kleines Dorf, weit von der Bahn, abseits liegt das Damenstift, wo sich elf alte Damen aufhalten. Zwei davon sind Tanten von mir.« Bei ihnen kommt Rudolf vorübergehend unter. Dr. Eggebrecht ist besorgt, er korrespondiert mit seinem Patienten. In den Briefen geht es vor allem um dessen inneren Zustand. Damit steht es nicht zum Besten. Der Gedanke an Selbstmord wird Rudolf »zum guten Freund«. Gleichzeitig treibt der Gymnasiast seine literarischen Ambitionen voran: »Ich hielt mich eigentlich den ganzen Tag im Moor auf, dessen Schönheit ich mir in vielen Märchen und Gedichten klarzumachen suchte.« Käthe Matzdorf schreibt ihm noch, er antwortet nur sporadisch, so dass der Briefwechsel einschläft. In Leipzig hat sich noch eine andere Variante von Rudolfs verhindertem Suizidversuch herumgesprochen, die ein Klassenkamerad später aufgezeichnet hat: »Da damals die Zimmer ja noch mit Gas beleuchtet waren, hatte er Tische übereinander gestellt, auf deren obersten er sich legte, nachdem er den Gashahn aufgedreht hatte.«

Nur Monate später erinnert sich Rudolf an die Wochen in Mariensee: »Auf meinen Spaziergängen war mein einziger Begleiter ein Hund, ein Teckel, der mich oft dadurch, daß er nicht sofort gehorchte, in eine sinnlose Wut versetzte, in der ich nur um wehzutun auf ihn einprügelte.« Ruhe allein reicht nicht, um Rudolfs Zustand zu bessern, das wird auch Dr. Eggebrecht schnell klar. Er tröstet seinen Patienten, er hätte in Leipzig »aus nervöser Überspannung« heraus gehandelt. Die ungeschminkte Diagnose des Arztes erfährt der Patient nicht: Bei dem Jugendlichen handle es sich um einen »schwer hysterischen Menschen, der in seiner Zurechnungsfähigkeit erheblich vermindert erscheint«. Vorsichtig bereitet der Arzt ihn darauf vor, in ein Sanatorium nach Bad Berka zu wechseln. Bei Rudolf löst dieser Vorschlag Panik aus. Er sieht seine Vermutung bestätigt, für wahnsinnig gehalten zu werden, Sanatorium ist für ihn gleichbedeutend mit Irrenanstalt. Er kann nicht wissen, dass Bad Berka nur der erste seiner Aufenthalte in Heilstätten und Kliniken ist, auf den im Lauf seines Lebens über dreißig weitere Stationen folgen. Am 10. April holt die Mutter ihn aus Mariensee ab und bringt ihn in den bei Weimar gelegenen Kurort.

Die Beziehung zur Familie, vor allem zur Mutter, ist schwierig. In dem Ende 1911 verfassten Lebenslauf schreibt Rudolf: »Gegen meine Eltern habe ich schon länger eine leise Aversion, die sich im Suchen und Finden kleiner Schwächen und Eigenheiten äußert. Diese Aversion nimmt während meiner Abwesenheit von Leipzig immer stärkere Formen an, namentlich gegen meine Mutter. Um dann auf der Reise nach Berka zum Ausbruch gegen sie zu kommen, wobei ich rücksichtslos und roh wurde. Ich glaube hierfür den Grund zu kennen: meine Mutter hatte Mitleid mit mir. Das hasse ich. Ich empfinde Mitleid als eine Aufdringlichkeit gegen mich, mein Inneres. Diese Abneigung blieb aber dann. Jeder Brief nach Haus kostete Überwindung und war unecht im Ton. – Gegen meinen Vater gab sich neuerdings diese Aversion völlig, während sie gegen meine Mutter, soweit ich mich darin beurteilen kann, fortdauert. –«

Zu den beiden fünf bzw. drei Jahre älteren Schwestern ist das Verhältnis ebenfalls nicht unkompliziert: Während es mit Margarete (»Dete«) von Beginn an Spannungen gibt, ist es mit der älteren Schwester Elisabeth (»Ibeth«) anders: »Sie hatte starke literarische Interessen und war mir deswegen viel näher. Aber sie sprach gern darüber und das stieß mich von ihr ab. Ich habe nie gern über das, was ich dachte, reden mögen, nur schreiben.« Die Lieblingsschwester Elisabeth berichtet Jahre später: »Mein Bruder ist uns drei Geschwistern immer als ›anders‹ erschienen.« Er hätte die Mutter gegen den Vater ausgespielt, sei gegenüber den Geschwistern häufig verletzend und boshaft gewesen und trat in einem »überlegen höhnischen, befehlenden Ton« auf. Dabei war er selbst »sehr nachtragend, und fraß alles in sich hinein, bis er mal explodierte«. Rudolfs Bruder Uli, der 1911 knapp 15 Jahre alt ist und auf den sich bald alle Hoffnungen der Familie konzentrieren, wird von Rudolf nicht erwähnt, aber natürlich der Vater.

Beide, Vater und Sohn, müssen gelitten haben. Von außen besehen, macht Wilhelm Ditzen alles richtig. Jenseits mechanischer Erwartungen von Pflicht und Verantwortung entwickelt er Verständnis für die Eskapaden des Pubertierenden; sein Beruf gibt ihm Einblick in alle Bereiche des Menschlichen und lehrt ihn Toleranz. Allerdings verkneift er es sich nicht, den Maßstab seines Richteramtes im Privaten mit provozierender Güte geltend zu machen, auch und besonders gegenüber dem Sohn. Der kann sich rational nicht wehren gegen das Übermaß an Korrektheit und Gerechtigkeit, ihm bleibt in der Abgrenzung nur der Ausbruch ins Irrationale: Als »Strafrichter und Tyrannen«, als »ständigen Alpdruck der Familie« bezeichnet Rudolf die Figur des Vaters in dem Fragment gebliebenen Roman »Unterprima Totleben« (1939).

Im Roman »Anton und Gerda« (1923), in den wiederum viele Details aus dem Leben des Autors einfließen, lässt er seinen Helden behaupten, dass seine Mutter 1903 in Beuthen gestorben sei (zehn Jahre zuvor lebten die Ditzens dort), um kurz darauf zu bekennen: »Ach, gleich wird diese Tür in ihren Angeln sich drehen, durch die offene werden zweie kommen, die Eltern, und ich werde wieder erfahren, was ich in all meinem Haß schon geahnt habe, daß ich mit all meinem Haß sie liebe.«

Jahre nach dem Tod des Vaters skizziert Fallada sein Verhältnis zu ihm in dem literarisch-fiktionalen Erinnerungsbuch »Damals bei uns daheim«. Er berichtet von einer Reise in die Sommerfrische während der Berliner Jahre. Der etwa zwölfjährige Sohn hat sich durch seine notorische Ungeschicklichkeit einen

Angelwiderhaken in den Finger gebohrt, und der Vater versucht nun, durch einen beherzten Schnitt in das Fleisch den Haken zu entfernen, was auf Seiten des Kindes nicht ohne die gebührende Theatralik abgeht: »Ich schielte unter meinen Tränen hoch zu ihm und sah, daß auch ihm die Tränen nahe waren, daß auch er leichenblaß war. Ich fühlte, wie sehr Vater mich liebte, wie er mich wegen all meiner kleinen und großen Mißgeschicke vielleicht ganz anders als seine andern Kinder liebte, wie einem jeden ja auch schwer Erkämpftes teurer ist als das mühelos in den Schoß Gefallene.«

Am 10. April 1911 treffen Mutter und Sohn in Berka ein, das im gleichen Jahr die Anerkennung als Badeort erhält. »Schloß Hardt« ist keine geschlossene Anstalt, sondern ein Luxussanatorium, in dem nicht nur Nervenkrankheiten, sondern alle möglichen Beschwerden der wohlhabenden Klientel gelindert werden. Rudolf will sofort wieder abreisen. Erst das Versprechen der Mutter, vor Ostern 1912 nicht nach Leipzig kommen zu müssen, und die Überzeugungskraft von Dr. Starcke, dem Leiter der Einrichtung, bewegen ihn zum Einlenken. Knapp acht Wochen verbringt er hier die Tage weitgehend für sich allein: »Und nun begann ich mich ganz mit der modernen Lyrik zu beschäftigen, in der vielen freien Zeit, die ich nun hatte, lernte ich eigentlich stets Gedichte auswendig.« Der junge Patient hinterlässt bei Starcke keinen guten Eindruck: Rudolf habe zu viel geraucht und gegen Vorschriften verstoßen, »so daß eine gewisse Disziplinlosigkeit und Nichtachtung gegenüber älteren, ihm vorgesetzten Personen, dafür aber ein krankhaftes, wohl durch falsche Lektüre noch genährtes Überzeugtsein vom Werte seiner eigenen Persönlichkeit hervortrat. Hierzu gehört auch seine von ihm sehr überschätzte angebliche Begabung zum Dichten und Schriftstellern, die nach den mir zu Gesicht gekommenen Proben als minderwertig zu bezeichnen waren.« Der Arzt konstatiert eine »durch erbliche Belastung verstärkte traumatische Neurose mit eigentümlichen pathologischen Erscheinungen«.

Anfang Juni verlässt Rudolf »Schloß Harth«. Die folgenden vier Wochen verbringt er in Schnepfenthal bei Waltershausen in dem Pensionat einer Cousine, der Tochter des Forstmeisters Runge. Hier besucht ihn sein Freund Hanns Dietrich von Necker für vier oder fünf Tage. Sie beschäftigen sich »nur mit Dichtung und Dichtern. Aber schon jetzt kam der Mißklang hinein, der uns auch später die schönsten Stunden so oft gestört hat, wir waren beide viel zu hochmütig. Ich hatte und habe vielleicht noch jetzt den rechten Geisteshochmut, der keine andere Ansicht als die eigene für richtig gelten läßt«, schreibt Rudolf einige Monate später. »Es war dies der Stolz darauf, daß ich das, was ich schriftstellerisch wußte und leistete, ganz aus eigenen Mitteln hatte und aus eigener Kraft erworben. Und er war so ungefähr mein Schüler. Ich konnte ihn stark beeinflussen, alles, was er schrieb, hatte noch einen unbeholfenen Stil, der an Schuljungen-Aufsätze erinnerte. [...] Das alles aber bedrückte ihn. Er wollte nicht abhängig sein, selbst von einem Freunde nicht. Und so kehrte er oft gegen mich die Seite seines Wesens heraus, die er sonst nur Freunden und Bekannten zeigte: seinen bodenlosen Adelsstolz. Von dem er aber selbst so gut wußte, daß er eine klägliche Waffe sei.«

Zur Aufmunterung Rudolfs beigetragen hat sein Freund Hanns Dietrich ganz sicher nicht, er selbst ist in Behandlung, dem gemeinsamen Freund Simmichen schreibt er im Herbst 1910: »In einsamen Stunden packt mich immer noch die Versuchung, nach dem Revolver zu greifen – er sieht sehr verlockend aus – wenn ich merke, daß ich nicht imstande bin, meine nervöse Krankheit selbst zu bezwingen. Und ich kann mich – das liegt im Wesen der Krankheit – niemand anvertrauen.« Beide studieren sie nun die Lyrik Hugo von Hofmannsthals: »Diese ganz müde Ruhe tat mir gut und ich suchte sie auch zu finden und fand sie dann auch«, schreibt Rudolf. »Ich nannte mich einen Fatalist. Doch Necker sagte, ich sei ein Fatalist des Egoismus, der alles, was ihm kommt, wohl ruhig hinnimmt, aber es dann doch für sich umformt. Er mag Recht haben, und er hat wohl auch Recht.«

Die Rückreise treten sie gemeinsam an, nachdem die Familie dem Wunsch Rudolfs nachgegeben hat, in Rudolstadt, dort, wo auch von Necker lernt, das Gymnasium abzuschließen. Die Eltern bitten den Generalsuperintendenten Dr. Braune, ihren Sohn bei sich aufzunehmen, was dieser unter der Bedingung zusagt, »daß er sich willig in eine christliche Hausordnung einfüge«. Bereits Walter Simmichen logierte in seiner Rudolstädter Zeit hier. Am 19. Juli, mitten in den Ferien und kurz vor seinem 18. Geburtstag, trifft Rudolf in Rudolstadt ein.

Es zeigt sich bald, dass die Wahl der Unterkunft keine glückliche war. »Das war für mich das unrichtigste Haus, das es nur geben konnte. Erstens einmal war es so orthodox, wie ein Predigerhaus überhaupt nur sein kann. Doch das ging ja noch. Ich konnte mich verstellen und spielte meine Rolle. Aber ein zweites: Die Frau Generalsuperintendent gefiel sich in den häßlichsten, geschmacklosesten Sticheleien, gegen mich, die Bücher, die ich las, und ähnliches, Sticheleien, die mich zuletzt in eine hilflose Wut versetzten. […] Ich brachte große Opfer. Ich blieb im Familienkreise, trotzdem ich viel lieber allein gewesen wäre, las vor, machte Ausflüge mit etc. So wurde meine Reizbarkeit immer größer.« Weniger problematisch ist anfänglich das Verhältnis Rudolfs zum Hausherrn. Beide teilen eine Vorliebe für Dante. Dr. Braune gibt später zu Protokoll: »Ich halte Ditzen für einen im Denken sehr scharfsinnigen und im Reden schlagfertigen jungen Menschen, der sich äußerlich sehr in der Gewalt hatte, innerlich aber in der Bekämpfung seiner Triebe und Leidenschaften schwach war.«

In den drei Wochen bis zum Schulbeginn ist Rudolf beinahe täglich mit von Necker zusammen. Grundlage ihrer Freundschaft ist die »gemeinsame Neigung zur Schriftstellerei«, aber auch die literarisch überhöhte Pose des Weltekels, ein Lebensgefühl der Müdigkeit und der Verachtung alles Bürgerlichen. Rudolf blickt zurück: »[…] mit meinem Freunde Hanns-Dietrich habe ich stets über alles, aber auch über alles reden mögen. Weil er nie sentimental wurde. Ich hasse nichts so als Sentimentalität.

Was nicht hindert, daß ich selbst vielleicht auch sentimental bin. –« Am 9. August beginnt die Schule am Fürstlichen Gymnasium in Rudolstadt. Wegen Kopfschmerzen, Schwindelanfällen und Schlafproblemen fehlt Rudolf oft: »Ich sah«, schreibt er wenige Monate später, »daß ich in der Schule zu große Lücken besaß, daß ich nicht recht vorwärtskam, das kränkte meinen Ehrgeiz. Trotzdem konnte ich mich nicht aufraffen, zu arbeiten; alles, was ich tat, wurde etwas halbes, unvollständiges. Denn ich besaß nun Hugo von Hofmannsthals Dramen. Ich lernte ganze Partien auswendig, versuchte Nachbildungen, das waren meine Hauptbeschäftigungen.«

Der neue Schüler engagiert sich im Literarischen Verein, den es auch am Gymnasium in Rudolstadt gibt: Für das 30. Stiftungsfest der Literaria am 30. September ist eine Aufführung von Ernst von Wildenbruchs »Der Mennonit« geplant. Rudolf erhält die Hauptrolle. »Die Proben waren für mich oft sehr anstrengend. Manchmal bekam ich heftige Schwindelanfälle, sagte aber nichts davon, weil mir da sicher die Rolle genommen wäre.« Zu den gesundheitlichen Problemen trägt auch das starke Rauchen bei, ein Arzt, der Rudolf auf Veranlassung von Arnold Braune untersucht, stellt eine Nikotinvergiftung fest. Für die Aufführung des Wildenbruch-Stückes rüstet sich der Hauptdarsteller mit Cognac und Zigaretten. »Die Aufführung hatte einen starken Erfolg«, heißt es in einem Bericht in der Schwarzburg-Rudolstädtischen Landeszeitung vom 1. Oktober 1911: »[…] den Helden des Stückes Reinhold gab Herr Ditzen mit jugendlicher Begeisterung […]. In den Zwischenakten wurde das Publikum durch Vorträge der Kapelle des III. Bat. des 7. Thür. Infanterieregiments erfreut […].« Vom Tag des Stiftungsfestes ist nach fast hundert Jahren überraschenderweise eine Fotografie aufgetaucht, die Rudolf im Kreis von Mitschülern und Lehrern zeigt, abgewandt, mürrisch und in sich gekehrt. Es beginnen die Herbstferien.

Wie haben Lehrer und Mitschüler den Neuankömmling in den nicht einmal acht Wochen auf dem Fürstlichen Gymnasium in Rudolstadt erlebt? Für den Ordinarius ist er »ein dekadenter, fast lebensmüder Mensch, der sich über Sitte und Gesetz erhaben fühlt«, der Lateinlehrer bescheinigt Rudolf, er übersetze »Horaz und Homer mit Geschmack und Verständnis«, und die Lehrer in Deutsch und in Französisch schätzen seine Leistungen als überdurchschnittlich ein. Mitschüler sind von der Dandy-Pose des Neuen irritiert, von seinem »direkt unheimlichen Blick«, der mehreren auffällt. Ein Klassenkamerad berichtet: »Er war ein vollständig einseitiger Mensch, mit dem man über andere Sachen als Literatur nicht sprechen konnte.« Keinen guten Eindruck macht Rudolf auf die Mutter seines Freundes Hanns Dietrich: »Nach Ende der Sommerferien war Ditzen in meinem Hause zu Tisch. Er mißfiel mir vom ersten Augenblick an, zeigte sich äußerst überhebend, und mir fiel auf, daß er einen unangenehmen Blick hatte. Ich brachte die Unterhaltung auf Literatur. Er ließ nur die modernste Literatur gelten, war sehr beschlagen darin und urteilte über die klassische Literatur bes. über Goethe sehr geringschätzig. Ich sprach mich über meine Wahrnehmungen meinem Sohn gegenüber aus und gab ihm zu erkennen, daß ich den Verkehr meines Sohnes mit Ditzen nicht billige.«

Mittlerweile haben die Unverträglichkeiten im Haus des Generalsuperintendenten zugenommen. Braune scheint wenig von Rudolfs Zustand mitbekommen zu haben, anders ist es nicht zu erklären, dass er im Rückblick einen harmlosen Anlass für dessen Auszug aus seinem Haus angibt: »Ditzen hatte mit einem Flaschenkork an ein Nachbarfenster geworfen. In dem Hause befindet sich eine Nähschule. Weil darüber Beschwerde bei mir geführt worden war, stellten meine Frau und ich ihn zur Rede unter dem Hinweis, daß er auf den Charakter unseres Hauses als Pfarrhaus und auf meine Stellung Rücksicht nehmen müsse. Meine Frau knüpfte daran die Bemerkung, wenn er das nicht berücksichtigen wolle, müßten wir uns trennen. Ditzen gab darauf zur Antwort: ›Es ist überhaupt ein Mißgriff, daß ich in Ihr Haus gekommen bin, ich bin dissidentisch erzogen und habe gleichsam Theater gespielt bei Tischgebet, Abendgebet und sonntäglichem Kirchgang.‹« Zu Beginn der ersten Ferienwoche zieht Rudolf bei Braune aus. Der erinnert sich: »Wir sind in vollem Frieden auseinandergegangen und ich habe Ditzen gesagt, mein Haus stehe ihm besuchsweise immer offen. Ditzen hat sich, wie ich anerkennen muß, stets tadellos geführt.«

Rudolf nimmt am 3. Oktober Quartier im Haus des Obersten a. D. Oskar von Busse, der ihm wohlgesonnen ist. Sein Hausgast machte auf ihn »den Eindruck eines sehr begabten und gesitteten Menschen, der sich dem Rahmen der Familie durchaus einfügte, auch unserer abendlichen Andacht beiwohnte«. Während viele seiner Mitschüler in den Urlaub oder, sofern sie auswärts wohnen, nach Hause fahren, verbringt Rudolf die Ferien gemeinsam mit von Necker in Rudolstadt. Wegen des mit der Schule nicht abgesprochenen Quartierwechsels wird er vom Rektor zu einem Gespräch geladen und vermahnt, auch das starke Rauchen stößt auf dessen Missbilligung. Oberst von Busse, Jahrgang 1848, weiß einen Rat: Der junge Mann solle statt der vielen Zigaretten lieber hin und wieder eine Zigarre rauchen. Auch die Tochter des Obersten schildert Rudolf als »stets freundlich und zuvorkommend. Er hat auch, abgesehen davon, daß er sehr lange Haare trug, die fast bis auf die Nase hingen, keinerlei exzentrisches Wesen zur Schau getragen.«

In den Köpfen der Freunde Ditzen und von Necker sieht es weiter finster aus, beide tragen sich nun schon seit geraumer Zeit mit Selbstmordgedanken. Das *Taedium vitae,* der mit Nietzsche-, Hofmannsthal- und Wilde-Lektüre literarisch veredelte Lebensekel, verdichtet sich zu einem Plan: »unser Tod sei ein Fest. […] Wenn einer allein hingeht, so wird er auf dem Weg traurige, schwere Gedanken haben, wir zwei machen uns gegenseitig froh.« So sieht es Rudolf, der seit Tagen wieder von Schlafproblemen gequält ist. Dreiundzwanzigmal hätte er des Nachts das Licht angebrannt, will die Tochter des Obersten beobachtet haben. Außerdem nehmen Zwangsvorstellungen wieder Besitz von ihm. Beim Besuch eines Klassenkameraden hat er im Spätsommer die 15-jährige Erna Simon kennengelernt, Tochter des Quartierswirts. Er hat ihr von seinen literarischen Vorhaben erzählt und ihr Gedichte zum Lesen gegeben. Am 11. Oktober besucht Rudolf mit dem Fahrrad einen Mitschüler, bei dem er über Nacht bleibt. Ihm gesteht er seine Wahnidee, Erna Simon töten zu müssen.

Den einzigen Ausweg sieht er darin, die Aggression gegen sich selbst zu lenken. Rudolf und Hanns Dietrich spielen unterschiedliche Szenarien für einen Doppelselbstmord durch, wobei die literarische Komponente wesentlich ist. Der erste Plan läuft auf den »phantastischen Vertrag zweier Freunde« hinaus, »wonach [...] ein jeder von ihnen ein literarisches Werk verfassen sollte. Gleichsam ein literarischer Wettstreit; der Unterlegene sollte verpflichtet sein, sich das Leben zu nehmen, während der Ueberlebende verpflichtet sein sollte, das Kunstwerk des anderen zu veröffentlichen.« Der Urteilsspruch über die literarische Güte der Werke soll einem berühmten Dichter angetragen werden.

Der zweite Plan ist weitaus konventioneller. Es geht um einen fingierten Ehrenhandel. Am 16. Oktober treffen Hanns Dietrich von Necker und Rudolf Ditzen nicht ganz zufällig in Rudolstadt auf Charlotte Stefani und Erna Simon. Ein kindischer Wortwechsel führt dazu, dass Rudolf behauptet, Hanns Dietrich hätte Erna beleidigt, die Sache sei nunmehr offiziell, es ginge um Ehre, man hätte bereits die Visitenkarten getauscht. Erna Simons Vermittlungsbemühungen fruchten nichts, man geht im Streit auseinander. Den Nachmittag verbringen die vermeintlichen Ehrenfeinde gemeinsam im Garten von Busses. Sie vertreiben sich die Zeit und zielen mit dem Gewehr, das ihnen der arglose Oberst geliehen hat, auf Spatzen. Als Ditzen am Abend Erna Simon noch einmal trifft, fragt sie ihn, wie es um die Affäre stehe: »Ich werde mich mit Necker schießen«, antwortet Rudolf. Erna Simon nimmt die Auskunft nicht ernst und entgegnet: »Ich würde sagen, dann sind eben zwei Taugenichtse weniger auf der Welt.«

Zu Hause erbittet sich Rudolf von seinem Quartiersvater die

Erlaubnis, am nächsten Morgen bereits um vier Uhr aus dem Haus gehen zu dürfen, er wolle noch vor dem Unterricht, der um elf beginnt, einen Ausflug zum Uhufelsen machen. Am Abend spielt er mit der Schwester des Obersten ein Brettspiel. Anschließend geht er auf sein Zimmer, ordnet seine Papiere und bereitet sich auf eine kurze Nacht vor.

FÜNFTES KAPITEL

Zwei Schußverletzungen in der Herzgegend – So dumme Jungen – Sind wir nicht zur Trauer hier geboren? – Für geisteskrank erklärt – Wenn Ihr überhaupt nur ahntet, was ich für einen Lebenshunger habe!

»Am 17. Oktober 1911 wurde ich zu einer Leichenschau nach Eichfeld gerufen. Ich fand zunächst in der Stockmannschen Wirtsstube auf dem Sofa liegend einen blutbefleckten jungen Mann, der auf der linken Brustseite in der Herzgegend zwei Schußverletzungen hatte. Es war der Rudolstädter Primaner Ditzen, der mir nach Entfernung des Publikums erklärte, daß er mit dem Sekundaner Necker ein Duell gehabt habe. Beim ersten Kugelwechsel sei niemand getroffen worden, beim zweiten Schuß habe er Necker so getroffen, daß dieser umgefallen sei und ihn um noch einen Schuß gebeten habe. Den habe er auf Necker abgegeben und dann Neckers Revolver zweimal gegen sich abgefeuert. Necker liege tot auf dem Weg oberhalb des Uhu. Er habe sich nach Eichfeld zu geschleppt, bis er von Bauern gefunden wurde.«

Als Sanitätsrat Erich Stauch die Szene betritt, ist es noch früh am Morgen. Zwei Landarbeiter haben den Gymnasiasten am Hang des Uhufelsens gefunden, zu dem er sich schwerverletzt hinuntergeschleppt hat, und ihn in die Eichfelder Gastwirtschaft gebracht. Er ist halb bewusstlos und beteuert in seinen wachen Phasen auf die Fragen der Landarbeiter, Überlebender eines Duells zu sein. Später findet man in der Kleidung der beiden Duellanten die getauschten Visitenkarten sowie die Abschiedskarten an die beiden Mädchen, die, zusammen mit dem inszenierten Anlass vom Vortag, die Fiktion eines Zweikampfes ehrenhalber stützen sollen. »Ich lag auf einem Sofa in der Wirtsstube und wartete darauf, daß ich nach Rudolstadt gebracht würde«, erinnert sich Rudolf wenig später. »Ich war und wurde nicht verbunden, bei jeder Bewegung kam das Blut stoßweise hervor. Irgend jemand saß bei mir, es war wohl der Tierarzt aus Rudolstadt. Dem sagte ich: ›Kommen sie noch nicht bald, um mich zu holen.‹ Denn ich hatte starke Schmerzen. Da sagte der spöttisch: ›Sie werden wohl warten können. Sie haben's ja so gewollt. Nun halten Sie auch die paar Schmerzen aus. So dumme Jungen.‹ [...] Dann wurde ich nach dem Rudolstädter Krankenhaus gebracht.«

Am Tag vor dem als Duell inszenierten Doppelselbstmordversuch verbrannten Ditzen und von Necker im Garten der Busses zahlreiche Papiere. Auf einem vom Feuer verschont gebliebenen Blatt ist ein Gedicht Rudolfs überliefert:

Sind wir nicht zur Trauer hier geboren?
Ich hatte einstmals Freude,
nun ist sie ganz vorbei, –
Und einmal ist genug:
Wir trugen beid' an einem großen Leid,
Wir sprachen nicht, wir klagten nicht,
nicht ein Wort kam davon von unseren Lippen,
Ja, nicht einmal ein feuchtes Schwingen –
unserer Kehle – verriet, welch Riesenleid
wir ganz unfassbar litten.

Die Eltern reisen aus Leipzig an, Rudolf schämt sich, »nicht etwa wegen meiner Tat [...] – nein, der Tat schämte ich mich nicht, aber ich schämte mich, daß sie mir trotz allem immer wieder Liebe gaben und ich konnte ihnen keine geben. Ich besaß und besitze zu ihnen schließlich nur eine Anhänglichkeit, wie sie auch jeder Hund besitzt zu seinem Herrn, eine Anhänglichkeit, die darin begründet lag, daß wir uns so völlig fremd sind. Sie merken das vielleicht nicht einmal so stark, aber jeden Tag, den wir zusammen waren, merkte ich, daß wir uns ferner und ferner kamen.« Die Eltern haben schon einiges durch mit ihrem Sohn, nun also dies: eine Anklage wegen Mordes. Der Reichsgerichtsrat Wilhelm Ditzen bietet seinen Rücktritt bei Gericht an, was abgelehnt wird. Sie stehen zu ihrem Sohn, irgendwie muss es auch mit ihnen zusammenhängen, dass er so geworden ist.

Natürlich greift die Presse den Fall auf. Es sind nicht nur die regionalen Blätter, die »Jenaische Zeitung« oder die »Rudolstädtische Zeitung«, die darüber berichten. Auch in der »Aktion«, Franz Pfemferts »Zeitschrift für freiheitliche Politik und Literatur«, dem Zentralorgan des literarischen Expressionismus in Deutschland, wird der Fall auf einer ganzen Titelseite prominent behandelt. Die Diskussion um »Gymnasiastentragödien« bekommt durch jeden Einzelfall neuen Auftrieb. Psychiater, Bildungsreformer wie auch Schriftsteller von Hesse über Rilke bis zu Thomas Mann, sie alle finden reichlich Stoff in den tragischen Schicksalen der Gescheiterten. Dass die Schülerselbstmorde – es sind jährlich um die fünfzig Fälle in Deutschland – so große Beachtung finden, ist nicht zuletzt ein kulturelles Phänomen, eine Frage der Zeitstimmung.

Rudolf wird indessen, wie damals üblich, im Rudolstädter Krankenhaus zur Schmerzstillung wiederum mit Morphium behandelt. »Ich wartete diese ganze Zeit hindurch nur auf eines, daß ich sterben würde. Aber ich wartete vergebens«, schreibt er wenig später. »Dann dachte ich viel über die Tat selbst nach. Zuerst empfand ich wohl Schrecken, wenn ich daran dachte, wie er da so gelb dagelegen hatte, aber dann sah ich ein, daß das so hatte sein müssen und daß neben jedem Schönen das Häßliche ging, ja, daß die beiden sich sogar oft die Hand reichten. Und dann überlegte ich, ob ich mir Vorwürfe zu machen habe, ob ich ihn vielleicht hätte hindern müssen, aber auch da konnte ich mich von Schuld frei sprechen. Und dann dachte ich viel an Hanns-Dietrich, und jetzt erst verstand ich viele seiner seltsamen Züge, sein ganzes so impulsives Wesen, das mich früher so überrascht hatte. Und ich fand, daß er nur hätte verlieren können durch ein längeres Leben. So war das alles gut.«

Zu denen, die diese Sicht nicht geteilt haben dürften, gehören Mutter und Geschwister von Neckers und die gemeinsamen

Schulkameraden. »Hanns Dietrich von Necker war immer ein guter Schüler. Von Ostern bis Michaelis 1911 besuchte er die Obersecunda. Dort belegte er von 17 Schülern der Klasse leistungsmäßig den 4. Platz«, vermerkt der Klassenlehrer. Von Neckers Abschiedsbrief an seine Mutter lässt Rudolf als die treibende Kraft hinter den Duellplänen erscheinen. Angesichts der Überlagerung von literarischer Inszenierung, pubertärer Überspanntheit, kalkulierter Irreführung und dem Wunsch nach Wahrhaftigkeit, die angesichts der existentiellen Situation durchbricht, ist schwer zu beurteilen, was im Vorfeld tatsächlich geschah. Von Necker schreibt:

Lies diese letzten Zeilen Deines Kindes bitte ruhig und höre an, was ich Dir im Betreff, wie ich überzeugt bin, sicheren Todes im Duell zu sagen habe. [...] Die Vorgeschichte zu dem Duell ist lang [...]. Ich liebe meinen Freund Harry Ditzen sehr. Er übte über mich eine seltsame Gewalt aus, er konnte mich völlig seinem Willen unterwerfen. [...] In einer – dennoch schönen – Stunde, als ich wieder seinem Einfluß unterlag, gab ich ihm mein Ehrenwort, mein nicht erzwungenes Ehrenwort, ihm zu helfen bei der Ausführung seiner Pläne. Damals wußte ich aber nicht, daß es, dieses Ehrenwort, mich später zum Duell mit ihm zwingen würde. Harry wußte das damals selbst nicht. Endlich kam das Schlimme heran: Harry erklärte mir, er müsse sterben, wenn er nicht rechtzeitig eine bestimmte Geldsumme von seinem Verleger erhielte und ich sollte ihn töten. – Ich habe ihn nicht gefragt, warum er das Geld haben müsse, ich habe mich begnügt mit seiner Antwort, es sei nichts Unehrenhaftes, das ihn in den Tod triebe, aber ich habe mich geweigert, ihn zu ermorden. Harry hätte mich zwingen können mit dem ihm von mir gegebenen Ehrenwort, er tat es nicht, sah ein, daß er zu viel verlangte. Sterben mußte er – und er hat damit recht. Selbstmord wollte er nicht begehen, ermorden wollte ich ihn nicht, so gab es nur einen Ausweg, das Duell. Das Duell ist nun nicht ein verdeckter Mord, sondern ich nahm Harry sein Ehrenwort ab, auf mich ebenso gut zu zielen wie ich auf ihn. So werden wir uns morgen gegenüberstehen, jeder durch seine Ehre verpflichtet, den anderen nach bestem Können zu treffen. – Meine Reue ist groß, aber niemand und nichts kann mein Ehrenwort brechen. Und Harry kann auch nichts dafür, daß es so gekommen ist. Zürne ihm bitte nicht! Ich sterbe ungern, ich war so glücklich.

Die Schule gedenkt von Neckers in einer Morgenandacht, danach »geleitete die Anstalt die Leiche des Verunglückten bei der Überführung nach Berlin zum Bahnhof«. Der getötete Gymnasiast wird im Familiengrab auf dem Alten Luisenkirchhof in Berlin beigesetzt. In der Untersuchung des versuchten Doppelselbstmordes wird auch der Spur aus Neckers Abschiedsbrief nachgegangen, Rudolf hätte Schulden bei einem Verleger gemacht. Nachforschungen im Auftrag Wilhelm Ditzens bleiben jedoch ergebnislos. Allerdings sagt Erna Simon aus, Rudolf habe ihr erzählt, »er stände mit einer Verlagsbuchhandlung in Verhandlung wegen eines Stückes, das er geschrieben habe«.

Aufgrund seiner Verletzungen und seiner psychisch labilen Konstitution ist Rudolf haftunfähig. Nachdem er einigermaßen wiederhergestellt ist, kommt er reichlich vier Wochen nach der Einlieferung in das Rudolstädter Krankenhaus in die Psychiatrie nach Jena. Mittlerweile ist die juristische Maschinerie angelaufen: Fast vierzig Zeugen werden vernommen, Gutachten eingeholt, der Tatort vermessen, Protokolle angefertigt. Die Eltern berufen sich auf eine erbliche Belastung des Sohns. Tatsächlich leidet die Mutter periodisch unter Depressionen, wie sich Rudolfs Schwester Elisabeth erinnert: »Sie weinte oft lange, anscheinend unmotiviert, […] war öfters in ärztlicher Behandlung (Gliederzucken, Schwindelanfälle).« In Rudolstadt sagt die Mutter aus: »In unserer Familie sind mehrere Fälle abnormen Geisteszustandes vorgekommen. Mein Bruder hat sich als Student das Leben genommen, weil er, wie er angab, fürchtete, geisteskrank zu sein. Auch eine Schwester meines Vaters soll sich das Leben genommen haben. Unter den Verwandten meines Vaters fanden sich mehrere eigentümliche Menschen.«

Die Anklage wegen Mordes trifft den Sohn eines Reichsgerichtsrates, der an jener Reform des Strafrechts mitgearbeitet hat, die es nun Jahre später ermöglicht, das eigene Kind für strafunmündig zu erklären. Der Preis für die Strafunmündigkeit nach § 51 des Strafgesetzbuches ist allerdings die Hospitalisierung. Professor Otto Binswanger, Leiter der Jenenser Psychiatrie, wird um ein Gutachten gebeten. Der Schweizer, 1911/12 Rektor der Universität Jena, ist einer der profiliertesten Psychiater und Neurologen seiner Zeit, zu seinen prominenten Patienten gehörte Friedrich Nietzsche, auch Johannes R. Becher ist später bei ihm in Behandlung. Sein umfangreiches Gutachten attestiert Rudolf im Kern Strafunmündigkeit, da dieser zum Zeitpunkt der Tat »unter dem Einfluss einer krankhaften *Gemütsdepression*« stand. Im Detail begründet er das so:

Der p. Ditzen gehört in die Kategorie der Psychopathen, bei denen sich die Anfänge einer krankhaften psychischen Entwicklung bis in die Kindheit zurückverfolgen lassen. Vor allem fällt auf die ungleichmäßige Entwicklung der geistigen Fähigkeiten mit einseitiger Hervorkehrung phantastischer, gewissermaßen künstlerisch-literarischer Begabung bei gleichzeitiger Entwicklungshemmung auf anderen Gebieten. Dazu gesellt sich eine krankhafte affektive Reaktion gegen die Vorgänge der Umwelt, die ihn zu einem eigentümlichen, verschlossenen, unzufriedenen und unsozialen Menschen schufen, einen Menschen, der infolge der einseitigen Hervorkehrung egocentrischer Denkrichtung mit Überbewertung der eigenen Persönlichkeit als hochmütig galt. [...]

Zur Annahme einer wirklichen geistigen Störung, welche die Handlungen dieser Psychopathen entscheidend beeinflusst, müssen noch andere schwerwiegende Krankheitserscheinungen hinzukommen. Hier stehen in erster Linie krankhafte Zwangsgedanken und Triebhandlungen sowie periodische Schwankungen der Stimmungslage, die am häufigsten das Bild der *cirkulären Psychose* darbieten.

Im vorliegenden Fall lässt sich aus der vorstehenden Schilderung unschwer erkennen, dass die Weiterentwicklung der psychopathischen Züge zu den Symptomen ausgeprägter psychischer Störung sich in der Pubertätszeit vollzogen hat und durch interkurrente Schädlichkeiten gesteigert wurde. Zur Zeit der Begehung der inkriminierten Handlung befand sich der p. Ditzen zweifellos in einer *Gemütsdepression* mit ausgesprochenen *Zwangsvorstellungen*. Der Selbstmordgedanke, welcher sich schon früher gewaltsam emporgedrängt hatte, stand im Zusammenhang mit der Zwangstendenz, einen anderen Menschen zu töten. Der Plan des gemeinsamen Selbstmordes und der gegenseitigen Tötung war die weitere Folge dieser krankhaften Vorgänge. [...] Für jeden Fall aber kann bei der Ausführung der Tat von einer *freien Willensbestimmung* nicht die Rede sein [...].

Rudolf ist in einem desolaten innerlichen Zustand. Aufhelfen möchte ihm Tante Ada, die jüngere der beiden Schwestern Wilhelm Ditzens. Um ihn abzulenken und zu beschäftigen, bietet sie dem Neffen Sprachunterricht in Englisch und Französisch an. Vielleicht rührt ihr Verständnis für seine schwierige Situation daher, dass sie selbst keine unproblematische Kindheit hatte. Adelaide Ditzen wird von den Eltern schon früh in Pension nach Weimar gegeben. Als die Mutter stirbt, ist sie 14 Jahre alt. Sie kommt in Baden-Baden in Kontakt mit einem Fürsorgeverein, der sich um Arme und Kranke kümmert, was den Grund für ihren späteren Berufsweg legt. Sie liest viel, unternimmt mit ihrem Vater ausgedehnte Reisen vor allem durch Südeuropa und lernt neben Englisch und Französisch im Laufe der Zeit auch Italienisch und Spanisch. Darüber hinaus liest sie Bücher auf Portugiesisch, Holländisch, Dänisch und Schwedisch. Nach dem Tod des Vaters lässt sich die 34-jährige Ada in Lausanne zur Krankenschwester ausbilden und arbeitet später in einer Klinik in Rom. Hier kommt sie in Kontakt mit der Schriftstellerin Malwida von Meysenbug, die mit Nietzsche und Richard Wagner befreundet war und einen Salon führt, in dem Ada auch den jungen Romain Rolland kennenlernt.

Adelaide Ditzen trifft am 8. November 1911 in Rudolstadt ein. Sie löst Rudolfs Mutter und seine Schwester Margarete ab, die beide nach Leipzig zurückkehren, und folgt ihrem Neffen eine Woche später nach Jena. Der Patient glaubt die Absichten seiner Familie zu durchschauen. Er unterstellt ihr, sie halte ihn für geisteskrank und wolle ihn über kurz oder lang in einer Anstalt unterbringen, um den bürgerlichen Schein zu wahren. Diese Furcht wird Fallada zeitlebens begleiten, ein Reflex darauf findet sich noch in seinem letzten Roman »Jeder stirbt für sich allein«, wenn der Vater der Nazi-Familie Persicke von seinem Sohn in die Psychiatrie abgeschoben wird ohne eine Chance, dort jemals wieder herauszukommen. In Rudolfs Kopf verdichtet sich ein Bild: Notizen in regionalen Zeitungen, die ihm zu Gesicht kommen, bringt er mit den verschiedenen Konsilien und Besprechungen der Ärzte mit der Familie in Verbindung: »Nach einer Meldung aus Rudolstadt«, heißt es etwa in der »Jenaischen Zeitung« vom 6. Januar 1912, »ist der Primaner Ditzen, der im Oktober vorigen Jahres den Sekundaner von Necker erschossen und sich selbst schwer verletzt hatte, nach längerer Beobachtung in der Jenaer Klinik für *geisteskrank* erklärt worden.«

Rudolf kann nicht wissen, dass sich die Meldung offensichtlich auf Binswangers Gutachten bezieht. Er fühlt sich von der Familie verraten und möchte auch mit Tante Ada nichts mehr zu tun haben: »Ich habe aber dieses Leben satt, ganz und gar. Ich habe zwei Mittel. Entweder versuche ich auf jede nur mögliche Art, meinem Leben ein Ende zu machen, das wäre gar nicht so schwer. Oder – und das ist das bessere, ich werde einfach bei der Staatsanwaltschaft melden, daß ich Hanns-Dietrich gegen seinen Willen erschossen habe. Das Gegenteil kann mir niemand beweisen. Dann verbüße ich meine Strafe und kann dann – leben! Wenn Ihr überhaupt nur ahntet, was ich für einen Lebenshunger habe! Das kann nur einer kennen, dessen Geist sie so wie bei mir methodisch tot zu machen zu suchen. […] Aber weswegen ich überhaupt schreibe, also schenke Dir Deine Besuche. Solltest Du doch kommen, rede ich kein Wort. Und dann seid nicht erstaunt, wenn einer von beiden Fällen, die ich eben angab, eintritt. Rücksicht auf die Familie nehme ich nicht mehr. Ich will mein Leben retten. Mein Geistiges. Nicht so stumpfsinnig herumlaufen wie die Leute sonst hier. Und mein Geistiges kann ich auch dadurch retten, daß ich sterbe.«

In diese Zeit fällt ein Ereignis, das durch die Aussage des 36-jährigen Wärters Arnold Schiemanz vom 7. Januar 1912 überliefert ist:

Gestern Abend (Sonntag), etwa 10 Uhr ging ich sowie mein mir anvertrauter Patient, der Primaner Rudolf Ditzen, mit dem ich in einem Einzelzimmer schlief, zur Ruhe. Der D. machte einen ganz ruhigen Eindruck. Er fragte noch, ob ich sehr müde sei. Ich war im Halbschlaf –, es mag etwa 20 Min. nach 10 h gewesen sein, und lag mit dem Gesicht nach der Wand, – als ich den D. leise aufstehen hörte. Im nächsten Augenblick packte er mich am Halse u. würgte mich, indem er das Knie mir ins Kreuz drückte, um mich am Aufstehen zu verhindern. Ich rief ihm zu: »Was machen Sie denn, seien Sie doch vernünftig.« Aber D. packte fester zu und suchte mit einer Hand unter m[einem] Kopfkissen, wo ich die Schlüssel hatte. Dabei stieß er unartikulierte Laute aus: »sie, sie« – und schüttelte mich. Ich machte mich mit einer starken Kraftanstrengung frei, packte beide Hände und hielt sie kreuzweise über seiner Brust zusammen. Da trat er und biss um sich. [...] Ich ging ihn festhaltend zur Tür und schlug mit dem Fuße daran, bis Hilfe kam. Licht machen habe ich nicht können. Von noch zwei anderen Wärtern wurde D. dann widerstrebend in die Wache gebracht.

[Auf Befragen:]

D. war stark echauffiert und der Speichel lief ihm aus dem Munde. Die Pupillen waren ganz weit.

Tante Ada, die von Rudolf weiter abgewiesen wird, weiß, dass sie sich in Geduld üben muss. Sie hinterlässt ihm einige Bücher in der Klinik, darunter einen Band des »Jean Christophe«-Romans, der jenen Schriftsteller berühmt gemacht hat, den sie im Salon ihrer Freundin Malwida von Meysenbug in Rom kennengelernt hat: Romain Rolland. Rudolfs Zustand bessert sich nur langsam. Mit der Fertigstellung von Binswangers Gutachten ist eine weitere Beobachtung des Patienten in der Psychiatrie in Jena gegenstandslos geworden. Binswanger bietet zwar an, Rudolf bei Übernahme der Kosten durch die Familie in Jena zu belassen, doch die Eltern suchen nach einer Alternative. Am 11. Januar besichtigt Wilhelm Ditzen gemeinsam mit seiner Schwester Ada das »Kurhaus Tannenfeld«. Am Tag darauf weist die Erste Strafkammer des Landgerichts Rudolstadt die Mordanklage ab und folgt der Argumentation Binswangers. Die Familie versucht, Rudolf die Überführung nach Tannenfeld mit einem »hübsch ausgestatteten Prospekt« schmackhaft zu machen. Eine Wahl hat er ohnehin nicht. Anfang Februar 1912 erfolgt die Verlegung.

SECHSTES KAPITEL

Macht Gedichte, in denen er den Selbstmord preist – Wer ist eigentlich Tante Ada? – Ich erkenne das Licht wieder, das in Ihren Augen leuchtet – Oberaufseher über hundertzwanzig Kühe

Die private Heil- und Pflegeanstalt für Gemüts- und Nervenkranke im östlich von Gera gelegenen Tannenfeld ist in einem Schloss inmitten eines Parks untergebracht. Ein Jahrhundert zuvor unterhielt Dorothea von Kurland hier in den Sommermonaten einen Musenhof mit Gästen wie Friedrich Arnold Brockhaus, Jean Paul und gelegentlich auch Goethe. Seit 1899 ist es ein Privatsanatorium. Die Patienten wohnen in komfortabel eingerichteten Einzelzimmern mit Fußbodenheizung. Es gibt Klubräume, ein Billard- und Tischtenniszimmer, eine Bibliothek und ein Fotolabor. Zu der weitläufigen Anlage gehören ein Garten, in dem sich die Patienten betätigen können, und ein Tennisplatz. »Die Zimmer geben in ihrer Einrichtung möglichst den Charakter des gemütlichen und behaglichen Wohn- und Familienzimmers wieder; die in jedem Haus vorhandenen Gesellschaftszimmer bieten den Kranken auch außerhalb ihres Zimmers einen angenehmen Aufenthalt«, heißt es in einer Werbebroschüre. Die Betreuungskosten liegen zwischen 210 und 450 Mark im Monat (der durchschnittliche Monatslohn eines Arbeiters beträgt 80 Mark). Etwa sechzig Patienten leben im Schloss. Um Rudolf kümmert sich ein persönlicher Pfleger, der zusätzlich bezahlt werden muss.

Für jemanden, der gerade mit viel Glück um eine Mordanklage herumgekommen ist, klingt das nach komfortablen Bedingungen. Allerdings ist Tannenfeld eine geschlossene psychiatrische Anstalt, das Gelände ist umzäunt, vor den Fenstern sind Gitter angebracht, es gibt Wärter sowie die unvermeidliche »Wachstation«, in anderen Einrichtungen auch »Wachsaal« oder schlicht »Wache« genannt. Hinter diesen euphemistischen Bezeichnungen verbirgt sich in den meisten Fällen eine Zelle, in der suizidgefährdete oder gemeingefährliche Patienten unter Beobachtung stehen.

Gründer und Leiter der Einrichtung ist Arthur Tecklenburg, ein Schüler Binswangers. Zu den Grundsätzen seiner Therapie gehört die Erziehung zur Selbstdisziplin, vor allem im Umgang mit Suchtmitteln. Praktische Tätigkeit, am besten an der frischen Luft, wird als Methode geschätzt. Daneben steht die ganze Palette der zeittypischen therapeutischen Möglichkeiten bereit – von der Massage und Hydrotherapie bis zur Elektrotherapie und dem Einsatz von Medikamenten. Hier betreut man nicht nur psychiatrische Fälle, sondern bietet auch Entziehungskuren für Alkohol-, Morphium- und Nikotinabhängige an.

»Degenerierte psychopathische Minderwertigkeit« heißt die Diagnose von Dr. Tecklenburg für Rudolf. Von Besserung bei dem Patienten kann zunächst keine Rede sein. Das Krankenblatt vermerkt: »11. 2. 1912: Macht Gedichte, in denen er den Selbstmord preist. 26. 3. 1912: Schriftstellert viel. Geht trotz Verbot mit anderen Patienten außerhalb der Anstalt spazieren. Teilt dies in kindischer Weise seiner Tante mit. 5. 4. 1912: Soll mit anderen Patienten zusammen Frösche gequält haben.« Tante Ada hat ihre Arbeit in Rom aufgegeben und sich in einem der Gästezimmer in Tannenfeld einquartiert, um hier dem Neffen beizustehen. Dabei ist sie keineswegs der mütterliche Typ. Die welt- und lebenserfahrene Frau durchschaut, auch in späteren Jahren, sehr wohl die Mischung aus pathologisch bedingtem Leid, Weltschmerz und Dandytum, Selbstüberschätzung, Egoismus und Selbstmitleid, mit der sie bei ihrem Neffen konfrontiert wird. Sie besitzt einen weiten geistigen Horizont, von dem Rudolf profitiert, und gehört zu den Glücksfällen in seinem Leben.

Allerdings hat die Zuwendung von Tante Ada eine Seite, die zwischen den beiden immer wieder für Spannungen sorgt. Bereits ab der zweiten Woche in Tannenfeld beginnen die Lektionen in Englisch, Französisch und zeitweise auch in Italienisch. Rudolfs Lerneifer ist stark von seinen Stimmungen abhängig. Es gibt Zeiten, in denen er vier bis sechs Stunden am Tag konsequent lernt, dann wieder sabotiert er bewusst den Unterricht. Im Februar schreibt Tante Ada einen Bericht an den behandelnden Arzt nach Jena: »Ich glaube, wir können im Allgemeinen mit Rudolfs Befinden und Benehmen hier nur zufrieden sein. [...] Tageweise ängstigte mich wieder sein unablässiges Bemühen, die Schlösser aufzubrechen, gerade wie damals in Jena, und noch viel sinnloser, da er ja oft Gelegenheit hatte wegzulaufen. Allerdings begleitet ihn ja der Wärter bei weiteren Spaziergängen, und ich auf den Wegen nach dem Schlösschen zu den Mahlzeiten, aber besonders meine Bewachung ist doch rein illusorisch.« Rudolf ist klar, dass Tante Ada nicht nur seine Lehrerin ist, sie ist zugleich Verbündete der Ärzte und der Eltern, die sie über ihre Beobachtungen unterrichtet und denen sie ihre Einschätzungen weitergibt. Ebendiese – gutgemeinte – Mittlerposition macht es ihm schwer, Vertrauen zu ihr zu fassen. »Sie sagen, gerade durch das Lernen komme ich auch gesundheitlich vorwärts«, schreibt er an den Leiter der Einrichtung, Dr. Tecklenburg. »Ich glaube es Ihnen. Dann aber müßte ich jemand zum Lehrer haben, der sich sonst nicht um mich kümmert, den nur der Schüler und nicht auch der Patient etwas angeht.«

Andererseits ist Tante Ada die einzige Bezugsperson, mit der er täglich Umgang hat, die ihn intellektuell fördert und ihn stabilisiert. Der Zwiespalt nimmt seltsame Formen an. Rudolf fühlt sich umstellt und steckt die Grenzen seiner Privatsphäre ab. Die sind ziemlich eng. So darf die Tante weder seine Bücher noch die Blumen auf dem Tisch berühren. Um sicherzugehen, dass sie sich daran hält, markiert er die Lage eines aufgeschlagenen Buchs, indem er die Bleistiftspitze auf ein bestimmtes Wort richtet. Tante Ada schreibt an Dr. Tecklenburg: »Als er [...] einen Augenblick das Zimmer verließ und ich währenddessen eins seiner Bücher vom Bord nahm und auf den Tisch legte, brachte er es erst wieder zurück auf den alten Platz, ›nun ist es, als ob nichts gewesen wäre‹, setzte sich hin, stand dann wieder auf und holte es von neuem.«

Nach diesem »Vorfall« untersagt er der Tante, die Bücher auch nur anzusehen. Er schaut sich typische Verhaltensweisen von den Mitpatienten ab, Grimassen, die Gangart, die Sprechweise, und imitiert sie vor dem Spiegel. Zum Kleinkrieg, den Ada erdulden muss, gehört auch die Schauspielerei. Bei Berichtigungen durch die Tante wiederholt er endlos die falsche Variante, oder er beginnt mitten in der Unterweisung den Kopf zu schütteln und bewegt ihn so lange hin und her, bis er schließlich mit rotem Kopf und klappernden Zähnen vor ihr sitzt. Einmal, Ende Februar, kommt seine Schwester aus Leipzig zu Besuch. Er fragt sie im Beisein der Tante: »Sag mal, wer ist eigentlich Tante Ada? Ich kenne sie doch gar nicht?«

In den ersten Wochen in Tannenfeld beginnt Rudolf wieder zu schreiben, vor allem Gedichte, aber es gibt auch Pläne für Dramen: »Immer wieder behandelt er das Thema von dem ›toten Freunde‹, dessen Schatten sich zwischen ihn und jeder Lebensfreude drängt, und das Ende ist unausweichlich Selbstmord«, berichtet Tante Ada dem Anstaltsleiter. Im März vermerkt Dr. Tecklenburg: »Hat wieder eine Novelle geschrieben, die mit Selbstmord endet.« Zu der unveröffentlicht gebliebenen Gedichtsammlung »Gestalten und Bilder« gehört auch das vierstrophige Gedicht »Tannenfeld«, das im Ton auf Hofmannsthal und Rilke gestimmt ist:

> Vielleicht ist Park hier nichts so sehr wie Leid,
> Vielleicht ist Baum ein hingeschluchztes Wort,
> Und jedes Blatt ist einer Schwermut Kleid,
> Darinnen Lust wie Leid erstickt verdorrt.

Im Frühjahr verliebt sich Rudolf in die Hauslehrerin der Familie Tecklenburg, Fräulein Busch, die er häufig sieht und gelegentlich auch anspricht. Er richtet seine ganzen emotionalen Energien auf die junge Frau, die davon nichts ahnt. An Tante Ada schreibt er: »Jeder, der mich nicht kennt, würde einfach darauf schließen, daß ich verliebt wäre, so einfach ist die Sache aber doch nicht. Du hast selbst einmal zu mir gesagt, daß ich mich selbst viel zu sehr liebe, um andere lieben zu können. Das ist – ich habe viel darüber nachgedacht – sicher richtig. Als anderen Grund meiner Nicht-Verliebtheit möchte ich auch noch sagen – Du verzeihst, ich möchte aber auch das bemerken, damit Du ein möglichst vollständiges und klares Bild hast – daß ich Fräulein Busch gegenüber auch nicht die geringste sexuelle Erregung fühle.« Rudolf lebt ziemlich gleichgültig vor sich hin, beschäftigt sich viel mit sich selbst und hält sich von anderen fern. Er glaubt, die Menschen würden nur Theater spielen, seien falsch und verlogen und würden um keinen Preis zeigen, was in ihnen vor sich geht. Bei der jungen Frau hofft er, sie würde ihr Innerstes preisgeben und ihn dadurch aus seiner Gleichgültigkeit gegenüber den Menschen aufrütteln.

Zur gleichen Zeit kommen Phantasien in ihm hoch, die mit dem Tod seines Freundes zu tun haben: »Ich träumte von dem älteren Bruder meines Freundes Necker, der plötzlich vor mir stand und auf mich schoß. Davon wachte ich auf.« Ein anderes Mal schreibt er: »Ich saß allein im Park auf der Bank, plötzlich raschelte es hinter mir in der Hecke. Sofort hatte ich den Gedanken: Jetzt steht der ältere Necker hinter dir und will auf dich schießen. So stark war das Gefühl, daß [...] ich sogar schon die Stelle empfand, an die er mich treffen würde.« Die Affäre mit Fräulein Busch, die keine Affäre war, endet misslich. Rudolf offenbart sich Dr. Tecklenburg, da er befürchtet, jetzt wieder von ähnlichen Zwangsvorstellungen wie seinerzeit in Leipzig und Rudolstadt heimgesucht zu werden, worauf er für einige Tage eingeschlossen und bewacht wird. An die Tante schreibt er danach: »Ich bin ruhig geworden. Aber ich täusche mich nicht darüber, daß es mit dieser Ruhe eine fragliche Sache ist und daß es über kurz oder lang – und ich glaube sehr bald – wieder so kommen wird. Ich bin zwar ganz sicher, daß ich nicht wieder einen Anfall von Zwangsideen bekommen werde, aber diese Angst und

Aufregungszustände sind schon an sich schrecklich genug, und auf die Dauer werde ich sie nicht ertragen können.«

Fast ein halbes Jahr ist Rudolf jetzt in Tannenfeld. Noch immer hat er keinen seelischen Halt gefunden. An Dr. Tecklenburg schreibt er: »Ich komme immer tiefer in eine völlig melancholische, entschlußlose, unlustige Stimmung hinein, wenn ich an meine Sprachstudien gehe, so empfinde ich das als so gleichgültig, in die Gärtnerei komme ich überhaupt nicht mehr, an der Literatur und an meinen literarischen Arbeiten habe ich nicht die geringste Freude mehr, alles ekelt mich an. Über kurz oder lang werde ich alles liegenlassen und irgend etwas vom menschlichen Standpunkt unsagbar Dummes tun. Aber das täte mir nicht leid. Ich warte noch immer auf etwas, das mich aufrütteln könnte, aber dieses ganze Warten ist so nutzlos, daß es mich nur hoffnungsärmer macht.«

Trotz der ständig schwankenden Stimmung kommt er mit seinem Sprachunterricht voran. Auch bemüht sich die Tante, seinen literarischen Horizont zu erweitern. Zu Wilhelm Raabe, Fontane und Jean Paul, die schon im Elternhaus eine Rolle spielten, kommen jetzt Charles Dickens, Gabriele D'Annunzio, François-René de Chateaubriand und – natürlich – Romain Rolland hinzu. Zu seinem 19. Geburtstag am 21. Juli 1912 schenkt ihm die Tante eine französische Ausgabe des Buchs von Rolland, das sie für sein bestes hält: die Michelangelo-Biographie.

Das eigentliche Geschenk ist jedoch die Idee, die dahintersteht: Rudolf soll das Buch ins Deutsche übertragen, und Tante Ada will ihre lose persönliche Verbindung zu Rolland nutzen, um die Übersetzung ihres Neffen vom Autor autorisieren zu lassen. Mit einem Mal öffnet sich ihm einen Spaltbreit die Tür ins Reich der Literatur, das ihm zeitweise näher liegt als das eigentliche Leben. Die Aussicht, seinen Namen in der literarischen Öffentlichkeit durch die Übersetzung eines Romain-Rolland-Buches bekannt zu machen, setzt neue Energien frei. Ab dem Sommer geht es ihm besser, er macht sich mit Eifer an die Arbeit. Bereits im Oktober wendet sich Rudolf ein erstes Mal an Rolland. Noch bevor er eine Antwort bekommt, schickt er Proben seiner Arbeit an vier renommierte deutsche Verlage. Eine halbe Zusage bekommt der Anfänger von Eugen Diederichs: »Mein literarischer Vertrauensmann fand Ihre Übersetzung gut und riet mir auch zum Herausbringen des Buches, so daß wohl in der Hauptsache noch über die Honorarfrage zu verhandeln ist.«

Auf die Euphorie folgt vier Wochen später der Tiefschlag: Die Rechte für die deutsche Übersetzung sind bereits vergeben. Frucht dieses ersten Anlaufs ist ein kurzer Briefwechsel mit dem Autor. Der 19-Jährige schreibt dem berühmten Schriftsteller, der drei Jahre später den Literaturnobelpreis erhält: »So wie Ihr Michelange ringt und kämpft und unterliegt [...], so haben auch ich und Sie und wir alle, die wir Künstler sind oder werden wollen, gerungen, gekämpft und sind unterlegen.« In die Selbstüberhebung mischt sich rhetorische Demut, Rudolf schreibt, er hoffe, Antwort zu bekommen »als unbekannter Dingsda in Deutschland«. Rolland ermutigt den jungen Unbekannten: »Ich schätze es, Sie so lebendig und leidenschaftlich zu sehen. Sie sind ein Künstler: Ich erkenne das Licht, das in Ihren Augen leuchtet.«

Ein Anfang ist gemacht, die Beachtung im literarischen Leben zum ersten Mal in greifbare Nähe gerückt. Jetzt entwickelt Rudolf trotz des Rückschlags eine zielstrebige Korrespondenz, um seine Übersetzungsarbeiten und literarischen Entwürfe zu publizieren – leider ohne Erfolg. Er lässt sich Briefpapier herstellen mit dem Aufdruck »Schriftsteller«. Man kann darin mit gutem Grund die Selbstüberschätzung des Anfängers sehen, zugleich aber ist dieses die Tatsachen vorwegnehmende Selbstverständnis in jenen Tagen ein wichtiges Lebensziel. Die Aussicht darauf, es jemals verwirklichen zu können, gehört zu den wenigen Lichtblicken für den noch immer von Selbstmordgedanken Bedrohten.

Tante Ada verabschiedet sich, sie wird fortan einem blinden Studenten bei der Abfassung seiner Dissertation behilflich sein.

Bis sie 1936 für längere Zeit nach Carwitz kommt, wird der Neffe sie nur noch sporadisch sehen.

Im März 1913 stellt sich die Frage nach Rudolfs Wehrtauglichkeit, und sie wird abschlägig beschieden: Die »krankhafte Störung der Geistesfähigkeit« läge »dauernd« vor, attestiert Dr. Tecklenburg. Vater, Bruder und sein Freund Willi Burlage besuchen ihn in Tannenfeld. Am 1. August 1913 darf Rudolf, vorerst noch unter Aufsicht, nach mehr als anderthalb Jahren die geschlossene Anstalt verlassen. Er kommt als Eleve auf das drei Kilometer von Tannenfeld entfernte Gut Posterstein. Körperliche Arbeit an der frischen Luft, das ist das Rezept, das schon Dr. Eggebrecht im Fall des jungen Mannes für erfolgversprechend hielt. Wilhelm Ditzen, der für das Kostgeld des Eleven aufkommt, korrespondiert mit dem Gutsbesitzer, weiht ihn in groben Zügen in die Vorgeschichte ein und bittet um Diskretion. Am Ende seines Lebens hat Fallada an seine Zeit in Posterstein zurückgedacht:

Ein Gutsbesitzer, ein Herr Rittergutsbesitzer, war bequem zur Hand, der bereit war, mich gegen ein gutes Kostgeld zum Eleven zu machen, und so stand ich denn eines Morgens um drei Uhr im Kuhstall als Oberaufseher über hundertzwanzig Kühe und etwa ein Dutzend Melker, und von dem Tag an hatte ich jeden Morgen meines Lebens um drei Uhr im Kuhstall zu stehen und darauf zu achten, daß die Kühe auch sauber gemolken wurden, daß die Melker nicht grob mit ihnen umgingen, daß sich nicht zu viel milchlüsterne Katzen herumtrieben – und ich war so müde!

Der Tag ging weiter, war endlich die Milch zum ersten Morgenzug geschickt, wurde ich nach kurzem Frühstück aufs Feld geschickt, zum Pflügen etwa oder zum Zuckerrübenakkord oder, was noch immer am besten war, in den Wald. Denn da durfte ich ein bißchen bummeln, ehe ich zu den Holzbauern kam, sonst hatte ich den ganzen Tag hinter Leuten zu stehen und sie zur Arbeit anzutreiben, denn nie taten die Leute nach Ansicht meines Vorgesetzten, des Inspektors Schönekerl, genug. Und nie leistete ich genug im Antreiben.

War dann der Abend gekommen, die Pferde abgefüttert, war ich müde zum Umsinken, so begann mein hoher Chef mit seinen Stehkonventen. Er hatte spiegelnde Reitstiefel an, und in ihnen wie ein Turm stehend, begann er die Wirtschaft zu besprechen, wie er es nannte, während ich in meinen mageren Gamaschenbeinen vor Müdigkeit leise hin und her schwankte und ganz blöde im Kopf war.

Erst jetzt sind die Erinnerungen des Landarbeiterkinds Hans Rothe und der Tochter des Gutsbesitzers, Margit Elbers, an Begegnungen mit Ditzen in Posterstein aufgetaucht, die sie Jahrzehnte später aufgezeichnet haben. Rothe schreibt: »Wir saßen zu Haus beim Abendbrot. Es gab das übliche Menü der kleinen Leute – Quark mit Pellkartoffeln. Da klopfte es. Ein junger Mann trat ein und stellte sich als neuer Eleve vor. Er hieß Rudolf Ditzen. Meine Eltern waren als Landarbeiter auf dem Rittergut beschäftigt. Wir wohnten deshalb in einer Werkswohnung. Da wir in unserer Familie sieben Kinder zählten, mußte ich als Großer durch eine Nebenbeschäftigung zur Aufstockung des Familieneinkommens beitragen. Deshalb hatte ich das Schuhputzen für die Scholaren, wie wir die Eleven nannten, übernommen. Sicher hatte Rudolf Ditzen das von seinem Vorgänger erfahren. Nun kam er zu uns und fragte uns, ob wir diese Arbeit auch für ihn verrichten wollten. So wienerte ich fortan auch Ditzens Schuhe und Stiefel und kam täglich mit ihm zusammen. [...] Sehr gut erinnere ich mich zum Beispiel an seine Vorliebe für das Angeln und Schießen. In der Sprotte, zwischen der Unter- und Rothenmühle, gab es Forellen in rauhen Mengen. Die ganze Woche freute er sich aufs Angeln am Sonntag. Viel Spaß fand er auch daran, mit dem Tesching zu schießen, wenn sie nicht anbeißen wollten. Am anderen Tag mußte ich dann ans Wehr gehen und nach den toten Fischen suchen, die an den Wehrbrettern hängengeblieben waren.«

Am 5. Oktober besucht Rudolf, seit zwei Monaten in Posterstein, den Gottesdienst zum Erntedankfest. An diesem Tag wird der Pfarrer durch einen Geistlichen aus der Nachbarschaft vertreten. Der stellt sich als Schwiegersohn des Rudolstädter Superintendenten Braune heraus, in dessen Haus Rudolf eine Zeitlang gelebt hatte. Kaum zwei Jahre sind seit dem Duell vergangen. Der Geistliche erkennt den jungen Eleven, und es kommt zum Eklat: Rudolf wird vor versammelter Gemeinde vom Abendmahl ausgeschlossen, an seinen Händen klebe Blut. Vierzehn Tage später zieht das Herzogliche Landratsamt in Ronneburg Erkundigungen ein, warum Ditzen nicht in Gewahrsam sei.

In seiner Antwort begründet Dr. Tecklenburg, warum er die Aufhebung des Gewahrsams bei Rudolf verantworten könne: »Der phantastische, unklare Schwärmer mit allerhand krankhaften Störungen, der in großer Selbstüberhöhung sich bereits als literarische Größe sah, schraubte mit fortschreitender Klärung und Reife seine Zukunftshoffnungen allmählich zurück und gab uns schließlich von selbst den besten Beweis seiner fortschreitenden Genesung zu einer robusteren und nüchternen Lebensauffassung in seinem Entschluß, Landwirt zu werden.« Ditzen zähle zu den »constitutionell Minderwertigen, die in der gefährlichen Zeit der Pubertät zu entgleisen und seelischer Erkrankung zu verfallen drohten, diese für sie ominöse Periode ihres Lebens doch noch glücklich überwinden, sich eine berufliche Zukunft gründen und mit zunehmender körperlicher und seelischer Reifung bis auf ihre nervöse Anlage gesunden«. In seiner Reaktion hält das Landratsamt »eine sicherheitspolizeiliche Überwachung Ditzens zur Zeit noch für geboten«, überlässt sie aber dem Arzt mit der Auflage, dem Amt zu melden, sobald eine konkrete Gefährdung von ihm ausginge.

Auch wenn die Ereignisse Rudolf zugesetzt haben, wie sich aus der Korrespondenz mit dem Vater und Dr. Tecklenburg ablesen lässt, mit der Zeit gelingt es ihm, sich auf die Gutsgemeinschaft in Posterstein einzulassen. Die Tochter des Gutsbesitzers erinnert sich fast sechs Jahrzehnte später, dass Ditzen vor allem für Aufsichtstätigkeiten eingesetzt wurde. Dass er darüber hinaus schriftstellerische Ambitionen hat, ist auf dem Gut allgemein bekannt, für sie und ihren Bruder schreibt er Gelegenheitsgedichte: »Auch sehe ich H. F. genau den wöchentlichen Lohn für all unsere Leute ausrechnen und sonnabends mit dem Kriegsvertreter Herrn Fritsch auszahlen.« Hans Rothe hat ähnliche Erinnerungen: »Wie der Spieß beim Barras, hatte auch Ditzen immer ein Notizbuch zwischen zwei Knöpfen des Jacketts stecken. Seine Romane beweisen, daß er alles irgendwie Brauchbare notiert haben muß. Besonders beim Rübenverziehen auf dem Rittergutsfelde, wenn er mit der alten Brumms Emilie über uns Rangen die Aufsicht führte, gab es viel Gelegenheit zum Notieren. [...] Wenn endlich Feierabend war (damals gab es noch keinen Achtstundentag, auch nicht für Kinder), dann hatte Ditzen immer eine Schar Kinder um sich herum, denen er auf dem Heimwege Geschichten erzählte. Wobei er allerdings das Rauchen, das seine größte Leidenschaft war, nicht vergaß. Unzählige Zigaretten paffte er täglich in die Luft, was ihm sicher auch gesundheitlich gesehen zum Verhängnis geworden ist. Sehr oft war ich auf Achse, um im Dorfgasthof für ihn zwei bis drei Schachteln Zigaretten einzukaufen.«

Im Rückblick sind die Jahre auf den Gütern für Rudolf eine Zeit des unbewussten Lernens, nicht nur was das Landwirtschaftliche betrifft, sondern auch im Hinblick auf den Umgang mit Menschen: »Ich war nämlich fast immer mit Menschen zusammen, ich stand hinter den endlosen Reihen der schwatzenden Frauen beim Rübenhacken, beim Kartoffelbuddeln, und ich hörte die Frauen und die Mädels schwatzen, von morgens bis abends ging das. Abends schwatzte dann der Chef, und auch die Schweizer im Kuhstall schwatzten wie die Knechte beim Füttern im Stall. Ich konnte ja nicht anders, ich mußte zuhören, ich lernte, wie sie reden und was sie reden [...]. Und da ich ein sehr kleiner Beamter war, der auf keinem Pferd herumritt, sondern höchstens der Zeitersparnis halber das Dienstrad benutzte, so hatten die Leute auch keine Hemmungen, mit mir zu reden, ich habe es damals gelernt, mit jedem Menschen zu schwatzen.«

Im Juni 1914 verdichtet sich die Kriegsgefahr in Europa. Für die Generation von Rudolf Ditzen wird der Weltkrieg zum Generationserlebnis. Vor allem im Bürgertum – nicht nur in Deutschland, sondern in allen entwickelten Staaten Europas – gibt es einen Überschuss an Idealismus, der einhergeht mit mangelnder Phantasie, was Krieg im Zeitalter der Industrialisierung bedeutet. Der letzte Krieg, den Deutschland geführt hat, liegt 43 Jahre zurück, fast ein Jahrhundert lang sind keine fremden Truppen durchs Land gezogen. Rudolf meldet sich in Altenburg freiwillig zur Infanterie und wird wegen seiner schwachen physischen Konstitution abgelehnt. Für ihn wäre die Einberufung ein Weg, ins bürgerliche Leben zurückzukehren – auf dem Umweg übers militärische. Sein Vater unterstützt ihn in diesem Begehren. Dr. Tecklenburg reagiert hingegen vehement ablehnend. Neben den fachlichen Bedenken – Rudolfs nervliches Leiden sei konstitutionell bedingt, also dauerhaft – gibt es noch einen weiteren Punkt: Es ist kaum zu vermitteln, den wegen Mordes angeklagten Sohn eines Reichsgerichtsrats, gegen den das Verfahren wegen Schuldunfähigkeit eingestellt wurde, nur drei Jahre später für wehrdiensttauglich zu erklären: »Ein Abweichen vom consequenten Standpunkt gibt gerade dem im Publikum viel verbreiteten Vorwurfe neue Nahrung, daß es eine Klassenjustiz gibt.«

Gegen den Rat von Dr. Tecklenburg unternimmt Rudolf einen zweiten Versuch, sich als Kriegsfreiwilliger zu melden, diesmal in Leipzig. Beim 19. Sächsischen Train wird er genommen, tut elf Tage Dienst in Pferdeställen, wird angeschrien, wegen seiner Ungeschicklichkeit verhöhnt und schließlich, als seine Akte eintrifft, die ihn als »Psychopathen« ausweist, am 22. September als »untauglich ausgesondert«. Zwei Tage später zieht sein jüngerer Bruder Uli ins Feld, er dient im selben Regiment wie Rudolfs späterer Verleger, Ernst Rowohlt, mit dem er sich anfreundet.

Rudolf geht zurück nach Posterstein, wo er seine landwirtschaftliche Ausbildung fortsetzt und im August 1915 abschließt: »Herr Ditzen hatte Gelegenheit, sich in allen Zweigen der Landwirtschaft, im Getreide- und Samenbau, in der Viehzucht, Branntweinbrennerei und Buchführung (Howard) gründlich auszubilden«, attestiert ihm der Rittergutsbesitzer. »Er hat nicht nur die Kasse und die Bücher ein Jahr allein geführt, sondern auch in Amtsvorsteher- und Schiedsmannsgeschäften zu meiner großen Zufriedenheit gearbeitet; auch im Geschäftsbriefverkehr war er sehr gewandt und erfolgreich. Ganz besonders möchte ich seine leichte Auffassungsgabe hervorheben, seinen klaren Blick, sein reges Interesse für seinen Beruf und sein stets freundliches, bescheidenes Wesen.«

Mit diesem Zeugnis beginnt für den 22-jährigen Rudolf Ditzen das Leben in Selbständigkeit. Es verschlägt ihn nach Hinterpommern, nach Heydebreck im Kreis Regenwalde, seit 1895 ein Familiengut der Bismarcks. Mitten im Krieg sind männliche Arbeitskräfte rar. Der Berufsanfänger Ditzen erhält auf Anhieb die Stelle eines Zweiten Inspektors. »So viel Unglück der Krieg auch vielen gebracht hat«, schreibt er an Dr. Tecklenburg, »mir hat er nur Gutes gebracht, denn im Frieden hätte kein Mensch daran gedacht, mir eine so verantwortungsvolle Stellung zu übertragen.« Die Arbeit ist schwer, die Verpflegung schlecht. »[...] ich war damals ziemlich weit von der Schriftstellerei ab [...], ich dachte auch mit keinem Gedanken an so etwas wie Bücher. Immer war ich müde, immer hatte ich Hunger«, schreibt er drei Jahrzehnte später. Es stellt sich bald heraus, dass Rudolf für den Außendienst körperlich nicht geeignet ist, er wechselt ins Büro, wo er seine Arbeit zur Zufriedenheit des Güterdirektors erledigt, der ihm »unermüdlichen Fleiß und Gewissenhaftigkeit« sowie ein »bescheidenes und solides« Auftreten bescheinigt.

Dennoch hält es ihn nicht lange in Heydebreck. Schon nach fünf Monaten wechselt er nach Stettin, der pommerschen Hauptstadt, wo er am 1. März 1916 eine Stelle als Assistent im Büro der Landwirtschaftskammer für Pommern antritt und zum Spezialisten für Kartoffelzüchtung wird: »[...] in meinen besten Zeiten habe ich rund 1200 Kartoffelsorten nicht nur dem Namen nach gekannt, sondern auch nach dem Aussehen der Form und der Farbe der Knollen zu bestimmen gewußt.« Auch in Stettin bleibt Ditzen nur ein Dreivierteljahr, er kümmert sich um Saatkartoffel- und Düngerhandel, zumeist hat er es mit Schriftverkehr zu tun, aber er fährt auch über Land. Auf Gut Strellin südlich von Greifswald macht er die schicksalhafte Bekanntschaft Johannes Kagelmachers, der zu einer zentralen Gestalt in seinem Leben werden soll. Vorerst aber hat er genug von Pommern. »Daß Stettin auf die Dauer ein bisschen sehr langweilig ist, das weiß ich aus eigener Erfahrung«, wird er sich später erinnern. Zum 15. November 1916 übernimmt Ditzen eine Anstellung bei der im Oktober gerade neugegründeten Kartoffelbaugesellschaft m. b. H. in Berlin und kehrt zurück in die Stadt seiner Kinderjahre.

SIEBTES KAPITEL

Ein warmes Stück Fleisch – Und wie konnte er erzählen! – Dieses zitternde Auf und Ab des Zweigeschlechtlichen – Ich fühle ätzend den Durst nach Genüssen, die vergessen machen – Am Ende bleibt Kartoffel Trumpf

Im dritten Kriegsjahr beginnt die Stimmung an der Front und im Hinterland zu kippen. Deutschland ist durch die britische Seeblockade nicht nur wirkungsvoll von allen Rohstoffeinfuhren abgeschnitten, sondern auch von dringend notwendigen Lebensmittelimporten. Zudem fällt die Ernte schlecht aus. In den Großstädten gewöhnt man sich zunehmend an den Anblick ausgemergelter Kinder. Über 700 000 Menschen sterben während des Kriegs im Deutschen Reich an Unterernährung und deren Folgen.

Die Forschung läuft auf Hochtouren, um Surrogate für kriegswichtige Materialien, aber auch für Lebensmittel herzustellen. Auf dem Lande sind die Probleme überall die gleichen: Es fehlt an Arbeitskräften, Pferde sind für die Front beschlagnahmt, Landmaschinen können nicht mehr ordentlich gewartet werden, und Dünger ist rar. Zudem führen künstlich niedrig gehaltene Preise dazu, dass die Bauern ihre Kartoffeln lieber an die Schweine verfüttern, um das Fleisch dann teuer verkaufen zu können. Das sind die Umstände, die der wissenschaftliche Hilfsarbeiter und Leiter der »Abteilung für Vermittlung von Pflanzkartoffeln« Rudolf Ditzen vorfindet. Er hat »schriftliche Anfragen in Dünger-, Sortenwahl- und Pflanzenzuchtfragen zu beantworten«, später leitet er die Vermittlungsstelle für Saatkartoffeln. Erhalten hat sich aus dieser Zeit eine 24 Seiten umfassende Analyse der Kartoffelernten von 1913 bis 1916 sowie ein 30-Seiten-Manuskript mit statistischem Material, das ihm vermutlich als Grundlage der Ausarbeitung gedient hat. Doch bei allem Engagement, mit dem er seinen Beruf betreibt, es sind nicht seine eigentlichen Probleme.

Berlin ist für ihn zunächst ein Versprechen auf Freiheit, auf ein selbstbestimmtes Leben in der Anonymität der Metropole, auf die Chance, sich als Künstler zu beweisen. Und dann ist Berlin für Rudolf, dessen männliche Altersgenossen zum großen Teil eingezogen sind, die Stadt der Frauen. Anfang 1917 gibt er den Eltern seine Verlobung mit der Buchhalterin Hedwig Jagusch bekannt. Er widmet ihr ein Liebesgedicht: »Als ich mich selbst verlor im Überschwange«. Die Familie reagiert mit Reserve. Tante Ada, die nach wie vor mit Dr. Tecklenburg in brieflichem Austausch über Rudolfs Entwicklung steht, sieht die Gefahr, das alte Leiden, »unbegründete Antipathien gegen sonst ihm liebe Menschen« zu entwickeln, könnte wieder ausbrechen. Auch fürchtet sie, die junge Buchhalterin sei Rudolf intellektuell nicht gewachsen.

Tatsächlich dauert die Beziehung nur einige Monate, Ditzen löst die Verlobung schon Ende Juni wieder. Wenig später schreibt er über die Zeit mit Hedwig: »Nach einer Reihe von Pubertätsjahren, die mir *keinen* Fall von gelungenem Geschlechtsverkehr brachten, die mich ernstlich an meine vollkommene Impotenz glauben ließen, lernte ich Hedwig kennen. Sie reizte mich rein körperlich erotisch. Gewiss war sie nicht mehr als ein lymphatisches, dickes Stück Fleisch. Aber Du musst bedenken, dass ich in keiner Weise verwöhnt war. Was ich bisher kennen gelernt hatte, war das Bordell, mit seiner Unbefriedigung und die Onanie mit ihren rein gehirnlichen Reizen. Nun kam Hedwig, ich hatte einen Körper, den ich weinen und lachen machen konnte, ein warmes Stück Fleisch, das immer seine Arme um meinen Hals legte, das müßte Dir schon [?] meine lange Anhänglichkeit an H. erklären. Aber auch hier fand ich keine vollständige Erfüllung. Die wenigen Male, wo ich mich zu einer Attacke auf ihre Junge-Mädchen-Sittlichkeit (wie ich sie damals sah) hinreißen ließ, unterlag sie mir stets. Aber ein eigentlich sexueller Verkehr wurde doch auch hier nicht daraus, am Ende waren es wieder verzweifelte Onanierversuche, bei denen ich nur mehr gereizt wurde.«

Adressatin dieser im Gestus gnadenloser Offenheit vorgetragenen moralischen und sexuellen Selbstdemontage ist Anne Marie Seyerlen. Sie ist Ditzens wichtigste Bezugsperson in diesen frühen Berliner Jahren. Er lernt sie im Frühjahr 1917 durch die gemeinsame Freundin Lotte Fröhlich kennen, eine Bildhauerin und Antiquitätenhändlerin. Mit der 18 Jahre älteren Frau des Malers Max Fröhlich, der zum Kriegsdienst eingezogen ist, verbindet ihn gleichfalls eine kurze Liaison. Beide Frauen haben Mitleid mit dem jungen Mann, der sich als Autor von Stücken hervortut, die im privaten Rahmen aufgeführt werden. Ditzen agiert bei diesen Aufführungen zugleich als Schauspieler. Die Büroarbeit lässt ihm Zeit zum Schreiben, er bietet verschiedenen Verlagen, wenn auch erfolglos, seine Übersetzungen an und stellt eine Sammlung mit rund siebzig Gedichten unter dem Titel »Gestalten und Bilder« zusammen, die er zu publizieren versucht – ebenfalls ohne Erfolg.

Eins der Gedichte behandelt die Kartoffel in ihrem Streben nach Licht als Symbol des Begehrens (»Sehnsüchte«). Es ist vermutlich das einzige Gedicht in deutscher Sprache, dessen erotisches Fluidum sich an einer Kartoffel entzündet: »Kartoffeln liegen hoch in nassen Haufen / Vor seines Bauches klebrigfeuchten Falten / Und von den haar'gen Schenkelbogen laufen / Blutläuse knackend in der Schichtung Spalten.« Tante Ada hält die Gedichte ihres Neffen für »ganz perverse literarische Machwerke«. Tatsächlich liest sich die Sammlung mit Titeln wie »Nach dem Erguß« und »Die perverse Jungfrau« oder »Taumel im Bordell« wie ein kalkulierter Tabubruch. Nichts Menschliches ist dem jungen Dichter fremd. Er denkt sich in die masochistischen Phantasien einer jungen Frau hinein (»Dann schreit es Feuersbrunst in deinem Leibe / Und schwingt dich fort mit Peitschenhieben / Dann bist du geil nach Mann und Tier und Weib«), bedichtet in provokatorischer Beiläufigkeit (»Abendspaziergang«) eine sodomitische Szene (»Auf seinem Hof verstohlen angekommen, / Zieht ihn zum Kuhstall sehnendes Gebrüll, / Er hat sich dort von einer Kuh genommen, / Was ihm das Mädchen nicht gewähren will«), widmet den Masturbationsfreuden eines jungen Mädchens ein Gedicht (»Hübscher Morgen«) und lässt auch das letzte große Tabu nicht aus, die Nekrophilie (»Du dunkle Schöne«): »Die Glieder frei! Die Brüste schnell entblößen, / Das alles bargst du meiner Sehnsucht Blick …? / Nun fühle es, in meiner Liebe Stößen, / Fühl es im Himmel: irdisch Liebesglück!«

»Der Ditzen tat mir leid und ich traf ihn oft bei Frau Fröhlich, der es ebenso ging«, erinnert sich Anne Marie Seyerlen sehr viel später. »Wir gingen oft stundenlang spazieren und er erzählte nicht nur all das […] über seine Kindheit und Jugend, der Zeit in den Anstalten und alles nachher. Und wie konnte er erzählen! Es war grauenhaft. Und ich, die einsam und bedrückt war, hatte nur Mitleid mit ihm und ließ ihn sprechen, sprechen und war froh, jemandem damit helfen zu können.« Anne Marie stammt aus Dänemark, sie ist attraktiv, verheiratet und zehn Jahre älter als Ditzen. Ihr Ehemann ist der Nationalökonom und Kunsthistoriker Egmont Seyerlen, mit Gottfried Benn seit 1912 lebenslang befreundet. Seyerlen wird als Schriftsteller 1913 mit einem Pubertätsroman bekannt, in dem er unter dem Titel »Die schmerzliche Scham« die »Geschichte eines Knaben um 1900« schildert. Rudolf hat das Buch sehr beeindruckt, seine »Gestalten und Bilder« widmet er keiner lebenden Person, sondern Jörgen van Dryn, dem Protagonisten dieses Romans. Seit 1915 ist Seyerlen im Feld. Als gäbe es nur dieses eine Regiment, dient er zusammen mit Rudolfs Bruder Uli Ditzen und mit Ernst Rowohlt in derselben Einheit.

Rudolf verliebt sich in Anne Marie und hat freie Bahn. Beide kommen sich rasch näher. Im Juni fahren sie getrennt nach Leipzig und verbringen hier ein gemeinsames Wochenende. Danach schreibt Ditzen an seine Geliebte: »Du hast gestern wieder über die ›verflixte Erotik‹ gescholten, die uns alles verdürbe. Noch im Insektenpulver-Bett habe ich mich darüber geärgert und im Einschlafen gesagt ›So ein Quatsch, Miami!‹. – Und bei Tageslicht besehen, halte ich diesen Ausspruch voll noch ganz aufrecht. Es ist ein Quatsch, dass die Erotik in unserm Verhältnis zueinander verflucht sein sollte oder etwas verdürbe. Im Gegenteil. – Nun also: was wir beide sind, geworden sind, das sind und wurden wir zum größten Teil durch unsere eigene Erotik. Unser geistiges, unser seelisches Sein ist durch sie und aus ihr gewachsen. Unsre stärksten Emotion[en] wachsen aus ihr. Nimm sie aus Deinem Leben heraus und Du bist nichts mehr. [...] zwischen uns wird immer dieses zitternde Auf und Ab des Zweigeschlechtlichen sein.«

Es ist schnell klar, auf welcher Seite im Verhältnis der beiden der Schwerpunkt des Begehrens liegt. Da Rudolf weder über hervorstechende Attraktivität noch über Vermögen oder Status verfügt, kämpft er mit der Waffe, die ihm zu Gebote steht: mit dem Wort. Er versucht weitschweifig, ihre Bedenken zu zerstreuen, ihm ginge es in ihrer Beziehung lediglich um Sex, und beteuert, die Erotik sei zwar »ein Bestandteil unserer Seelen, aber kein vorwiegender«. Sich selbst, und das bleibt lebenslang ein Muster in seinem Verhältnis zu Frauen, reduziert er dabei zum scheinbar passiven Teil der Beziehung, zum »kleinen Jungen«: »Ich bin ein ganz kleiner dummer Junge geworden«, heißt es in einem der Liebesbriefe an Anne Marie, in einem anderen bezeichnet er sich als »dumm und klug, grantig und wie ein Junge«. »Ach, es liegt alles daran«, heißt es später einmal, »dass Du in mir ja keinen Mann zur Seite hast, sondern nur einen *Jungen*, der stets die Welt floh und fürchtete, und dem Du erst Mut machtest, der durch Dich erst zum Manne erzogen werden soll.«

Vermutlich in dieser Zeit, im Sommer 1917, lernt Ditzen eine neue Welt kennen. Wolfgang Parsenow, der als Soldat an der Westfront war, taucht in Berlin auf. Er ist der Sohn aus Lotte Fröhlichs erster Ehe. Der nur vier Jahre jüngere Wolf Parsenow, Urbild des Pagel in »Wolf unter Wölfen«, versteht sich gut mit dem abgelegten Liebhaber seiner Mutter. Ditzen erinnert sich: »Wir haben dann wie Pech und Schwefel zusammengehalten, er hat mir immer Morphium besorgt und ich ihm Geld.« »Benzin«, wie der Stoff im Szenejargon heißt, gibt es vor allem in den Lazaretten, den Cafés, Bars und Weinlokalen, es ist die Handelsware der verletzten Soldaten, die aus den Krankensälen herausgeschmuggelt wird. Man kann Morphium aber auch in der Apotheke kaufen, vorausgesetzt, man verfügt über ein Rezept. Die Droge wird zum Problem. Das moralische und soziale Elend fördert die Tendenz, sich dem Vergessen hinzugeben, gesellschaftliche Konventionen beginnen sich aufzulösen. Nach Kriegsende steigt die Zahl der Drogensüchtigen in deutschen Heilanstalten und Krankenhäusern auf das Vier- bis Achtfache, ein Phänomen, das sich 1945 wiederholt.

»Ich fühle ätzend den Durst nach Genüssen, die vergessen machen«, schreibt Rudolf an Anne Marie im Juli 1917. Schon bald stellt sich Abhängigkeit ein:

Aber als ich an jenem Morgen erwachte, da ich dem Nichts gegenüberstand, wußte ich, ich mußte Morphium bekommen, um jeden Preis. Mein ganzer Körper war von einer peinigenden Unruhe erfüllt, meine Hände zitterten, ein toller Durst quälte mich, ein Durst, der nicht nur in der Mundhöhle, sondern in jeder einzelnen Zelle meines Körpers lokalisiert schien.

Ich nahm den Hörer ab und rief Wolf an. Ich ließ ihm keine Zeit, mit ersterbender Stimme hauchte ich: »Hast Du Benzin? Komme sofort! Ich vergehe!«

Und legte mich aufatmend in die Kissen zurück. Eine tiefe feierliche Erlösung, Vorgefühl des kommenden Genusses, machte den gequälten Körper sanft: Wolf würde mit dem Auto kommen, ich würde die Spritze einstechen – ich fühle das Eindringen der Kanüle, und nun ist das ganze Leben schön.

In seinem »Sachlichen Bericht über das Glück, ein Morphinist zu sein« beschreibt Fallada die verzweifelten Versuche, Stoff zu beschaffen, die Taxifahrten von einer Apotheke zur anderen, um mit gefälschten Rezepten oder Überredungskunst an »Benzin« zu kommen, und das Glück, wenn es am Ende gelingt: »Es ist so sanft, ein glücklicher Strom wallt durch meine Glieder dahin, in seinem Strömen bewegen sich alle kleinen Nerven zart und sacht wie Wasserpflanzen in einem klaren See. Ich habe Rosenblätter gesehen. – [...] meine einzige Geliebte ist jetzt das Morphium. Sie ist böse, sie quält mich unermeßlich, aber sie belohnt mich auch über jedes Begreifen hinaus. Wie begrenzt warst du, Frau. Man reichte stets über dich hinaus, glaubte man dich erreicht, war man ganz woanders –: Diese Geliebte ist wahrhaft in mir. Sie füllt mein Hirn mit einem hellen, klaren Lichte, in seinem Schein erkenne ich, daß alles eitel ist und daß ich nur lebe, diese Verzückung zu genießen. Sie wohnt in meinem Körper, und kein klägliches Geschlechtstier mehr bin ich, das sich noch in der Ermattung unbefriedigt und wild nach dem andern sehnt, nun bin ich Mann und Frau zugleich, die mystische Hochzeit wird gefeiert mit dem Einstich der Nadel, die fehlerlose Geliebte, der untadelhafte Liebende, sie feiern ihre Feste unter der Laube meiner Haare.«

Anne Marie und Rudolf nehmen sich eine heimliche Wohnung in der Mainzer Straße 8 in Wilmersdorf, nur ein paar Schritte von Rudolfs eigener Bleibe in der Hausnummer 11 entfernt. Sie regt ihn an, sich von den Erlebnissen seiner Kindheit und Jugend durch Schreiben zu befreien. Ende August 1917 beginnt er die erste Fassung eines Buchs über die »Leiden eines jungen Mannes in der Pubertät« – ein Modesujet seit den 1890er Jahren, wie es mit Büchern von Wedekind, Hesse, Seyerlen, Rilke und Musil vorgeprägt ist. Drei Jahre später erscheint es unter dem Titel »Der junge Goedeschal«, es ist Falladas Romandebüt. »Bei dem Tempo, in dem ich arbeite, am Tag vielleicht zwanzig Schreibzeilen, wird das alles ja sehr lange dauern, aber ich habe ja keine Eile, lieber spät etwas Gutes, als vorzeitig etwas Unreifes – Nur eines musst Du mir erhalten: den Glauben an mein Können«, bittet er die Geliebte. Ditzens Schreibtempo wird sich im Lauf der Jahrzehnte rasant beschleunigen.

»Der junge Goedeschal« ist ein Roman der eigenen Adoleszenz. Alle Nöte des Kindes und des Heranwachsenden sind hier gestaltet: die Außenseiterrolle, die Entfremdung von den Eltern, die »kalte Gerechtigkeit« des Vaters, Schulängste, die sexuellen Bedrängnisse und die fehlende Aufklärung im Elternhaus. Als Zuschauer in der Tanzstunde blickt der junge Goedeschal auf den Bühnenvorhang, auf dem eine halbnackte Göttin zu sehen ist: »Seine Augen streiften angstvoll die blutroten, wie die Enden einer Zitrone zugespitzten Brustwarzen. Unvermittelt mußte er an seine Mutter denken. Verachtung und Ekel vor ihr stiegen in ihm hoch. Aber dann, als sein Blick in den Saal floh, sah er in all diesen Mädchen, diesen flatternden, weißen, fernen, gleichgültigen Abendfähnchen, nichts als Brüste. Ihre rosa Fülle drängte mit betäubendem Geruch auf ihn ein. Und alle wollten etwas von ihm, ihr Geruch war ekelhaft wie der von Schweiß aus den Achselhöhlen, der doch immer von neuem verlockte. Er zitterte und schloß die Augen. Ein kalter Schweiß stand auf seinem Leibe. Seltsam breitbeinig, mit stieren Augen und gespreizten Schritten, ging er dem Ausgang zu.«

Es ist ein großer, angestrengter Kunstwille, der in diesem Buch waltet, man findet die zeittypischen Stilelemente, die Vorliebe für Substantivierungen und für Partizipien, eine stoßhaft-verkürzte Syntax ebenso wie Rückgriffe auf ästhetische Moden der Vorkriegszeit und Anklänge verspäteter Dekadenz: »Ilses Hand glitt auf den Grund der seinen wie ein gedunsener und süßlich erwärmter Leichnam.« Der eigentliche Fallada schält sich erst mit den Jahren aus dieser in weiten Teilen spätexpressionistischen Puppe. Angesichts des kaum verhüllten autobiographischen Hintergrunds und der zentralen sexuellen Thematik nimmt es nicht wunder, dass Tante Ada, der Rudolf seinen Romanentwurf bei einem Kurzbesuch Ende Dezember 1917 vorliest, nicht gerade euphorisch reagiert. Sie schreibt Dr. Tecklenburg: »Jeder Augenblick ist geschildert, jeder halb unbewußte Gedanke soll wiedergegeben werden, die sexuelle Aufklärung spielt eine große Rolle. Einzelne Stellen sind unleugbar gut geschrieben, aber sie wechseln ab mit ganz wirren, zusammenhanglosen Worten und sinnlosen Greueln. Meine abfällige Kritik nahm er ruhig hin. Der einzige Trost ist mir, daß das fürchterliche Opus so endlos lang wird, daß wohl jeder Verleger davor zurückschrecken wird.« Die Tante macht sich Sorgen: »Er ist in ganz böse Gesellschaft geraten, Futuristen, Kubisten, Expressionisten, – eine reiche Heirat wird als unbedingt bald notwendig verkündet. Leider ist er wohl wirklich nicht mehr kräftig genug für die praktische Landwirtschaft, hat schon nach kurzem Gehen Knieschmerzen!«

Anne Marie, die den »Goedeschal«-Roman angeregt hat, kommt mit der knappen Unterstützung, die sie von ihrem Mann erhält, im Steckrübenwinter kaum über die Runden. Durch Vermittlung von Lotte Fröhlich hat sie ein Berliner Industriellenpaar kennengelernt, bei dem sie dauerhaft wohnen kann. Rudolf verdient gut: 6000 Mark im Jahr. Von der Kartoffelbaugesellschaft aus schickt er Liebesbriefe an Anne Marie per Rohrpost – das Haus des Industriellen ist ans Netz angeschlossen. »Ich möchte wohl ein großer Hund sein und den Kopf auf Deinen Schoss legen und in Deine Augen schauen. Du würdest mich streicheln.« Er hat Furcht, mit seinem Egoismus ihre Liebe zu verlieren: »Mein Herz weiß alles, was Du leidest, ich weiß die Hilfe, aber winselnd als Hund liege ich zu Deinen Füßen und kann nichts als Dich anschauen.«

Auch Anne Marie leidet periodisch unter Depressionen. Es plagt sie das schlechte Gewissen wegen der Untreue gegenüber Egmont, der zu dieser Zeit in Konstantinopel stationiert ist. Rudolf gerät zunehmend in den Bann des Morphiums. Er hegt die Hoffnung, »dass Du und Egmont und ich vielleicht einmal – nicht ein Gut, sondern eine Farm in der Südsee oder Mesopotamien, oder sonst wo, wo es heiß, warm und wild ist, haben werden, dass wir dann zu dreien in die Unbegrenztheit einer Landschaft träumend hinausfahren können und still sind in unserer warmen Nähe beieinander«. Egmont nennt er seinen »strengen Schwiegervater«, er selbst sieht sich in dieser »warmen Nähe« als das Kind. Seiner Geliebten schreibt er: »Rede ich nicht zu meiner Mutter? Verstand ich nicht einmal, in einer seltenen und ganz losgelösten Minute, dass ich wahrhaft Dein Kind bin? Ich bin zurückgekrochen in Dich, in Deinem Bauche liegend, hast Du mich mit Deinem Herzblut genährt. Deine Gedanken strömen in mich und die ganze Welt versank vor dem einen: dem Deinsein. [...] Ich gieße sie in die Nacht hinein für Dich aus. [...] Bist Du nicht meine Mutter? Musst Du nicht um mich leiden? Nein, ich spreche ja nicht zu Dir – ich spreche in die Nacht, in das Nichts – spräche ich zu Dir, ich müßte hinfallen, mein Gesicht in die Höhlung zwischen Deinen schlanken Schenkeln schmiegen und weinen, immerzu rastlos weinen.«

Rudolfs »Heimweh-Verlangen in Dich hinein« ist mehr als der Versuch, Anne Maries erotische Reserve auf dem Umweg über die Verklärung und emotionale Überhöhung des Physischen zu überwinden. Noch Jahre später, als er 1924 im Gefängnis in Greifswald einsitzt, hat er »einen typischen Beischlaftraum«: »der Schacht die weibliche Scheide, in die ich gern hineinwollte, das Zimmer, in das ich nie kam, die Gebärmutter«. In einer für die Buchveröffentlichung von 1932 gestrichenen und erst in der ungekürzten Originalfassung 2016 enthaltenen Passage in »Kleiner Mann – was nun?« heißt es über Pinneberg: »In seinen Wunschträumen kriecht er in die Erde zurück, in den Beutel, die Gebärmutter, in den Mutterschoß, in dem man ihm nichts tun kann, in dem er keine Angst zu haben braucht.« Auch in seinen Gefängnisaufzeichnungen von 1944 erträumt er sich »eine Zuflucht im Bauch der Erde«. Und noch in seinem späten Roman »Der Alpdruck« (1946) beschreibt Fallada, wie Doll, sein Alter Ego, in Zeiten äußerer Bedrängnis als Kind, »wenn eine böse Lüge ans Tageslicht gekommen war«, aber auch später als Erwachsener »bei den schweren Bombenangriffen auf Berlin«, sich in eine Einschlafphantasie hineingeträumt hat, in der er als »Robinson ohne Freitag« auf einer Insel in einer Höhle lebt: »Ja am liebsten erfand er sich einen tiefen Talkessel zwischen hohen und steilen Felswänden, und in diesen Kessel führte nur ein langer dunkler Felsentunnel, der leicht mit Steinen zu verrammeln war. [...] Im Grunde aber – und das wußte Doll seit der Lektüre Freudscher Schriften recht gut – bedeutete diese

Felsenhöhle oder der geschützte Talkessel nichts anderes als den Schoß der Mutter, in den sich der Bedrohte zurückwünschte. Dort allein war sichere Stille gewesen, und die südliche Sonne, die er stets auf sein Robinsoneiland scheinen ließ, das war das große heiße Herz seiner Mutter, das ihm gnädig und unermüdlich die Strahlen ihres warmen roten Blutes sandte!«

Anne Marie ist in doppelter Hinsicht überfordert. Sie sieht sich als Freundin, als intellektuelle Partnerin, vielleicht auch als Muse dieses innerlich zerrissenen jungen Mannes. Einen Muttersatz kann sie ihm nicht bieten, dafür fehlt es ihr selbst – zumindest in dieser Konstellation – an Stabilität. Die andere Überforderung betrifft Rudolfs starkes sexuelles Verlangen. Er beruhigt sie damit, dies sei »ein körperlicher Mangel, den ich mit der Mehrzahl meiner Gleichaltrigen teile, [der] vielleicht nur dadurch ein wenig verschärft wird, dass ich zur Prostitution keinerlei Beziehung finden mag«. Anne Marie weiß eine robuste Lösung: Sie würde ihm eine Frau zur Heirat vermitteln, die für das Körperliche zuständig wäre, und sie selbst bliebe seine Partnerin für die platonischen Belange.

Am Jahresende 1917 besucht Rudolf seine Eltern. Um die steht es nicht gut. Für sie war es eine Selbstverständlichkeit wie eine Frage des Anstands, einen Großteil ihres Vermögens in Kriegsanleihen anzulegen. Von ihrem Wohlstand bleibt nach dem Krieg nicht mehr viel übrig, endgültig schmilzt das Vermögen in der Inflation zusammen. Rudolfs Vater leidet mit seinem Land, die militärische Niederlage ist absehbar. Seine Schwester Ada schreibt an Dr. Tecklenburg: »[…] ich fürchte, nach allem, was ich davon höre – Schlaflosigkeit, Schwindel, schwere Sehstörungen, dass es sich wohl um eine Arterienverkalkung im Gehirn handelt. Er und seine Frau schließen sich immer mehr von aller Welt ab, sogar die eignen Kinder werden nur noch als schädliche Störung empfunden, da kann man nichts machen.«

Ähnlich klingt der Stimmungsbericht, den Rudolf an Anne Marie nach Berlin sendet: »Wie ich die Eltern gefunden habe?

– ach, ist es nicht zum Verzweifeln, ein Leben, das so groß und stark war wie das ihre – denn es mag ja von unserm Standpunkt so unberechtigt, so voll falscher Moral und Prüderie, so klein gewesen sein –, es war höchste Einzelligkeit, ein nie aufhörendes Opfern füreinander und für die Kinder, ist es nicht kläglich, dies so versanden, so verkümmern zu sehen? Vorhin klagte mir Mutti, oft läge sie ganze Nächte mit Papa wach und sie sorgten darum und sprächen davon, wie es schön sein würde, wieder ganz offen und ehrlich leben zu dürfen und nicht so versteckt und schuldhaft. Sie sorgen sich um die wenigen Lebensmittel, die sie unter der Hand bekommen! Mutti sagt, dass sie sie oft nicht auf den Tisch bringen kann, sie dem Mädchen gibt, weil sie eben nicht kann. Ein halbes Pfund Butter ist ein Vorwurf, der ein ganzes Leben ohne Lüge und Heimlichkeit zermürbt. Was für Sorgen! Dazu die trüben Zimmer, kaum geheizt – über 10° können sie nicht heizen, sonst kommen sie mit ihren Kohlen nicht aus – dies Alleinsein, Kranksein – *so* alt zu werden, auf diese Weise – nein! nein!«

In den turbulenten Berliner Tagen gibt es immer wieder Zeiten, in denen Ditzen fürchtet, in alte Muster zurückzufallen, in denen er an seiner Berufung zum Künstler zweifelt. Anne Marie schreibt er von seiner Angst, »dass der Wahnsinn einmal doch kommt, denn er kann ja wieder kommen, und wenn es nur das ist, dass ich Dir weh tun muß wie gestern Abend zum Schluß. Warum muß ich das, warum muß ich quälen und schlecht sein und geschmacklos? Denn ich bin es im Grunde nicht.« Und aus Leipzig schreibt er: »[…] alles, was ich schrieb, kommt mir so weitschweifig, so ohne Allgemeingültigkeit, so krankhaft vor, daß ich verzweifeln möchte. Am Ende bleibe ich doch der kleine Kartoffelbeamte – mein Leben lang […] habe ich nicht den Beruf zum Künstler, bleibt Kartoffel Trumpf, so ist es darum, weil ich nicht Weizen sondern Spreu bin.« Tante Ada, die er zum Jahresende besucht, gibt ihrem Neffen angesichts seiner Selbstzweifel einen handfesten Ratschlag: Er möge einmal andere Themen aufgreifen »als immer nur die Geschichte 17-jähriger Selbstmörder oder Selbstmordkandidaten«.

ACHTES KAPITEL

Grässlicher sogenannter Roman – Da lag er mit einer Überdosis Morphin und diesem Abschiedsbrief – Ich war kein Künstler, ich war ein Leidentier – Ich werde das Dir nie vergessen – Wen hätte ich, der mir 400 Mark pumpte?

Es gibt den kleinen Kosmos von Rudolf: seinen Roman, den Behördendienst, den Morphiumkonsum und die Liebe zu Anne Marie, und es gibt die große Weltgeschichte, die sich weitgehend unbemerkt von ihm vollzieht, die wachsende Kriegsmüdigkeit an den Fronten und im Hinterland, die Massendemonstrationen gegen die schlechte Lebensmittelversorgung und die Kriegsentbehrungen, die Ende Januar 1918 dazu führen, dass der verschärfte Belagerungszustand über Berlin verhängt wird. Ditzen hat wieder Depressionen, er lässt sich von der Kartoffelbaugesellschaft beurlauben und nutzt die Zeit, um an seinem, wie es Tante Ada ausdrückt, »grässlichen sogenannten Roman« zu arbeiten. Anfang März 1918 schließt er die erste Fassung ab, aber er ist unzufrieden mit dem Ergebnis und fängt bereits vier Tage später mit einer zweiten Fassung an, die er im April 1919 fertigstellt. Für ihn drängt alles auf die Frage hin, ob es ihm gelingen kann, ein Leben als Künstler zu führen, oder ob er sich weiter als »Kartoffelbeamter« verdingen muss.

Rudolf erbittet vom Vater finanzielle Unterstützung für ein literarisches Probejahr: »In diesem rein mechanischen Berufe gehe ich zugrunde.« Wilhelm Ditzen ist inzwischen auf eigenen Wunsch wegen Krankheit pensioniert, er erhält eine jährliche Pension von 12015 Mark. Nicht wegen des Geldes, sondern wegen der Labilität des Sohnes hat er Bedenken und bittet Dr. Tecklenburg um seine Einschätzung. Auch Rudolf wendet sich an den Arzt in Tannenfeld. Er spricht von seinen Depressionen, die erst aufgehört hätten, nachdem er sich durchgerungen habe, den Vater um Unterstützung für eine Auszeit auf Probe als Schriftsteller zu bitten: »Heute bin ich weder Fisch noch Fleisch. Ich will in diesem Jahr Klarheit schaffen, wohin ich nun endgültig gehöre: zur Literatur oder zur Landwirtschaft.« Dr. Tecklenburg vertritt in seiner Antwort den Standpunkt, »daß es gesundheitlich besser für Sie wäre, wenn Sie einen praktischen Beruf ausüben, der Ihnen eine materiell gesicherte Lebensstellung gibt, als eine materiell so überaus unsichere literarische Tätigkeit, die sicher an Ihre seelischen Kräfte sehr starke Anforderungen stellen wird und unter Umständen vielleicht krankhafte Anlagen zum Wiederaufleben bringen kann«.

Gegen den Rat des Arztes entschließt sich der Vater, dem Wunsch des Sohns zu entsprechen, und setzt einen Vertrag auf, ausgestellt am 7. August 1918, in dem er in sechs Paragraphen die finanzielle Unterstützung regelt. Das Schriftstück beginnt mit der Präambel: »Was ich Dir im folgenden zusichere, ist an die Zeitgrenze gebunden: solange ich lebe. Es fällt also fort mit meinem Tod«, und es endet mit dem Satz: »Und nun möge Dir alles wohl gelingen, Dein treuer Vater WDitzen.« Zwei Bitten knüpft der Vater an seine Zusage: Rudolf möge Berlin verlassen, und sein Roman solle, falls er publiziert wird, unter einem »angenommenen Namen« erscheinen. Zum 31. August 1918 kündigt der junge Ditzen bei der Kartoffelbaugesellschaft »aus Gesundheitsrücksichten« und bekommt wiederum ein ausgezeichnetes Zeugnis. Wirklich dankbar zeigt sich der Beschenkte angesichts der gewährten finanziellen Unterstützung durch den Vater allerdings nicht, er hätte sich weniger »Quengeln und Dremmeln und Klagen« der Familie gewünscht. In einem Brief an Anne Marie spekuliert er über die makabre Alternative, den Tod der Eltern: »Papa hat sich nie etwas Schöneres gewünscht als aus der Arbeit heraus zu sterben, nun ist er nichts als ein pensionierter Beamter und gerät immer tiefer in seine trübe Stimmung. Und ihm wird's nur gut sein. Mutti aber lebt nur für ihn, da wärs auch besser. Und dann käme dann ich dran und hätte endlich Verfügung über das, was mir doch nun einmal gehört, und könnte das Leben leichter anpacken.«

Während Rudolf weiter in hoher Kunstanspannung mit dem »Goedeschal«-Roman kämpft, stellt sich der Fallada-Ton, der ihn als Schriftsteller bekannt machen wird, in den Briefen an Anne Marie ganz von selbst ein. Im Sommer 1918 berichtet er ihr von seiner Zugfahrt dritter Klasse:

Neben mir eine ältliche Kriegerwitwe in tiefster Trauer, deren Busenfülle nicht mehr das Korsett sprengte sondern eher schlabberte, sie war aufgegangen wie ein Hefekloß, mir gegenüber ein grässlicher Kerl, der eine sehr fette Blutwurst mit dem Messer aß und dabei der Witwe mit Energie beweisen wollte, alle Trauer um gestorbene Angehörige sei Mumpitz. »Glauben Sie mir, ich bin aus der Leichenbranche, ich hatte früher ein Beerdigungsinstitut, solange andre dabei sind, weinen sie, und kaum ist der Sarg im Grab, wird gelacht. Alles Mumpitz und Tuerei, damit bloß die Nachbarn nichts sagen.« Die Witwe schien zwischen Empörung und Zustimmung zu schwanken, schließlich neigte sie sich zu meinem Gegenüber und erzählte flüsternd, sie sei schon wieder verheiratet, trüge nur noch um ihren ersten Mann Schwarz, weil das Trauerjahr noch nicht vorüber sei. Der Mann fand das sehr vernünftig, die junge Frau betonte aber, ganz habe er aber doch nicht recht, zuerst habe sie die Welt verflucht! Später zeigte es sich, dass der Mann aus der Leichenbranche zum Lebensmittelschieben übergegangen war, wobei er sich sehr wohl zu befinden schien.

In den letzten Wochen des Krieges wird die Familie Ditzen durch die Nachricht vom Tod Ulis erschüttert. Die Mutter schreibt in ihren Erinnerungen: »1918 kam Uli zu einem längeren Urlaub heim, da er sein nervöses Herzleiden auskurieren sollte. [...] Der Gedanke, nun nach Beendigung des Kriegs nicht mehr auf die Schule zu müssen, war eine Befreiung für ihn. Und doch hatte ich manchmal das Gefühl, er glaubte nicht mehr fest an das Wiederkommen. [...] Als dann die großen Unternehmungen im Westen einsetzten, ließ es ihn nicht mehr daheim, obwohl er mit seinen Nerven noch gar nicht recht in Ordnung war. Er glaubte im August, wie er in den Stab gekommen war, sicher zu sein, und ist dann am 12. August 1918 von einer Granate, die den Keller traf, mit zwei anderen verschüttet. Wir erhielten die furchtbare Nachricht erst acht Tage später.« Uli, der Liebling der Familie, strebsam, fleißig, beliebt, der einen Krankheitsurlaub nutzt, um sein Abitur zu machen, und sich als Medizinstudent einschreibt, ausgerechnet Uli! »Uns ist durch den Tod von Rudolfs jüngerem Bruder so jede Zukunftshoffnung genommen«, schreibt Tante Ada an Dr. Tecklenburg.

Was das im Umkehrschluss heißt, ist auch Rudolf klar, und als wollte er die Eltern in ihrer Sicht bestätigen, verknüpft er diese Wahrnehmung wiederum mit Spekulationen über deren baldigen Tod: »Die Eltern wenigstens scheinen sehr wenig Lust zu haben, mich sehen zu wollen, ihre immer schon geringe Zuneigung zu mir scheint sich durch dies Ereignis mit Uli noch verringert zu haben. [...] Ich wünschte den Eltern ja recht, dass sie sich nicht mehr allzu lange quälen müssen, all dies Leben ist ja doch wenig anders als ein Vegetieren, und sie selbst empfinden es ja auch gar nicht anders. Durch ihren Tod würde ich aber endlich auch ein wenig freier werden und könnte dann meine Pläne ausführen [...]. Nämlich dies: mir hier auf dem Lande in einer landschaftlich schönen Gegend ein kleines Gut zu kaufen und dort zu leben, abgesondert und allein, ohne all die Verpflichtungen gegen jene vielzuvielen [...]. Dann lüde ich mir Menschen ein, die mir gefallen, und die bei mir leben können, wie es ihnen gefällt, schriebe in Ruhe meine Bücher, auf deren Ertrag ich nicht angewiesen wäre, und ließe Welt Welt sein.« Kann man das für bare Münze nehmen? Hatte er nicht kaum zehn Wochen vorher an Anne Marie geschrieben: »Ich war so blödsinnig unruhig wegen der Eltern, konnte kaum schlafen.« Häufig besitzen Aussagen Ditzens ihre Gültigkeit nur für den Moment, schon wenig später kann er denselben Sachverhalt, das gleiche Gefühl mit derselben Überzeugungskraft gegenteilig formulieren.

In der Beziehung zwischen Anne Marie und Rudolf kriselt es. Bereits im Januar 1918 schreibt Rudolf: »Du machst Dir Vorwürfe wegen Egmont [...]. *Leidet* denn Egmont? Aber nein, er hat die bittere, etwas neidische Eifersucht, die nichts zählt und die so begreiflich ist. Sie ist mit dem Tag verschwunden, an dem er unser Verhältnis versteht. Das ist keine Krankheit, das ist wie ein kleiner Pickel, um den es sich nicht lohnt zu trauern.« Im Herbst ist Egmont für einige Zeit auf Urlaub, und Anne Marie fühlt sich zur Entscheidung gedrängt. Äußere Gründe dafür gibt es nicht. Die beiden Männer verstehen sich gut, der Schriftsteller-Privatier assistiert dem Offizier beim Transport von nicht näher bekannten Waren, die sie mit dem Orient-Express von Berlin nach Konstantinopel verschicken.

Mitte Oktober 1918 sucht Rudolf den Abstand zu Anne Marie. Er reist zu seinem Freund Kagelmacher, der auf der Domäne Baumgarten bei Dramburg in Pommern als Gutsverwalter arbeitet. Unklar ist, wann er wieder zurück nach Berlin kommt, auf jeden Fall scheint er politisch im Umfeld der Novemberrevolution mitzumischen, ein ehemaliger Vorgesetzter aus der Kartoffelbaugesellschaft, dem er sich anschließt, betätigt sich als Aktivist. Wieder ist es Tante Ada, die Rudolfs Situation in einem Brief an Dr. Tecklenburg auf den Punkt bringt: »Kinder und Narren regieren unser armes Deutschland. [...] es wird Sie vielleicht nicht einmal verwundern, wenn ich Ihnen erzähle, daß auch Rudolf zu den Leitern unserer Geschicke gehört. [...] Das fehlte noch gerade, daß er sein Herz für die Revolution entdeckte! Natürlich heißt es da wieder: *cherchez la femme*, und ich frage mich nun, spielt er seine neue Rolle im eleganten Reisepelz, mit dem er mich voriges Jahr blendete, oder in der Ballonmütze?«

Auch der Vater lehnt die Revolutionsemphase seines Sohnes ab. Rudolf hat ohnehin andere Probleme. Es geht nicht voran mit dem Buch, und der Liebe Anne Maries ist er sich auch nicht mehr sicher. Seine Depressionen werden schlimmer, am 30. Januar 1919 schreibt er sein Testament und versucht sich umzubringen. »Ich war angerufen worden«, erinnert sich Anne Marie, »ich müsste sofort zu Herrn Ditzen kommen, und da lag er nun mit einer Überdosis Morphin und diesem Abschiedsbrief [...].«

Das Testament selbst ist nicht überliefert, nur ein Hinweis von Rudolf, der die Eltern betrifft, die gerade seine Auszeit als freier Schriftsteller finanzieren. Im Abschiedsbrief an Anne Marie weist er sie an: »Ich will nicht, dass ein Stück meiner Sachen an sie [die Eltern] kommt, die mir stets nur Übles getan haben, verkaufe ohne Sentimentalität, was Dich belastet.«

Dem misslungenen Selbstmord folgt am 3. Februar ein ausführlicher Erklärungsbrief Rudolfs an Anne Marie: »Ich hatte zwei große Hoffnungen: die eine: meine Kunst, mein Buch. [...] Nein, ich war kein Künstler, ich war ein Leidentier, und, von seinen Leiden in künstlerischer Aufmachung erzählen zu können, war nie Künstlerschaft.« Die zweite Hoffnung, die Liebe zu Anne Marie, blieb gleichfalls unerfüllt: »Dich leiden zu sehen und trotz aller Liebe nicht helfen zu können, das war Vorwurf für die Liebe.«

Aber noch einmal habe sich sein Lebenswillen aufgebäumt. Damit leitet Rudolf zum Geständnis über, wobei er an den Stellen, an denen es unangenehm wird, ins unpersönliche Pronomen wechselt: »Vielleicht war doch noch irgendwo eine Ecke aufgespart, voll genug voll Lebensgenuss, sich selbst entzogen zu werden? Warum nicht noch einmal? Noch einmal! Ein einziges Mal! Und so suchte ich denn. Und ich suchte da, wo ich immer gesucht habe, in den Kneipen, den Weinstuben, den Bars ... Aber das brauchte Mittel, das kostete Geld, aber da es sein mußte, da es der letzte Ausweg war, konnte kein Mittel zu schlecht sein, konnte man auch Miami betrügen. Und man nahm von ihrem Geld. Dann und wann. Aber immer mehr. Es war ja kein rechter Betrug, sagte man sich, man wusste ja doch im Innern, daß dies gar kein Suchen nach einem Ausweg war, es gab ja gar keinen Ausweg, und dass das Leben irgendwo noch zu finden sei, war ja gar nicht wahr – man wollte eben nur noch einmal leben! Lachen hören, Wein trinken, Gutes essen, Menschen sehen und Tanzen, und am liebsten selbst einmal Mittanzen, selbst einmal zu den Anderen gehen. Und da es nur letzte Aufwallung war [...], so konnte man denn im Testament den Eltern ruhig sagen, dass man

1800 Mark unterschlagen hatte, waren sie nie zu etwas gut gewesen, so mochten sie wenigstens noch dieses Geld ersetzen […].«

Detailliert berichtet Rudolf, auf welche Weise er den Selbstmord vornehmen wollte: »Morphium oder – ja, Luftinjektion, das war das Rechte! Das war rasch und absolut sicher. […] Ja, und dann kam dieser schreckliche Donnerstag, der 30. Januar 1919, an dem man erkennen musste, daß dieser Körper gar nicht Schluss machen wollte, daß er auf dem Wege zur Genesung war. Dass er ein Leben ohne rechte Liebe und ohne Kunst mit Kartoffelei dem Tode vorzog. […] Und dann war man so weit, alles war fertig! Und dann kam das Schreckliche: es ging nicht. Wo man auch stach; wohl kam dickes, schwarzes Blut, aber die Luft drang nicht durch die Kanülen, sie waren zugerostet. Alle acht? Alle acht!« Bei der literarischen Unschärfe dieser Beschreibung bleibt unklar, wie die Überdosis Morphium, mit der Rudolf aufgefunden wurde, ihren Weg durch die zugerosteten Kanülen in seinen Körper genommen hat.

Die Eltern scheinen von dem Suizidversuch nichts erfahren zu haben, sie wissen aber von gesundheitlichen Problemen ihres Sohns und ahnen die psychischen Gründe. Sein Testament haben sie nicht zu Gesicht bekommen. Anfang April 1919 bietet ihm der Vater an, seine Unterstützung für die freie Tätigkeit als Schriftsteller um ein halbes Jahr zu verlängern: »Das Versuchsjahr war für Dich voll Krankheiten, in denen Du nicht arbeiten konntest«, räumt er ein. Auch wenn er seinen Sohn lieber in einer landwirtschaftlichen Anstellung sehen würde, möchte er doch dessen »Entschlüssen nicht im Wege stehen«. Er schließt mit dem Satz: »Wir wünschen Dir von Herzen weitere Besserung. Dein treuer Vater WDitzen.«

1919 kehrt Anne Maries Mann endgültig aus dem Krieg zurück und bringt eine Frau mit, sie ist Sängerin. Egmont schlägt eine Ehe zu dritt vor, was Anne Marie ablehnt. Sie reicht die Scheidung ein. Nun wäre sie frei für Rudolf, der ihr im Frühjahr 1920 im Fall der Heirat Aussichten auf ein Landgut im Oldenburgischen macht, das die Eltern ihm zugesagt hätten. Doch die alte Nähe zwischen ihnen lässt sich nicht wieder herstellen. Bis 1921 bleiben sie lose in Kontakt. Rudolf, der ihr noch die in seinem Abschiedsbrief erwähnten 1800 Mark schuldet, ist vermutlich wegen seines Drogenproblems erneut in Geldnot und bittet Anne Marie von Stralsund aus dringlich um Unterstützung: »Weißt Du, dass ich keine Nacht ordentlich schlafen kann, aus Angst den Dienst zu verschlafen, da ich keine Uhr mehr besitze? Weißt Du, was es heißt, bei jeder Scheibe Brot überlegen zu müssen, ob man sie sich noch bewilligen darf oder nicht? Weißt Du, was es heißt, abends im Dunkeln nach Zigarettenstummeln suchen zu müssen, um das rasende Rauchverlangen etwas zu befriedigen?« Anne Marie, die selbst nicht helfen kann, wendet sich an ihre Unternehmer-Freunde. Im letzten Brief von Rudolf vor einer Pause von einem Jahrzehnt heißt es überschwänglich: »Viele, viele Male danke ich Dir. Du bist so gut! Ich werde das Dir nie vergessen.«

1931 lebt Anne Marie in zweiter Ehe und mit drei Kindern in Oberbayern auf dem Gut Hachtsee. Wirtschaftlich läuft es schlecht, es droht ihnen der Verlust des Gestüts. In dieser Situation wendet sie sich an Hans Fallada, der im Begriff ist, mit seinem Roman »Bauern, Bonzen und Bomben« als Schriftsteller berühmt zu werden. Sie bittet ihn um Rückzahlung der seinerzeit unterschlagenen Summe. Allerdings geht es Fallada in diesen Monaten finanziell auch nicht viel besser. »Du darfst sicher sein, Annia«, schreibt er zurück, »sobald es irgend geht, sobald ich etwas Geld verdiene, wird auch an Dich gedacht, dann melde ich mich schon.« Ein Jahr später ist Fallada in aller Munde. Zwar ist »Kleiner Mann – was nun?« noch nicht in Buchform erschienen, aber die »Vossische Zeitung« und fünfzig weitere Blätter drucken den Roman vorab, Film- und Übersetzungsrechte sind bereits in vierzig Länder verkauft.

Derweil scheint sich die Lage Anne Maries nicht verbessert zu haben. Sie bittet erneut um Rückzahlung der Schulden, zumindest um eine Überbrückungshilfe. Fallada antwortet am 22. August 1932: »Liebe Annia, ich habe Deinen Brief mit großem Bedauern gelesen. Und, wenn ich irgend könnte, würde ich Dir gern helfen. Aber es ist eben ganz unmöglich. Ich bin, wie ich Dir wohl schrieb, seit Oktober vorigen Jahres auch stellungslos, lebe von Vorschüssen und muss davon meine kleine Familie erhalten. Wen hätte ich, der mir 400 Mark pumpte? Nein, liebe Annia, es geht einfach nicht. Literatur ist heute ein schlechteres Geschäft denn je, und ein literarischer Erfolg ist leider noch längst kein Verkaufserfolg.« Im April 1934 wendet sich Anne Marie ein letztes Mal an den inzwischen berühmten und vermögenden Schriftsteller. »Kleiner Mann – was nun?« ist zu einem Welterfolg geworden. »Das Geld strömte nur so herbei«, heißt es in Falladas Erinnerungsbuch »Heute bei uns zu Haus«. »Ich gab das Geld auf die sinnloseste Weise aus, es konnte ja nicht alle werden, es strömte immer weiter. Nicht schnell genug konnte ich es ausgeben. Nächtelang saß ich in den dümmsten Bars, hielt das halbe Lokal frei und fuhr mit einem schweren Kopf heim.«

Auf Anne Maries verzweifelten Versuch, die alte Schuld einzufordern, reagiert Fallada per Einschreiben: »Ich habe natürlich stets gewusst, dass Deine Briefe eines Tages darauf hinauslaufen würden, von mir unter dem einen oder anderen Grunde Geld zu verlangen. Früher hast Du von Hilfe und Darlehen gesprochen, jetzt erhebst Du eine Forderung.« Eine juristische oder moralische Berechtigung ihres Anspruchs weist er zurück. »Was aber das rein Menschliche angeht, so hast Du mich seinerzeit in der schwersten Zeit meines Lebens so mitleids- und rücksichtslos im Stich gelassen, dass ich nicht die geringste Verpflichtung fühle, Dir heute helfend beizustehen.« Die so offensichtlich falsche Feststellung kaschiert nur notdürftig, dass es um mehr geht: Die Verletzung, sich ihr ausgeliefert zu haben, von ihr letztlich aber zurückgewiesen worden zu sein, wird Fallada ein Leben lang begleiten und ihn noch Wochen vor seinem Tod von Anne Marie als einer »ehrgeizigen Frau« schreiben lassen. Warum es sich Fallada mit der Rückzahlung seiner Schulden noch einmal anders überlegt hat, ist nicht überliefert, jedenfalls überweist er ihr 1935 zwölf Monatsraten à 100 Reichsmark.

NEUNTES KAPITEL

Bestürmt von den Schauern geschlechtlichen Ahnens – Torkelig mit gläsernem Blick – Komm in meinen Bauch retour – Kagelmacher erhält mich vor der Hand – Schoss hinter den flüchtenden Mädchen her – Ich war nicht ganz nüchtern

Knapp drei Jahre hat Rudolf in Berlin verbracht. Es folgt eine unstete Zeit. Rechnet man die Zeiten in Kliniken und die Phasen der Zuflucht bei Freund Kagelmacher hinzu, wechselt er während der kommenden fünf Jahre mehr als zwanzigmal seinen Aufenthaltsort – und mehr als zehnmal die Stellung. Ditzen spitzt seine Lebensaussichten auf die Alternative »Landwirtschaft oder Literatur« zu. Aber geht nicht beides zu unterschiedlichen Lebenszeiten und in unterschiedlichem Verhältnis? Erstmals kommt er in den letzten Berliner Wochen mit der Publikation des »Goedeschal«-Buchs seinem Ziel näher, ein Zeichen in der literarischen Welt zu setzen. Die zweite Fassung des Romans ist am 19. April 1919 fertiggestellt, einen Tag später erhalten Anne Marie und Egmont Seyerlen je ein Exemplar. Egmont reicht das Manuskript an den Regimentskameraden Rowohlt weiter und schwärmt wenig später dem Autor vor, Rowohlt sei begeistert und das Buch angenommen. Tagelang passiert nichts, und Ditzen wird ungeduldig. Nun muss Egmont zurückrudern – Rowohlt habe das Buch noch gar nicht gelesen, wohl aber sein Lektor Paul Mayer, der Autor möge sich vier Wochen gedulden. An ein erstes Treffen mit Rowohlt und Ditzen im Mai 1919 erinnert sich Mayer: »Er war ein hagerer hochaufgeschossener junger Mann von bleicher, nicht gesunder Gesichtsfarbe. Schlecht genährt und ein bißchen verwahrlost wirkte er.«

Am Ende geht alles gut aus für den jungen Autor. Da »das fürchterliche Opus«, wie Tante Ada sich ausdrückte, nun doch einen Verleger gefunden hat, kommt Ditzen dem Wunsch der

Eltern nach, den Roman unter einem »angenommenen Namen« zu veröffentlichen. Am 5. Mai 1919 erkundigt er sich beim Polizeipräsidium, ob es einer Genehmigung bedarf, einen Künstlernamen zu verwenden. Noch am gleichen Tag unterschreibt er einen ersten Brief an Rowohlt mit seinem Pseudonym »Hans Fallada«. Schon als Kind gehörten die Märchen der Brüder Grimm zu Rudolfs Lieblingslektüre. In einem Feuilleton über die Entstehung seines Pseudonyms im »Berliner Tageblatt« berichtet er 1934, wie er »dem treuen Schimmelpferd, das da hanget«, ein »l« hinzufügte. Im finsteren Märchen »Die Gänsemagd« entlarvt der an das Tor genagelte Kopf des sprechenden Pferdes Falada die falsche Prinzessin. Sie wird zur Strafe für ihre Anmaßung nackt in ein Fass gesteckt, das inwendig mit Nägeln beschlagen ist, und von zwei weißen Pferden durch die Gassen zu Tode geschleift. Den Vornamen »Hans« leitet Ditzen vom arglos-fröhlichen Helden im Märchen »Hans im Glück« ab – ein wirklicher Wunschname für einen, der sich lange Zeit vom Pech verfolgt sieht.

Der Schriftsteller, der fortan als Hans Fallada in der Öffentlichkeit auftritt, wird wie eine seiner Romanfiguren mit zunehmendem Erfolg selbst zur Kunstfigur. Das bürgerliche Subjekt Rudolf Ditzen verschwindet dahinter und bleibt höchstens noch für das private und geschäftliche Umfeld des Autors sichtbar. Unter dem Namen Hans Fallada wird Ditzen über sich und sein Leben schreiben können, er kann sogar selbst als Figur in seinen Büchern auftreten – dort wird »Hans Fallada« zur Projektionsfläche für die Person, die er gern hätte sein wollen.

Im Januar 1920 wird der »Junge Goedeschal« ausgeliefert, das erste Buch, das den Autorennamen Hans Fallada trägt. Der Verlag wirbt mit einer Bauchbinde für das Werk: »Der Dichter dieses bezwingenden Buches gestaltet das tragische Schicksal eines Knaben, der, bestürmt von den Schauern geschlechtlichen Ahnens, von Verirrung zu Verirrung taumelt.«

Der vom Schreiben Besessene hat ein wichtiges Zwischenziel erreicht, auch wenn die Resonanz vom Umfang her überschaubar und inhaltlich eher durchwachsen ist. Während sich der Rezensent der Hallenser »Saale-Zeitung« zum euphorischen Urteil »das erste Werk einer neuen Kunstrichtung« aufschwingt, möchte sich der Kollege vom »Deutschen Tageblatt« dieser Einschätzung nicht anschließen. Dort heißt es: »In meinem ganzen Leben ist mir das Lesen eines Buches nicht so sauer geworden. Waschschüssel und Seife! Das ist das erste Bedürfnis, wenn man's aus der Hand legen darf. So also sieht die deutsche Literatur des 20. Jahrhunderts aus. Armes Deutschland!« Das »Wiener Montags-Journal« lobt dagegen: »Trotzdem er die üble Gewohnheit der ›Neutöner‹ hat, den guten alten verständlichen Ton zu modernisieren, sind seine Worte gehaltvoll und wuchtig.«

Zu dieser Zeit ist Ditzen nicht mehr in Berlin. Bereits Ende Juni 1919 hat er die Stadt verlassen und ist wieder zu seinem Freund Kagelmacher aufs Land gezogen, nach Hinterpommern, auf das Rittergut Baumgarten bei Dramburg. Die Zuwendungen der Eltern für sein schriftstellerisches Probejahr laufen im Herbst 1919 aus. Bei allem äußeren Wechsel ist es vor allem die Sucht, die sein Leben in den kommenden Jahren bestimmt: Ins Produktive gekehrt, besteht sie im unbedingten Drang zu schreiben, im Destruktiven ist es der Drogenkonsum, Morphium, Kokain, Alkohol und Nikotin, der Ditzen zu schaffen macht. Kagelmacher hat einen unorthodoxen Therapieansatz: Er will den Teufel mit dem Beelzebub austreiben und seinen Freund durch Alkohol von den härteren Drogen entwöhnen.

Ditzen sieht in Kagelmacher in den Jahren bis 1924 seinen engsten Vertrauten, vielleicht sogar einen Wesensverwandten. Seit 1916 kennen sich die beiden. Der Freund ist ein Bauer, ein Kauz, ein Sterndeuter, von dem sich Ditzen Horoskope erstellen lässt. In Zeiten, als er in Sucht und Kriminalität abgleitet, kann Ditzen auf die Hilfe des Freundes zählen. »Er scheint ein Idealist zu sein, der großzügig für solche Menschen sorgt, die sonst mit dem Leben nicht fertig werden«, charakterisiert Fritz Bechert den unorthodoxen Freund seines Schwagers.

Manche Züge Kagelmachers finden sich in der Figur von Johannes Gäntschow, dem Protagonisten in Falladas Buch »Wir hatten mal ein Kind«. Der Roman spielt vor allem auf Rügen, wo Kagelmacher das Gut in Gudderitz geerbt hat: »Ein Querkopf, ein bisschen unnötig schwierig«, heißt es dort über den Helden. Fallada erinnert sich: »Ich hatte einen schnurrigen Kauz zum Brotherren, einen wirklichen Mann, mit tausend Eigenheiten, und zum erstenmal in meinem Leben auch einen Chef, der wirklich was von der Landwirtschaft verstand, tausendmal mehr als ich. Denn was ich, der gewesene Städter, der Beamtensohn, mir erst mit vieler Mühe verstandesmäßig zusammenreimen mußte, das hatte er im Gefühl. Wenn der über einen Acker ging, so fühlte es sein Fuß und sein ganzer Körper, daß der Boden nicht locker genug, daß er noch nicht gar war, und gleich wußte er auch ein Mittel, wie man eben diese Gare erzielen konnte.«

Eines Tages kommt Kagelmacher auf den Gedanken, Tennis lernen zu wollen. Es gelingt jedoch nicht, auf dem Rügener Ackerboden eine feste Fläche für den Tennisplatz zu planieren: »Da geriet er auf das flache Dach der Feldscheune, und er ließ die längste Leiter ansetzen, denn die Feldscheune war wenigstens ihre guten zwölf Meter hoch, und da haben wir denn oben Tennis gespielt, nicht ganz ungefährlich, o nein, durchaus nicht, wenn man so hinter einem Ball dreinsauste und plötzlich scharf an der Dachkante bremste und in die Tiefe schaute.« Für Ditzen ist der Hof in Gudderitz, wo Kagelmacher in einer wenig harmonischen Ehe mit seiner jungen Frau und zwei Kindern lebt, Heimat: »Nirgend bin ich so zu Haus«, schreibt er aus dem Gefängnis in Greifswald 1924. Umgekehrt bewertet Kagelmachers Frau den Einfluss Ditzens eher kritisch: »Mein früherer Ehemann war ein tüchtiger Landwirt, bis er mit dem Schriftsteller Rudolf Ditzen – Hans Fallada – bekannt wurde. [...] Ich nehme an, daß durch die Bekanntschaft mit Ditzen, der sich monatelang in unserem Haus aufhielt, seine Nerven überanstrengt wurden.«

Mit der Zeit geht es bergab. Kagelmacher lässt sein Gut von

einem Landwirt aus der Umgebung bewirtschaften, zahlt unregelmäßig Löhne und verkauft schon einmal eine Kuh, wenn das Geld für Alkohol nicht ausreicht oder Schulden zu begleichen sind, die sich bei Vergnügungen in Hamburg oder Kiel angehäuft haben.

Die beiden Freunde laufen sich später noch mehrmals über den Weg, so auch 1928 in Hamburg. Der eigenbrötlerische Kagelmacher lebt inzwischen allein. Als er später ins Visier der NS-»Euthanasie«-Politik gerät, wird ein Gutachten erstellt, in dem zu lesen ist, er habe seine Frau mit einer Reitpeitsche misshandelt. Der Landwirt muss das Gut in Gudderitz aufgeben und versucht seinen Lebensunterhalt mit der Astrologie zu bestreiten. Der Freund erinnert sich: »[...] er glaubte plötzlich daran, daß man das Schicksal der Menschen aus den Sternen lesen könne, und immer, wenn ich zu ihm kam, saß er zwischen endlosen Tabellen und Berechnungen und Horoskopen, und wenn ich ihn ansprach, schien er aus einer anderen Welt zu kommen ...« Kagelmacher lebt seit 1930 in den kümmerlichsten Umständen in Leipzig. Als es Ditzen wirtschaftlich möglich ist – inzwischen ist er glücklich mit Suse verheiratet und erfolgreicher Schriftsteller –, unterstützt er den Gestrandeten auch finanziell. Seinen Eltern berichtet Rudolf im Februar 1931 über den Freund: »[...] wir haben leider feststellen müssen, daß er in gewissen Bezirken geisteskrank ist. In manchem noch ganz normal, sehr klug, witzig usw., aber alles, was Mystik angeht – und was geht bei ihm Mystik nicht an! –, geisteskrank. Es war erschütternd, wie er Suse und mir eine gefundene Hundemarke zeigte und uns erklärte, was für geheime Botschaften für ihn darauf ständen. Er lebt noch immer in Leipzig, gänzlich bedürfnislos, das Wohlfahrtsamt zahlt für ihn die Miete und gibt ihm dazu noch 14 Mark monatlich zu leben: damit komme ich glänzend aus, sagte er.«

In der Nazi-Zeit bringt sich Kagelmacher, der äußerlich als Stotterer auffällt, durch seine harmlosen Verrücktheiten in Gefahr. Er wird zur Beobachtung in eine Pflegeanstalt eingewiesen.

»Man fand in seinem Wohnraum allerlei Unrat der Straße (alte Kettenglieder, Steine, Metallteile usw.) in Unmengen aufgestapelt. Zwischen diesem Gerümpel befanden sich angeblich auch echte Gegenstände prähistorischer Epochen, die er aus Rügen mit nach hier gebracht hatte.« Dem begutachtenden Arzt Dr. Rakoski berichtet Kagelmacher, misstrauisch und zögerlich, von seinen zumeist nächtlich »in zwölfstündiger Arbeit« betriebenen Forschungen, die darauf zielten, die wissenschaftlichen Dinge im Sinne von Schopenhauer »einfacher auszudrücken«. So hätten frühere Kulturen, die Ägypter, Babylonier usw., die Mathematik mit ihren Schriftzeichen wesentlich anschaulicher erklärt. Kagelmacher entdeckt in prähistorischen Steinen Linien und Ritzungen, manchmal handelt es sich jedoch bei den vermeintlichen prähistorischen Zeugnissen nur um Teile moderner technischer Gerätschaften. Im ärztlichen Gutachten heißt es:

> An diesen Gegenständen nahm K. seine Messungen vor und versuchte, darüber Zahlenverhältnisse aufzustellen. In diese Zahlenverhältnisse setzte er dann nach ihm bekannten Schlüsseln Buchstaben ein und versuchte, aus diesem Buchstabenkonglomerat wiederum einen Sinn zu lesen. Er habe schon eine große Menge von Heften, Zetteln und Büchern mit derartigen Aufzeichnungen zusammengestellt […].

Ditzen tröstet den Freund: Dass die Aufnahmefähigkeit der Ärzte »für Ihre Arbeiten und Pläne gering ist, das, lieber Kagelmacher, ist doch wirklich kein Wunder – das andere wäre ein Wunder«. Die Schlussfolgerung des Arztes ist, wie unter den waltenden Umständen nicht anders zu erwarten, verheerend: »Johannes Kagelmacher leidet an einer Geisteskrankheit, Schizophrenie, und ist somit ärztlicherseits als ein Erbkranker im Sinne des Gesetzes zur Verhütung erbkranken Nachwuchses anzusehen.« Der Patient soll zwangssterilisiert werden, was mit Hilfe von Falladas Schulfreund Willi Burlage abgewendet werden kann. Auch später hält Fallada zu dem Freund. »K. hat ja

Jahre unendlich viel für mich getan, er war ein glänzend veranlagter Mensch, ein sehr treuer Freund, anständig wie ganz wenige«, schreibt er den Eltern.

Als der Sonderling 1942 ein elfseitiges, an Hitler gerichtetes Memorandum (mit »Durchschrift an Göring«) verfasst, in dem er eine von ihm entwickelte Methode darlegt, die Folgen von Dürre und Trockenheit zu vermeiden, hilft ihm Fallada bei der Überarbeitung: »[…] wo Erde mit Wasser und Luft, belebt durch das Feuer der Sonne, eine stets neue Verbindung eingehen, wird immer wieder das Problem der Verwandlung der Sonnenenergie gelöst.« Kagelmacher überlebt die Nazi-Herrschaft und den Krieg, er meldet sich im Dezember 1945 aus dem Dörfchen Vogelsang am Oderhaff, wo er »wegen Wohnungsmangel auf irgendeinem Futterboden seines alten Freundes Gielow in Barth oder bei Barth« haust. Er stirbt 1952 in Bartelshagen bei Ribnitz-Damgarten.

Im Sommer 1919 wird schon bald deutlich, dass die Alkoholtherapie, mit der Kagelmacher die Morphiumsucht seines Freundes bekämpfen will, nicht anschlägt. Mitte August fragt Ditzen bei Dr. Tecklenburg an, ob er ihn zum Morphiumentzug in Tannenfeld aufnehmen würde, er sei durch die Behandlung eines Magenblutens mit Morphium süchtig geworden. Gleichzeitig bittet er darum, die Eltern über die Gründe der Selbsteinlieferung im Ungewissen zu lassen.

Die Sucht hat ihn fest im Griff. In der pommerschen Kleinstadt Dramburg stellt sich Ditzen auf einem gestohlenen Blankoformular ein Rezept für Morphium aus, das er, schon auf dem Weg zur Entziehungskur nach Tannenfeld, in Berlin einlöst.

Dr. Tecklenburg ist über den Werdegang seines Patienten durch die Korrespondenz mit Tante Ada annähernd im Bilde. An Rudolfs Vater, den Reichsgerichtsrat a. D., schreibt er: »Ihr Sohn bat mich, um Sie zu schonen, Ihnen jetzt noch nicht die Wahrheit zu sagen, andererseits kann ich mich dazu nicht hergeben, Ihnen etwas vorzumachen. Der Bedauernswerte hat das

Unglück gehabt, sich an Morphium zu gewöhnen und ist in seiner Not hierher gekommen, um es sich entziehen zu lassen. Es wird nicht mehr lange dauern, dann sind wir damit fertig, aber bei seiner Konstitution besteht natürlich für die Zukunft die Gefahr des Rückfalls, besonders wenn er nicht lange genug danach noch geschützt ist. Sein Aufenthalt hier wird also immerhin noch einige Wochen währen müssen. Bisher ist die Entziehung glatt und ohne Komplikationen verlaufen.«

Vier Wochen versucht man es miteinander. Ditzen wird zunächst mit Morphium in stetig sinkender Dosierung behandelt, verbunden mit Chloralhydrat, einem Schlafmittel. Der parallele Einsatz von Hypnose zeitigt bei ihm nur begrenzten Erfolg. Anfang September wird er dabei ertappt, wie er Morphium aus dem Untersuchungszimmer stiehlt. Am 15. September kehrt er von einem Spaziergang zurück, läuft »torkelig mit gläsernem Blick« und gibt an, unterwegs einen Cognac getrunken zu haben. Was das medizinische Personal ahnt, gesteht der Patient am Folgetag: Er hat sich Morphium verschafft und injiziert. Auf eigenen Wunsch wird er auf die Wachabteilung verlegt, möchte aber schon bald wieder auf die offene Station und verlässt, als ihm das verweigert wird, die Heilanstalt. Es ist das Muster aller folgenden Entziehungskuren: Am guten Willen fehlt es nicht, wohl aber an der Kraft und Geduld, die Tortur durchzuhalten. Später wird Fallada die Haftzeiten als die besseren Entziehungskuren schätzen lernen, da es hier für den Süchtigen kein Entkommen gibt.

Der stets abwägend formulierende Dr. Tecklenburg berichtet dieses Mal mit deutlichen Worten an den Vater: »Er warf uns direkte Kunstfehler in der Behandlung vor und entblödete sich nicht, bei seinem Weggange zu drohen, daß er uns noch eins auswischen würde. Aus seinem Verhalten sehe ich mit herzlichem Bedauern neue Sorgen für Sie emporsteigen, denn ich hatte nicht geglaubt, dass sein urteilsloser Größenwahn bereits solche Dimensionen angenommen hätte und sein ethisches Empfinden so verdunkelt sei.« Wilhelm Ditzen, dem es selbst nicht gutgeht, ist ratlos. Der Hausarzt der Familie, Ernst Eggebrecht, empfiehlt dem Vater, Rudolf »wegen Geistesschwäche infolge von Morphiumsucht« entmündigen zu lassen. Dr. Tecklenburg sieht keine rechtliche Grundlage und rät ab. Tante Ada schreibt an den Anstaltsleiter nach Tannenfeld: »Daß der unglückselige Junge sich so um alle Hilfe bringt. Aus Sensationslust wird er auch zum Morphium gegriffen haben, auch in Jena ruhte er ja nicht eher, bis er Kastenbett, Wachstube [...] kennengelernt hatte. Und nun will er sicher seine eignen großen Worte literarisch verwerten und schneidet sich selbst ins Fleisch dabei.« Für einige Tage kommt Rudolf zu den Eltern nach Leipzig und fährt anschließend weiter nach Brehna bei Halle, wo er sich zur weiteren Behandlung in die Heilanstalt Carlsfeld begibt.

Hier bleibt Ditzen ein Dreivierteljahr bis zum Juni 1920. In Carlsfeld entsteht die Novelle »Die Kuh, der Schuh, dann du«, eine Prosa ohne konsistente Handlung, aber mit zahlreichen autobiographischen Bezügen, die aus unterschiedlichen Perspektiven erzählt werden, einmal aus der Sicht eines ungeborenen Kalbs im Bauch der Mutter, dann wieder aus der eines Anstaltsinsassen, dessen Pulsadern vom Glas der Fensterscheiben »zerscherbt« sind. In der literarischen Gestaltung seiner Drogenerfahrung klingen Motive an, wie sie bereits in den Briefen an Anne Marie Seyerlen auftauchten. Drastisch wird eine Tötungsphantasie geschildert:

... und schon sah ich ihren Mund von Schreien schwellen ...

... als ich mein Messer leicht mit der Spitze aufsetzte ... unten ... zentral ...

... ich zog es nach oben ...

... ihr Bauch klaffte auf wie ein geschlitzter Gummiball ...

... an dem Nabel ein kleiner knorpliger Widerstand, der bei ziehenden Drucken zerbarst ...

(Ihr Gesicht war wie wenn Kinderlein jener Mechthild weinen – wollen.)

... und ich sah das graue, blaugraue Quellen Gedärms, indes sie ersterbend sprach:

»So ist es recht! Komm in meinen Bauch zurück ... mein Geliebter ... mein Kind ... das ich gebar ... krauch hinein in die Wärme.«

Rote Ameisen liefen rasend schnell über das Grüne, das Blaue, das Graue ...

»... Komm in meinen Bauch retour, mein Geliebter ... mein Kind ...«

Ich warf mich auf sie.

Ditzen kündigt die Novelle im Juni 1920 dem Rowohlt-Lektor Paul Mayer an: »Ich denke übrigens, daß dieser Band, auf den ich künstlerisch großen Wert lege, auch buchhändlerisch ein stärkerer Erfolg sein wird. Ich untersuche in ihm auf psychoanalytischer Grundlage die Wirkungen der Reizstoffe Morphium, Kokain, Bilsenkraut etc. auf heutige Menschen [...].« Die positive Geschäftsprognose des Autors muss sich nicht am tatsächlichen Absatz messen lassen, da Rowohlt von der Publikation der Novelle absieht.

Psychiatrische Anstalten kennt Ditzen von innen, seit er 19 Jahre alt ist. Die Hoffnung, Tannenfeld könnte eine überwundene Jugendepisode bleiben, erfüllt sich nicht. Lebenslang bleibt die Welt der Psychiatrie das Netz, das über den Abgrund seiner psychischen Labilität gespannt ist. Zugleich bietet diese Welt mit ihren festen Ritualen, den Lebensgeschichten der Patienten, dem Katz-und-Maus-Spiel von Pflegern und Insassen einen reichen Steinbruch für Falladas erzählerisches Werk. Hinzu kommt die Selbstbeobachtung. In »Die Kuh, der Schuh, dann du« schildert er in einer Szene die Wirkung der Kokaininjektion: »Der Körper erwachte. Erst war es, als regten kleine Käfer, hie und da, ihre Füße. Anziehen! Ausstrecken! Und jedes Ausstrecken kitzelte die Nerven – die erbebten. Am oberen Drittel der Magenwand rieben große Teichkäfer ihre Chitinflügeldecken –: ich fühlte ihn in einer düsteren Glut erbrennen. Die Kiefer begannen zu kauen, Speichel strömte, die Zähne knirschten, und es war ein ewiges Schlucken.«

Auch in Carlsfeld gelingt die Entwöhnung nicht. Im Juni 1920 schreibt Fallada an Anne Marie Seyerlen: »Halb mit List hat mich Kagelmacher aus Carlsfeld entführt und wir machen – da dort alles aussichtslos war – hier einen letzten Versuch. Mit den Eltern bin ich ziemlich auseinander, sie drohen mit Entmündigung etc. Kagelmacher erhält mich vor der Hand.« Briefe erreichen Ditzen in diesen Jahren nicht selten mit großer Verzögerung, weil sie bei dem häufigen Ortswechsel des Adressaten nachgesandt werden müssen. Nach einem kurzen Intermezzo mit Kagelmacher in Hinterpommern setzt Ditzen die Therapie ab August 1920 in Rinteln an der Weser fort, geht im November für einige Wochen auf das westpreußische Rittergut Marzdorf (bei Deutsch-Krone) und von dort wieder zu Kagelmacher. Das Gut auf Rügen ist Ausgangsort für Ditzens zweiten Roman »Anton und Gerda«: »Seit die letzten Hocken eingefahren sind, ist die Landschaft weit geworden, ausgeräumt. Die verstreuten Höfe liegen endlos voneinander entfernt, jeder in seinem windbewegten Baumhorst von einer Eigenschicht durchsonnter Luft umgeben, und der dunkle Waldstreif am Horizont wird durch die Landweite der geschälten Felder und die Wolkenballungen über den Wipfeln niedrig und weltenfern gemacht.« In Gudderitz verbringen Kagelmacher und Ditzen 1920 gemeinsam die Weihnachtstage.

Zum Jahresbeginn 1921, zu dieser Zeit »m. frei«, wie er schreibt, wird Ditzen mit der Diagnose »degenerative psychopathische Konstitution und Morphinismus« in die Provinzialheilanstalt Stralsund aufgenommen. Er liefert sich selbst ein und gibt an, wegen Depressionen ab 1918 Morphium konsumiert zu haben. Seit Ende März 1919 nehme er zwei- bis dreimal wöchentlich zusätzlich Kokain. Er möchte auch von den Schlafmitteln loskommen. Seiner Schwester Elisabeth berichtet er: »[...] da verlangte ich von dem Oberbonzen, er solle mir in der Hypnose suggerieren, ich liebe die oder die Frau nicht mehr, denn das war ja meiner Meinung nach aller Übel Ursache. Na, es kam dann nicht dazu. Und nach langer Einleitung hörte ich nur meinen guten Geheimrat mir befehlen: ›Der Gedanke, eine verheiratete Frau zu lieben, wird Ihnen einfach widderwärtig sein.‹ Es sagte

›widderwärtig‹, wie dieses nützliche Tier der Lüneburger Heide. Da war es um mich geschehen und meine schönen heiligen geliebten Gefühle [...].« Die Behandlung verläuft ansonsten ohne Zwischenfälle, Ditzen entlässt sich Mitte Februar wiederum selbst. Alles läuft so glatt, dass die Ärzte mutmaßen, der Patient hätte »vielleicht auch die Asylfunktion der Anstalt bewusst zum Schreiben [genutzt], zumal er immer auch literarische Stoffe über die Hospitalisierungen bezog«.

Im Sommer 1921 geht es rastlos weiter nach Bollhagen bei Bad Doberan auf ein Lehrgut in der Nähe von Rostock. Von hier aus schreibt er seiner Schwester Elisabeth: »Ich habe immer noch meine wenigen guten großen Freunde unter den Büchern, hier hast Du ihre Namen: Flaubert, Strindberg, Hamsun, Heinrich Mann, Wedekind, Peter Altenberg, Sterne, der große Dostojewski, Rabelais und Cervantes. Ich hoffe, ich habe niemanden vergessen, außer meinem ganzen Liebling: Alfred Kerr, dessen nun sieben Bände auch hier wieder mein tägliches Futter sind.« Auch über seinen allgemeinen Zustand gibt er Auskunft: »Körperlich ganz wieder auf dem Damm, geistig noch immer etwas stumpf und interesselos, viel gelangweilt und beim Anblick dieses Rechnungsführerpostens immer leicht mit der Frage bei der Hand: ist das nun das Ende?«

Über die Fortschritte bei der Therapie seiner Morphiumsucht berichtet er: »Ich bin ja nun glücklich Dreiviertel Jahre ganz frei davon, aber ich weiß jetzt, daß ich ungeachtet all der nicht übertriebenen so genannten Qualen heute wieder M. nehmen würde, falls der – unmögliche – Fall eintrete, daß ich es direkt vor der Nase hätte. [...] Übrigens unter uns: es war verdammt schwer, diese Stelle zu bekommen, da man sowohl in Berlin wie in Stettin auf einem wie immer sehr einfachem Klatschweg von meinem M. erfahren hatte und deshalb keine sehr blendenden Auskünfte gab.«

Im hastigen Wechsel folgen weitere Stationen. Für September ist von einer Anstellung in Stralsund die Rede, bereits im Dezember ist Ditzen bei Kagelmacher in Gudderitz und im

Frühsommer 1922 wieder zurück in der Nähe von Bad Doberan, in Fulgen. Ende Juni findet er eine Stelle als Rendant auf einem Gut in Niederschlesien, in Neu Schönfeld bei Bunzlau. Hier bahnt sich das Unglück an, die bürgerliche Katastrophe. Um seinen Bedarf an Drogen decken zu können, verkauft er Getreide vom Gut auf dem Schwarzmarkt in Bunzlau. Im Oktober 1922 wird die Unterschlagung entdeckt, Ditzen angezeigt und entlassen. Der Sohn des Reichsgerichtsrats ist kriminell geworden. Doch der Prozess findet erst im Juli des kommenden Jahres statt, so dass die Lebenszäsur zunächst kaum wahrnehmbar ist. Nur Tage später findet Ditzen wieder Arbeit im westpreußischen Marzdorf und lernt hier ein junges Mädchen kennen, das ihn heiraten möchte. Er lehnt dies mit der Begründung ab, er könne ihr als Morphinist niemals gesunde Kinder schenken.

Chaos herrscht nicht nur im Leben des jungen Landwirts, auch die große Politik spielt verrückt. Weil die Reichsregierung die Reparationslasten nicht mehr in der geforderten Höhe aufbringen kann, marschieren Franzosen und Belgier gegen das Votum der Briten im Januar 1923 ins Ruhrgebiet ein. Die deutsche Regierung ruft zum passiven Widerstand auf, die französischen Besatzer reagieren mit Brutalität. Dass die Streikenden mit Finanzmitteln des Reichs unterstützt werden, heizt die Geldentwertung zusätzlich an und führt auf kurzem Weg von der schleichenden Inflation der Nachkriegsjahre in die Hyperinflation. Das ganze Wirtschafts- und Bankengefüge gerät aus den Fugen, ein Großteil der Mittelschicht verarmt, Arbeitslosigkeit grassiert, die Not führt zur Radikalisierung an den politischen Rändern. In Sachsen rufen die Kommunisten im Oktober zur Bewaffnung proletarischer Hundertschaften auf, im November putscht die NSDAP gegen die bayerische Landesregierung. Neue Stabilität bringt erst die Einführung der Rentenmark Mitte November 1923.

Auch Ditzens Eltern sind durch die Vernichtung ihres Vermögens in der Inflation existentiell betroffen. Ein langes Leben, verbracht mit harter Arbeit, im Glauben an Gerechtigkeit und Stabilität, an den sozialen Aufstieg durch Fleiß und Disziplin – blickt man auf die politischen, moralischen und ökonomischen Realitäten des Jahres 1923 in Deutschland, kann man es den Eltern nicht verdenken, dass sie der »Welt von gestern« nachtrauern.

Rudolf, der zwischenzeitlich wieder Unterschlupf bei Kagelmacher auf Rügen gefunden hat, kommt im Februar zu Besuch nach Leipzig. Den Eltern verschweigt er seinen Fehltritt in Neu Schönfeld und den anstehenden Prozess. Bei der Suche nach einer neuen Stelle hilft wiederum Kagelmacher, der seinem Freund falsche Zeugnisse ausstellt. Ditzen wird Rendant auf dem Gut Radach bei Drossen im heute polnischen Teil Brandenburgs. Kurz zuvor hat ihn das Amtsgericht Bunzlau wegen Unterschlagung zu sechs Monaten Haft ohne Bewährung verurteilt, wobei er die Strafe erst im nächsten Jahr antreten muss.

Parallel verfolgt er seine literarischen Ambitionen. Bereits im Juni 1920 hat Rowohlts Lektor Paul Mayer, obwohl sich »Der junge Goedeschal« nur schleppend verkauft, die Frage eines neuen Buchs angesprochen. Jetzt legt ihm Ditzen seinen Roman »Anton und Gerda« vor. Darin verliebt sich der Dichter Anton Färber in eine lebenserfahrene ältere Prostituierte, eine »Bardame«. Gemeinsam brennen sie auf eine Ostseeinsel durch, die leicht als Hiddensee zu erkennen ist, werden hier aber vom Onkel aufgespürt. In dessen Figur verschmelzen Züge von Rudolfs Logiervater Braune aus Rudolstadt mit solchen seines Vaters. Auch in dieser verspäteten Pubertätsgeschichte spiegeln sich die juvenilen Erlebnisse und Bedrängnisse des Autors. Geisterhaft taucht der erschossene Freund von Necker auf: »Sein nackter Oberkörper ist gräßlich abgemagert, wie Peitschenstriemen liegen die Rippen auf ihm. Nahe der linken Brustwarze sind drei schwarzrandige Löcher, in denen bei jedem Atemzug Luft mit Blut pfeift und gurgelt. […] Ich bücke mich. Der Dürre liegt stöhnend am Boden, phosphorisch glänzen die drei Kugellöcher, die ich einst – – –. Oh, es ist Wahnsinn! Das alles ist doch schon Jahre her!«

»Aufgewachsen in der Stickluft der Bürgerhäuser«, ist Ditzens Schreckgespenst nach wie vor alles Bürgerliche. Die Erfahrung, dass es moralische Verlogenheit in allen sozialen Schichten gibt, kommt gegen den in der Kindheit geprägten Affekt nicht an. Beinahe thesenhaft wirkt es, wenn »die kleinen, häßlichen Tragödien des Bürgertums« und »die Lüge von der Moral« entlarvt und »Bürgerideale« durch das Blut »überrumpelt« werden sollen. Selbst die Liebe des »Bürgers« ist lächerlich, wie Anton und Gerda feststellen: »[...] sie lehnten an einer fremden Schlafzimmertür, sie lauschten mit einem perversen, verachtenden Entzücken dem taktmäßigen Rucken einer Bettstelle, dem unartikulierten ›Ah‹ und ›Oh‹, dem sinnlosen Seufzern ›Das ist zu viel‹ eines Bürgerpaars [...].«

Anton und Gerda lieben sich ohne bürgerliche Rücksichten. Mit dem Rasiermesser trennt Fallada das Echte vom Unechten. Allerdings sind die Träume, die er Anton unterschiebt, nicht sehr weit von den Prägungen seiner eigenen Herkunft entfernt: »Er riß ihre Glieder voneinander, ihr wilder und scharfer Geruch reizte ihn auf, er wühlte sich ein, er ertrank in diesem eisigen und glühenden Fleisch, das ohne Laut, mit einer hartnäckigen Gier seinem Eindringen sich widersetzte, und mit Mund und Zunge in ihrem Letzten, zog vor seinen geschlossenen Augen das Bild des baumüberwehten friedlichen Heims vorüber, in das eine blonde Frau ihn rief, wo Kinder auf dem Rasenplatz vorm Fenster spielten.«

Fallada hat sich im Rückblick ganz unterschiedlich zu seinem Frühwerk geäußert. 1933 bezeichnet er »Anton und Gerda« als sein »Lieblingsbuch«, 1946 denkt er an seine ersten beiden Romane nur noch »mit Grausen« zurück und »will von diesen Kindern nichts wissen [...], weil ich sie auf Anregung, auf Befehl fast einer ehrgeizigen Frau geschrieben habe, weil sie mir suggeriert waren, weil ich sie nicht aus eigenem inneren Antrieb geschrieben habe« (was sich gegen Anne Marie Seyerlen richtet).

Auch wenn sich beide Aussagen widersprechen – bezogen auf die jeweilige Situation und das spezifische Publikum behalten sie ihre Gültigkeit. Das Adressieren taktischer Wahrheiten, das Spiel in unterschiedlichen Rollen sind dem Schriftsteller, zunächst im privaten Umfeld, später in einer größeren Öffentlichkeit, früh zur Gewohnheit geworden.

In »Anton und Gerda« schreibt er sich frei, es gibt grandiose Passagen wie etwa das Traum-Kapitel, sprachlich mit einer Sorgfalt durchgearbeitet, wie er sie später selten übt, oder jenen Dialog, in dem der Onkel versucht, Anton für sich zu gewinnen, bezwingend und lebendig zugleich in der Kasuistik, die im Autor den Sohn des Reichsgerichtsrats erkennen lässt. Noch immer sieht Ditzen seinen Protagonisten Anton Färber, den »mittellosen, etwa dreißigjährigen Dichter«, im Verhältnis zur Geliebten als »einen Jungen«, der sein Gesicht in den Schoß der Frau legt und dem über den Kopf gestreichelt wird. Mittlerweile aber ist er dem »lachenden Frühlingsantlitz der Liebe« begegnet: »Ihr Schoß öffnete sich, eine unnennbar schöne, im ersten und letzten unbegreifliche Blume breitete sich aus, sie duftete betörend, er verschwamm, er wurde endlos, dieser Welt Grenzen waren nicht seine Grenzen, zehntausend Sonnen tanzten zu Häupten, er stieg. Er stieg!« Was indes nicht stieg, waren die Verkaufszahlen des Buchs. »Anton und Gerda« erscheint im Dezember 1923 kurz nach dem Ende der Hyperinflation. Kaum mehr als 400 Exemplare gehen über den Ladentisch. Die Menschen haben andere Sorgen und Rudolf Ditzen eigentlich auch.

Nur eine Gnadenfrist trennt ihn noch vom Datum seines Haftantritts in Greifswald. Auf dem Gut Radach weiß man von seiner Unterschlagung nichts. Hier übernimmt er die Buchführung, was infolge der rasanten Preisentwicklung eine besondere Herausforderung ist. Ditzen kümmert sich um Boden- und Futterbücher, Inventarverzeichnisse, Kassenkladden, Aussaat- und Düngelisten, Vieh- und Kornbestand, Lohnlisten und die Deputatausgabe. Über zwei Jahrzehnte später schreibt er: »Lange Zeit war ich Feldwächter auf einem großen Gut, d.h. Nachtwächter, und mußte mich damit abplagen, kleine Leute, die Ähren abschnitten oder Zuckerrüben als Ziegenfutter gezogen hatten, abzufangen, ihnen ihre geringe Beute wieder abzunehmen und sie anzuzeigen. Sie bekamen dann eine ganz geringe Geldstrafe, die durch die fortschreitende Inflation auch noch ganz wertlos geworden war. Es war eine seltsame Tätigkeit. Nacht für Nacht unterwegs, über die endlosen Feldbreiten eines Riesen-Rittergutes in der Neumark, meist mit einem kleinen Kollegen, der damals einer meiner getreuesten Lebensfreunde wurde, immer wachsam, und doch so oft ganz der Schönheit der Nachtstunden hingegeben.«

Der »kleine Kollege« ist Hans Joachim Geyer, bis an sein Lebensende eine der wichtigsten Bezugspersonen Ditzens. Die beiden verbindet das Interesse an Literatur und an den Mädchen in der näheren Umgebung. Rudolf hat es besonders die Haustochter des Rittmeisters angetan, die einen Namen wie aus einem Trivialroman trägt, Violet von Abercron: »Sie war das schönste Mädchen, das ich in meinem Leben gesehen habe, sehr groß und kräftig, blauäugig und mit einem Haarblond von der sanftesten Hanffarbe. Ihre Schönheit hatte etwas völlig Triumphierendes, sie war immer schön, so wie ein Sommertag ewig und ewig blau ist, und sie war so gesund wie ein Apfel an einem Zweig. Heute weiß ich, daß am bezwingendsten bei ihr die völlige Reinheit war. Sie war, etwas ganz Seltenes bei einem jungen Mädchen, wissend rein, sie kannte die anderen Dinge dieser Welt, sie verurteilte und verabscheute sie nicht, sie betrafen sie gar nicht, ihre Luft war Reinheit und nur Reinheit.«

Auch wenn Ditzen keine harte körperliche Arbeit verrichten muss – die Zeit in Radach wird ihm nicht leicht. Zur Tagesschicht kommen mehrmals wöchentlich die Nachtdienste. Die wenige Freizeit verbringt er schreibend, es entstehen die Erzählungen »Der Apparat der Liebe« und »Die große Liebe« – beide bleiben zu Lebzeiten Falladas unveröffentlicht. An den Abenden korrigiert er mit Freund Geyer die Fahnen von »Anton und Gerda« oder zieht mit ihm über die Dörfer zum Tanz. Auch im wiederholten Anlauf ist Kagelmachers Alkoholtherapie gegen die Drogensucht seines Freundes fehlgeschlagen. Vier Gläser Cognac morgens auf nüchternem Magen ergänzen in Radach den Morphium- und Kokainkonsum, anstatt ihn zu ersetzen.

Die Freundschaft mit Geyer verläuft unter diesen Umständen nicht unproblematisch. Der erinnert sich: »An einem solchen Abend, Fallada hatte gerade sein letztes Morphium verspritzt, sich ins Bett gelegt und lauschte mit geschlossenen Augen meinen Worten, ich las ihm aus einem Reclam-Heft vor, richtete er sich plötzlich auf, riß eine Pistole unter dem Kopfkissen hervor, richtete diese auf mich und schrie, er würde mich erschießen, wenn ich ihm nicht verspräche, noch an demselben Abend nach Berlin zu fahren und ihm Morphium zu holen. Ich hielt die Sache erst für einen Scherz; aber sehr bald mußte ich einsehen, daß es Fallada mit seiner Drohung bitter ernst war. Fast eine Stunde lang suchte ich ihn zu beruhigen und zu bewegen, die Pistole beiseite zu nehmen; aber nichts fruchtete. Mit der entsicherten Pistole fuchtelte er mir vor dem Gesicht herum und beschimpfte mich, als ich ihm sagte, daß ich unmöglich noch in der gleichen Nacht nach Berlin könne, da es mit den Zügen ab Drossen nicht klappen würde. In einem günstigen Moment gelang es mir, Fallada die Pistole zu entwinden, dabei ging ein Schuß in die Zimmerdecke; ich stürzte aus dem Zimmer, schloß Fallada ein und legte die Fensterladen vor. Nach ca. zwei Stunden ging ich wieder zu ihm. Fallada lag völlig erschöpft in seinem Bett, weinte und flehte mich an, ihm sein Verhalten doch ja nicht übel zu nehmen. Dummerweise gab ich Fallada am nächsten Morgen die Pistole wieder. Als ich an dem Tage dann nach Berlin fuhr, um Falladas Wunsch zu erfüllen, am Abend noch nicht zurück war und die Hofgängermädchen im Vorbeigehen an Falladas Zimmerfenster klopften, riß er dasselbe auf und schoß hinter den flüchtenden Mädchen her. Es hat damals deswegen mit dem Chef viel Ärger gegeben.«

Doch erst als der Gutsverwalter von Ditzens Unterschlagung in Neu Schönfeld erfährt, wird er auch in Radach entlassen. Übergangslos findet er am 1. November 1923 eine Anstellung in der nahe gelegenen Kreisstadt Drossen. Es sind jeweils nur einige Monate, die Ditzen in Radach und Drossen verbringt, und dennoch ist der menschliche und literarische Ertrag dieser Zeit beachtlich: Mit Hans Joachim Geyer hat er einen Freund fürs Leben gefunden und mit Radach und Drossen die Schauplätze und den Erlebnishintergrund für zwei Romane: »Wolf unter Wölfen« und »Kleiner Mann – was nun?«.

Mitte April 1924 erhält Ditzen in Drossen zum Abschied ein ausgezeichnetes Zeugnis. »In der doppelten amerikanischen Buchführung war er völlig bilanzsicher, seine Gesetzes- und Branchenkunde machte ihn zu einer großen Hilfe im Geschäftsbriefverkehr, besonders gelang ihm die Regelung und Durchfechtung schwieriger Differenzen.« Als Grund für seinen Weggang wird im Zeugnis angegeben, Ditzen hätte den Wunsch geäußert, »einen größeren Wirkungskreis zu finden«. Tatsächlich naht aber das Datum, das ihn auf einen eher überschaubaren Wirkungskreis zurückwerfen wird: Am 20. Juni muss er sich im Gefängnis in Greifswald melden. Die verbleibenden Wochen verbringt er auf Rügen bei Freund Kagelmacher.

Am 19. Juni macht Ditzen mit Kagelmacher in Juliusruh die Nacht zum Tag, schläft zwei Stunden, zieht seinen neuen Anzug an und nimmt am Morgen den Wiecker Dampfer nach Stralsund. In der Kajüte trinkt er »mit drei törichten Sächsinnen« Likör, in Stralsund lädt er eine junge Frau ins Café Mehlert ein: »Es war, als konzentrierte sich all mein sonst so schwacher Unternehmungsgeist auf diese paar Stunden, plötzlich war ich mutig und hatte Glück. Oder war es der neue Anzug?« Im Zug nach Greifswald gerät er mit einer jungen Frau in Kniekontakt. Er lädt sie zum Kaffee ein, später zum Bier. »Wir wanderten dann noch in ein weiteres Café, und dort bewilligte sie mir alles, was einem in einem Café, dessen einziger Gast unruhig schlafend am Nebentische sitzt, bewilligt werden kann. [...] Kurz vor drei Uhr küßte ich sie vor dem Gericht ab, klingelte an der Tür und meldete mich zum Strafantritt. Es war ein heißer, sonniger Junitag. Ich war nicht ganz nüchtern.«

ZEHNTES KAPITEL

Meine Seele jauchzt. Ich darf schreiben! – Rainer Maria Rilke als Hühnerzüchter – Ich bin der geborene Spitzel – Sieben Jahr liege ich nun schon an der Kette der Sucht – So ein Haufen von hundertzwanzig Strümpfen hat einen sehr strammen Geruch

Rudolf hat sich für die Haft in seiner Geburtsstadt Greifswald literarisch präpariert und Rilkes Gedicht »Der Gefangene« gelernt: »Denk dir, das was jetzt Himmel ist und Wind, / Luft deinem Mund und deinem Auge Helle, / das würde Stein bis um die kleine Stelle / an der dein Herz und deine Hände sind.« Er hat Oscar Wildes »Ballade vom Zuchthaus zu Reading« und dessen Text über Kinder im Gefängnis gelesen. Natürlich ist in Wirklichkeit alles anders, nicht weniger schlimm, aber weniger pathetisch. Bis jetzt ist es ihm gelungen, seine Verurteilung und die anstehende Haft vor den Eltern in Leipzig zu verheimlichen. Das soll auch nach der Aufnahme der Personalien im Gefängnis so bleiben:

Als Name und Adresse meiner Eltern festgestellt werden, sage ich stockend: »Ich hätte eine Bitte, Herr Sekretär.«

»Nun.«

»Wenn es möglich wäre, daß sie nicht benachrichtigt würden. Mein Vater ist zweiundsiebzig Jahre, er weiß von nichts. Und bei seiner Stellung. Ich bitte …«

Ich spreche mit einer ekelhaften, weinerlichen Stimme, ich fühle, wie mir die Tränen in die Augen kommen, und ich weiß dabei, wie gemein es ist, sich unnötig so zu demütigen, wie kitschig diese Sentimentalität ist! Warum kann ich das nicht ruhig und sachlich sagen? Oh, ich Schwein! Natürlich mit reuiger Stimmung Land gewinnen!

Die Bitte wird ihm erfüllt, wie überhaupt der Strafvollzug in Greifswald für den Sohn eines Reichsgerichtsrats mit nachsichtiger Behandlung durch die Beamten verbunden ist. Rudolf arbeitet auf dem Holzhof und muss Stumpen kleinsägen: »Die Zeit von halb sieben bis halb zwei Uhr ist pausenlos sehr lang. Der Arm ist völlig abgestorben, ein Teil einer Maschine, die Füße brennen maßlos in den ungewohnten Lederpantoffeln. Ich wechsele immer wieder das Standbein, aber es schmerzt doch toll. Und die Zeit will nicht enden. Will nicht enden. Zwischendurch muß ich Holz tragen. Ein dicker Wachtmeister in Zivil fordert mich dazu auf: ›Wollen Sie ... bitte ... das Holz holen, Ditzen ... Herr Ditzen ...‹ Es rührt mich ein wenig, es ärgert mich ein wenig, daß ich auch hier Ausnahme bin, daß man nicht die rechte Einstellung zu mir findet.«

Mit Kagelmacher hat er besprochen, während der Haft seine Erlebnisse aufzuzeichnen. Tatsächlich bekommt er schon nach zwei Tagen die Erlaubnis, in seiner freien Zeit zu schreiben. Es ist die Verarbeitung des Erlebten im Schreiben, die ihn die Umstände im Gefängnis leichter ertragen lässt, den Verlust der Freiheit, die ungewohnte Arbeit, die Tabak-, Alkohol- und Frauenabstinenz: »Meine Seele jauchzt. Ich darf schreiben!« In der ersten Haftzeit sind die Nächte kurz, schon gleich nach dem Einschlafen erwacht der Gefangene und denkt, er sei noch im Traum: »Direkt vor meinem Auge, so daß sie ungeheuer groß erscheinen, bewegen sich zwei rostbraune, breite, gepanzerte Tiere. Ich fahre mit dem Kopf zurück, ich fühle ein unerträgliches Jucken im Gesicht und an den Armen, und ich begreife: Wanzen. Ich habe diese Tiere bisher nur in den Fenstern der Drogenhandlungen auf den Plakaten der Insektenvertilgungspulver gesehen, aber es sind zweifelsohne Wanzen. Ich zerdrücke sie, sie hinterlassen auf dem Überzug zwei breite Blutflecken. Und nun begreife ich auch die schwärzlich-braunen Stellen an den Wänden. Dieses sind keine versprengten Einzelexistenzen, dieses sind die Sendboten eines großen Volkes, mit dem ich mich werde auseinanderzusetzen haben.«

Tage dauert es, bis das »große Volk« zurückgedrängt ist, die nächtliche Belästigung hat etwas Unwirkliches, er fragt sich, ob er die Wanzen nur herbeihalluziniert. Aber auch danach ist an Durchschlafen nicht zu denken: »Ich wache auf mit benommenem, schmerzendem Kopf. Welche Zeit mag es sein? Keine Ahnung. Plötzlich merke ich, welch schreckliche Luft in meiner Zelle trotz des offenen Klappfensters herrscht. Da ist der scharfe, beißende Gestank des Wanzenmittels, das milchig in meinem Spucknapf steht. Da ist der Geruch des Abortkübels, der den ganzen Sonntag, der vierundzwanzig Stunden ungeleert in meiner Zelle steht und der nicht wenig bei dieser voluminösen Nahrung benutzt wird. Schlimm, sehr schlimm.«

Gegenüber den Wächtern verhält sich Ditzen respektvoll bis devot, er möchte nichts falsch machen. Als er sich einmal ungeschickt beim Holzhacken anstellt, wird der Oberwachtmeister auf ihn aufmerksam, der in keiner guten Stimmung zu sein scheint: »Ich zitterte ein wenig vor ihm und erwartete einen fürchterlichen Anschnauzer wegen meiner Anstellerei und Ungeschicklichkeit. [...] Er nahm mir milde das Beil aus der Hand: ›Nein, das können Sie nicht. So müssen Sie das machen. Woher sollen Sie das auch können? Das kann niemand von Ihnen verlangen. Das muß jeder einsehen.‹ Gute Worte, goldene Worte, die einem Feigling sehr wohltaten. Deinetwegen, Oberwachtmeister, gehe ich heute besonders fröhlich zu Bett.«

Ditzen beginnt damit, seine Träume zu notieren, er »möchte einmal feststellen, ob Freud mit seiner Behauptung, das Niederschreiben der Träume befördere die Häufigkeit und Klarheit des Träumens, recht hat. Dann hätte ich für diese Monate hier noch eine nicht zu verachtende Beschäftigung, denn das Träumen ist viel schöner als selbst Morphium.« So verknüpfen sich die Wirklichkeitsfäden zu einem skurrilen Gewebe: Toni Benario, eine Freundin aus Berliner Zeit, die Frau eines vermögenden Geschäftsmannes aus Dahlem, zeigt ihm »einen Film, ›Rainer Maria Rilke als Hühnerzüchter‹, ich dachte im Traum, den mußt du Kagelmacher zeigen, dann geht er auch einmal ins Kino«. Auch sonst ist die Selbstbeobachtung gnadenlos. Für den 9. Juli 1924 notiert Ditzen: »Wieder einmal onaniert, und der Tag darauf wurde gut, oder, wenn nicht gut, so schon recht erträglich. Es scheint beinahe so, als ob die direkt auf das Onanieren folgenden Tage die günstigste Seelenstimmung brächten, daß dann aber der übernächste Tag einen Rückschlag in die Depression bringt. Ich werde in der Folge einmal darauf achten.«

Die Haftzeit in Greifswald konfrontiert Ditzen mit einer anderen sozialen Wirklichkeit als jener, die der Sohn des Reichsgerichtsrats, der privilegierte Patient in Tannenfeld, der Bohemien in Berlin oder der Rendant auf den ostelbischen Gütern bisher kennengelernt hat. Auf einmal ist er Teil der Hackordnung – weder geschützt durch Herkunft noch durch Bildung. Ditzen, 1,76 Meter groß, von schmaler Statur, gerade einmal sechzig Kilogramm leicht, ohne Gefängniserfahrung, ist auf seine Beobachtungsgabe und seine Cleverness angewiesen, will er nicht ganz unten in der Hierarchie landen. Einmal bekommt er Ärger mit einem Mithäftling, einem Stellmacher: »Gewiß, ich habe Angst vor Schlägen. Wenn man in seiner Körperschwäche so wehrlos ist wie ich. Ich begreife nicht, daß nicht jeder einsieht, welche Gemeinheit es ist, einen vollkommen wehrlosen Menschen zu schlagen. – Aber ich werde es mir nicht gefallen lassen! Soll ich es machen wie der kleine verzogene Liebhaber Hypatias in Shaws ›Mesalliance‹, mich einfach auf die Erde werfen, wenn er sich mir nähert, und schreien, schreien, schreien! Genieren würde ich mich nicht. Aber es steht mir nicht, es hilft alles nichts, es paßt nicht zu meiner Brille und meinem Gesicht.«

Zum Alltag im Gefängnis gehört der »rasende Hunger nach Rauchen«. Tabak ist Mangelware, aber die eigentliche Währung sind die Streichhölzer. Wenn das gesägte oder gehackte Holz von den Häftlingen durch die Greifswalder Straßen ausgefahren wird, versuchen die Gefangenen, neben ordentlicher Verpflegung immer auch ein paar Streichhölzer zu ergattern, deren Besitz eigentlich verboten ist. Das Ausfahren des Holzes zu den Kunden ist auch deshalb beliebt, weil es Gelegenheit bietet zum – ebenfalls verbotenen, manchmal aber geduldeten – Kippensammeln. Mehrfach zieht Rudolf durch die Straßen seiner Geburtsstadt, je vier Gefangene sind als Ersatz für ein Zugtier vor einen Kastenwagen gespannt. Der begleitende Wachmann zeigt mit einem Stöckchen an, in welche Straße sie einzubiegen haben. Hans Fallada hat die Szene in seiner Erzählung »Länge der Leidenschaft« beschrieben: »Unter der schirmlosen Sträflingsmütze das bleiche, ermattete Gesicht, die Schulter gegen den Gurt gestemmt, und nun, mit einem feigen, hurtigen Blick zum Wärter, beugte er sich nach einem Zigarettenstummel, faßte ihn im Vorwärtsgehen, schob ihn in den Mund.« Die Greifswalder wissen Bescheid. Einmal wirft ihm ein Mann eine Kippe hin, »ich hob sie natürlich auf«.

Den Wächtern fällt Ditzen bald durch seine Gewissenhaftigkeit und seine Beflissenheit auf. Dieses Verhalten ist seiner Herkunft und Erziehung geschuldet, hat aber noch andere Gründe, die der Frischentlassene nur Monate später in seinem Aufsatz »Stimme aus den Gefängnissen« anspricht: Der Gefangene, schreibt Ditzen, »verdoppelt seine Anstrengungen«, um in den Genuss der Bewährungsfrist, der vorzeitigen Entlassung, zu kommen: »Er ist glücklich, wenn er einem Beamten eine Gefälligkeit erweisen kann. Er belauert die anderen, um Ungehörigkeiten melden zu können, sich als der Vertrauensmann zu beweisen, der er sein muß, um eine Befürwortung seines Gesuchs durch die Anstaltsleitung zu erreichen.« Der anonyme Gefangene in Ditzens Aufsatz ist niemand anderes als der Autor selbst. Er ist gerade einmal eine Woche in Haft, als ihm der Posten eines zweiten Kalfaktors auf dem Holzplatz in Aussicht gestellt wird – allerdings nicht ohne Gegenleistung: »Und wenn wir dann erst die richtigen Schlingel hier haben, und die wollen ausreißen, Sie halten sie noch am Beine fest.« Ein anderes Mal wird Ditzen vom Oberwachtmeister ausgehorcht und lässt sich verleiten, einen Mitgefangenen zu verpetzen. In sein Tagebuch schreibt er: »Und doch, da ich dies, was ich Beschämendes tat, niederschreibe, sagte ich mit bewußtem Mut: So ist das Leben. Ich muß leben. Stärkere mögen Helden oder Märtyrer sein, ich habe nur das Talent zu einem kleinen Feigling.«

Anfang August gelingt zwei Mithäftlingen die Flucht. Ditzen hat eine Vermutung, wohin die beiden geflüchtet sein könnten, ringt eine Weile mit sich und wendet sich schließlich mit seinem Verdacht an einen Wachmann. Sein Verhalten ist ihm selbst nicht geheuer: »Ich habe mir hin und her überlegt, warum ich derartige Gemeinheiten nicht lassen kann. Ich habe nichts gegen Stabinski und schon gar nichts gegen Joseph, ich mißgönne es ihnen auch nicht, daß sie frei sind und ich gefangen bin; mehr schon bedrückt es mich, die Willkür über die Autorität siegen zu sehen. Trotz all meiner Bücher [...], ich stelle mich stets auf die Seite der Autorität. Aber auch das ist es im letzten Ende nicht: Ich glaube, ich tue es aus Freude an der Sache selbst und aus Wichtigtuerei. Ich bin der geborene Spitzel, der Gemeinheiten nicht seines Vorteils willen, sondern ihrer selbst halber begeht.«

Für das Lektüreangebot aus der Gefängnisbibliothek, das ihm in die Zelle geliefert wird – Walter Bloem, »Vormarsch« –, entwickelt Ditzen keine Begeisterung: »Vorm Arsch [...] wäre die beste Verwendung dieses Opus.« Er geht zwar nicht in den Gottesdienst (»Ich bin nicht kirchengläubig«), liest aber, da der übrige Fundus der Bibliothek zumeist aus Schmonzetten besteht, das Alte Testament: »Die Geschichte Josephs in Ägypten teilweise fabelhaft schön und bunt; die Gesetzsammlung und die Volkszählung zu monoton. Und – man schüttelt doch den Kopf, daß dies heute noch die Grundlage für den Glauben eines Volkes ist. Dieser Judengott ist in seiner Engherzigkeit und Eifersucht, in seiner Habgier und Grausamkeit ein Greuel!!« Er wundert sich über sich selbst, dass ihn die Zoten der Mitgefangenen nicht stören, im Gegenteil, er zeichnet sie auf und nutzt sie als literarisches Material. Zugleich fürchtet er sich vor Abstumpfung: »Gibt es nichts mehr, was mich ekelt und abstößt? Das hieße wahllos geworden sein und wäre jedenfalls das Ende als Künstler.« Erst einige Jahre später wird deutlich, was im Gefängnis in Greifswald passiert: Ditzen öffnet seinen ästhetischen Kosmos, in dem sich bisher alles um die eigene Biographie drehte, zunehmend für die Einflüsse und Erlebnisse, die er in seinem Alltag erfährt.

Es sind die von ihm selbst nicht für literaturwürdig gehaltenen Textformen wie Tagebuch und Brief, die in dieser Periode am ehesten erkennen lassen, wohin es mit dem Schriftsteller Fallada gehen wird. Alles wird ihm zum Stoff. Im Zusammenspiel von scharfer Beobachtung, Ironie und gekonnt erzeugter Beiläufigkeit findet sich auch im Greifswalder Tagebuch stellenweise jener Fallada-Ton, der die späteren Bücher des Schriftstellers ausmacht. So notiert er über zwei Mithäftlinge, deren Gespräch er beim Sägen belauscht:

Der eine, der, wenn er »hier fertig ist«, seinen Doktor in Holland machen möchte, »nur, es nützt ihm ja hier nichts«, bekannte seine Neigung zur Musik. Er hatte in Berlin ein Orchester mit sieben Mann gehört ... Der andere, Pole, deutschenfeindlich, künftiger Ausrotter der oberen Zehntausend, bricht in ein Hohngelächter aus: »Wir haben in Stettin im Kino ein Orchester mit vierzig Mann ...!« Eine Weile kann ich nichts verstehen. Dann erzählt der Doktor vom Philharmonischen Orchester, vierhundert Mann. Doch der Pole schlägt ihn glatt, er hat ein Orchester mit sechshundert Mann gehört, der Dirigent, Kapellmeister nannte er ihn, hielt in der einen Hand die Uhr, mit der anderen taktierte er nach dieser Uhr, was selbst mir Musikunverständigem reichlich russisch vorkommt.

Gerade einen Monat in Haft, inzwischen sind mehr als hundert Seiten mit Tagebuchaufzeichnungen entstanden, fragt er sich: »Habe ich denn nichts zu schreiben? Wäre es nicht endlich soweit, neben den nötigsten Tagebuchnotizen irgendein Opus zu beginnen, das man veröffentlichen kann? (Denn ich muß mir doch, ehe ich eine neue Stelle antrete, noch einiges anschaffen, und Rowohlt ist doch schließlich die einzige Geldquelle.) Aber das ›stille Buch‹, das ich schreiben möchte, will sich nicht gestalten lassen, und die andern lauten, heftigen, leidenschaftlichen locken mich nicht.«

Anderntags heißt es: »Als ich gestern Abend im Tagebuch von dem Roman schrieb, den ich heute in Gang bringen wollte, dachte ich an einen ganz andern Stoff. Wie das Gehirn im Schlaf arbeiten muß! Als ich heute früh erwachte, war der Plan zu diesem umgeänderten Roman (nur weniges aus dem ersten Kapitel des alten Entwurfes ist übernommen) fix und fertig, für die ersten zwanzig, dreißig Seiten sogar schon mit Kapiteleinteilungen und Überschriften! Im Schlaf!! Ich bleibe dabei, dies ist das Unbegreiflichste und Beglückendste, was ich je erlebt habe.«

Bis zum Schluss, noch bei seinem letzten Buch, kann Fallada auf diese Gabe vertrauen. Sie ermöglicht es ihm, auch unter den ungünstigsten Umständen, in der Anstalt oder im Gefängnis, Bücher mit komplexen Handlungsverläufen und einer Vielzahl von Figuren zu schreiben – und das in extrem kurzer Zeit. Hinzu kommen seine hohe Konzentrationsfähigkeit sowie sein außergewöhnliches Gedächtnis, in dem er Lektüreeindrücke, gleich ob Vers oder Prosa, zuverlässig gespeichert hat. Der Preis für die ungeheure Willensanstrengung ist schon in diesen Jahren die Depression, die dem schöpferischen Akt unausweichlich folgt.

Mitte August wird Ditzen, der sich durch seine Korrektheit, durch Wohlverhalten und Auskunftsfreudigkeit gegenüber den Wärtern dafür empfohlen hat, erster Kalfaktor des Greifswalder Gefängnisses. Dieser Status bringt einige Vergünstigungen, aber auch Unannehmlichkeiten mit sich. Zu Letzteren gehört die Pflicht, die Wäsche der Häftlinge zu sortieren: »So ein Haufen von hundertzwanzig Strümpfen, die eine Woche alt sind und sämtlich von Leuten mit Schweißfüßen stammen, hat einen sehr strammen Geruch und faßt sich nicht gut an. Der Begriff Hemden und Diarrhoe wird mir wohl in Zukunft unzertrennlich sein.« Vor allem aber lässt ihm seine neue Stellung keine Zeit mehr zum Schreiben, das Tagebuch bricht wenige Tage später ab.

Am 3. November 1924 steht Ditzen vor dem Tor des Gefängnisses in Greifswald. Ein paar Wochen seiner Haft sind ihm erlassen worden. 20,60 RM hat er mit Holzhacken, -sägen und -austragen verdient. Das Mädchen, das er vor viereinhalb Monaten im Zug von Stralsund nach Greifswald per Kniekontakt kennengelernt hatte, wartet nicht auf ihn. Es hat sich herausgestellt, das sie die Frau eines Mitinsassen ist. Jetzt nimmt Ditzen den umgekehrten Weg und fährt mit dem Zug nach Stralsund, nimmt die Fähre nach Rügen und läuft die paar Kilometer zu Fuß nach Gudderitz, zum Gut seines Freundes Kagelmacher.

Literarischer Ertrag der Greifswalder Haftzeit ist ein Romanfragment, das Ditzen auf Rügen fertigstellt und unter dem Titel »Im Blinzeln der Großen Katze« Rowohlt anbietet. Wieder finden sich hier, nur schwach verfremdet, Versatzstücke der eigenen Biographie, die in das Korsett einer literarischen Idee gepresst werden. Der Geschichtenfundus, den Ditzen in reichlich vier Monaten Gefängnis angesammelt hat, schlägt sich indes kaum darin nieder. Es ist Literatur-Literatur, nicht anders als die Novelle »Länge der Leidenschaft«, in der die Liebe eines Rechnungsführers, des »simplen Schreibers« Martens, zur Gutsbesitzerstochter Ria geschildert wird. Für Ria gibt es ein Vorbild in Ditzens Leben, der Name taucht im Greifswalder Gefängnistagebuch als erotische Reminiszenz auf. In der Erzählung verführt Martens die Tochter des Gutsbesitzers und verschwindet ohne Erklärung. Sein »Nachfolger hinkte, war fett und zog den Schnupfen in der Nase hoch«. Zum Leidwesen Rias und vor allem ihres Vaters ergibt die Prüfung der Bücher einen Fehlbetrag, der das Verschwinden des Rendanten erklärt. Martens kehrt heimlich zu Ria zurück, mit deren anhaltender Leidenschaft er rechnen darf. Die Liebe flammt von neuem auf, doch abermals verschwindet der betrügerische Rechnungsführer. Später sehen sie ihn, Kippen sammelnd, als Sträfling auf Außenarbeit. Ria heiratet, bekommt Kinder, »wird reich«, doch als die beiden sich wiedersehen, wird klar: »Mann und Kinder waren nur Schale gewesen, dieses war Kern und Herz.« Ein letztes Mal muss sich Rias »Länge der Leidenschaft« bewähren, als »sie ihre jüngste Tochter in den Anlagen mit einem Mann [sah]. Sie ging vorbei, die beiden bemerkten sie nicht. Ihr Herz wirbelte einmal wild auf. Er war es, jung, seltsam, bezaubernd, wie in ihren ersten frühen Tagen ging er dort mit ihrem Mädelkinde. Sie wollte sich wehren, dann lächelte sie. Und in diesem Lächeln lag alles: Wissen und Verzeihen, Vergessen und Lieben und die lange, lange Länge ihrer Leidenschaft.«

Mit Nachdruck versucht Ditzen, sich einen Namen im Literaturbetrieb zu machen. Rowohlt kann sich nicht entschließen, den Roman »Im Blinzeln der Großen Katze« zu drucken. Noch andere Arbeiten liegen im Verlag auf Halde, etwa ein Band Novellen, »Liebesgeschichten mit Tieren«, zu dem die Geschichte »Die Kuh, der Schuh, dann du« gehört. Ein Projekt jagt das andere. Dem Rowohlt-Lektor Franz Hessel bietet Ditzen einen Roman unter dem Titel »Robinson im Gefängnis« an. Da sich Rowohlt lange nicht rührt, versucht der Autor, seine Arbeiten im Berliner J. M. Spaeth Verlag unterzubringen. Es geht ihm nicht nur um Ruhm, sondern auch um Geld. Letztlich bleibt die Bindung an den Rowohlt Verlag erhalten. Vor allem die Lektoren Paul Mayer und Franz Hessel kümmern sich um das literarische Fortkommen des Autors, indem sie den Abdruck kleinerer publizistischer und literarischer Arbeiten vermitteln: In der von Rowohlt 1920 gegründeten und von Carl von Ossietzky redigierten Wochenschrift »Das Tage-Buch« erscheinen bis zum August 1925 drei Beiträge unter seinem Pseudonym Hans Fallada. Der erste, vom Januar 1925, behandelt unter dem Titel »Stimme aus den Gefängnissen« die Situation des Strafvollzugs.

Im »Tage-Buch« hätten die Eltern lesen können, wo ihr Sohn die letzte Zeit verbracht hat: »Ich habe vor kurzem nahezu fünf Monate Gefängnis in einer mittleren Strafanstalt Deutschlands verbüßt.« Womöglich hätten die Reformvorschläge zum Strafvollzug, die Fallada ausführt, den Reichsgerichtsrat a. D. sogar interessiert. Doch als er im Januar 1925 seine Eltern in Leipzig für einige Wochen besucht, werden sie – wie die gesamte Familie – über die Haft im Dunkeln gelassen. Ein juristisches Großereignis, das sich gerade in Leipzig abspielt, zieht die Aufmerksamkeit des Ditzen-Sohns und vermutlich auch die des Vaters auf sich: der »Tscheka-Prozess«.

Das Verfahren richtet sich gegen den geheimen Militärapparat, den die KPD-Führung im Zuge des misslungenen Hamburger Aufstands von 1923 etabliert hat. Er ist mit Waffen ausgerüstet, die von der Polizei und der Armee erbeutet worden sind, wird von Agenten der Komintern angeleitet und bezieht erhebliche Geldmittel aus Moskau. Es gibt sogar eine eigene Zeitschrift: »Vom Bürgerkrieg«.

Über fünfzig Anwälte bietet die KPD auf, um das drohende Verbot der Partei abzuwenden. Die Verteidigungsstrategie wird im Detail in der Parteispitze besprochen und mit Moskau koordiniert. Es gelingt den Kommunisten, in der Öffentlichkeit den Eindruck zu erwecken, in Leipzig handle es sich um einen Schauprozess. Die Naivität, mit der diese Argumentation vor allem von der linksliberalen Presse übernommen wird, lässt sich nur aus der Polarisierung der Zeit erklären – denn gleichzeitig plant auch die radikale Rechte einen Umsturz. Publizistisch hat sich Ditzen mit beiden Seiten beschäftigt. Im April 1925 erscheinen seine »Tscheka-Impressionen« im »Tage-Buch«. Dort wird im August auch sein Beitrag über den Küstriner Putsch der »Schwarzen Reichswehr« unter dem Titel »Stahlhelm-Nachtübung« gedruckt – Ditzen war im Oktober 1923 in Radach Zeuge des Umsturzversuchs. In beiden Beiträgen sind die Sympathien des Autors für linke politische Positionen erkennbar.

Der Eindruck, Ditzen sei in der politischen Realität der Weimarer Republik angekommen und strebe an, in ihr eine publizistische Rolle zu spielen, täuscht allerdings. Die Publizistik ist für ihn nur zweite Wahl, ein Weg, mit dem Schreiben Geld zu verdienen und zugleich im Literaturbetrieb präsent zu bleiben, zumal er nach wie vor Schwierigkeiten hat, seine literarischen Arbeiten unterzubringen. Immerhin sind es jetzt die Zeitschriften, die bei ihm anfragen, und nicht umgekehrt. Für die gerade von Rowohlt gegründete »Literarische Welt« verfasst er den Beitrag »Was liest man eigentlich in Hinterpommern?«, und im August-Heft des Magazins »Die große Welt« erscheint als erste literarische Veröffentlichung des Schriftstellers in einer Zeitschrift die Erzählung »Der Trauring«.

Ditzen arbeitet seit Ende März als Rechnungsführer der von Rohrschen Gutsverwaltung in Lübgust im hinterpommerschen Kreis Neustettin. Seine Einnahmen reichen zwar aus für die normale Lebensführung, aber er ist rückfällig geworden. Mit den Honoraren für seine wenigen Veröffentlichungen kann er bei weitem nicht seinen Alkohol- und Morphiumkonsum finanzieren. In Lübgust, wo er sich mit einem Mädchen anfreundet, bleibt er nur drei Monate, er erhält ein ausgezeichnetes Zeugnis, aus dem hervorgeht, dass er auf eigenen Wunsch gehe, »da ihm die hiesige Stellung nicht genügt«. Am 1. Juli 1925 lässt er sich als Rendant in Diensten des Reichsgrafen von Hahn im holsteinischen Neuhaus bei Lütjenburg anstellen. Er lebt sich schnell ein, es gibt gelegentliche Skatabende im Nachbardorf. Mit am Tisch sitzt der Gutsinspektor Gero-Gottfried Hoffmann, sein Vorgesetzter, zu dem sich bald ein vertrautes Verhältnis einstellt. Dass der neue Rechnungsführer über die Maßen raucht, fällt dem Chef bald auf, dass er bereits am Morgen schon harte Sachen trinkt, scheint ihm entgangen zu sein. Was sich am 12. September 1925 ereignet, schildert Ditzen, literarisch kaum verfremdet, in der Erzählung »Drei Jahre kein Mensch«:

Eines Morgens wache ich auf aus jener tiefen Ohnmacht, die damals Schlaf hieß. Und plötzlich weiß ich: So geht es nicht weiter.

Ich schütte einen Viertelliter Kognak in mich hinein, mein Gehirn beginnt, sich zu regen, meine Hände zittern nicht mehr so, der Magen arbeitet, statt zu schmerzen, aber: Das muß ein Ende haben.

Ich erinnere mich, heute ist Sonnabend, um acht Uhr muß ich zur Stadt, auf die Bank, zwölftausend Mark abheben, einige tausend bezahlen. Dann kann ich Weekend machen, vor Sonntagabend brauche ich nicht wieder hier zu sein.

Und während ich den zweiten Viertelliter trinke, bildet sich in meinem Hirn ein Plan –: Ich werde mir reichlich Reisegeld mitnehmen, fünf-, sechshundert Mark. Verlumpe ich die wieder restlos, so heißt das Schluß. Bringe ich die Abhebung heil nach hier, so gibt es noch ein Weiterkommen, ein Aufwärts.

Dann nimmt der übliche Büromorgen seinen Anfang, und ich bewahre mein Gesicht vor den Leuten wie stets. Und die üblichen kleinen Ängste kommen: Rieche ich auch nicht nach Kognak? Muß ich nicht des Scheins wegen noch ein Stück Brot essen? […]

Sieben Jahr liege ich nun schon an der Kette der Sucht, mal Morphium, mal Kokain, mal Äther, mal Alkohol. Sanatorien, Irrenanstalten, Leben in der Freiheit, gebunden an die Sucht, eine löste nur die andere ab.

Und der ewige Kampf, Geld zu schaffen für den Dämon Gift, der mich frißt, die unendlich sinnreichen falschen Buchungen, die jedem Revisor trotzen müssen, die ewige Pose, damit nur niemand etwas merkt. Nun fahre ich nach der Stadt, die Probe zu bestehen, ein neues Leben zu beginnen.

Ditzen fährt mit dem Wagen des Guts nach Lütjenburg. Seinem Vater schreibt er eine Postkarte nach Leipzig, die am gleichen Tag abgestempelt wird: »Lieber Papa, ich nehme an, daß Du jetzt von M[ama] verlassen zu Haus sitzt und sende Dir in Deine Einsamkeit die schönsten Grüße, und an Deine Pflegerin Rosa. Ich bin heute durch dieses schöne Land in ›unserem‹ Auto gefahren, es ist wirklich herrlich. Aber ich bin ein bisschen reisemüde, in den letzten 3 Wochen bin ich kaum 2 Tage hintereinander zu Haus gewesen. Morgen nach Kiel. Dann hoffentlich Ruhe. Schönste Grüße Dein R.« In Lütjenburg nimmt er den Zug und steigt, wie immer, wenn er geschäftlich oder privat in Kiel zu tun hat, im Hansa-Hotel ab. Hier wird er zuletzt am Sonntagnachmittag gesehen.

Am Tag darauf müsste Ditzen, der 4000 Mark in bar und einen Wechsel über 10 000 Mark bei sich hat, wieder zurück in Neuhaus sein. Er taucht nicht auf. Hoffmann macht sich Sorgen und rechnet zunächst »sehr stark mit der Möglichkeit eines an [Ditzen] begangenen Verbrechens«. »Unredlichkeit« hält er »für ausgeschlossen«. Ein Anruf in Kiel ergibt, dass der Vermisste das Hotel bereits am Sonntag mit unbekanntem Ziel verlassen habe. Der Portier trägt dem Inspektor zu, sein Gast habe öfter »in Dirnenhäusern« verkehrt. Hoffmann erkundigt sich brieflich bei den Eltern in Leipzig nach dem Verbleib ihres Sohns. Nachdem die Recherchen ohne Ergebnis bleiben, überprüft er die Rechnungsbücher und stellt einige Fehlbuchungen fest. Jetzt entschließt sich Hoffmann, das Zimmer Ditzens zu durchsuchen, und entdeckt dessen Entlassungspapiere aus dem Gefängnis in Greifswald, die im Widerspruch zu den von Kagelmacher ausgestellten Zeugnissen stehen.

Für Gero-Gottfried Hoffmann steht fest, einem Betrüger aufgesessen zu sein, er will Anzeige erstatten. Doch Ditzen kommt ihm am 18. September zuvor. Er stellt sich dem Amtsvorsteher im hinterpommerschen Gramenz in der Nähe seines früheren Arbeitsortes Lübgust, wohin er vermutlich schon am Sonntag gereist war. Der Ort, an dem er seinerzeit »seine Liebe lassen mußte«, diente ihm als Zuflucht. Nun bezichtigt er sich selbst der Veruntreuung einer Summe, die höher als die tatsächlich unterschlagene ist, allein in Lübgust will er 5000 Mark veruntreut haben, hinzu kommen 10 000 Mark in Neuhaus. Nachforschungen ergeben dort lediglich einen Fehlbetrag von 1090,89 Mark, über den Graf von Rohr einen Zahlungsbefehl erlässt. In Lübgust fehlen 1000 Mark.

Während die zeitlichen Abläufe des Geschehens einigermaßen rekonstruierbar sind, lässt sich über die unterschlagenen Summen nichts Genaues sagen, da sie im Verwirrspiel der unterschiedlichen Interessen mal hoch-, mal heruntergeschwindelt werden. Ditzen will reinen Tisch machen. Er erhofft sich von einer höheren Haftstrafe die Gelegenheit zum endgültigen Entzug. Hoffmann scheint das übertriebene Schuldeingeständnis Ditzens als Einladung zu verstehen, die Forderungen peu à peu hochzuschrauben. Den Eltern gegenüber, die jetzt erst von der Greifswalder Haft ihres Sohns erfahren, benennt er einen Schaden von 2000 Mark, zwei Jahre später, Ditzen ist noch hinter Gittern, wird er die unterschlagene Summe bereits auf 10 248,36 Mark beziffern.

Rudolf wird zunächst nach Berlin gebracht. Hier besucht ihn

Rowohlt-Lektor Paul Mayer im Untersuchungsgefängnis in Moabit:

Ein Gitter trennte den Häftling vom Besucher. Ein Wachtmeister überwachte das Gespräch. Zehn Minuten dauerte die Sprechzeit. Als ich sagte, ein Teil der zu erwartenden Strafzeit würde ihm wohl erlassen, erwiderte Fallada: »Das wäre gar nicht nach meinem Wunsch. Die zwei Jahre, die mir gebühren, will ich durchhalten. Das ist für mich die endgültige Alkohol-Entziehungskur.« Als neun Minuten verstrichen waren, sah der überwachende Beamte auf die Uhr.

Ditzen behauptet, bereits in Posterstein und Stettin Geld unterschlagen bzw. Bestechungsgelder angenommen zu haben. Zumindest die Gelegenheit dazu hätte er an beiden Orten gehabt. Absichtlich verlegt er diese Delikte in die Zeit vor seinem Morphiumkonsum, um als zurechnungsfähig zu gelten und der Gefahr zu entrinnen, nach seiner Vorgeschichte in Rudolstadt lebenslang in eine geschlossene Anstalt eingesperrt zu werden. Von Berlin-Moabit wird der Gefangene zur Untersuchungshaft nach Kiel überstellt. Professor Ziemke klassifiziert Ditzen in seinem Gutachten als einen »ausgesprochen entarteten Psychopathen«, verminderte Zurechnungsfähigkeit liege jedoch nicht vor. An Tante Ada schreibt Rudolf: »So vielleicht darf ich aber wohl sagen, daß es mir seelisch gut geht, besser als jemals in den letzten Jahren, so seltsam das auch klingen mag.« In Neuhaus packt Inspektor Hoffmann die Sachen des Rendanten Ditzen ein. Das amtliche Verzeichnis enthält u. a. »5 Anzüge, 3 Mäntel, 17 Schlipse, 1 Fotoapparat Jka Nr. 224, Kopierrahmen, 82 Bücher«.

Ein halbes Jahr sitzt er in Kiel in Untersuchungshaft, bevor der Prozess vor einem Schöffengericht beginnt. Rowohlt bietet Hilfe bei der Verteidigung an. Ditzen setzt jedoch auf die Unterstützung seines Schwagers Fritz Bechert. Der hat sich auf Bitten des Vaters bereits früh in das Verfahren eingeschaltet. Dem Oberstaatsanwalt beim Landgericht Kiel gibt Bechert am 30. September 1925 Auskunft über Ditzen:

> Er neigte stets zu Absonderlichkeiten und hatte ein sehr großes Sensationsbedürfnis. Zu gewissen Zeiten fühlte er einen unwiderstehlichen Drang, sich schriftstellerisch zu betätigen. Er hat damit auch mitunter ziemlichen Erfolg erzielt. Vor mehreren Jahren hat er einen ziemlich viel gelesenen Roman geschrieben, welcher im wesentlichen eine Darstellung der Eindrücke und Erlebnisse seiner Entwicklungsjahre enthält. [...] Er hat eine starke Neigung zum Dichten, daß er Darstellungen auch einfacher Art ohne irgend ersichtlichen Grund erfindet. Diese Neigung zusammen mit seinem Sensationsbedürfnis bewirken, daß seine Erzählungen sehr oft falsch sind und daß man nie weiß, ob man ihm etwas glauben kann. [...] Ich persönlich halte ihn für unglücklich veranlagt. Es fehlen ihm gewisse moralische Hemmungen, sei es von Natur, sei es durch die geschilderten Einwirkungen auf seine Gesundheit.

Am 26. März 1926 ergeht das Urteil des Kieler Schöffengerichts wegen Unterschlagung in vier Fällen. Auf das Strafmaß von zwei Jahren und sechs Monaten Haft werden die sechs Monate Untersuchungshaft angerechnet. Am 17. April wird der Verurteilte auf die Station C 4, Zelle 284, des Zentralgefängnisses Neumünster überführt. Hier verbringt er fast zwei Jahre. Es ist ein neuer Tiefpunkt in Ditzens Leben. Schreiben darf er nicht, er verfasst lediglich Briefe, die an seinen Schwager, den Rechtsanwalt Fritz Bechert, und an seine Mutter gerichtet sind.

Zu Heiligabend 1926 veranstaltet das »Gute Buch«, die literarische Wochenbeilage des »Prager Tagblatts«, unter dem Motto »Die Geburtsstätte der Talente« eine der üblichen Weihnachtsumfragen bei Verlegern und Dramaturgen. Lektor Paul Mayer schreibt: »Ich bin stolz darauf, den Manuskripten von Martin Borrmann, Hans Fallada, Richard Billinger usw. den Weg in die Öffentlichkeit gebahnt zu haben. Die Kritik hat sich der jungen

Begabungen gefreut, das Lesepublikum ist zögernd oder gar nicht mitgegangen.« Ditzen lässt den Kontakt zum Verlag nicht abreißen. Allerdings finden seine Arbeiten dort keinen Anklang. Auch gibt es Streit mit Rowohlt, von dem Ditzen noch Geld zu bekommen meint, was der Verlag zurückweist.

Nur Wochen vor seiner Entlassung beantragt der Gefangene im Januar 1928 die Wiederaufnahme seines Verfahrens. Er gibt an, seinerzeit »etwa 7 Straftaten«, die er »vor seiner Morphiumzeit« begangen haben will, aus Angst, dauerhaft in eine psychiatrische Anstalt gesperrt zu werden, erfunden zu haben. Jetzt dreht er seine Argumentation um und möchte wegen seiner Sucht als unzurechnungsfähig gelten. Er hofft, dass seine Haft auf diese Weise aus dem Strafregister gelöscht wird und er ohne Belastung neu beginnen kann. Aus formalen Gründen wird sein Antrag jedoch abgelehnt. Am 15. März schreibt er seinem Schwager: »Ich habe Mutti wegen meiner Sachen geschrieben, und sie ist einverstanden, wenn ich darüber verfüge, möchte aber nur, daß ich, solange ich keine feste Stellung und Wohnsitz habe, mir nicht alles schicken lassen. Da mir vermutlich nun für den Anfang ein Hamburger sogenanntes Fürsorgeheim beschieden sein wird, so möchte ich mich vorderhand auf das Nötigste beschränken, mit dem man sich ein oder zwei Monate behelfen kann.« Wenig später wird er entlassen.

ELFTES KAPITEL

Es schrieb sich lange an tausend Adressen – Ich überdenke, ob es für mich nicht am besten sein wird, in die Elbe zu springen – Die Lebensfrage des deutschen Volkes – Es ist über mich gekommen wie aus Traum

Es gibt im Verhältnis der Eltern zu ihrem ältesten Sohn immer wieder Phasen, in denen sie vor Fassungs- und Ratlosigkeit wie gelähmt sind. Im September 1919 zogen sie in Erwägung, den Morphiumsüchtigen entmündigen zu lassen. Als sie sechs Jahre später von seinen Unterschlagungen erfahren, von der abgeleisteten und der anstehenden Haftzeit, als klar wird, dass ihr Sohn sie jahrelang belogen hat, gibt es einen Moment der Resignation. Aber schon bald leitet der Vater wie gewohnt alles Notwendige in die Wege, betraut den Schwiegersohn Fritz Bechert mit der Verteidigung Rudolfs, korrespondiert mit den Geschädigten und bleibt durch Bechert über das Schicksal des Sohns unterrichtet. Als sich die Haftzeit dem Ende zuneigt, organisiert der Reichsgerichtsrat a. D. von Leipzig aus mit Unterstützung des Gefängnisdirektors und des Anstaltslehrers für Rudolf einen reibungslosen Übergang in die Freiheit.

In »Wer einmal aus dem Blechnapf frißt« rät der Gefängnisdirektor dem zur Entlassung Anstehenden: »Es gibt ein Haus in Hamburg, da können Sie hingehen, da werden stellungslose Kaufleute aufgenommen, auch strafentlassene Kaufleute. Da ist eine Schreibstube dabei, Sie arbeiten dort tagsüber, genau wie auf einem Büro, und dafür haben Sie Ihr Zimmer und Ihr Essen frei. […] Und sobald Sie sich sicher fühlen und irgendeine Arbeit wissen, gehen Sie raus aus dem Heim. Sie können jeden Tag rausgehen, Kufalt.« In einer solchen konfessionellen Fürsorgeeinrichtung im Hamburger Arbeiterstadtteil Barmbek, die von dem »Deutschen Hilfsverein für entlassene Gefangene« betrieben wird, arbeitet Ditzen während der ersten Wochen in Freiheit. Im Mai bezieht er ein möbliertes Zimmer in Eilbek und ist damit zum ersten Mal wieder auf sich gestellt. Er meint es ernst damit, sein Leben in den Griff bekommen zu wollen. Er tritt der Loge »Phönix« der Guttempler bei, einem Orden, der sich für die Enthaltsamkeit von Alkohol und Drogen einsetzt, und versucht seinen Unterhalt durch Adressenschreiben zu verdienen: »Aber die Konkurrenz war groß und der Ertrag gering, für das Tausend Adressen bekam ich im besten Fall vier Mark, und wenn es spanische waren fünf Mark. Es schreibt sich lange an tausend Adressen, und so habe ich in diesen doch glücklichen Hamburger Tagen nur einmal die Woche, nämlich am Sonntag, warm essen können, sonst leistete ich mir zum Mittag nur einen halben Liter Milch und zwei Bücklinge …«

Ebenso mühsam ist es, auf die gewohnte Weise mit Schreiben seinen Unterhalt zu verdienen. Für die Hamburger Presse verfasst er Feuilletons über Lokalereignisse sowie kleinere Erzählungen über das Ganovenmilieu, doch die Beiträge werden ihm regelmäßig zurückgeschickt. Der wirtschaftliche Schwung, von dem die Republik in den Jahren nach 1923 profitierte, flaut bereits wieder ab. Auch Rowohlt kann vorerst mit keiner Stellung helfen. Ditzen schreibt seinem Freund Geyer aus Radacher Tagen: »Ich sitze hier in Hamburg im Wartesaal des Hauptbahnhofs, völlig mittellos, und überdenke, ob es für mich nicht am besten sein wird, mit diesem elenden Leben, das doch nur Qual ist, Schluß zu machen und in die Elbe zu springen.« Bald sind es wieder die Eltern, die mit einem monatlichen Zuschuss, über den der 35-Jährige in seinen Briefen nach Leipzig penibel abrechnet, die Lage erleichtern.

Eine Sucht, zumindest das Träumen davon, ist selbst dem Guttempler erlaubt: »Die Mädchen auf der Reeperbahn, im Gängeviertel kennen ihn alle. Nie hat er andere Mädchen gekannt, auch nie gesucht: Es macht soviel Umstände mit den Gänsen. Er braucht Frauen, aber sie sind alle gleich für ihn, er kann sie nicht unterscheiden. Sie sind alle dumm, geldgierig, verlogen, schwatzhaft, nur zu einem gut. Darin ist er Mohammedaner: Er würde lachen, hörte er, daß Frauen mehr seien als Fleisch.« Was der frisch entlassene Häftling in Ditzens Erzählung denkt, die in jenen Monaten entsteht, mag der Gefühlslage des Autors nahekommen. Die Guttempler-Loge ist seine Rettung, aber nicht nur, weil er hier Hilfe beim Versuch findet, abstinent zu bleiben, er findet überhaupt wieder menschlichen Anschluss. Anfang Oktober zieht er ein zweites Mal um, diesmal in den Stadtteil Hamm, in die Wohnung der Familie Issel. Ein Logenbruder vermittelt ihm das leerstehende Zimmer seiner Schwester, die bereits seit einem halben Jahr wegen einer Nierenerkrankung auswärts behandelt wird und die man so schnell nicht wiedererwartet. Überraschend kehrt Anna doch schon früher zurück, und bei dieser Gelegenheit, am 13. Oktober 1928, begegnen sich Rudolf Ditzen und Anna Issel – Fallada und seine Suse – zum ersten Mal flüchtig.

Ditzen ist verliebt, aber nicht in Anna Issel, sondern in Magda, die 23-jährige Frau des Logenleiters Oscar Ebers, die er bei den Treffen der Guttempler kennengelernt hat. Kagelmacher berichtet er: »O meine Liebe Loge Phönix in Hamburg, in der mein Schwarm lebte! Seit ich fort bin, weiß ich mit Bestimmtheit, daß ich noch einmal dem holden Eros verfallen bin, und zwar auf eine sehr süße und quälende Weise, ohne jedes erotische Begehren.« Letzteres mag man getrost als Eingeständnis in die Aussichtslosigkeit seines Verlangens nehmen – Oscar und Magda Ebers sind frisch verheiratet. Zum einjährigen Hochzeitsjubiläum widmet Rudolf den beiden ein Gelegenheitsgedicht und richtet sich in der Schlussstrophe an Oscar:

> Jeder hat, was er verdient –
> Und nun wird nicht mehr gequient! –:
> Du den Divan – ich die Kühle,
> Du die Frau – ich die Gefühle,
> Ich mach Verse – du gibst Küsse,
> Du den Kern und ich die hohlen Nüsse …

Dies hindert Rudolf keineswegs daran, weiter recht offenherzige Briefe an den »lieben holden Schwarm« zu richten und zumindest aus der Ferne zu flirten: »[...] ein Geständnis will ich Ihnen nun doch machen, als ich noch ein Unverlobter Mensch war, habe ich immer unter die Briefmarken von Ihren Briefen geguckt und geschaut, ob da nicht ein kleiner Privatgruß an mich stände. – Dies wird ein bisschen ein verdrehter Brief und es ist vielleicht besser, wenn ihn Oskar nicht gerade liest. Er könnte sich sonst denken, was wirklich nicht ist. Es ist ja alles nur Tändelei, Kälberei, Sehr-gerne-haben, aber ich wäre doch gehemmt, wüsste ich, diese Zeilen lese noch jemand außer Ihnen.« Erst im Jahr 2000 sind Ditzens Briefe wiederaufgetaucht, im Nachlass der mit 95 Jahren in Hamburg gestorbenen Magda Ebers, die sie ein Leben lang aufbewahrt hat.

Keine drei Monate sind zwischen der Nachricht an Kagelmacher vergangen, er sei »in süßer und quälender Weise« dem »holden Eros verfallen«, und den Zeilen an die Umschwärmte vom Januar 1929. Viel ist passiert in diesen Wochen. Als Anna Issel unerwartet von ihrer Kur zurückkehrt, räumt Rudolf umgehend ihr Zimmer und macht sich auf nach Neumünster, wo er nur sieben Monate zuvor aus der Haft entlassen worden ist. Hier hofft er seinen Lebensunterhalt als Selbständiger verdienen zu können. Hilfe gewähren ihm Gefängnisdirektor Bithorn, »der rührendste und gütigste Mensch unter der Sonne«, und Gefängnisoberlehrer Siebken. Der Vater ist bereit, Geld beizusteuern. Wirklich wohl fühlt sich Ditzen in Neumünster zunächst nicht, zumal er in Kauf nehmen muss, dass ihn »in diesem Nest«, wie er an Rowohlt schreibt, »jeder Dritte aus meiner unglücklichsten Zeit kennt und sich beeilt, es den ersten beiden mitzuteilen«. Im Gespräch ist zunächst die Eröffnung einer Schreibstube und parallel dazu eines Tabakladens, dessen Ertrag die Verluste auffangen soll, mit denen man anfänglich beim Geschäft mit der Schreibstube glaubt rechnen zu müssen. Da die Eltern vor allem die Idee mit dem Tabakladen abschreckt, wird der Plan nicht weiterverfolgt.

Ditzen findet ein möbliertes Zimmer ganz in der Nähe des Zentralgefängnisses und schließt sich auch in Neumünster wieder den Guttemplern an. Nur Wochen später trägt er einen Prolog zum Jubiläum der Loge vor: »[...] jeder wirke im eigenen Kreis, daß alle Lauen und Gleichgiltigen davon überzeugt werden, daß die Abstinenz nicht ein Steckenpferd von ein paar Eigenbrötlern ist, sondern eine, nein, *die* Lebensfrage des deutschen Volkes.« An Kagelmacher, der inzwischen ganz in die Astrologie abgetaucht ist, schreibt er: »Neumünster ist eigentlich schrecklich. Es ist ein so stupides Nest, von Fabrikarbeitern, die aus aller Herren Länder zusammengewürfelt sind und eine schreckliche Rasse produziert haben, bevölkert, daß es ein Graus ist. [...] was hier an Weibern rumläuft, sollte sicher selbst einen Wollüstling kalt lassen. Leider gibt es in Neumünsteraner Logen überhaupt kein gut oder nur erträglich aussehendes Mädchen, es ist alles Stumpfsinn.«

Mitte November 1928 gelingt es Gefängnisdirektor Bithorn, seinen einstigen Häftling als Abonnenten- und später auch Annoncenwerber auf Provisionsbasis beim »General-Anzeiger« in Neumünster unterzubringen. Es ist die unterste Stufe auf der Leiter, ein Drückerjob, Klinken putzen und Leute belästigen. Aber es ist ein neuer Anfang, und Ditzen widmet sich der Arbeit mit derselben Energie und Ernsthaftigkeit, mit der er auch alle anderen Aufgaben zuvor erledigt hat. An den Wochenenden besucht er seine Logenfreunde in Hamburg, sieht seinen Schwarm Magda Ebers wieder, besucht seine alte Wirtin, um die dorthin adressierte Post abzuholen, und trifft hier auch Anna Issel.

Wem es gelingt, für eine längere Spanne im Leben zusammenzubleiben, der verdichtet die Ereignisse und Umstände des Sichkennenlernens im Lauf der Zeit zu einer eigenen Erzählung. In dieser Geschichte richten sich beide ein, sie dreht sich um das Glück, einander gefunden zu haben, und wird über die Jahre zur Stütze der inneren Behausung. Wie viel mehr muss es den *Schriftsteller* Fallada gereizt haben, das Ereignis, von dem er später wusste, dass es entscheidend war für Suses und sein Leben, entsprechend auszuschmücken und dramaturgisch zuzuspitzen:

Ich trällerte die fünf Treppen hinunter mit meinem Köfferchen, aber auf dem Gang unten sauste mich ein großes, helles, blondes Mädchen fast über den Haufen.

»Hoppla!« rief ich. »Ich denke, Suse kommt von susig, und nun kommt es doch von Sausen!«

»Ach so, Sie sind der Herr, der bei Mutter wohnt! Das ist aber gar nicht so eilig, daß Sie ausziehen, ich richte mich ganz gut eine Weile in Mutters Stube ein.«

Sie sah mich ziemlich neugierig an, die Ollsche hatte ihr wohl schreckliche Geschichten von mir erzählt. Und ich sah sie auch ziemlich neugierig an.

»Hätte ich das vor einer Stunde gewußt, wäre ich noch eine Weile im Bett liegengeblieben«, sagte ich schließlich. »Aber nun ist es doch ein angebrochener Tag, und ich ziehe!«

»Dann also alles Gute!« sagte sie, schüttelte mir unvermutet die Hand und sauste die Treppe hinauf.

Ich starrte ihr nach. Ich weiß sehr wohl, ein feiner Mann starrt einer Dame, die die Treppe hinaufläuft, nicht nach, und noch dazu derart unverschämt! Aber ich muß es leider sagen, daß ich nie ein feiner Mann war und auch nie ein feiner Mann werde. Ich starrte ihr unverschämt und mit Vergnügen nach. Ihre Beine liefen so schlank und blank die Treppe hoch, das Klipp-Klapp ihrer Absätze klang wie Geläut: Tripp-trapp-treppe!

Was eigentlich mit mir passiert war, davon habe ich keine Ahnung und kann also auch nicht davon berichten. Immerhin war ich fünfunddreißig Jahre alt und bei weitem nicht mehr das, was man einen heurigen Hasen nennt … War es nun Liebe auf den ersten Blick, oder war sonst was Rätselhaftes dabei, jedenfalls fuhr ich in einer völlig veränderten Stimmung in eine Stadt, die wir nach berühmtem Muster »Altholm« nennen wollen.

Im wirklichen Leben ist Rudolf auf Suse im Guttempler-Orden aufmerksam geworden. Zu dieser Zeit ist er noch unentschlossen, wirft weiter ein Auge auf Magda, durchmustert seine weibliche Umgebung in Neumünster und braucht noch ein Weilchen, um das für Suse Offenbare zu sehen. Denn für sie war es tatsächlich Liebe auf den ersten Blick. Im Abstand von sechs Jahrzehnten erinnert sie sich: »Ich war sofort verliebt. Es ging ganz schnell. Das hatte ich noch nie erlebt. Meiner Mutter war es nicht recht, daß er kein Arbeitersohn war. Er kam aus sehr gutem Hause. Sein Vater war ein höherer Richter. Im Leben war er gescheitert und durfte nicht mehr zu seinen Eltern nach Hause kommen. Mich störte das nicht. Ich war einfach verliebt. Er war sehr werbend. Sehr draufgängerisch, wie ich es empfand. Sehr frei. Zum ersten Mal in meinem Leben ging ich darauf ein. Ich weiß nicht, warum es so war. Es war mehr als nur ein Verliebtsein. Es war eine ganz plötzliche Liebe. [...] Ich wollte nur immer für ihn da sein. Ich glaube, daß wir uns damals beide brauchten. Ich war sehr unerfahren und dachte, daß ich genug aus den Büchern wüßte, die ich gelesen hatte, aber ich wußte gar nichts von den Männern. Er war sehr erfahren, und ich ahnte nicht, daß ihn jede Frau, die ihm begegnete, entflammte. Aber damals, als wir uns kennenlernten, nur zu Beginn, war ich die Einzige und Richtige und er war ›mein Junge‹. Nur meiner. Es war so selbstverständlich, daß ich ihn so nannte. Seinen Namen habe ich nie gesagt. Vielleicht habe ich zuerst die Anrede vermieden. Er mochte seinen Namen auch selber nicht. Ich kann mich nicht erinnern, ihn jemals anders als ›Junge‹ genannt zu haben. Er war mein Junge und blieb es auch.«

Aber noch ist es nicht so weit. Rudolf schreibt im Dezember an Kagelmacher: »Ich bin wieder einmal vom holden Wahnsinn geschlagen. Sie kennen die Kontrahentin sogar, sie heißt Anna Issel, und zwischen uns ist gottlob noch kein Wort von irgendwelchen Gefühlen gefallen. Ich schreibe ihr nur manchmal und denke viel an sie.« In dichter Folge gehen nun in den kommenden Tagen Briefe zwischen Hamburg und Neumünster hin und her. Der frisch angestellte Abonnentenwerber mit Tageseinnahmen von 3 bis 4 Mark, der sich in Leipzig noch immer nicht sehen lassen darf, ist bei den Issels zu Weihnachten eingeladen. Er bittet das »liebe Fräulein Issel«, dafür zu sorgen, dass eine Anodenbatterie zur Hand ist: »Ich will und muss in den Feiertagen Radio hören.« Das Radiohören wird dann doch zur Nebensache. In der Nacht zum 26. Dezember verloben sich die beiden.

Es ist die entscheidende Zäsur in Ditzens Leben. Erst der Halt, den Suse ihm gibt, lässt aus dem stets von neuen Anfechtungen und Abstürzen bedrohten Künstler, aus der verkrachten bürgerlichen Existenz Rudolf Ditzen den erfolgreichen Schriftsteller Hans Fallada werden. Nach dem inszenierten Duell des Gymnasiasten und dem Tod seines Jugendfreundes, nach Psychiatrieaufenthalten und langjähriger Sucht, gescheiterten Beziehungen, verschiedenen Suizidversuchen und zweimaliger Haft ist Rudolf jetzt, mit 35 Jahren, wohl zum ersten Mal in seinem Leben uneingeschränkt glücklich. Seinem Freund Kagelmacher schreibt er drei Tage nach der Verlobung:

Ich mag Ihnen von der Suse nichts vorschwärmen. Nur gesagt sei, daß ich noch nie auf einen Menschen so stolz gewesen bin wie auf dieses selten harmonische stille, wirklich edle Menschenkind. Auch habe ich noch nie eine Frau gefunden, die innerlich so unverkrampft, so wundervoll frei gewesen ist wie diese. Ich bete zu den Göttern, daß sie mir nicht neidisch werden, daß mir nicht irgend eine Tücke diese wundervolle Gabe von meinem Munde fortreißt. Ich habe vor – und die Suse ist einverstanden – daß wir in aller Heimlichkeit schon in großer Kürze heiraten werden. [...] Lieber Kagelmacher, sie haben mir einmal prophetisch ins Kittchen geschrieben, auch für mich würde sich das Leben noch einmal lohnen, ich hab's nicht geglaubt, nie hätte ich gedacht, daß es noch einmal so köstlich kommen könnte.

Rudolf versucht in diesen Wochen, die Verbindung zu seiner Lieblingsschwester Elisabeth wiederherzustellen: »Liebe Ibeth, lieber Heinz, ich bitte Euch zu diesem Weihnachtsfeste, wenn auch nicht zu vergeben und zu vergessen, mir doch noch ein letztes Mal eine Möglichkeit zu geben. Ich habe mich in den letzten Jahren geändert und ich wäre Euch so sehr dankbar, wenn Ihr es noch einmal mit mir versuchen wolltet. Ich werde Euch mit nichts lästig fallen. Aber wenn ich Euch wenigstens dann und wann einmal von meinem Ergehen schreiben darf und das Gefühl haben könnte, daß Ihr meine Briefe nicht ganz ablehnend, wenn auch vorläufig nur abwartend, aufnehmt, so bin ich Euch schon dankbar.« Die Antwort fällt positiv aus.

Auch den Eltern möchte Rudolf klarmachen, dass er sich in den vergangenen Jahren gewandelt hat. Im Brief an die Mutter nach Leipzig heißt es: »Ich für meine Person darf sagen, daß ich in diesen sieben Monaten noch nicht einmal das geringste Bedürfnis nach Alkohol verspürt habe, ich habe sogar, weil es meinem Herzen nicht bekam, meinen geliebten Kaffee fast völlig aufgegeben, und ich trinke zu Hause abends und morgens nur noch Tee.« Das Jahresende 1928 ist eine Bilanzzeit: »Darf ich Euch zum Scheiden des alten und Eintritt des neuen Jahres sagen«, schreibt Rudolf an die Eltern, »wie dankbar ich Euch dafür bin, daß Ihr mir in diesem Jahr in materieller und ideeller Beziehung ein neues und besseres Leben ermöglicht habt und darf ich Euch versprechen, daß ich in der Zukunft immer daran arbeiten werde, nicht, meine Dankesschuld an Euch abzutragen, das kann ich nie, sondern zu versuchen, dessen ein wenig würdiger zu werden, was Ihr für mich getan habt und noch tut. Ich kann, so anmaßend es für Euch auch klingt, sagen, daß ich, soweit das meine Vergangenheit erlaubt, heute ein glücklicher Mensch bin, ein sehr glücklicher, der ein schönes Ziel vor Augen hat.«

Den Grund seines Glücks erfahren die Eltern erst zwei Wochen später: »Liebe Eltern, ich habe mich in den Weihnachtstagen mit Fräulein Anna Issel, vorläufig natürlich noch ganz inoffiziell, verlobt. Ich weiß alles, was dagegen an äußeren Umständen und aus inneren Bedenken, die vor allem auf meiner

Charakterveranlagung basieren, zu sagen ist. Ich kann Euch heute nur sagen, daß ich so glücklich bin wie noch nie in meinem Leben, daß ich das feste Gefühl habe, dieses Glück wird dauern, auch wenn der erste Schimmer verflogen ist, und dieses Glück wird mir die Kraft geben, dem, was in mir noch schwach und schlecht ist, zu widerstehen. [...] Und die Suse hat mich alten und häßlichen Menschen wirklich lieb. Ich weiß, daß ich nie etwas getan habe, um mir solches Glück zu verdienen. Es ist ein so großes Geschenk, daß ich heute immer noch glaube, es ist nicht wahr. Daß ich erst alles zu leisten habe, um mir dies Geschenk zu verdienen, weiß ich.«

Rudolf kennt die Bedenken der Eltern und geht vorsichtig vor, auch dieser Brief kommt nicht ohne Täuschung aus: »Daß wir in absehbarer Zeit heiraten können, daran ist natürlich nicht zu denken«, schreibt er nach Leipzig. Nicht ganz den Tatsachen entspricht auch die berufliche Charakterisierung Suses, die der Frischverlobte liefert: »Sie ist Direktrice in einem Hut-en-gros-Geschäft. Eine ganz große und auch recht anständige Firma, die ständig sieben Autos mit Reisenden in die Welt schickt.« In Wirklichkeit arbeitet Suse als Lageristin in einer Putzmacher-Großhandlung, die Damenhüte, Federn und Schleifen an den Einzelhandel liefert. Sie wächst in einem sozialdemokratisch geprägten Arbeiterhaushalt auf. Als sie 14 ist, verliebt sich der Vater in eine andere Frau und verlässt die Familie. Vom Vater hat sie die Liebe zu Büchern geerbt: »Ich las, was ich in die Hände bekam. Ich las im Gehen auf dem Weg in die Schule. Wenn ich von einem Buch gefesselt war, war ich nicht zu halten. Ich las alles, was lesbar war.« Später ist sie häufig Falladas erste Leserin, doch eine Partnerin auf intellektueller Ebene will sie nicht sein. Der Einzelgänger Fallada sucht diesen Austausch auch nicht, nicht einmal mit seinen Berufskollegen.

Heinrich Maria Ledig-Rowohlt, der Sohn des Verlegers, hat einmal gesagt, Fallada habe »Suse gebraucht wie der Säugling die Mutter«. Das Bild trifft die vitale Bedeutung der bedingungslosen Liebe Suses und der familiären Geborgenheit für Falladas seelischen Haushalt und seine literarische Produktivität. Im Überschwang der ersten Wochen schreibt er ihr: »Ich will Dir *alles* sagen, immer. Und selbst wenn ich einmal wüsste, ich täte Dir weh damit, Du littest darunter, ich will Dir alles sagen dürfen, darin bist Du eben nicht nur die Frau, die ich liebe, sondern auch meine Mutter. Darin bin ich Dein Kind. Die Kinder laufen ja auch zu der Mutter, wenn sie ein Spielzeug zerbrochen haben, und weisens vor und weinen: mach es wieder heil. So muss ich auch zu Dir kommen dürfen: mach es wieder heil.« Rudolf ist wieder der »Junge«, wie früher schon einmal in der unglücklichen Beziehung zu Anne Marie Seyerlen. Doch diesmal muss er niemanden von sich überzeugen. Suse nimmt ihn, wie er ist, und sie ist es, der er sich öffnen kann: »Ich habe mich einmal«, schreibt er, »in der Liebe wirklich hingegeben, mich ganz so gegeben, wie ich wirklich war, und ich bin dabei böse verletzt worden. Ich bin so verletzt worden, dass ich das Gefühl Liebe bei mir wirklich gefürchtet habe; ich habe die andern von Liebe reden lassen, ich habe gelächelt, aber ich habe gemeint, das gebe es für mich nicht mehr. Ich hab Angst gehabt. Nur nicht merken lassen, dass man sich innen vielleicht doch einmal nach Weichheit sehnt, lieber darüber spotten, lieber einem andern auch einmal weh tun, als sich noch einmal einem Menschen in die Hand geben, der einen so wehrlos machen kann.«

Im früher so verachteten bürgerlichen Leben Tritt zu fassen, neue Freunde zu finden, Stück für Stück das Vertrauen seiner Familie zurückzugewinnen – alles das ist mehr oder weniger planbar und lässt sich mit Disziplin, Fleiß und Geduld befördern. Dass er aber nur Monate nach dem biographischen Tiefpunkt sein Lebensglück findet, kann Rudolf kaum fassen: »Wenn ich an all die vielen trostlosen Jahre hinter mir zurückdenke, in denen ich durch namenloses Elend ging und durch ständige Verzweiflung, in denen ich kein Mensch, der noch irgend etwas hoffte, war, sondern wie ein Ding, das auf sein Ende wartet, zu stumpf selbst, um sich selbst dies Ende herbeizurufen, dann begreife ich nicht mehr, dass ich dies alles ertragen. [...] Und nun bist Du wirklich gekommen. Nein, ich habe nicht mit Wissen auf Dich gewartet, Du weisst, dass ich bis zur letzten Stunde mir nie solch Glück erhofft habe. Es ist über mich gekommen wie aus Traum und es ist immer noch wie Traum.« Kaum zehnmal hatten sich die beiden gesehen, bevor sie sich am zweiten Weihnachtsfeiertag verlobten. Und bereits wenige Monate später, am 5. April 1929, folgt die Hochzeit in Hamburg, ohne die Eltern des Bräutigams. Von Kagelmacher wird ein Horoskop angefordert, das nicht nur verspätet eintrifft, sondern sich auch auf ein falsches Datum bezieht. Dennoch verspricht es – selbstredend – die besten Aussichten: »Wenn am 6. April der ›hohe Tag‹ ist, so ist er für beide Teile gut gewählt.«

Die Reaktion aus Leipzig auf die Hochzeitsnachricht fällt, wie schon im Fall der Verlobung, weniger negativ aus als von Rudolf befürchtet. Die Mutter formuliert Bedenken, es fällt ihr nach den zahlreichen Enttäuschungen schwer, neues Vertrauen zu ihrem Sohn zu fassen. Aber die finanzielle Unterstützung wird ihm dennoch nicht entzogen, im Gegenteil, sie wird aufgestockt. Suse hat Angst vor dieser Familie. Es ist für sie eine andere Welt, und sie versteht die Eltern in ihrer Haltung zu Rudolf nicht. Umgekehrt dauert es fast zwei Jahre, bis die Mutter in den Briefen an den Sohn auch Suse in ihre Grüße einbezieht. An die Hochzeit in Hamburg schließt sich eine Kurzreise nach Berlin an, wo der Frischvermählte den dortigen Freunden und Bekannten seine Frau vorstellt, auch das eine neue Welt für sie: »[...] Menschen dieser Art hatten nie zu ihrem Verkehrskreis gehört. Lange fühlte sie sich unsicher, sie war sehr still. Aber sie *hatte* immer zu ihnen gehört, sie besaß ihr Bürgerrecht in der Welt allen wahrhaften Menschentums, wo Auszeichnungen verliehen und Liebe und Vertrauen gegeben werden unabhängig von der Stellung und erlerntem Wissen.« Danach geht der Alltag weiter. Mittlerweile haben sich auch in Neumünster die Dinge zu Rudolfs Vorteil entwickelt.

ZWÖLFTES KAPITEL

Ein Nichts, mit der Hand zuzudecken – Gehen wir einer Entartung entgegen? – Ich bin immer ein guter Hasser gewesen – Es war ein Tohuwabohu, ein Intrigenspiel – Wir sind ein sterbendes Blättchen – Ein anderer Ditzen kommt nach Berlin

»Da sind Felder und Wälder und Wiesen, Wege laufen durch unermessliches Land, und immer weitet sich der Horizont, und immer mehr Land und Wasser und Wald – und darin ein Nichts, ein Fleckchen, ein Bedeutungsloses: Neumünster, eine Industriestadt, mit 40 000 Einwohnern. Das ist die Stadt, die mit aller Energie um ihre Existenz kämpft, in der geliebt und gehasst wird, geboren und gestorben, um Brot gekämpft, in der Menschen sich zum Essen niedersetzen, ein Leben verbringen, hoffen, arbeiten, verzweifeln und von neuem hoffen: ein Nichts, mit der Hand zuzudecken.«

Neumünster aus der Luft – für den Lokalreporter Ditzen, der sich für die Einladung zum Rundflug mit einem Feuilleton im »General-Anzeiger« revanchiert, hat es eine Weile gedauert, sich mit der Stadt auszusöhnen. Zwei Jahre hat er hier im Gefängnis zugebracht, jetzt erst lernt er sie eigentlich kennen. Eine Zeitlang spielt er sogar mit dem Gedanken, sich mit Suse hier dauerhaft niederzulassen: »Wenn man beinahe jedes Haus kennt, selber bekannt ist, entsteht so in einem rasch ein Heimatgefühl«, schreibt er an Magda Ebers.

Mitte Oktober 1928, ein halbes Jahr vor seiner Hochzeit, ist Ditzen von Hamburg nach Neumünster gezogen. Die Industriestadt an der Schwale, umgeben von plattem Land, wird »rot« regiert, die Arbeiterschaft wählt mehrheitlich SPD. Bereits in Hamburg ist auch Rudolf Genosse geworden – 1933 wird er seinen SPD-Ausweis verbrennen. Bedeutung hat im Rathaus neben den Sozialdemokraten nur noch ein Wahlbündnis von bürgerlichen Kräften. Die Kommunisten und die Deutschnationalen fallen dagegen kaum ins Gewicht. Alles ist überschaubar, jeder kennt jeden. Zwei Blätter erscheinen in der Stadt, der vielgelesene »Holsteinische Courier« mit eher liberaler Ausrichtung und der deutschnationale »General-Anzeiger« mit kaum mehr als 1000 Abonnenten. Was die wenigsten Leser wissen: Beide Zeitungen gehören demselben Verleger, Karl Wachholtz. Für den »General-Anzeiger« soll Ditzen Anzeigen akquirieren. Dass der Strafentlassene eine berufliche Chance bekommt, verdankt er dem Redakteur Karl-Heinz Berthold, der zugleich Geschäftsführer der »Schleswig-Holsteinischen Verkehrszeitung« ist, eines monatlich erscheinenden kostenlosen Anzeigenblatts. Er weiß um Ditzens Vorgeschichte und ist bereit, dem mehrfach Gestrauchelten eine Chance zu geben. Den Eltern berichtet Rudolf: »Mein neuer Chef, Herr Berthold, hat tausend Pläne mit mir, ist ein reizender, ganz humaner Mensch, mit dem sich gut wird auskommen lassen. Für morgen bin ich schon zum Kaffee bei ihm eingeladen.« Berthold bietet dem neuen Kollegen sogar an, bei ihm einzuziehen.

Der Stadt geht es nicht gut. Im Vorjahr musste eine Lederfabrik schließen, etwa 1000 Arbeiter verlieren ihre Anstellung. Um gegenzusteuern, gründet SPD-Bürgermeister Lindemann im Sommer 1928 einen Wirtschafts- und Verkehrsverein, und Berthold bietet Ditzen an, ihn gegen eine Kaution von 2000 Mark im neuen Jahr als Sekretär des Vereins anzustellen. Das Geld für die Kaution kommt vom Vater. Vorerst klappert Rudolf im Rekordwinter 1928/29 – die Temperaturen fallen im Februar unter zwanzig Grad minus – planvoll die Geschäftsleute in der Stadt ab und wirbt für Annoncen im »General-Anzeiger«. »Ihr könnt verstehen, wie glücklich ich sein würde, gerade im Zeitungsgewerbe anzukommen«, schreibt er nach Leipzig, »und wenn ich da auch mit meinen 35 Jahren jetzt noch eine nicht ganz leichte Lehrzeit durchzumachen haben werde, so will ich schon durchhalten, da Ihr mir ja diese Lehrzeit pekuniär ermöglicht.« Auf seinen Anzeigewerbetouren legt er als Referenz ein bereits angejahrtes notarielles Papier vor, das dem Blatt 4000 Abonnenten bescheinigt, obwohl es nur noch an die 1000 sind. Als die Sache später ruchbar wird, sichert sich Ditzen mit der Spitzfindigkeit ab, er hätte bei Erwähnung der Zahl 4000 immer von »Lesern« gesprochen, was ja etwas anderes als »Abonnenten« sei. Wie solch ein Werbegespräch ausgesehen haben könnte, schildert Fallada in »Wer einmal aus dem Blechnapf frißt«:

> Guten Tag, ja, und er käme von der Redaktion des »Stadt- und Landboten«. Man erlaubte sich die Anfrage, ob Herr Malermeister Benzin sich nicht entschließen könnte, das Blatt, vielleicht erst einmal probeweise, zu beziehen.
>
> »Wir«, sagte Kufalt gesteigert, »wir sind ja in erster Linie das Blatt des gewerblichen Mittelstandes, und ganz speziell treten wir für die Interessen des Handwerks ein. Ihr Syndikus, Herr Benzin, ist unser ständiger Mitarbeiter. Wir haben in den letzten Wochen Artikel über Handwerkerfragen von ihm gebracht, die bis zur Handwerkskammer Aufsehen erregt haben. In diesen schweren Zeiten müssen Freunde zusammenhalten, und da wir speziell fürs Handwerk kämpfen ...«
>
> Er verhedderte sich. Aber er kam gleich wieder frei. Er warf einen Seitenblick auf die Frau, er sagte: »Und was unsere Romane angeht, so werden unsere Romane erster Autoren gerade in Familienkreisen besonders gern gelesen. Wir haben jetzt einen Roman, dessen hundertsiebenundsechzigste Fortsetzung läuft. Es handelt sich da um den Gegensatz zwischen Förstern und Wilderern ...«

Wieder dauert es nicht lange, dass die Qualitäten des Neuen beim »General-Anzeiger« erkannt werden. Schon ab Januar beginnt Ditzen Artikel für das Blatt zu schreiben. Seiner Schwester Elisabeth berichtet er: »Jetzt sitze ich beinahe jeden Abend einem Redner zu Füßen und höre bald von Blutgruppen, bald von Weltwirtschaft, bald von dem unbekannten Amerika. Schlimm wird der Fall erst, wenn ich mal wegen Fehlens anderer Klavierkonzerte oder gar Orgelkonzerte von Bach rezensieren muß – ich mache Schlangenwindungen, um mich da ohne

Blamage herauszuwickeln. Nebenbei bin ich noch Kassierer und Schriftführer der Reichswirtschaftspartei, Kassierer der Leipziger Fürsorge (einer Krankenkasse), Korrespondenzler und Tarifler der Gastwirtsinnung, Sekretär des Wirtschafts- und Verkehrsvereins, Mitherausgeber der Schleswig-Holsteinischen Verkehrszeitung und der Nachrichten des Städt. Kraftwerks Neumünster und z. Z. Mitglied des Großen Rats der Großen Karnevalsgesellschaft (auch dienstlich und sehr gegen meinen Geschmack).«

Es ist eine kleine Bühne, auf der Ditzen aktiv wird. Er bespricht Auftritte von Vortragsreisenden oder die Festaufführung der Holstenschule anlässlich der Feier zur Gründung des Deutschen Reichs. Dann wieder geht es um die »Bedeutung der Blutgruppen für die Rechtspflege« oder um die Frage »Geburtenrückgang – Geburtenbeschränkung. Gehen wir einer Entartung entgegen?«. An den meisten Zeitungsbeiträgen erkennt man, dass es sich um flüchtige Produkte des Tagesgeschäfts handelt, etwa wenn als Summe des Berichtenswerten festgehalten wird: »Die trotz der Kälte sehr zahlreich erschienenen Hörer folgten mit regem Interesse und dankten lebhaft.« – »Bleibt noch, die Bühnenbilder der Herren Karl und Heinrich Schlabow zu loben. Aus der Bühne des ›Tivoli‹ war gemacht, was gemacht werden konnte. Gute Beleuchtung durch Herrn Sieck.«

Hin und wieder gelingt es Ditzen, ein harmloses Feuilleton im Blatt unterzubringen. Zuweilen eckt er an, wenn er Freunde des Verlegers oder Inserenten mit seiner Berichterstattung verärgert. Die Abgrenzung zwischen dem redaktionellen und dem gewerblichen Teil der Zeitung wird angesichts der prekären wirtschaftlichen Lage beim »General-Anzeiger« eher fließend gehandhabt. »Der Stil«, schreibt Ditzen an Kagelmacher, »geht bei diesem blöden Artikelschreiben für die Zeitung, wo man genauso dumm und blöd schreiben muß, wie es die Kleinstadt verlangt, wirklich vor die Hunde. Es ist zum Kotzen.« Und Magda Ebers klagt er: »Schmutzig ist dieser Beruf schon sehr und ich glaube, in drei Jahren glaubt man an gar nichts mehr als an den Ungeschmack des lieben Viehs, lies Leserschaft. Ich versteh heut schon unsern Herrn Kahlert, der am Telefon bei der Nachricht von einem Unglücksfall geradezu aufjubelt: endlich ein paar Tote! Es war aber auch heute gar nichts los. Und dann wird irgend ein armer Selbstmörder hübsch aufgemacht und das liebe Vieh frißt ihn dann mit ebenso großem Vergnügen zum Abendessen und sagt dabei sehr zufrieden: wie schrecklich, der arme Kerl!«

Es bleibt nicht aus, dass Ditzen am Ort seiner Haftverbüßung immer wieder von seiner Vergangenheit eingeholt wird. Als ein uniformierter Vollzugsbeamter wegen einer Nachricht für ihn bei der Vermieterin vorspricht, wird diese auf die kriminelle Vorgeschichte ihres Mieters aufmerksam und kündigt ihm fristlos. Sie bereut es aber schnell und nimmt die Kündigung zurück. Wenig später wird Ditzen verdächtigt, sich fälschlich als Steuersekretär ausgegeben zu haben, und von der Polizei zu einer Gegenüberstellung mit dem Betrugsopfer vorgeladen. Auch wenn sich das Missverständnis schnell aufklärt, zurück bleibt ein schlechter Beigeschmack – und ein Erlebnishintergrund, der den literarischen Stoff für verschiedene Bücher liefert.

Im Januar 1929 bekommt es Ditzen noch einmal mit der Polizei zu tun, aber diesmal aus eigenem Antrieb. Ein Raubüberfall auf das Juweliergeschäft Wempe in den Alsterarkaden macht Schlagzeilen in der Hamburger Presse. Spektakulär ist nicht nur die Höhe des Schadens, sondern auch die aus geschäftlicher Sicht einleuchtende, aber dennoch überraschende Idee des Firmeninhabers Herbert Wempe, die Beute direkt von den Dieben zurückzukaufen. Wempe wendet sich über ein Inserat an die Räuber: »Wir gratulieren den Herren Einbrechern zum Erfolg. Die Ware würden wir gern von Ihnen selbst zurückkaufen und zahlen Ihnen mehr, als Sie von irgend einer anderen Seite erhalten werden.« Der wagemutige Juwelier trifft sich im verschneiten Stadtpark mit den Dieben, Ware wird gegen Geld getauscht, und man verabschiedet sich, wie im »Hamburger Fremdenblatt« zu lesen ist, »auf die konziliantesten Weise«. Ditzen verfolgt den Fall in der Presse und glaubt bei dem Diebstahl die Handschrift eines ehemaligen Mitgefangenen erkannt zu haben. Es winken 4000 Mark Belohnung. Etwas unscharf und großsprecherisch berichtet er Kagelmacher: »Am 13. 1. bin ich von der Krimpo mit der Ermittlung eines großen Hamburger Juwelendiebstahls – nicht Ermittlung der Täter, sondern Herbeischaffung der Beute – beauftragt worden. Vielleicht ist meine Spur richtig.« Sie ist es nicht, zwei Wochen später werden als Täter ein fünffach vorbestrafter Bauarbeiter und ein Heizungsmonteur verhaftet.

Mittlerweile ist die Sympathie aufgebraucht, die Ditzen seinem Chef anfänglich entgegengebracht hat. Immer häufiger beschwert er sich in seinen Briefen an Suse in Hamburg, seit wenigen Wochen seine Verlobte, über seinen Vorgesetzten: »Liebste, eben ist Berthold gekommen und riecht! Und riecht! Ich hoffe, der Himmel wird mich und Dich davor bewahren, daß ich Dir je einen Mann zumuten muß, der wegen übermäßig genossener Alkoholika sich hat erbrechen müssen.« Berthold kümmere sich zu wenig um seine Aufgaben und leihe sich von allen Seiten Geld, ohne es mit dem Zurückzahlen allzu eilig zu haben. »Die letzten Tage wollte er ein paar mal was an mir aussetzen. Aber ich habe dabei wieder gefunden, dass sich sehr schön mit ihm auskommen lässt. Und im übrigen habe ich mit meiner Kaution ja ein herrliches Druckmittel ihm gegenüber. Da er sie ja doch nicht rückzahlen kann, aber sehr viel Schaden an seinem Ruf leidet, wenn ich darüber rede, so muss er immer fein still sein. Natürlich werde ich diese Lage nie ausnützen, aber ich werde mir auch nie dumm kommen lassen.«

Mitte Februar berichtet er Suse von Unregelmäßigkeiten in den Büchern und seinem Verdacht, der Chef könne Spenden unterschlagen haben: »Aber, warum ich Dir das erzähle. Denn Dir zu beweisen, dass Berthold ein Schwein ist, und dass er ganz hübsche Unterschlagungen ständig begeht, ohne sich ein Gewissen daraus zu machen, das ist ja nicht mehr nötig. Aber ich, ich, ich, Suse, werde diese Zeichnungsliste nach geraumer Zeit an mich nehmen, wenn er sie nämlich wieder ausgeschwitzt hat, und werde sie als ein Beweis- und Druckmittel gegen den guten Berthold in Händen behalten. Alles andere ist ja nur Rederei, verfliegt, aber dies ist etwas Geschriebenes, aus Büchern und Belegen nachweisbar, und er soll sich hüten, mir dumm zu kommen. Später einmal. Auch dies muss Dir gesagt werden, damit Du weißt, dass Du keinen Engel zum Manne bekommst, sondern ein sehr menschliches Wesen.«

Ditzen belässt es nicht beim heimlichen Sammeln von Beweisen. Als sein Februar-Gehalt ausbleibt, macht er sich Sorgen um die Sicherheit seiner Kaution. Er teilt seinen Unterschlagungsverdacht dem Bürgermeister Lindemann mit. Auch den Verlagsleiter Wachholtz informiert er und berichtet an Suse: »Heute hatte ich die grosse Unterredung mit Wachhol[t]z. Danach wird Berthold morgen früh fristlos entlassen und ihm das Betreten des ›General-Anzeigers‹ verboten. Gehalt bekommt er auch nicht mehr. Ich will Dir keine Redensarten machen. Nein, es tut mir nicht um ihn leid, wenn er jetzt ohne einen Pfennig auf der Strasse liegt. Ich bin immer ein guter Hasser gewesen, und ich habe meine Sache gut geführt, ihn auf allen Punkten geschlagen. Morgen werden ich dann mit Wachhol[t]z Vertrag abschliessen (+++ toi! toi! toi!), der mir die Stellung Bertholds zusichert. Allerdings nur mit einem Nettogehalt von 200 Mark.« – »Auf allen Punkten geschlagen« bedeutet, dass Ditzen nicht nur den Posten Bertholds beim »General-Anzeiger« übernimmt, sondern ihn auch in seiner Position im Verkehrsverein sowie als Leiter des Anzeigenblatts »Schleswig-Holsteinische Verkehrszeitung« beerbt. Später geistert eine Figur namens Berthold durch den Roman »Wer einmal aus dem Blechnapf frißt«, es ist die erbärmliche Gestalt eines Säufers, der um ein Bett in einem Fürsorgeheim für Strafentlassene bettelt.

Vor einem Jahr noch im Gefängnis, hat Ditzen nun, im März 1929, auch beruflich Tritt gefasst und ist zu einer lokalen Größe geworden. Auf welch bescheidenem Niveau allerdings, macht ein Brief an seine Schwester Elisabeth deutlich: »Wir sind eine sterbende Zeitung und über kurz oder lang wird die Bude zugemacht werden. Das liegt vor allem daran, daß unserm Chef auch das sehr gutgehende Konkurrenzblatt gehört, das aber teurer als wir ist, jeden Abonnenten, den wir verlieren, bekommt er mit 50 Pfennig pro Monat Aufschlag an sein Lieblingsblatt und hat den Vorteil, durch das Bestehen unserer Zeitung sich etwaige Konkurrenz vom Leibe zu halten. So gibt er denn möglichst keinen Pfennig für unser Blatt aus, wir dürfen beispielsweise keine lokalen Bilder bringen, grundsätzlich keine Honorare bezahlen – die Zeitung wird bis auf den lokalen Teil ziemlich restlos zusammengestohlen – usw. Sind wir drei Mann von der Redaktion einmal ganz verärgert, so setzen wir uns zusammen und beratschlagen, wie wir es einrichten wollen, wenn endlich der stinkreiche Knopp kommen wird, der das glänzende Geschäft machen und in Neumünster ein Konkurrenzblatt aufmachen will. (Es wäre im Ernst ein glänzendes Geschäft.) Zuerst bewilligen wir uns immer die Gehälter. Dann wird die Arbeit verteilt, worüber es auch keinen Streit gibt, denn ich möchte am liebsten alles, die andern gar nichts schreiben. Dann wird noch der Bilderdienst besprochen, und dann geht wieder, mit erheblich gebesserter Laune, die Schimpferei auf die jetzigen Zustände los.«

Nach wie vor ist Ditzens Hauptgeschäft das Annoncenwerben. Aber im Sommer darf er für vierzehn Tage den Chefredakteur des »General-Anzeigers« vertreten. Elisabeth berichtet er euphorisch: »Du ahnst es nicht, Ibeth, was für einen Spaß mir dieser Rummel gemacht hat, wie ich mir meine Nachrichten in diesem Bierdorf, in dem ja beileibe nicht immer etwas passiert, was das liebe Vieh lesen möchte, zusammengestohlen habe, wie ich aus Mücken Elefanten gemacht habe und frech gewesen bin. Frech muß man schon sein, das hilft nichts. Ich bin ja nur *ein* Mensch, und wenn ich dann wie gestern Abend beispielsweise … warte mal, also da waren drei Kinos mit ihren neuesten Filmprogrammen zu kritisieren, im Wiener Café trat ein Vortragskünstler auf, der Reutter interpretierte, im Café Reimers war eine neue Tanzdiele gelegt, die eingeweiht wurde, und zu der Einweihung gab's auch noch Kabarettprogramm, die Nationalsozialisten hatten einen Sprechabend im Hofbräu, und in der Tonhalle hielt ein Dr. Kipke aus Berlin einen Vortrag über Gesundheit und Hochfrequenzgeräte. All dies muß unbedingt am nächsten Tag besprochen werden, da die Leute bei uns inserieren, und die Besprechung sozusagen die Quittung für das Inserat ist. Ich bin aber nur ein Mensch. [...] Frechheit sieg! Die beiden Vorträge und das Kabarett habe ich schon am Abend vorher besprochen, am Programm errät man meistens, was da kommt. Und als die lieben Leutchen ansetzten und begannen, lag der Bericht über das, was sie redeten, schon gesetzt in der Maschine. Die Nationalsozialisten waren auch sehr einfach. Die reden doch meist dasselbe, und sicherheitshalber fragt man dann den nächsten Morgen auf der Polizeiwache an, ob es etwa Schlägereien gegeben hat. Bleiben die drei Kinos. Zwei konnte ich nach den Anzeigen verarzten, im dritten, wo ich nichts erraten konnte, bin ich dann gewesen.«

Ditzen ist als Lokalreporter und als Angestellter des Verkehrsvereins zum überbeschäftigten Diener zweier Herren geworden, wirklich gut leben lässt sich mit dem Verdienst beider Tätigkeiten allerdings nicht. Mehrfach wechselt er innerhalb der Stadt die Wohnung, neben der Nähe zum Redaktionssitz spielen vor allem Spargründe eine Rolle. Mitte Mai 1929, im Monat nach der Hochzeit, beziehen Suse und Rudolf ihre erste gemeinsame Wohnung in Neumünster. Fallada wird das Domizil Am Kuhberg später in »Kleiner Mann – was nun?« beschreiben: »Also: das Zimmer ist eine Schlucht, gar nicht mal so schmal, aber endlos lang, eine Reitbahn. Und während vier Fünftel dieser Bahn ganz vollgestellt sind mit Polstermöbeln, Nussbaumtischen, Vertikos, Spiegelkonsolen, Blumenständern, Etageren, einem großen Papageienkäfig (ohne Papagei), stehen im letzten Fünftel nur zwei Betten und ein Waschtisch ...« Noch Wochen vor seinem Tod erinnert er sich an die Zeit in Neumünster: »Wir waren glücklich, und wenn ich abends nach Hause kam von meiner ewigen Rennerei durch die Stadt und hatte acht Mark in der Tasche oder gar zehn, so kamen wir uns wie die Könige vor und machten noch späte Einkäufe in einem Lebensmittelladen, und manch-

1 Familie Ditzen um 1900: die Eltern mit Uli, Margarete (Dete), Rudolf und Elisabeth (Ibeth)

2 Rudolf mit seiner Mutter (r.), Zinnowitz, um 1897

3 Rudolf (r.) mit einem Freund, um 1904

4 Käthe Matzdorf, Leipzig, um 1910

5 Rudolf (Mitte) spielt Theater, Weihnachten 1910

6 Als Gymnasiast in Rudolstadt, 1911

7 Rudolf (2. Reihe, 3. v. l.) mit dem literarischen Verein, 30. September 1911

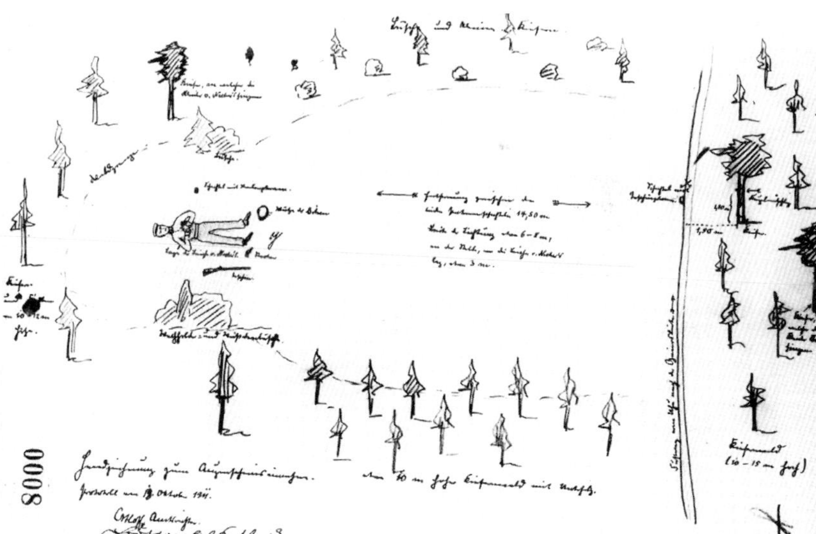

8 Tatortskizze vom fingierten Duell der Freunde Ditzen und von Necker

9 Kurhaus Tannenfeld, hier war Rudolf von Februar 1912 bis August 1913 Patient

10 Tante Ada, 1911

11 Probe für den Besuch des Herzogs in Posterstein, der Eleve Ditzen läuft durchs Bild, August 1914

12 Die Mutter mit den Söhnen Uli (l.) und Rudolf (r.) in ihrem Leipziger Garten, um 1915

13 Anne Marie Seyerlen, 1917

14 Hans Joachim Geyer, 1925

15 Johannes Kagelmacher

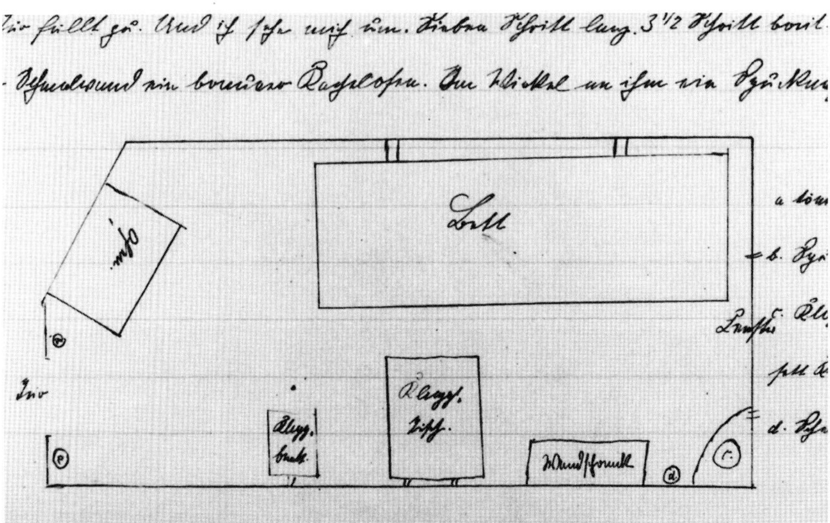

16 Grundriss der Greifswalder Zelle aus Rudolfs Tagebuch, 1924

17 Anna (Suse) Issel, 1928

18 Im Büro des Wirtschafts- und Verkehrsvereins, Neumünster 1929

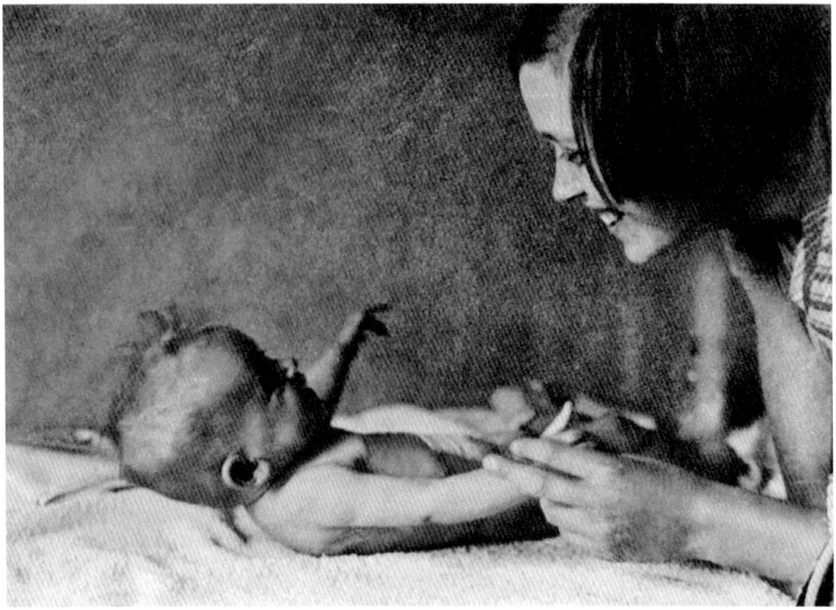

19 Sohn Uli (Murkel), am 14. März 1930 geboren

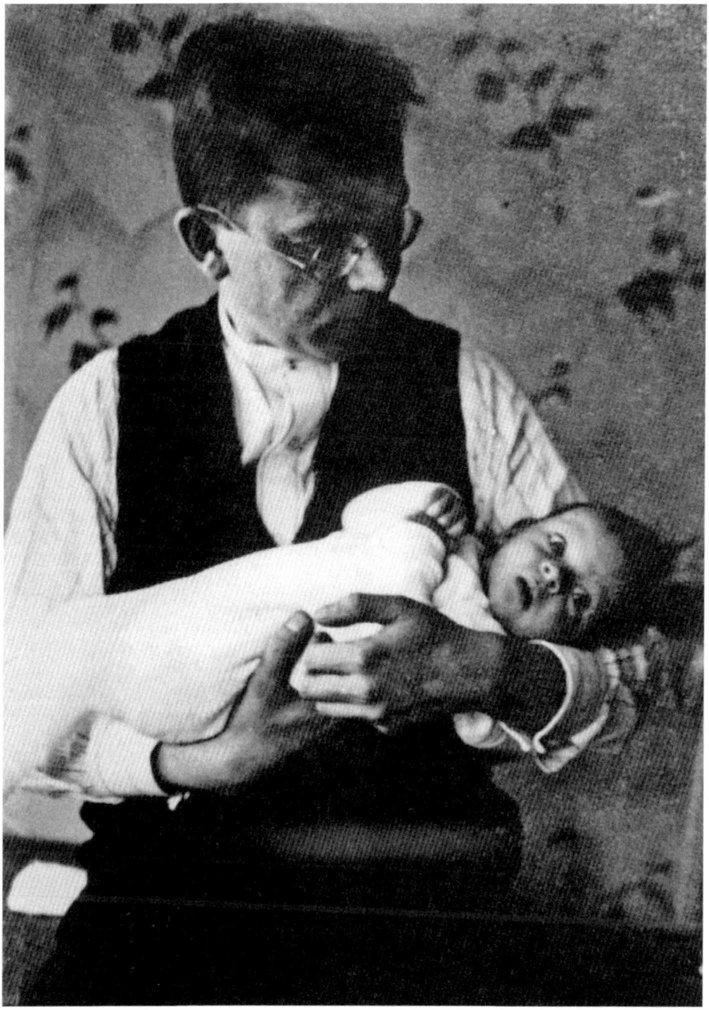

20 Familienglück in Neuenhagen, 1930

21 Endlich Erfolgsautor, 1932

22 Erster Familienurlaub in Kölpinsee auf Usedom, August 1932

23 Die Eltern am 80. Geburtstag des Vaters, Leipzig, 5. August 1932

24 Die Ditzens, Familienporträt in der Kulturzeitschrift »Querschnitt« vom 9. Dezember 1933, Foto: Umbo

25 Spaziergang mit Uli, 1933

26 Suse mit Tochter Lore (Mücke) und Sohn Uli, Oktober 1934

mal fingen wir schon auf dem Heimwege an, aus dem Papier zu abendbroten, und es schmeckte uns immer köstlich.«

Nur ein paar Jahre hat der wirtschaftliche Aufschwung nach dem Ende der Hyperinflation gehalten. Schon 1927 sind erste Vorboten einer neuen Krise zu spüren. Neumünster wird zum Schauplatz für die Proteste der Landvolkbewegung, in der sich Bauern zusammengefunden haben, um Widerstand gegen drohende Pfändungen zu leisten. In Zeiten der Konjunktur hatten die Marschbauern Kredite aufgenommen. Doch fallen die Einnahmen – bei sinkender Kaufkraft der Bevölkerung – geringer aus als erhofft. Den Besitzern der Höfe wird es zunehmend schwer, die Kredite zurückzuzahlen. Es kommt zu Pfändungen, die das wirtschaftliche Überleben von Familien bedrohen, welche häufig seit Jahrhunderten auf den ererbten Höfen leben. In der Landvolkbewegung vermischt sich der gezielte Widerstand gegen dieses Vorgehen mit einem allgemeinen Ressentiment der Bauern gegen die »Juden-Republik«, gegen das »Parteiengezänk« im »jüdisch-parlamentarischen Aussaugesystem«. Das besitzstolze Bauerntum weiß aus täglicher Anschauung um den engen Zusammenhang von Leistung und Ertrag. Bei den Protesten schwingt auch ein grundsätzlicher Vorbehalt der Bauern gegen eine Stadtbevölkerung mit, für die dieser Zusammenhang häufig abstrakt geworden ist.

Eine der Grundforderungen des Landvolks lautet: »Keine Steuern aus der Substanz.« Steuerbescheide werden eingesammelt und säckeweise vor die Finanzämter gebracht, Pfändungen und Zwangsversteigerungen sabotiert. Ein radikaler Teil der Bewegung unter Führung von Claus Heim geht einen Schritt weiter: Mit Unterstützung von Freikorpsangehörigen werden bald auch erste Bomben gelegt, die Sachschäden in Rathäusern und Finanzämtern verursachen. Die nationalistische, teilweise antisemitische Grundierung der Landvolkbewegung hätte eine politische Steilvorlage für die Nationalsozialisten sein können. Die halten jedoch aus taktischen Gründen Abstand und setzen sogar eine Prämie auf die Ergreifung der Bombenleger aus.

Ausdrücklich gegen diese Linie arbeitet der NSDAP-Chef von Itzehoe und Chefredakteur der »Schleswig-Holsteinischen Tagezeitung«, Bodo Uhse. Im März 1929 besucht Hitler die Redaktion und versucht – ohne Erfolg –, Uhse auf Kurs zu bringen. Der Journalist und Schriftsteller landet später in der KPD und in der SED, 1962 beerbt er in der DDR für wenige Monate den wegen politischer Unbotmäßigkeit entlassenen Lyriker Peter Huchel als Chefredakteur der Literaturzeitschrift »Sinn und Form«. Ebenfalls in Itzehoe erscheint das Agitationsblatt der Bewegung: »Das Landvolk«. Chefredakteur ist Bruno von Salomon, der sich mit Uhse, dem Chef des Konkurrenzblattes, befreundet und später gleichfalls KPD-Mitglied wird.

Neumünster gehört neben Itzehoe 1929 zu den Brennpunkten der Landvolkproteste. Hier demonstrieren die Bauern im August, es kommt zu Zusammenstößen mit der Polizei, die mit Säbeln gegen die Demonstranten vorgeht und die neue Fahne des Landvolks beschlagnahmt. Darauf boykottieren die Bauern zehn Monate lang die Stadt an der Schwale. Der Boykott wird erst nach der feierlichen Rückgabe der Fahne beendet. Ditzen erlebt die Ereignisse hautnah als Journalist. Er kennt viele der Protagonisten persönlich, weiß um die Interessenlagen, die politischen und privaten Verquickungen und ist in die Intrigen der Kleinstadt eingeweiht.

Als es nach den Ausschreitungen im August zum Prozess gegen einzelne Beteiligte kommt, der deutschlandweit beobachtet wird, berichtet Ditzen über den Verlauf. Zum ersten Mal seit 1925 gelingt es ihm wieder, in überregional gelesenen Medien zu publizieren, im »Tage-Buch«, in der »Weltbühne« und der »B. Z. am Mittag« – stets unter dem Pseudonym Hans Fallada. Ditzen besetzt in dieser Auseinandersetzung verschiedene Rollen: Er ist Redakteur eines deutschnationalen Blattes, das Sympathien mit den anarchischen Bauernprotesten erkennen lässt, zugleich aber Angestellter des SPD-Bürgermeisters Lindemann und nicht zuletzt dessen Parteigenosse. Mit seinen Artikeln, in denen er gelegentlich auch den Bürgermeister angreift, setzt er sich zwischen alle Stühle. Seiner Schwester Elisabeth schreibt er: »Landvolkbewegung, Städter, Reichsbanner – alles in Antagonistenstellung. Auch die Kommunisten spielen herein. Eine ganze Stadt gab sich ein Stelldichein im Gerichtssaal, 120 Zeugen, und man kennt von seiner Tätigkeit nun schon alle Prominenten. Man kiekt zwischen die Kulissen, es war ein Tohuwabohu, ein Intrigenspiel. Ich verdarb's mit meiner Berichterstattung so mit einigen wichtigen Prominenten, daß ich schon dachte, man würde mir kündigen, aber der Tag ist vorbei.«

Ditzen möchte fort aus Neumünster, ihm wird die Stadt zu klein. »Meine Tätigkeit ist leider weiter so blöde trotz aller Vielseitigkeit wie bisher«, klagt er Kagelmacher. »Für die Zeitung schreibe ich nur selten und dann immer Mist: wegen der Glätte rutschte Frau Z. aus der Wasbekerstr. ... die Feuerwehr ... ins Krankenhaus ... dem Jubelpaar sind die Wünsche der gesamten Bürgerschaft sicher. In der Hauptsache werbe ich Annoncen, was sich so abspielt, daß ich von Laden zu Laden laufe und bettele, denn wir sind ein sterbendes Blättchen, das nur noch 1200 Abonnenten hat, während wir feste von 4000 reden, was uns aber niemand glaubt. Dann werbe ich für die Leuchtsäulen, die auf der Straße stehen, und seit kurzem ist mir auch der Plakatanschlag an den Litfaßsäulen übertragen. Ich erteile Verkehrsauskünfte, verkaufe Omnibusfahrscheine, vermiete möblierte Zimmer, berate Vereine bei Festveranstaltungen, betreibe einen Hotelzimmernachweis, gebe Taschenfahrpläne heraus, vertreibe Prospekte von fast 800 Kurorten und Sommerfrischen und verdiene mit alldem grade soviel, daß wir so eben leben können. Und stehe mit einem Beine stantepe in der gänzlichen Stellungslosigkeit.«

Schon länger zieht es Ditzen nach Berlin: »Neumünster ist eben ganz Industriestadt, ohne jede geistige Schicht. Eine lebendige Stadt, manche viel größere hat nicht annähernd so viel Betrieb, aber die geistige Schicht fehlt ganz. Es ist alles kleinbürgerlich, prüde, etepetete.« Er setzt auf Rowohlt und bringt sich dem Verleger nach längerer Pause Mitte August 1929 mit einem Brief in Erinnerung, der die dringliche Bitte enthält, ihm in Berlin eine Stelle zu beschaffen. Vier Tage später folgt die Zufallsbegegnung mit Rowohlt auf Sylt, die von Fallada später als schicksalhaft ausgemalt wird: Der Lokalreporter nutzt mit Suse zwei Freikarten, die der »General-Anzeiger« von der Reichsbahn für eine Fahrt nach Sylt über den gerade fertiggestellten Hindenburgdamm erhalten hat: »Als aber der Abend herangekommen war, gingen wir noch einmal an die Seekante, denn wir hatten beschlossen, von dem Rest unserer Barschaft mit dem Bimmelbähnchen von Kampen nach Westerland zu fahren. Und an der Seekante stand ein großer Mann mit einer Baskenmütze auf dem Kopfe, und einen Augenblick sahen wir uns zweifelnd an, ich und der große Mann. Dann aber fragte jeder ›Rowohlt?‹ – ›Fallada?‹ – und so sahen sich Verleger und Autor nach vielen Jahren wieder.«

Aus Sicht des Verlegers klingt das nüchterner. Rowohlt war zunächst nicht erfreut, als während eines Urlaubs »ein bekanntes Gesicht ›Gutentagherrrowohltwiegehtsdankeauch‹ gerufen hatte. Später dann, als wir ins Gespräch gekommen waren, und es sich schon längst herausgestellt hatte, daß ich es mit meinem einstigen Autor Hans Fallada zu tun hatte, hörte ich, daß er vom Leben hin- und hergerollt worden war, daß der Ackerbau ebensowenig wie die Schreiberei die erhofften Wonnen gebracht hatte, daß er zur Zeit als Annoncen-Werber tätig war. Aus seinen Worten sprach die Sehnsucht nach Berlin, und er bat mich eindringlich, nach meiner Rückkunft zu trachten, ihm eine Anstellung zu verschaffen.«

1929 stürzt die Welt in eine Krise, von der sie sich nicht friedlich erholen wird, für Rudolf aber scheint das Jahr nur Gutes bereitzuhalten. Mit Vorsicht statt mit Freude berichtet er Anfang September nach Leipzig: »So, Mutti, liebe Eltern, nun muß ich Euch etwas mitteilen, das uns erst sehr bekümmert hat, in das wir uns aber ganz hereingefunden haben, und bei dem wir nur zweifelhaft sind, wie Ihr es aufnehmen werdet. Suse war eine ganze Zeit wieder gar nicht recht auf dem Damm. Sie ist dann beim Arzt gewesen, und er hat festgestellt, daß sie erwartet. Ihr werdet dabei natürlich an das denken, was ich seinerzeit geschrieben habe, und der Arzt hat mir auch jetzt wieder gesagt, daß so etwas bei Morphinisten, die längere Zeit krank gewesen sind, fast nie vorkommt. Aber es ist nun einmal geschehen, und wir haben uns darein finden müssen und freuen uns jetzt sogar. Daß das natürlich für uns viel entbehren heißt, daß wir uns gewaltig einrichten müssen, wissen wir.«

Elf Jahre liegt »das Ereignis mit Uli« zurück, wie Rudolf es damals nannte, der Tod des Bruders in den letzten Wochen des Weltkriegs. Ulis Tod hat das Verhältnis der Eltern zum älteren Sohn zusätzlich belastet. Jetzt, zu Ulis Geburtstag, wendet sich Rudolf mit einem Vorschlag an sie: »Liebe Eltern, ich möchte Euch heute – am 15. Dezember – doch ein paar Worte senden, wenn es auch nicht mehr wird als ein Gruß und ein Zeichen, daß sich unsere Gedanken über Uli begegnet sind. Ich habe den ganzen Tag das Gefühl gehabt, daß Ihr so stark an ihn und damit auch an uns andere Kinder denkt. [...] Suse und ich haben schon öfter, wie das wohl Gewohnheit bei werdenden Eltern ist, über die Namen gesprochen, die unser Kind einmal bekommen soll. Und da haben wir uns ausgemacht, daß es, wenn es ein Junge werden sollte, Ulrich heißen soll, wenn aber ein Mädchen, Lore. [...] Also sagt es uns bitte, ob es Euch recht ist, wenn wir den Jungen Uli nennen.« Die Eltern sind einverstanden.

Es gibt Zeiten, in denen alles glattgeht, dann entwickelt man eine innere Reserve, ein gesundes Misstrauen gegenüber dem Glück, spannt auf halber Höhe seiner Erwartungen ein Netz auf, um den möglichen Aufprall abzufangen. So muss es Ditzen ergangen sein, als er nach der Ankündigung Rowohlts, er hätte womöglich Arbeit für ihn in Berlin, wochenlang nichts mehr vom Verleger hört. Innerlich hat er sich von Neumünster längt verabschiedet. »Neumünster war gut und hat mir sehr viel weiter geholfen. Ich habe mich wieder an das Leben gewöhnt und bin durch das Vielerlei von Arbeiten sicher nicht dümmer geworden«, schreibt er seiner Schwester Elisabeth.

Da weiß er schon, dass er die Stadt verlassen wird. »Unsere

große, große Weihnachtsfreude«, berichtet er Tante Ada, die ihm in der schweren Zeit in Tannenfeld zur Seite stand und die den Werdegang ihres Neffen weiterverfolgt, »ist die, daß wir am Freitag einen Brief von Rowohlt bekamen, der mich ab 15. 1. in seinem Verlag angestellt hat. Ich werde eine sehr zusagende Arbeit bekommen: die Versendung der Rezensionsexemplare, die Bearbeitung und Auswertung der eingehenden Rezensionen. Arbeitszeit sehr günstig, nur von 9–2 Uhr. Gehalt weniger günstig: 250 Mark. [...] Also, wir kommen in gut 3 Wochen nach Berlin. Wie sehr wir uns freuen, das können wir Dir nicht sagen. Und ich freue mich wahrhaft nicht auf Lokale und Rummel und Betrieb, sondern auf befriedigende Arbeit, anregenden Umgang, Aussicht auf Weiterkommen. Befürchtungen brauchst Du nicht zu haben, ein anderer Ditzen kommt nach Berlin.«

DREIZEHNTES KAPITEL

Die Geschichte einer verkrachten Kleinstadtzeitung – Der Junge sieht mir unendlich ähnlich – Ich scheine jetzt genau so ein Schwein wie alle andern zu werden – Ich habe nie einen Roman der deutschen Bauernnot schreiben wollen – Salomon will jetzt ein Flugzeug für 9000 Mark kaufen, es Ernst Rowohlt taufen und damit nach China fliegen

Berlin ist der Fixpunkt in Ditzens Lebens. Als er nach 1899 und 1916 nun zum dritten Mal hier ankommt, hat er den Stoff für ein Buch im Kopf. Zunächst aber gilt es, in der neuen, alten Heimat heimisch zu werden. Das erste Domizil der werdenden Familie liegt in Moabit, im Nordwesten der Stadt, in der Calvinstraße 15a. Die Miete für die zwei möblierten Zimmer mit Küchenbenutzung ist hoch – 100 Mark, das ist ein Drittel des monatlichen Familieneinkommens. Bis 14 Uhr tut Ditzen im Verlag Dienst. Als Leiter der Rezensionsabteilung lernt er nun seine langjährigen Lektoren Paul Mayer und Franz Hessel in ihrem Arbeitsumfeld kennen. Nicht nur das Wohnen, das Leben insgesamt ist teurer in Berlin als in Neumünster. Nach den ersten Monaten muss Ditzen zu Fuß zum Verlag gehen, er kann die Monatskarte für die S-Bahn nicht mehr bezahlen.

Nein, ein zentraler Mitarbeiter ist Ditzen in diesem ersten Jahr bei Rowohlt nicht, er weist Freiexemplare für Zeitungen an, klebt Kritiken auf grüne Zettel und öffnet Berühmtheiten wie Kurt Tucholsky oder Emil Ludwig die Tür. Aber zum ersten Mal ist er sozial und künstlerisch nicht isoliert, er hat alles, Umgang mit den Kollegen, Anschluss an den Literaturbetrieb – und Zeit zum Schreiben: »Nun hatte mein Brotgeber eine seltsame Einrichtung getroffen, ohne ein Wort zu mir, ohne eine Erklärung«, erzählt Fallada in seinem autobiographisch grundierten Erinnerungsbuch »Heute bei uns zu Haus«: »Auf dem ganzen Verlag wurde bis abends fünf oder sechs Uhr gearbeitet, ich aber hatte jeden Tag um zwei Uhr Büroschluß, so hatte er es angeordnet.

Dieser listige alte Verleger! [...] Er war ein großer Menschenkenner, er las mir an der Nase ab, daß ich zu den Menschen gehörte, die immer beschäftigt sein müssen, die stets etwas vorhaben müssen. Die Zeit meines Nichtstuns war eine Zeit des Gelähmtseins, von Krankheit gewesen, nun war ich wieder gesund. Wenn mir kein anderer Arbeit auftrug, machte ich mir selber welche. Hinter ›Kupferberg Gold‹ setzte ich mich an den Schreibtisch und fing an, Papier vollzuschreiben. Oh, ich hatte meinen Stoff, ich hatte in Altholm so einiges gesehen, erlebt, gehört. Ich fing an, einen Roman zu schreiben, des Titels ›Ein kleiner Zirkus namens Monte‹.«

Kaum in Berlin angekommen, beginnt Ditzen Anfang Februar mit der Arbeit am Roman, den er Rowohlt bereits von Neumünster aus als »die Geschichte einer verkrachten Kleinstadtzeitung« angekündigt hatte und der 1931 unter dem Titel »Bauern, Bonzen und Bomben« erscheinen wird. Ursprünglich sollte es um das Elend des Lokaljournalismus und die politischen Intrigen in einer deutschen Kleinstadt gehen, wie sie Ditzen in Neumünster, dem »Altholm« des Romans, erlebt hat. Zunehmend bestimmen jedoch die Proteste der Landvolkbewegung die Handlungskulisse. Seinem Freund Kagelmacher schreibt er: »[...] es ist eigentlich die Geschichte von den kleinen Interessen, dem Kampf der Eigensucht mit der Eigensucht. Die Demonstration, wie heute im Parlamentarischen, im Regieren, in der Kommunalpolitik eigentlich nie etwas Vernünftiges aus vernünftigen Gründen geschieht, sondern auch das Vernünftige nur aus Eigensucht. Dutzende von Typen, ein bisserl Spannung, Anständige, die auch unanständig sind, Unanständige, die wider Willen auch mal anständig sein müssen. Was sie sogar auch fertig bringen. Ein Gewimmel, eine kleine Stadt – aber gar nicht Hamsun – das flache Land ringsum, die Behörden, die Finanzämter, eine ganze Provinz. Mein Personenverzeichnis umfasst schon 150 Personen und ich bin doch erst etwa auf Seite 185.« Der Vielzahl von Figuren wird er nur durch ein Karteikartensystem Herr und verliert am Ende bei den Nebenfiguren dennoch die Übersicht.

Mitte März unterbricht Ditzen die Arbeit, Uli kommt zur Welt: »Der Junge, der blaue Augen und blondes Haar hat, sieht mir unendlich ähnlich, ich habe ordentlich einen Schreck bekommen, wie dieses Menschlein mit seiner ungeheuren Nase ganz wie ein Ditzen in die Welt schaut«, berichtet Rudolf seiner Schwester Elisabeth. Er hatte an sein Vaterglück nicht geglaubt, die Furcht, als einstiger Morphinist keinen gesunden Nachwuchs zeugen zu können, nimmt ihn zu Beginn der Schwangerschaft sogar gegen das Kind ein. Jetzt schreibt er Suse im Überschwang: »Aber was Du mir gibst, das kannst nur Du geben, das ist das Glück, das Wohlgefühl, von dieser Erde zu sein und mit Dir zu gehen, und zu wissen, daß Du mich liebst, liebst, liebst. Du bist das Einzige in meinem Leben, das nie Wiederholbare, das nie vorher da war und hoffentlich, so alt ich werde, nie von mir geht. Du bist das Glück, Du bist die Ruh, der Anfang Du, das Ende Du. Das ist sicher falsch zitiert, aber so ist es.«

Schon Anfang April setzt sich Ditzen wieder an den Roman, nicht allein aus innerem Antrieb, sondern auch aus äußerem Zwang. Mit seiner Halbzeitstelle im Rowohlt Verlag lässt sich keine Familie ernähren. Im April berichtet er Elisabeth: »Ich selber arbeite ja auch seit meiner Anwesenheit in Berlin wieder an einem Wälzer, einem Monstrum von Roman, das etwa 600 Seiten Umfang haben wird [...]. Gott gebe mir die Kraft, dabei auszuhalten. Meistens ist es herrlich, da es dabei auch noch spannend wird, wie ein Wallace, aber manchmal ist es auch trist, und ich denke, ebenso trist: den Käse liest ja doch kein Mensch. Jeder Mensch, der einmal ein Buch von mir gelesen, fällt auf den Rücken, wenn er dies liest und beschwört: Fallada? Fallada? Ausgeschlossen!«

In Neumünster hat Ditzen einen anderen Blick bekommen für das, was ihn als Schriftsteller ausmacht und in welchem Verhältnis sein Schreiben zur Wirklichkeit steht. Diese Veränderung vollzieht sich nicht als schleichende Entwicklung, sondern als ein deutlicher Bruch. Noch im Mai 1929 berichtet Ditzen seinem Freund Kagelmacher, wie er neben dem journalistischen

Tagesgeschäft an alten literarischen Texten arbeitet: »So beschäftige ich mich wieder einmal mit Kuh-Schuh-Du und derartigem mehr, komme aber immer mehr zu der Überzeugung, daß ich es diesmal sein werde, der auf eine Veröffentlichung verzichtet, es gibt ja kaum ein paar Menschen, die so etwas wirklich lesen können, und die haben auch andere Wege zu derartigen Dingen. Und dem lieben Vieh die Arbeit zu geben, die das Beste ist, was ich je geschrieben habe und je schreiben werde, daß sie das sabblerisch durch den Mund ziehen, danke, nein.« Nur drei Monate später kündigt er Rowohlt seinen neuen Roman an.

Tatsächlich ist Ditzen mit »Bauern, Bonzen und Bomben« gelungen, wozu ihm schon Tante Ada geraten hatte – die Abkehr von der künstlerisch-bemühten Selbstbespiegelung, die mal von Trotz, mal von Selbstmitleid getragen ist. Er wendet sich einer Erzählkunst zu, die am Ende zwar doch wieder die eigene Person zum Gegenstand hat, zuvor aber weite Kreise darum zieht. Von seinen alten Göttern, von Raabe, Fontane, Knut Hamsun, hat er sich nicht verabschiedet, sondern so viel von ihrem Tonfall und ihrer Weltsicht verinnerlicht, wie ihm selbst entspricht. Wichtig werden jetzt die amerikanischen Erzähler, von denen die bedeutendsten in deutscher Sprache bei Rowohlt erscheinen: Sinclair Lewis, William Faulkner, Thomas Wolfe, vor allem aber Hemingway, mit dem er sich in mehreren Rezensionen beschäftigt: »Zeichnen ist Weglassen, auch Erzählen ist Weglassen. Es ist ganz ungeheuerlich, wie er das macht. Er erzählt Details über Details. Wie man in eine Stadt kommt, sich ein Hotelzimmer nimmt, mit dem Portier ein paar Worte spricht, raufgeht, sich wäscht, ein frisches Hemd anzieht, Anzüge in den Schrank hängt, wieder in die Stadt geht, eine Zeitung kauft – Details über Details, Weglassen aller Gefühle, es gibt keinen Autor –: und aus all dem steigt Traurigkeit auf, die Verlorenheit im Leben, unsere Ziellosigkeit, Ausgeliefertsein an das Schicksal. Hemingway spricht nie davon, er spricht nie von Gefühlen, wenn er von der Liebe spricht, so ist das keine hohe Göttertochter, sondern eine ganz irdische Sache, Geschwätz zu zweien, wie schön es ist, zusammen ins Bett zu gehen, den Regen vor dem Fenster zu hören, sich zu halten. Er zeichnet nur ein paar Striche, grade die Striche, die notwendig sind. Das andere überlässt er seinen Lesern, uns.«

An der Prosa Hemingways hebt Ditzen hervor, was ihm zur Bestätigung des eigenen Schreibens dient. Vorbei sind die Zeiten der Überschaubarkeit, in der sich der Autor als Quelle des Weltwissens und Medium der Welterklärung verstand. Seine Position, wenn sie überhaupt zu erkennen ist, tritt zurück in die Oberfläche der Beschreibung, in die Dinglichkeit des Geschehens, das bei Fallada vor allem durch die Kunst des Dialogs vorangetrieben wird. Der Zusammenbruch der alten Welt in den Stürmen von Nachkrieg und Revolution, die Beseitigung ihrer Restbestände in der Inflationszeit und zuletzt in der Weltwirtschaftskrise haben ein allgemeines Unbehagen gegen das Pathos in sich stimmiger Welterklärungssysteme aufkommen lassen – und zugleich die Sehnsucht nach der alten Geschlossenheit. Die Neue Sachlichkeit ist Lebensgefühl und Kunstrichtung in einem. Ihr und ihren Vertretern, Schriftstellerinnen und Schriftstellern wie Vicki Baum und Irmgard Keun, Alfred Döblin und Erich Kästner, sind in Deutschland nur wenige Jahre vergönnt. Die Literatur der Neuen Sachlichkeit wird bedrängt und verhöhnt von den Sachwaltern politischer Nützlichkeitserwägungen und in der Nazi-Zeit erstickt vom Schwulst einer pseudo-mythologischen und nicht selten rassistischen Zweckliteratur. 1929, das Jahr vor dem Umzug nach Berlin, wird für Ditzen privat und für die Gesellschaft im Ganzen zum Wendejahr. Die Erfahrungen in diesem intensiven, ökonomisch prekären und für ihn persönlich dennoch glücklichen Jahr haben ihn – sozial wie ästhetisch – aus seiner Isolation befreit.

Sieben Monate dauert die Niederschrift von »Bauern, Bonzen und Bomben« – über 600 Druckseiten sind in dieser Zeit neben der Arbeit im Rowohlt Verlag entstanden. Im August 1930, mitten im Schreiben, glaubt Fallada, sich bei Kagelmacher für den Roman entschuldigen zu müssen, als hätte er Verrat an einem gemeinsamen Kunstideal begangen: »Also, das Buch ist geschludert, aber, lieber Kagelmacher, soll ich Ihnen mal was erzählen? Anton und Gerda waren gearbeitet und noch heute finde ich sie gut (während der Gödeschal mir unerträglich ist). Wissen Sie, wie viel bis heute von A. und G. seit ihrem Erscheinen, also in netto 9 Jahren, verkauft sind? Noch keine 500 Exemplare. Arbeiten, Neese, jetzt will ich erst einmal Geld verdienen, außerdem macht es auch so Spaß, nur manchmal hat man einen Kater: was hättest du aus dieser Szene machen können. [...] Aber Sie wissen ja, ich bin immer ein schwacher Mensch gewesen und ich scheine jetzt genau so ein Schwein wie alle andern zu werden, während ich bisher ein Schwein anderer Art war.«

In Wahrheit ist das eher ein ästhetisches Rückzugsgefecht. Ditzen ist aus dem innerliterarischen Gefängnis ausgebrochen, aus dem selbstgemauerten Seminarraum, längst konnte er nach seiner Haftzeit in Greifswald und Neumünster, nach seinen Einblicken ins politische Getriebe einer Kleinstadt und der Konfrontation mit dem »wirklichen Leben« nicht mehr so schreiben wie in »Anton und Gerda«, längst ist aus Rudolf Ditzen Hans Fallada geworden.

Im Verlag begegnet er der literarischen Prominenz des Landes, etwa Kurt Tucholsky oder Joachim Ringelnatz, aber auch schillernden Gestalten wie Arnolt Bronnen und Ernst von Salomon. »Der Becher geht so lange zum Bronnen, bis er Brecht« ist ein geflügeltes Wort im literarischen Berlin der zwanziger Jahre. Bronnen, ein politischer Konjunkturritter, einst befreundet mit Brecht und Ernst Jünger, veröffentlicht 1929 seinen Oberschlesien-Roman »O.S.«. Peter Panter alias Kurt Tucholsky, Autor-Kollege bei Rowohlt, schreibt über »O.S.« in der »Weltbühne«: »Dieses Buch ist eine im Tiefsten gesinnungslose Pfuscherei.« Bronnen heiratet 1931 Olga Schkarina, Trauzeugen sind Ernst Jünger und Joseph Goebbels. Die Jungvermählte ist zugleich eine der rasch wechselnden Geliebten von Goebbels, dem Bronnen seine ehelichen Rechte bereits in der Hochzeitsnacht abtritt. Wie sich später herausstellt, arbeitet Olga auch für den sowjetischen Geheimdienst NKWD. 1935 nimmt sie sich das Leben.

Im gleichen Jahr veröffentlicht Bronnen unter Pseudonym einen »Enthüllungsroman« über den Rundfunk in der Weimarer Zeit, bei dem er selbst seit 1928 sein Auskommen gefunden hat: »[...] im Äther diktierte der pralle Wams tausend gemästeter Schweine Verdauungs-Frieden den hungernd keuchenden Millionen«, heißt es darin. Während seine früheren Arbeitgeber entweder im KZ oder im Exil sind, macht Bronnen, die »Hyäne in Rowohlts Kinderzoo«, wie Lektor Paul Mayer schreibt, seinen »Verdauungs-Frieden« mit dem NS-Regime: Er wird Reichsfernsehdramaturg beim »Fernsehsender Paul Nipkow« für monatlich 1000 RM. Probleme bekommt er wegen seines jüdischen Vaters, dem Adressaten des »Vatermord«-Stücks, das ihn berühmt gemacht hat. Er verleugnet ihn kurzerhand und gibt sich als Produkt einer Affäre seiner Mutter mit einem Unbekannten aus. Auch aus anderem Grund wackelt seine Position: »Er hatte früher – als dafür noch ein Markt war – zu viel Brunst geschrieben. Zu viel Mutterbeschlafung – zu viel Exzesse«, schreibt Carl Zuckmayer in seinem »Geheimreport« über die im Nazi-Reich verbliebenen Schriftsteller. Im Sommer 1944 schließt sich Bronnen einer kommunistischen Widerstandsgruppe im Salzkammergut an, wird nach Kriegsende Übergangsbürgermeister in Goisern und Mitglied der KPÖ. 1955 fühlt er bei Becher wegen einer Übersiedlung in die DDR vor. In Ost-Berlin wird er von Brecht und Becher protegiert, von den meisten Kollegen aber wegen seiner Vergangenheit geschnitten.

1930 soll Bronnen Falladas »Bauern, Bonzen und Bomben« gemeinsam mit dem Autor als Drama einrichten, Piscator hat Interesse an einer Inszenierung für die Volksbühne bekundet. »Ich weiß nicht, ich werde es kaum tun«, schreibt Fallada an die Eltern, »auch ist mir gerade Bronnen nicht sehr lieb.« Dennoch entsteht eine Bühnenfassung. Bei der Volksbühne wird man sich schließlich gegen eine Inszenierung des Stücks entscheiden. Man findet, die Position der Bauern sei zu positiv dargestellt, was nicht ins politische Weltbild der Theaterleute passt. Arnolt Bronnen bearbeitet später Falladas »Kleiner Mann – was nun?« als erste Produktion in der »Arbeiterschule für Hörspieler« bei der Berliner Funkstunde. Bronnens Roman »O.S.« ist das einzige Buch, über das die enge Verbindung zwischen Rowohlt und seinem Lektor Paul Mayer, der die Publikation strikt ablehnt, in die Brüche zu gehen droht.

Es ist eine sehr gemischte Autorengesellschaft, die Rowohlt um sich versammelt, was nicht nur am Interesse des Verlegers für schräge Persönlichkeiten liegt, sondern auch an seinem listigen Umgang mit den politischen Realitäten in Deutschland vor 1933. Dennoch ist es mehr als das Kalkül, in einem Freund von Goebbels einen im Fall der Fälle einflussreichen Fürsprecher zu haben, was Rowohlt an einem so schwierigen Charakter wie Bronnen festhalten lässt. So wie er dem kleinen Annoncenwerber Ditzen aus der schleswig-holsteinischen Provinz eine Chance gibt, sieht Rowohlt auch in Bronnen ein künstlerisches und menschliches Potential, das ihn anzieht. Noch im Nekrolog auf seinen Freund und Lieblingsautor Kurt Tucholsky beklagt der Verleger dessen »Abschlachtung« Bronnens, den Verriss von »O.S.« in der »Weltbühne«, »weil ich ja auch am persönlichen Umgang mit Bronnen meinen Spaß hatte«.

Und spaßig geht es dort, wo Fallada nun gelandet ist, nicht selten zu. Paul Mayer erinnert sich: »Wenn Joachim Ringelnatz mit einem seiner Spielzeuge erschien, mit einer Kindertrompete oder einem fliegenden Fisch, standen alle Räder still. Da blieb keine Türe geschlossen, jeder wollte den Ex-Matrosen Joachim Ringelnatz mit der Cyrano-Nase am Werk sehen. Am meisten Spaß hatte Rowohlt. Bevor aber ›Onkel Ringel‹ recht in Form kam, bat er, ihm eine Gurke zu beschaffen; solcher Appetit anregenden Mittel bedurfte er in den letzten Jahren, da er nur noch trinken und kaum etwas essen konnte. Der Besuch Onkel Ringels verzauberte alle ernsten Männer wieder in Kinder, die sie unter der Oberfläche männlichen Gehabens ja auch sind.« Als

Fallada später Geld hat, beteiligt er sich an einer kollektiv aufgebrachten Rente der Kollegen für Ringelnatz mit monatlich 50 Mark.

Ebenfalls nicht alltäglich ist der Umgang, den Lektor Mayer und Verleger Rowohlt miteinander pflegen: »Wenn wir allein waren«, berichtet Paul Mayer, »und er gut gelaunt war – er war es eigentlich immer, auch wenn gerade ein Akzeptchen lief –, übte er ein gymnastisches Spiel mit mir, das er ›Das Kunststück‹ nannte. ›Fünfundneunzig Pfund, das ist doch gar nichts.‹ Er konnte mich dreimal nacheinander in die Höhe stemmen. In späteren Jahren gelang es ihm nur noch zweimal; das bekümmerte ihn sehr.«

Inzwischen haben Ditzens Berlin verlassen, die Mietbelastung war auf Dauer zu hoch. Sie wohnen jetzt im östlichen Vorort Neuenhagen. Im Brief an Kagelmacher berichtet Ditzen: »Da fand ich durch Zufall hier draußen, ungefähr eine Bahnstunde von Berlin ab, dieses Siedlungshäuschen. 2½ Zimmer mit Küche und Keller und Boden und einem Gärtchen, das ganze Häuschen hat man für sich allein. 65 Mark Miete. […] Und weiß der Henker, es ist fabelhaft gemütlich bei uns, jeder, der zu uns kommt, findet es nett. […] Lieber Kagelmacher, es ist so schön bei uns, es gibt nie Streit, es ist immer Sonne und wenn ich je einen Menschen auf Gottes Erdboden geliebt habe, so ist es die Suse. Es ist heute wie am ersten Tag, es ist heute viel besser noch. Ich habe eine wundervolle Frau. Die Güte, die Ruhe, die Sanftmut, die Stille selbst. Keinen besseren, keinen treueren, keinen mutigeren Kameraden kann es auf der Welt geben.«

Anders als die möblierten Zimmer in Alt-Moabit mit Blick auf die Brandmauer und »Kupferberg Gold«-Werbung ist die Wohnung in Neuenhagen, »unser Häuschen, unsere Villa«, wie Rudolf den Eltern schreibt, nun keine Notlösung mehr: »Man kommt durch einen Vorbau auf einen kleinen Vorplatz, die einzige Tür führt in das Wohn- und Speisezimmer. Ganz geräumig, aber nicht sehr groß. Wie eben alles ein bißchen Puppenhaus ist. An dies Zimmer anstoßend das Kochgelaß, sehr praktisch eingerichtet mit einem Naragherd, von dem aus die große Wohnung beheizt wird. Also Zentralheizung von der Küche aus. Auch Warmwasseranschluß ist da. Praktische Regelung des Ausgusses mit Abwasch- und Warm- und Kaltwasserhahn. Gegenüber der Küche geht es in den großen kühlen, nach Norden liegenden Keller hinab. Ebenerdig ist der Ausgang zu einer hübschen Steinterrasse mit Pergola und daran anstoßend unser Gärtchen, eigentlich nur ein Gärtchenlein, aber Platz genug für einen Rundweg, allerlei Gebüsch, einen Rasenfleck und eine Sandkiste für den Jungen.«

Aus dem Angestellten Ditzen wird nur Monate nach seiner Ankunft in Berlin der Autor Fallada, aus dem Chef der Verleger. Allerdings läuft der Vertrag, der über den neuen Roman mit Rowohlt abgeschlossen wird, auf Suse, um die Einkünfte zunächst einmal vor den Gläubigern zu schützen. Er sieht vor, dass der Autor zugunsten eines höheren Werbeaufwands auf einen Teil seiner Einnahmen verzichtet. In einer letzten intensiven Schreibphase stellt Fallada in der zweiten Augusthälfte bis zum 2. September das Manuskript fertig.

Paul Mayer ist vom Buch angetan. Bereits eine Woche später geht eine Abschrift in den Satz. Die »Kölnische Illustrierte« will den Roman im Vorabdruck bringen, und der Autor macht sich – wiederum in Rekordzeit – an die Einrichtung des Manuskripts für den Abdruck als Fortsetzungsroman. Auf Wunsch der Zeitungsredaktion bekommt das Buch den schlagkräftigeren Titel »Bauern, Bonzen und Bomben«. Die eingängige Alliteration, der lautmalerische Coup hat Folgen für die Aufnahme des Buchs bei den Kritikern, weckt der Titel doch die falsche Erwartung, es ginge um ein mehr oder weniger politisches Statement des Autors zur Bauernfrage. 4000 Mark bringt der Vorabdruck ein, und nun kann Ditzen ein erstes Mal daran denken, ausstehende Forderungen aus den Unterschlagungen in Lübgust und Neuhaus zu begleichen.

Ditzen ist erschöpft. Das parallele Arbeiten im Verlag und am

Buch sowie die Anstrengung, die das Leben mit einem Kleinkind auf engem Raum neben aller Freude mit sich bringt, bleiben nicht ohne Folgen für die Gesundheit: ein Herzleiden aus seiner Jugendzeit bricht wieder aus. Auch Suse ist überfordert, ihre Nierenerkrankung ist nicht ausgeheilt, kurz vor dem Jahreswechsel bricht sie zusammen. Ditzen organisiert für sie zum Jahresbeginn 1931 einen sechswöchigen privaten Kuraufenthalt in Weimar, Uli kommt in die Obhut einer Tante, und er selbst bezieht vorübergehend ein Zimmer bei Bekannten in Berlin in der Nähe des Verlags in der Passauer Straße 8/9. Wie in der ersten Zeit in Neumünster gehen nun täglich Briefe hin und her: »[…] ohne Dich hätte ich nie wieder mit Schreiben angefangen und Du bist die eigentliche Mutter und Gebärerin von B.B.B.«, schreibt er ihr nach Weimar. Jetzt wird in den großen Städten des Landes Plakatwerbung für das Buch gemacht. Der stolze Autor berichtet vom Besuch bei Suses Schwester im Norden Berlins, wo Uli untergebracht ist: »Da habe ich immer meinen besonderen Spass: die einzige Säule vielleicht, an der noch ein Plakat von B.B.B. klebt, steht in der Janssenstr. (Am Nachmittag fanden Else und ich beim Spazierengehen mit Uli noch eine zweite Säule in Wittenau mit B.B.B.).«

Zum ersten Mal seit der frühen Zeit in Neumünster sind die beiden wieder für länger getrennt. In einem seiner vielen und langen Briefe blickt Ditzen auf die Zeit ihres Kennenlernens zurück: »Und wie ich Angst vor der Verantwortung bekam, mein altes verbrauchtes beschmutztes Leben und Du … Ist es nicht, als wäre es tausend Jahre her?« Und Suse antwortet: »[…] einer der schönsten Augenblicke in meinem Leben, den ich immer wieder mit dem gleichen Gefühl erlebe, ist der, wo Du mir den ersten Kuß gabst. Und zwar meine ich den Handkuß, Junge, wie Du von meiner Liebe für Dich noch gar nichts wußtest. Noch jetzt durchschauert es mich genau so wie damals.«

Der Roman mit dem kämpferischen Titel »Bauern, Bonzen und Bomben« erscheint im März 1931 in einer aufgeheizten politischen Situation. Es gibt über fünf Millionen Arbeitslose, von denen nur die Hälfte versichert ist. Kommunisten und Nationalsozialisten bekommen großen Zulauf und konkurrieren darum, das parlamentarische System durch eine Diktatur abzulösen. Derweil regiert Brüning mit Notverordnungen und setzt auf Sparen. Die Öffentlichkeit ist extrem gespalten, entsprechend fallen auch die Reaktionen auf den ersten »wirklichen« Fallada-Roman aus. Der von Goebbels redigierte »Angriff« meint eine Parteinahme des Autors für die Landvolkbewegung und gegen »das System« zu erkennen und lobt »Bauern, Bonzen und Bomben« als ein »ernstes und gutes Buch unserer Zeit«. Nicht anders behauptet Karl August Wittfogel in der von Johannes R. Becher herausgegebenen »Linkskurve«: »Fallada folgt völlig der faschistisch-nationalsozialistischen Auffassung. Nicht Großgrundbesitz und städtischer Kapitalismus sind es, die den Bauern in erster Linie aussaugen und in deren Auftrag die Regierungsmaschine faktisch arbeitet, sondern dieses republikanisch-parlamentarische System als solches ist nach F. die Ursache alles Übels.« Frida Rubiner schließt sich in Moskau in der »Inostrannaja Kniga« (»Internationales Buch«) dieser Argumentation an: Es handle sich um einen »faschistischen Roman«, hinter dem Pseudonym Fallada verberge sich ein »ehemaliger Führer der nationalen Bauernbewegung in Holstein und jetziger aktiver Nationalsozialist«.

Dabei erweist sich der Titel des Buchs in mehrfacher Hinsicht als irreführend. Nicht nur ist es kein Roman, in dem die Nöte der Bauern im Mittelpunkt stehen, auch ist dem Autor nicht an der Denunziation der SPD gelegen, mit der die meisten Kritiker und Leser den Begriff »Bonzen« verbinden. Vielmehr gehört der SPD-Bürgermeister Gareis, einer der Protagonisten, zu den wenigen positiv gezeichneten Figuren im Buch. Er trägt deutliche Züge des Bürgermeisters Lindemann, den Ditzen in Neumünster aus der Nähe erlebt hat. Überhaupt ist »Bauern, Bonzen und Bomben« ein klassischer Schlüsselroman – mit allen Missverständnissen, die sich daraus ergeben. Viele Charaktere und Geschehnisse sind zwar authentisch, Faktisches und Erfundenes gehen aber fließend ineinander über. »Bald schon kreisten die ersten Listen; jeder trug bei, was er so wußte«, erinnert sich eine Zeitzeugin in Neumünster noch über sechs Jahrzehnte später.

Jenseits dieser politischen Extrempositionen wird »Bauern, Bonzen und Bomben« positiv aufgenommen. In der »Weltbühne«, in der Ditzen zwei Jahre zuvor über die realen Ereignisse in Neumünster berichtet hat, die nun den Stoff seines Buches bilden, schreibt Tucholsky über den Roman, er sei »ein politisches Lehrbuch der Fauna Germanica. [...] Im Gegensatz zu diesen dummen Büchern gegen die ›Bonzen‹, wo der Sozialdemokrat nichts als dick, dumm und gefräßig ist und die andern rein und herrlich; wo die Arbeiter abwechselnd als verhetzt und unschuldig oder als blöde Masse geschildert werden, und wo sich die ganze Wut nicht zu Worte gekommener Zahlabendmitglieder entlädt – im Gegensatz dazu sind hier Menschen gezeichnet, wie sie wirklich sind: nicht besonders bösartig, aber doch ziemlich übel, mutig aus Feigheit, klein, geduckt alle zusammen – und niemand ist in diesem Betrieb eigentlich recht glücklich. [...] Was vor allem auffällt, ist die Echtheit des Jargons. Das kann man nicht erfinden, das ist gehört. Und bis auf das letzte Komma richtig wiedergegeben: es gibt eine Echtheit, die sich sofort überträgt: man fühlt, daß die Leute so gesprochen haben und nicht anders.«

Tucholsky, der die Republik bereits verloren glaubt, schließt seine Rezension mit einer Warnung: »Wenn sie dich kriegen, Hans Fallada, wenn sie dich kriegen: sieh dich vor, daß du nicht hangest! Es kann aber auch sein, daß sie in ihrer Dummheit glauben, du habest mit dem Buch den Sozis ordentlich eins auswischen wollen, und dann bekommst du einen Redakteursposten bei einem jener verängstigten Druckereibesitzer, die in Wahrheit die deutsche Presse repräsentieren. Obgleich und weil du den besten deutschen Kleinstadtroman geschrieben hast.«

Von vielen Rezensenten wird der Dialogstil hervorgehoben, das Zurücknehmen der Autorenposition, die, wie Robert Musil in einem Brief an Rowohlt schreibt, »Abneigung gegen das Abstrakte, Verbindende und Denkerische [...], die einerseits zur Lebendigkeit beiträgt, andererseits wahrscheinlich davon herrührt, daß Fallada auf diese Möglichkeiten pfeift«. Musil macht bei Fallada eine »lebendige Melancholie« aus, also in etwa das, was Fallada an Hemingway hervorhebt: »[...] es gibt keinen Autor –: und aus all dem steigt Traurigkeit auf, die Verlorenheit im Leben, unsere Ziellosigkeit, Ausgeliefertsein an das Schicksal.« Peter Suhrkamp und Siegfried Kracauer begrüßen diese »Standortlosigkeit« des Autors. »Man hat gefragt, auf welcher Seite der Verfasser steht, und hat keine Antwort gefunden. Das gilt heute als Vorwurf. Falladas Standpunkt ist nicht ein politischer, sondern die Stellung dessen, der das alles als Mitbürger erlebt hat«, schreibt Suhrkamp. Und Kracauer lobt in der »Frankfurter Zeitung«: »[...] die etwaige politische Überzeugung verstärkt sich nie zu einer das Buch bestimmenden Tendenz.«

»[...] ich habe nie einen Roman der deutschen Bauernnot schreiben wollen«, bekennt der Autor selbst in einem Brief an seine Schwester Elisabeth. »Da hätte ich erst einmal untersuchen müssen, warum es eigentlich dem Bauern schlecht geht [...]. Ein Roman über Not und nicht sagen, woher die Not, das geht doch eigentlich nicht. Aber jemand, der den wirklichen Roman gelesen hat, der hat gesagt, man hätte zum Schluß das Gefühl: Armes Deutschland – und ein anderer meinte: So kann es nicht weitergehen, das Gefühl hat man, und den Roman habe ich schreiben wollen und habe ich auch geschrieben.« Es ist, wie aus einem anderen Brief Falladas hervorgeht, sein Autor-Kollege Ernst von Salomon, der die Fahnen des Buchs gelesen hat und »Armes Deutschland« – und eben nicht »Arme Bauern« – resümiert hat.

Von Salomon, mit dem sich Fallada befreundet, teilt seine Erfahrung längerer Haftzeiten. »Salomon ist als junger Kadett mit ins Baltikum gegangen, hat Oberschlesien, den Kapp-Putsch, Ruhr mitgemacht und für den Rathenau-Mord das Auto besorgt«, berichtet Ditzen seinen Eltern: »Ein Abenteurer, ein verwirrter Mensch, aber die Erinnerungen sind fabelhaft interessant, auch glänzend geschrieben.« Von Salomon, wegen Beihilfe zum Mord an Außenminister Rathenau zu fünf Jahren Zuchthaus verurteilt, kommt nach einem versuchten Fememord 1927 ein zweites und nach einem misslungenen Bombenattentat auf den Reichstag 1929 ein drittes Mal in Haft. Mit Rowohlt soll ihn Arnolt Bronnen zusammengebracht haben. Seine Erinnerungen, auf Anregung des Verlegers in der dritten Haftzeit entstanden, erscheinen 1930 unter dem Titel »Die Geächteten«.

Ernst Rowohlt mag »seinen Bombenschmeißer«, beide bleiben über die Jahrzehnte befreundet. Von Salomon beschert dem Verlag nach dem Zweiten Weltkrieg mit dem »Fragebogen« – einer im Hinblick auf die Opfer des NS-Regimes auffällig empathielosen Abrechnung mit der amerikanischen Entnazifizierungspraxis – den ersten Bestseller der jungen Bundesrepublik. »Er ist grundsätzlicher Gegner alles Bestehenden, was es auch gerade sei. Sein politisches Schwätzchen erledigt mich immer vollkommen«, schreibt Fallada über Ernst von Salomon. Zugleich beschwert er sich gegenüber Suse über dessen Bevorzugung in Geldsachen: »Ich wäre garnicht so fuchtig, wenn kein Geld da wäre, aber die andern kriegen Vorschüsse über Vorschüsse, Salomon z. B. will jetzt ein Flugzeug für 9000 Mark kaufen, es Ernst Rowohlt taufen und damit nach China fliegen und darüber ein Buch und Berichte schreiben. Und all das soll und will Rowohlt bezahlen. Aber bei mir – Neese!« In mehreren seiner Bücher setzt Fallada dem Autor-Kollegen – der als Unterstützer seines älteren Bruders Bruno übrigens selbst eine Rolle beim Landvolk gespielt hat – ein literarisches Denkmal. In »Bauern, Bonzen und Bomben« ist es der Draufgänger Henning, der mit den Eigenschaften und Lebensdaten von Salomons ausgestattet wird.

»Bauern, Bonzen und Bomben« ist ein Kritikerbuch, der kommerzielle Erfolg bleibt aus, was nicht nur an der schlechten wirtschaftlichen Situation liegt. Tredup, der Journalist im Roman und das Alter Ego des Autors, nimmt in vielem die Figur des »Kleinen Mannes« vorweg. Aber eine politische Bühne mit einem

Figurentableau von 150 Personen, fast ausschließlich Männern, bietet weniger Potential für einen Bestseller als die emotional aufgeladene Szenerie einer Kleinfamilie, wie sie in Falladas nächstem Buch eine Rolle spielen wird.

Es wird eine erste Auflage von 6000 Büchern gedruckt, allein 686 Belege gehen an Presse und Autor, von März bis Anfang Juni werden 3200 Exemplare verkauft. Der enorme Werbeaufwand mit Plakatierungen in den Großstädten des Reichs schmälert zwar das Honorar des Autors, erfüllt aber seinen Zweck: Fallada wird bekannt, Zeitungen und Zeitschriften fragen wegen Rezensionen und Erzählungen bei ihm an, die erste Stufe auf der Leiter zum literarischen Ruhm ist erklommen.

Nun arbeitet er ohne Pause weiter, schreibt immer noch an einer Bühnenfassung des Romans, die bald verworfen wird, richtet das Buch für einen weiteren Zeitungsabdruck ein, verfasst allein in den acht Monaten bis Dezember 1931 zwölf Erzählungen und hat bereits über zweihundert Seiten eines Gefängnisromans zu Papier gebracht. Dieses Thema, so lässt er die Eltern wissen, sei ihm aber »für diese Sommertage zu finster«. Er kündigt ein neues Vorhaben an, das den provisorischen Titel »Pinneberg und sein Murkel« trägt.

Im Juni trifft die Wirtschaftskrise auch Rowohlt, der Verlag ist insolvent und muss seine Mitarbeiter entlassen, darunter auch Hans Fallada. Rowohlt, der Überlebenskünstler, hat im Hintergrund jedoch längst an verschiedenen Rädern gedreht und die Finanzierung für eine Neugründung unter gleichem Namen mit dem Haus Ullstein im Rücken auf die Beine gestellt. Wichtigster Berater dabei ist ihm sein alter Regimentskamerad Egmont Seyerlen. Fallada schließt den Vertrag über das Pinneberg-Buch bereits mit Rowohlts neuem Verlag. Für den entlassenen Angestellten bleibt finanziell vorerst alles beim Alten, da er für sechs Monate einen Vorschuss in Höhe des bisherigen Monatslohns erhält. Auch wenn die ökonomische Situation unsicherer als zuvor ist – jetzt kann er völlig frei über seine Zeit verfügen. Ab Oktober 1931 ist er das, was ihm bereits in seinen Jugendjahren als Ideal vorschwebte: ein freier Schriftsteller.

Fallada hat sein Leben in die eigenen Hände genommen und ist auf diesem Weg mit einer Geschwindigkeit vorangekommen, die atemberaubend ist. Vor vier Jahren noch ein Niemand im Gefängnis, von der Familie verstoßen, mit ungewisser Aussicht auf eine bürgerliche Zukunft, jetzt ein Teil der literarischen Prominenz in Berlin und Deutschland, glücklich verheiratet und Vater eines Sohns. Nur ein reichliches Jahr hat er gebraucht, um bei Rowohlt vom Hüter der Tür zum angesehenen Autor aufzusteigen. Das Tempo hat jedoch seinen Preis. Als er noch bei Rowohlt arbeitete, hieß es: aufstehen frühmorgens um vier, schreiben an den eigenen Vorhaben, um sieben ins Büro hetzen und von nachmittags bis in die Nacht zu Hause weiterarbeiten – das hält er nur mit Unmengen von Koffein und Nikotin durch. Die Sucht, erst noch in ihrer milden Variante, schleicht sich wieder in sein Leben ein.

Fallada hat ein Etappenziel erreicht, einen Achtungserfolg. Mit »Bauern, Bonzen und Bomben« zeigt er sich ästhetisch auf der Höhe seiner Zeit – aber schon mit dem nächsten Buch wird er der Zeit seinen Stempel aufdrücken.

VIERZEHNTES KAPITEL

Ich möchte einen Bauernhof haben mit zwei Pferden und sechs Kühen – Ich war ein bißchen zusammengeklappt – Aus Straßendreck Schönheit geformt – Eine Lehrerin, aber eine nette Lehrerin – Es gibt nur private Antworten

Im Heft 5 der Ullstein-Zeitschrift »Uhu« vom Februar 1932 präsentiert die Redaktion kurze Texte verschiedener Schriftsteller unter der Überschrift »Was mir in dieser Zeit als Wichtigstes am Herzen liegt«. Jakob Wassermann »brennt auf der Seele [...], daß die Freiheit aus der Welt verschwindet und die Menschen jeden Morgen ihre Portion Schlagworte hinunterfressen, wie man Gift schluckt, unter dessen Wirkung sie dann sinnlos das Unterste zuoberst kehren und alle Vernunft zum Teufel jagen; daß das wunderbare deutsche Volk in Gefahr ist, den Lockungen der Hetzer und den Lügen der Demagogen zur Beute zu werden, und daß dies der größte, der unheilbare Schmerz eines Schriftstellers ist, dessen Wohl und Wehe unabänderlich an dieses Volk geknüpft ist«.

Und was »brennt« Fallada »auf der Seele«? »Ich wohne eine Stunde von Berlin, in einem kleinen Siedlungshäuschen, zur Miete«, schreibt er in der gleichen Ausgabe des »Uhu«. »Und wenn sich einmal jemand zu mir herausverirrt, dann besichtigt er den kleinen Vorgarten, in dem die Rosen nicht recht wachsen wollen, und den Grasplatz hinter dem Haus, den eine Teppichstange schändet, und meine fünf Haseln, fünf Stachelbeeren, und er sagt schließlich: ›Alles ganz hübsch – aber warum wohnen Sie eigentlich hier draußen?‹ [...] Ich weiß ja so gut, all das mit dem Gärtchen ist erst Spielerei: ich gehe hinaus und grabe etwas: es ist nur eine Bestätigung von dem, was ich doch weiß, daß ich wirklich bin, trotz des Schreibens. Aber eines Tages möchte ich soweit sein, daß es nicht nur eine Spielerei ist, ich möchte einen

Bauernhof haben mit zwei Pferden und sechs Kühen. Ich möchte keinen Luxusbetrieb haben, soweit es geht, möchte ich die Wirtschaft selbst besorgen. Und dann erst, wenn ich nicht nur in der Natur spiele, sondern arbeite, werde ich schreiben können, ein Buch, das vielleicht so wirklich ist, wie ein Buch vielleicht sein kann. Dann wird alles viel einfacher sein, und meine Sorgen von heute werden gar keine Sorgen mehr sein.«

Es ist der Leitton des kommenden Buchs, der aus diesen Zeilen spricht, eines Buchs, das, als es im Juni 1932 erscheint, eine für Fallada typische Titelgenese hinter sich hat: »Der Pumm«, »Pinneberg und sein Murkel« und »Kleiner Mann«. Im Verlag wird daraus »Kleiner Mann – was nun?«, eine der eingängigsten Titelfindungen in der deutschsprachigen Literatur überhaupt, vielfach zitiert, paraphrasiert und parodiert bis heute. Im Larvenstadium des Vorhabens sollte »das Schicksal des kleinen Angestellten ohne besondere Fähigkeiten, eines von Hunderttausenden«, geschildert werden, schreibt Fallada im September 1931 in einem Exposé für Rowohlt. »Aber doch soll das Buch nicht trübe sein, er ist es ja auch nicht, er hängt ja am Leben, er lebt ja gern, und mit ihm erlebt der Leser die Spannungen seines Daseins wie: Wie kommen wir mit unserm Geld aus? Was macht das Kind? Werde ich gekündigt? Was wird nun? Was in sein Leben reicht, wird gezeigt: der Schwiegervater, der durch die Partei an eine Behörde gekommen ist, die Kollegen, die zu den Nazis gehen, der Schwager, der K.P.D.-Mann ist, die Arbeitgeber, die gleichgültigen, die ausnutzenden, die pedantischen. Die Misere der Krankenkassen, die Tätigkeit Arbeitslossein, die Plage Wohlfahrtsamt, die Wohnungsnot.«

Bereits im Sommer hat Fallada das Buchvorhaben seinen Eltern angekündigt. Er beginnt damit, sich »Material über die Lage der Angestellten anzusehen«, wie er in einem Rundfunkvortrag 1932 berichtet: »Wenn man netto zwanzig Jahre Angestellter gewesen ist, mit Stempeln und allem sonstigen, so braucht man eigentlich kein Material anzusehen. Man hat genug davon im Leibe. Und wenn ich mir den Fall genauer überlegte, merkte ich, daß mir selbst aus dieser Angestelltenzeit noch ein paar sehr dicke Knödel im Hals saßen, und daß die vielleicht ein Grund mit gewesen waren, daß ich meinen Pinneberg ganz selbstverständlich zum Angestellten ernannt hatte. Aber ich sammelte nun eben *doch* Material, ich las dicke Bücher, in denen statistisch das stand, was ich selbst am eigenen Leib erfahren ...«

Mitte Oktober beginnt er mit dem Schreiben. Dabei wird aus dem Roman über das Schicksal des Herrenkonfektionsverkäufers Pinneberg mehr und mehr ein Hohelied auf Lämmchen, die Frau seines Helden, die seiner eigenen Frau Suse in wesentlichen Zügen nachgebildet ist. In nur 13 Schreibtagen entsteht das erste Drittel des Buchs. Fallada formuliert viel schneller, als er schreiben kann. Krämpfe plagen ihn beim Schreiben mit der Hand. In den Pausen wird das Manuskript abgetippt und dabei schon korrigiert. »Ich saß darüber, ich schuftete, ich fluchte – und weiter schrieb ich, denn Romane schreiben ist eine Fleißarbeit, jeden Tag mein Pensum, und lieber noch ein bisschen mehr als das Pensum. Zum vertraglichen Termin müssen wir fertig sein, Pinneberg und ich. ... siehe, ich habe nichts gemerkt, ich bin am Tage spazierengegangen mit meinem Jungen, habe mit der Nachbarin geschwatzt, im Garten gearbeitet, ein bisschen gelesen – aber siehe, ohne daß ich es merkte, hat das Gehirn weiter gearbeitet, es ist alles vorbereitet, da sitze ich und schreibe es auf.« Suse erinnert sich später an die Zeit: »Mein Mann stand sehr früh auf, wenn es ihm keine Ruhe ließ, manchmal schon um drei Uhr. Von drei bis sieben war seine beste Arbeitszeit. Wenn er zum Frühstück kam, hatte er schon ein großes Pensum hinter sich. Nachmittags schlief er und fing dann noch einmal an zu schreiben. Dann mußte alles ruhig sein. Ich durfte nicht im Garten sitzen und mit dem Kind spielen, keine Geräusche durften wir machen.«

Wie sehr Fallada tatsächlich das Leben seines Protagonisten führt, wird an vielen Kleinigkeiten deutlich. Noch immer rechnet er, der kein Jahr später im Geld schwimmen wird, monatlich seine Einnahmen und Ausgaben penibel gegenüber den Eltern ab: Für Aufschnitt gibt die junge Familie im Oktober 1931 einen Betrag von 11,59 Mark aus, für Fleisch: 24,89 Mark. Da die beiden Positionen in der Höhe offensichtlich aus dem üblichen Rahmen fallen, versieht er sie mit einem Sternchen und merkt am Fuß der Seite an: »Aufschnitt, da ich nicht mehr in die Stadt komme, etwas Vorrat. – Fleisch, viel Sonntagsbesuch zum Essen gehabt.« Eine ähnliche Rechnung findet sich im entstehenden Roman als »Normal-Etat« der Familie Pinneberg wieder, der mit 200 Mark nur halb so hoch ist wie der des Schriftstellers.

Rowohlt bekommt am 16. November 1931 einen ersten Schwung des Manuskripts, Cheflektor Paul Mayer beginnt sofort zu lesen und ist begeistert. Er lädt Familie Ditzen in seine kleine Berliner Wohnung ein. Fallada bedankt sich und schreibt: »Für den Jungen brauchen Sie nichts außer einem halben Liter Milch besorgen, was der sonst braucht, bringt Suse mit [...]. Aber nun kommt eine Gewissensfrage: besitzen Sie einen Topp, einen Nachttopp Normalformats? Falls nein, bringen wir Ulis mit.«

Bis Mitte Dezember entsteht ein zweiter Schwung des Buchs, dann hat sich Fallada in der alten Konstellation seiner Figuren festgefahren. Er ist gereizt, alles stört: die Enge, der Termindruck, das Geschrei von Uli. Fallada versucht es mit Kaffee, mit Spaziergängen, fährt nach Berlin und betrinkt sich – längst sind die Vorsätze aus der Guttempler-Zeit aufgegeben. Seiner Schwester Margarete schreibt er im Weihnachtsbrief: »Ich war ein bißchen zusammengeklappt, zu viel Arbeit und Uli wegen Zähnekriegens besonders nöckrig und die Wohnung ja sehr klein, so daß ihm nicht zu entrinnen war, da bin ich für 14 Tage nach Hiddensee geflohen. Es war ganz herrlich, ich habe fantastisch viel gearbeitet, aber vor allem die See und der Sturm.«

Hiddensee ist die Erlösung. Fallada erinnert sich nach Erscheinen des Buchs: »[...] mitten im Winter, im halben Dezember fahre ich nach der Insel Hiddensee [...]. Und ich renne über den Strand, eigentlich friere ich immer, und dann suche ich Bernstein oder ich schwatze und trinke mit den Fischern – und immer wieder einmal zwischendurch gehe ich in mein Zimmer, und schreibe, schreibe […]. […] es ist wie ein Rausch, ich überschreite mein Quantum, ich schreibe in einem Tag das zweifache, das dreifache Pensum.« Eine Woche vor Heiligabend begleicht Fallada seine Rechnung im Gasthaus Freese, nimmt die Fähre in Neuendorf und reist zurück zur Kleinfamilie nach Neuenhagen. Schon am 10. Januar setzt er die Arbeit fort und kann das Buch am 19. Februar 1932 abschließen.

Rowohlt hat den richtigen Riecher und die richtigen Verbindungen, manchmal kommen zu seinen legendären Gelagen über hundert Gäste aus Politik, Wirtschaft, Medien, irgendeiner kennt immer irgendeinen, der jemanden kennt. »Auf breiten Tischen gab es Kaviar, Lachsbrötchen und andere Leckerbissen; der Durst wurde zunächst mit Pilsener und Schnäpsen und danach mit Moselwein gestillt«, erinnert sich Paul Mayer. Und Ernst von Salomon: »Nach Mitternacht aber […] ertönte in die beginnende Stille der Rowohltsche Kampfruf, ein plötzliches, wie zu einem gewaltigen Liede ansetzendes Gegröhle von urhafter Melodie und mit dem Text: ›Ich habe da ein Möselchen ….. ein Mööööööselchen ….!!‹ – Und dann wurde bis zum Morgen nur noch Mosel getrunken, Mosel und Mosel, – und dies waren die Stunden, in welchen auf den Schlachtfeldern noch die Verbrüderung stattfand, dies waren die Zeiten rührender Bekenntnisse, tiefster persönlicher Wahrheiten und spontaner Umarmungen für das ganze Leben […].« »Zeiten rührender Bekenntnisse«, die als Verbindlichkeiten nachwirken. Wer im großen Publikum weiß schon, dass der Rundfunkmensch Arnolt Bronnen Rowohlt-Autor ist, dass Peter Suhrkamp stellvertretender »Uhu«-Chefredakteur ist, einer der wichtigsten Zeitschriften der Weimarer Zeit, die im Ullstein Verlag erscheint, und Ullstein wiederum die größten Anteile am Rowohlt Verlag hält?

Nein, Erfolg lässt sich nicht erzwingen. Es können noch so viele euphorische Rezensionen erscheinen, Rundfunklesungen stattfinden, Anzeigen geschaltet und Plakate geklebt werden, wenn ein Buch nicht mitschwingt mit dem Empfinden der Zeit, wenn es keine Resonanz in der Stimmungslage der Leser findet, verkümmert es als Kritikererfolg. Dieses Buch aber schwingt mit der Zeit – auf eine vorher nicht gekannte Weise. Über sechs Millionen Arbeitslose gibt es in Deutschland und dazu Millionen, die in der Angst leben, bald schon auf die Straße gesetzt zu werden. Nie zuvor war das Zutrauen in die Grundlagen des Zusammenlebens so brüchig wie in diesen Jahren. Die Republik hat viele innere Feinde, aber entscheidend für ihr Scheitern werden wirtschaftliche Gründe: die Einschnürung des Landes durch die Lasten des Versailler Vertrags und die Weltwirtschaftskrise von 1929. Im Sommer 1931 liest Fallada die im Vorjahr erschienene »Angestellten«-Studie von Siegfried Kracauer, beide kennen sich auch persönlich. Doch in »Kleiner Mann – was nun?« ist die Theorie- und Statistiklektüre längst verdaut, nichts im Buch wirkt gekünstelt, alles ist selbst erlebt und durchlitten, die Armut, die elende Rechnerei, die Demütigungen und die Abstiegsängste.

Nur als Angestellter kann Pinneberg den Zustand der Ratlosigkeit glaubhaft verkörpern. Für den Proletarier scheint die Sache hingegen klar, er hat nichts zu verlieren und sucht sein Heil bei den Nazis oder den Kommunisten. Doch der Angestellte, der sich krampfhaft und mit scharfem Instinkt für den Abstand an die äußeren Merkmale seines Standes klammert, an Straßenanzug und Stehkragen, schwankt zwischen bürgerlichem Anspruch und proletarischer Wirklichkeit, in die er abzusinken droht: Die Angestellten, schreibt Kracauer, »nähren ein falsches Bewußtsein. Sie möchten Unterschiede bewahren, deren Anerkennung ihre Situation verdunkelt; sie frönen einem Individualismus, der dann allein sanktioniert wäre, wenn sie ihr Geschick noch als einzelne gestalten könnten. [...] Eine verschollene Bürgerlichkeit spukt in ihnen nach. [...] Die Masse der Angestellten unterscheidet sich vom Arbeiter-Proletariat darin, daß sie geistig obdachlos ist. Zu den Genossen kann sie vorläufig nicht hinfinden, und das Haus der bürgerlichen Begriffe und Gefühle, das sie bewohnt hat, ist eingestürzt, weil ihm durch die wirtschaftliche Entwicklung die Fundamente entzogen worden sind. Sie lebt gegenwärtig ohne eine Lehre, zu der sie aufblicken, ohne ein Ziel, das sie erfragen könnte. Also lebt sie in Furcht davor, aufzublicken und sich bis zum Ende durchzufragen.«

Viele erkennen sich in Pinneberg wieder, aber Lämmchen, seine Frau, das Lebensglück, das allen Kummer verblassen lässt, überstrahlt mit ihrer Popularität bei den Lesern die Figur des gutwilligen Tropfes, der vom Pech verfolgt wird. Um die Figur des Lämmchens beginnt ein Rummel, wie es ihn in der deutschen Literatur zuletzt mit dem Kult um Goethes Lotte gegeben hat. »Lämmchen ist eine vollständig neue Figur in der Literatur«, postuliert Peter Suhrkamp. »Die Verleger rennen herbei, alle möchten ›Lämmchen‹ haben, ›Lämmchenbücher‹ sind die unerhörte Chance kommender Jahre«, heißt es in der »Neuen Zürcher Zeitung«. Preisausschreiben werden veranstaltet: »Wie siehst du Lämmchen?«, fragt die »Schwäbische Tagwacht«. »[...] was ist das für ein herrliches Mädchen!«, begeistert sich ein zwanzigjähriger Buchhandelslehrling: »Welches Glück für jeden Mann, wenn er so ein Lämmchen heiraten darf!« Und Paul Ellbogen aus Berlin, den die Lektüre »zum grenzenlosen Weinen« bringt, schreibt an Fallada: »Pinneberg und Lämmchen werde ich NIE vergessen, lieber Herr Ditzen. Wer weiß, ob in fünfzig oder in hundert Jahren einer Ihr Buch noch verstehen wird, man kann daran zweifeln – aber heute versteht man es und heute weiß ein Mensch wie ich, daß es Ihnen (und ganz wenigen andern) gelungen ist, aus Straßendreck Schönheit zu formen.«

Preisausschreiben gibt es auch zur Rolle von Pinneberg im Roman. In der »Personal-Zeitung« werden die Leser gefragt, was Pinneberg hätte besser machen können, um den bekannten Filmschauspieler dazu zu bewegen, einen Anzug zu kaufen, auf diese Weise sein Verkaufssoll zu erreichen und am Ende des Monats nicht entlassen zu werden. Das Thema des Preisausschreibens und die Beflissenheit, die sich in den Zuschriften ausdrückt, geben einen Begriff von der großen Not der Zeit. Den mit 20 Mark dotierten Hauptpreis bekommt »Fräulein Maria Zillmann, Stargard in Pommern«, für einen besonders einfallsreichen Vorschlag: Pinneberg hätte leicht sehen können, so Maria Zillmann, dass der berühmte Filmschauspieler kein Interesse am Kauf eines Anzugs hat, daher »den Schauspieler um einen Augenblick Geduld« bitten und sich an seinen Chef wenden müssen: »Er schlägt vor, dem Schauspieler den Anzug für die Rolle zur Verfügung zu stellen und erbittet als Gegenleistung die Erlaubnis, das Bild des Filmschauspielers in das größte Schaufenster zu stellen, mit einer Widmung und dem Text: ›Unser Kunde‹. [...] Die nicht erreichte Umsatzquote würde auf diese Weise durch die gute Reklameidee wett gemacht worden sein.«

Eine Geschichte, die nahezu frei ist von Verwicklungen, Figuren, die in ihrer psychologischen Komplexität eher zurückhaltend angelegt sind, ein Stil, der das Gemüt anspricht, eine Sprache, die kaum vom Kästner'schen Kinderbuchton zu unterscheiden ist, dazu so etwas wie ein Happy End – und dennoch Kunst. Tatsächlich spielt alles Mögliche in den Roman mit hinein, Siegfried Kracauer und die Sorgen der Angestellten, die Not der Arbeitslosen, die Politik, die Freikörperkultur, aber im Kern ist es eine wunderbar melancholische Liebesgeschichte, die ihren Zauber aus der Absichtslosigkeit und ihre Glaubwürdigkeit aus dem persönlichen Erleben bezieht. Denn wieder schildert Fallada – nur leicht verfremdet – Schauplätze, Personen und Begebenheiten häufig aus eigener Anschauung: aus Drossen, wo er 1923 bei der Getreidehandlung Kippferling angestellt war, wird Ducherow, aus Georg Kippferling wird Emil Kleinholz, und schließlich bilden Pinneberg, Lämmchen und der Murkel die eigene Familiensituation ab, sehr zum Leidwesen Suses, die sich nur unwillig damit abfindet, von den Lesern als Lämmchen angesprochen zu werden.

Im Juni 1932, nur Tage nach Erscheinen des Buchs, meldet sich Jakob Wassermann bei Fallada – derselbe, der in der Zeitschrift »Uhu« das drohende Verschwinden der Freiheit angemahnt hat, während Fallada über seinen kleinen Garten schrieb.

Wassermann denkt aber nicht daran, ihm die Flucht in die Idylle, ins private Glück zum Vorwurf zu machen. Der große Erzähler schreibt: »Lieber Herr Fallada, um es ohne Umschweife zu sagen: Ihr Buch hat mich entzückt. […] Sonderbar, bei der völlig naturalistischen Methode, die Sie wählen und die Ihnen glückt wie kaum einem andern, hat man doch am Schluss den Eindruck, ein Volksmärchen gelesen zu haben, und gerade dieser balladeske oder märchenhafte Zug ist es, den ich am höchsten werte und der mir am meisten für Ihre schriftstellerische Zukunft verspricht. Da ist nichts Angelesenes und nichts aus zweiter Hand, alles ist aus der Quelle, und wenn Ihnen der Ausdruck dieser meiner aufrichtigen Empfindung etwas sagt und bedeutet, so bin ich zufrieden, es Ihnen schreiben zu können.«

Noch bevor das Buch in Druck geht, wird deutlich, dass Fallada einen Nerv getroffen hat. Im April sichert sich die »Vossische Zeitung« die Rechte zum Vorabdruck, fast fünfzig kleinere Zeitungen ziehen nach. Anfang Juni kommt es zu Verhandlungen mit der UFA über eine Verfilmung des Stoffs. Fallada fährt gemeinsam mit der Familie raus zu Rowohlt nach Grünheide. Hier, am südöstlichen Stadtrand von Berlin, besitzt der Verleger ein Haus. Nur hundert Meter entfernt hat sich in einer Art Schuppen sein »Bombenschmeißer« angesiedelt, Ernst von Salomon. In jener Zeit kommt Rowohlt nur an den Wochenenden nach Grünheide, wo seine Frau Elli, mit der er in dritter Ehe verheiratet ist, und Tochter Elisabeth, von allen nur »Baby« genannt, dauerhaft wohnen. »Das kleine Mädchen war Geist von seinem Geist und Fleisch von seinem Fleisch«, erzählt Paul Mayer. »Als wir bei Besichtigung des Hauses in Grünheide in das Badezimmer kamen, fragte Rowohlts Jüngste: ›Soll ich mal in die Badewanne pinkeln?‹ Dem strafenden Blick der Mutter begegnete sie mit der klar und laut gesprochenen Einwendung: ›Der Alte tut's doch auch.‹« Zum Leidwesen der Mutter dressiert Rowohlt »Baby« in den frühen Nazi-Jahren darauf, den »Deutschen Gruß« zu parieren mit den Worten: »Rot Front! Ein Arsch ist blond!«

Fallada nutzt die Gunst der Stunde und handelt mit Rowohlt einen Generalvertrag aus. Alles läuft bestens. Zurück in Neuenhagen, erbittet er noch eine Sonderbedingung, die im Vertrag zu berücksichtigen wäre: »Wenn ›Preise‹, Kleist- oder am nächsten liegend der Nobel-Preis an mich fallen sollten – die bleiben doch völlig draußen?« Es gibt in dieser Zeit nur gute Nachrichten, das Geld für den Vorabdruck in der »Vossischen« reicht aus, um alte Arztrechnungen zu begleichen, Suse mit Uli zu Verwandten nach Hamburg zu schicken und einen Ostseeurlaub zu planen. Die Eheleute schreiben sich täglich. Fallada berichtet Suse von seinem Besuch im Verlag und vom Fortschritt der Arbeiten: »Und wer ist auf der Titelseite? Du!!! D.h. Lämmchen, aber hat doch dieser Schurke von Grosz, der Dich doch nur vor netto drei Monaten einen Abend lang gesehen hat, Dich ausgezeichnet getroffen, wie Du halb kauernd vor der Krippe sitzt mit dem Kindlein.«

Zwei Tage nach der Abreise von Frau und Kind besucht Fallada eine alte Freundin, Lore Soldin. Suse berichtet er darüber in einem mehrseitigen Brief und tastet sich dabei von der Beschreibung der Radieschen im Neuenhagener Garten über den gemeinsamen Besuch bei Lores Freundin Gertrud Braden behutsam zum eigentlichen Thema vor: Fräulein Braden, schreibt er, sei »eher klein und schmal, mit einer Brille, eine Lehrerin, aber eine nette Lehrerin. Dann kam der Rundgang durch die Lokale, wir wurden alle ein bisschen duhn und gingen dann zusammen zu Lore und schließlich gingen Braden und ich zusammen schlafen. [...] Sie war so glücklich, es hat sie wirklich froh gemacht, sie ist ein kleines einsames Wesen – und auch Lore war so glücklich. Ihr einziges Bedenken warst Du. Ich hab gesagt: Ach Suse, die versteht das schon. Da brauchst Du Dich nicht zu sorgen, Lore. – Ja, wenn Du dessen sicher bist, sagt sie. Und nun, da ich Dir dies schreibe, bin ich nicht einmal ganz sicher, vielleicht tut es Dir doch weh, aber das muss es Dir nicht tun, für mich war es nicht viel, wenn ich sie nicht wiederseh, mir tut es nicht weh.«

Suse lässt ihn nicht lange zappeln und antwortet schon am Abend auf den Eilbrief, den sie mittags erhalten hat: »Du kennst ja meinen Standpunkt in diesen Dingen, Du sollst *immer* Herr über Dich sein, Du sollst Dich *nie* gezwungen & gebunden durch mich fühlen & sollst tun, wozu es Dich treibt, & ich bin froh, wenn Du mir alles erzählen kannst & magst. Denn ich bin so sehr ein Teil von Dir, daß ich keine Geheimnisse zwischen uns ertragen kann. Ob Du mir damit weh tust, ist eine andere Frage & letzten Endes ja gleichgültig. Ich will ja eben nur Dich glücklich wissen.« Briefe gehen hin und her, die frei sind von Taktik, frei von den üblichen kleinen Machtspielen. Suse weiß, dass eine Souveränität, die auf dem Papier behauptet wird, nicht viel wert ist. Sie lebt mit der Konsequenz ihrer Entscheidung für den Menschen und Künstler Fallada, für »ihren Jungen«, bis an die Grenze der Selbstverleugnung und noch ein bisschen darüber hinaus. »Der Junge« aber ist durchaus zerknirscht, ihn zieht es nach Hamburg: »Ich habe die Entdeckung gemacht, dass ich Einsamkeit einfach nicht mehr vertrage, damals in Hiddensee, das war beinahe derselbe Zustand. Gottlob bin ich jetzt wieder über den Alkohol weg, ich ekle mich davor, und habe [...] den Abend mit Grosz bei Rowohlt abgesagt. Das geht alles nicht mehr.«

Im Juni fährt die Familie zum ersten Mal in einen gemeinsamen Urlaub. Es geht nach Kölpinsee auf die Ostseeinsel Usedom. Noch in letzter Minute hat sich ergeben, dass in Rekordzeit ein Treatment für die UFA fertig werden muss. Auch bekommt Fallada erste Exemplare von »Kleiner Mann – was nun?« und verschickt sie an Freunde und mögliche Förderer. Als das Buch ausgeliefert wird, ist die Familie an der Ostsee. Die zahlreichen Fotos, die von diesem Urlaub überliefert sind, vermitteln einen unbeschwerten Eindruck. Dennoch haben die Monate der Selbstüberforderung, die Abstürze Falladas und sein leichtsinniger Betrug Spuren hinterlassen. Dem Freund Kagelmacher schreibt er: »Sie wissen ja, wie es mit Suse und mir ist, es gibt Schwankungen, denn ich werde ja wohl nie so ein richtiger edler Mensch werden, aber es gibt nichts Ernsthaftes und es ist schön wie eh und je und Suse macht alles leicht, auch die Umkehr von Dummheiten und Gedankenlosigkeiten.«

Aus der Ferne versorgt Rowohlt sie mit immer neuen Erfolgsmeldungen. Die renommiertesten Verlage in den USA, in England, Frankreich, Schweden und Dänemark reißen sich um Lizenzen für das neue Fallada-Buch, die zweite Auflage wird schon geplant, mit einer neuen Titelzeichnung auf dem Schutzumschlag, da viele Leser die Grosz-Zeichnung von Lämmchen offenbar als »unbewußt satirisch« empfinden, wie Peter Suhrkamp an Fallada schreibt, »und gerade diesem Roman von Ihnen geht Satire absolut wider den Strich«. Fast noch wichtiger als das Geschäftliche sind die wiederholten und dringlichen Bitten in den Briefen Rowohlts, ihm geräucherte Aale per Eilboten nach Grünheide schicken zu lassen, »zwei sehr schöne Spickaale, ganz, ganz frisch«, und zwar gleich »nach Empfang dieser Zeilen [...]. Ich wollte Ihnen das nämlich schon am Sonnabend am Telefon sagen, und jetzt bin ich sozusagen scharf wie ein Flitzebogen darauf. Mir läuft schon in Gedanken das Wasser im Munde zusammen [...].«

Jetzt kommen auch die ersten Rückmeldungen aus der Verwandtschaft und von Kollegen. Seine Schwester Elisabeth gratuliert ihm und will wissen: »Wie nennst Du Dich eigentlich, Falláda oder Fállada? Die Menschen sind schon beim Märchen nicht so sicher. Ich habe immer den Rhythmus Falláda gesagt ...« Suhrkamp schreibt: »In den letzten Tagen habe ich nun doch den ›Kleinen Mann‹ vorgenommen. Das Ergebnis ist, daß ich Sie nun noch mehr liebe. Sie wissen, es ist nicht meine Art, Liebeserklärungen abzugeben, aber in diesem Fall kann ich es nicht anders sagen, denn das Wertvollste in dem Buch ist die große Gefühlsechtheit und die anständige Ehrlichkeit. Nicht nur, was Sie schreiben, stimmt. Was mehr ist, die Perspektive stimmt, ein echtes völlig unliterarisches Lebensgefühl steht dahinter.«

Mit dem Erfolg am Buch wächst auch das Interesse an der Person des Autors. Für die verschiedenen Anfragen bittet ihn Rowohlt um einen kurzen Lebensabriss. Einvernehmlich werden die problematischen Episoden der Biographie überspielt. »[…] sie wissen ja«, schreibt Fallada, »daß der übergroßen Präzisheit einige Hindernisse im Wege stehen – und [beim] Schwindeln möchte ich mich doch auch nicht erwischen lassen.« In seiner Selbstauskunft bezeichnet er sich als einen »schüchterne[n] und ängstliche[n] Mensch[en], der nie das ›nötige Selbstvertrauen‹ erreichte«. Ein Leben lang wird er – nicht immer mit Erfolg – dem Drängen nach öffentlichen Auftritten widerstehen, auch unter dem Vorwand, in solchen Situationen ins Stottern zu geraten.

Rowohlt schickt Exemplare vom »Kleinen Mann« an berühmte Schriftsteller wie Thomas Mann, Hermann Hesse und Robert Musil und bittet um kurze Statements. Die Resonanz ist durchweg positiv. »Über ›Kleiner Mann – was nun?‹ nur soviel, daß ich seit langem nichts so Liebenswertes gelesen habe wie dies Buch«, schreibt Thomas Mann. Anders als bei ähnlichen Bekenntnissen des viellobenden Schriftstellers ist davon auszugehen, dass er das Buch tatsächlich gelesen hat, seine Tagebücher bezeugen ein anhaltendes Interesse an Fallada. Der Nobelpreisträger fährt mit der für ihn typischen Ironie, den Zweck der erbetenen Stellungnahme durchschauend, fort: »Alle Welt spricht mit hellem Entzücken davon. Man hat es verfilmt, man hat ein Hörspiel daraus gemacht. Es fehlt nur, wie es scheint, daß man das Buch auch kaufte – ein berechtigter Wunsch von Ihrer und des Autors Seite; ich möchte ihn hiermit befürworten.« Hermann Hesse lobt »die Wahrhaftigkeit in der Darstellung des Milieus«, und Musil schreibt: »In Falladas Büchern ist Menschengeruch. Das Leben zappelt in ihnen. Es entzückt durch seine Natürlichkeit.«

Über 750 Besprechungen von »Kleiner Mann – was nun?« haben sich im privaten Archiv des Schriftstellers überliefert, die meisten davon fallen positiv bis euphorisch aus, sogar in den kirchlichen Presseorganen. In vielen Rezensionen finden sich dieselben Worthülsen wie »Millionenheer der Arbeitslosen«, »Stehkragenproletariat« und »naturalistische Kleinmalerei«, vielfach werden die erotischen Stellen als »überflüssig« oder »geschmacklos« beurteilt. Zuckmayer lobt in der »Vossischen Zeitung«: »Er hat etwas geschaffen, was weit über den sogenannten ›Zeitroman‹ hinausgeht, auch weit über die Kategorie des Nur-Realistischen, Abgeschilderten, Aus-der-Nähe-Gesehenen; – er hat eine Welt voll Enge, Dumpfheit, Muffigkeit, voll schlechter Luft und üblen Odems, so zart gedichtet, so zart und stark, daß sie erlöst wird aus ihrer Finsternis, und Duft, Glanz, Wärme bekommt: den Duft der Jugend – den Glanz der heimlichen Hoffnung, die nicht ersterben kann, so lange ein Herz schlägt – die Wärme der wahren, der unverlogenen, der einzig schöpferischen Liebe zum irdischen Wesen, zur Kreatur, ohne die es auf der Welt niemals einen Dichter gab und geben wird.«

Herbert Ihering urteilt im »Börsen-Courier« zurückhaltender. Er schreibt zunächst über den Erfolg des Buchs: »Es wird verschlungen in den Bahnen und den Büros. Kein Buch wird so verliehen, kein Buch wandert so von Hand zu Hand. Wie man früher einen Chaplin-Film in den größten Theatern und in den kleinen Bumskinos sehen konnte, so wird ›Kleiner Mann – was nun?‹ in allen Lebenslagen gelesen.« Um dann fortzufahren: »Die Grenze zum Kitsch ist eingebogen. […] Fallada gibt der kleinbürgerlichen Enge einen leisen Karl-May-Schimmer, einen leichten phantastischen Dreh, einen kleinen sympathischen Schwindel – und die Wirkung ist märchenhaft. Niemals ist der Erfolg eines Buches erklärlicher gewesen als dieser. […] Die Mischung hat es gemacht. Die Mixtur aus Lebensschwierigkeit und Lebenshoffnung. […] Ein Erfolg der Lebenslüge.«

Obwohl es Pinneberg am »Klassenstandpunkt« fehlt und die Arbeiter im Buch nicht gut wegkommen, urteilt auch die kommunistische Presse vorwiegend positiv. Neben einzelnen Querschlägern – so sorgt sich etwa der Vorsitzende des Reichsverbands für Freikörperkultur um das Ansehen der deutschen Nacktkultur im Ausland – gibt es nur zwei Gruppen, denen das Buch überhaupt nicht passt. In den Fachzeitschriften der vier großen Angestelltenverbände wird »Kleiner Mann – was nun?«

aus unterschiedlichen Gründen abgelehnt, die letztlich alle darauf hinauslaufen, dass die Rezensenten den Standesvorteil ihrer Mitglieder gegenüber dem Proletariat in Frage gestellt sehen.

Auf harsche Ablehnung trifft das Buch darüber hinaus bei den Nationalsozialisten. Hanns Johst – Falladas älterer Mitschüler auf dem Leipziger Königin-Carola-Gymnasium, der nach 1945 von sich sagen wird, er sei »für die Intellektuellen zu dämlich und für die Dummen zu intellektuell«, der schon bald der einflussreichste Literaturfunktionär im Dritten Reich sein wird, Nazi bis zuletzt – schreibt über »Kleiner Mann – was nun?« und dessen Protagonisten Pinneberg: »364 Seiten Prosa sind für solch einen Waschlappen um die 360 zuviel. Selbstverständlich gibt es Hunderttausende von dergleichen kleinen Männern in der Welt – hat es immer gegeben – wird es immer geben ... Der Blickpunkt auf diese Minderwertigkeit ist aber allmählich überlebt. Nicht dieses lasche Mitleid mit den wehrlosen Opfern ihrer Umwelt, sondern das Leiden wehrhafter Charaktere gilt es endlich einmal wieder zu gestalten!« Der in der NS-Zeit einflussreiche Germanist Hellmuth Langenbucher konzediert, der Autor könne zwar erzählen, doch fehle ihm »jedes Schicksalsgefühl [...], darum ist es keine Dichtung«. Langenbucher urteilt, Fallada sei in diesem Buch »nicht der Dichter, sondern nur der *Remarque der Arbeitslosigkeit*«.

Wenn Johst den »kleinen Mann« Pinneberg als »Waschlappen« bezeichnet, kommt Jahrzehnte später aus einer ganz anderen politischen Richtung, aber gleichfalls mit einem funktionalen Verständnis von Literatur Helmut Lethen diesem Urteil sehr nahe: »Die Privatheit der Rettung erscheint als Ausdruck der Unmöglichkeit, Widerstand kollektiv zu organisieren. Pinnebergs Liebe ist das Kompliment seiner Angst.« Fallada ist, wie schon in »Bauern, Bonzen und Bomben«, auf keine politische Richtung festzulegen und wird vom Verlag, der eine möglichst weite Akzeptanz und damit Verkäuflichkeit anstrebt, darin bestärkt. Das sorgt in der Rezeption teilweise für Irritation und Kritik. Bernard von Brentano, der den Autor um Klärung bittet, bekommt zur Antwort: »[...] was meine politische Einstellung oder die meines Pinneberg angeht, so ist es doch so, daß heute der Angestellte in den meisten Fällen eben nicht Stellung nimmt. Er pendelt – und vor den extremen Parteien hat er einen Horror (solange er noch Stellung hat). Ob ich, der Autor, das für richtig halte, hat meiner Ansicht nach nichts mit dem Buch zu tun. Da will ich nur zeigen: so ist es heute.«

Fallada möchte es dem Leser nicht abnehmen, selbst »aufzublicken und sich bis zum Ende durchzufragen«, wie Kracauer es ausgedrückt hat. Dennoch bleiben ihm die Briefe der Leser nicht erspart, die von ihm auf die Frage »Was nun?« eine Antwort erhoffen, die sie im Buch nicht gefunden haben. »*Ich* weiss schon eine Antwort«, heißt es in Falladas Manuskript für den Rundfunk, »und ich habe sie ja auch hingeschrieben, meine Antwort heisst Lämmchen. Aber ebensogut weiss ich, dass dies nur eine Einzelantwort ist, dass es keine Antwort gibt, die für alle gilt. Es gibt nur private Antworten, für jedes Schicksal eine andere, ich habe es gut gemeint mit meinen Pinnebergs, hätte ich es denn durchaus übel meinen sollen mit ihnen?«

Zumindest erwogen hatte er es, wie aus einer Geschichte hervorgeht, die bereits im Februar 1932 in der »Frankfurter Zeitung« zu lesen war und die ein alternatives, weniger idyllisches Ende nahelegt. Hunderte Zuschriften kommen nun, und Fallada lässt es sich nicht nehmen, sie alle zu beantworten. Hatte er Bernard von Brentano gleich nach Erscheinen des Buchs noch in Aussicht gestellt, in »zwei oder drei Jahren« eine Fortsetzung des Romans unter dem Titel »Der Siedler« zu schreiben, enthält er sich später solchen Versprechungen. »[...] mein Buch«, schreibt er einem Leser im November 1932, »ist der Glaube an die Anständigkeit des Menschen und der Appell an diese Anständigkeit. Sie haben Ihre Nöte, Ihre schweren Nöte und Sorgen, und weiß Gott, ich wollte, ich könnte Ihnen etwas anderes sagen, als das, was ich eben getippt habe. Aber ich weiß nichts anderes, und ein Narr gibt mehr, als er hat.«

Nun wird die ganze Verwertungskette bedient, der Stoff wird

dramatisiert, als Hörspiel eingerichtet, Zeitschriften reißen sich um Beiträge von Fallada, nicht nur in Deutschland, auch in den USA, wo «Little Man, What Now?« im Mai 1933 zum »Book of the Month« gewählt und ein Film nach der Fallada-Vorlage gedreht wird. Clifton Fadiman vom US-Verlag Simon & Schuster fragt an: »Sollten Sie durch irgendeine glückliche Fügung gefragt werden, ob Sie nach Hollywood kommen könnten, wäre es Ihnen möglich, Deutschland zu verlassen?« Fallada lehnt ab: »Nach Hollywood will ich [...] nicht, keinesfalls.«

Bemerkenswert ist auch die bis heute anhaltende Wirkung. Als der Roman 2016 zum ersten Mal in der vollständigen Originalfassung im Aufbau Verlag erscheint – das ursprüngliche Manuskript war 1932 vor dem Druck um nahezu ein Viertel gekürzt worden –, wird er wiederum ein Kritiker- und Publikumserfolg.

Fallada ist auf der Höhe des Ruhms angekommen. Gerade einmal acht Jahre ist es her, dass Ditzen in seiner Geburtsstadt Kohlen ausgefahren hat, als Strafgefangener vor einen Karren gespannt, in unbeobachteten Momenten Zigarettenkippen von der Straße auflesend. Noch vor fünf Jahren saß er in Neumünster im Gefängnis, und die Jahre darauf verbrachte er in äußerster materieller Bedürftigkeit. »Der Übergang war zu plötzlich«, erinnert sich Fallada Jahre später in »Heute bei uns zu Haus«, »aus dem Sparsamen, dem Überängstlichen wurde ein Verschwender. [...] Suse hielt getreulich zu mir. Sie machte alle diese Fahrten mit, sie brachte mich nach Haus, sie legte mich ins Bett, sie tröstete mich in meinem Kater. Sie verlor nie den Mut. Sie erhob nie Einwendungen gegen die Art, wie ich das Geld verschwendete: es war ja mein Geld, ich hatte es verdient. Und dabei brachte sie es allmählich fertig, daß ich zur Einsicht kam, so konnte es nicht weitergehen.«

FÜNFZEHNTES KAPITEL

Die Villa lag ganz am Ende des Dorfes – Wir wollen Göring kokeln helfen! – Es wimmelte nur so von S.A.-Leuten – Ein dicker Goldbonze nutzt die Notlage eines Volksgenossen aus – Solch kleines Wesen, es hatte nur ein paar Mal kläglich geschrien, dann war es gestorben – Das Haus ist ein richtiges altes Gutshaus, urgemütlich

Das Jahr 1932 ist für Fallada eine Ausnahmezeit. Er muss die Folgen seines Welterfolgs verkraften. Das Geld sprudelt nur so, 30000 Mark verdient er in der zweiten Jahreshälfte, plötzlich wollen alle etwas von ihm, überall steht er im Mittelpunkt. Er lässt in seinem Schreibpensum kaum nach, selbst im Urlaub auf Usedom nicht. Schon seit dem Frühjahr sind Geschichten von ihm in verschiedenen Zeitungen und Zeitschriften erschienen, in der »Frankfurter Zeitung«, der »Vossischen Zeitung«, im »Uhu«, in der vom Schriftstellerkollegen Ehm Welk redigierten »Grünen Post«, im »Tempo«, in »Velhagen und Klasings Monatsheften« und in der auflagenstarken »B.Z. am Mittag«. Mittendrin schreibt er gemeinsam mit Heinz Dietrich Kentner an einem Hörspiel. In den ersten Wochen an der Ostsee arbeitet er aus Gefälligkeit einen Romanentwurf seines Freundes Geyer um.

Die ungeheure Arbeitsfülle und das mörderische Schreibtempo bezahlt er mit Depressionen und Abstürzen, die in immer kürzeren Abständen aufeinanderfolgen. In den Zeiten, die er aus beruflichen Gründen in Berlin verbringt, enden die Tage häufig am Tresen. Turbulenzen gibt es aber nicht nur in Falladas Privatleben. Die Zeit ist aus den Fugen. Nach den Wahlen Ende Juli 1932 ziehen die Nationalsozialisten als stärkste Partei in den Reichstag ein, mehr als die Hälfte der Wähler stimmt für radikale Gruppierungen, die offen eine Abschaffung der demokratischen Ordnung anstreben. Die Weimarer Republik ist, für jeden sichtbar, gescheitert. Straßenkämpfe und Saalschlachten zwischen Nazis und Kommunisten nehmen bürgerkriegsähnliche Ausmaße an, am Tag nach den Wahlen kommen in verschiedenen Städten des Reichs zwanzig Menschen ums Leben. Göring wird Reichstagspräsident, er vertagt Ende August die Volksvertretung auf unbestimmte Zeit – regiert wird mit Notverordnungen am Parlament vorbei. In der Breite herrscht das Bewusstsein vor, dass nichts mehr geht und alles, was kommt, nur besser sein kann als das »Parteiengezänk«, als dieses politische System, das unfähig ist, für Arbeit, Brot und Frieden zu sorgen. Nicht wenige sehen in jener Zeit – und noch weit in die Jahre der NS-Diktatur hinein – in Hitler den starken Mann, der in der Lage ist, mit einem autokratischen Übergangsregime wieder geordnete Zustände herzustellen.

Während die Agonie der Weimarer Republik in immer neuen Fieberschüben voranschreitet, flackert bei Fallada wieder der Traum vom eigenen Hof auf. Ein erster Versuch war bereits ins Leere gelaufen. Ein Direktor der Shell AG, der für die nahe Zukunft blutige Unruhen samt Hungersnöten in den Städten voraussieht, will sein Geld im Januar 1932 in einem Gut anlegen und Fallada als Verwalter anstellen. Der ist nicht abgeneigt. Seinen Eltern gegenüber, bei denen er, vermutlich zu Recht, Skepsis vermutet, begründet er diese Idee mit den ungewissen Zukunftsaussichten: »Kommen tatsächlich Unruhen dazu, kommen die Nazis ans Ruder, so sind die Zeitungen, für die ich heute schreibe, tot und ich bin ganz ohne Einnahmen.« Kagelmacher wird beauftragt, sich nach einem geeigneten Objekt umzusehen, erweist sich aber als völlig ungeeignet für diese Aufgabe. Fallada findet schließlich selbst ein Gut, doch der Plan scheitert, weil in Mecklenburg nur Landwirte einen Hof erwerben können. Aus demselben Grund schlägt auch ein zweiter Versuch fehl, nach dem Bucherfolg nunmehr aus eigenen Mitteln und gemeinsam mit Hans Joachim Geyer, dem Freund aus Radacher Tagen, ein Gehöft im mecklenburgischen Ganzlin am Plauer See zu kaufen. Es ist nicht nur die alte Sehnsucht des Einzelgängers nach wirtschaftlicher Unabhängigkeit, es sind auch die Zustände in Neuenhagen, die Enge der Behausung, die Nähe der Großstadt mit ihren Verlockungen, die zum Handeln zwingen: »Ich wußte wirklich nicht mehr, was alles ich anfangen sollte, und ich war auf dem allerbesten Wege, meine Familie, meine Arbeitslust und meine Gesundheit zu ruinieren, mein Vermögen dazu, als Freunde und meine Frau mich schließlich bestimmten, vor diesem wahren Goldrausch aufs Land zu fliehen.«

Diese Flucht vollzieht sich in zwei Etappen, deren erste Berkenbrück ist – ein Ort im Osten Berlins, nahe Fürstenwalde, ein Grundstück direkt an der Spree, ein paar hundert Meter vom Dehnsee entfernt, ringsherum nur Wald. Fallada schreibt an die Eltern: »Ihr müßt Euch denken, man geht eine ganz einsame Waldschneise von der Station, etwa 20 Minuten, immer durch Kiefern. Dann kommt man auf eine Lichtung, rechts hinten sieht man das Dorf, hinter sich, links vorne ist alles Wald, aber hier liegen nun die paar Häuser in ihren großen Gärten nebeneinander. (Daß hinter den Häusern die Spree fließt, das sieht man nicht, weil das Gelände nach der Spree zu abfällt. Aber links blinkt durch die Bäume ein großer See, der Dehnsee, direkt dabei.) Man kommt in einen großen Obstgarten (das ganze Grundstück ist 8000 m, also über drei Morgen groß), rechts ist ein Blumengarten mit großen Rasenflächen, dann kommt man auf einen kleinen gepflasterten Hof. In der Mitte steht ein Walnußbaum, an drei Seiten stehen Wirtschaftsgebäude, Holzschuppen, Ställe, die jetzt aber alles Vieh sind. Geradezu ist das Wohnhaus, ein ganz einfacher Bau mit einem Türmchen, unten Ziegel, oben braun verputzt.«

Hier bezieht die Familie Mitte November das obere Stockwerk mit fünf geräumigen Zimmern und einem Balkon mit Spree-Blick. Fallada lässt sich Telefon legen, um Wege nach Berlin zu sparen, die Nummer ist leicht zu merken, es ist die 10. Das untere Stockwerk wird von den Vermietern bewohnt, den Sponars, einem älteren Ehepaar. Fallada erinnert sich nach einem Dutzend Jahren an seinen Hauswirt: »Er, Sponar, ein Siebziger, mit einem glatten flächigen Schauspielergesicht und schneeweißem Haar, trug immer Samtjacketts und kleine flatternde Halsbinden, er gab sich für ein Stück Künstler aus. Vom Künstler hatte er jedenfalls das Geschäftsuntüchtige gehabt. Er hatte eine kleine Fabrik in Berlin besessen, in der man nach von ihm gefertigten Entwürfen Alabasterschalen in vielen schönen sanften Farben hergestellt hatte, die als Lampen dienten.« Allmählich jedoch hatte sich der Geschmack gewandelt, und damit gingen Umsatzeinbußen einher. Sponar hielt die Abneigung gegen Alabasterschalen für vorübergehend: »Wenn man ihn darüber sprechen hörte, den Siebziger, dann flammten unter den weißen Haaren die dunklen Augen; noch immer glaubte er an den Bestand der Alabasterschalen, wie andere Gläubige an die Rückkehr des Messias glauben: ›Ich erlebe es noch, daß alles Volk wieder Alabasterschalen kauft!‹« Beim Versuch, die Durststrecke zu überbrücken, hatte er »sein Haus an der Spree bis zum letzten Dachziegel mit Hypotheken belastet«.

Die Familie fühlt sich wohl in Berkenbrück. »Unser Junge jubelte jedem Schleppdampfer zu, der fast unter unseren Fenstern lange Reihen von Zillen, dicken, schwarzen Dampf ausstoßend, Berlin zuschleppte.« Dennoch geht die Suche nach einem eigenen Anwesen weiter. In der zweiten Januarwoche des neuen Jahres zieht Fallada nach Berlin, wo er wegen der Dreharbeiten für »Kleiner Mann – was nun?« unabkömmlich ist. Er kommt in der Pension Stössinger unter: »Es war eine sehr elegante, aber gar nicht große Pension, sie wird nicht mehr als fünfzehn oder höchstens zwanzig Zimmer gehabt haben. Die Besitzerin war eine alte, sehr kluge Jüdin, die meine Frau und ich schätzen lernten, sie war sehr genau in Geldsachen und mit ihren Rechnungen gar nicht billig. Aber das verstand sie ausgezeichnet vom Menschlichen zu trennen, da blieb sie, trotzdem sie doch die Pensionsinhaberin war, ganz Dame. Nein, Dame ist das falsche Wort, sie war eine feingebildete, sehr mütterliche Frau, die immer bereit war, mit Rat und Tat zu helfen.« Suse pendelt zwischen Berkenbrück und Berlin. In diesen Wochen zwischen Januar bis Anfang März 1933 erleben sie hautnah die Ereignisse, die das Ende der Republik und den Beginn der Diktatur begleiten.

Am Abend des Reichstagsbrandes, am 27. Februar 1933, sitzen die Ehepaare Rowohlt und Ditzen in Schlichters Weinstuben in der Martin-Luther-Straße. An den Wänden hängen die Bilder von Rudolf Schlichter, dem jüngeren Bruder des Restaurantinhabers Max Schlichter. Es ist das Lieblingslokal von Theo Lingen und Bertolt Brecht, George Grosz, Jürgen Fehling und Heinrich George. Als sich Fallada elf Jahre später in seinem Gefängnistagebuch in der geschlossenen Anstalt in Neustrelitz seinen Hass auf den Nationalsozialismus von der Seele schreibt, lässt er sich bei der Beschreibung der Restaurantszene die vielfach kolportierte Anekdote von Rowohlts »Glasfresserei« nicht entgehen. Dass sich Rowohlt zum Höhepunkt des Abends zuweilen ein Sektglas servieren lässt und es – zum Entsetzen vor allem der anwesenden Damen – »Stück für Stück bis auf den Stiel mit seinen Zähnen zermalmte und völlig verzehrte«, das hatte sich inzwischen herumgesprochen. Fallada setzt aber noch eins drauf, wenn er erzählt, wie der Verleger einmal seinen Meister fand: »Er ließ sich einen Sektkelch bringen, ein stiller sanfter Herr in der Gesellschaft tat desgleichen. Rowohlt verzehrte ihn, der Sanfte dito. Rowohlt sprach behaglich: ›So, das hat mir gut getan!‹ Faltete die Hände über dem Bauch und sah sich triumphierend in der Runde um, der Sanfte wandte sich an ihn. Er deutete mit dem Finger auf den nackten Glasstiel, der vor R. stand. Vorwurfsvoll fragte er: ›Und den Stengel essen Sie nicht, Herr Rowohlt? Das ist doch das Beste!‹«

An diesem Abend nimmt die Geselligkeit ein abruptes Ende durch die Rufe des hereinstürzenden Kellners: »›[…] der Reichstag brennt! der Reichstag brennt! die Kommunisten haben ihn angesteckt!‹ […] Das brachte nun doch Leben in uns beide. Wir sprangen von unseren Sitzen auf, wir sahen uns mit verständnisvollen Augen an, wir schrien nach einem Kellner. ›Ganymed‹, schrien wir diesen Jünger des Lukullus an. ›Besorgen Sie uns auf der Stelle eine Autodroschke! Wir wollen zum Reichstag! Wir wollen Göring kokeln helfen!‹ Unsere guten Frauen erbleichten vor Schreck.« In seinen geheimen Aufzeichnungen von 1944 kommentiert Fallada die Begebenheit: »Dieses kleine Erlebnis ist bezeichnend für die Einstellung, mit der viele brave Deutsche dem Regiment der Nationalsozialisten entgegensahen. Wir hatten in unseren deutschnationalen oder demokratischen oder sozialdemokratischen oder gar kommunistischen Gazetten doch schon einiges von der Brutalität gelesen, mit der diese Herren ihre Absichten zu verwirklichen pflegten, und doch dachten wir: ›Es wird so schlimm schon nicht werden! Jetzt, wo sie an der Macht sind, werden sie schon merken, welch Abstand zwischen einem Parteiprogramm und seiner Verwirklichung liegt! Sie werden auch einen Pflock zurückstecken – wie alle. Sie werden sogar viele Pflöcke zurückstecken!‹ Von der Sturheit dieser Leute, von ihrer unmenschlichen Härte, die wortwörtlich vor Leichen, vor Bergen von Leichen nicht zurückschreckte, machten wir uns noch nicht den geringsten Begriff.«

In dieser Zeit wird Fallada von Peter Suhrkamp angesprochen: »Hören Sie, Bertolt Brecht ist bei mir versteckt; ich muß ihn heute Nacht noch über die Grenze in die Tschechoslowakei bringen, wir sammeln Geld für ihn. Wie viel geben Sie? Wahrscheinlich bekommen Sie es nie wieder.« Nach dem Krieg nimmt Suhrkamp Kontakt zu Brecht auf, der ihm im Oktober 1945 antwortet: »Ihr Brief ist der erste, der mich aus Deutschland erreicht, und Sie waren einer der letzten, die ich in D. sah – ging ich doch von Ihrer Wohnung an die Bahn am Tag nach dem Reichstagsbrand; ich habe Ihnen Ihre Hilfe bei meiner Flucht nicht vergessen.«

Während der Reichstagsbrand den Vorwand für eine Verhaftungswelle liefert, der Rechtsstaat weitgehend außer Kraft gesetzt wird, zehntausende Nazi-Gegner fluchtartig das Land verlassen, die ersten Konzentrationslager errichtet werden, geht für die meisten Deutschen der Alltag wie gewohnt weiter. Die Nazis segeln unter der Flagge der Legalität, und sie können sich auf ein über Jahrzehnte gewachsenes Vertrauen in die Stabilität und die Glaubwürdigkeit staatlicher Institutionen in der Bevölkerung verlassen. Für Fallada bedeutet Alltag immer noch, seinen Erfolg zu verwalten. Er hat zugesagt, sich an den Arbeiten für den Film »Kleiner Mann – was nun?« zu beteiligen, eine für ihn ungewohnte kollektive Arbeitssituation. Der politische Umbruch hat auch für das Filmprojekt Folgen: Berthold Viertel, der als Regisseur vorgesehen war, flieht nach dem Reichstagsbrand nach Prag, Kurt Weill, der die Filmmusik schreiben sollte, ist schon vorher von seinem Auftrag abgesprungen. Die Szenen, in denen die Comedian Harmonists auftreten, werden im Juli 1933 von der Vorzensur gestrichen, auf der Schallplatte findet ihr Lied »Kleiner Mann – was nun?« dennoch den Weg zum Publikum. Caspar Neher immerhin, der Freund und enge Mitarbeiter Brechts, entwirft die Bauten und zeichnet für die Ausstattung des Films verantwortlich. Unberührt von den Zeitläuften bleibt die Starbesetzung mit Hertha Thiele, Theo Lingen und Viktor de Kowa.

Für das Treatment entwirft Fallada verschiedene Skizzen, in einer der Varianten leben die Pinnebergs zuletzt in einer »Zeltstadt«. Im Prinzip enden sie optimistisch, davor geht es aber drunter und drüber: »Sturm auf ein Lebensmittelgeschäft. – Pinneberg von der Schupo weggejagt. – Pinneberg in einer Kneipe als spendabler, großer Herr. Trinkt sich einen an. – Pinneberg auf einer Bank, von der kleinen Nutte erkannt, mitgenommen, abgefüttert, mit einem Hundertmarkschein beschenkt.« Das Drehbuch muss so häufig umgeschrieben werden, dass Fallada die Geduld verliert und sich mit Hilfe von Rowohlt aus der Mitarbeit zurückzieht, ohne auf sein Honorar verzichten zu müssen. Zur Premiere am 3. August 1933 erscheint er nicht, dem verkitschten Ergebnis steht er distanziert gegenüber.

Nach dem Ausstieg aus den Filmarbeiten zieht die Familie zurück nach Berkenbrück. »Kamen wir aber einmal nach Berlin«, erinnert sich Fallada in seinem Gefängnistagebuch von 1944, »und sahen die Gliederungen der Braunhemden oder Sturmführung [mit ihren] Standarten durch die Straßen marschieren, wobei sie wilde Lieder sangen, von denen mir noch die Zeile erinnerlich ist: ›… Muß das Judenblut vom Messer fließen!‹ –, so fingen meine Frau und ich zu laufen an, um an der nächsten Ecke abzubiegen. Denn es war die Verordnung herausgekommen, daß bei solchen Umzügen alle Straßenpassanten mit erhobener Hand die Standarten zu grüßen hatten.«

Der politische Umbruch kennt nicht nur Verlierer. »Die Revolution ist da, und *die Geschichte spricht*. Wer das nicht sieht, ist schwachsinnig«, schreibt Gottfried Benn seinem Freund Egmont Seyerlen. Benn wird kommissarischer Vorsitzender der Sektion Dichtkunst der Preußischen Akademie der Künste und spielt eine unrühmliche Rolle bei der von Hanns Johst vorangetriebenen »Säuberung« der Akademie. Die Loyalitätserklärung, die den Mitgliedern das Bekenntnis zu den »nationalen kulturellen Aufgaben im Sinne der veränderten geschichtlichen Lage« abverlangt, trägt Gottfried Benns Unterschrift. Benn braucht einige Zeit, um zu erkennen, mit wem er sich eingelassen hat. Auch Egmont Seyerlen weiß die »veränderte geschichtliche Lage« für sich zu nutzen. Er beginnt unter den Nazis eine einträgliche Karriere als Spezialist für die Enteignung von Gewerkschaftsvermögen.

Mittlerweile sind über 40 000 Exemplare von »Kleiner Mann – was nun?« verkauft. Rowohlt schreibt Mitte Februar 1933: »Lieber Ditzen! Zingler berichtet mir heute, daß irgendeine Schauspielerin Ihnen gestern hätte weismachen wollen, daß sie in sechs (ausgerechnet einem halben Dutzend) Buchhandlungen war und Ihr Buch nicht bekommen konnte. Dieses Weibsbild sollte man hängen, vierteilen oder notzüchtigen, denn das ist so sicher gelogen, wie 2 x 2 vier ist. Ihr Buch ist in allen guten Buchhandlungen vorrätig, und in Berlin wird kein Sortiment so blöde sein und ihr sagen, daß es das Buch überhaupt nicht hat. Im Gegenteil, das Sortiment wird schleunigst zur Konkurrenz schicken und es holen. Diese Erzählung dieser Dame trägt an sich schon den Stempel des Schwindels.«

Suse ist wieder schwanger, mit Zwillingen. Damit wird die Entscheidung für ein dauerhaftes Domizil dringlicher. Statt weiter nach Gütern in Mecklenburg zu suchen, erwägt die Familie nun, ihren Vermietern das mit Hypotheken belastete Haus und Grundstück in Berkenbrück abzukaufen. Obwohl Fallada günstige Konditionen anbietet – lebenslanges Wohnrecht, freilich in einer um die Hälfte verkleinerten Wohnung, sowie eine monatliche Rente als Gegenleistung für gelegentliche Gartenarbeiten –, zögern die Sponars mit ihrer Zustimmung, sagen schließlich aber zu. 21 000 RM sollen Haus und Grundstück kosten, Fallada tilgt einen Hauptteil der Hypotheken.

Eine reichliche Woche vor Ostern 1933 bekommen die Ditzens Besuch von Ernst von Salomon, einer »Plauderbekanntschaft«, wie Fallada es nennt. Nur Tage später sind Gast und Gastgeber verhaftet. Ernst von Salomon erinnert sich in seinem Nachkriegsbestseller »Der Fragebogen« an seine Vernehmung im Polizeipräsidium Berlin-Alexanderplatz: »›Wissen Sie, was man Ihnen vorwirft? […] Kennen Sie einen Herrn …?‹ er suchte in Papieren, ›… einen Herrn Fallada, Hans Fallada?‹ Den kannte ich wohl. ›Feine Bekannte haben Sie!‹ sagte der Beamte. Ich sagte eifrig, Fallada sei ein hochangesehener Mann, ein sehr, ein in der ganzen Welt bekannter Schriftsteller. ›Ach, Geschichten erzählt er!‹ sagte der Beamte, ›hätte ich mir denken können. Ich will Ihnen auch eine Geschichte erzählen: Der Herr Fallada hat eine Haustochter. Und die ist befreundet mit der Tochter des Hauswirts. Und mit dem hat der Herr Fallada Mietstreitigkeiten. Und Herr Fallada erzählt seiner Haustochter, morgen zum Mittagessen komme ein sehr merkwürdiger Mann, ein alter Attentäter. Und die Haustochter erzählt es ihrer Freundin, und die erzählt es ihrem Pappi, und der, Köppchen, Köppchen, vastehste, der denkt: Attentäter? Gegen wen? Da gibt's doch nur einen! Und zeigt's an.‹«

Am Morgen des 12. April, am Mittwoch vor Ostern, ist das Grundstück in Berkenbrück von SA-Männern umstellt: »Ich fand das stille Haus am Dorfende in der lebhaftesten Bewegung. Es wimmelte nur so von S. A.-Leuten, zwanzig, fünfundzwanzig von diesen Herren hatten mich zum mindesten beehrt, unter ihnen auch ein Mann mit irgendwelchen Abzeichen in Gold. War er ein Standartenführer? Ein Rottenführer? Ein Scharführer?« Das Haus wird durchsucht und Fallada nach Stunden des Wartens in einem altertümlichen Gefährt in Richtung Berlin abtransportiert. Unterwegs spricht ihn einer der SA-Männer an: »›Wenn Sie vielleicht austreten möchten, bitte sehr!‹ [...] Aber während er so sprach, hatte ich immer die Überschrift einer vor kurzem gelesenen Zeitung vor Augen: ›Auf der Flucht erschossen.‹ Wie gut das paßte: die stille Straße, der gleichförmige einsame Wald – sie würden mich meiner Frau ins Haus bringen: ›Auf der Flucht erschossen. Tut uns leid, daß er so töricht war ...‹ Nein, sie würden ihr einfach meine Sachen schicken, mit dem Vermerk: ›Auf der Flucht erschossen!‹ Bedauern unnötig.« Das Schlimmste verhindert, nach Falladas Zeugnis, das zufällige Auftauchen eines ihm bekannten Arztes, der die Notlage erkennt und dessen Zeugenschaft die SA-Männer scheuen.

Wie weit diese Schilderung der Versuchung geschuldet ist, das Geschehen nachträglich zu dramatisieren, muss unklar bleiben. Belegt ist hingegen, dass der Festgenommene zunächst in Fürstenwalde auf die Polizeistation gebracht wird. Hier erst erfährt er den Grund der Verhaftung: »Verschwörung gegen die Person des Führers«. Nach und nach fügen sich die spärlichen Informationen, Andeutungen und Ahnungen zu einem Bild: Der »alte Attentäter« mit dem jüdisch klingenden Namen Ernst von Salomon, der bei Fallada in Begleitung von Rowohlts Frau Elli zu Besuch war, hat den Anlass für eine der in jenen Tagen häufigen Denunziationen gegeben. Nicht selten verknüpfen die Denunzianten ihre behauptete staatsbürgerliche Pflicht mit ganz handfesten privaten Interessen. So scheint es auch im Fall des NSDAP-Mitglieds Sponar gewesen zu sein. Der Vermieter, vermutet Fallada, hegte die Hoffnung, mit seinem Mieter, der inzwischen einen Großteil der Hypotheken erworben hat, zugleich seine Schuldenlast loszuwerden.

Wieder einmal ist Fallada in Haft, nun schon zum dritten Mal, nur diesmal ohne eigenes Verschulden. Wieder ist die Zelle bevölkert von Wanzen, mit »Spuren überall an den Wänden, in der Nähe des Bettes, breite braunrote Blutplacken oder breit geschmierte zerdrückte Wanzenleichen mit ihren spitz verlaufenden Blutbahnen hinter sich. Das Schlimmste aber an diesem ekelhaften Ort war der Kübel in der Ecke, der defekt und lange nicht geleert, eine breite Schmutzpfütze aus Kot und altem Urin um sich hatte. Obwohl die meisten Scheiben in dem hoch angebrachten Zellenfenster zerbrochen waren, war die ganze Zelle dick von diesem infernalischen Gestank erfüllt, der jedes Atmen zur Qual machte. Ja, man ekelte sich zu atmen, es war einem widerwärtig, diesen unsauberen Gestank auch nur für einen Atemzug in den eigenen Körper zu lassen. Man konnte nicht sitzen und nicht liegen, eigentlich konnte man nicht hin und her gehen, nur ein kleiner Fleck war so weit sauber, daß man wenigstens auf ihm stehen mochte.«

Noch am gleichen Abend wird Fallada in das Gefängnis des Amtsgerichts überstellt. »Zum ersten Mal sind Sie aber nicht im Kittchen«, begrüßt ihn der Wachtmeister am Morgen mit Blick auf das vorschriftsmäßig gemachte und ordentlich hochgeklappte Bett. »Er hatte leider recht mit seiner Bemerkung«, schreibt Fallada elf Jahre später, »in meinem viel bewegten Leben hatte ich auch dann und wann schon einmal eine Zelle bevölkert. Aber ich ärgerte mich doch ein wenig, daß er es gemerkt hatte. Unterdes war ich ein bekannter Schriftsteller geworden, und die Zeiten meiner Jugendtorheiten lagen weit zurück.« Die Behandlung hier ist erträglich, er darf sich auf eigene Rechnung beköstigen, lässt sich zum Mittag einen »Fleischgang« mit Suppe und Kompott und ein großes Glas Bier aus dem Gasthaus bringen, dazu zwanzig Zigaretten. Um sich abzulenken, verfolgt er eine Strategie aus früheren Haftzeiten: »Jeden Tag nehme ich mir etwas anderes besonderes vor, heute war es das Scheuern der Emaillesachen, morgen wird es Fensterputzen, übermorgen Kübelscheuern sein«, schreibt er Suse.

Er rechnet nicht mit seiner baldigen Entlassung und bittet Suse um »50 Bogen Papier«: »Ich will sehen, daß ich hier meinen Roman fortsetze – dieser verteufelte Roman, wie oft und mit was für Gründen allen ist er schon unterbrochen worden!« Am authentischen Ort schreibt er über das Schicksal eines Häftlings. Der Stoff zu dem Buch, das im Folgejahr unter dem Titel »Wer einmal aus dem Blechnapf frißt« erscheinen wird, hat in ihm weitergearbeitet: »Es ist doch eine der seltsamsten Geschichten: in der letzten Zeit ist mein Hirn doch wahrhaftig voll und ganz mit andern Dingen beschäftigt gewesen, mit keiner Idee habe ich an diesen ollen Roman gedacht, aber nun, da ich wieder schreibe, zeigt sich, daß doch irgend ein ganz unterbewußter Bezirk immer weiter denkt, fertig macht, daß ich bloß zu schreiben habe ...« Daneben schreibt der junge Vater Schlaflieder und ein Ostergedicht für Uli.

Suse bemüht sich um Unterstützung für ihren Mann. Bis zum Ostermontag ist die Freundin der Familie, Lore Soldin, in Berkenbrück, jene »jüdische Dame«, von der Fallada schreibt, es sei ein Glück, dass sie bei der Haussuchung durch die SA unentdeckt geblieben sei. Am Dienstag nach Ostern gelingt es Suse, zu ihrem Mann vorgelassen zu werden. Inzwischen ist auch Rowohlt alarmiert, der den in Nazi-Kreisen renommierten Anwalt Alfons Sack engagiert, um seinen Autor freizubekommen. Dr. Sack hatte bereits in den frühen zwanziger Jahren die Fememörder und rechtsradikalen Terroristen verteidigt, im September wird er die Vertretung des KPD-Fraktionsvorsitzenden Ernst Torgler im Reichstagsbrandprozess übernehmen und dessen Freilassung erwirken. Auf sein Betreiben wird Fallada schon zwei Tage später freigelassen, zehn Tage nach seiner Verhaftung ist er wieder »zu Hause« in Berkenbrück.

Bereits in seinen Briefen an Suse aus dem Gefängnis in Fürstenwalde hat Fallada angekündigt, den Kauf der Hypotheken rückgängig zu machen und dort, wo er denunziert wurde, nicht weiter wohnen zu wollen. Doch entscheidet er sich noch einmal anders, aus einfachen und nachvollziehbaren Gründen: aus Trotz und Rache. Jetzt sollen die Denunzianten verschwinden. Kaum in Berkenbrück angekommen, setzt er eine Verfügung auf: »Ich setzte mich an die Maschine und schmetterte einen Brief an Herrn Sp. herunter: ›Sehr geehrter Herr Sp. 1. kündige ich Ihnen zum nächsten Termin die Wohnung. 2. ziehe ich mein Angebot vom soundsovielten wegen Wohnrechts und Leibrente hiermit zurück. 3. … 4. …‹« Seiner Schwester Elisabeth schreibt er: »Wir haben nun beschlossen, so lange zu verreisen, bis mir das Haus gehört und Sponar es geräumt hat.« Doch am nächsten Morgen, gleich nach dem Frühstück, bekommen Ditzens ein zweites Mal Besuch von der SA. Die Botschaft ist klar: Entweder verzichtet Fallada auf alle seine Rechte gegenüber den Sponars, oder er wird erneut verhaftet, da er, »ein dicker Goldbonze«, »die Notlage eines Volksgenossen ausnutzen« wolle. Noch am gleichen Tag reist die Familie nur mit dem nötigsten Gepäck ab. Der Abschied fällt nicht leicht, Berkenbrück hatte ihr Zuhause sein sollen, sie waren schon vertraut mit dem Gedanken, Besitzer zu sein, ein Tischlermeister hatte das Arbeitszimmer nach eigenen Entwürfen eingerichtet, aber dies alles – erworben mit den Erträgen eines Glückstreffers, von dem Fallada nicht weiß, ob er sich wiederholen lässt – ist nun passé.

In Berlin quartieren sie sich erneut in der Pension Stössinger in der Augsburger Straße ein. Selbst einem unpolitischen Menschen wie Fallada ist durch die Ereignisse der letzten Tage klar geworden, dass sich etwas komplett geändert hat in Deutschland, wie brüchig die rechtlichen Grundlagen des Zusammenlebens inzwischen geworden sind. Es ist wie immer, wenn sich totalitäre Verhältnisse nicht allein mit Gewalt, sondern auch mit der Macht moralischer Phrasen und der Autorität angesehener Institutionen Geltung verschaffen: Der Rechtsstaat gleitet in den Gesinnungsstaat ab, und wo der Gesinnungsdruck nicht ausreicht, helfen Polizei oder Gerichte nach. Dies sind Blütezeiten privater und öffentlicher Denunziationen. Beim Kampf einer Schicht von politischen Überzeugungstätern, die ihre Ideologie verbissen gegen die Wirklichkeit durchsetzt, bleibt als Erstes die Wahrheit auf der Strecke. Während man noch glaubt, so schlimm wird es schon nicht werden, schlägt man eines Tages die Zeitung auf und liest in allen Blättern nur noch das Gleiche. Man reibt sich die Augen und fragt sich: Wo ist sie hin, die kritische Vernunft? Je beflissener sich die Presse zum Kumpan der Politik macht, desto empörter weist sie den Vorwurf der Tendenz zurück. Sie propagiert im Einvernehmen mit der Politik – anstelle von verbrieften Rechten – ein diffuses Wir-Gefühl. Adressat dieses »gefühlten Rechts« ist im Jahr 1933 die »Volksgemeinschaft«, gegen die sich der »dicke Goldbonze« Fallada aus Sicht der SA vergangen hat.

Allerlei Volk hat sich in den ersten Monaten der Nazi-Diktatur in der Pension Stössinger versammelt, eine Dame aus den USA, die ihren Lebensunterhalt mit Fallschirmspringen bestreitet, ein Inder, »der als Edelstein-Aufkäufer in Sowjet-Rußland gewesen war« – ein »dunkelhäutiger, schlanker Mann«, der Fallada einen Aquamarin zum Vorzugspreis verkaufen möchte –, schließlich ein Professor Nathanson, den die Nazis als unentbehrlich für die Entwicklung von Zellwolleprodukten wie Vistra und Wollstra aus dem Londoner Exil zurückgeholt haben, in das er seiner jüdischen Herkunft wegen bereits geflohen war. Wirklich entspannt ist die Zeit in der Pension Stössinger nur für den dreijährigen Uli, der die Pensionsgäste an ihre daheim gelassenen Kinder und Enkel erinnert und nach Strich und Faden mit Geschenken, Süßigkeiten und Zuneigung verwöhnt wird. Fallada aber bricht völlig zusammen. Er trinkt, findet nachts ohne Schlafmittel keine Ruhe und leidet unter Depressionen. Auch Suse geht es nicht gut, die Zwillingsschwangerschaft verläuft nicht ohne Komplikationen. Suhrkamp und Rowohlt organisieren für die Familie einen Aufenthalt im Sanatorium in Waldsieversdorf östlich von Berlin in der Märkischen Schweiz, wo sie bis Ende Juni bleibt.

Besonders Suhrkamp hilft bei den praktischen Verrichtungen: »Für uns war er damals der rettende Freund«, schreibt Fallada. »Wir bewunderten ihn, wir hielten uns vertrauensvoll an ihn. Und was er für uns tat, das war wirklich jeden Vertrauens und jeden Dankes wert. Er schaffte uns erst einmal beide aus unserer eleganten Pension, er verfrachtete uns in ein kleines ländliches märkisches Sanatorium, wo wir Ruhe fanden, Sonne, Grün, wo der Junge wieder vernünftig spielen konnte [...]. Und dann gab er mir, dem es in jenen Monaten innerer Zerrissenheit völlig unmöglich war zu schreiben, eine Aufgabe: Er schickte mich los, er ließ mich Villen, Landhäuser, kleine Höfe ansehen. Ich sollte etwas anders kaufen, einen Sitz, wo ich arbeiten konnte, einen Platz, der uns noch eine Aufgabe stellte. Ich protestierte ganz umsonst, daß ich kein Geld mehr hätte, daß ich erst die Sp.'sche Angelegenheit regeln müsste – er blieb unerbittlich.« Suhrkamp ist es auch, der die Rückabwicklung des Hypothekengeschäfts betreibt und mit den Sponars in Berkenbrück wegen der Einlösung der Möbel und Sachen der Ditzen-Familie verhandelt.

Es ist ein seltsames Verhältnis, das Fallada und Suhrkamp miteinander verbindet. Als die beiden sich kennenlernten, organisierte Fallada noch den Versand von Rezensionsexemplaren bei Rowohlt und war dabei, mit »Bauern, Bonzen und Bomben« einen literarischen Achtungserfolg zu erzielen. In der »Hackordnung«, die es auch im Literaturbetrieb gibt, stand er um Stufen niedriger als Suhrkamp, der als stellvertretender Chefredakteur des »Uhu«, der bedeutendsten deutschen Illustrierten, ein wichtiger Partner Rowohlts war. Mit dem Welterfolg von »Kleiner Mann – was nun?« kehrte sich dieses Verhältnis auf einen Schlag um, nicht nur wegen der plötzlichen Prominenz des Schriftstellers, sondern auch wegen der Verkaufserlöse aus dem Buch, mit denen der Verlag ökonomisch saniert werden konnte. Wenn Fallada im Abstand von über einem Jahrzehnt diese Zeit betrachtet, wird deutlich, wie nahe sich die beiden spröden Charaktere gekommen sind, wie viel Peter Suhrkamp aus seinem eigenen Leben preisgegeben hat. Die Mühen des Aufstiegs aus beengten Verhältnissen haben Suhrkamp zuweilen unduldsam gemacht im Urteil über andere, die nicht mit derselben Konsequenz und Disziplin ihren Lebensweg verfolgten wie er selbst.

Und dennoch erweist sich Suhrkamp in schwierigen Zeiten

als Freund. Dass er Fallada begründete und wohlmeinende Vorwürfe wegen seiner Haltlosigkeit macht, empfindet dieser allerdings als Schulmeisterei, es vergiftet das Verhältnis. Suhrkamp, so lässt sich Falladas späterhin manifeste Antipathie deuten – als »dämmrige Gestalt« beschreibt er ihn, als einen »Erbschleicher«, der den alten Samuel Fischer ausgetrickst habe –, leistet zwar Hilfe, aber aus der Position des Überlegenen. Nicht viel anders als Jahrzehnte zuvor von Tante Ada fühlt sich Fallada auch von Suhrkamp erzogen; dessen Kritik zielt auf den Kern seiner Persönlichkeit, auf sein Bedürfnis nach Souveränität, das zuweilen im starken Kontrast zur konkreten Lebenswirklichkeit steht.

Fallada beschreibt, wie der Freund nach seinen Verhandlungen mit dem Sponars ins Sanatorium nach Waldsieversdorf zurückkommt: »[...] wie es nun eben seine Art war, erzählte er uns erst einmal gar nichts, sondern hatte vieles zu tadeln, besonders an mir. Er hatte schon von der Schwester gehört, daß ich so unruhig gewesen sei, wie ich meine Frau geplagt hatte, daß ich auch wieder etwas Alkohol getrunken hatte, und dafür bekam ich es nun! Er blieb eben sein Lebtag ein Lehrer und Erzieher, und er konnte essigsauer, er konnte verdammt verletzend in dieser Rolle sein!« Zum Erziehungsprogramm gehört, dass Fallada gezwungen wird, bei der Abholung der Möbel aus Berkenbrück dabei zu sein: »Meine Schulaufgabe war es, mich hier noch einmal sehen zu lassen. [...] ›Nun, war das schlimm?‹ fragt mich P. S., als wir wieder in der Sonne auf der Straße stehen. ›Stand es dafür, deswegen zu Haus zu bleiben? Ihr Lebtag hätten Sie sich deswegen schämen müssen, Fallada!‹ Ich schweige.«

Keine drei Wochen nach einem ersten Anfall erleidet Fallada Anfang Juni einen erneuten Nervenzusammenbruch. Auch Suse ist mit Komplikationen ans Bett gefesselt. Am 18. Juli 1933 wird sie von zwei Mädchen entbunden, Lore und Edith. Edith erleidet bei der Geburt eine Gehirnblutung und stirbt nach wenigen Stunden an den Folgen. Fallada schreibt: »Solch kleines Wesen – es hatte nur ein paar Mal kläglich geschrien, dann war es gestorben – ein Stück von uns.« Wenige Jahre vor ihrem Tod erinnert sich Suse: »Es hatte sich die Fontanelle verletzt. Die Ärztin tat alles, um es zu retten, sie hat gekämpft um das Kind, sie war eine wunderbare alte Frau. Sie tat, was sie tun konnte, aber es war nicht genug. Ich sagte immer nur: ›Nicht sterben lassen, bitte nicht sterben lassen.‹ Es war so entsetzlich, das kleine Kind sterben zu sehen. [...] Nach der Geburt war ich lange krank. Ich lag monatelang im Krankenhaus und durfte mich nicht bewegen, weil ich eine Thrombose hatte. Die Nachtschwester saß an meinem Bett und zitterte, daß ich ruhig blieb. Wenn der Thrombus ins Herz geschossen wäre, wäre alles vorbei gewesen. Mein Mann besuchte mich jeden Tag, aber er hatte keine Ruhe. [...] Ich glaube, daß er zu anderen Frauen ging. Es gab immer Frauen, die er nur sexuell geliebt hat. Wenn sie sich nicht darauf einließen, waren sie für ihn nichts wert. Zu Beginn verstand ich das gar nicht, aber später wußte ich dann, woran ich war.«

Fallada reagiert in seiner Weise auf den Verlust. Nur Wochen später schreibt er seiner Schwester Margarete von einem neuen Projekt: »Der Titel sagt genug: Wir hatten mal ein Kind.« Er gibt sich selbst und den Aufregungen der letzten Monate eine Mitschuld am Tod des Kindes. Im realen Leben bleibt wenig Zeit zum Trauern. Diesmal ist es Peter Zingler, der den abgestürzten Freund aus seiner Lethargie reißt. Zingler ist bei Rowohlt für den Auslands- und Feuilletondienst zuständig. In der für Fallada – wenn es um seine Sucht geht – typischen Mischung aus erzählerischer Pointierung und Verharmlosung hat er in »Heute bei uns zu Haus« geschildert, wie Zingler im Auftrag Suses, die im Krankenhaus bleiben muss, die Grundstücksfrage in die Hand nimmt:

Seit Tagen plagte mich ein ununterbrochener Schlucken, er kam so regelmäßig wie das Ticken der Uhr, jede Minute soundsoviele Male. Der Arzt hatte mir Eisstückchen mit etwas Kognak dagegen verordnet, eine sehr erwünschte Verordnung, denn nun konnte ich schon am frühen Vormittag Kognak trinken. Das Eis, na meinetwegen, ab und an auch ein Stückchen, aber ich vergaß nie, daß Eis eigentlich Wasser ist ...

Da tat sich die Tür auf, und unser Freund Peter trat ein. [...] »Hören Sie mal, Fallada«, sagte er. »Ich war eben bei der Suse. Sie meint, dieses Angebot ist endlich das richtige. Stehen Sie auf, wir wollen gleich hinfahren.«

»Ach was!« sagte ich und versuchte mit Mühe, die Beschreibung des Maklers zu lesen. »Das ist ja doch wieder nichts. Außerdem bin ich krank und kann nicht fahren. Mecklenburg? In meinem Zustand Mecklenburg, kommt ja gar nicht in Frage!« [...]

Und mit mußte ich, es half mir alles nichts. Ich wurde in ein Auto gesetzt, neben mir saß Peter, zwischen uns war die Kognakflasche, und los fuhren wir. Aber weiter weiß ich auch von dieser Fahrt fast nichts, da ist ein großes Loch in meinem Gedächtnis. Ich erinnere mich einzig und allein daran, daß ich in einem grünen Kaffeegarten sitze und ziemlich aufgeregt sage: »Dies kaufe ich. Auf der Stelle kaufe ich. Gleich kann ich noch nicht kaufen? Dann wollen wir wenigstens einen Vorvertrag machen!«

Der grüne Kaffeegarten befindet sich am Ortsrand des Zweihundert-Seelen-Dorfes Carwitz, gelegen inmitten einer traumhaften Seenlandschaft, mit dem Rest der Welt verbunden nur über ein Netz von Sandwegen. »Das Haus ist ein richtiges altes Gutshaus«, berichtet Fallada den Eltern nach Leipzig, »urgemütlich, mit elektrischem Licht, Öfen, mit sieben Zimmern, die durch Ausbau des Dachgeschosses leicht auf 9 erhöht werden können. Es liegt direkt, ohne jeden Uferweg, mit reichlich 500 Meter Seefront am Carwitzer See, der mit 6 anderen Seen in direkter Verbindung steht. Überall ist Buchen- und Kiefernwald. Zum Hause gehören 6 Morgen Land, Scheune, Stallung, Kuh, Pferdchen und Schweine. Wagen und Dreschmaschine, alles habe ich mitgekauft.«

Geld wird jetzt wieder zum Thema. Viel davon ist in den letzten Monaten der Verschwendung zum Opfer gefallen, auch die Rückabwicklung der Hypothekenkäufe für das Haus in Berkenbrück ist nicht ohne deutliche Verluste abgegangen. Rowohlt ermahnt den Freund und Autor, sorgsamer mit seinen Mitteln umzugehen. Der wiederum drängt auf Nachbesserung der Verträge und neue Vorschüsse. Es gelingt, die Büdnerei in Carwitz beinahe auf einen Schlag zu bezahlen. Aber der notwendige Umbau verschlingt erneut hohe Summen. Fallada setzt sich selbst unter Druck, im August schreibt er, nebenbei schon die Umbauarbeiten in Carwitz vom nahe gelegenen Feldberg aus dirigierend, wieder an seinem Gefängnisroman, von dem erste Vorstudien in den Sommer 1924 zurückreichen.

Wieder ist Bilanzzeit, aus Leipzig trifft in der zweiten Juliwoche ein Brief vom Vater ein: »Lieber Rudolf, zum 21. meine besten Wünsche! [...] Da der 21. Dein vierzigster Geburtstag ist, sage ich auch ein Wort über Vergangenheit und Zukunft: Wir können nicht vergessen, aber wir können und wollen vergeben. Und ohne Vorbehalt. Wir machen also den Abschlußstrich und beginnen die neue Rechnung. Dazu würde als Erstes gehören: Sehen, Besuchen, Kennenlernen. Wird zur Zeit nicht ausführbar. Leider! Aber ich halte es für wichtig, für jetzt wenigstens unsere Wünsche auszudrücken. In Treue Dein alter Vater W. Ditzen.«

Der Vorvertrag für den Kauf des Carwitzer Anwesens datiert vom 21. Juli 1933, es ist Ditzens vierzigster Geburtstag. Eine Weile noch leben Fallada, Uli und eine Betreuerin für den Dreijährigen im »Deutschen Haus« in Feldberg. Im September wird Suse, die sich nur langsam erholt, gemeinsam mit Lore aus der Privatklinik in Berlin-Wilmersdorf nach Feldberg entlassen. Die Umbauarbeiten gehen gut voran. Fallada besorgt in Neubrandenburg »ein herrliches Klo, Badewanne und Badeofen«. Die Küche wird – ein Luxus in diesen Jahren und zumal auf dem Lande – mit Elektroherd und Kühlschrank ausgestattet. Am 7. Oktober 1933 bezieht die Familie die Büdnerei 17 in Carwitz, »direkt am See: eine verwunschene Herrlichkeit«. Nach der Begegnung mit Suse vor fünf Jahren ist dies für Fallada der zweite Wendepunkt in seinem Leben.

SECHZEHNTES KAPITEL

Carwitz ist unendlich schön und wird immer noch schöner – Ich habe noch eine kleine Vorrede geschrieben, in der ein Knix gemacht wird – Es ist aus dem Nazi Lauterbach ein Torwart mit Schlägerneigungen geworden – Mit Bedauern nehme ich von einem Namen Abschied, dessen Werk ich einmal schätzte

Blickt man mit Abstand auf ein Leben, zerfällt es in tausend Einzelteile: hier der Alltag, das Glück, die Kinder, das Schreiben und die Arbeit auf dem Hof, Selbstzweifel und Krankheiten, Ehe- und Geldprobleme, Querelen mit Freunden, dort die Politik mit ihren Auswirkungen auf die Gesellschaft und auf die private und wirtschaftliche Existenz des Einzelnen. In der Gegenwart jedoch, »im wirklichen Leben«, gibt es diese Trennung nicht, alles hängt mit allem zusammen, und selbst das, was scheinbar unvermittelt nebeneinandersteht, ist durch Unterströmungen miteinander verbunden. Die Erfahrungen in Berkenbrück und Fürstenwalde waren ein Schock für Fallada, aber erst vom Ende des Nazi-Regimes her erweisen sie sich als das erste Glied in einer Kette von Ereignissen in seinem Leben, die ihn früh über das Wesen des Dritten Reichs hätten aufklären können.

Doch wer weiß schon 1933, wie lange sich die Nazis halten werden, vielleicht ist der Spuk bald wieder vorbei. Und waren nicht auch die letzten Jahre der Weimarer Republik ein Spuk, vor allem für die einfachen Leute? Dass die Abkehr vom Recht und der Übergang zu einer vermeintlichen Gemeinschaft gleicher Gesinnung nicht das Beste im Menschen hervorbringt, ist ein überzeitliches Phänomen. So kann Fallada die politische Denunziation der Sponars als einen privaten Racheakt verbuchen.

Im Herbst 1933 ist Pionierarbeit in Carwitz vonnöten: »Ich baute, ich brachte den Garten in Ordnung, ließ Feldsteine ausgraben, machte Neuanlagen, pflanzte Obstbäume, zog Zäune –

kurz, bei mir gab es immer Arbeit und etwas zu verdienen. Ich stürzte mich mit einem solchen Elan in diese Aufgabe, mein Grundstück in Ordnung zu bringen, als müßte ich die Vernachlässigungen von Jahrzehnten in einem Jahr wieder einbringen.« Er habe »das Problem der Arbeitslosigkeit« in Carwitz gelöst, konstatiert Fallada über die erste Zeit im Dorf. Der gelernte Landwirt schafft Ziegen an, Schweine, eine Kuh, Kaninchen, später auch Bienen, er denkt über eine Gänsezucht nach. Holz muss geschlagen, Sämereien und Dünger für Garten und Land müssen beschafft werden. »Carwitz ist unendlich schön und wird immer noch schöner«, schreibt der stolze Besitzer im Mai 1934 seiner Schwester Margarete. »Jetzt haben wir wieder mit Bauen angefangen, zuerst kommen Ställe, Waschküchen und Rollkammer, Keller und Räucherwarenkammer daran, dann das Haus. Mir sind sogar Reichszuschüsse bewilligt worden. Etwas wild sieht es dadurch natürlich aus, aber wir haben ja den großen Garten und die noch größeren Seen, die wir jetzt mit Motorboot befahren.«

Carwitz ist ein Refugium in politisch bewegten Zeiten. Doch die Ansiedlung im Dorf bedeutet mehr als die Flucht des Eigenbrötlers vor den Aufgeregtheiten der Politik und des Literaturbetriebs, vor dem »Idiotenkaffee«, wie die Berliner in erfrischender Respektlosigkeit das »Romanische Café« als Treffpunkt der Künstler und Intellektuellen nennen, vor den Angebereien, Intrigen, Empfindlichkeiten von Schriftstellerkollegen, Verlagsleuten und Journalisten, mehr auch als die bewusste Abkehr von den Verlockungen der Großstadt, den durchzechten Nächten und den »Bardamen«, mit denen er Suse betrogen hat. In welchem Zustand Fallada das Anwesen in Carwitz auch immer gekauft hat – es war alles andere als eine besinnungslose Entscheidung, denn in diesem Ort verdichten sich seine Wünsche und Vorstellungen von der eigenen Zukunft zum Gehäuse einer langerstrebten souveränen Lebensform.

Auf die Alternative »Landwirtschaft oder Literatur«, »Kartoffel oder Kunst« hatte er seine Lebensaussichten zugespitzt und dem Vater die Unterstützung für ein »schriftstellerisches Probejahr« abgerungen. Nun stellt sich heraus, dass beides keinen Gegensatz bildet, dass die Landwirtschaft nicht nur den Ausgleich für die geistige Hochleistung des Schreibens bietet, das »Gegengift zu dem vielen Papier«, das er beschreibt, sondern lange Zeit auch die innere Rechtfertigung für sein Leben als Schriftsteller – für eine Existenz, von der Fontane meinte, sie sei die einzige, die »ganz überflüssig dasteht und mit dem ernsten Bedürfnis der Menschen nicht recht zusammenhängt«. Vor allem deshalb stand die Wirtschaftlichkeit des Anwesens nie an erster Stelle. »Unsere Landwirtschaft war teuer, weil wir alles kaufen mußten. Aber es machte meinem Mann Spaß, und es befriedigte ihn«, berichtet Suse Jahrzehnte später in einem Gespräch.

Fallada ist als Landwirt das Gegenteil von einem Dilettanten. Mit der ihm eigenen Pedanterie und Systematik und seiner gleichzeitigen Offenheit für Neuerungen erzielt er mit dem patriarchalisch geführten Kleinbetrieb bald höhere Erträge als die Nachbarschaft. Am Anfang schätzt er, dass der Betrieb sich nach zwei Jahren rentieren würde. Trotz aller Mühe im Großen wie im Kleinen – so werden im Juni 1936 täglich 40 bis 55 Pfund Erdbeeren gepflückt und zum Verkauf nach Feldberg gefahren –, trotz genauester Abrechnung, wie sie in einem Streit mit dem Finanzamt um Pfennigbeträge dokumentiert ist, ist es zweifelhaft, ob sich der Betrieb ohne die Subventionierung durch die Einkünfte des Schriftstellers jemals hätte tragen können. Als mit Beginn des Krieges die Lebensmittel knapp werden, wächst dem Anwesen jedoch eine ungeahnte neue Bedeutung zu: Bei allen Zwängen des Ablieferungssolls ist es nun möglich, neben der eigenen Familie auch Verwandte und Flüchtlinge zu versorgen.

Zuallererst aber ist Carwitz ein Ort für die Familie, ein Kinderparadies, die »verwunschene Herrlichkeit« in einer der schönsten Seenlandschaften Deutschlands. Unbeschwert und ohne Krisen verlaufen die ersten Jahre in Carwitz nicht, Suse trauert um das verlorene Kind, Fallada hat um seine Duldung als Schriftsteller unter dem Nazi-Regime zu kämpfen. Das Bewusstsein, endlich angekommen zu sein, und zugleich der anhaltende Druck, die neuen Lebensverhältnisse auch finanzieren zu müssen, setzen in ihm einen ungeheuren Schub an schriftstellerischer Produktivität frei: In den elf Jahren bis 1944 entstehen 20 Romane, von denen 15 zu seinen Lebzeiten erscheinen.

Nur wenige Tage nach dem Umzug nimmt Fallada Mitte Oktober 1933 die Arbeit an seinem Gefängnisroman wieder auf, der bis Ende November abgeschlossen ist. Die lange Entstehungsgeschichte des Buchs, das »Wer einmal aus dem Blechnapf frißt« heißen wird, ist für Fallada eher untypisch. Erste Szenen sind bereits während und unmittelbar nach der Greifswalder Haft 1924 entstanden, das Manuskript firmiert unter dem Titel »Robinson im Gefängnis«, wie er 1925 dem Rowohlt-Lektor Franz Hessel berichtet. Eine zweite Ausarbeitung stammt vom Oktober 1929, aus der Zeit kurz vor dem Umzug von Neumünster nach Berlin, ein dritter Entwurf wurde im Frühjahr 1931 niedergeschrieben, nunmehr unter dem Titel »Kippe oder Lampen«. Immer wieder hat Fallada die Beschäftigung mit diesem für ihn schwierigen Thema unterbrochen, zuletzt für die Arbeit an »Kleiner Mann – was nun?«. Die Geschichte des Willi Kufalt, der nach fünf Jahren Haft, die er in einer kleinen Industriestadt in Schleswig-Holstein verbüßt, nach Hamburg entlassen wird, dort in einem Schreibbüro arbeitet, wieder Fuß im bürgerlichen Leben zu fassen versucht, in einen Juwelendiebstahl verwickelt wird und schließlich erneut im Gefängnis landet – die Geschichte Kufalts ist nicht die von Rudolf Ditzen. Aber vieles, fast alles im Buch Geschilderte beruht auf eigenem Erleben: die Jugend Kufalts, die Szenerie in Rudolstadt, der Rat des Vaters, eine landwirtschaftliche Ausbildung aufzunehmen, später das Annoncenwerben, das Stehlen von Rezepten, um an Morphium heranzukommen, all das ist, häufig nur leicht verfremdet, autobiographisch verbürgt. Lebendigen Vorbildern sind auch manche Figuren nachgebildet, etwa Falladas einstiger Chef Berthold aus Neumünster, der einen Auftritt als Alkoholiker und heruntergekommener »Doktor der Nationalökonomie« bekommt.

Falladas Bedenken, den Roman zu veröffentlichen, sind vielfältig und im Hinblick auf die neuen politischen Verhältnisse keineswegs grundlos. Die Figur eines schwachen Helden, der nicht nur an sich selbst, sondern auch an der Art des Strafvollzugs, an den Mängeln der Wiedereingliederung in die Gesellschaft scheitert, einen solchen Antihelden in den Mittelpunkt eines Buchs zu stellen erfordert einigen Mut.

Nur wenige Schriftsteller von Rang sind in Deutschland geblieben. Wie sie sich verhalten, was sie veröffentlichen, in welcher Beziehung ihre Bücher zur NS-Ideologie, zum »Führerstaat«, zum propagierten Antihumanismus und Sozialdarwinismus stehen, wird mit erhöhter Aufmerksamkeit nicht nur von den Nazi-Behörden, sondern auch vom Ausland und den emigrierten Kollegen wahrgenommen.

Es gibt jedoch auch private Bedenken: Wird die Schilderung des Gefängnisalltags, von dem die Verwandtschaft weiß, dass sie einen authentischen Hintergrund hat, die gerade erst wieder neugeknüpften Verbindungen zur Familie gefährden, vor allem zu den Eltern? Was mag dem Reichsgerichtsrat a.D. durch den Kopf gehen, wenn er liest, wie Kufalt und Bruhn »unter dieselbe Brause krochen, als sie sich liebten«? Was mag Schwager Fritz Bechert denken, der sich im Auftrag der Familie während der Neumünsteraner Haft selbstlos um Ditzen gekümmert hat, wenn er vom dubiosen Schwager Werner Pause im Roman liest? Beim Schreiben selbst will Fallada keine Rücksichten nehmen, weder politische noch private. Im zweiten Schritt ist er jedoch meistens dazu bereit. Seine Schwester Margarete bittet er vor Erscheinen des Buchs um ihr Urteil, »namentlich auch [...] im Hinblick auf die Eltern«.

Die privaten Bedenken können ausgeräumt werden, die politischen bleiben. Fallada gesteht Margarete im Februar 1934 seine Unsicherheit: »Das sieht alles so günstig wie nur möglich aus. Trotzdem sind wir uns klar darüber, daß das Buch nicht ungefährlich ist. In Einzelheiten wie in der Verurteilung des humanen Strafvollzuges ist es ja einig mit den heute geltenden Ideen, in anderen Dingen, in der ganzen Art, wie es das Verbrechen und den Verbrecher sieht, weicht es ab. Wir haben auf Vorschlag einiger Redakteure noch einige Stellen gemildert, ich habe noch eine kleine Vorrede geschrieben, in der ein Knix gemacht wird, trotzdem ist es immerhin nicht ausgeschlossen, daß das Buch verboten wird.«

Rowohlt ist begeistert von dem Manuskript: »Ich bin gestern den ganzen Tag noch in einem höchst sonderbaren Zustand herumgelaufen und wäre beinah gestern Abend schwer an den Suff geraten, so erregt war ich«, schreibt er nach Carwitz. Der Verleger hat nun einen triftigen Grund, das Anwesen seines Erfolgsautors in Augenschein zu nehmen. Drei Autostunden sind es von Berlin nach Carwitz, aber Rowohlt kommt mit dem Zug. Für gewöhnlich fahren die Besucher aus Berlin eine reichliche Stunde mit dem D-Zug bis Neustrelitz, steigen dort für eine weitere Stunde in den Zug nach Feldberg um und nehmen sich für das letzte Dutzend Kilometer ein Taxi. Rowohlt wird bei seinem ersten Besuch von Fallada in Feldberg abgeholt. Alkohol ist auf dem Anwesen in Carwitz zum Leidwesen des Verlegers in jenen Tagen tabu. Es muss dennoch ein für beide Seiten gelungenes Arbeitswochenende gewesen sein, denn wenig später drängt Fallada auf ein neuerliches Treffen.

Im Briefwechsel mit Rowohlt schleicht sich das Locken mit der anstehenden Schlachtung als Running Gag ein: »Montag blutet die Sau! Schade, dass Sie nicht zum Wurstmachen hier sein können«, heißt es am 13. Dezember und fünf Tage später: »Lieber Rowohlt, eben hat meine fast 4-Zentner-Sau gequiekt und nun ist sie hinüber: Vier Frauen sind aufgeregt und bald geht es an die Mettwurst. Es ist doch gut, dass Sie nicht hierhergekommen sind – für Männer ist kein Platz beim Wurstmachen!« Rowohlt bedauert sein Fernbleiben, Fallada lässt nicht nach: »[...] im ersten Drittel Februar wird noch eine Sau geschlachtet, die wir bis dahin auf 4 Zentner heraufgekitzelt zu haben hoffen, dann sehen wir Sie vielleicht hier.« Ende Januar pariert Rowohlt mit diesem handschriftlichen Zusatz unter einem Geschäftsbrief: »Ich brülle schon nach Saufleisch!!« Auch wenn die wirklich entspannten Phasen im Verhältnis zwischen beiden zu den Ausnahmen gehören, wissen sie doch, was sie aneinander haben, der nachsichtige Menschenkenner Rowohlt und der psychisch labile Erfolgsautor.

Zunehmend spielen taktische Überlegungen eine Rolle bei der Frage, wie es gelingen kann, im Umfeld politischer Missgunst weiterzupublizieren. Obwohl unpolitisch, steht Fallada im Geruch, ein Autor der »Systemzeit« gewesen zu sein. Kaum Kopfschmerzen bereiten ihm Änderungen für die Nachauflage von »Kleiner Mann – was nun?«. Sie gehören zu den Konzessionen, die Verlag und Autor gewiss nicht grundlos für nötig halten, und sind mit wenigen technischen Eingriffen erledigt: »[...] ich habe die Umänderungen am ›Kleinen Mann‹ schon fertig«, schreibt Fallada an Rowohlt. »Es ist nur aus dem Nazi Lauterbach ein Torwart mit Schlägerneigungen geworden. Ich habe noch einmal das ganze Buch durchgesehen und ich habe weder Lämmchens Neigung zur K.P.D., noch Frau Nothnagels Klage über die Antisemiten getilgt, das alles gehört zur Atmosphäre des Buches, zu der Zeit, in der es entstand und in der es spielt, und tut auch niemandem weh. Nur eben die Anrempelung der SA ist gefallen. Und das ist ja auch nur richtig.« Im Mai 1934, als das Buch in den USA verfilmt wird, reagiert Fallada panisch bei dem Gedanken, im Film könne Lauterbach doch noch als Nazi statt als Torwart auftauchen.

Trotz der Retuschen verfügt das Ministerium für Volksaufklärung und Propaganda im Oktober 1934 die Aussonderung von »Kleiner Mann – was nun?« aus den öffentlichen Bibliotheken. Durchgesetzt wurde die Anordnung anscheinend nur in Thüringen. Der Verkauf des Buchs läuft über die Jahre ungehindert weiter, allein 1934 werden 84 000 Exemplare abgesetzt, weitere 180 000 können bis zum Ende des Dritten Reichs verkauft werden. 1940 kommen noch einmal Forderungen auf, für eine Nachauflage des Buchs politisch motivierte Veränderungen vorzunehmen. Diesmal lehnt der Autor ab. Seiner Mutter berichtet er: »Man hat mir zugemutet, ich solle vor einer Neuauflage von Kleiner Mann – was nun?, der nun glücklich seit 7 Monaten fehlt, das Buch umschreiben, alle Anspielungen auf Kommunisten und Nazis sowie Juden entfernen. Das habe ich natürlich abgelehnt, denn einmal ist das Buch doch eine Art Zeitdokument aus der Kampfzeit. Entfernt man die Spuren der Kampfzeit, ist die ganze Position des Ehepaars Pinneberg unverständlich. Zum andern ist das Buch ja in einer solchen Auflage – und bisher ohne allen Anstoß – verbreitet, daß nachträgliche Änderungen nur zu für den Autor nicht schmeichelhaften Vergleichen führen.«

Im Oktober 1933 meldet sich der arbeitslose Bibliothekar Hermann Küthe, ein enthusiastischer Fallada-Leser, in Carwitz. Küthe, selbst in großer Nähe zum neuen Regime, ist daran gelegen, den verehrten Schriftsteller vom Ruch des Demokraten reinzuwaschen, und dieser liefert ihm das Material dazu: »Ich sage Ihnen ganz ehrlich: wenn ich heute einen Weg wüßte, auf dem ich der N.S.D.A.P. ohne Aufhebens beitreten könnte, ich würde ihn sofort beschreiten. Und zwar aus ganz ehrlicher Überzeugung. Man mag in Einzelheiten denken was man will, sie ist heute die Rettung Deutschlands vor dem Chaos.« In Küthes Artikel über den Schriftsteller kann man Anfang März 1934 lesen: »Wie Knut Hamsun ist er mit der Scholle verwachsen, innerlich unpathetisch liebt er, wie dieser, sein Land. Heute hat sich Falladas Wunsch bereits erfüllt, er haust nicht mehr ›am Rand der Stadt‹, sondern er lebt mit seiner Frau und seinen Kindern auf einem Gut in Mecklenburg. – Was sagt nun Fallada heute zum Heute? Er spricht in einem Briefe von der sicherheitslosen Republik und schreibt wörtlich: ›... sie (gemeint ist die NSDAP.) ist heute die Rettung Deutschlands vor dem Chaos. Ich kann mir nicht ausdenken, was wäre, wenn sie nicht mehr wäre.‹ – So spricht der Bauer Fallada, den die Republik bewußt und fälschlicherweise zu den ihren stempelte.«

Die Zeit der Kompromisse hat gerade erst begonnen. Zum Jahreswechsel 1933/34 erwägt Fallada, statt des heiklen Gefängnisromans zunächst das Buch zu veröffentlichen, an dem er gerade schreibt und von dem er glaubt, es würde weniger Anstoß bei den nationalsozialistischen Literaturfunktionären erregen: »Wir hatten mal ein Kind«. Doch als Anfang März 1934 an die 16 000 Vorbestellungen für den »Blechnapf« vorliegen, entscheiden sich Autor und Verleger für die ursprüngliche Reihenfolge. Die Furcht vor einem Verbot führt zu einer doppelten Rückversicherung. Rowohlt berichtet Fallada vom Vorschlag eines ängstlichen Zeitschriftenredakteurs, dem Buch für den Vorabdruck das Vorwort eines bekannten »Strafvollzüglers« voranzustellen.

Fallada greift die Idee auf, schreibt aber ein eigenes Vorwort: »Mit diesem Roman rennt sein Verfasser offene Türen ein: der sogenannte humane Strafvollzug, dessen lächerliche, wie groteske, wie beklagenswerte Folgen auf seinen Seiten dargestellt werden, ist nicht mehr. Während der Autor noch schrieb, verwandelte sich auch dies Stück der deutschen Wirklichkeit.« Rowohlt gibt vorausschauend zu bedenken: »Ganz offen und ehrlich gesagt, scheint mir Ihre Fassung doch etwas *zu* entgegenkommend.« Als zweites Zugeständnis, das den befürchteten Aufprall dämpfen soll, dient ein Brief des Schriftstellers an seinen Verleger, mit dem er sein kommendes Buch ankündigt – »Wir hatten mal ein Kind«. Das fiktive Schreiben liest sich wie eine Entschuldigung für den »Blechnapf«, dem es beiliegt, und wie das Versprechen auf Besserung mit Blick auf das angekündigte neue Buch, von dem es heißt: »All meine andern Bücher, vom ›Goedeschal‹ angefangen bis zum ›Blechnapf‹ hin, werden mir blaß und undeutlich vor diesem neuen Buch. Wie ich nach rund zwanzig Jahren städtischen Umhergetriebenseins wieder heimgefunden habe auf das Land, so habe ich, glaube ich, heimgefunden zu meinen liebsten geistigen Vätern: Jean Paul und Wilhelm Raabe. Mir ist, als hätte ich meinen ersten Roman geschrieben, das Buch, das ich wirklich bin.«

Fallada passt sich den neuen Bedingungen an und muss dabei nicht einmal lügen. So kritisiert er den »humanen Strafvollzug« nicht etwa, weil er dessen Idee ablehnt, sondern weil er in der

Weimarer Zeit nur in Ansätzen durchgesetzt wurde, weil er aus Sicht des Autors nur eine Phrase war. Dass die Nazis nun ganz damit Schluss machen würden, war ihm durchaus klar. Fallada möchte missverstanden werden. Obwohl jede Einzelheit stimmt, ist das Ganze dennoch unwahr, nach ähnlichem Muster schrieb er früher schon einmal an seine Eltern. Vorwort und Brief sind mit großer Sorgfalt formuliert, sie lassen sich auch harmlos ausdeuten, und dennoch werden sie wahrgenommen als das, was sie sind: von den Nazis als billige Anbiederung, von den Nazi-Gegnern als Zeugnis von Opportunismus.

Am 12. März 1934 wird der »Blechnapf« in Deutschland ausgeliefert. In der Schweiz notiert Thomas Mann zwei Tage später nach Lektüre einer Rezension des Buchs in der »Neuen Zürcher Zeitung«: »Um in Deutschland möglich zu sein, muß ein Buch seine menschenfreundliche Gesinnung in einer Einleitung verleugnen und in den Boden treten.« In der Woche darauf trifft ein Exemplar des Buchs bei ihm in Küsnacht ein. Mann, der selbst noch den öffentlichen Bruch mit dem Regime scheut, hält im Tagebuch fest: »Handelt es sich einfach um einen deutschen Umschreibungs-Jargon, der sich die Miene gibt, das Humane zu beschimpfen, um hinten herum dafür eintreten zu können, – wie es schließlich auch nach einer antihumanen Revolution die Aufgabe und der natürliche Beruf des Schriftstellers bleibt? –« Je länger er sich mit dem Buch beschäftigt, desto ungünstiger fällt sein Urteil über den Autor aus. Am 12. April heißt es: »Las nach Tische und abends in Fallada's Ganovenroman, dessen Vorwort der reine devote Schwindel ist. Dennoch wird der Schwindel ehrlich, denn nun zeigt F. einen Blut- und Boden-Roman an.«

Ebenfalls in der Schweiz meldet sich Hermann Hesse zu Wort. Er sieht in Fallada »einen der wenigen deutschen Autoren von heute, deren Arbeit den Aspekt einer echten sozialen Funktion hat«. Er zeige »ein Leben, dem jeder Flug abgeschnitten, jeder Glanz ausgelöscht, jede Freude verdreckt und zertreten worden ist, und wir müssen es annehmen, müssen zugeben, daß es stimmt, daß es so ist, daß Tausende und Millionen so leben, und daß ich, der ich das Glück habe, anders zu leben, dies Glück nur einem Zufall verdanke, der mich von der Mitschuld an dieser ganzen Welt nicht freispricht, dieser Welt einer ›Ordnung‹, die durch Wachtmeister, Gefängnisse, roheste Brutalität und niedrigste Gemeinheit aufrecht erhalten wird«. So ähnlich sah es auch Fallada in seinem Exposé vom April 1932. Im Roman würde es ihm nicht um »Freude am Abenteuerlichen« oder um »echte Milieuschilderung« gehen, vielmehr möchte er zeigen, »wie der heutige Strafvollzug und die heutige Gesellschaft den einmal Gestrauchelten zu immer neuen Verbrechen zwingt«.

Mit leiser Verwunderung reagiert Falladas Schwester: Hat er nicht selbst nach der Haft alle Unterstützung bekommen, um wieder ins bürgerliche Leben zurückzufinden? Nein, ein gesellschaftskritischer Thesenroman ist »Wer einmal aus dem Blechnapf frißt« zum Glück nicht geworden, hingegen das, was sein Autor vermeintlich nicht wollte: ein Glanzstück »echter Milieuschilderung«, getrieben von der »Freude am Abenteuerlichen«. Letztlich ist der Roman auch, wie jedes seiner Bücher, das schöpferische Ergebnis einer vielfach gebrochenen Innenschau. Eine Passage, die Kufalt charakterisiert, nutzt Fallada fast wortgleich im letzten Brief an seine Mutter, um sich selbst zu charakterisieren. Es geht um den Glutkern des Romans, um das Leitmotiv vom Kämpfen und Resignieren, um die lähmende Furcht und Ahnung, letztlich doch zu unterliegen, um die Sehnsucht nach dem Vergessen, nach dem Rausch oder nach der Zelle, wo alles einfacher ist: »Er konnte keinen ruhigen Weg gehen, er spielte sich selbst Streiche, er duckte sich dutzendmal und war feige, wo es gar nicht nötig gewesen wäre, aber plötzlich begehrte er unsinnig auf und gab an und zerschlug alles, wo es wieder gar nicht nötig war. Warum war er so? War er früher schon so gewesen? Nein, sagte er sich, es ist nicht nur, weil ich etwas zu verbergen habe, das ist das wenigste. Nein, weil ich mit etwas noch nicht fertig bin, eigentlich bin ich immer noch im Kittchen. Und immer fühle ich, wie leicht es ist, wieder hineinzukommen.«

Fallada geht es nicht gut in diesen Wochen, er ist nach dem wochenlangen Schreibexzess – in wenig mehr als drei Monaten sind die knapp 600 Druckseiten von »Wir hatten mal ein Kind« entstanden – mit den Nerven am Ende. Ihn plagt die Befürchtung, die gerade mit Geschick, Glück und unendlicher Mühe gewonnene Heimat wieder zu verlieren: Carwitz, das Gehäuse seiner bürgerlichen Existenz, als Bedingung seines schreibenden Daseins nicht weniger wichtig als Suse und die Kinder. Der Druck ist groß, er ist zu groß. Fallada trinkt wieder, ist unleidlich und fängt wegen jeder Kleinigkeit Streit an. Mit Spannung warten Autor und Verlag auf die Resonanz des »Blechnapf«-Romans in der weitgehend »gleichgeschalteten« Presse. In seinen Briefen spielt er die Anspannung zumeist herunter. Seiner Schwester Elisabeth schreibt er: »Im Ausland ist der Blechnapf noch nicht erschienen, aber 11 Länder haben bereits ihn gekauft. Das ist ganz schön. Der Kleine Mann erscheint jetzt auch in Brasilien, B.B.B. in Tschechoslowakei, Holland, Dänemark. Damit habe ich etwa 28 Auslandsausgaben voll – und liege damit wohl hinter Emil Ludwig und Remarque an der Spitze!«

Die ersten Rezensionen in der deutschen Presse fallen positiv aus, Monty Jacobs lobt das Buch am 18. März in der »Vossischen Zeitung«, die als verbliebener Restposten des Liberalismus keine zwei Wochen später ihr Erscheinen einstellen muss. Der konservative Schriftsteller Felix Riemkasten, nach 1945 als Yoga- und Esoteriklehrer tätig, schreibt im »Tag« vom 24. März 1934: »Fallada ist Scharfschütze, was er treffen will, das trifft er.« Dass sich dieses Urteil im Hinblick auf Ditzens juvenile Duellgeschichte als doppeldeutiges Lob lesen lässt, wird dem Kritiker nicht bewusst gewesen sein.

Noch läuft alles gut für sein erstes Buch im Dritten Reich, aber die Ruhe trügt. Die Kontrahenten haben sich schon in Stellung gebracht. Einer von ihnen ist Will Vesper, ein pathologischer Antisemit, einer der »ärgsten nationalistischen Narren«, wie Thomas Mann meint. Vesper, nach 1945 als Herausgeber für den Bertelsmann Verlag tätig, Vater von Bernward Vesper und Beinahe-Schwiegervater von Gudrun Ensslin, schreibt 1934 im Juli-Heft der maßgeblichen NS-Literaturzeitschrift »Die neue Literatur«: »Ein in vieler Hinsicht peinliches Buch, schlecht und gewissenlos gemacht, Arbeit auf Bestellung. Roh und sentimental, in gut berechneter Mischung.« Der »faulige Aasgeruch« von Falladas Roman »kitzelt offenbar noch immer einem großen Teil der deutschen Buchhändler und Buchleser angenehm die Nase«. Und Vesper droht: »Ich warne immer wieder, weil ich den deutschen Buchhandel liebe und sein Weiterbestehen wünsche.«

Der Angegriffene setzt sich zur Wehr. Gegen seine sonstige Gepflogenheit wendet er sich in einem Brief direkt an den Kritiker, der unter den Bedingungen der NS-Diktatur keineswegs nur die Rolle eines Geschmacksrichters spielt, sondern mehr noch die eines Gesinnungspolizisten, dessen Urteil womöglich entscheidend für die berufliche Existenz des Schriftstellers Fallada im Dritten Reich sein könnte: »Sehr geehrter Herr Vesper«, schreibt Fallada, »im April 1933 nennen Sie in der von Ihnen herausgegebenen Monatsschrift ›Die Neue Literatur‹ eine Arbeit des Schriftstellers Fallada, also meine: eine ehrliche Dichtung; eine Sitten- und Lebensdarstellung ersten Ranges; ein echt dichterisches Werk; ein Hohelied der Liebe und der Treue. Im April 1934 sprechen Sie von meinem nächst erschienenen Werk mit diesen Worten: peinlich; schlecht und gewissenlos gemacht; roh und sentimental; mit einem fauligen Aasgeruch. Sie sprechen in Zusammenhang mit dem Buch von ›Schlechtem‹ und ›Gemeinem‹. Wie Sie diese beiden, in so kurzem Zeitabstand gefällten Urteile von Werken desselben Autors begründen wollen, das ist Ihre Angelegenheit.« Vespers Antwort befriedigt Fallada nicht. In einem zweiten Brief an den Redakteur und Schriftsteller schreibt er: »Nein, Herr Vesper, Sie haben nicht nur eine schlechte, heißt ungünstige Kritik geschrieben, sondern Sie haben wirklich eine schlechte, heißt unbeweisbare, eine in allen greifbaren Behauptungen unrichtige Kritik geschrieben. Mit Bedauern nehme ich von einem Namen Abschied, dessen Werk ich einmal schätzte. Heil Hitler, Ditzen-Fallada.«

Nicht weniger aggressiv fällt die Kritik von Hellmuth Langenbucher aus, einem Intimfeind Falladas und einem der einflussreichsten Literaturfunktionäre des Dritten Reichs – einem »üblen Mann«, wie Rowohlt seinem Freund und Autor schreibt. Für Langenbucher wächst die »nationalsozialistische Kulturkritik« aus dem Instinkt: »Instinkt ist Stimme des Blutes. Es bedarf für ihn keiner verstandesmäßigen Regeln und Gesetze.« In der »Berliner Börsenzeitung« empört sich der Kritiker zunächst über die positiv urteilenden Rezensenten: »Einer der Stützpunkte, auf die sich die intellektuellen Feinde des neuen Deutschland zurückgezogen haben, ist die Literaturkritik.« Sie müsse, so Langenbucher, von allem »gesäubert« werden, »was nicht nationalsozialistischen Geistes ist«. Über Falladas Roman heißt es weiter: »Kufalt ist einer von jener Sorte degenerierter Menschen, für die wir heute die Sicherheitsverwahrung haben. [...] Und der deutsche Buchhandel? Nun, er sorgt dafür, daß Falladas Blechnapf eine Auflage bekommt, die zu erreichen zehn dichterisch wertvollen Werken zusammengenommen nicht gelingt. Wie lange noch?«

Die Botschaft lässt sich kaum klarer formulieren. Sie ist umso wirkungsvoller, als sie zwei Tage später im »Völkischen Beobachter« und danach in allen möglichen Fachzeitschriften des Buchhandels nachgedruckt wird. Und sie wird verstanden. Buchhändler, die nicht riskieren wollen, von verhetzten Studenten, pöbelnden SA-Leuten oder gesinnungstreuen Volksgenossen attackiert und denunziert zu werden, nehmen den Roman aus den Auslagen. Der Absatz bricht rapide ein. Werden von Mitte März bis Ende Juli 1934 23 000 Bücher verkauft, sind es bis zum Ende des Jahres kaum noch 3000 Exemplare.

Nun trudeln auch die ersten Leserbriefe ein, es überwiegen Zustimmung und euphorisches Lob, das unter anderem von Ernst von Salomon kommt, einem genauen Kenner der Gefängniswelt. Doch gibt es auch kritische Wortmeldungen. Eine Leserin moniert stilistische Eigenheiten, etwa den Gebrauch von »trotzdem« im Sinne von »obgleich«; Fallada gesteht ein, dies sei »eine verdammte Schluderei«. Von der er allerdings auch künftig nicht lässt. Warum, erklärt er einem anderen Leser: »Ich bin ein reiner Autodidakt, eigentlich ein ganz ›ungebildeter‹ Mensch, irgendeiner meiner Kritiker hat mich mal wild gewordener Leser genannt – und hat nicht so unrecht damit gehabt. Natürlich will ich mich bemühen, echte Sprachfehler zu vermeiden, wie und als z. B., auch mit der Interpunktion haben Sie recht, wenn ich einmal die erhabene Sprachglätte und Richtigkeit von Thomas Mann erreicht habe, so werde ich nicht mehr Fallada sein.«

Leserkritik kommt auch von einem Herrn Einenkel, der sich in der Figur des Seidenzopf im Hamburger Schreibbüro wiedererkannt zu haben glaubt. Er verwahrt sich gegen die negative Schilderung der Gefangenen- und Entlassenenfürsorge. Einenkel stellt sich als der Vorsteher des Schreibbüros heraus, in dem Ditzen nach seiner Haftentlassung in Neumünster eine Zeitlang gearbeitet hat. »Sie werden mir [...] gestatten müssen«, schreibt er im Hinblick auf die klägliche Bezahlung der Angestellten, die im »Blechnapf« eine Rolle spielt, »daß ich gegebenenfalls bei etwa kommenden Buchbesprechungen den Autoren und Verlegern nachweise, wie viel der fragliche Kufalt hier im Friedensheim in ca. 8 Wochen durch Schreibarbeiten verdient hat.« Monate später nutzt Fallada – bewusst oder auch nicht – den Namen »Einenkel« in einer Erzählung für den Vorsteher einer Konfektionsabteilung.

Angesichts der hohen denunziatorischen Energie, mit der Falladas Roman von den NS-Parteigängern verfolgt wird, verwundert es, dass in den öffentlichen Reaktionen nie die Frage nach dem autobiographischen Hintergrund der Gefängnisgeschichte gestellt wird. Ditzens Haftvergangenheit hatte sich zumindest in seinem Verlag herumgesprochen. Ohne Zweifel hätten Leute wie Vesper oder Langenbucher von dieser Munition Gebrauch gemacht, doch die Rowohlt-Autoren, die bis 1933 in ihrer politischen Ausrichtung das ganze Spektrum abdecken, halten dicht. Unter den Leserzuschriften, die in diesen Tagen in Carwitz eintreffen, befindet sich ein mit Anspielungen gespickter Brief: »Herr Fallada! Es ist anzunehmen, daß Sie an Ort und Stelle Ihre Erfahrungen vom ›Blechnapf‹ sammelten, die Menschen, die Sie schildern, auch kennen lernten in ihrer ganzen Schmutzigkeit. Dafür, daß Sie das Buch bringen, Dank. Können Sie aber ehrlich zugeben, daß es im ›Neuen Deutschland‹ keine Hauptwachmeister Rusche mehr gibt? Keine Medizinalräte, keine Gefängnis-Pastoren wie Sie sie schildern, keine Herren Seidenzöpfe und Jauchs, keine Pastoren à la Marcetus, abgesehen von den Chefredakteuren und Dichtern, die das einfache Volk ›vertreten‹, die mit ›Blut und Scholle verbunden sind‹. Nein, gibt es das heute nicht mehr? Hat sich wirklich im deutschen Strafvollzug etwas geändert? Oder, Herr Fallada, mußten Sie die Konzession im Vorwort machen? Sybel«

Im Mai 1934 beginnt sich Fallada in der neuen politischen Wirklichkeit einzurichten. Über ein Jahr schon sind die Nationalsozialisten an der Macht, und es sieht nicht danach aus, als würde sich bald daran etwas ändern. An Ledig schreibt er: »Zuerst einmal und als Wichtigstes und Eiligstes möchte ich meine Bibliothek dahin ergänzen, daß ich etwa 10 Werke des Schrifttums der N.S.D.A.P. haben möchte. Also jedenfalls: Hitler: Mein Kampf, dann etwas von Goebbels, Göring, Roehm, Rosenberg usw. Sie werden schon wissen.« Postwendend kommt die Antwort des Verlegersohns, er habe »ein nettes Assortement ausgesucht, das Sie stolz jedem Besucher zeigen können«. Das stolze Vorzeigen der Schriften von Röhm erübrigt sich bereits wenige Wochen später. In der »Nacht der langen Messer« lässt Hitler seinen Duzfreund und mit ihm neunzig weitere tatsächliche oder vermeintliche Gegner seiner Herrschaft umbringen. Spätestens jetzt weiß jeder, der es wissen will, dass Deutschland an eine Bande von Mördern gefallen ist, aber auch, dass mit diesen Leuten nicht zu spaßen ist.

SIEBZEHNTES KAPITEL

Wir werden nun einen ganz patriarchalischen Tisch einführen – Besessen von Pünktlichkeit – Das alberne Geschwätz, ich wäre ein Jude – Axt anlegen, Umlegen, Zugrunderichten – Das einzige, was noch möglich ist, wäre eine Emigration

Carwitz, so empfindet es Fallada kurz vor Kriegsende, ist ein »schwieriges« Dorf, »die Streitereien unter seinen Einwohnern, die generationen-alten Feindschaften waren landbekannt. Wer nicht in diesen Strudel von Haß und Niedertracht gezogen werden wollte, der musste sehr auf seiner Hut sein. Ein einziges falsches Wort, ein Besuch zur unrechten Stunde im unrechten Haus, konnte die Position eines Zugezogenen für immer verderben.« Aber auch Fallada ist ein schwieriger Mensch, abgesehen von den Welten, die zwischen dem Sohn eines Reichsgerichtsrats, dem Künstler, Ex-Morphinisten, Ex-Häftling einerseits und den Dorfbewohnern andererseits liegen. Beide Seiten geben sich Mühe, miteinander auszukommen, was zumindest für den Anfang auch gelingt.

Den Eltern berichtet der Neu-Carwitzer: »Wir werden nun einen ganz patriarchalischen Tisch einführen: alles ißt mit uns! Für Suse und mich ist es nicht so nett, aber die Trennung in zwei Tische hat unserem Gefühl immer widerstrebt.« Zum Hausstand gehört eine wechselnde Anzahl von Angestellten. Sophie Zickermann, die als Krankenschwester Fallada betreuen wird, erinnert sich: »Er war ja Landwirt und hatte drei Leute aus dem Dorf, die für ihn arbeiteten: Das war Herr Schmidt, Herr Siebrecht und Herr Lewerenz, die er mit ›Herr‹ ansprach, was für das Dorf ungewöhnlich war. Man seggte ›Schmidt‹, man seggte ›Siebrecht‹ und seggte ›Lewerenz‹. Aber he seggte dann ›Herr‹. Und mit denen besprach er alles.« Auch für die Arbeiten im Haus und die Betreuung der Kinder wird Personal eingestellt. Einige der Akteure hat Fallada in seinem Buch »Heute bei uns zu Haus« (1943) porträtiert, darunter auch »Opa Lewerenz«:

> Gelernt hatte er die Maurerei, und zwar jene heute immer seltener werdende Kunst des Feldsteinmauerns. Wenn das alte verhutzelte Männlein vor solch einem Feldstein von zehn oder zwölf Zentnern saß, den das Geschiebe der Eiszeit aus Schweden in unser Land getragen hat, [...] so dachte man, nie würde er des Steines Herr werden.
>
> Opa aber sagte: »So 'nen Stein muß man kaputt kieken, nich kaputt hauen!«
>
> Und er kiekte den Stein solange an, bis er eine Ader oder eine mürbere Stelle entdeckt hatte, dann erst führte er den Schlag, von dem der Stein zersprang. [...] Opa war so nützlich, und wie gedieh das Vieh unter seiner kleinen gichtischen Greisenhand! Kam er nur in den Schweinestall, so grunzten die Säue. Sie schoben sich an ihn heran, um gekrault zu werden, vor Wonne röchelnd sanken sie langsam, hingebend zu Boden. Bei Opa waren die Schweine nie schmutzig, er gewöhnte ihnen ein Klosettbecken an, weiß der Teufel, wie er es anfing, es grenzt an Zauberei.

Zu den Ritualen bei Ditzens gehört das sonntägliche Wiegen der ganzen Familie, der Angestellten und der Gäste, das bei gutem Wetter auf dem Hof, bei Regen auf der Tenne stattfindet: »Ist am Sonntagsmorgen das Frühstück eingenommen, so begibt sich alles, Kind und Kegel, auf die Scheunendiele, wo die Dezimalwaage steht. Feige Gemüter und solche mit schlechtem Gewissen stürzen vorher noch schnell an einen geheimen Ort, um gewisse Gewichtskorrekturen vorzunehmen. Nun wird gewogen. Stets wiegt der Hausherr, stets schreibt die Hausfrau an. Es gibt Jubelschreie zu hören und stille Seufzer der Enttäuschung [...].« So ist überliefert, dass Rowohlt bei seinem Besuch im Oktober 1935 stattliche 208,5 Pfund auf die Waage brachte.

Im März 1936 wird Hubert Räder eingestellt: »Er war damals einundzwanzig Jahre alt, ein großer, starkknochiger pommerscher Junge mit einem Gesicht grob wie aus Lehm geknetet. Vor allem die Nase war aus allem Format geraten, dafür waren die Augen nur klein. Aber einen Gärtner wählte man nicht nach der Schönheit, und seine Hände hatten ein beruhigendes Format, wahre Wurfschaufeln.« Die Ditzens lernen bald Räders Fleiß und seine Bescheidenheit schätzen. »Er war ein ganz einfacher Junge vom Lande, hatte auf den Gütern immer nur am Gesindetisch gegessen. [...] Nach ein paar Tagen war er firm in den Tischsitten, und wir erlebten bei ihm nie einen Rückfall. Man hätte mit ihm im Adlon essen können. Gute Sitten waren ihm zwar nicht, wie keinem, angeboren, aber sie lagen ihm. Er mußte sie nicht langsam lernen, er begriff sie auf der Stelle. Er war eben ein richtiger Mensch, nichts Falsches oder Verdorbenes war an ihm.«

Räder ist bald nicht mehr wegzudenken, wie überhaupt der Hof eine Welt für sich ist, ein Ort, an dem die Freiheit nach innen mit Konzessionen nach außen geschützt wird, mit der Nazi-Beflaggung an Feiertagen oder der »Heil Hitler«-Formel in der Geschäftskorrespondenz. Der »Deutsche Gruß« ist vom Carwitzer Hof verbannt, hier kommt man ohne »Führerbild« aus. Dagegen wird einem privaten Namenskosmos gehuldigt, in dem die Tochter Lore »Mücke« heißt, die Haustöchter Namen wie »Tante Huschbahn« oder »Tütchen« bekommen und Suse in der Generation der Kinder zur »Mummi« wird. Räder ist es, der den Bienenstock einführt, der nach Anschaffung eines Wagens fahren lernt und – im Wechsel mit Suse – die Familie chauffiert. Für ihn lässt Fallada ein Nebengelass zum »Gärtnerhaus« ausbauen. »Die Kinder liebten ihn zärtlich. Er war ihr getreuester Freund. In seiner kurzen Mittagspause lief er unermüdlich mit Mückchen auf und ab und brachte ihr das Radeln bei – sie lernte es ziemlich schwer. Mücke kam aber auch mit all ihrem Leid zu ihm.« Er, der den Ditzens ans Herz gewachsen ist, wird gleich zu Beginn des Krieges eingezogen, seine Urlaube verbringt er in Carwitz. Die Nachricht von seinem Tod 1941 erschüttert die Familie tief.

Das Anwesen in Carwitz ist eine Büdnerei – ein Haus mit Garten und etwas Land. Nicht nur die Wirtschaftsgebäude sind von überschaubarer Größe, auch das Wohnhaus ist nicht sonderlich geräumig. Ruhe ist hier schwer zu finden, die Kinder toben, zwei Haustöchter und ein Dienstmädchen verrichten ihre Arbeit in den Räumen, im Garten und im Umfeld des Hauses wirken die Angestellten. Häufig steht Fallada schon um drei Uhr morgens auf, seit jeher von Schlaflosigkeit geplagt, und nutzt die Stille der frühen Stunden zum Schreiben. »Eigentlich ging alles mit dem Frühstück los«, erinnert sich Gertrud Malingriaux, die als Haustochter angestellt war. »Der Kaffeetisch war fix und fertig, der Chef war immer Punktum da, 7.15 Uhr, bloß die Mummi fehlte manchmal noch mit den Kindern. Dann wurde gefrühstückt, im Winter im Esszimmer, im Sommer natürlich alle Mahlzeiten in der schönen Veranda.«

Und Suse blickt zurück: »Er war penibel und besessen. Besessen auch von Pünktlichkeit. Wenn er morgens nach der Arbeit herunterkam, mußte das Frühstück um sieben Uhr fünfzehn auf dem Tisch stehen. Um sieben Uhr sechzehn war es eine Katastrophe. Wie sollte ich das schaffen mit den Kindern, die manchmal noch schliefen? Aber er wollte auf die Minute genau am Kaffeetisch sitzen, und er wollte, daß die Familie dabei war. [...] Die Familie mußte sich unterordnen, und mehr und mehr wurde mein Mann ein Despot. Ich habe alles versucht, um mich anzupassen, aber es war fast unmöglich, wenn ein bis zwei Minuten schon ausschlaggebend sein konnten. Menschen sind eben so. Und wenn man Frieden haben will, muß man damit leben, obwohl es sehr schwierig ist.«

In Zeiten der intensiven Schreibarbeit gelten besondere Vorschriften. Familie und Personal schleichen nur noch durchs Haus. Luise Lamp, Haustochter von 1935 bis 1936, beschreibt den Alltag: »Natürlich wußte ich, daß es der Haushalt eines Schriftstellers war. Die Vorarbeiten für sein Bücherschreiben machte er unten, Notizen usw., und wenn er dann wirklich an die tolle Arbeit ging, zog er nach oben. Er ging ins Hofzimmer, das kleinste Zimmer oben, und er schloß sich ein und war einfach nicht da. Aber essen mußte er ja schließlich auch, und einer von uns brachte das Essen nach oben. Da war vor der Tür ein kleines Tischchen, wir gingen auf Zehenspitzen, stellten das Tablett hin und brauchten nur einmal so zu machen (leichtes Kratzen an der Tür), das genügte. Kein Rufen oder Klopfen, ansprechen durften wir ihn schon gar nicht, wir stellten das Essen aufs Tischchen und schlichen wieder runter. Wann er sich das dann reingeholt hat, das wußten wir überhaupt nicht, er wollte eben ganz allein sein.«

Mit Unruhe verbunden sind die häufigen Besuche von Verwandten und Freunden. Zu den Gästen gehören Falladas Schwestern Margarete und Elisabeth mit ihren Familien ebenso wie die Familie von Suse, ihre Mutter Louise Issel und die Halbschwester Tilly mit ihrem Mann Peter Frerksen. Im September 1934 löst sich Kagelmacher für einige Wochen von seinen astrologischen und mythologischen Forschungen in Leipzig und nimmt Quartier auf dem Anwesen des Freundes. Während der zwei Monate, die er im Dorf verbringt, freundet er sich mit dem vierjährigen Uli an. Zurück in Leipzig, schickt er einen »Brief an den Herrn Bahnschaffner und Postdirektor Ulrich Ditzen in Carwitz. Sehr geehrter Herr Kontrolleur, nun möchte ich Ihnen doch schreiben, daß ich wieder hier bin. Aber es is man recht mau! Denn sehen Sie! Als ich von Ihnen abfuhr, bekam ich gleich Heimweh und Grippe und Störungen im Geruch. Ich kaufte mir dann gleich ne Buddel Schnaps, aber es half ja doch nicht recht. Denn, Herr Schaffner, hier ist ja kein Schimmel und keine Kuh und auch kein ordentlicher Baum. Und die Erde ist hier überall steinhart und gänzlichst nichtswürdig. […] Aber, Herr Schaffner, das Unglück lauert auf allen Wegen. Als ich hier ankam, sollte ich nun nicht mehr nachts singen und tanzen. Denn die Frau (unter mir) hat inzwischen schon ein bisschen aufgeatmet und sogar nachts etwas geschlafen, und gerade wie ich ankomme, war ihr gleich der Bauchnabel ausgetreten. Ach, Herr Inspektor, Sie glauben gar nicht, was es alles gibt …«

Fallada hat nicht vergessen, was er Kagelmacher verdankt. Dem treuen Freund, der auf einem schmalen Grat zwischen Verschrobenheit und Wahnsinn wandelt und immer deutlicher zu Letzterem neigt, schreibt er: »Mir und Suse, uns beiden ist über Ihrem Brief ganz traurig zumute geworden. Wir können uns denken, wie schwer Ihnen das Eingewöhnen wieder in Leipzig wird. Wir denken ja immer daran, Sie einmal ganz hierher zu holen, aber bei dem jetzt noch so beschränkten Raum geht es noch nicht.«

Einen anderen Besuch hat Fallada lange Zeit durch stille Obstruktion abzuwehren versucht. Im Mai 1934 kommt Martha Dodd nach Carwitz, eine höhere Tochter mit literarischen Ambitionen und eine attraktive Erscheinung, ihr Vater ist der amerikanische Botschafter in Deutschland. In Berlin ist Martha Dodd dafür bekannt, dass sie auf diplomatische Umwege verzichtet und stattdessen den direkten Kontakt zu den Mächtigen und Prominenten sucht. Über ihren Intimus, den Gestapo-Chef Rudolf Diels, schreibt sie: »Ich fühlte mich von diesem menschlichen Monster mit seinem empfindsamen Gesicht und seiner grausamen, gebrochenen Schönheit angezogen und war fasziniert von ihm.« Affären werden ihr auch mit Prinz Louis Ferdinand, Max Delbrück, mit der Fliegerlegende Ernst Udet und mit Hitlers Auslandspressechef Ernst »Putzi« Hanfstaengl nachgesagt. Der amerikanische Schriftsteller Thomas Wolfe vertraut nach seinem Berlin-Besuch 1935 einem Freund an, Martha Dodd sei »wie ein Schmetterling um meinen Penis geflattert«.

Das Buch, das Dodd 1939 über ihre Zeit in Deutschland veröffentlicht, besteht vor allem aus Kitsch und Klatsch und vermittelt zugleich ein Bild von der absurden Überschätzung ihrer eigenen Rolle im politischen Getriebe. Hanfstaengl hätte sie dazu auserkoren, »die Geschichte Europas zu verändern«, und zwar als Geliebte von Hitler. Der mit langen Überlegungen zur Kleiderfrage vorbereitete Anbahnungsversuch verpufft in einer kurzen höflichen Konversation (»Nice to meet you, Mr. Hitler!«).

Der Handkuss des Diktators veranlasst Martha Dodd zu längeren Ausführungen über dessen Asexualität. Hitler wiederum beschwert sich Jahre später: »Es hat doch niemand fertiggebracht von diesem Auswärtigen Amt, die wirklich zugängliche Tochter des früheren amerikanischen Botschafters Dodd so richtig in Beschlag zu nehmen.«

Der sowjetische Geheimdienst NKWD war schon früher auf den Gedanken gekommen, die Obsessionen der Diplomatentochter für die eigenen Zwecke zu nutzen. Er war durch ihren Ehrgeiz, auf Cocktailpartys und Diplomatenempfängen das Weltgeschehen lenken zu wollen, auf Martha Dodd aufmerksam geworden, und setzte Boris Winogradow, den Ersten Sekretär der sowjetischen Botschaft, auf sie an. Fortan berichtet sie unter den Codenamen »Lisa« und »Julia 2« dem sowjetischen Geheimdienst. Winogradow verliert jedoch die berufliche Distanz und verliebt sich in seine Informantin. Nach Carwitz kommt die exaltierte Amerikanerin gemeinsam mit Mildred Harnack, mit ihrem Geliebten Boris Winogradow und mit Heinrich Maria Ledig, der hartnäckig an der Idee eines solchen Treffens festgehalten hatte.

Auf den überlieferten Fotos machen die Besucher keinen entspannten Eindruck. Zum Abschied versichert man sich der Form halber, sich bald schon wieder treffen zu wollen. In den folgenden Briefen ist jedoch von Enttäuschung die Rede. In der Passage ihres Buchs, in der Martha Dodd den Ausflug beschreibt, bekommt man einen Eindruck von der damaligen Stimmungslage: »Hans Fallada kam mit seiner einfachen, fülligen Frau heraus, um uns zu begrüßen. Wir gingen ein wenig umher, er beschrieb, was er so als Landwirt machte, und seine Frau zeigte uns voller Stolz den Garten, den sie versorgte. Er war ein untersetzter Mann mit aschblondem Haar und charmantem, freundlichem Gesicht; seine Frau war mollig, blond, heiter, mit sympathischen Zügen. [...] Wir diskutierten ein wenig, und obwohl ich den Eindruck bekam, daß er kein Nazi war, gar keiner sein konnte – welcher Künstler kann das? –, spürte ich eine gewisse Resignation in ihm. [...] Dieser Rückzug vom Leben war Hans

Falladas tragische Lösung der Probleme, die seinen Frieden hätten stören können. Es war eine Versuchung, der er vollständig erlegen war. Und der Eindruck des Defätismus, den er vermittelte, machte einen traurig.«

Die weiteren Lebenswege der drei Begleiter von Ledig in Carwitz werfen ein Schlaglicht auf den Irrsinn dieser Jahrhunderthälfte. Martha Dodd, die als naive Nazi-Anhängerin nach Deutschland kam, verlässt das Land 1937 als fundamentale Gegnerin des NS-Regimes, als NKWD-Spionin und glühende Verehrerin der Sowjetunion. Dodds Buch »Through Embassy Eyes« über ihre Erlebnisse in Deutschland soll 1943 von der Twentieth Century Fox verfilmt werden. Für den Part ihres Bruders wünscht sie sich einen jungen Schauspieler, der in jenen Jahren vor allem für Nebenrollen bekannt ist: Ronald Reagan. Das Projekt wird allerdings nie realisiert. 1947 strengt das FBI Ermittlungen gegen Martha Dodd an, einem Spionageprozess entzieht sie sich 1953 durch Flucht nach Mexiko. Vier Jahre später geht sie nach Prag, 1962 nach Havanna und 1968 zurück nach Prag, wo sie den Zusammenbruch des kommunistischen Regimes noch erlebt und 1990 stirbt.

Ihre Freundin, die gebürtige Amerikanerin Mildred Harnack, Vorsitzende des Frauenclubs an der US-Botschaft, ist ab 1939 gemeinsam mit ihrem Mann Arvid im Widerstand gegen das Nazi-Regime aktiv. Beide gehören zu einem Netz mehr oder weniger unabhängig voneinander agierender Widerstandsgruppen mit Kontakt zur Sowjetunion, das von der Gestapo als »Rote Kapelle« geführt wird. Im September 1942 wird sie verhaftet und zunächst zu sechs Jahren Zuchthaus verurteilt. Hitler ordnet als »Oberster Gerichtsherr« des Reichskriegsgerichts eine neue Hauptverhandlung an, die mit dem Todesurteil für Mildred Harnack endet. Im Februar 1943 wird sie hingerichtet.

Martha Dodds sowjetischer Freund vom NKWD, Boris Winogradow, der 1936 in Moskau angefragt hatte, ob er die Tochter des amerikanischen Botschafters heiraten dürfe, wird 1938 nach Moskau zurückbeordert. Hier konfrontiert man ihn in einem Schauprozess mit dem Vorwurf, die Berliner Botschaft zum Stützpunkt einer »trotzkistischen Verschwörung« ausgebaut zu haben. Winogradow wird noch im selben Jahr hingerichtet.

Bevor »Wer einmal aus dem Blechnapf frißt« erscheint, beendet Fallada Ende Februar 1934 die Arbeit an seinem neuen Roman: »Wir hatten mal ein Kind«. Im Dezember hatte er seinem Verleger geschrieben: »Lieber Vater Rowohlt, manchmal denke ich, dies Buch wird mein bestes, es schreibt sich herrlich, liegt aber gar nicht in der Linie meiner bisherigen Bücher. Im Grunde sind es viele Einzelgeschichten (mit sehr wenig Dialog) um einen sehr starken Helden gruppiert. Am meisten Ähnlichkeit hat es noch mit Hamsun, aber das sage ich nur vom Technischen, ich bin nicht größenwahnsinnig.« Auch wenn der Sprung nicht so weit ist wie von den spätexpressionistischen Anfängen eines »Goedeschal« zu »Bauern, Bonzen und Bomben«, mit »Wir hatten mal ein Kind« betritt Fallada stilistisch und technisch Neuland. Die an seinen früheren Büchern gerühmte Kunst des Dialogs tritt in den Hintergrund, und es öffnet sich ein erzählerischer Raum, in dem der Leser Luft holen kann, eine Prosa, die im gelassenen Tempo des Erzählens die Weite der Landschaft abbildet. An Elisabeth schreibt er: »[...] mit der alten Methode von B.B.B. an bis zum Blechnapf war ich alle. Die Leute haben es noch nicht gemerkt, aber es wäre reine Manie geworden, dieses ewige Dialogisieren, mit kleinen Bilderchen. Hier haben wir nun den hoffentlich breiteren Fluß. Ich sehe hier unerschöpfliche Möglichkeiten.«

Der Roman ist auf Rügen angesiedelt. Johannes Gäntschow, der Protagonist, trägt Züge von Johannes Kagelmacher und von Fallada selbst. Gäntschows Vater, der periodisch dem Alkohol verfällt und den Hof verkommen lässt, erkennt in dem Jungen etwas Besonderes. Er lässt ihn vom Pfarrer unterrichten. Einzige Mitschülerin ist Christiane, die Tochter des Grafen. Beide bilden eine Insel auf der Insel. Aus ihrer kindlichen Gemeinschaft, den Erlebnissen im Ort und den gemeinsam überstandenen Gefahren erwächst eine seelische Verbundenheit, die wieder auflebt, als sie sich Jahre später auf Rügen wiederbegegnen. Johannes führt keine glückliche Ehe. Ohne es sich klarzumachen, misst er seine Frau an Christiane. Die eigene Frau gilt ihm zunehmend nur noch als Inventar des Hofs, als Gewähr für die Nachkommenschaft. Nach einer Fehlgeburt kehrt er sich vollends von ihr ab. Dafür gelingt es ihm, die Zuneigung Christianes neu zu entfachen. Ihr Ehemann, ein Hamburger Geschäftsmann, begegnet diesem Treiben mit hanseatischer Gelassenheit. Die Dreierkonstellation ähnelt in vielem dem Verhältnis zwischen dem jungen Rudolf, Anne Marie und Egmont Seyerlen. In einem substantiellen Punkt geht sie jedoch weiter: Christiane erwartet ein Kind von Johannes.

In einem Brief bekennt Fallada, er habe das ganze Buch überhaupt nur wegen des letzten Kapitels geschrieben, wegen der Geschichte um das gestorbene Kind. Nach der Denunziation in Berkenbrück, der Haft in Fürstenwalde, den Wochen der Haltlosigkeit bis zum Kauf des Carwitzer Anwesens wirkte der Verlust des Zwillingskindes wie eine Warnung zur Umkehr: Carwitz sollte ein Neubeginn sein, ohne Alkohol, ohne Affären. Dem Roman »Wir hatten mal ein Kind« ist die Trauer um die im Jahr zuvor verlorene Tochter eingeschrieben. Herauslesen lässt sich aber auch der Selbstvorwurf des Autors, Suse während der Schwangerschaft zu wenig Beistand geleistet zu haben. An verschiedenen Stellen scheint der autobiographische Hintergrund durch, etwa die Furcht, das Kind könnte krank zur Welt kommen. Im letzten Kapitel lässt sich Johannes Gäntschow, als die Entbindung schon im Gange ist, mit einem Taxi durch die Gegend fahren und lädt den Fahrer am Stadtrand in ein Gasthaus ein:

Prost! sagte Gäntschow. Die Uhr war noch nicht ganz dreiviertel elf, noch zwei Stunden mußte er aushalten. Er setzte das Glas wieder ab und sagte unvermittelt zu seiner eigenen, tiefen Überraschung: Meine Frau kriegt nämlich ein Kind.

Jaja, sagte der trübsinnige Mann in der Lederkleidung, wischte sich mit dem Handrücken den Mund ab und setzte dann hinzu: Da kann man nur zu Gott beten, daß alles gutgeht.

Wieder war er eine Weile still. Dann raschelte die Wirtin hinter der Theke mit einer Zeitung, und der Mann sagte: Ich habe auch drei.

Wieder war es eine Weile still. Gäntschow spielte mit dem Löffel und sah aufmerksam den Mann an.

Vor allem, daß das Kindchen gesund ist, sagte der Mann. Und wie erklärend, ganz in Trübsinn versinkend: Mein letztes hat nämlich einen Wasserkopf.

Gäntschow saß da und starrte. Die Eiseskälte war von den Füßen an den Beinen hochgekrochen. Er fühlte, wie seine Hände zitterten, und er biß die Kinnbacken zusammen, damit er nicht mit den Zähnen klapperte. Aber die Kinnbacken machten sich wieder frei, und er klapperte doch.

Er stürzte den Rest des Getränkes hinunter und bestellte noch zwei Grog.

Er ist ja schon sieben Jahr, sagte der Fahrer, aber darum spürt er es nur noch um so mehr. Papachen, fragt er immer, wann wird denn nun meine Birne operiert? Meine Frau hat ihm das vorgeredet. Na ja, es ist ja auch schwer für so 'n Kind. Seine Geschwister sind ganz gesund und spielen auf der Straße. Er sitzt immer zu Haus, immer artig und folgsam. Wird meine Birne nie wieder gut, Papachen? fragt er.

»Ihr Töchterchen, Herr Ditzen, liegt schon auf Eis«, soll der Arzt gesagt haben, als der Vater im Krankenhaus eintraf. Im Roman läuft das Geschehen nach fast sechshundert Seiten auf den Satz zu: »Auf dem Laken lag ein kleiner Körper.«

Fallada lässt die Eltern am Entstehen des Buchs teilhaben und sendet die Druckfahnen nach Leipzig. Von April bis August 1934 lesen sich Vater und Mutter gegenseitig zweimal das Buch vor, und als eine Kurzfassung in der »Berliner Illustrirten« erscheint, lesen sie es noch ein drittes Mal. Die Mutter ist »dankbar, daß dies Buch so geworden ist […], auch Papa ist ganz gefesselt, erregt, oft tief bewegt, so daß ich dann weiter lesen muß.

Oft lesen wir über die übliche Zeit hinaus, weil er sich nicht losreißen kann.« Natürlich merken die Eltern, dass in der Figur des Kammergerichtsrats ein kaum verfremdetes Porträt des Vaters angelegt ist, mit dem der Sohn zu erkennen gibt, dass er im Abstand der Jahre weiß, was der Vater für ihn getan hat.

Neben Suse war es Wilhelm Ditzen, der wohl den tiefsten Einblick in die Persönlichkeit seines Sohnes hatte, der um den Kampf wusste, den Rudolf gegen seine selbstzerstörerischen Anlagen führte, um die inneren Gefährdungen und die Verlockung, der eigenen Schwäche nachzugeben. Als Richter hat Wilhelm Ditzen die kleinen Ausflüchte und großen Lügen der Menschen kennen- und durchschauen gelernt. Als Liebhaber von Musik und Literatur reicht sein Maßstab bei der Beurteilung von Falladas Büchern über das Wohlwollen des Vaters hinaus. Er ist stolz auf seinen Sohn, und dem tut diese Anerkennung gut. Neun Jahre lang hat Rudolf seine Eltern nicht gesehen, erst im Herbst werden die Großeltern die beiden Enkel und ihre Schwiegertochter persönlich kennenlernen. Was der Reichsgerichtsrat a. D. über seine Lektüre des neuen Romans nach Carwitz schreibt, wirkt wie ein Wärmestrom: »[...] wir haben hier gelächelt, dort haben wir (d. h. ich) geweint, so daß ich die Vorlesung an Mutti abgeben mußte.«

Fallada knüpft an die Veröffentlichung des Buchs, das er für sein «schönstes, reifstes und reichstes« hält, die Hoffnung, dass es diesmal zu keinen Attacken auf die politische Opportunität des Autors komme. Endlich wird »das alberne Geschwätz, ich wäre ein Jude«, verstummen. »Ein Jude«, das ist 1934 ein Synonym für »Kulturbolschewist« oder »Kaffeehausliterat«. Wenn es um das abstrakte Stereotyp geht, zeigt sich Fallada empfänglich für einen schon vor 1933 weitverbreiteten Antisemitismus, auf den die neuen Machthaber mit ihrem Rassenwahn aufbauen können. Im Privaten sieht es anders aus. Die Namensgeberin seiner Tochter, seine Freundin Lore Soldin, ist Jüdin, ebenso wie Dora Preisach, die einen Teil des »Blechnapf«-Manuskripts abgetippt hat. Ihr schreibt er 1934: »Wir wollen Sie gerne hier im deutschen Land behalten. Schon lange gehen wir mit einer Idee Ihretwegen schwanger. Sie haben einmal gesagt, Sie würden sofort einen Posten bei uns annehmen. Suse und ich, wir fragen Sie hiermit ernstlich: wollen Sie für dauernd zu uns kommen? Als Sekretärin, Kinderfreundin, Stütze der Hausfrau, Freundin – eben als eine Hilfe und Aussprache für alles.« Dora entscheidet sich 1935, nach Palästina auszuwandern, der briefliche Kontakt bleibt bestehen.

»Wir hatten mal ein Kind« scheint auf den ersten Blick tatsächlich eher vereinbar mit den kulturpolitischen Vorstellungen der Nationalsozialisten zu sein als die früheren Bücher von Fallada. Hier geht es nicht mehr um die Soziologie der Angestelltenschicht, um Freikörperkultur oder den Vergnügungsbetrieb in der Reichshauptstadt, sondern um die Ahnen auf dem Warderhof, um den Kuhstall, das Kalben und um Dungstätten, auch Heidnisches und germanische Mythologie spielen am Rande eine Rolle. Ist es ein »Blut- und Boden-Roman«, wie es Thomas Mann der Ankündigung entnimmt? Hat sich gar, wie Georg Lukács im Slang der marxistischen Klassentheorie behauptet, »bei Fallada eine sehr wesentliche Faschisierung vollzogen«? Hat sich der »gleichgeschaltete Fallada« den Nazis »mit Haut und Haaren« verschrieben, wie Trude Richter 1935 in der Moskauer »Internationalen Literatur« schreibt, bevor sie ein 17 Jahre währendes Martyrium durch den Archipel Gulag antritt, das sie nur mit knapper Not überlebt? »Was man auch von ihm verlange«, mutmaßt sie, »er wird keinen Widerstand leisten, er wird alles schlucken, um sein Häuschen und seine Ruhe zu retten.«

Die öffentlichen Reaktionen sind anfänglich positiv bis euphorisch. Karl Rauch schreibt in »Das deutsche Wort«: »[...] endlich wieder ein großer Wurf«, und Karl Burkert bezeichnet in der Zeitschrift »Nation und Schrifttum« das Buch als »einzigartig«, es werde Bestand haben. Dieses Urteil wird unter anderem im Mannheimer »Hakenkreuzbanner« und der Solinger »Volksparole« nachgedruckt. Wenig später aber dreht sich der

Wind: Der völkische Autor Walter Julius Bloem, dessen Werk »Vormarsch« der Greifswalder Häftling Rudolf Ditzen ein Jahrzehnt zuvor wenig schmeichelhaft als »Vorm Arsch« buchstabierte, greift unter dem Titel »Wir hatten mal einen Fallada« den Autor und »die Generalidee der Gesammelten Werke« an: »Daß ein Baum reifen, wachsen und gesunde Früchte tragen könnte, das duldet Falladas Welt voller Schmutz und Lüge nicht [...].« Er empfiehlt: »Axt anlegen, Umlegen, Zugrunderichten.« Langenbucher schüchtert wiederum den lobenden Rezensenten Karl Rauch ein und diffamiert Kritiker wie Autor, denen die »Stimme des rassischen Schicksals« fremd sei. »Wir hatten mal ein Kind« sei kein »Buch, wie wir es heute brauchen«.

Kein Zweifel, Fallada hat sich diesmal Mühe gegeben, alle denkbaren Gemeinsamkeiten mit der NS-Ideologie herauszustellen, doch Bloem und Langenbucher haben aus ihrer Perspektive recht: Es ist nur Camouflage. Obwohl er durchaus zu Konzessionen bereit und zur Anpassung gewillt ist – ein Nazi kann er nicht werden, sein Künstlertum steht ihm im Wege. Auch sein Frauenbild und seine Auffassung der Ehe lassen sich mit der NS-Ideologie nicht zusammenbringen, keine seiner Frauenfiguren im Roman qualifiziert sich fürs »Mutterkreuz«. Und ein Junge, der auf unschuldige Weise eine Kuh liebt und dafür von den Erwachsenen der Sodomie verdächtigt wird, gehört auch nicht eben zum Standardrepertoire eines Figurenensembles, das vor nationalsozialistischen Kunstrichtern bestehen könnte.

In »Wir hatten mal ein Kind« findet man keinen pseudomythologischen Schwulst, dafür aber menschliches Denken, Fühlen und Verhalten, die von allen Seiten, besonders von ihren dunklen und schwachen geschildert werden. Für den Rezensenten einer Rostocker Studentenzeitung gehört das Buch daher auf den Scheiterhaufen. In der Besprechung heißt es: »Sie, Herr Hans Fallada, müßten wissen, daß unser Volk durch seinen edlen Führer neu in der Prägung begriffen ist, und daß es sich in seiner ganzen neuen Würde im Schrifttum wiederfinden will. Sie aber ziehen es in den Kot.«

Die Verdikte der NS-Fanatiker zeigen Wirkung, der Umsatz von Fallada-Büchern geht Anfang 1935 auf ein Fünftel zurück. Ende Februar 1935 schreibt der in Misskredit Geratene an Kagelmacher: »[…] von allen offiziellen Organen bin ich erledigt worden, auf der schwarzen Liste, und das Schlimmste ist, daß die Leute, die anderer Ansicht sind, es nicht mehr zu sagen wagen.«

Suse erinnert sich ein halbes Jahrhundert später: »Wir wußten von den Konzentrationslagern, von denen ja einige ganz in unserer Nähe waren. Manchmal brachte ich mich durch das, was ich sagte, in Gefahr. Aber ich hatte einen guten Stand im Dorf, und die Leute haben nie etwas weitergesagt. Wir waren keine frohen Menschen damals.« Der Gedanke, ins Exil zu gehen, wird zunächst verworfen, zu viel Gewicht hat das gerade Erreichte, gemessen an der Herrschaft eines politischen Systems, von dem man nicht weiß, wie lange es überleben würde. Auch ändern sich die Signale ständig: Mal gibt es Angriffe in der Presse, dann wieder, wie im August 1934, wird Fallada eingeladen, an einem Propagandafilm mitzuwirken, einem »offiziellen Parteifilm über das Bauerntum«. Anfang 1935 tritt der Intimfeind und Denunziant Langenbucher »aus gesundheitlichen Gründen« von der publizistischen Bühne ab – auch das für den Schriftsteller eine gute Nachricht.

Mehrfach bekommt der Autor von »Kleiner Mann – was nun?« das Angebot, als Berater oder Drehbuchschreiber nach Hollywood zu gehen, zum »Movie-Gesindel«, wie es Thomas Mann ausdrückt. Doch Carwitz ist ihm lieber »als Hollywood mit all seinen Zechinen«. An Kagelmacher schreibt er: »[…] ich kann nicht wie andere Helden mich ins Ausland setzen und da Literatur schreiben, ich sitze hier so fest im Norddeutschen, daß ich keine andere Umwelt zum Produzieren mir denken kann.« Ähnlich heißt es in einem Brief an Tante Ada, er wolle nicht auf »irgendeinem doofen Emigrantenschmollstübchen«, sondern lieber »im Eigenen sitzen und schreiben«.

Denkt man an die Situation der an Leib und Leben bedrohten, überall ungeliebten Exilanten in Europa nach 1933, klingt die Formulierung »Emigrantenschmollstübchen« perfide, ähnlich wie die von den »Badeorten«, mit der Benn die Emigranten verächtlich machen will. Aber es geht noch um mehr: »Ich will nicht für 2 oder 3000 Menschen schreiben, sondern für je mehr je lieber«, erklärt Fallada seinem Schwager. »Der Gedanke, für die Schreibtischschublade zu arbeiten, wäre mir schrecklich, kaum erträglich.« Zu denen, die Bedenken haben, mit einer Distanzierung vom Nazi-Regime zugleich die deutsche Leserschaft zu verlieren – ideell wie materiell –, gehört in diesen Tagen auch noch Thomas Mann.

In den folgenden Jahren erwägt Fallada öfter die Emigration, etwa wenn es neue Angriffe in der Presse, Ärger mit den Behörden oder schier unlösbare finanzielle Probleme gibt, die eng damit zusammenhängen. Im Februar 1935 frischt er seine Englischkenntnisse auf, deren Grundlagen einst Tante Ada in Tannenfeld gelegt hatte. Die Furcht, unter dem Nazi-Regime als Schriftsteller nicht existieren zu können, bekommt neue Nahrung, als er im September 1935 ein Schreiben der Reichsschrifttumskammer erhält. »Nach einigen Vorpostengefechten ist gestern von der Reichsschrifttumskammer der endgiltige Entscheid gekommen, daß ich als ›Unerwünschter Autor‹ anzusehen sei und daß der Vertrieb meiner Bücher im Auslande und der Verkauf von Übersetzungsrechten für heute und alle Zukunft mir verboten sei.«

Damit ist Fallada die Publikation lediglich im Inland gestattet, was eine empfindliche Einschränkung ist, da nur noch die Auslandslizenzen nennenswerte Einkünfte bringen: »Es ist zum Kotzen!«, macht er sich gegenüber Kagelmacher Luft, »das einzige, was noch möglich ist, wäre eine Emigration, natürlich nur gesetzlicher Art, so daß mir die Rückkehr immer möglich wäre. Der Gedanke widerstrebt mir sehr, denn was sollen wir schließlich im fremden Lande – Dänemark oder England käme in Frage – ? Dazu müsste man Carwitz, ja, alles Errungene aufgeben – nein, es wäre doch sehr bitter. Hier müsste man nun wirklich einmal einen Rat, eine Aussicht durch das Horoskop haben – aber ich weiß ja, wie schwierig das alles ist. Und ob man etwas anderes täte, als man sonst täte?« Fallada kann erreichen, dass der Status als »unerwünschter Schriftsteller« schon Anfang Dezember wieder aufgehoben wird, womit sich die Situation vorübergehend entspannt.

Doch im Jahr darauf geht er einen Schritt weiter. Nach ernsten Finanzproblemen und neuerlichen Anwürfen in der Presse – »Es scheint mir, ich bin so eine Art Freiwild« – inseriert Fallada das Haus in Carwitz zum Verkauf, findet aber keinen Abnehmer. Konkret wird der Plan zur Emigration nach den Ausschreitungen gegen die jüdische Bevölkerung in der sogenannten »Reichskristallnacht«. Putnam, Falladas englischer Verleger, hat Vorbereitungen für eine Ausreise der Ditzens nach England getroffen. Im letzten Augenblick überlegt es sich Fallada jedoch anders. Wenig später, mit Kriegsbeginn, ist an Ausreise nicht mehr zu denken.

1944, das Ende des Krieges und mit ihm des Nazi-Regimes ist in Sicht, konstatiert er: »Und wenn ich mich heute frage, ob ich recht oder falsch gehandelt habe, daß ich in Deutschland geblieben bin, so sage ich noch heute: ›Ich habe recht gehandelt!‹ Ich bin wahrhaftig nicht, wie man mir auch vorgeworfen hat, aus Angst um meinen Besitz oder aus Feigheit hier geblieben. Im Auslande hätte ich mehr und leichter Geld verdienen können, hätte ich sicherer gelebt.« Wie häufig, wenn es um die Rechtfertigung des eigenen Verhaltens geht, erfährt man höchstens die halbe Wahrheit. Natürlich hat der Besitz in Carwitz immer eine Rolle gespielt, ebenso die Furcht, als deutscher Schriftsteller in einer anderssprachigen Umgebung die Familie nicht über Wasser halten zu können.

Doch wenigstens ebenso gewichtig und glaubhaft als Argument gegen das Exil ist ein immaterielles Motiv: die emotionale Bindung an die Heimat, die Furcht vor dem Ausgestoßensein, ebenjenes Bewusstsein, das für viele Exilanten die eigentliche Bitternis des Exils ausmachte: »[...] ich [...] habe lieber mich, meine Frau und meine Kinder allen Gefahren ausgesetzt, als aus der Heimat zu gehen, denn ich bin ein Deutscher, ich sage es heute noch mit Stolz und Trauer, ich liebe Deutschland, ich möchte nirgendwo auf der Welt leben und arbeiten als in Deutschland. Ich könnte es wahrscheinlich nirgendwoanders. Was wäre ich wohl für ein Deutscher, wenn ich mich in den Stunden der Not und Schmach davon gestohlen hätte zu einem leichten Leben? Denn ich liebe dieses Volk, das der Welt unvergängliche Klänge geschenkt hat und weiter schenken wird. Hier sind Lieder gesungen wie in keinem anderen Land der Welt, hier in Deutschland erklangen Töne, die man nicht wieder hören wird, wenn dieses Volk untergeht! So treu, so geduldig, so standhaft dieses Volk – und so leicht zu verführen! Weil es so gläubig ist – jedem Scharlatan glaubt es.« Der Preis ist hoch, den Fallada für seine Entscheidung zahlt, im Land zu bleiben.

ACHTZEHNTES KAPITEL

Ich habe das Gefühl, daß die Dinge einen recht falschen Weg gehen – Ich kann nicht mehr produzieren, wie ich möchte – 14 Tage fehlen vollständig in meinem Gedächtnis – Ich will in den nächsten zwei Jahren kein Buch veröffentlichen

Die ersten Monate der Ditzens in Carwitz waren alles andere als ein Spaziergang. Das Haus musste eingerichtet, Garten und Landwirtschaft in Gang gebracht und Personal eingestellt werden. Das alles verschlang Unsummen. Die Kinder und Suse waren häufig krank. Neben allen Mühen und Widrigkeiten im praktischen Alltag gelang es ihm in wenigen Monaten, nicht nur »Wer einmal aus dem Blechnapf frißt« abzuschließen, sondern mit »Wir hatten mal ein Kind« ein weiteres Buch fertigzustellen. Erst jetzt, mit dem Erlös aus dem Vorabdruck, kann er seine letzten Schulden an die Grafen von Hahn und von Rohr zurückzahlen, die er durch seine Unterschlagungen geschädigt hatte.

Wie bekannt Fallada bereits geworden ist, lässt sich an den überzogenen Vorstellungen von den finanziellen Möglichkeiten des Autors ablesen, wie sie in Briefen nach Carwitz zum Ausdruck kommen: Eine Opernsängerin bittet den Schriftsteller, ihr zu einem Engagement zu verhelfen, indem er ihr eine passende Garderobe finanziert. Ein Gemeindevorsteher beklagt in einem Leserbrief den Fehlbestand von 1200 RM in seiner Kasse und bittet Fallada um die Überweisung von vorsorglich 2200 RM. Doch Fallada lebt keineswegs in Saus und Braus. Da die laufenden Ausgaben für den Carwitzer Kleinbetrieb bei weitem die Erträge aus der Schriftstellerei übersteigen, werden alle Hoffnungen auf künftige Buchverkäufe gesetzt. Zu der Erschöpfung, die ihn immer nach dem Abschluss eines Romans befällt, kommt die Ungewissheit hinzu, wie das neue Buch aufgenommen wird.

Literaturkritik übernimmt im Deutschland der NS-Zeit, wo es keine Vorzensur gibt, eine Überwachungsaufgabe. Politische Verdikte, ausgesprochen an prominenter Stelle, lassen die Verkaufszahlen einbrechen. Auf diese Weise, auf dem Umweg über den ökonomischen Effekt, wirkt Kritik als Nachzensur.

Neben der Presse konkurrieren verschiedene Behörden auf dem Feld der ideologischen Deutungshoheit. Nicht selten geht es weniger um Inhalte als um Macht- und Einflussfragen. Es gibt keine einheitliche nationalsozialistische Literaturpolitik. Was auf der Linie von Propagandaminister Goebbels liegt, muss dem Amt Rosenberg, der Parteiamtlichen Prüfungskommission zum Schutze des nationalsozialistischen Schrifttums oder dem Reichsministerium für Wissenschaft, Erziehung und Volksbildung noch lange nicht gefallen. Dass der »Blechnapf«-Roman keine Begeisterungsstürme bei der NS-Literaturkritik hervorrufen würde, darüber waren sich Verlag und Autor im Klaren. Da nun auch »Wir hatten mal ein Kind« politischen Angriffen ausgesetzt ist, bleibt der Verkauf beider Bücher hinter den Erwartungen zurück. Die finanzielle Misere wird durch eine Steuernachforderung verschärft, die sich auf hohe Einkünfte aus dem Vorjahr bezieht.

Fallada versucht auf andere Weise, an Geld heranzukommen. In seiner Not zettelt er einen Streit mit Rowohlt an und behauptet, vom Verlag übervorteilt worden zu sein: »Ich habe, wie ich Ihnen schon gestern am Telefon sagte, das Gefühl, daß die Dinge einen recht falschen Weg gehen, und dieses Gefühl ist durch Ihren Brief nur verstärkt worden«, schreibt er seinem Verleger und kündigt an, sich in künftigen Verhandlungen »von irgend einem erfahrenen Menschen beraten« zu lassen, und betont zugleich: »Ich will nie einen anderen Verleger als Sie. Aber ich will Verträge ohne Ärger.« Ernst Rowohlt hält dagegen: »Es kränkt mich aufs Tiefste, wenn Sie schreiben, daß wir Sie mißtrauisch behandeln, und daß Sie sich nicht nett behandelt fühlen.«

Im September 1934 unternimmt die Familie eine Reise zu Freunden nach München. Auf der Rückfahrt gerät das Ehepaar aneinander. Kein halbes Jahr hat Fallada sein Versprechen durchgehalten, sich vom Alkohol fernzuhalten. Während Suse nach Carwitz heimkehrt, fährt er nach Hiddensee weiter. Von dort schreibt er: »Liebste Suse, ohne Frieden mit Dir geschlossen zu haben, mag ich nun doch weder leben noch arbeiten. Verzeih mir bitte! Wieder einmal ist alles durch die sinnlose Sauferei gekommen. Darin hatte ich die Schuld.« Die Rückfall-Intervalle werden immer kürzer, Nervosität und Unmut verlassen Fallada in diesen Monaten selten. Er spricht wenig und ist leicht gereizt. Neue Steuerschulden und ein Disput um marginale Einwände, die Peter Suhrkamp zu »Wir hatten mal ein Kind« geltend macht, kommen hinzu und verdichten sich im März 1935 zu einer ernsten Depression.

Wieder kommt es zum Streit mit Suse. Er hat getrunken, doch sie spricht ihn darauf nicht an. »Das eben empfand er als Vorwurf. Deshalb platzte er los, er könne sich das nicht gefallen lassen, sei doch kein Verbrecher. Er steigerte sich so, daß schließlich von Scheidung die Rede war«, notiert später ein Arzt die Auskünfte Suses. Am nächsten Morgen trinkt er wieder. Mittags kommt es erneut zum Streit, sie verlässt weinend den Mittagstisch. Er folgt ihr, kündigt an, zu Rowohlt zu fahren und sich in ein Trinkerheim aufnehmen zu lassen. Suse bietet ihm an, sie könne mit den Kindern gehen, aber erst am nächsten Tag. Er flüchtet sich von zu Hause in die Gastwirtschaft, geht dann zur Bank, hebt Geld ab und fährt schließlich mit dem Feldberger Taxichauffeur Finger zu Rowohlt nach Grünheide. Viel hat sich angestaut, und dieser Ärger braucht ein Ventil.

Als Fallada am 16. März in Grünheide eintrifft, ist Rowohlt selbst in keiner guten Verfassung, privat wie beruflich. Seine Frau und er sind dabei, sich zu trennen, und das Verlagsschiff ist nur mit Mühe und Umsicht an den Klippen von Politik und Zensur vorbeizusteuern. Fallada taucht, wie Rowohlt an Suse schreibt, »im allerungünstigsten Moment« auf. Das »liebe Väterchen Ditzen« kommt »mit grässlichem Quatsch [...], und Sie wissen ja auch, daß er sich dann einen Quatsch aussucht, von dem er weiß, daß er den anderen ganz besonders ärgert«. Dabei sei ihm bewusst, »daß Ditzen in normalem Zustande der reizendste Mensch von der Welt sein kann, und daß wir eben diese Momente nicht ernst nehmen dürfen«. Rowohlts Brief an Suse liest sich ähnlich wie die Korrespondenz, die Tante Ada vor mehr als zwei Jahrzehnten mit dem Chef der Tannenfelder Klinik, Dr. Tecklenburg, geführt hat. Doch während damals briefliche Konsilien über den Kopf des Patienten hinweg abgehalten wurden, nimmt Rowohlt nur aus taktischen Gründen den Umweg über Suse, wohl wissend, dass Fallada der eigentliche Adressat ist.

Tatsächlich scheint diesmal alles schlimmer zu sein als in den Jahren zuvor. »Manische Depressionen, Rückfall in meine Jugendzeit«, so beschreibt Fallada seinen Zustand in einem Brief an Kagelmacher. Er trennt sich von Rowohlt im Streit und fährt mit Finger weiter Richtung München. »In Leipzig riet ihm der Chauffeur zu schlafen, was er tat. Dann weiter nach Hof. In solchen Fällen wahnsinnig unruhig, muß unterwegs sein. Fuhr weiter mit Bahn nach München. Dort bei Bekannten. Dort Selbstvorwürfe, daß er so weggelaufen sei.« In München trifft er abends um sieben bei den Bekannten ein, Stunden später ist er bereits in einer Klinik: »Da liege ich nun auf der Nase – und diesmal ziemlich kräftig«, berichtet er nach Carwitz. »Der Arzt scheint sehr vernünftig, er ist, was sehr wichtig ist, der Ansicht, daß ich richtige Depressionen habe, und gewissermaßen als Heilmittel dagegen Alkohol trinke. Er meint, und ich bin genau derselben Ansicht, daß ich von nun an völlig abstinent lebe, dafür aber bei wieder eintretenden Depressionen irgendwelche Medikamente nehmen muß. […] Mit welcher Sorge ich an Dich denke, kann ich nicht sagen.«

Suse fährt zu ihrem Mann nach München. Ende des Monats kehren sie gemeinsam nach Carwitz zurück, wo der Feldberger Arzt Dr. Westphal die weitere Behandlung übernimmt. Fallada liegt, wie er Freund Kagelmacher schreibt, »tatenlos, willenlos« im Bett, erst nach einer Woche kann er stundenweise aufstehen. Er söhnt sich mit Rowohlt aus, der ihm schreibt: »Ja, solch ein bisschen Dickfelligkeit von Ernst von Salomon könnten Sie, lieber Freund, ganz gut gebrauchen, aber wo diese Dickfelligkeit nicht ist, da ist sie eben auch nicht hinzubringen, und schließlich gibt es ja wohl kaum zwei so verschiedene Menschen wie Sie und Ernst von Salomon. Das aber, was bei Ihnen, lieber Freund, so besonders wertvoll und auch reizvoll ist, das ist doch eben, daß bei Ihnen alle Nerven des Körpers und, sagen wir einmal, die des Geistes resp. Kopfes dauernd vibrieren und zittern und auf alles immer und ewig wieder neu reagieren. Deswegen werden Sie ja auch, wie Sie das ja selber auch wissen, nie an Stoffmangel oder so leiden, sondern es werden Ihnen immer wieder neue Ideen zu neuen Büchern kommen, es jagt sozusagen eine die andere. Das ist ja eben etwas ganz Großartiges. [...] Im Geiste, lieber Freund, möchte ich Sie wirklich jetzt in diesem Moment an meinen Busen drücken und Sie recht herzhaft umarmen, denn Sie sind eben doch ein toller Kerl, wenn es auch manchmal nicht ganz so leicht ist, Sie, wenn Sie mal Ihren kleinen Rappel haben, zu beruhigen, zumal, wenn man selbst nicht so ganz mit den Nerven auf dem Posten ist.«

Dr. Westphal sucht seinen Patienten fast täglich auf und verabreicht ihm ein gebräuchliches Schlafmittel, das er im Laufe der Behandlung durch das stärkerer Dilaudid ersetzt, ein morphinhaltiges Präparat. Seinem Schwager berichtet Fallada: »Mal ein Tag gut, aber dann wieder Depressionen, die schrecklich sind [...]. Im Grunde sitzt die Quelle des Übels genau da, wo sie bei Dir, Heinz, sitzt: ich kann nicht mehr [...] produzieren, wie ich möchte.« In der zweiten Aprilhälfte verschlechtert sich sein Zustand, am 2. Mai 1935 bringt Suse ihren Mann mit dem Taxi in das West-Sanatorium nach Berlin, eine moderne Einrichtung, von der es in einer Werbebroschüre heißt, alle Zimmer seien »mit Kalt- und Warmwasseranschluß, Reichstelefon und Radioanlage (nur Kopfhörer) versehen«. Doch die Schlafmittelkur schlägt nicht an, der Zustand des Patienten verschlechtert sich weiter, er verliert an Gewicht, läuft »taumelnd und unsicher«.

Auf Veranlassung Rowohlts wird er in die Psychiatrie der

Charité verlegt. Der aufnehmende Arzt notiert Suses Bericht über den Zustand ihres Mannes: »Jetzt in den letzten Tagen verändert, war verwirrt, erzählte offenbar Träume als Wirklichkeit. Er sei einmal aus dem Sanatorium weggelaufen, trank Schnäpse. Erzählte, er sei mit Rowohlt eines nachts (jetzt!) in Leipzig gewesen, hätte getrunken, erzählte so lebendig, daß man es glauben konnte [...]. Sah manchmal Dinge, die nicht da waren. ›Was steht denn da?‹« Es stellt sich heraus, dass der Patient, nachdem er bereits vom Feldberger Arzt regelmäßig mit verschiedenen Schlafmitteln versorgt wurde, durch die weitere Behandlung mit Hypnotika vergiftet worden ist. Seinem Schwager schreibt Fallada: »14 Tage fehlen vollständig in meinem Gedächtnis, nur die Erinnerung an die Todesangst, die mich durch all meine Halluzinationen verfolgt hat, sitzt noch in mir. Im Sanatorium [...] habe ich ja nun eine ganze Schlafmittelvergiftung gehabt, wie ich später gehört habe, bin ich wirklich an der Grenze gewesen, wenn nicht des Lebens, so doch des Irrsinns.«

Die Psychiatrie der Charité ist die angesehenste Einrichtung ihrer Art in Deutschland. Ordinarius ist seit 1912 Karl Bonhoeffer, der Vater von Dietrich und Klaus Bonhoeffer. Beide werden 1945 im Widerstand gegen das NS-Regime ihr Leben lassen. Assistent von Bonhoeffer ist Dr. Zutt, der am 22. Mai 1935 in einem aufschlußreichen Bericht seine Eindrücke vom prominenten Neuzugang notiert: »Der Patient verlangt gleich bei der Aufnahme, gewissermaßen als Bedingung für seine Aufnahme, dass er rauchen darf. Hat von Nikotin stark gebräunte Finger. Bei dem Versuch, ihm die Zigaretten zu limitieren, wird er gereizt. Die Frau sagt, dass er unerbittlich darin sei, jeder Widerspruch reize ihn sehr. Früher hat er bis 150 Zigaretten geraucht. Es wird ihm in diesem Punkt nachgegeben, dann ist er aber auch recht gutmütig. Er lässt das Rauchen selbst, sobald er sieht, dass es bei der Untersuchung stört, wenn er raucht.«

Dr. Zutt, der Fallada über Jahre betreuen wird, beschreibt die Bereitwilligkeit seines Patienten, Auskunft über sich und seinen Zustand zu geben: »Überhaupt den Ärzten gegenüber sehr offen: bereitwillig, zu erzählen, sich auszusprechen. Dabei eine deutliche Note des Heiteren, der Lust am Erzählen, auch ein Bedürfnis nach Genauigkeit, Gewissenhaftigkeit der Darstellung. Sucht, wenn es nötig ist, sich einzelne Begebenheiten in Erinnerung zu rufen. Bemerkt selbst, wie ihm einiges dabei schwer wird. Einmal, nach einem kurzen Schlaf, verkennt er den vor ihm sitzenden Pfleger wegen seines glatten Haares als Japaner, korrigiert aber dann rasch. Bezeichnet es selbst dem Referenten gegenüber nachher als eine Störung, hat dabei vergessen, daß es kurz nach einem Schlaf gewesen war. Das muß erst durch den Pfleger festgestellt werden. Ein anderes Mal hält er Knöpfe an dem Stuhl, auf dem der Pfleger sitzt, für Bälle, mit denen der Pfleger spiele. [...] Erzählt von dem Doppelselbstmord, ohne etwas von Schuldgefühl erkennen zu lassen, fast wie von einer sensationellen Geschichte. Er habe sich selbst angeschossen, dann sei er herunter gekrochen zu einem Manne auf dem Felde, der pflügte. Auf diesem Weg habe er sich doch ausdenken müssen, was er sagte, er habe sich das doch auf der kurzen Strecke ausdenken müssen.«

Viel hat Fallada inzwischen erreicht – und auf welchen Umwegen! Nicht nur der Traum, vom Schreiben leben zu können, hat sich erfüllt. Mehr noch, von den Tausenden, die die Seiten von Kürschners Deutschem Literaturkalender füllen, gibt es wenige, die ähnlich prominent sind wie er, die vergleichbar viel gelesen werden, im Inland wie im Ausland, deren Bücher verfilmt und als Hörspiel adaptiert werden. Und doch ist nichts vergessen vom Trauma der Jugend, kein Detail jenes Morgens auf dem Uhufelsen, nicht der Freund Hanns Dietrich von Necker, der nun schon fast ein Vierteljahrhundert tot ist.

Die Tage in der Charité bringen für Fallada noch eine andere überraschende Begegnung mit der Jugendzeit. Als sich der Gymnasiast Rudolf Ditzen 1911 wegen der Briefaffäre um Käthe Matzdorf das Leben nehmen wollte, war es sein bester Freund Willi Burlage, der den geplanten Selbstmord vereitelte, indem er die Eltern alarmierte. Burlage war es auch, der Ditzen zuvor angestachelt hatte, Käthe für sich einzunehmen. Käthe Matzdorf und Willi Burlage sind die Widmungsadressaten von Ditzens frühesten Dichtungen. Die Lebenswege der beiden Jugendfreunde Rudolf und Willi hätten kaum unterschiedlicher verlaufen können. Während der eine mit seiner Sucht kämpft, kriminell wird, im Gefängnis landet, sich als Annoncenjäger und Lokalreporter wieder ins bürgerliche Leben hocharbeitet, nimmt der andere einen geraden Weg, der ihn beruflich an die Klinik führt, die als Olymp der Psychiatrie in Deutschland gilt. Jahrzehntelang haben sich die beiden nicht gesehen. Burlage wird den Aufstieg des Jugendfreunds zum berühmten Schriftsteller aus der Ferne verfolgt haben. Nun steht er als Assistenzarzt an Falladas Krankenbett auf der geschlossenen Männerstation der Charité, und die alte Freundschaft lebt wieder auf.

Ohne geheilt zu sein, wird Fallada am 4. Juni 1935 entlassen, eine Krankenschwester begleitet ihn nach Carwitz und bleibt einen Monat dort. Unter den Gründen, warum der Patient die Behandlung vorzeitig abbricht, spielt in dieser Zeit der ökonomische Aspekt keine geringe Rolle. Jeder Tag in der Klinik kostet Geld, immer geht es Fallada darum, seine Arbeitsfähigkeit möglichst schnell wiederherzustellen, Bücher zu schreiben und im Wettlauf mit den Steuerschulden, sinkenden Geschäftseinnahmen und gleichbleibenden Betriebskosten des nach wie vor defizitären Carwitzer Familienbetriebs zu bestehen. So ist es auch dieses Mal. Gleich nach seiner Rückkehr stellt Fallada den Illustrierten-Roman »Altes Herz geht auf die Reise« fertig. Er etabliert einen seltsamen Tagesrhythmus mit »Schlaf nach den Hauptmahlzeiten«, auch am Nachmittag, einem abendlichen Bad und »zwei Löffeln Amylen«, um nachts schlafen zu können. Dass das Einschlafen am Abend unter diesen Umständen ohne Schlafmittel schwerfällt, muss nicht verwundern.

Im Juni 1935, wenige Wochen vor ihrer Emigration nach Haifa, kommt Dora Preisach nach Carwitz, um »Altes Herz geht auf die Reise« in die Maschine zu tippen. Schauplatz der Handlung ist Mecklenburg-Strelitz im Jahr 1912. Ein 66-jähriger pensionierter Religions- und Lateinlehrer erhält von seinem längst vergessenen Patenkind, einer 16-jährigen verwaisten Pastorentochter, einen Brief, in dem sie beklagt, um ihr Erbteil gebracht worden zu sein. Der weltfremde Pensionär erklärt sich bereit, ihr zu ihrem Recht zu verhelfen. Zur Erleichterung Falladas zahlt die »Berliner Illustrirte« 10 000 RM für den Abdruck. Zuvor jedoch muss das Werk bearbeitet werden, da die geistige Behinderung eines jugendlichen Protagonisten, die Epilepsie einer anderen Figur und die Frömmigkeit des Lehrers politisch Anstoß erregen könnten.

Wie wenig berechenbar das Potential für politische Anfeindungen ist, zeigt sich im Jahr darauf. Im April 1936 wird die bewusst harmlose Schmonzette in der Zeitschrift »Volksgesundheit« besprochen, einer Beilage des »Reichsärzteblatts«. Kritik entzündet sich an der Figur des Arztes mit dem parodistischen Namen Dr. Kimmknirsch, des Sohns eines Naturheilers. In der Rubrik »Spreu und Weizen« heißt es über den »Fall Fallada«: »In der Systemzeit war Herr Fallada einer jener Schriftsteller, die alles daran setzten, ihren jüdischen Kollegen in ihrer zersetzenden Tätigkeit nicht den Vorrang zu lassen. Damals schrieb Herr Fallada mit Vorliebe Romane, die ohne weiteres eine Zierde des Feuilletons der ›Roten Fahne‹ hätten sein können. [...] Wir sehen uns also gezwungen, Herrn Hans Fallada zu bescheinigen, daß er immer noch in jenen Schuhen steckt, in denen er wandelte, als er seine Zuchthauspornographie schrieb und sich in einem System, das alles nur darauf ablegte, das deutsche Volk physisch und psychisch zugrunde zu richten, seinen ›Ruhm‹ erwarb. [...] Wir verbitten es uns, daß Romanschreiber in ihren Machwerken Dinge an unsere Volksgenossen herantragen, die ihnen nur schaden können. Wir sind nicht gewillt, durch irgend jemand, dem wir noch großzügig erlauben, in Deutschland sich sein Brot zu verdienen, uns unser Aufbauwerk an der deutschen Nation stören zu lassen. Das mag sich auch Herr Fallada für die Zukunft merken.«

Presseangriffe dieser Art und permanente Finanzprobleme verdüstern die Stimmung Falladas. Er verlegt sich beim Schreiben auf Unverfängliches und lässt keine Gelegenheit aus, mit Auftragsarbeiten Geld zu verdienen, etwa mit dem Verfassen von Dialogen für die Ufa im August 1935 oder mit der Bearbeitung eines amerikanischen Bestsellers, dessen Rohübersetzung er bei Tante Ada in Auftrag gibt. Zum ersten Mal nach der Geldschwemme aus der Zeit seines großen Erfolges mit »Kleiner Mann – was nun?« nimmt er wieder einen Kredit bei den Eltern auf. Im September 1935 stellt Fallada einen Band mit Kindergeschichten zusammen: »Hoppelpoppel – wo bis du?« Doch selbst dieses Buch wird beanstandet, das Reichserziehungsministerium lässt es wegen der Geschichte »Lüttenweihnachten« aus sämtlichen Schulbibliotheken entfernen.

Noch im gleichen Monat, inzwischen ist er zum »unerwünschten Autor« erklärt worden, schreibt er in nur 17 Tagen das »Märchen vom Stadtschreiber, der aufs Land flog«. Der Schreiber Guntram Spatt erbt ein Vermögen und erringt die Hand seiner Cousine Monika, schwarze und weiße Magie kämpfen gegeneinander, und am Ende geht alles gut aus: »›Ach‹, rief Guntram […], ›was brauchet der Mensch denn Flügel – hat er doch die Liebe!‹ Sie aber sprach gar nichts mehr, sondern flog in seinen Armen – bis in die Seligkeit des siebenten Himmels hinein.« Am 10. Dezember, pünktlich zum Weihnachtsgeschäft, liegt das Buch in den Auslagen. Ein Verkaufserfolg wird es nicht, kaum die Hälfte der 10000 Exemplare der ersten Auflage wird abgesetzt.

Illustriert ist das Buch mit Holzschnitten des 25-jährigen Grafikers Heinz Kiwitz, der Fallada vor Beginn der Arbeit für ein Wochenende in Carwitz besucht. Die beiden verstehen sich gut. Nur vierzehn Tage hat er Zeit, um die Illustrationen anzufertigen, in diesen zwei Wochen entstehen mehr als zwanzig Holzschnitte. Die Figur des Enak hat den Künstler so beeindruckt, dass er über fünfzig weitere Holzschnitte anfertigt, die unter dem Titel »Enaks Streiche« im Frühjahr 1937 mit einem Vorwort von Fallada erscheinen. Der junge Grafiker gehört zu den nicht wenigen NS-Gegnern, die Rowohlt mit Aufträgen unterstützt. Im September 1933 war Kiwitz in Gestapo-Haft und später eine Zeitlang im Konzentrationslager Börgermoor inhaftiert. 1937 emigriert er über Kopenhagen nach Paris. Er stirbt im Jahr darauf auf Seiten der Franco-Gegner im Spanischen Bürgerkrieg.

Nur Tage nach dem Abschluss des »Märchens vom Stadtschreiber« beginnt Fallada seinen Schelmenroman »Wizzel Kien«. Die rastlose Arbeit hinterlässt Spuren, er trinkt wieder und raucht viel, nimmt regelmäßig Schlafmittel und bricht schließlich zusammen. »Junge nachts schwere Depressionen, mittags mit Finger zu Dr. Burlage gefahren – Sanatorium Zepernick«, lautet Suses Eintrag in der Arbeitskladde vom 23. November 1935. Mit dem Taxi geht es Richtung Berlin, doch nicht in die Charité. Falladas alter Schulfreund Willi Burlage hat inzwischen die Leitung des Sanatoriums Heidehaus in Zepernick an der nördlichen Stadtgrenze von Berlin übernommen. Parallel betreibt er eine Privatklinik in der Budapester Straße im Berliner Westen.

Zepernick wird für die nächsten Jahre Falladas bevorzugter Zufluchtsort. Der älteste Freund als Direktor einer Nervenklinik – es scheint die ideale Lösung zu sein, ist aber im Nebeneinander von privater und therapeutischer Beziehung nicht unproblematisch. Burlage ordnet eine Schlafkur an, die sein Patient schon nach wenigen Tagen wieder abbricht, um die Druckfahnen des »Stadtschreibers« zu korrigieren. In Zepernick lässt er sich auf eigenen Wunsch in die geschlossene Abteilung einweisen: »Vom Flur war ein Drücker, sonst kam man weder raus noch rein, und die Zimmer der schwierigen Leute waren abgeschlossen.« Betreut wird er von der 28-jährigen attraktiven Schwester Sophie Zickermann, die gerade ihre Ausbildung abgeschlossen hat. Fallada ist ihr erster Patient. Sie erinnert sich: »[...] er begrüßte mich etwas herb [...] – er hat mich gefragt: ›Guten Morgen, Schwester, haben Sie gut geschlafen?‹ Ich sagte: ›Ja.‹ Darauf fragte er: ›Hatten Sie schon Stuhlgang?‹ Da sagte ich: ›Ja, danke. Gut und reichlich!‹ […] Der verstand es, einen immer irgendwie hintenrum zu kriegen. Er guckte mich an – auch gleich am ersten Morgen. ›Gott, schade, Schwester, daß Sie so krumme Beine haben.‹ Und ich – also furchtbar böse – hob meinen Rock und sagte: ›Ich habe keine krummen Beine!‹ – ›Weiter wollte ich nichts. Vielen Dank!‹«

Fallada kommt gut aus mit der burschikosen, schlagfertigen Sophie, in Briefen an sie wechselt die Anrede zwischen »meine liebe Woffie«, »Pöttin« und »Pisspöttin«. In den kommenden zwei Jahren ist sie, in Zepernick wie auch in Carwitz, nicht nur seine Pflegerin, sondern auch die Freundin der Familie. Während der Schlafkur im Sanatorium betreut sie Fallada rund um die Uhr. Er bekommt Medikamente, Bäder und Packungen, raucht viel, täglich hundertzwanzig Zigaretten der Marke »Goldflag«, und schläft unruhig, meistens nur bis drei Uhr morgens. Dann muss die Schwester aufstehen und Kaffee kochen. »Wir konnten gut miteinander, und ich hatte ihn ziemlich ruhig. Aber an einem Abend ging er in den allgemeinen Speiseraum und fing an – es gab nur so Henkeltöppe aus Steingut oder Porzellan für die Patienten –, damit zu schmeißen. Da habe ich gesagt: ›Wissen Sie was … damit das schneller geht und wir wieder ins Bett kommen, reichen ich Ihnen die Dinger zu.‹ Und da sagt er: ›Ach, mit Ihnen macht das überhaupt keinen Spaß!‹«

Über Weihnachten fahren sie gemeinsam nach Carwitz, dann die reichlich hundert Kilometer zurück mit dem Taxi nach Zepernick. Erst Ende Januar beginnt sich Falladas Zustand zu bessern, wie immer ist er auf der Suche nach Geschichten. Sophie Zickermann erinnert sich: »Er hat damals im Heidehaus sogar Burlage Tipps geben können, weil er sich mit den Patienten unterhielt. Dann ging er zu ihnen in die Zelle und setzte sich dahin oder am Ende vom Flur, wo ein Tisch mit zwei Stühlen stand, und fragte nach ihrem Leben. Da war zum Beispiel ein junger Mann, der völlig durchgedreht war und immer Selbstgespräche führte, der mich immer Mariechen nannte und immer mit ›Mariechen‹ zum Traualtar ging – das war hinten an der Ecke, und ich ging immer gutmütig mit. War ein furchtbar netter Kerl. Da kam raus, er hatte SS-Mann werden wollen und beim Vorlegen seiner Papiere entdeckt, daß er eine jüdische Großmutter hatte.«

Fallada schreibt Suse von den Ereignissen in der Anstalt: »Hier hatten wir gestern auch wieder unsere Aufregung: Dr. Falkenstein hat wieder mal einen demonstrativen Selbstmordversuch gemacht und aus Versehen zu tief geschnitten. Die Kehle durch! Mit einer Rasiermesserklinge! Ob er durchkommt? Armer Burlage! Er hat viel Sorgen dadurch. Woher ist die Klinge gekommen? Auf einer geschlossenen Abteilung? Usw. Mir liegen alle diese Dinge, wie ich's grade wieder gestern sah, auch in der stärksten Depression ganz ferne, ich vergesse nie, dass Ihr da seid.« Louis Falkenstein ist Hautarzt in Berlin-Wilmersdorf, sechzig Jahre alt und Jude. Zwei Tage später das Fazit: »Der Dr. Falkenstein scheint durchzukommen, leidergottseidank, verlieren tut weder Menschheit noch Familie was an ihm!«

Wie schon oft bestimmt Fallada auch jetzt den Zeitpunkt seiner Entlassung selbst. Bis Ende 1940 kommt er noch sechsmal nach Zepernick. In diesen Jahren wird das Netz von Gesetzen und administrativen Anordnungen immer enger, mit denen im Sinne der NS-Ideologie der »Volkskörper« gesäubert werden soll. Bald gibt es für Ärzte und Apotheker eine Meldepflicht für alle möglichen Auffälligkeiten. Zunächst soll »erbkranker Nachwuchs« verhindert werden, was auf Sterilisation der Betroffenen hinausläuft, später werden potentielle »Euthanasie«-Opfer eingekreist. Es bedarf nicht einmal böswilliger Auslegung, um Fallada als Alkohol- und Schlafmittelabhängigen, als psychisch labilen Patienten zum betroffenen Personenkreis zu zählen. Schutz bieten ihm in den kommenden Jahren die Diskretion der Ärzte und seine Prominenz als Schriftsteller.

Am 8. Februar 1936 ist Fallada zurück in Carwitz, wo er sich sofort in die Arbeit stürzt. Bis zum 17. April ist der erste Band des Narrenromans fertiggestellt, der Lebensbericht des alten Wizzel aus dem Dreißigjährigen Krieg, »eine Mischung aus Rabelais und Grimmelshausen« im Schwank- und Märchenton und einer erfundenen historisierenden Sprache. Das Gesamtwerk, berechnet auf acht Bände, versucht er Rowohlt schmackhaft zu machen. Mit dem Verhältnis der beiden steht es schon seit einiger Zeit nicht mehr zum Besten, meistens geht es um Geldfragen. Der Verlag steht nicht gut da, und Rowohlt hofft auf leichte Stoffe für den gutbezahlten Vorabdruck in Illustrierten. Beim Besuch des Verlegers Anfang Juli in Carwitz kommt es wieder einmal zum Streit: »Ein Erfolgsautor zu werden, leichteren Kalibers, scheint mir ein grosser Misserfolg«, resümiert Fallada die Begehrlichkeiten Rowohlts in einem Brief an Hörigs.

Jenseits aller ökonomischen und politischen Bedrängnisse, auf die der Schriftsteller periodisch mit Zusammenbrüchen reagiert, ist Carwitz in diesen Jahren immer noch eine Insel des privaten Glücks. Im März 1936 liegt Suse wegen einer Gallenoperation in einem Berliner Krankenhaus. Fallada schreibt ihr fast täglich: »Denke Dir«, berichtet er über Sohn Uli, »gestern nachmittag begrüsst er mich: Hör mal, Papa, was ich mir ausgedacht habe. Und nun mit Betonung: So fröhlich du wirst leben, lebt auch dein frisches Herz! – Er muss es sich wirklich ausgedacht haben, ich war ganz gerührt, es ist wirklich entzückend, ich möchte fast von was Dichterischem reden.« Zum siebten Hochzeitstag im April resümiert er: »Was Du mir in diesen Jahren gewesen bist, wie ich alles durch Dich und Deine Liebe und Geduld wurde, das weißt Du, und das brauche ich Dir nicht mehr zu sagen.« Sie antwortet: »Ich war ganz hingerissen & beim Lesen Deiner Karte sind mir wahrhaftig die Tränen in die Augen gekommen. Ach Junge, Du dankst mir, daß ich da war & bin für Dich – und ich sag Dir aus vollem Herzen Dank, daß Du für mich da bist & mich lieb hast. Das ist das Allerschönste, daß wir zwei so *unbedingt* zusammen gehören.«

Im Mai tritt ein, was abzusehen war, nachdem Fallada seinen Aufenthalt in Zepernick viel zu früh abgebrochen und sich danach wieder ohne Pause in die Arbeit gestürzt hat: Er bricht zusammen und begibt sich erneut nach Zepernick. Suse fragt verzweifelt bei Kagelmacher an: »Könnten Sie mir nicht mal mehr von seinem Horoskop schreiben, ob diese ungünstigen Konstellationen nicht bald zu Ende sind? Ich wäre Ihnen sehr dankbar, wenn Sie mir mal davon schreiben würden.«

Wieder in Carwitz, zieht Fallada Konsequenzen aus den nur noch tröpfelnden Bucheinnahmen – im ersten Halbjahr 1936 erbrachten fünf Titel zusammen gerade einmal 358 RM – und den trüben Ertragsaussichten für die nahe Zukunft: Personal wird entlassen, Land verpachtet, Pferd und Wagen verkauft. Nach dem Streit mit Rowohlt lässt er das »Wizzel Kien«-Vorhaben ruhen. Kagelmacher klagt er: »[...] ich will in den nächsten zwei Jahren kein Buch veröffentlichen. Es soll alles liegen bleiben, ich möchte, daß meine Umwelt mich ein bisschen vergäße, ich habe diese ständigen Angriffe, diese Bedenken, kann man das auch drucken?, reichlich über. Es wird schon kommen, man muß bloß – in jeder Hinsicht – warten können.« Doch da sitzt er schon wieder an zwei neuen Projekten, einem Kinderbuch – den »Geschichten aus der Murkelei«, die nach der Fertigstellung im Dezember zunächst in der Schublade landen – und einem Werk, das Ende Oktober bereits auf 600 Seiten angewachsen ist.

Sein Verleger wird darüber im Ungewissen gelassen. »Rowohlt möchte am liebsten, daß ich nur Romane schreibe, die in der Berliner Illustrierten vorabgedruckt werden können und also viel Geld bringen«, berichtet er den Eltern. »Erfolgsromane heißt die Parole. Und ich war da an einem Scheidewege. Nun sind aber weder Suse noch ich so, daß Geldverdienen bei uns übermäßig groß geschrieben wäre. [...] So habe ich denn, da mir damals der Schelmenroman ganz vermiest war, zu dem Inflationsroman gegriffen – ein Plan, den ich innerlich lange schon vorbereitet hatte, vor dem ich aber wegen seiner mancherlei Schwierigkeiten immer zurückgeschreckt hatte. [...] Im Grunde ist es ein ganz positives Buch, die Helden entwickeln sich, parallel zum Abklingen der Inflation. Es heißt übrigens ›Wolf unter Wölfen‹ – ich finde diesen Titel einprägsam.«

NEUNZEHNTES KAPITEL

Er war trotz all seiner Schrulligkeiten ein guter und getreuer Kamerad – Der Rausch, Menschen zu erschaffen und wandeln zu lassen, scheint unzerstörbar in mir – Ich habe einen guten Vater gehabt – Franz Hessel, die dankbare Winterfliege – Ich bin nur ein Schilderer! – Die Welt kotzte mich an, ich mich selbst aber noch mehr

Den ganzen Winter und das folgende Frühjahr 1937 arbeitet Fallada an dem neuen Buch, in dem er ein breites Gemälde der Inflationszeit in Berlin und auf einem neumärkischen Rittergut entwirft. Gleich nach seiner Entlassung aus dem Heidehaus in Zepernick im Februar 1936 beschäftigt er sich mit zeitgeschichtlichen und statistischen Dokumentationen zu den Jahren seit 1918. Darüber hinaus gibt es in diesen Monaten auch persönliche Anlässe, sich an die Berliner Jahre der Kriegs- und unmittelbaren Nachkriegszeit zu erinnern. 1936 kommen Max und Lotte Fröhlich zu einem Abschiedsbesuch nach Carwitz, bevor sie in die USA emigrieren. Lotte, die Freundin Anne Marie Seyerlens, war für kurze Zeit 1917 die Geliebte Falladas gewesen, beide blieben bis zuletzt freundschaftlich verbunden. Lottes Sohn, Wolf Parsenow, beschaffte in den Jahren nach dem Krieg das »Benzin«, mit dem er auch seinen Freund Rudolf Ditzen versorgte.

Einen weiteren Anstoß, an die Inflationsjahre zurückzudenken, bietet die anstehende Publikation von Hans Joachim Geyers Roman »Gutsbeamter Peter Möcke«. Nach einer längeren Vorgeschichte hat das Buch des Freundes nun endlich einen Verlag gefunden. Es bezieht seine Handlung zum großen Teil aus der gemeinsam in Radach erlebten Zeit. Geyer hatte seinen berühmten Schriftstellerkollegen bereits 1932 gebeten, bei Rowohlt ein gutes Wort für das Manuskript einzulegen. Fallada schrieb das Buch teilweise um, erweiterte es um einen neuen Anfang und zwei zusätzliche Kapitel. Er erwog sogar, um dem

Freund zu helfen, es unter seinem Namen publizieren zu lassen, bot es Rowohlt als eigenen Roman an, rückte dann aber von dem Vorhaben ab, um bei der hohen Dichte seiner Veröffentlichungen nicht den Eindruck entstehen zu lassen, dass er »Romane kacke«. Daher redete Fallada dem immer noch arglosen Rowohlt ein, er, Ditzen, könnte sich ein weiteres Pseudonym zulegen: »Hans Joachim Geyer«. Das Spiel mit Pseudonymen und realen Identitäten, authentischer, vorgetäuschter und kollektiver Urheberschaft wurde immer verworrener. Dass die ganze Sache schließlich aufflog, hing mit dem untrüglichen Gespür der Lektoren Paul Mayer und Franz Hessel zusammen, die an Fallada als Verfasser zweifelten.

Das alles liegt nun schon einige Jahr zurück, aber der Kontakt ist, wenn auch sporadisch, aufrechterhalten worden. Geyer ist 1928 der NSDAP beigetreten, saß ab November 1932 für ein Jahr wegen Betrugs im Gefängnis, danach soll er bis 1936 hauptamtlich für die nationalsozialistische Partei tätig gewesen sein. Seitdem arbeitet er für die Veterinär-Verrechnungsstelle in Berlin. In »Wolf unter Wölfen« erkennt sich Geyer als Gutsbeamter Meier wieder: »Jawohl, sie nennen ihn den kleinen Meier, den Negermeier – und wenn er sich im Spiegel ansieht, muß er ihnen recht geben. Hinter den runden, großen, gewölbten Brillengläsern sitzen runde, große, gelbliche Eulenaugen, er hat eine eingedrückte Nase und Wulstlippen, eine Stirn, kaum zwei Finger hoch, die Ohren stehen ihm ab – und dazu ist der ganze Mann Meier einen Meter vierundfünfzig hoch!« Es spricht für die Solidität der Freundschaft, dass Geyer die wenig schmeichelhafte Schilderung seiner Person dem Freund auf Dauer nicht übelgenommen hat.

In seinen erst 2009 veröffentlichten Gefängnisaufzeichnungen von 1944 aus der Anstalt in Alt-Strelitz berichtet Fallada von einem Besuch Geyers in Carwitz, der sich in der frühen NS-Zeit ereignet haben muss. Was in dieser Erzählung der Fabulierlust des Schriftstellers geschuldet ist und was dem wirklichen Geschehen entspricht, lässt sich nicht mehr auseinanderhalten: »Er war einmal in jenen fernen Zeiten, da ich selbst noch Landwirt war, ein Kollege von mir, und ich muß sagen, er war trotz all seiner Schrulligkeiten ein guter und getreuer Kamerad. [...] Ich hatte lange, lange nichts von ihm gehört, als ein vorsintflutliches, offenes Auto auf meinen Hof fuhr und ihm fünf oder sechs S.-A.-Leute entstiegen, unter denen ich zu meinem Erstaunen auch den kleinen Negermeier erkannte. In seinem wechselvollen Leben war er nun auch einmal S.-A.-Mann geworden, und damit natürlich auch ein bis in die Wolle gefärbter Gefolgsmann des Führers. [...] Diese Männer waren selig vor Glück und berauscht von Machtbewußtsein. Sie hatten die letzten Jahre mitgekämpft, da ihr Führer nun direkt vor der Macht stand und immer wieder zurückgedrängt wurde. Nun aber waren sie die Herren geworden. Sie fühlten sich wie kleine Könige. Nichts schien ihnen unerreichbar. [...] Beim Abschied zog mich der kleine Negermeier beiseite. [...] Die Wahrheit sei, sie hätten überhaupt kein Geld mehr, weder für die Weiterfahrt, noch für das Nachtquartier, noch für das Frühstück.« Fallada hilft der Reisegesellschaft aus und kommt auch noch für die Reparaturkosten des Wagens auf, den die SA-Leute in eine Bahnschranke gefahren haben: »Als Abschluß bekam ich dann einen Dankbrief des kleinen Neger-Meyer rührend und vergnügt: er sei so glücklich, daß ich ihm aus der Klemme geholfen hätte. Er selbst habe den reparierten Wagen zwei Kilometer in die Kaserne gefahren: die Kameraden hätten ihn mit einem kleinen Freudenschusse begrüßt, und dabei sei er leider angeschossen worden. Aber nichts Bedeutendes, nur ein kleiner Steckschuß ins Bein. –«

Geyer bleibt lebenslang einer der treusten Freunde Falladas. Nach dem Krieg verliert der »politisch Vorbelastete«, der in der Sowjetischen Besatzungszone in Falkensee westlich von Berlin wohnt, Haus und Grundstück durch Enteignung. Er ist in verschiedenen kaufmännischen Berufen tätig, unter anderem als Vertreter eines West-Berliner Papierhändlers. Daneben schreibt er, wie schon vor 1945, unter dem Pseudonym Henry Troll Kriminal- und Spionagegeschichten für die Heftserie »John Kling«

im Dietsch-Verlag, der inzwischen von Leipzig nach Braunschweig umgezogen ist. Auf einer seiner Reisen dorthin wird Geyer 1952 von einem Agenten der Organisation Gehlen, des Vorgängers des Bundesnachrichtendienstes, angesprochen. Unzufrieden mit der politischen Repression in der DDR, lässt er sich zu Auskünften und Kurierdiensten überreden. Etwa vier Monate dauert Geyers erste Karriere bei der Organisation Gehlen, bevor er zum Jahresende in das Netz des Ministeriums für Staatssicherheit gerät.

Ob es zu einem Prozess wegen Spionage kommen wird und mit welchem Ausgang, ist unter den Bedingungen des »verschärften Klassenkampfes« in der DDR keine Frage des Rechts, sondern der politischen Opportunität und geheimdienstlichen Pragmatik. Keine zwei Monate zuvor war ein Mitglied der »Kampfgruppe gegen Unmenschlichkeit«, Wolfgang Kaiser, wegen des Vorwurfs, »den Frieden der Welt gefährdet und Sabotage und Diversionshandlungen durchgeführt zu haben«, in einem Schauprozess angeklagt und in Dresden hingerichtet worden. Im Fall Geyer siegt der Pragmatismus des Geheimdienstes: Der Agent wird »umgedreht«. Nunmehr im Auftrag der Staatssicherheit zurück im Westteil Berlins, nimmt er seine Arbeit bei der Organisation Gehlen wieder auf. Binnen kurzem hat er Zugriff auf alle Informationen, die im Berliner Büro des westdeutschen Nachrichtendienstes auflaufen. Sie werden von Geyer vielfach direkt an die Staatssicherheit der DDR weitergereicht. Seine durch eine Kette von Missverständnissen ausgelöste Flucht zurück nach Ost-Berlin führt zu einer Verhaftungswelle durch die Staatssicherheit, der viele tatsächliche und vermeintliche Informanten der Organisation Gehlen zum Opfer fallen.

Es ist die erste deutsch-deutsche Geheimdienstaffäre, die von der DDR auch propagandistisch ausgeschlachtet wird. Geyer, dem die Rolle eines geläuterten westdeutschen Spions zugedacht ist, tritt im November 1953 in einer Pressekonferenz auf: »Mit dem heutigen Tag habe ich mit meiner verbrecherischen Tätigkeit gebrochen und übergebe zum Zeichen meiner Aufrichtigkeit alle Geheimdokumente der Dienststelle X/9592 den Sicherheitsorganen der DDR.« Im Jahr darauf veröffentlicht er den Spionageroman »am anfang stand das ende …« im Ost-Berliner Kongress-Verlag über seine Erlebnisse als Agent. Geyer hatte 1953 einen bundesdeutschen Pass auf den Namen »Heribert Grell« erhalten. Unter diesem Namen führt die Staatssicherheit einen Inoffiziellen Mitarbeiter, der seit 1954 ein monatliches Gehalt vom MfS bezieht, das zeitweise 1250 Mark beträgt. Für »seine Verdienste beim Schutz der DDR« erhält der IM Grell die Verdienstmedaille der Nationalen Volksarmee, 1960 in Bronze und 1971, im Jahr vor seinem Tod, in Gold.

Fallada lebt in den dreißiger Jahren in Carwitz das Leben eines Einsiedlers, sein Draht zur Welt sind die Briefe, die er erhält, und die Besucher, die er empfängt. Nur selten geht er auf Reisen. Wenn er auswärts ist, dann aus geschäftlichen Gründen oder krankheitshalber meist in Berlin. Dass er sich über das Zeitgeschehen informiert, ist belegt, er liest Zeitungen und hört Radio, aber schriftlich äußert er sich zu politischen Entwicklungen nur selten. Schon 1933, als er in Feldberg, von wo aus er die Bauarbeiten in Carwitz überwacht, einen Brief von Rowohlt bekommt, rechnet er mit der Möglichkeit der Zensur: »Daß der Brief von der Zensur geöffnet war, daran besteht kein Zweifel: während die ganze Gummierung der Klappe abgenutzt war, klebte er nur mit einem Eckchen fest und dieses Eckchen war auch noch extra auf der Rückseite mit einem Stempel des Postamtes Feldberg versehen. Oder sollte Feldberg eine Sonderzensur ausüben. Nach Berkenbrück kann man ja alles glauben.«

Mittlerweile kann sich kaum noch jemand vorstellen, dass sich das Nazi-Regime bald erledigt haben wird. Bei den Reichstagswahlen Ende März 1936 erhält die NSDAP als einzige erlaubte Partei 98,8 Prozent der Stimmen, die Wahlbeteiligung liegt bei 99 Prozent. Sind die Nationalsozialisten während der Olympiade noch bemüht, die ausländischen Besucher über den repressiven Charakter des Regimes zu täuschen, wird danach weiter auf brutale Unterdrückung und »Gleichschaltung« gesetzt. Himmler, dem nun auch die Polizei untersteht, lässt das System der Konzentrationslager systematisch ausbauen, immer mehr Bestimmungen diskriminieren den jüdischen Teil der deutschen Bevölkerung. Die Auswirkungen treffen auch Falladas Freundin Lore Soldin und die Rowohlt-Lektoren Paul Mayer und Franz Hessel.

Viele Anzeichen deuten inzwischen auf Krieg. Der gerade erst wieder eingeführte Wehrdienst wird auf zwei Jahre verlängert. Im Februar 1937 muss Fallada sein Anwesen für eine Luftschutzübung zur Verfügung stellen. Auch das Verhältnis zu den örtlichen Parteigrößen ist alles andere als entspannt. In seinen Gefängnisaufzeichnungen schildert er rückblickend die denunziatorischen Aktivitäten des Lehrers Schwoch (dort heißt er »Storck«), der zugleich auch Bürgermeister des Ortes ist: Wo in der Wohnung das Hitler-Bild hängen würde, will Schwoch von Uli wissen, und ob man auch morgens und abends mit »Heil Hitler« grüße.

Bis Anfang Februar 1937 tippt Fallada den ersten Teil von »Wolf unter Wölfen« in die Maschine und arbeitet danach konzentriert am zweiten Teil: »[...] der Rausch, Menschen zu erschaffen und wandeln zu lassen, scheint unzerstörbar in mir.« Im März reißt ihn die Nachricht von der lebensgefährlichen Erkrankung seines Vaters aus der Arbeit. Er fährt nach Leipzig. Zwischen den Geschwistern entwickelt sich ein Disput über die Frage, ob dem Vater, der an Blasenkrebs leidet, zur Schmerzlinderung Morphium verabreicht werden dürfe. Da ist es wieder, das alte Gespenst. Ausgerechnet der Stoff, der in der Familie zur Chiffre für so viel Unheil geworden ist, soll das Lebensende des prinzipienfesten Vaters erleichtern. Rudolf setzt sich schließlich durch, in den letzten beiden Tagen bekommt der Vater Morphium gespritzt. »Es ist wirklich belanglos«, schreibt Fallada an Margarete, »ob er als ›Morphinist‹ stirbt oder als nicht daran Gewöhnter.«

Am 14. April trifft die Todesnachricht ein. Auf dem Weg nach

Leipzig treffen sich die Ditzens noch am selben Tag auf dem Anhalter Bahnhof in Berlin mit Rowohlt. Nachdem er ihn über Monate im Ungewissen gelassen hat, berichtet er ihm hier, zwischen Tür und Angel, von dem neuen Roman. Rowohlt ist euphorisiert, es wird ein Treffen in Carwitz gleich nach der Rückkehr aus Leipzig verabredet, in der Zwischenzeit beschäftigt sich der Verleger bereits mit Fragen der Kalkulation.

In den Tagen, da man sich in Leipzig zum Begräbnis zusammenfindet, wirkt Fallada auf seine Verwandtschaft äußerlich ruhig und gefasst, doch es kostet ihn viel Kraft, diese Haltung aufrechtzuerhalten. Er hat sich nun schon seit Jahren nicht mehr an seinem Vater messen müssen: Was dieser in seinem Beruf erreicht hatte, sich mit Intelligenz, Fleiß und Geduld Schritt für Schritt zum Gipfel seiner Zunft hochzuarbeiten, ist dem Sohn auf vielen Umwegen als Schriftsteller gleichfalls gelungen. So stark wie in der Pubertät die Ablehnung, war später Falladas Bedürfnis nach Anerkennung, nach Harmonie und Ausgleich. An Sophie Zickermann schreibt er: »Ich habe einen guten Vater gehabt; daß wir uns oft nicht verstanden haben, ist eine Entwicklungssache, die mit der Jugend zusammenhängt; wird man älter, sieht man, daß auch die Väter nicht aus ihrer Haut heraus können und verlangt keine Gottähnlichkeit mehr von ihnen.«

Fallada kehrt mit Depressionen nach Carwitz zurück. Den Besuch des Verlegers will oder kann er nicht mehr absagen. Seiner Schwester Elisabeth berichtet er: »Rowohlt war gerade in meinen kranken drei Tagen hier und hat die ersten 600 Seiten meines neuen Romans gelesen. Hoch begeistert! Er soll Anfang September erscheinen. Wir haben unseren Frieden gemacht. Der Verlag ist in schlimmer Situation, er muss unbedingt ein Buch bringen, das Umsatz macht, sonst … Also habe ich nicht länger geschmollt, einige kräftige Wahrheiten gesagt, aber mir den Roman entsteissen lassen.« Rowohlts Begeisterung beflügelt auch den Autor. In nur zwei Monaten entsteht der komplette zweite Teil – über 600 Seiten. Das Verhältnis zwischen Verleger und

Autor entspannt sich. Rowohlt möchte dem Rummel zu seinem fünzigsten Geburtstag ausweichen, er fragt an, ob er mit seiner Frau nach Carwitz kommen kann. Fallada fühlt sich geehrt: »Ich erwarte nun Ihren Bescheid, daß aus dem Vorschlag ein definitiver Entschluss geworden ist, und beginne dann schon, die nötigen Fleischmengen aufzukaufen.« In das neuangelegte Gästebuch notiert Rowohlt: »Liebe Ditzens, am Abend meines 50. Geburtstages habe ich nur einen Wunsch: auch meinen 75. Geburtstag in Ruhe und Frieden als auch dann noch rüstiger und gefräßiger Greis zu feiern!« Fallada berichtet Schwester Elisabeth über die Stimmung seines Besuchers: »Er war doch gewaltig down, die Schwierigkeiten werden von Monat zu Monat größer, er sagt, er gilt als der Kulturfeind Nr. 1, und die Folgen sind in jeder Hinsicht schlimm, wirtschaftlich, gesellschaftlich, menschlich. Trotzdem: ›Ich bin nie feige gewesen, und ich bringe das Buch unter allen Umständen.‹«

Lektoriert wird »Wolf unter Wölfen« von Franz Hessel. Seiner jüdischen Herkunft wegen hat Rowohlt ihn schon lange entlassen müssen, findet aber immer wieder Wege, ihn in seinem Beruf zu beschäftigen. Fallada lädt Hessel im Oktober 1937 für zehn Tage nach Carwitz ein. Ins Gästebuch schreibt sein alter Lektor im Tonfall von Schmidt von Werneuchen: »Wenn in Carwitz der Mond tut scheinen / Und die Mummi badet die Kleinen / Und der Vater füttert die Schwein', / Ei, dann darf ich auch dabei sein!, / Franz Hessel, die dankbare Winterfliege, 17.10.1937.« Keine drei Jahre später stirbt der Übersetzer, Schriftsteller, Lektor und Flaneur in der Emigration in Sanary-sur-Mer, nachdem er für zwei Monate in ein Lager gesperrt worden war.

Als »Wolf unter Wölfen« Ende September 1937 ausgeliefert wird, schwankt die Stimmung im Verlag und beim Autor wieder mal zwischen Hoffen und Bangen. Fallada hat, mit Rücksicht auf die im Dritten Reich herrschende Prüderie, einige Stellen entschärft und wieder einen »Vorspruch« verfasst, in dem er ankündigt, das Buch handle »von Kindern einer zerfallenen, irren, kranken Zeit«, von einer durch »glückhafte Rettung« überstandenen Gefahr. Genügt die Verbeugung vor der Nazi-Lesart der Weimarer Republik als »Systemzeit«, um den Kritikern den Wind aus den Segeln zu nehmen? Würde der Verlag über dieses Buch »platzen«, heißt es in einem der Gutachten zu »Wolf unter Wölfen« mit Blick auf die parteiamtlich gesteuerte Literaturkritik, dann über eine Sache, die es wert sei.

Kein anderes Buch schildert die Lebenswirklichkeit jener Jahre in ihrer ganzen Breite, von den Großstadtmilieus bis zum Leben auf einem neumärkischen Gut, und so lebendig wie »Wolf unter Wölfen«. Im Juli 1923 ist das soziale Gefüge fragil geworden, die Menschen werden mit ihrer Not alleingelassen. Kaum jemand vertraut mehr darauf, dass es der Regierung gelingen könnte, die auseinanderstrebenden Kräfte zum Wohl des Landes wieder zu bündeln, die Politik ist selbst zum Spiegel der zerrissenen Gesellschaft geworden. Autoritäten verfallen, Alter, Bildung, Leistung oder Herkunft spielen keine Rolle mehr, alles dreht sich nur noch um eines: den »Mammon«, das Geld. Aber auch dieser scheinbar einzig verlässliche Maßstab, dieser Wert, in den sich alles umrechnen lässt, bietet auf einmal keinen festen Grund mehr. Wie das Geld, dessen Nennwert bald in Millionen-, Milliarden- und Billionenhöhen schießt, löst sich das ganze Land in Maßlosigkeit auf, in eine Gesellschaft, in der sich jeder selbst der Nächste ist – als »Wolf unter Wölfen«.

In diese raue Welt versetzt Fallada seine Figuren, Petra Ledig und Wolfgang Pagel, sie ein »gefallenes Mädchen« mit gutem Kern, er ein Spieler, einer aus dem Heer der Demobilisierten, der nach dem Krieg keinen Halt mehr gefunden hat. Beide leben in bitterer Armut, am Rande des Verhungerns, in einem möblierten Hinterhofzimmer im Berliner Osten, für das sie die Miete nicht mehr bezahlen können. Gewiss scheint ihnen nur eines: dass sie zueinandergehören. Wie diese Gewissheit erschüttert wird, wie sich beide verlieren und wie sie doch wieder zusammenfinden, überwölbt eine Geschichte, in der Fallada einen unermesslichen Nuancenreichtum in der Charakterzeichnung seines Figurenensembles entwickelt, in der er Motive und Handlungsabläufe geschickt miteinander verzahnt, Zeitgeschehen und Alltagsleben an den beiden Schauplätzen Berlin und Neulohe in einer Fülle von Details erzählt. Er lässt eine Welt des Scheins entstehen, mit Betrügern wie dem Hochstapler Baron von Bergen aus Wurzen und Betrogenen wie dem alten Diener Elias, der wertlose Tausendmarkscheine aufkauft im unbeirrbaren Vertrauen darauf, irgendwann einmal von der Reichsbank die aufgedruckte Summe in Goldmark ausgehändigt zu bekommen.

Wieder greift Fallada auf das eigene Erleben zurück. Neulohe ist als das neumärkische Radach wiederzuerkennen, wo er ab Juli 1923 etwa ein halbes Jahr gearbeitet und Hans Joachim Geyer kennengelernt hat. Auch für die Figurenkonstellation mit dem Rittmeister, dessen Schwiegervater und Haustochter, mit dem »Negermeier« und anderen gibt die reale Situation in Radach das Vorbild ab. Für Charakter und Äußerlichkeiten der Wolfgang-Pagel-Figur nimmt Fallada Anleihen bei seinem Freund Wolf Parsenow. Er müsse sich immer eine reale Person vorstellen, wenn er eine Figur im Roman erschaffen wolle, schreibt er Sophie Zickermann entschuldigend. Sie dient ihm als Vorbild für die Petra Ledig im Roman. Beim Schreiben entwickeln sich die Figuren allerdings nach eigenen Gesetzen. Dabei muss die Namensgebung keine direkten Bezüge zur Wirklichkeit haben. Ein besonders krasses Beispiel dafür, wie weit der Namensgeber in der Wirklichkeit und die Figur im Roman auseinanderfallen können, ist Hubert Räder, der in Carwitz von der ganzen Familie geliebte fleißige, loyale und bescheidene Gärtner. In »Wolf unter Wölfen« ist der Diener Räder die dunkelste aller Figuren, ein durchtriebener Psychopath.

Anfang Oktober 1937, wenige Tage nach der Auslieferung, ist bereits die Hälfte der Auflage von 10 000 Exemplaren verkauft. Die Resonanz ist außerordentlich: Das KaDeWe präsentiert alle lieferbaren Fallada-Titel in einer Vitrine, ein Berliner Buchhändler lässt in seinem Bezirk hundert Reklamesäulen mit Plakaten bekleben. Als die ersten positiven Rezensionen von befreundeten Kritikern erscheinen, kommentiert sie der Autor mit dem Satz: »Die Stimmen der voreiligen Freunde hallen vorläufig noch in unseren Ohren wider, während die Feinde erst beim Schmieden der Waffen sind.« Die Reserve erscheint angesichts früherer Erfahrungen berechtigt. Doch wenig später kommt Schützenhilfe von unerwarteter Seite: Im Reichssender Berlin wird Mathias Wieman interviewt. Wieman ist nicht nur als Theater- und Filmschauspieler bekannt, er gilt auch als hervorragender Rezitator für Rundfunk und Schallplatte bis in die 1960er Jahre. In der NS-Zeit genießt er die Wertschätzung von Goebbels. Das Gespräch dauert kaum fünf Minuten, aber in dieser kurzen Spanne lässt Wieman kaum einen Superlativ aus, um seine Begeisterung über das Buch auszudrücken: »Ich kann nur sagen, 12 Mark, und die Zeit des Lesens von zwei dicken Bänden kann heute meiner Meinung nach nicht besser angewandt werden als bei diesem Werk, das meiner Meinung nach Dantes Göttlicher Komödie und Balzacs vierzig Bänden der Menschlichen Komödie ebenbürtig ist. [...] Mich hat dieses Buch zwei Nächte gekostet. In der letzten Nacht habe ich die Uhr aufs Ziffernblatt gelegt und bis zur letzten Zeile gelesen, wo steht: Gute Nacht, gute Nacht! Aber da war es schon hell, und ich habe es nicht bereut.«

Wiemans euphorisches Lob kann auch der »Völkische Beobachter« nicht ignorieren, in dem am 20. November eine überwiegend positive Kritik erscheint: Der Roman sei ein, wie der Rezensent feinsinnig formuliert, »meist sumpfig schillerndes«, aber »sehr notwendiges Erinnerungsbuch für jene Zeitgenossen, denen es schon wieder zu gut geht«. Noch verkauft sich der Roman gut. Die zweite Auflage wird Anfang Dezember ausgeliefert, die dritte ist im Druck, doch inzwischen sind »die Feinde beim Schmieden der Waffen«. Im Januar 1938 gehen sie zum Angriff über: Der anonyme Rezensent in der »Bücherkunde« macht es sich zur Aufgabe, »gegen literarische Machwerke, wie die Falladas, auf das schärfste die Stimme zu erheben«. Der Autor habe eine Vorliebe »für das Widerliche und Ekelhafte« und eine »vom wirklichen Erleben völlig gelöste, durchaus unwahre und zuchtlose Phantasie«. Die Brisanz dieser Kritik ergibt sich erst aus dem Ort, an dem sie publiziert wird. Hinter der »Bücherkunde« steht das »Amt für Schrifttumspflege« von Alfred Rosenberg, und als Beilage dazu gibt es ein wirkungsvolles Instrument der Nachzensur, den »Gutachtenanzeiger«. Hier findet sich »Wolf unter Wölfen« unter der Rubrik »Nicht zu fördernde Bücher«. Und obwohl Rowohlt mutig mit Anzeigen dagegenhält, in denen die positiven Kritiken zitiert werden, bricht der Verkauf ein.

Fallada ist erneut zwischen die Fronten der miteinander konkurrierenden NS-Kulturbehörden geraten. Anders als Rosenberg, so hinterbringt es Rowohlt seinem Autor, sei »Herr Minister Goebbels«, der alle Bücher Falladas genau kenne, »absolut positiv« zu seinem Werk eingestellt. Die Spuren der Fallada-Lektüre in den Tagebüchern von Goebbels bestätigen das: »Nachmittags gelesen: Fallada ›Wolf unter Wölfen‹. Ein tolles Buch. Aber der Junge kann was«, notiert Goebbels im Januar 1938. Goebbels weiß, dass die größte Wirkung von einer Propaganda ausgeht, die als solche nicht zu erkennen ist. Bei Fallada sieht der Minister ein Potential.

Im November 1937 trifft in Carwitz ein Brief von Hermann Broch ein, dem österreichischen Schriftsteller jüdischer Herkunft. Broch schätzt an seinem Schriftstellerkollegen, wie er es früher einmal ausdrückte, dass er »in dieser kriegsumsäumten Welt mit unentwegter Beharrlichkeit das menschliche Herz, die menschliche Seele aufzudecken imstande« ist. Jetzt bedankt er sich mit einem ausführlichen Brief für die Zusendung eines Widmungsexemplars von »Wolf unter Wölfen« und beschreibt die Eindrücke zweimaliger Lektüre: »Da ist alles vorhanden, was ein gutes Buch ausmacht, da sitzt alles so verlässlich und knapp und dabei von Atmosphäre umgeben, da ist alles von innen angepackt, jeder Ihrer Menschen aus seinem Eigen-Sein entwickelt, es wird keinem von ihnen irgendetwas von Außen, also vom Autor her ›anbehauptet‹, und da ist alles so makellos vorgetragen, architektonisch wie sprachlich so makellos, daß man Sie – mehr vermag ein Kollege bekanntlich nicht zu sagen – nur um so viel Können beneiden muß.« Auf diese lobende Einleitung, die sicher nicht nur rhetorisch gemeint ist, folgt ein grundsätzlicher Einwand, der sich gegen den optimistischen Schluss des Romans richtet: »Gerade die exemplifizierende Wendung zum schlichten Leben und zu einer Anständigkeit ist Anempfehlung von Resignation, ist Anempfehlung von Erkenntnisblindheit und ist damit ein falscher Optimismus, der wirkungslos bleiben muß, weil er sich – will ich scharf sein – in die Gartenlaube flüchtet.«

Broch erwartet von Fallada keine platte Moral oder ein politisches Statement, sondern »eine neue Erkenntnisschicht ahnend aufzuspüren«. Er misst »Wolf unter Wölfen« an seinen eigenen Vorstellungen vom Wert der Dichtung, sofern sie »heute noch eine legitime Lebensäußerung« sei. Hier prallen zwei ästhetische Welten aufeinander. Gewiss ist Fallada die unbequeme moralische Dimension dieser Frage bewusst, aber sie geht in mehrfacher Hinsicht an ihm vorbei. Die Flucht ins Private ist kein Reflex auf die Nazi-Diktatur, sie ist die Essenz einer pragmatischen, vielleicht auch fatalistischen Weltsicht, die aus der genauen Beobachtung des Lebens in allen Schichten, den untersten und den oberen, erwächst: die große Gesellschaftsmaschine läuft auch ohne mich, ich tue das Beste, indem ich im überschaubaren Kreis meines Wirkens Anstand bewahre. Es ist die Maxime von »Kleiner Mann – was nun?«, die 1932 Widerhall bei Hunderttausenden von Lesern gefunden hatte. Aber die Frage nach der Zweckbindung von Kunst läuft auch deshalb ins Leere, weil das Schreiben bei Fallada Teil seiner Triebstruktur ist: Die Gestalten seiner Phantasie drängen darauf, in die Welt entlassen zu werden; sich von ihnen zu entlasten ist ein notwendiges Ereignis, keines, das nach Sinn oder Unsinn, Zweckhaftigkeit oder Zwecklosigkeit fragt.

Fallada antwortet Broch: »Ich selbst habe mich auf die Linie einer tüchtigen Schlichtheit zurückgezogen, wie Sie ganz richtig sagen, aber das ist natürlich nur ein fauler Kompromiss, damit ist es nicht getan. Aber wie anders? […] Es muß ein sehr tief liegender Fehler bei mir sein. Ich habe versucht, mich damit zu trösten, daß ich sage: warum muß ich denn etwas anderes tun, als das Bestehende zu schildern? Bin ich ein Besserer? Ein Erzieher? Nein, ich bin nur ein Schilderer! Aber es bleibt doch ein Rest.« Der Rest – das ist der moralische Stachel. Broch wird nach dem »Anschluss« Österreichs an das Deutsche Reich 1938 für drei Wochen verhaftet, kommt wieder frei und kann mit knapper Not über England in die USA entkommen.

Für Fallada geht es im mörderischen Tempo weiter mit dem Schreiben. Schon während der Korrespondenz mit Broch steckt er in einem neuen Projekt: Am 22. November 1937 schließt er einen Vertrag mit der Tobis-Klang-Film-Gesellschaft über das Skript für einen Emil-Jannings-Film: »Der eiserne Gustav« wird das Buch heißen. Nur Wochen später kommt ein Vertrag mit der Ufa zustande, die den Illustrierten-Roman »Altes Herz geht auf die Reise« verfilmen will. Mathias Wieman hat nachgeholfen. Es ist nicht Falladas erste Berührung mit dem Film. Bereits 1932, noch vor Erscheinen des Romans, schrieb er gemeinsam mit Erich Engel ein Treatment zu »Kleiner Mann – was nun?«. Das Buch wurde gleich zweimal verfilmt, an der deutschen Produktion hatte er eine Zeitlang mitgearbeitet. Künstlerisch sind diese Begegnungen bisher stets mit Enttäuschungen verbunden gewesen, finanziell waren sie einträglich.

Den »Eisernen Gustav« schreibt er wiederum in Rekordzeit. Am Tag nach Vertragsschluss setzt er sich am frühen Morgen um drei an die Arbeit. Nach nur zweieinhalb Monaten ist die erste Fassung Ende Januar fertiggestellt – 738 Seiten zählt das Buch in der Erstausgabe.

Noch während des Schreibens ist Fallada wieder einmal zusammengebrochen, aber Freund Burlage, der gemeinsam mit seiner Frau Eva zu den regelmäßigen Gästen in Carwitz gehört, kann ihn vor Ort behandeln. Die ganze Familie bietet zu Beginn des Jahres ein Bild der Erschöpfung und Krankheit: Beide Kinder, der 7-jährige Uli und die 5-jährige Lore, müssen im Januar für Wochen ins Krankenhaus. Suse laboriert an einer Nierenentzündung. Es sind Ausnahmezustände, auch im Carwitzer Alltag. »Einmal habe ich […] erlebt«, erinnert sich Gertrud Malingriaux, die Haustochter, die von der Familie »Tütchen« genannt wird, »wie der Chef vom Mittagstisch im Esszimmer aufgesprungen ist und mit den Fäusten auf die Bilder geschlagen hat, die in der Nische über der Couch an der Wand hingen, er war wie von Sinnen. Wir sind erschrocken, sind aufgesprungen, um den Tisch, er hinter uns her, und da hat Mummi gesagt: ›Das ist doch Tütchen, das ist doch Lilo!‹ Es war eine Mordsaufregung, aber das ist auch das einzige Mal, dass ich so etwas erlebt habe.« In der zweiten Februarhälfte liefert sich Fallada selbst ins Zepernicker Heidehaus ein. Zu allem Unglück erreicht ihn die Aufforderung, sich der Musterung zu stellen. Er wird als »bedingt tauglich« eingestuft, was ihn beunruhigt, und erhält eine »Übungsvoransage« zum August 1938. Wie alle späteren Musterungen verläuft auch diese im Sande.

Der Eiserne Gustav, der den Titel für Falladas Buch abgibt, ist ein Begriff in Deutschland. Gerade zehn Jahre sind es her, dass der Berliner Droschkenkutscher Gustav Hartmann, der im Buch Gustav Hackendahl heißt, unter der medialen Begleitung der »B.Z. am Mittag« in Etappen von 30 bis 40 Kilometern von Berlin-Wannsee nach Paris gefahren ist. Das Ganze war inszeniert als Abschiedstriumph eines sterbenden Berufszweigs. Wo die Pferdedroschke mit Hartmann auftauchte, wurde er bejubelt und mit Blumen empfangen, in Dortmund sollen 200000 Menschen die Straßen gesäumt haben. Am 4. Juni 1928 trat Gustav schließlich den Siegeszug durch Paris an, ließ sich am Eiffelturm und als Ehrengast im »Moulin Rouge« fotografieren. Mit von der Partie war der Reporter Hans Hermann Theobald, der von unterwegs für verschiedene Blätter berichtete. Auch Fallada liest dessen Schilderungen, übernimmt die Grundkonstellation, doch die eigentliche Fahrt des Kutschers nach Paris wird auf gerade einmal vierzig Seiten geschildert. Es sind die Lebenswege der Hackendahls von 1914 bis 1928, die den meisten Raum einnehmen.

Emil Jannings kann gut mit der Rolle des Eisernen Gustav leben, die Idee zu dem Stoff kam von ihm, und Fallada hat ihm die Figur auf den Leib geschrieben. Nicht vollständig zufrieden aber ist Goebbels. Die Chronik »einer deutschen Familie von 1914 bis etwa 1933« sollte Fallada verfassen – in der zeitgenössischen Lesart hätte es eine Geschichte des schrittweisen Abstiegs, des moralischen und materiellen Verfalls seit 1918 sein sollen, die ihr glückliches Ende in der Rettung des Landes durch die nationalsozialistische Revolution findet.

Doch Falladas Handlung bricht mit dem Jahr 1928 ab. Zudem rührt das Übel im Roman nicht so sehr von der Inflation oder der »Zersetzung der Gesellschaft« durch die Demokratie her, sondern von ganz persönlichen Eigenschaften, nämlich der Charakterstarre des Protagonisten und seinen autoritären Maximen, die er dem Dienst beim Militär verdankt. Noch weniger passt eine Droschkenfahrt nach Paris als Symbol deutsch-französischer Versöhnung in das nationalsozialistische Deutschland von 1938. Und während in der Realität die Bemühungen um Erbgesundheit und einen »gesunden Volkskörper« mit mörderischer Konsequenz vorangetrieben werden, schildert Fallada mit großer Einfühlung die Liebe des schwachen, aber gutherzigen Otto Hackendahl zu der missgestalteten, buckligen, tapferen Schneiderin Tutti, einer der stärksten Frauengestalten im Buch.

Die Tobis überweist bald nach Eingang des Typoskripts das Honorar. Fallada belohnt sich für den »Eisernen Gustav«, der auch deshalb als »eisern« galt, weil er mit seiner Droschke gegen die Automobile standhielt, mit einem Ford V8 Tudor in der Cabriolet-Variante, 1936 Sieger bei der Rallye Monte Carlo, 166 Stundenkilometer auf der Geraden. Jetzt hat Taxichauffeur Finger aus Feldberg erst einmal ausgedient, Suse macht den Führerschein und bugsiert die Familie schon bald durch Deutschland, Ende April nach Berlin und München, im Juni nach Bad Mergentheim. Zur gleichen Zeit sehen sich die Ufa-Leute in Carwitz und

Umgebung nach geeigneten Schauplätzen und Motiven für die Verfilmung von »Altes Herz geht auf die Reise« um. Im Juli wird gedreht: »Ganz Feldberg ist nur noch eine Dependance der Ufa.«

Es sind ereignisreiche Wochen. Während die Ufa das Dorf belagert, erfährt Fallada, der sich von den Dreharbeiten fernhält, dass sein Verleger in argen Schwierigkeiten steckt. Rowohlt war im Vorjahr in der Hoffnung, auf diese Weise seinen Verlag über die Runden zu bringen, als Mitglied 5550284 in die NSDAP eingetreten. Jetzt stellt sich diese Hoffnung als trügerisch heraus. Wegen der heimlichen Beschäftigung jüdischer Mitarbeiter wird er aus der Reichsschrifttumskammer ausgeschlossen und erhält Publikationsverbot. Im Oktober wird der Verlag von der Deutschen Verlagsanstalt übernommen, Rowohlt selbst als Berater beschäftigt, allerdings nur noch die drei Monate bis zum Jahresende. Damit ist auch Falladas verlegerisches Schicksal ungewiss, Ende des Jahres müsste der auslaufende Generalvertrag neu verhandelt werden – doch mit wem?

Am 23. Juli 1938 hält Goebbels nach Durchsicht des Skripts »Der weite Weg« – so soll der »Eiserne Gustav« als Film heißen – in seinem Tagebuch fest: »Das Ende wird gänzlich umgearbeitet und positiver gestaltet. Ich diktiere selbst einen neuen Schluß. Der sitzt nun aber.« An anderer Stelle im Tagebuch heißt es: »Jannings' Manuskript ›Der weite Weg‹ z.T. durchstudiert. Es ist von Fallada verfaßt und ganz großartig. Daraus kann man schon einen großen deutschen Schicksalsfilm machen.« Fünf Tage später sitzen Rowohlt und Fallada im Berliner Kaiserhof den Abgesandten des Ministers gegenüber, dem Schauspieler Emil Jannings und dem Vertreter der Tobis, Karl Julius Fritzsche. Fallada lehnt es zunächst ab, die Handlung des Films bis zum Jahr 33 fortzuschreiben, er sucht Ausflüchte, schlägt vor, jemand anders könne einen neuen Schluss schreiben. Schließlich aber gibt er nach. Jetzt endet das Buch mit der Konversion von Sohn Heinz zum Nationalsozialisten. Der alte Hackendahl schlägt eine Brücke in die neue Zeit, indem er seinem Sohn hilft, einen feigen Überfall von politischen Gegnern abzuwehren. 1944 schreibt Fallada rückschauend: »Der

Monat, durch den ich an diesem [nationalsozialistischen] Schwanz schrieb, steht mit schwarzer Tinte umrandet in meinem Kalender, die Welt kotzte mich an, ich mich selbst aber noch mehr.«

Als das Filmprojekt »Der weite Weg« stockt und schließlich scheitert, vermutlich am Einspruch Rosenbergs, ist das Buch »Der eiserne Gustav« mit dem erpressten Nazi-Ende bereits im Druck und damit die Möglichkeit vertan, es in der ursprünglichen Fassung zu publizieren. Aus Brüssel erreicht den Autor ein Brandbrief seines Übersetzers, des niederländischen Schriftstellers Nico Rost, der zunächst unbeantwortet bleibt. Als beide nach dem Krieg wieder in Kontakt treten, holt Fallada die Antwort mit einem für ihn typischen Brief nach, in dem nichts Falsches steht und doch nicht die ganze Wahrheit: »Ich stand damals vor der Wahl: Schreib, Vogel, oder geh ins K.Z. Das war 1938 – und sieben Jahre K.Z. hätte ich nie ausgehalten. Und trotzdem liegt wie Schuld jede Zeile noch heute auf mir, die ich damals schrieb. Ich bin später dann noch ins Zuchthaus gekommen, unter geisteskranke Verbrecher, ich habe das Leben der Qual und Angst geführt – ach, mein Lieber, ich bin sehr alt und müde geworden. [...] Ich bin wohl kein sehr mutiger Mensch und kann nur viel ertragen.«

Im Frühjahr 1939 ist der Film »Altes Herz geht auf die Reise« immer noch nicht im Kino. Die Arbeiten ziehen sich hin, es muss nachgedreht werden, am Ende stehen Ausgaben in Höhe von 570474 RM zu Buche. Der Regisseur Carl Junghans berichtet später, der Film sei Hitler vorgeführt worden. Während er sich über den ersten Teil begeistert geäußert hätte, habe der zweite Teil, in dem unter anderem ein epileptischer Anfall vorkommt, seinen »tobenden Widerspruch« herausgefordert. Damit ist das Projekt gestorben, das Geld muss abgeschrieben werden, Junghans flieht ins Exil.

Auf unterschiedliche Weise scheitern fast alle weiteren Filmprojekte Falladas zu seinen Lebzeiten. Er schreibt eine Rolle für den Schauspieler Mathias Wieman, doch der kann mit dem Plot vom versponnenen Buchhändler, der einen entlaufenen Löwen einfängt und sich dann dem Dank seiner Mitbewohner entzieht, nichts anfangen. Erst 1941 erscheint der Text unter dem Titel »Die Abenteuer des Werner Quabs« als Buch.

Ein Angebot, das er schwer ausschlagen kann, ist im September 1939 die Aufforderung des Präsidenten der Reichsfilmkammer, des Regisseurs Carl Froelich, zur Mitarbeit an einem Film: »Also ich soll einen Heimkehrer-Film schreiben, [über] einen Auslandsdeutschen, der aus Amerika heimkehrt und durch ein Mädchen aus dem Volke mit dem Namen Zarah Leander zum neuen Deutschland bekehrt wird. Es soll aber in dem ganzen Film kein Wort von Politik geredet werden, die Menschen sollen National-Sozialisten sein, aber nicht davon sprechen.« Als Honorar erhält er 25000 RM, etwa das zehnfache Jahresgehalt eines Angestellten. Er setzt sich sofort an die Arbeit. Eine 200-Seiten-Skizze von »Dies Herz, das dir gehört« ist bereits am 5. November fertig.

Fallada arbeitet die Skizze zweimal um: Er ist unzufrieden besonders mit dem Vorspiel. Hier finden sich irritierende Sätze, etwa wenn die Arbeit des späteren Heimkehrers in den USA beschrieben wird: »Er hatte nicht einmal fertiggebracht, was Tausende, Zehntausende mühelos fertigbrachten, was jeder hirnlose Neger konnte: acht Schraubenmuttern rechtzeitig aufzusetzen, einen Monat lang, zehn Monate lang, hundert Monate lang ...« An Ledig schreibt er: »Bei diesem Quatsch verdooft man.« Schließlich wird das Projekt fallengelassen.

Auch ein »repräsentativer Berlin-Film«, an dem Fallada von Herbst 1941 bis zum Februar 1942 für die Wien-Film arbeitet, wird nicht realisiert. Nur ein einziges Projekt dieser Jahre, »Kleiner Mann, großer Mann – alles vertauscht« – die Gattungsbezeichnung lautet »Ein heiterer Roman« –, gelangt unter dem Titel »Himmel, wir erben ein Schloss!« nach einer Produktionszeit von drei Jahren im April 1943 in München zur Uraufführung. Wie auch bei anderen Filmen, die nach seinen Büchern entstanden, hat der Autor das Ergebnis ignoriert.

Es gibt jeweils spezifische Gründe für das Scheitern von Falladas Filmprojekten, aber auch einen gemeinsamen: Seine Kunst, das Menschliche in seinen Extremen auszuloten, seine Vorliebe für die dunklen Seiten der Figuren stehen der platten Unterhaltungsaufgabe im Weg, auf die das Medium in der NS-Diktatur reduziert wird. »Richtig ist es«, schreibt er einmal, »daß mein Auge schärfer für Schatten als für Licht ist.« Auch das letzte noch zu Falladas Lebzeiten geplante Projekt kommt nicht zustande: Die Verfilmung von »Jeder stirbt für sich allein« durch die DEFA steht zwar für 1947 auf dem Plan – »Die Quangels« soll der Film heißen –, wird aber nach dem Tod des Schriftstellers sang- und klanglos abgesetzt. Erst Jahrzehnte später wird Fallada, der durchaus kein Kinoverächter war, zu einem der meistverfilmten deutschen Autoren des 20. Jahrhunderts.

In den Carwitzer Jahren lebt Fallada häufig in drei getrennten Sphären zugleich: Er ist Ehemann, Vater und Vorstand eines Kleinbetriebs mit der Verantwortung für Familie und Angestellte. Daneben kämpft er auf Tausenden von Seiten mit den Gestalten seiner Phantasie, entwirft eigene Welten, erschafft Figuren, erfindet deren Lebenswege und spielt für sie Schicksal. Eine weitere Sphäre und ebenso abgeschlossen vom »wirklichen Leben« ist die Welt der Sanatorien, Kuranstalten und Nervenkliniken, die Fallada in immer kürzeren Abständen aufsuchen muss. Im November 1938 schreibt er Kagelmacher: »Ich selbst werde älter und fetter, fauler im Körperlichen, ich bücke mich nicht mehr gerne, bilde mir dabei immer noch ein, ich sei innerlich noch so schlank wie dunnemals. Kein Gedanke, purer Selbstbetrug – auch innerlich bin ich verfettet. Viele Illusionen sind so beiwegelang flöten gegangen.«

1938 lernt Fallada eine junge Frau aus dem Sudetenland kennen, die sich als angehende Autorin Annemarie Steiner nennt. Der tschechische Nationalismus der Zwischenkriegszeit hat viele Sudetendeutsche in die Arme der Nationalsozialisten getrieben, auch die Eltern von Marianne Portisch, wie sie mit bürgerlichem Namen heißt. Annemarie gehört zur Führungsspitze der »Sudetendeutschen Volksjugend« und leitet deren Zeitschrift. Außerdem hat sie einen Roman verfasst, den Fallada begutachten soll, während sie wegen einer Knieverletzung einige Zeit im Sportsanatorium in Hohenlychen verbringt, das zwanzig Kilometer von Carwitz entfernt liegt. Fallada besucht sie hier, kommt mal mit dem Taxi, mal mit dem Boot, manchmal sogar mit dem Fahrrad. Er redigiert das Manuskript der attraktiven 18-Jährigen, und sein Urteil fällt euphorisch aus: Annemarie Steiner, so seine »feste Überzeugung«, schickt sich an, »in die Fußstapfen« von Marie von Ebner-Eschenbach zu treten. Die beiden treffen sich im Kurhotel, meistens aber nimmt sich der literarische Mentor ein Privatzimmer in Hohenlychen. Briefe von Fallada sind nicht überliefert. »Es war ganz, ganz verschwiegen«, erinnert sich Annemarie Steiner. Allerdings schenkt er ihr ein Märchen und ein Gedicht. Nach ihrem Urteil war seine Ehe mit Suse »schon Ende der dreißiger Jahre unrettbar zerstört«.

Durch den Anfangserfolg von »Wolf unter Wölfen« und die Filmprojekte ist der wirtschaftliche Druck der ersten Carwitzer Jahre weitgehend gewichen. Was immer spürbarer wird, ist die politische Repression, immer bedrängender ist die Furcht vor einem neuen Krieg in Europa. Als deutsche Truppen im Oktober 1938 nach der Münchner Konferenz ins Sudetenland einmarschieren, schreibt Rowohlt nach Carwitz: »Liebes Väterchen Ditzen, da sind wir nun doch noch eben am Weltkrieg vorbeigerutscht. Sie werden ja höchstwahrscheinlich erklären, daß Sie gleich gesagt hätten, daß es keinen Krieg gibt. Gewiß, das Gefühl habe ich auch gehabt, aber immerhin ist es für mich eine nicht wegzuleugnende Tatsache, daß wir um Haaresbreite daran vorbeigerutscht sind!« Die Zeiten werden auch für Fallada wieder rauer. Alfred Rosenbergs Amt für Schrifttumspflege diffamiert ihn als »eine typische Erscheinung der Zersetzung der vergangenen Jahre«.

In der Nacht vom 9. zum 10. November 1938 brennen überall im Land die Synagogen. An die hundert Männer und Frauen werden in ihren Wohnungen und auf offener Straße erschlagen, über siebentausend jüdische Geschäfte zerstört, ihre Eigentümer in Konzentrationslager verschleppt. Ein letztes Mal leiten Ditzens konkrete Schritte ein, um das Land zu verlassen, Fallada gibt jedoch in letzter Minute das Vorhaben auf. Schon Ende des Monats kümmert er sich wieder um seine verlegerische Zukunft in Deutschland. Es geht um einen neuen Generalvertrag. Rowohlts Sohn Ledig schreibt dem »lieben Altvater Fallada«: »Wie gern würde ich jetzt mein armes Köpfchen an Ihre väterliche Brust legen, wie schön wäre es, könnten wir uns jetzt ein bisschen gegenseitig trösten.«

Vater Rowohlt, der längst zum Freund gewordene Ex-Verleger, kann noch einmal helfen, einen neuen Generalvertrag für seinen Autor auszuhandeln. Er lotst dafür den Generaldirektor der Deutschen Verlags-Anstalt aus Stuttgart nach Carwitz. Im Februar 1939 verabschiedet sich Rowohlt ins brasilianische Exil. Ledig immerhin bleibt im Land und darf von Stuttgart aus die Geschäfte des nicht mehr selbständigen Verlags leiten. Im Oktober des Vorjahres war die Arbeit am Jannings-Film abgesetzt worden, das Filmprojekt ist gestorben. Nun aber erscheint der »Eiserne Gustav« als Buch – und es bleibt merkwürdig ruhig. »Vertraulich kann ich Ihnen auch noch mitteilen«, schreibt Ledig an Jannings, »daß der Presse anscheinend Anweisung gegeben wurde, das Buch nicht mehr zu besprechen, jedenfalls ist dieses Gerücht über Buchhändler zu uns gelangt.«

Fallada verlegt sich einmal mehr aufs Triviale. Während deutsche Truppen im März 1939 die »Rest-Tschechei« besetzen, schreibt er an »Kleiner Mann, großer Mann – alles vertauscht«, einem Unterhaltungsroman voll überraschender Wendungen über ein ausgeschlagenes Erbe, der in der Maxime mündet, dass Geld allein nicht glücklich macht. Der Verkünder dieser Botschaft indes dürfte glücklich gewesen sein, mit dem Roman gleich doppelt verdient zu haben: durch den Vorabdruck in der Zeitschrift »Dame« und durch den Verkauf der Filmrechte, der diesmal in einem fertigen Film münden sollte.

Danach setzt er sich an ein Auftragswerk überschaubaren Umfangs: Die Stuttgarter Gefolgschaft der NSDAP hat ihn um eine Geschichte für die Hitlerjugend gebeten. In »Süßmilch spricht« retten Murr, Maxe und der Teckel Biline während der Inflationszeit die Holzwarenfabrik von Maxes Vater vor dem Enteignungszugriff des sozialistischen Agitators Süßmilch, der sich durch das Engagement der Jungen zur Umkehr bewegen lässt. Die Erzählung wird in der »Rakete«, der Zeitschrift der Hitlerjugend, gedruckt. Am gleichen Tag, an dem Fallada seine HJ-Erzählung fertigstellt, am 23. August 1939, wird in Moskau ein makabres Dokument deutsch-sowjetischer Freundschaft unterschrieben. Der Nichtangriffspakt verschafft Hitler freie Hand für den Überfall auf Polen. In Deutschland werden vier Tage danach die Lebensmittel rationiert, noch einmal vier Tage später beginnt der Krieg.

ZWANZIGSTES KAPITEL

Ich bin in die seichte Unterhaltung abgesackt – Sie sind doch ein nettes Mädchen, und Sie halten es da bei den Ditzens aus? – Ich bin jetzt 47, viel Brötchen liegen nicht mehr für mich auf dem Teller – Was für einen Misthaufen sie aus Deutschland gemacht haben

So gravierend der Ausbruch des Kriegs im historischen Rückblick auch erscheint, am Alltag der Deutschen ändert er zunächst wenig. Fallada und Suse hatten Sohn Uli der besseren Schulbildung wegen nach Berlin zu Burlages gegeben, jetzt ist es den Eltern lieber, ihn wieder bei sich zu haben. »Liebe Mutti«, schreibt Fallada am Tag nach dem deutschen Überfall auf Polen, »wir sind noch schnell mit unserem allerletzten Benzin nach Berlin gerutscht und haben uns Uli nach Hause geholt. Die Schulen sind ja sowieso geschlossen, da ist er nun in Carwitz bestimmt besser als in Berlin aufgehoben und kann uns sogar ein bisschen helfen, heute hat er schon recht fleißig Äpfel und Birnen (Fallobst) eingesammelt. Seitdem sind wir mit jungen Mädchen und allen Kräften, auch den Kindern, bemüht, den Luftschutzkeller auszubauen und einzurichten, den wir für das ganze Unterdorf bereithalten müssen.«

Am 17. September 1939 rückt die Rote Armee vom Osten aus in Polen ein, die Beute wird unter den Waffenbrüdern aufgeteilt. Fünf Tage später feiern Wehrmacht und Rote Armee gemeinsam ihren Sieg in Brest-Litowsk: Die Panzergeneräle Heinz Guderian und Semjon Kriwoschein stehen auf einem provisorischen Holzpodest und nehmen die Militärparade ab. Feierlich werden die Fahnen getauscht, Hakenkreuz gegen Sowjetstern. Zwar haben Großbritannien und Frankreich dem Deutschen Reich den Krieg erklärt, sie greifen jedoch nicht ein. Es ist ein Drôle de guerre, ein seltsamer Krieg – die Hoffnung, den Konflikt aussitzen zu können, zerschlägt sich erst im April 1940, als die Wehrmacht in Dänemark und Norwegen einfällt und dann Schlag auf Schlag fast in ganz Europa einmarschiert.

Fallada schreibt in diesen Wochen an dem Roman »Der ungeliebte Mann« und dem Drehbuch für seinen Heimkehrerfilm »Dies Herz, das dir gehört«. Die Honorare für die verschiedenen Filmarbeiten machen die Auslandseinnahmen, die mit Kriegsbeginn einbrechen, mehr als wett. Allein für den Unterhaltungsroman »Der ungeliebte Mann« werden ihm von der »Berliner Illustrirten« 40 000 RM versprochen. Ende Februar ist der Roman fertiggestellt. Darin erzählt er die Geschichte des 37-jährigen wohlhabenden Peter Siebenhaar, der durch seine Erblindung Frau, Arbeit und sein ganzes altes Leben verliert und sich in ein zwanzig Jahre jüngeres Mädchen verliebt. Das Geschehen ist an Schauplätzen angesiedelt, die sich unschwer als Feldberg und Carwitz entschlüsseln lassen. Selbst diese triviale Erzählung ist noch anfällig für Anfeindungen. Diesmal ist es kein angemaßter Vertreter der Ärzteschaft, sondern der Herausgeber der Zeitschrift »Der Kriegsblinde«, der dagegen Einspruch erhebt, dass die Figur eines Blinden mit einem negativen Charakter ausgestattet sei. Nur mit Unterstützung eines Anwalts kann weiterer Ärger vermieden werden.

Fallada schreibt 1944: »Und wie habe ich mich im Schreiben meiner Bücher selbst ändern müssen! Ich konnte nicht mehr daran denken, die Bücher zu schreiben, die mir am Herzen lagen. Jede Schilderung dunklerer Gestalten war mir streng untersagt. Ich hatte optimistisch und lebensbejahend zu sein, gerade in einer Zeit, die mit Verfolgungen, Martern und Hinrichtungen den Sinn des Lebens verneinte. So habe ich seit dem ›Wolf‹ eigentlich nichts, was mir noch am Herzen läge, geschrieben. Ich bin in die seichte Unterhaltung abgesackt.«

Und doch ist die Konstellation des »Ungeliebten Manns« nicht völlig aus der Luft gegriffen. Wie sein blinder Held Peter Siebenhaar richtet auch Fallada sein erotisches Begehren auf eine Jüngere, er entflammt für die 18-jährige Haustochter »mit ihrem Humor, ihrer Treue, ihrer menschlichen Zuverlässigkeit«. Für

Suse ist das nur schwer zu ertragen, zumal es in jenen Jahren nicht die einzige Affäre ihres Mannes ist. Sie sucht Ablenkung, fährt häufiger nach Berlin und freundet sich mit Eva Burlage an, der Frau von Falladas Jugendfreund. Trennen will sie sich nicht von ihrem Mann, sie liebt ihn nach wie vor, und sie weiß, dass er sie braucht. Auch gibt es noch die anderen Seiten an ihm: seine Liebe zu den Kindern, die Zuverlässigkeit, mit der er für die ökonomische Existenz der Familie einsteht, und nicht zuletzt die Hoffnung, es könnte alles noch einmal so wie in ihren Anfangsjahren werden.

Am zweiten Weihnachtsfeiertag 1939 erhalten die Ditzens die Nachricht vom Tod Tante Adas, sie fahren nach Marburg zur Beerdigung. Es ist eine neuerliche Zäsur, nachdem zwei Jahre zuvor Falladas Vater gestorben war. In seiner Jugend hat Fallada die Fürsorge und Unterstützung der Tante als Bevormundung abgelehnt, später wusste er ihr familiäres Engagement und den Wert ihrer intellektuellen Anregungen für seine eigene Entwicklung zu schätzen. Sie waren über die Jahrzehnte in Kontakt geblieben, wenn auch zumeist aus der Ferne. Anders als Falladas Vater hat Tante Ada das Anwesen in Carwitz noch in Augenschein nehmen können, als sie im Herbst 1936 hier fünf Wochen zu Gast war.

Nach der Rückkehr der Familie aus Marburg vergeht der Januar 1940 in schlechter Stimmung. Fallada ist unlustig, arbeitet wenig und kämpft mit den gleichen Problemen, die ihn im vergangenen November für eine knappe Woche zu Burlage nach Zepernick geführt hatten: Depression, Antriebs- und Schlaflosigkeit. Eine der Haustöchter schildert eine Episode aus den Zeiten der Krankheit: »Ditzen sagte zu mir: ›Sie bringen mich jetzt ins Bett, nach oben in die Verbrecherkammer, Sie bleiben jetzt hier, bis ich ausgezogen bin, wo ist mein Nachthemd?‹ Ich sagte: ›Herr Ditzen, es liegt alles da im Schrank an seinem Platz, das Bett ist frisch bezogen – ich geh jetzt runter!‹ Dann habe ich Dr. Hotop angerufen, der kam ja auch gleich. Einmal sind wir Mädchen mitten in der Nacht aufgewacht durch Geräusche aus der Waschküche, das war übern Hof. Wir rannten runter, und da stand der Chef im Nachthemd und hatte die Waschmaschine und die elektrische Wäschemangel angestellt, dass es nur so gerumpelt hat. Dann lief er, wie er war, in der Nacht raus auf den Bootssteg. Bald kam Frau Ditzen und hat ihn wieder ins Haus geholt und ihn beruhigt, bis der Arzt kam.«

Ansonsten wird der »Chef«, wie die Angestellten Fallada nennen, von seiner Umgebung als »ein sehr netter, höflicher und vor allen Dingen kein arroganter Mensch« wahrgenommen. Natürlich hatten sich im Dorf seine amourösen Eskapaden und die gelegentlichen Abstürze herumgesprochen. »›Sie sind doch eine anständige Person‹«, wird die Haustochter Lilo im Ort angesprochen, »›sind doch ein nettes Mädchen, und Sie halten es da bei den Ditzens aus? Der ist doch verrückt!!‹« Der Alltag sieht freilich anders aus. Luise Lamp, eine andere Haustochter, erinnert sich an die familiäre Atmosphäre im Haus und die Aufmerksamkeit ihres Arbeitgebers: »Wir haben uns bei Ditzens auch über unsere Angehörigen unterhalten, z. B. abends beim Pilze putzen. Da hatte ich erzählt, dass meine Omi Veilchen und rote Rosen so sehr liebt, das hat er sich behalten. Als meine Omi plötzlich mit 65 Jahren verstarb, es war für mich der erste Todesfall in der Familie, konnte von Ditzens niemand zur Beerdigung nach Warnemünde kommen. Aber Käthis Bruder, der in Rostock Medizin studierte, wurde von Hans Fallada beauftragt, an der Feier teilzunehmen. Er kam mit einem Kranz an, nicht riesengroß, ich seh ihn heut noch vor mir, mit blauen Veilchen und in der Mitte fünf dunkelrote Rosen.«

Zu Beginn des Krieges haben die Ditzens ihren gerade erst angeschafften Luxuswagen abliefern müssen, so dass Uli im April mit dem Pferdefuhrwerk zu seiner neuen Schule nach Templin gebracht wird. Die Verschickung zu den Burlages nach Berlin hatte der Achtjährige als Vertreibung aus dem Carwitzer Kinderparadies empfunden und den Eltern übelgenommen. Templin liegt näher, die knapp dreißig Kilometer fährt der Schüler, wenn er in den Ferien nach Hause kommt, mit dem Fahrrad.

Bald werden sie auch Mücke in ein Internat geben müssen. Ditzens überlegen erneut, Carwitz über kurz oder lang aufzugeben. Sicher ist mit diesem Plan auch die Hoffnung verbunden, an einem neuen Ort wieder näher zueinanderzufinden.

In den Anfangsjahren war ihre Beziehung an gemeinsam überwundenen Schwierigkeiten gewachsen. Doch mittlerweile hat sich mehr als nur der Druck von außen angestaut. Fallada stört an Suse jetzt gerade das, was ihn früher zu ihr hinzog. Ihren Sinn fürs Lebenspraktische legt er als Gleichgültigkeit gegen sein Künstlertum aus, und wo er zuvor Sinnlichkeit und emotionalen Rückhalt gesucht hat, fordert er nun den intellektuellen Austausch. Die Entfremdung kommt schleichend: Wer sich mit dem anderen nicht mehr wohl fühlt, der sucht und findet Ausflüchte, das Zusammensein zu meiden. Eine dieser Fluchtmöglichkeiten ist für Fallada das Schreiben, der Rückzug in die »Verbrecherkammer«: »In dem Augenblick, wo das eheliche Verhältnis besonders kritisch wurde, fing er an zu schreiben«, berichtet Annemarie Steiner, der sich Fallada anvertraut. »Und da gab es dieses Tabu, dass er dann seine Ruhe hatte. Manchmal schrieb er auch nicht und wollte nur isoliert sein.«

Suses und Falladas Glück sind die Kinder, in Zeiten der Depression sind sie »rasch vergehende Lichtblitze in einem tiefen Dunkel«. Anfang April 1940 wird Achim geboren. Die Tochter des Carwitzer Gastwirts erinnert sich: »Mein Vater holte Herrn Ditzen aus Templin ab. Dort hatte er wohl Uli besucht, ihm von dem Brüderchen in Berlin erzählt und dann noch einen neuen Weckapparat gekauft, so ein großes Ding aus Blech. Das hat mein Vater nicht vergessen, wie Herr Ditzen so glücklich über den kleinen Achim war, daß er wie ein Junge die ganze Fahrt auf dem Wecktopf getrommelt hat vor Freude.« Doch schnell stellt sich der Alltag mit seinen Belastungen wieder ein. Ohnehin von Schlafproblemen geplagt, weicht er in der ersten Zeit mit dem Neugeborenen ins Gästezimmer aus, was zur Dauerreglung wird. Ärger und Sorgen lassen nicht nach. Nun sind es nicht mehr nur politische Anfeindungen, die seine Publikationsmöglichkeiten einschränken, sondern kriegsbedingte Umstände, vor allem die Rationierung von Papier.

Fallada ist viel krank in diesen Monaten. Seiner einstigen Pflegerin Sophie Zickermann schreibt er in der zweiten Julihälfte: »Sie kennen ja diese Zustände nicht aufhörender Depressionen, meine ist nun schon endlos, seit Mitte Mai, und sie will gar nicht abrücken. Und ich muß doch arbeiten, und mich überhaupt ein bisschen am Leben freuen, so viel Zeit ist nicht mehr. Bald kommt die Eiszeit, ich bin jetzt 47, viel Brötchen liegen nicht mehr für mich auf dem Teller, der einmal so voll schien.« Im kurzen Abstand lässt er sich zweimal zum Schlafmittelentzug nach Zepernick einliefern, für zwei Wochen im Juli und für acht Wochen ab Mitte Oktober. Burlage, der die ärztliche Verantwortung trägt, ist zunehmend besorgt, weil sein Freund und Patient das Ende der Therapie selbst bestimmt. Das Verhältnis zwischen den beiden verschlechtert sich zusehends.

Bereits in seiner Jugend hat sich Fallada gegen jede Einschränkung seiner Autonomie aufgelehnt. Damit stieß er in Tannenfeld Tante Ada vor den Kopf, später auch Suhrkamp, und nun trifft es Burlage. Falladas starkes Verlangen nach Souveränität, das ihn die guten Absichten jener verkennen lässt, die ihm helfen wollen, korrespondiert mit dem Kontrollverlust, der ihn in seinen Zusammenbrüchen ereilt. Zu dieser Seite seines Wesens, der dauernden Anstrengung, das innere Chaos abzuwehren, gehört die Übergenauigkeit des gelernten Rendanten. Ein markantes Beispiel dafür ist ein Brief an Rowohlt aus früheren Jahren: »[…] ich bitte nur«, schreibt Fallada, »Herrn Hoffmeister zu sagen, daß in der Guthabenspalte ein Additionsfehler zu meinen Gunsten von 5 Pfg. ist, nur der gleichmäßigen Buchung halber!«

Mitte Dezember ist Fallada wieder zu Hause, es wird der letzte Aufenthalt in Zepernick gewesen sein. »Das Weihnachtsfest war ein voller Erfolg«, schreibt er im Januar 1941 einer Bekannten, »Uli hatte sogar die überhaupt nicht mehr erhältlichen Schienen für seine kleine elektrische Eisenbahn bekommen: mein Aufenthalt im Sanatorium war doch zu einem gut gewesen, dort hatte ich jemand kennen gelernt, der einen Spielzeughändler kannte, der für Herrn Feldmarschall Göring solche Eisenbahn zu liefern hatte, und so hat mein Sohn an dieser Lieferung profitiert.«

Am zweiten Weihnachtsfeiertag ruft Rowohlt in Carwitz an und überrascht Ditzens mit der Nachricht, gerade aus Südamerika nach Deutschland zurückgekehrt zu sein. Er ist als Leichtmatrose auf einem Blockadebrecher nach Europa gekommen. »Die Ratten betreten das sinkende Schiff« lautet ein Bonmot, das Erich Kästner zugeschrieben wird. Rowohlts dritte Ehe war in Brasilien gescheitert, Elli und »Baby« sind dort geblieben, er hat, wie er nach dem Krieg berichtet, »in Brasilien Häute verkauft und Pferde zugeritten. Aber mit den Häuten ließ man mich keine Bücher einbinden, und die Pferde waren keine Pegasusse, die ich für zahme Autoren hätte brechen können.« Mitte Januar ist Rowohlt zu Besuch in Carwitz, wenig später wird er zu einer Spionageabwehrstelle der Luftwaffe kommandiert, danach dient er in einer Propagandakompanie, zuletzt im Kaukasus, wo der 56-Jährige wegen politischer Unzuverlässigkeit im Sommer 1943 entlassen wird.

Rowohlt haben die Tage in Carwitz, »das gute Essen und das alkoholfreie Leben«, gutgetan. Fallada, der Zepernick vor den Weihnachtsfeiertagen wiederum vorzeitig verlassen hat, »mit einer Schwester und einer kräftigen Amylenbuddel bewaffnet«, muss im neuen Jahr nun ohne Pflegerin auskommen. Suse soll, wie sonst auch, das Schlafmittel rationieren, die Dosis liegt bei 6 bis 7 ccm. Er glaubt sich auf gutem Weg. Am 19. Januar schreibt er optimistisch an Burlage: »Die eigentliche Schlafmittelsucht ist vorbei!« Sechs Tage später notiert Suse: »Junge schlechtes Befinden und trübe Stimmung, heimlich ca. 30 ccm Amylen genommen, 16 Stunden geschlafen!« Er versucht, die schwere Schlafmittelvergiftung im Alleingang auszukurieren. Eine Woche später trifft eine Schwester aus Zepernick ein, er wird im Heidehaus angemeldet, lehnt seine Einweisung jedoch ab. Er nimmt weiter große Mengen von Amylen, schläft aber wenig. Tagsüber beschäftigt er sich mit der Jahresabrechnung für 1940.

Anders, als er es selbst wahrnimmt, verschlechtert sich sein Zustand. Jetzt meldet er sich in einem Sanatorium in Dresden an, einer Edelklinik im Villenviertel Weißer Hirsch. Auf die Ärzte mag der Patient einsichtig gewirkt haben, doch offenkundig hat er ihnen nicht die ganze Wahrheit über seine Krankheitsgeschichte und seinen Zustand offenbart. »Eigentlich sollte ich ja noch in Dresden in einem Sanatorium sein«, so der Bericht an die Schwester Elisabeth. »Dort aber bin ich nach drei Tagen wieder weggefahren, es war nicht ganz der richtige Platz für mich. Die übrigens sympathischen Ärzte gaben mir zuerst soviel Schlafmittel, daß in der dritten Nacht die Lungentätigkeit aufhörte. Die Armen haben samt meiner Schwester Blut und Wasser geschwitzt, ich habe nichts davon gemerkt. Nun aber verfielen sie in das andere Extrem und wollten mir überhaupt keine Mittel mehr geben, was mir auch wieder nicht gefiel. Worauf wir uns im Guten trennten und wir nun wieder auf unsere heimischen Künste angewiesen sind. Ich denke aber doch, wir werden es jetzt schaffen, noch in dieser Woche hoffe ich wieder ganz schlafmittelfrei zu sein, und dann wird es ja wieder aufwärts gehen.«

Am 20. April kann das »alte Gegenväterchen« seinem »Väterchen« Rowohlt vermelden, dass er langsam wieder zum Arbeiten komme, und am gleichen Tag erhält Ledig-Rowohlt das Manuskript des kleinen Romans »Zwei zarte Lämmchen, weiß wie Schnee«: »Der kleine Scherz, den ich beabsichtigte, ein Brautpaar, das heiratet, ohne je von Liebe gesprochen zu haben usw. scheint mir völlig mißlungen, auch viel zu weit ausgewalzt. Schließlich sind beide Lämmchen nicht wie Schafe, über die sich der Leser nur ärgern muß, besonders in dieser Zeit.« Ohne Pause schreibt er weiter, Anfang Mai lässt er Ledig wissen: »Ich schreibe so eine Art Erinnerungen aus meiner frühesten Jugend, etwa bis zum 12. Jahr, in der Form von Döneckens, Geschichten, Anekdoten, mit fast porträtähnlichen Bildern von Eltern, Geschwistern und Verwandtschaft. Natürlich schwindele ich auch viel, klaue mir meine Geschichten, wo ich sie finde, und drehe wegen einer guten Pointe alles um.« Drei Wochen später schickt er das selbst abgetippte komplette Typoskript nach Stuttgart.

Die Arbeit an dem Erinnerungsbuch »Damals bei uns daheim« bringt wieder etwas Licht in die düstere Gegenwart. Zuvor hatte er die Erinnerungsbücher des amerikanischen Erzählers und Humoristen Clarence Days, »Unser Herr Vater« (1935) und »Unsere Frau Mama« (1936), für Rowohlt übersetzt – eine weitere Möglichkeit, mit unverfänglichen Stoffen Geld zu verdienen, und vermutlich Anregung für sein eigenes Vorhaben. Mit den Schwestern tauscht er sich über gemeinsam Erlebtes und Kindheitserinnerungen aus. Das Buch bietet die späte Gelegenheit, der Familie, besonders den Eltern, Dank abzustatten. Fallada kann aus dem Abstand des im Leben Erreichten auf die Anfänge zurückblicken und ein Bild seiner selbst als Junge entwerfen – mit all seinen problematischen Anlagen, der früh aufbrechenden Spaltung seines Bewusstseins, mit Zwangsvorstellungen, die ihn bereits als Kind heimsuchen, und seiner Neigung zum Einzelgängertum. Er schildert die Hilfslosigkeit, mit der er nach den großen und kleinen Missgeschicken und Unglücksfällen seiner Kindheit zurückblieb: »Die haben alle keine Ahnung davon, wie ein Junge manchmal in was reingerät und will es gar nicht«, lautet ein Schlüsselsatz.

Bereits der Heranwachsende kann seine Gefühle nicht anders als im Schreiben ausdrücken. Nicht so der Vater. Wenn sie jeden Freitagabend zusammen zur Motette in die Thomaskirche gehen, schaudert es den Sohn: »Dann setzte die Orgel ein, und sofort begann auch meine Angst. Ich sah nichts anderes mehr, ich konnte nichts hören von Orgel und Gesang, ich mußte immerzu Vater beobachten. Und richtig, nun war es wieder soweit: Vater weinte! Ich fand es ganz schrecklich, daß Vater weinte! Große blanke Tropfen rollten langsam seitlich seiner Nase herunter und verschwanden im Schnurrbart. Immer, wenn Vater die Motette hörte, mußte er weinen. Es war wohl Glück, das ihn weinen machte, es war Freude über dies reine Stück Schönheit, das der Erde noch geblieben ist. Aber ich dummer Bengel fand es nur beschämend. Ich schämte mich Vaters, daß er so weinte. Ich hatte eine Todesangst, einer meiner Schulgefährten könne in der Kirche sein und könne mich sitzen sehen neben meinem Vater, der weinte! Ich wäre doch vor dem ganzen Gymnasium blamiert gewesen! Es beruhigte mich gar nicht, daß viele so weinten. Ich achtete auch nicht darauf, daß hier niemand die anderen beobachtete, ich schämte mich nur und hoffte, es möchte doch bald zu Ende sein. Ich, mit dessen vielen Schwächen Vater eine so unendliche Geduld hatte, war so unduldsam gegen Vater!«

Wie eng sich Fallada in »Damals bei uns daheim« an das authentische Geschehen hält, selbst wenn er hier und da zeitliche Abläufe ändert, anekdotisch überspitzt und einzelne Charaktere überzeichnet, lässt sich anhand von Briefen, Dokumenten, Erinnerungen und Berichten dieses so überreich dokumentierten Lebens leicht erkennen. Mit der von Verklärung nicht freien Rückschau auf eine friedliche, unheroische Welt kommt Fallada der eigenen Sehnsucht und der seiner Leser nach einem Gegenbild zur kriegerischen Gegenwart entgegen. »[...] meine Erinnerungsbücher – sie haben den Leuten viel Spaß gemacht, aber sie waren doch auch nur Ausflüchte«, urteilt er drei Jahre später.

Rastlos geht es weiter, wieder verschwendet der Schriftsteller seine Produktivität und Kreativität auf Unterhaltungsstoffe, innerhalb von sechs Wochen entsteht bis Mitte Juli »Die Stunde, eh' du schlafen gehst«, ein Illustriertenroman. Es geht um die Liebesgeschichte zwischen Gerhard Babendererde – Uwe Johnson wird diesen norddeutschen Familiennamen durch den Titel eines Romans bekanntmachen – und Ilse van Reep. Der Autor selbst urteilt: »Im Grunde genommen ist es sowohl nach Handlung wie nach Charakteren ein vollkommen idiotischer Roman.« Erik Reger, Chefredakteur der »Berliner Illustrirten« und nach dem Krieg einer der Gründer des »Tagesspiegels«, ist, wie es scheint, der gleichen Meinung und verzichtet auf einen Vorabdruck, die Redaktion der »Münchner Illustrierten« bringt die Geschichte.

Mit dem Überfall Hitler-Deutschlands auf seinen einstigen sowjetischen Bündnispartner zerschlagen sich am 22. Juni 1941 die Hoffnungen auf ein baldiges Kriegsende. In diesen Tagen beginnt sich Fallada für ein ganz anderes Thema zu interessieren, »ein großes Arbeitsvorhaben, für das ich allerdings das Reichsjustizministerium brauche«. Die Deutsche Verlags-Anstalt ermöglicht dem Autor im September Einsicht in die Akten der Kutisker- und Barmat-Prozesse aus den Jahren 1925 bis 1927. Beide Unternehmer hatten in den frühen zwanziger Jahren staatliche Kredite in erheblicher Höhe in Anspruch genommen und dabei auf die Bestechlichkeit hoher Beamter und Politiker gesetzt. Brisanz erhielten die Prozesse durch die engen Verbindungen der Angeklagten zu führenden Sozialdemokraten und durch ihre ostjüdische Herkunft. Die rechtsradikale Presse sah ihre Sicht auf die Republik als Werk einer »jüdisch-bolschewistischen Verschwörung« bestätigt. Seiner Mutter schreibt Fallada: »Ich habe nämlich den grossen Plan, die Lebensgeschichte eines Börsenjobbers zu schreiben, natürlich ohne aufdringliche antisemitische Tendenz, etwa einen modernen Jud Süss.«

Was steckt hinter diesem Plan? Der historische Stoff vom Aufstieg und Fall des Joseph Süß Oppenheimer am Hof des württembergischen Herzogs Karl Alexander war, in der Nachfolge einer 1827 entstandenen Novelle von Wilhelm Hauff, Projektionsfläche für antisemitische Stereotype in verschiedenen Romanen und Theaterstücken. Lion Feuchtwanger griff den Stoff in seinem Roman »Jud Süß« auf und illustrierte mit ihm das Gegenteil: wie leicht es ist, den Hass auf Minderheiten für Machtzwecke zu instrumentalisieren. Feuchtwangers Roman war ein internationaler Bestseller, bis 1933 wurden in Deutschland 300 000 Exemplare verkauft. Während Fallada in seinem Brief auf die Romanfigur von Feuchtwanger anspielt, verbindet man gemeinhin mit »Jud Süß« in dieser Zeit den antisemitischen

Hetzfilm von Veit Harlan. Der Film läuft seit Herbst 1940 und lockt bis 1943 über 20 Millionen Besucher in die Kinos.

Will Fallada mit dem »Kutisker« antijüdische Klischees literarisch wirkungsvoll in Szene setzen – glaubt er, nur so sei es möglich, unter den herrschenden Umständen auch die dunklen Seiten von Romanfiguren schildern zu können mit dem Antisemitismus als Generallizenz –, oder geht es ihm gerade darum, sie zu entlarven? Mit welchen Vorstellungen er sich auch immer dem Material nähert, die Absicht, unter den politischen Bedingungen im Deutschland von 1941 »die Lebensgeschichte eines Börsenjobbers« schreiben zu wollen, eines Juden, hat tatsächlich etwas »sumpfig Schillerndes«.

Vor seiner Berlin-Reise fragt Fallada bei Professor Zutt an, ob er sich für die Zeit der geplanten Recherche beim Justizministerium in die Obhut der Kuranstalten Westend begeben könne, »vor allem auch darum, damit es in dieser Zeit mit den Alcoholicis nicht zu schlimm wird«. Begegnet war er dem Arzt bei seinem ersten Aufenthalt in der Charité sechs Jahre zuvor. Da den Professor, der inzwischen die Kuranstalten Westend für Nervenkranke leitet, die Anfrage nicht rechtzeitig erreicht, quartiert sich Fallada im Hotel Excelsior ein. Von dort schreibt er der Mutter: »Ich habe hier noch mindestens eine Woche zu tun, es ist sehr interessante, aber auch mühselige Arbeit, Dutzende von Aktenbänden sind durchzubüffeln, mit vielen Richtern und Staatsanwälten, die seinerzeit den Fall bearbeitet haben, werde ich bekannt. Man ist sehr liebenswürdig zu mir, man hat mir ein eigenes Zimmer im Ministerium eingeräumt und erleichtert mir alles, soweit wie möglich.«

Drei Wochen studiert er – mit Unterbrechung – die Schriftstücke im Reichsjustizministerium. Da sich wegen der nächtlichen Bombenangriffe auf Berlin seine Schlafprobleme verschärfen, bricht er die Recherchen vor Ort jedoch ab und erhält die Genehmigung, einige der Unterlagen mit nach Hause zu nehmen.

Zurück in Carwitz, legt er das Kutisker-Vorhaben beiseite, als er von der Wien-Film das gutdotierte Angebot bekommt, das Buch »für einen großen repräsentativen Berlin-Film zu schreiben«. Von Mitte Oktober 1941 bis Ende Januar 1942 entstehen 850 Seiten, auf denen Fallada den Aufstieg des Waisenjungen Karl Siebrecht in der Großstadt Berlin zwischen 1910 und 1930 erzählt: »Das Buch hat, wenn ich es so durchhalte, alles Zeug zu einem Volksbuch, es ist absolut positiv, dunkle Verbrechernaturen fehlen ganz, und fehlen dabei nicht einmal mir. Das einzige ist, daß es ein Wälzer werden wird.« Fast das ganze nächste Jahr ist er mit Kürzungen und Überarbeitungen beschäftigt.

Als Filmprojekt scheitert das Vorhaben, und auch das Buch selbst, »Ein Mann will nach oben«, wird erst nach dem Krieg erscheinen, denn inzwischen gibt es eine neue Publikationshürde: Seit Februar 1940 ist Papier für den Buchdruck rationiert und nur noch über eine Sondergenehmigung zu bekommen. Das Problem spitzt sich in den nächsten Jahren aus zwei Richtungen zu: Die hohe Arbeitsdichte des Schriftstellers führt zu einem »Genehmigungsstau«. Papier wird, je länger der Krieg dauert, immer knapper. An diesem Punkt setzt ein Mitarbeiter der Deutschen Verlags-Anstalt zum ersten Mal das Kutisker-Projekt als taktische Größe ein und erreicht mit Hinweis auf den propagandistischen Wert des Vorhabens, dass sich das Propagandaministerium für den Druck des Erinnerungsbuchs »Damals bei uns daheim« einsetzt.

Über Weihnachten 1941 legt Fallada für wenige Tage eine Schreibpause ein. An Schwester Elisabeth und Schwager Heinz schreibt er: »Wahrscheinlich kommt in diesem Jahr unser alter Besuch, Frau Kenter, zum ersten Mal nicht zum Fest. Sie hat viel Sorgen: ihr Freund oder Verlobter ist seit über einem halben Jahr von der Gestapo festgenommen, er kommt wohl vor das Volksgericht.« Das Schicksal von Alfred Schmidt-Sas, dem Lebensgefährten der langjährigen Freundin Marga Dietrich-Kenter, der im April 1943 hingerichtet wird, spielt in Falladas letztem Roman »Jeder stirbt für sich allein« eine wichtige Rolle.

Schon bald gerät auch der Schriftsteller selbst wieder ins Visier der NS-Behörden. Ab September 1941 müssen alle Patienten gemeldet werden, die länger als drei Wochen mit einem Medikament behandelt werden, das unter die Betäubungsmittelverordnung fällt. Bei Unterlassung können die Ärzte oder Apotheker mit bis zu drei Jahren Gefängnis bestraft werden. Zur Überwachung werden »Zentralstellen für die Suchtbekämpfung« eingerichtet, Ärzte, Apotheker und Patienten haben mit Kontrollen durch die NSDAP-Ortsgruppen zu rechnen. »Du hast die Pflicht, gesund zu sein« lautet das Motto einer Gesundheitskampagne der Hitler-Jugend. Der Mensch ist zur Ressource oder zur Belastung im Dauerkrieg geworden, den das totalitäre Regime auch gegen das eigene Volk führt.

Am 28. September 1942 erscheint der Gendarmeriemeister Stark mit einem Brief der Schweriner Kriminalpolizei auf dem Anwesen der Ditzens. Das Schreiben – Stark zeigt es Fallada im Vertrauen – enthält den Auftrag, den Schriftsteller wegen seines Suchtverhaltens zu vernehmen. Der Kriminalpolizei sei bekannt, dass er seit Jahren regelmäßig Rauschgifte beziehe. Fallada hat Glück, der Polizist aus Feldberg hat kein Interesse, die Sache an die große Glocke zu hängen. Gleich vor Ort verfassen die beiden ein Befragungsprotokoll, das der Schriftsteller auf seiner Maschine tippt und das, unterschrieben von Gendarmeriemeister Stark, nach Schwerin geschickt wird. Es enthält die detaillierte, wenn auch lückenhafte und mit einer Tendenz zur Verharmlosung verfasste Chronik seines Leidens. Sie beginnt mit dem »Anfall jugendlicher Schwermut«, der 1911 zum Scheinduell mit seinem Freund von Necker führte, und lässt weder die Morphiumsucht, die verschiedenen Sanatoriumsaufenthalte noch den anhaltenden Gebrauch von Schlafmitteln aus. Dass zumindest die Kriminalpolizei in Schwerin den Fall nicht auf sich beruhen lässt, wird deutlich, als Fallada Anfang Oktober erneut polizeilichen Besuch bekommt. Es gibt Rückfragen, da er es versäumt hat, seinen kürzlichen Aufenthalt im Sanatorium in Dresden anzugeben.

Zu den Verehrern Falladas gehört ein 22-jähriger Soldat, Werner Hütter, der seit 1940 eingezogen ist. Er schreibt dem Schriftsteller regelmäßig, später besucht er ihn auch. Zum Jahreswechsel trifft ein Brief von der Ostfront ein. Fallada, der in seiner Geschäftskorrespondenz scharf und verletzend sein kann und Kleinigkeiten übelnimmt, ist in Briefen an seine Leser wie ausgewechselt, konziliant und einfühlsam. Der Brief Hütters gibt ihm Anlass zur Selbstreflexion:

Seltsamerweise hat mich nicht einmal die Schilderung Ihrer verdreckten, unglaublich anspruchslosen, aber doch lächelnden und vergnügten Russinnen erschüttert, sondern vielmehr die Tatsache, daß auch sie erwarten, daß ihre Männer aus dem Krieg zurückkommen. [...] Das ist wirklich seltsam. Natürlich weiß ich, daß der Mensch auch unter den primitivsten Verhältnissen sich nicht die Liebe zu seinen Allernächsten abgewöhnt, und doch hat mich gerade das überrascht. Wahrscheinlich habe ich so viel über die Eheverhältnisse in Rußland gelesen, daß sich irgendwie das Gefühl in mir festgesetzt hat, so etwas wie wirkliche Liebe und Zuneigung könne es dort gar nicht geben. Und freilich scheint es mir in den Tendenzen dieser kommunistischen Lehre wirklich zu liegen, daß sie gerade diese Gefühle wirklich zerstören möchte. [...] Ich muß mir das noch länger überlegen. Aber es gibt doch ein Bild davon, wie man aus den Äußerungen einer Umwelt, aus Zeitungen, Rundfunk, Büchern, Gesprächen ein neues Gefühl bildet, ohne es zu wissen, ohne es auch nur zu merken, ohne es zu kontrollieren, und dann plötzlich steht man, wie ich jetzt bei Ihrem Briefe – da und sieht, daß man sich eben doch etwas Falsches eingebildet hat, daß die Russinnen eben doch vergnügt sind und an ihren Männern hängen. Nichts ist schwerer als selbständig zu denken, als sich die Kontrolle über alle Einflüsse zu bewahren. Ganz kann das sicher keiner, es sei denn ein Mann wie Nietzsche, der ganz bewußt seine ganze Umwelt ablehnte, also in ständigem Kampf lebte. Und so bin ich ja nun nicht. Ständiger Kampf ist nichts für mich, ich habe schon genug am täglichen Ärger.

Mitte Mai 1942 schließt Fallada nach nur sechs Wochen die Fortsetzung seines Erinnerungsbuchs ab. »Damals bei uns daheim« endet mit der »Gärung«, der einsetzenden Pubertät des Jungen, das neue Buch, »Heute bei uns zu Haus«, beginnt mit dem Jahr 1928. Ausgespart bleiben reichlich zwanzig Jahre, darunter die problematischen Perioden der Biographie: die Briefaffäre um Käthe Matzdorf in Leipzig, das Scheinduell und die frühe Morphiumsucht, die Unterschlagungen und Haftstrafen. In Zeiten anhaltender Depression schreibt Fallada eine positive Geschichte. Sie setzt mit seiner Zeit in Hamburg und Neumünster ein, sie führt weiter zur ersten Begegnung mit Suse und zum langsam, dann rasant einsetzenden Aufstieg als Schriftsteller. Mit zahlreichen Anekdoten und Porträts wird das Familienleben in Carwitz (»Mahlendorf«) geschildert. In dem Buch spiegelt sich weniger die Realität der Idylle, als Falladas Sehnsucht danach. Mehr noch als die humorvoll ausgemalten Episoden um die Bienenzucht oder den neuangeschafften Ford verraten die warmherzigen Porträts der Kinder den großen Erzähler. Was er über sie schreibt, ist mit Liebe beobachtet, er lauscht den Kindern ihre Eigenheiten ab: Achim, der auf »seinen kleinen zweijährigen Beinen« immer im Trab durch die Welt läuft, Lore, das »Mückchen«, das ganze Gegenteil, langsam in allem, nur nicht im Reden, und Uli mit den problematischen Anlagen des Vaters, ein genauer Beobachter, verschlossen und zur Vereinzelung neigend.

Daneben verdanken wir »Heute bei uns zu Haus« zahlreiche Einblicke in die Werkstatt des Schriftstellers: »Ich habe all mein Lebtage Menschen gefressen, ich habe sie mit ihren Bewegungen, Redensarten, Gefühlen in meinem Gehirn notiert, und da habe ich sie nun, jederzeit parat zu sofortigem Gebrauch! Nichts hat mich je so interessiert wie die Erkenntnis, warum Menschen so handeln, wie sie handeln. Mein sonst schlechtes Gedächtnis ist ausgezeichnet für jede Einzelheit, für die kleinsten Tatsachen, die ich über die Lebensgewohnheiten meiner Mitmenschen erfahre. Ich bin ein Menschenfresser, nein, ich bin ein Menschensammler, und tue es bewußt und unbewußt. Dies hat die Natur in mich gelegt und mir dadurch die Grundlage, den Stoff für all meine Schreiberei gegeben ...« Auch über das eigentliche Handwerk lässt sich Fallada aus: Der Beginn eines Romans wird zelebriert, das Papier vorbereitet, Ränder gezogen, der Titel mit Sorgfalt aufs Blatt gesetzt. Geschrieben wird meistens mit der Hand: »Jeden Tag, den Gott werden läßt, schreibe ich mit der Regelmäßigkeit einer Maschine meine 15 Druckseiten, nicht etwa mit der Maschine, sondern ich Schreibkrampfbehafteter male alles langsam mit der Hand, sonst kann ich überhaupt nicht erfinden.«

Die Korrespondenz wird dagegen auf der Maschine getippt, Durchschriften werden penibel archiviert, etwa achttausend zumeist mehrseitige Briefe sind überliefert. Über den Umgang mit Besprechungen seiner Bücher schreibt Fallada in seinem Erinnerungsbuch: »Es ist Suses Aufgabe, etwa übersandte Kritiken aus meiner Post zu entfernen und dem Feuer zu übergeben.« Einem Leser vertraut er an: »Buchbesprechungen lese ich schon lange nicht mehr, weil ich weiß, wie sie oft zustande kommen und weil ich noch nie etwas aus ihnen habe lernen können.« Im Kontrast zu diesen Beteuerungen hat es sich der ehemalige Leiter der Rowohlt-Rezensionsabteilung nicht nehmen lassen, alle irgend verfügbaren Fallada-Besprechungen zusammenzutragen, zu sortieren und abzuheften – so haben sie sich bis heute erhalten.

Wenn Fallada schreibt, ist ihm das Antrieb genug – Stimulantien nutzt er in diesen Phasen nicht, abgesehen von Nikotin und Kaffee. Beim Schreiben, so hat er es an anderer Stelle einmal erklärt, entwickeln sich Figuren und Handlungsabläufe zuweilen von selbst: »Ich kritzele so langsam vor mich hin, bloß um etwas zu tun, und innerlich bin ich schon fast davon überzeugt, es geht nicht weiter, es geht nie weiter, und ich bin voller Verzweiflung – da plötzlich fängt die Feder an, schneller und schneller zu schreiben. [...] ich wage es noch nicht zu glauben und weiß doch schon: es ist alles da, es geht weiter. – Der Stoff ist fertig, er liegt in mir, ich habe ihn nur niederzuschreiben.« Goethe hat diese Art des Schreibens »nachtwandlerisches Dichten« genannt, die Surrealisten haben es als »Écriture automatique« zum ästhetischen Konzept erhoben. Fallada jedoch, jeglicher Theorie abhold, hört nicht auf, immer aufs Neue über sich selbst und seine Anlagen zu staunen.

Pensum, Schreibdauer und Umfang unterliegen bei ihm durchaus einem sportlichen Aspekt: An keinem Tag darf weniger als am Vortag geschrieben werden und das bis ganz zum Schluss: »Ich lege die Feder hin, nachdem ich das Wort ›Ende‹ unter den Text geschrieben habe. Ein kleines Bedauern überfällt mich, als ich sehe, es sind ›nur‹ sechshundertsiebenundachtzig Manuskriptseiten geworden. Siebenhundert sähe doch viel besser aus! Aber da ist nichts zu machen, es ist wirklich vorbei. Die letzten Seiten werden eingeheftet, ich wiege das stattliche Manuskript in der Hand. ›Ganz hübsch‹, denke ich befriedigt und müde. ›Das soll mir erst einmal einer nachmachen – in *der* Zeit!‹ Ich setze auf das Titelblatt hinter das Wort ›Beendet‹ das Datum dieses Tages. Dann räume ich auf und gehe hinunter.«

Was sich regelmäßig anschließt, deutet er immerhin an: »Das Ende vom Liede ist doch, daß Suse mich entweder mit unendlicher Geduld zurechtkriegt oder daß sie mich entschlossen einpackt und in ein Sanatorium steckt, weil ich für meine sämtlichen Hausgenossen (und für mich selbst) völlig unerträglich geworden bin.« Er sei »furchtbar abhängig« von Suse gewesen, erinnert sich Sophie Zickermann, »sie hatte eine unwahrscheinlich gute Art mit ihm umzugehen, wenn ein Buch zu Ende war und er sich leergeschrieben hatte, wie sie mit ihm spazieren ging, ihn beschäftigte, und wir alle sehr vorsichtig waren.«

Fallada hat seine Frau als »Lämmchen« verklärt, sich in seinen Büchern bei ihr für seinen Egoismus und seine Eskapaden entschuldigt. In »Heute bei uns zu Haus« verzichtet er gänzlich auf verschlüsselte Botschaften, er beginnt das Buch mit den Sätzen:

Am Anfang und am Ende dieses Buches und auf allen seinen übrigen Seiten ist von meiner Frau Suse die Rede – auch wo nicht von ihr gesprochen wird. Sie erst hat mich zu dem gemacht, was ich geworden bin, sie hat einen Verbummelten wieder das Arbeiten gelehrt, einen Hoffnungslosen die Hoffnung. Durch ihren Glauben, ihre Treue, ihre Geduld wurde aufgebaut, was wir heute besitzen, was uns alle Tage freut. Und das alles geschah ohne viele Worte, ohne Aufhebens, ohne Schulmeisterei, einfach dadurch, daß sie da war, daß sie in guten und schlimmen Stunden zu mir hielt. Daß sie an mich glaubte. Daß sie so war, wie sie war. Güte und Geduld und Verzeihenkönnen, auch wo sie nicht verstand.

Suses »Güte und Geduld und Verzeihenkönnen« werden von ihrem Mann in der Carwitzer Wirklichkeit von 1942 wieder einmal auf eine harte Probe gestellt. Er hat die fast dreißig Jahre jüngere Anneliese Benzin, die eine Zeitlang Haustochter bei den Ditzens war, für sich gewinnen können. Christa Utnehmer, die mit Anneliese gleichaltrige Tochter des Gastwirts, erinnert sich: »[...] als ich so an die 20 war, da ging das los mit der Anneliese Benzin, und es war sofort bekannt überall, das war die Katastrophe. Ich kann mich noch deutlich erinnern, wir waren in der Küche, und meine Mutter kam von vorne, von draußen rein und sagte: ›Nein, also so was, das ist doch furchtbar, ich habe eben Herrn Ditzen gesehen, und der ging Arm in Arm mit der Anneliese durchs Dorf, und den Uli hat er an der andern Hand dabei. So mitten durchs Dorf zu gehen!‹ Dabei war es doch so ein freundlicher und höflicher Mensch, der im Dorf von vielen geachtet war. Aber das war der Abstieg, es war fürchterlich – und alle konnten es sehen.«

»Was zwischen uns spielte«, erklärt Fallada später Suse, »war nur etwas rein Physisches, auch glaube ich von ihrer Seite, und dieses Physische hat mich dann in meinem jetzigen Alter, das unruhig und dunkel ist, immer mehr in die Hand bekommen.« Unruhig und dunkel ist zuweilen auch sein Verhalten gegenüber dem Personal. Seiner Schwester Elisabeth berichtet er über einen Vorfall, bei dem es um die 14-jährige Haustochter Grete ging: »[...] das kleine Dreckschweinchen ist jetzt ganz in die Küche und an die Aschenputtelarbeiten verbannt. Vor mir zittert sie, gestern Abend habe ich sie erst nach Noten verdroschen, das tue ich bei ihr sogar, ohne mich zu ärgern. Ich entdecke so wenig menschenähnliche Züge an ihr, daß sie mir gleichgültiger ist als mein guter Brumbusch« – der Haushund des Schriftstellers.

In der zweiten Jahreshälfte 1942 leidet Fallada unter einer Dauerdepression. Das Leben in Carwitz hat sich stark verändert. Nachdem nun auch Lore auswärts auf eine Schule in Potsdam geht, ist von den Kindern nur noch der zweijährige Achim im Haus. Hilfskräfte für die Wirtschaft werden abgezogen, die Beschaffung von Saatgut, Holz und Kohlen wird immer schwieriger. Während Suse einen guten Stand in Carwitz hat, macht sich Fallada mit seinem Verhalten, den Affären und gelegentlichen Abstürzen nicht sonderlich beliebt. Hinzu kommt das von den Nazis geförderte Denunziantentum, das gerade in Zeiten der Verknappung und des äußeren Drucks blüht. Fallada muss diverse Anzeigen wegen Schieberei und Erschleichung von Vorteilen abwehren. »Hier bin ich in allem Außenseiter und ein ständiges Objekt des Neides«, klagt er gegenüber Kagelmacher. Unfälle und Missgeschicke, die sich in diesen Monaten häufen, ein gebrochener Fuß, ein Sturz von der Kutsche, verdüstern das Stimmungsbild zusätzlich: »Ich bin recht entmutigt«, schreibt er seiner Mutter, »und da schon seit Wochen mein Schlaf gleich Null ist und eine ständige Depression mich bedrückt, so stehe ich kurz davor, meine Koffer zu packen und nach Berlin in ein Sanatorium zu gehen.«

Lethargie und Depression halten über die Weihnachtstage an. Inzwischen beginnt sich die Kriegslage zu wenden. Bereits seit Ende November ist die 6. Armee in Stalingrad eingeschlossen – über eine Viertelmillion deutscher Soldaten. Währenddessen hat Fallada, wie er Rowohlt zu Beginn des neuen Jahres mitteilt, ein neues Mittel gegen seine Schlafbeschwerden gefunden:

Übrigens war in den letzten Wochen seltsamerweise mein bevorzugtes Schlafmittel – Rotwein! Ausgerechnet in den knappen Kriegszeiten habe ich durch einen begeisterten Leser Rotwein, darunter sogar 21er Burgunder, in recht beträchtlichen Mengen bekommen, so daß ich täglich meine 2 bis 3 Pülleken trinken konnte. Meinem Schlaf ist das gut bekommen, aber faul macht das Zeugs, faul und interesselos. Seit gestern (1.1.!) habe ich mich nun entwöhnt, und um die Askese voll zu machen, will ich auch mit Rauchen auf ein Drittel meines bisherigen Quantums herunter. [...] Der Hauptgrund all der Mißstimmungen, unter denen übrigens auch Suse recht leidet, und die uns Carwitz recht verleidet haben, ist aber der Neid und die Mißgunst der Gegend. [...] Es regnet nur so Anzeigen, alle Augenblicke werden mir Leute fortgenommen, ich soll selber Vieh füttern usw. usw. Also der kleine Ekelkram. [...] So gehen denn auch Suse und ich ernstlich mit dem Gedanken um, noch im Kriege, vielleicht schon im kommenden Frühjahr, Carwitz trotz seiner mancherlei Vorteile zu verkaufen und in irgend einen Vorort von Berlin zu ziehen, wenn wir da ein passendes Tauschobjekt finden.

Mitte Januar lässt sich Fallada in Berlin von dem Karikaturisten Erich Ohser porträtieren. Ohser, der mit Erich Kästner befreundet ist, hatte vor 1933 Anti-Nazi-Karikaturen in der SPD-Presse veröffentlicht. Jetzt zeichnet er unter dem Pseudonym e. o. plauen regelmäßig politische Karikaturen für die Wochenzeitung »Das Reich«. Bekannt gemacht haben ihn jedoch seine beliebten Vater-Sohn-Geschichten, die in der »Berliner Illustrirten Zeitung« erscheinen. Die Fallada-Karikatur soll als Titel für »Heute bei uns zu Haus« dienen, eine Idee, die der Verlag später verwirft. »Er war ein Zeichner von Eigenart und Genie«, urteilt Friedrich Luft nach dem Krieg über Ohser: »In einer ekelhaften, lügnerisch ›total‹ politisierten Epoche gelang es ihm, mit dieser Serie, da ein Vatertyp mit einem Sohn wöchentlich neue Sottisen erlebt, neue Streiche vorführt, eine kleine Oase fast unbekümmerter Menschlichkeit zu schaffen.« Die Nationalsozialisten nutzen die Popularität dieser Geschichten für ihre Winterhilfswerk-Propaganda. Bei Falladas Besuch in Ohsers Atelier muss sich zwischen dem Schriftsteller und dem Karikaturisten eine unvermittelte Künstlerintimität hergestellt haben, denn nur Tage später schreibt Ohser unbefangen nach Carwitz: »Lieber Fallada! Mit Ihrem ›Wolf unter Wölfen‹ haben Sie mir eine ganz große Freude gemacht. Ich lag gerade mit einem bösen Furunkel am Hintern auf der Nase. Beim Blättern vergaß ich alle Schmerzen.«

Der Architekt Hermann Henselmann beschreibt viele Jahre später einen gemeinsamen Abend mit Ohser und Fallada: »[...] bei Ohser, da haben wir darüber gesprochen, wie das ist, wenn die Russen kommen. Wir machten uns alle Gedanken, ist ja klar, wie verhalten wir uns, und ich sagte also: Wieso? Die Russen, das sind die Kommunisten, und ich finde, daß der Kommunismus immerhin eine Hypothese ist gegen Hitler, und das könnte eine Befreiung bedeuten. [...] darauf sagte der Fallada zu mir: ›Zeig mir mal deine Hand!‹ Und da zeigte ich ihm meine Hand [...], und da sagte er: ›Deine Hand ist nicht die eines Arbeiters, sondern die eines Intellektuellen, da wirst du erschossen.‹«

Nach der Zerstörung seiner Wohnung und seines Ateliers in der Budapester Straße durch Bomben ziehen Ohser und sein Freund Knauf zu einem befreundeten Arzt in dessen Haus nach Kaulsdorf. Die Familien kommen sich näher, gewinnen Vertrauen, Ohser und Knauf nehmen kein Blatt vor den Mund, wenn es um ihre Ablehnung des NS-Regimes geht. Der vermeintlich befreundete Arzt wird am 22. Februar 1944 bei der Gestapo vorstellig: »Ich habe mit meiner Meldung bis heute gewartet, um in meiner Auffassung über die Einstellung der Knauf und Ohser ganz sicher zu gehen.« Die beiden werden verhaftet und zum Tode verurteilt, Ohser bringt sich, bevor das Urteil vollstreckt werden kann, in der Zelle um. Fallada resümiert im Herbst 1944: »Was für einen Misthaufen sie aus Deutschland gemacht haben, und was für Pflanzen auf diesem Misthaufen gewachsen sind – unsagbar!«

Am 20. Januars 1943 hält Göring im Reichsluftfahrtministerium eine Rede, in der er das Land auf die Niederlage von Stalingrad vorbereitet. Am gleichen Tag ruft Fallada vormittags von Feldberg aus in den Berliner Kuranstalten Westend an und erklärt, »er müsse sofort in der geschlossenen Abteilung aufgenommen werden«. Ihm wird ein telefonischer Bescheid im Laufe des Vormittags versprochen. Fallada wartet und trinkt. Nach zwei Stunden ruft er erneut an, »er macht jetzt einen intoxikierten Eindruck, spricht verwaschen, kommt nicht auf Worte. Umständlich, will genau verabreden, was er zur Nacht bekommt, findet kein Ende.« Auf die Zusage der Kuranstalten, ihn aufzunehmen, lässt er sein Gepäck aus Carwitz zum Bahnhof nach Feldberg bringen und fährt direkt zur Klinik. Hier gestattet man ihm, was zuletzt in Zepernick nicht mehr möglich war: In den Kuranstalten Westend bestimmt er weitgehend selbst die Art und Dosis der Medikamente, die ihm verabreicht werden. Er besteht darauf, während des Aufenthalts weiter exzessiv rauchen zu dürfen, und legt auch eigenständig den Termin seiner Entlassung fest.

Mitte Februar ist er zurück in Carwitz und beginnt gleich wieder zu arbeiten. Was treibt ihn an? Ums Geld geht es längst nicht mehr, seine jährlichen Einnahmen aus Buch- und Zeitungsveröffentlichungen, aus Film- und Aufführungsrechten haben sich von 1941 bis 1943 auf hohem Niveau zwischen 61 000 und knapp 75 000 RM eingepegelt. Zur gleichen Zeit verfügt der Präsident des Reichsgerichts über ein festes Jahresgehalt von 24 000 RM, ein Professor am Kaiser-Wilhelm-Institut verdient 15 000 RM. Fallada gehört zu den Spitzenverdienern in Deutschland. Es geht bei der Rast- und Pausenlosigkeit, beim Tempo des Schreibens wohl eher darum, der bedrückenden Wirklichkeit zu entfliehen. In kaum sechs Wochen schreibt er den »Jungherrn von Strammin«, eine wendungsreiche Liebes- und Betrugsgeschichte, die in Vorpommern angesiedelt ist. »Es ist ein Manuskript, das ich ohne alles falsche Gewissen absende – wenn es auch nur ein Unterhaltungsroman ist –, und das sage ich nur selten.« Der Roman erscheint von August bis November in der Zeitschrift »Die Woche«, als eigenständige Buchausgabe hingegen erst nach dem Krieg. Wie in früheren Fällen übernimmt Else Bakonyi das Abschreiben des Manuskripts.

Danach gerät er wieder in einen Zustand von Unlust und Lethargie. Inzwischen hat Goebbels den »totalen Krieg« ausgerufen, alle Reserven werden mobilisiert, auch Fallada droht die Dienstverpflichtung. Dem Sohn Uli schreibt er nach Templin: »[…] ich fürchte, der Krieg wird noch manche einschneidende Veränderung bringen, auch ich muss ja damit rechnen, dass ich entweder zum Zivil oder zum Militär eingezogen werde. Wie lange man mich noch meiner Bücherschreiberei wird nachgehen lassen, ahne ich nicht.« Da erreicht ihn ein Angebot, von dem er seinem Sohn einen Monat später berichtet: »Ende Mai werde ich übrigens auf Einladung des Arbeitsdienstführers für 2 bis 3 Wochen nach Frankreich fahren, um mir einmal die Arbeit des Arbeitsdienstes anzusehen. Ich soll dann was darüber schreiben!«

EINUNDZWANZIGSTES KAPITEL

Fallada und Rilke sind zur Zeit die größte Mode in Paris – Dann habe ich mich dem Scharfschießen gewidmet – Generäle haben sich schon deswegen geschrieben – Direkt neben uns fiel ein solches altes Frauchen vor der Tram, blieb auf dem Rücken liegen – Wir sind die Herren der Welt, bestimmt Europas

Im Mai 1943 schlägt Fallada seiner Mutter vor, nach Carwitz überzusiedeln. Er hat sich lange gegen diesen Umzug gesträubt, aber seine Schwestern haben ihm keine Wahl gelassen, sie machen sich Sorgen wegen möglicher Bombenangriffe auf Celle. Die Stadt bleibt von Luftangriffen jedoch weitgehend verschont, während Carwitz am Kriegsende Kampfgebiet wird – wer kann das wissen im Frühjahr 1943. Ab September lebt Elisabeth Ditzen im Haus ihres Sohns, die Last trägt Suse, sie kümmert sich um die 75-Jährige. Noch nach Celle hatte Fallada der Mutter von der geplanten Fahrt im Auftrag des Reichsarbeitsdienstes geschrieben und von seinen Plänen berichtet: »Jedenfalls habe ich vor, auf der Hinreise einen oder zwei Tage in Paris zu bleiben und meine französischen Verleger kennenzulernen; ich bin ja in Frankreich augenblicklich die große Mode, und man wird mich dort sehr nett aufnehmen.« Am Tag darauf bricht der RAD-Sonderführer im Rang eines Majors ins besetzte Frankreich auf. Zurück lässt er seine Frau Suse und seine Geliebte Anneliese Benzin.

Der auf sechs Monate angelegte obligatorische Einsatz beim Reichsarbeitsdienst (RAD) sorgt in den Anfangsjahren des Dritten Reichs vor allem dafür, dass die Heranwachsenden diszipliniert und ideologisch getrimmt werden, während der wirtschaftliche Nutzen überschaubar bleibt. Ab 1938 entwickelt sich der RAD zunehmend zu einer Hilfstruppe der Wehrmacht, betraut mit Bauaufgaben, in späteren Zeiten auch mit der Flugabwehr. Die RAD-Lager bestehen aus Baracken, die im Baukastensystem errichtet werden, mit Strom, Heizung, Wasser- und Abwasserleitungen – ein Komfort, auf den andere von Deutschen betriebene Lager zur gleichen Zeit verzichten müssen. Es gibt eine standardisierte RAD-Kühlzelle, eine RAD-Kochanlage und eine Sanitärbaracke. Bei Bedarf kann das komplette Lager abgebaut und an anderer Stelle neu errichtet werden. Solche Lager gibt es nicht nur in Deutschland, sondern überall im besetzten Europa.

»Ich habe die Absicht, über diese Reise ein ganz persönliches Tagebuch zu veröffentlichen, nichts Programmhaftes, keine Berichte über den RAD, auch kein Föjetong, sondern eben ein Erlebnisbuch. Hoffentlich gibt's mir dann auch die Zensur frei …«, teilt Fallada einem Bekannten mit, dem Schriftsteller P.S. Ettighoffer. Dass Fallada vom Reichsarbeitsdienst eingeladen wird, hängt vermutlich mit Annemarie Steiner zusammen, der jungen Freundin, die er seinerzeit in Hohenlychen des Öfteren besuchte. Sie ist wiederum mit dem Kulturreferenten des RAD befreundet, Thilo Scheller, Verfasser von Weihespielen und Sprechchören sowie Herausgeber des Liederbuchs »Singend wollen wir marschieren«. Von Scheller stammt auch eine fünfte Strophe zum Hans-Baumann-Lied »Es zittern die morschen Knochen«, es gilt als »Pflichtlied des Reichsarbeitsdienstes«. »Ich habe mich an ihn gewandt«, erinnert sich Annemarie Steiner, »und hab ihn gebeten, wenn es irgend möglich wäre, Hans Fallada vom Reichsarbeitsdienst aus irgendwo hinzuschicken. Im Rahmen der kulturellen Truppenbetreuung. Der Thilo sagte: ›Ja, das lässt sich ohne weiteres machen. Wird er denn einverstanden sein?‹«

Wie Fallada die Monate beim Reichsarbeitsdienst erlebt hat, lässt sich anhand der überlieferten Korrespondenz, die erst jetzt zugänglich geworden ist, zum ersten Mal schildern. Auf dem Weg nach Bordeaux geht es zunächst in die Gegend von Paris. Sie wohnen in einem Vorort in einer Villa inmitten eines schönen Gartens: »Ich hatte die Wahl zwischen fünf Schlafzimmern.« Täglich schreibt Fallada nach Hause. Suse hat er versprochen, beim Trinken Maß zu halten. »Übrigens erkundigte ich mich bei einer Buchhandlung, in der ich mir einen Pariser Stadtplan kaufte, nach ›Fallada‹. Man bedauerte außerordentlich, aber Fallada sei völlig ausverkauft, nichts zu kriegen. Fallada und Rilke seien zur Zeit die größte Mode in Paris. – Abends stieg dann im Offizierskasino das feierliche Festessen, wo ich als Ehrengast zwischen zwei Generalen im Kreis von 20 Offizieren aß, es war feierlich! Erst gab es Wiener Schnitzel mit Kartoffeln, dann Gulasch mit Semmelknödeln, dann Käse und Brot, dann Bohnenkaffee, und dazu vielen schönen Kognak und weißen und roten Bordeaux ad libitum. Es ist aber nichts passiert, ich passe wirklich auf, und muß das auch, schon wegen meines Rufes. [...] Also, meine Liebe und Gute, ich kann es Dir nicht genug versichern, wie sehr ich diese Reise genieße, und wie sehr ich doch in Liebe an Euch alle denke. Macht es gut, macht es noch immer besser, gemästet kehrt heim Dein Rudolf.«

Gerade noch von kleinen Nazi-Funktionären in Carwitz schikaniert, nun Ehrengast zwischen zwei Generalen und dazu »große Mode« in Paris – auf dieser Bedeutungshöhe verbietet sich die sonst zwischen ihnen übliche Grußformel »Dein Junge«. Er trägt Zivil, hat eine Ordonnanz, ums Waschen und Staubwischen kümmert sich eine Haushaltshilfe. Die Tage sind ausgefüllt, er lernt die Abläufe im Lager kennen, arbeitet in der freien Zeit regelmäßig an seinem Reisetagebuch, schreibt Briefe und tritt abends zuweilen mit einem Vortrag auf oder liest auf einer »Freizeitveranstaltung« aus »Heute bei uns zu Haus«. Es schmeichelt ihm, wie bekannt er ist, und er ist mit Elan bei der Sache: »Heute sind wir schon vor 5 Uhr aufgestanden und haben einmal das Wachwerden einer Abteilung miterlebt bis zum Ausrücken auf die Baustelle, das gegen 8 erfolgt. Selbst meine Ordonnanz hat die Selbstverständlichkeit bewundert, mit der ich durch das Schloß von einer Stube zur andern geflitzt bin, wie ich mein Heil Hitler gebrüllt habe, und dann, da alles stramm steht, ›Weitermachen‹ geschrien habe. Gestern habe ich viel gesehen, fast zu viel. Ich war auf der Baustelle, wo ein großes Depot gebaut wird, dann habe ich mich dem Scharfschießen gewidmet, und schließlich habe ich noch am Abend die Aufnahme von

10 Offiziersanwärtern angesehen.« Keine drei Jahre später wird er in einem Fragebogen für die Zeitung der sowjetischen Militäradministration »Tägliche Rundschau« schreiben: »Im Jahre 1943 wurde ich gezwungen, eine Reise durch Frankreich als Berichterstatter für den Reichs-Arbeitsdienst zu machen. Ich habe darüber nie auch nur eine einzige Zeile veröffentlicht oder auch nur geschrieben.«

Fallada schätzt die Annehmlichkeiten seiner Reise, das stille Wirken seiner Ordonnanz: »Pr[ange] betreut mich wirklich rührend, nie brauche ich mich um Gepäck, Fahrscheine und Quartiere zu bekümmern, alles erledigt er für mich. Es ist freilich auch alles sehr großzügig eingerichtet, er meldet sich beim Ortskommandanten, und mir wird Quartier in einem der besten Hotels zugewiesen, sog. Stabsquartier – besseres Quartier kriegen nur noch Generale. In der letzten Nacht war ich im Grand Hotel in Paris, am Place d'Opéra [...].«

Täglich wird das Reisetagebuch geführt, häufig dient das noch nicht erledigte Pensum als Grund, die Briefe nach Hause kurz zu halten. Ein ganzes Jahrzehnt hat Fallada nahezu abstinent gelebt, abgesehen von einigen Abstürzen, jetzt hält er Suse akkurat über seinen Alkohol- und Schlafmittelkonsum auf dem Laufenden, wenn häufig auch nur die halbe Wahrheit in Carwitz ankommt. Einmal berichtet er, dass er sich »einen schnapsartigen Wein« hat bringen lassen, und gibt vor, ihn »nur in Maßen« genossen zu haben. Dann wieder schreibt er: »Übrigens, was ich schon lange sagen wollte, was die bewußten kleinen Schlucke anlangt, so halte ich mich an das, was wir besprochen. Bisher wurde es erst zweimal etwas reichlich, aber nie so viel wie in Feldberg, und immer im Kreis der Offiziere, wo man sich als Ehrengast schlecht entziehen kann. [...] Allional habe ich schon ein paarmal genommen – mein Schlaf ist sehr mäßig, wie ja auch bei diesem unregelmäßigen Leben nicht anders zu erwarten, aber das Luminal noch nicht angerührt.«

Ansonsten tut Fallada das, was viele Besatzer in Frankreich machen, die es sich leisten können: einkaufen. Für Lore und Uli besorgt er in Paris Armbanduhren. Anfang Juni geht es weiter nach Südfrankreich. Von hier aus besucht er ein kleines spanisches Grenzdorf, wo »die deutsche Wehrmacht – und nur sie allein, auf spanischem Boden zu bestimmten Stunden einkaufen« darf: »Hier, mein Kind, die Ausbeute: 5 kg. Olivenöl in einem Kanister = 6 Liter; 1 kg. Pfeffer; 3 kg. Mandeln; 5 kg. Sultaninen (Korinthen gab es nicht); 10 Stück herrlichster Kernseife à 200 Gramm, 5 Stück Toilettenseife, 5 Stück Rasierseife, 2 Flaschen Pernod […], 1 kg. schönster Schokolade und 1 kg. Kakao. Ich denke, Du bist mit Deinem Alten zufrieden.« Die »spanischen Einkäufe« wiegen »ca. 50 Pfund«, weswegen für den Transport ein Lattengestell gebaut wird.

Auch der Mutter schildert er seine Eindrücke: »Es ist fast zu viel, was man sieht und erlebt, Marseille mit seinem Gebrüll und seinen Negern war ein erschütternder Eindruck für mich. Es ist hier sehr heiß, die Mannschaften tragen nur Hemd und Kniehose, die Offiziere sehr hübsche weiße Uniformen, auch mit weißer Kniehose, ich wirke dagegen in meinem schon recht schäbigen grauen Anzug wie eine alte Krähe.« Keine zweieinhalb Jahre früher war Anna Seghers von hier aus nach Mexiko geflohen.

Die reichlich fünf Wochen in Frankreich vergehen wie im Flug. Er erhält auf Anfrage das Angebot, die Reise im Sommer fortzusetzen und dann andere RAD-Lager zu besuchen – im Sudetenland, um auch die Rekrutenausbildung kennenzulernen. Als er zu bedenken gibt, dass die Zeit der Schulferien die einzige Gelegenheit biete, länger mit den Kindern zusammen zu sein, wird die Einladung auf die ganze Familie ausgedehnt. Er sucht Bestätigung bei Suse: »Ein berückender Vorschlag, nicht wahr?«

Seine Rolle bleibt ihm fremd, auch wenn er mit kaum verhohlenem Stolz seinen Rang gewürdigt sieht: »Ich bin ja nun auch Wehrmacht, komisch, aber es ist so. (Manchmal platze ich innerlich vor Lachen, wenn die Ordonnanzen mich mit ›Herr Arbeitsführer‹, das ist ein Major beim RAD, anreden und vor mir stramm Ehrenbezeugung machen!)« Mitte Juni plant Fallada die

Rückkehr, er kündigt an, dann noch einen Tag in Berlin bleiben zu müssen, und Suse ahnt, was das bedeutet: »Ich werde wohl bei der Bakonyi hausen.« Zurück in Carwitz, bilanziert er die Reise in einem Brief an seine Mutter:

Ich habe so unendlich viel gesehen und erlebt, die ganze Reise war ein so großes Erlebnis, sowohl was Frankreich, wie was den Arbeitsdienst angeht, daß ich mich entschlossen habe, ein Reisetagebuch darüber nach den sehr genau während der Fahrt geführten Notizen zu veröffentlichen. Dieser Plan hat auch in hohem Maße die Billigung der höheren Reichsleitung gefunden. Generäle habe sich schon deswegen geschrieben – nicht nur Frankreich war bei mir ein Erfolg, sondern auch Dein Sohn war ein allgemeiner Erfolg –, mit dem Ergebnis, daß ich für den ganzen Rest des Jahres Sonderführer des RAD bleibe und daß ich Anfang August noch einmal einrücken muß [...]. Du siehst, liebe Mutti, wir haben in diesem Jahr noch einiges vor, und dazu steht auch noch mein 50. Geburtstag vor der Tür. Es scheint, da wird sich einiges tun, es graut mir schon davor. Über Nacht scheine ich plötzlich ein auch offiziell anerkannter Mann geworden zu sein. In meiner Mappe fand ich nicht weniger als zwei Anfragen der Reichsrundfunkgesellschaft nach Mitarbeit (die 11 Jahre nichts von mir hat wissen wollen!), dann eine Bitte des Auswärtigen Amtes um Mitarbeit an einer Auslandskorrespondenz; ich lehne das alles natürlich ab, mehr kann ich nicht übernehmen, als was ich schon auf den Schultern habe. [...] Und dies alles ist doch erst der Anfang – was sich sonst noch alles zum 50. ereignen wird, ahne ich nicht.

Ein »offiziell anerkannter Mann« – das ist die Währung, die im Elternhaus zählt, wie gern hätte er die Freude darüber noch mit dem Vater geteilt. Die Ausrichtung an staatlicher Autorität, egal, wer sie repräsentiert, gehört zu den tiefen Prägungen, die Fallada in seiner Kindheit erfahren hat. Dass er sich dessen bewusst ist, dass er sich selbst durchschaut in seinem Verlangen nach »offizieller« Anerkennung, in seiner Eitelkeit und Autoritätshörigkeit, ändert an der Prägung selbst nichts. Seinem jungen Verehrer Werner Hütter hatte er einst geschrieben, wie schwierig es sei, sich eine eigene Meinung zu bilden, dass dies eigentlich nur ginge, wenn man seine ganze Umwelt ablehnt, und er gestand seine Schwäche ein, die zugleich die Schwäche der meisten ist: »Ständiger Kampf ist nichts für mich, ich habe schon genug am täglichen Ärger.«

Nicht alle Instanzen des RAD scheinen die Auftritte Falladas in Frankreich überzeugt zu haben, es werden Auskünfte beim Sicherheitsdienst wegen eines erneuten Einsatzes eingeholt. Der SD reagiert zögerlich: »Gegen den Einsatz des Schriftstellers Rudolf Ditzen (Deckname Hans Fallada) im Rahmen der Truppenbetreuung wurden auf Grund seiner Vergangenheit und seiner zweifelhaften Einstellung zum Nationalsozialismus Bedenken erhoben. Wenn dem D. auch durchaus Gelegenheit geboten werden könnte, seinen Einsatzwillen für den Nationalsozialismus unter Beweis zu stellen, so erscheint zu diesem Zweck seine Verwendung, wie vorgesehen, nicht tunlich.« Sinn und Wortlaut dieser Einschätzung widersprechen dem resümierenden Vermerk: »Gegen einen Einsatz vor der Truppe bestehen keine Bedenken.« Der Bescheid von Himmlers Behörde datiert vom 21. Juli 1943. An diesem Tag ist es ein halbes Jahrhundert her, dass in der Greifswalder Steinstraße die »glückliche Geburt eines gesunden Knaben« angezeigt wurde. Zwei Revolutionen und zwei Kriege später hat sich der Fortschrittsglaube von Falladas Generation, der Traum vom »neuen Menschen«, zum totalitären Alptraum gewandelt: Leben und Geist gehen im Gleichschritt, ringsherum Lüge, Gewalt, Unrecht und Mord.

Zu den vom Schriftsteller erwarteten offiziellen Ehrungen kommt es nicht, doch im privaten Rahmen fällt der Geburtstag im vierten Kriegsjahr durchaus üppig aus: »Nicht weniger als 173 Bücher zierten mein Gabentischlein [...]. Dazu nicht weniger als 24 Schallplatten, eine herrliche Japanschale, 3 alte Delfter Tassen und vielleicht als Treffer ins Schwarze ein von Kubin für mich gezeichnetes und ganz zart getöntes Blatt des Tierkreises, das der Löwe, das Tier für die Stunde meiner Geburt, beherrscht.« Anfang August macht sich die Familie – mit Ausnahme des dreijährigen Achim, der in Carwitz betreut wird – auf den Weg nach Böhmen, um auf Einladung des Reichsarbeitsdienstes das Lager in Niemes zu besuchen. Falladas zweite RAD-Reise beginnt mit einem dreiwöchigen Familienurlaub. Sie quartieren sich im Hotel des Städtchens ein. Während Fallada im Lager zu tun hat, macht Suse mit den Kindern ihr eigenes Programm. Die Mahlzeiten nehmen sie meist gemeinsam im Lager ein.

Zum nahenden Schulbeginn reist Suse mit den Kindern ab, Fallada zieht ins RAD-Lager um. Hier ereilen ihn Depressionen. Er klagt Suse die Schwierigkeiten, in der Baracke damit fertigzuwerden. »Ja, es ist sogar möglich, daß ich zu Prof. Zutt nach Berlin gebracht werden muß.« Der Arzt vor Ort schlägt Alarm. Suse kehrt noch einmal nach Niemes zurück. Bewegt sie die Sorge um »ihren Jungen«, oder geht es darum, dass er hier Annemarie Steiner wiedergetroffen hat? Die erinnert sich: »Damals fuhren Fallada und ich gemeinsam von Lager zu Lager, und er hielt Lesungen. Dann unterhielten wir uns ungezwungen mit den jeweiligen Lagerführern.«

Ende August glaubt er seine Depression überwunden zu haben, es sei nur »eine leichte Attacke« gewesen. Die guten Vorsätze in Sachen »Alcoholici« zählen im Lager nicht mehr, er beginnt sich erstaunlich gut einzuleben im Quartier, es ist ein »recht abwechslungsreiches und oft feuchtes Leben«. Der »liebsten Suse« berichtet er: »Heute gab es dann auch allerlei: die Mannschaften waren im Gasraum unter Tränengas, um ihre Gasmasken zu erproben, es gab tolle Bilder bei denen, die nicht ganz sicher sitzende hatten. Ich werde aber, nach Hause gekommen, doch einmal unsere Gasmasken durchprobieren, sie haben schon ihren Wert; und es ist natürlich blöder Unsinn, daß die Volksgasmaske nur gegen Rauch wirksam hilft. Sie hilft gegen alle heute bekannten Kampfstoffe. Handgranatenwerfen hatten wir auch, und heute nachmittag wieder Pistolen- und Kleinkaliberschießen, Gottlob bei schönstem Wetter.« Der Tag darauf ist »wieder beherrscht durch die Werbung für die SS, es war manches doch recht interessant«. Auch Mücke und Uli werden auf dem Laufenden gehalten: »In den letzten Tagen ist nun schon fleissig für den Ernstfall geübt worden: Handgranatenwerfen, Scharfschiessen der Mannschaften mit dem Karabiner und der Führer mit Kleinkaliberbüchse und Pistole. Da habe ich auch mitgeschossen und garnicht so schlecht abgeschnitten. Es gab noch sehr viel schlechtere Schützen als mich. Auch hat Euer Vater einen vierstündigen Übungsmarsch mitgemacht, bei dem Fliegeralarm und Gasalarm und Zeltebauen geübt wurde, das ging auch schon alles recht gut.«

In Carwitz empfängt Suse Anfang September die Nachricht vom Tod ihrer Mutter. Sie war aus der Geriatrie eines Hamburger Krankenhauses nach Hadamar verlegt worden, wo sie, wie die Tochter erst viel später erfährt, dem »Euthanasie«-Programm des NS-Regimes zum Opfer fiel.

Fallada zieht es nicht nach Carwitz, dort ist das Haus voll mit Evakuierten aus dem Ruhrgebiet und weiblicher Verwandtschaft, nicht zuletzt seiner Mutter. Er möchte noch einmal nach Frankreich, um seinem »Buch die richtige Abrundung zu geben«. Die Abfahrt zieht sich hin. Am 10. September geht es endlich auf Transport, die ganze Zeit hat er an seinem Tagebuch gearbeitet, im Zug nimmt er die Schreibmaschine auf den Schoß und tippt weiter daran. In der nächsten Zeit ist es eins von zwei Projekten, an die er seine Hoffnung knüpft, während des Krieges weiter publizieren zu können. Der erste Teil des Tagebuchs ist in der Rohfassung im Juli abgeschlossen, den Gesamtumfang inklusive der noch nicht geschriebenen Teile schätzt er auf 350 bis 400 Seiten. Doch es gibt Probleme, erst Ende Februar 1944 wird dem Münchner Carl Röhrig Verlag vom Propagandaministerium Papier für den Druck des Werks bewilligt.

Dann aber schießt wieder eine der vielen NS-Behörden quer. Fallada berichtet Rowohlt im März 1944: »Und schließlich habe ich jetzt wieder einen massiven Angriff von höchst offizieller

Stelle lesen müssen, in dem festgestellt wurde, daß ich, der Renommiergoi sämtlicher Juden Berlins, für die Allgemeinheit überhaupt nichts nütze. Einiges an Dreckspritzern bekamen auch Sie dabei wieder ab. Nun, der Wind dreht mal so, mal so, ich denke, eines Tages wird sich das alles wieder einrenken. Betrüblich eben nur die Aussicht, in absehbarer Zeit nicht das Geringste einzunehmen. Eine leise Hoffnung besteht noch für das RAD-Tagebuch, hoffentlich befestigt sie sich etwas.« Zur gleichen Zeit steckt er in Verhandlungen mit dem Dresdner Wilhelm-Heyne-Verlag wegen eines neuen Generalvertrags. An Suse schreibt er: »Es besteht ja auch noch immer die Aussicht, daß ich wegen des RAD-Tagebuchs zu einem Abschluss komme.«

Fallada ist sich unschlüssig, vielleicht taktiert er auch. Dem Heyne-Verleger Schneekluth bekennt er, das RAD-Tagebuch nicht schreiben zu wollen, zum einen sei er nicht in Stimmung, »ein per Muß geschriebenes Buch wird nie das Rechte«, zum andern wäre das Buch nicht mehr aktuell, »seit man ganz offiziell die Invasion erwartet«, und drittens würde es »kaum die Billigung des RAD finden«. Dagegen sei er »auf einen leichten, heiteren Stoff gestoßen: die Geschichte eines sprechenden Hundes«. Davon verspräche er sich »ein Sommerbuch, der Kutisker aber ist ein Winterroman«. Er brauche eine »Erholungs-Erzählung«, danach würde er an den Kutisker und dann auch an das RAD-Tagebuch gehen. Wenig später setzt er sich doch an seine Tagebuch-Aufzeichnungen. Noch im Januar 1945, da er sich über das baldige Kriegsende im Klaren ist, erwähnt er gesprächsweise die Frankreich-Tagebücher, »da könne er nichts mit anfangen«, lässt er seinen Besucher wissen. Danach verliert sich die Spur der Aufzeichnungen.

Vier Wochen dauert Falladas zweiter Frankreich-Aufenthalt als RAD-Sonderführer im Spätsommer 1943. Das Selbstbewusstsein der Franzosen gegenüber den Besatzern ist angesichts der veränderten Kriegslage gewachsen, die Wehrmacht ist überall auf dem Rückzug, Italien fällt von Deutschland ab, de Gaulle hat in Algier eine französische Exilregierung gebildet. Wieder notiert Fallada beinahe täglich seine Eindrücke in Briefen an Suse. Am 19. September schreibt er:

Gestern habe ich zweimal Hummer gegessen, morgens wie abends, und wunderbar hat er mir geschmeckt. Dazu einmal Hammel-, einmal Kalbskoteletts, jedes Mal zwei Stück. Und einen schönen Wein. Und Käse ad libitum. Wie der Herrgott in Frankreich, leider gibt es nur noch wenige, die diese Herrgottchancen nutzen können. Gestern am Vormittag habe ich fleißig geschrieben, auch einen kleinen Bummel durch die Stadt gemacht, die nicht viel Reizvolles bietet. So eine richtige mittlere Landstadt, etwa Neustrelitz, aber mit viel mehr Leben und unendlich viel Eleganz. Die Mädchen ganz bezaubernd zurecht gemacht und auffallend gut gekleidet. Daneben aber, auch in den elegantesten Straßen, ein Elend, wie wir es kaum in der schlimmsten Arbeitslosigkeit gesehen haben. Diese alten, immer schwarz gekleideten Mütterchen, die in den Gossen nach einem Stück Kohle, einem Apfelrest suchen, die einen mit so trüben hoffnungslosen Augen ansehen, findet man hier alle Augenblicke. Und Männer im besten Alter von einer Zerlumptheit wie bei uns kein Ostarbeiter. In schrecklicher Erinnerung ist mir auch unsere Fahrt durch meinen jetzigen Standort mit dem Auto, direkt neben uns fiel ein solches altes Frauchen vor der Tram, blieb auf dem Rücken liegen, wackelte noch so ein bisschen mit den Beinen, und die Tram fuhr ruhig weiter, und die Radfahrer fuhren weiter, und kein Mensch sah sich nach ihr um. So lange ich sie noch aus dem rückwärtigen Fenster des Autos sehen konnte, lag sie da, unbetreut, völlig verlassen. Überhaupt ist Frankreich, was die Bevölkerung angeht, lange nicht so nett wie bei meiner ersten Reise. Die Menschen antworten oft sehr unfreundlich und feindlich, man hat diesmal doch sehr das Gefühl, im Feindesland zu sein.

Was geht in Falladas vor, dass er erwartet, als Besatzer »nett« behandelt zu werden? Wieso glaubt er, nur dem Gefühl nach in Feindesland zu stehen? Mit Datum vom 27. September 1943 schickt er drei Briefe mit beinahe gleichlautenden Passagen, wie er das häufig tut, an unterschiedliche Adressaten. Suse schreibt er: »Ich bin bei all diesen Dingen so optimistisch wie noch nie: wir werden diesen Krieg doch gewinnen, und wie werden wir ihn gewinnen! Wir brauchen nur ein wenig Zeit, zwei, drei Monate, und dann geht es anders los! Laß Dich bitte nicht durch irgendwelch miesmacherisches Geschwätz unterkriegen – unsere Kinder werden gute Tage haben, und wir werden die Herren sein! Ich hab's jetzt gespürt, was das ist, der Herr und Sieger zu sein – mögen sie uns doch hassen, wenn sie uns nicht lieben wollen, so viel macht mir das aus!«

Auch Uli erhält einen Brief vom Vater: »Es ist nicht wichtig, mein Junge, dass Du ein bisschen mehr oder weniger zu essen bekommst, das ist nun einmal der Krieg, wichtig ist allein, dass Du nun auf diesem Wege, auf einer Schule bleibst, dass Du vorankommst, dass Du ein Kerl, ein wirklicher Deutscher wirst. Jeder von uns, auch Du, wir haben grosse Aufgaben zu erledigen, wir werden eines Tages die Herren Europas sein, vielleicht auch die der ganzen Welt, da ist es wichtig, dass man ein ganzer Kerl ist. Lass Dich nicht irritieren durch das Geschwätz von Leuten, die nichts wissen. [...] In zwei oder drei Monaten beginnt ein ganz anderer Krieg, wir müssen nur Zeit gewinnen. Dann wird England am Boden liegen, und sogar Amerika werden wir mit unseren neuen Waffen erreichen und zerschmettern! Ich laufe jetzt so viel in französischen Städten und sie hassen uns und spucken aus hinter uns und nennen uns ›sales Boches‹ [›dreckige Deutsche‹], aber wir werden sie schon kriegen.«

Ein dritter Brief geht an die befreundete Sekretärin Else Bakonyi: »Ich bin noch nie so optimistisch gewesen wie in diesen Tagen nach dem Verrat Italiens und bei unserem ständigen Zurückgehen im Osten. Vieles habe ich erfahren, vieles gesehen. Ich weiß, daß wir nur noch zwei oder drei Monate Zeit brauchen, dann sind wir für einen ganz anderen Krieg fertig, und dann wird England in vier Tagen am Boden liegen, und dann wird auch Amerika spüren, was das ist: Krieg. Das sind Töne, die Sie nicht mehr gehört und die Sie auch nicht mehr von mir erwartet haben, aber wir müssen an den Sieg glauben, sonst ist alles sinnlos. Ich habe diese Jungens auf den Fliegerhorsten mit erlebt, ich sitze fast jede Nacht in einem Splitterschutzgraben, das alles kann nicht umsonst sein, wir sind die Herren der Welt, bestimmt Europas. Nur ein bisschen mehr Zeit und Geduld ...«

Ist das für die Zensur gedacht, wie er später vorgibt, so wie er auch behaupten wird, zur RAD-Reise gezwungen worden zu sein und keine Zeile darüber geschrieben zu haben? Nein, es gibt keinen Grund, anzunehmen, dass er anders denkt als die allermeisten Deutschen zu dieser Zeit, egal, wie nah oder fern sie der NS-Ideologie stehen: Dieser Krieg darf nicht verloren werden. Er geht noch einen Schritt weiter, deutet Spezialwissen an, spricht von einer Frist von zwei bis drei Monaten, neuen Waffen und dem Ziel, die Herrschaft über Europa, wenn nicht über die ganze Welt zu erringen.

Mit einer kalkulierten Mischung aus Gewalt und Propaganda ist der Nationalsozialismus seit 1933 in die Lebenswirklichkeit und die Köpfe der Deutschen eingepflanzt worden. Diese Indoktrination hat, zumindest zeitweise, auch beim Nazi-Gegner Fallada Wirkung gezeigt. Monatelang lebt er, der Einzelgänger, mit den RAD-Männern zusammen, Zeit genug, um Loyalitäten wachsen zu lassen. »Überhaupt ist das, was ich an Kameradschaft bisher gefunden habe, beinahe unbegreiflich stark. Vielleicht bisher das stärkste Erlebnis auf dieser Reise«, hat er schon von seiner ersten Frankreich-Reise an Suse geschrieben. Fallada ist Partei in diesem Krieg. Aber nicht nur er, das ganze Land hat sich zur Geisel nehmen lassen, die Deutschen werden, ob sie es wollen oder nicht (meistens wollen sie es), zu Komplizen der Nazi-Ziele gemacht. Fallada weiß um die Gefahr der Verstrickung und ist ihr zugleich erlegen. Aus seinen Zeilen lässt sich auch Trotz angesichts der abschätzigen Behandlung der deutschen Besatzer durch die französische Bevölkerung herauslesen. Er versagt sich hier, was ihn in seiner Literatur auszeichnet: die Welt mit den Augen der anderen zu sehen. Seine langjährige Sekretärin Else Bakonyi wird ihn keine drei Jahre später mit einem sachlich berechtigten Einwurf darauf aufmerksam machen.

Ende September zieht es Fallada nach Hause: »Manchmal denke ich, ich komme hier vor Heimweh um, aber es ist wohl kein Heimweh, es ist die wirkliche tiefe Sehnsucht nach Dir, bei der ich mich allein geborgen und zu Haus fühle. [...] Es ist vielleicht ein bisschen komisch, daß so ein alter Ehemann Dir noch solche Liebeserklärungen macht, aber daß ich Dich immer liebe, auch in meinen schlimmsten Zeiten – und in denen vielleicht am stärksten – das weißt Du doch. Daß ich nie ohne Dich leben kann und mag ...« Die öffentlichen Auftritte im Rahmen der »kulturellen Truppenbetreuung« belasten ihn nach wie vor: »Jeden Augenblick kann der Abmarschbefehl in ein anderes Land eintreffen, aber leider wird er nicht so früh kommen, daß ich nicht morgen abend noch meinen großen Vortrag halten muß. Ich habe ihn heute früh geschrieben, und dann habe ich das Bienenkapitel von ›Heute bei uns zu Haus‹ zusammengestrichen, mehr als Dreiviertelstunden möchte ich nun doch nicht auf der Bühne stehen. [...] Morgen wird der große Kameradschaftsabend sein, bei dem le grand écrivain Fallada aus seinen Werken lesen und zu den Mannschaften sprechen wird ... Und der gute Mayer hat, wie ich jetzt erfahre, nicht nur den Stab, sondern den halben Fliegerhorst dazu eingeladen, und ich habe schon jetzt ein Lampenfieber, das nicht von schlechten Eltern ist. Aber ich werde es schon schaffen, ich habe noch immer alles geschafft, was notwendig war, warum dies nicht?«

ZWEIUNDZWANZIGSTES KAPITEL

Wenn der Bolschewismus kommt, dann werden auch Sie alles verlieren, was Ihnen lieb ist – Sämtliche Bienen sind getötet – Forschungsreise ins jüdische Denken – Ich habe befriedigt gelacht, als ich das Erschrecken im Gesicht meiner Frau sah

Am 3. Oktober 1943 kehrt Fallada aus Frankreich zurück, erschöpft, mit einer Grippe. In Carwitz findet er ein Haus vor, das noch immer bis in den letzten Winkel belegt ist mit Verwandten, Freunden und Fremden, die vor dem Bombenkrieg in den Städten hierhergeflohen sind. Der Schwung seiner neugewonnenen Eindrücke wird nicht lange anhalten, aber jetzt lässt er den Schweizer Journalisten und Verleger Hans A. Wyss noch einmal daran teilhaben. Wyss hatte 1933 für die »Neue Zürcher Zeitung« ein Gespräch mit Fallada geführt, seither ist der briefliche Kontakt nicht abgerissen. Der Journalist bespricht Falladas Bücher für die »Schweizerischen Monatshefte« und schickt zur Unterstützung der Familie Pakete nach Carwitz. »Ist es nicht eigentlich wunderbar«, schreibt Fallada ihm, »daß ich, der in guten Zeiten immer nur trübe Bücher schrieb, jetzt in dunkleren Zeiten anfange, immer freudigere zu schreiben? Die Resonanz aus meinen Leserkreisen beweist mir, daß ich recht daran tue. Es ist wohl mein Beitrag zum Widerstand gegen die Feindschaft, die unsere alte Kultur bedroht. Ich fürchte immer, ihr glaubt es noch immer nicht so recht, daß wirklich ganz Europa untergeht, wenn wir in diesem Kriege nicht gewinnen. Wenn Rußland siegt, wenn der Bolschewismus kommt, dann ist keiner vor ihm behütet, dann werden auch Sie alles verlieren, was Ihnen lieb ist, was Ihnen das Leben auch lebenswert macht. Ade dann mit jedem Arbeitsglück, mit dem stillen Rauschen am See, ade mit Kindern und Frau, ade mit allem!«

Nur wenig später beklagt Fallada, dass er »optimistisch und lebensbejahend« habe schreiben müssen, »gerade in einer Zeit, die mit Verfolgungen, Martern und Hinrichtungen den Sinn des Lebens verneinte«. Solche Widersprüche finden sich häufig bei ihm. Ein und dieselbe Tatsache kann die entgegengesetzte Tendenz bekommen je nach der konkreten Lebenssituation, nach Empfänger der Nachricht und aktuellen Einsichten. Im Herbst 1943 antwortet Fallada auf leise Kritik an der Idyllisierung in seinen Büchern nicht mehr mit schlechtem Gewissen – wie noch in der Korrespondenz mit Hermann Broch –, jetzt reagiert er, wie in seinen Briefen aus dem RAD-Lager in Frankreich, mit Trotz und Überheblichkeit: »Ich bin ein Deutscher, und ich fühle es mit meinem ganzen Volk, wie die halbe Welt mich und die Meinen, meine Künstler, alles, was wir der Welt gaben, bedroht. Wir Deutsche (nicht ich, ich bin nur eine kleine ärmliche Schachfigur in diesem großen Spiel), wir haben der Welt Töne geschenkt, Lieder gesungen, Bilder gemalt wie kein Volk der Erde. Und alles soll plötzlich nicht wahr sein, all das soll plötzlich in Barbarentum untergegangen sein? Was haben denn die Herren Engländer der Welt gegeben? An den Fingern einer Hand können sie ihre Shakespeares, Swift, Dickens, Turner, Whistler herunterzählen! Und bei den Amerikanern brauchen Sie nicht einmal die Finger einer Hand! Und die Bolschewisten? (Denn es gibt ja keine Russen mehr, was Tolstoi und Dostojewski schufen, das ist ja längst untergegangen, hat in dem Volk keine Resonanz mehr!) Glauben Sie es mir: wir verteidigen wirklich die Kultur der Welt gegen die Unkultur, gegen das Chaos. Wir leiden heute für alle, und leider wollen das viele nicht sehen.«

Tatsächlich leidet Fallada an den mittelbaren Kriegsfolgen, nicht nur an der Wohnsituation: »Ich hatte also bis zu 12 Weibsen im Haus, ich als einziger Mann. Mein lieber Kagelmacher, es ist eine wahrhaft strindbergsche Hölle, die ich da durchgemacht habe.« Vor allem macht ihm zu schaffen, dass seine wirtschaftliche Existenzgrundlage mit der Schließung des Rowohlt Verlags zum 1. November 1943 bedroht ist – »Heute bei uns zu Haus« ist das letzte und einzige Buch im Rowohlt Verlag 1943. Durch die zwangsweise Eingliederung der renommierten Deutschen Verlags-Anstalt in den Franz-Eher-Verlag ist auch der Rowohlt Verlag zum Eigentum der NSDAP geworden. Der Parteiverlag der Nationalsozialisten trennt sich nun von der vorbelasteten Marke Rowohlt, der bisherige Verlagsleiter, Rowohlts Sohn Ledig, wird für die Ostfront abgestellt. Die verbleibende Deutsche Verlags-Anstalt zeigt sich in den Verhandlungen mit Fallada bei weitem nicht so entgegenkommend wie nach der Übernahme des Rowohlt Verlags. So steht der Schriftsteller zum ersten Mal seit einem Vierteljahrhundert, seit dem Beginn seiner Laufbahn, ohne Verlag da. Fallada reagiert auf die Nachricht mit Depressionen, er trinkt wieder, vor allem Rotwein, hin und wieder auch Schnaps. Dem 13-jährigen Uli berichtet er: »Es ist ein recht jämmerlicher Zustand, der sich nun schon seit Wochen hinzieht, und der mir und allen Hausgenossen wenig Freude macht. Die Verlagsgeschichte, die ich Dir ja schon erwähnte, spielt natürlich ihre Rolle dabei. Aber auch diese Tage werden vorübergehen, und wie immer im Leben werden bessere Tage kommen, wo das Leben besser schmeckt.«

Was sich in Carwitz in diesen Tagen abspielt, ist in den Krankenakten der Berliner Kuranstalten Westend überliefert. Hier wird Fallada tags darauf aufgenommen, er bekommt ein »Einzelzimmer auf der unruhigen Abteilung mit Privatschwester«. Suse berichtet dem aufnehmenden Arzt über die Geschehnisse der vergangenen Tage: »[…] tobte, war ziellos, spielte mit Schusswaffe, bedrohte damit und mit einer Axt und Messer in spielerischer Weise die Umgebung. Referentin konnte das nicht ernst nehmen, aber seine alte Mutter und anwesende Bombengeschädigte fühlten sich ernsthaft bedroht.« Wieder bestimmt der Patient Art und Dosis der Medikamente selbst, auch lässt er sich das Rauchen nicht untersagen. »Der Patient selbst wird Zigaretten drehend im Zimmer angetroffen, schwankt wie ein Betrunkener, es fällt ihm gleich allerhand zu Boden. Sprache etwas lallend. […] Ist nett zu seiner Frau, schickt sie zur Anamnese raus, verabschiedet sich dann nett, bedauert sie. […] Als die Frau weg ist, sagt er: ›So, jetzt kann ich mich ja gehen lassen.‹«

Im November 1943 startet die Royal Air Force die »Battle of Berlin«, am Abend des 22. November wird auch ein Teil der Kuranstalten Westend in Berlin-Charlottenburg durch Bomben zerstört. Nur ein paar Kilometer weiter fallen an diesem Abend Bomben auf das Haus in der Kurfürstenstraße 78, wo Uli 1939 für ein Schuljahr bei Burlages wohnte. Fallada, wegen der heftigen Bombenangriffe nach Carwitz entlassen, schreibt seinem Erstgeborenen nach Templin: »Wisst Ihr was von Berlin? Dort sieht es einfach grauenhaft aus. Du würdest Dich auch nur schwer orientieren können, viele, viele Strassen sind einfach verschwunden, sind nur noch qualmende Schutthaufen. Vor einem solchen Haufen hat auch unsere Mummi tieftraurig gestanden, es war das Haus in der Kurfürstenstraße, in dem Du auch ein Jahr Deines Lebens verbracht hast. Seit Montag Nacht – jetzt war Donnerstag – wurde fieberhaft an der Rettung der noch im Keller Verschütteten gearbeitet – wir werden Burlages wohl nie wiedersehen! –« Eva Burlage überlebt den Angriff, weil sie ihren Hund nicht allein lassen wollte – Hunde dürfen nicht in den Luftschutzkeller. Ebenfalls davongekommen ist der Untermieter Ernst Rowohlt, der gerade auswärts war.

Fallada sucht Ruhe, zieht ins Gärtnerhaus auf der anderen Seite des Hofs, trinkt viel und nimmt verschiedene Schlafmittel. Bei ihm ist seine Geliebte Anneliese Benzin, die sich jetzt um die Dosierung der Medikamente kümmert. Sie siezt ihn und redet ihn mit »Chefchen« oder »Väterchen« an. Später, in der Panik, Suse endgültig zu verlieren, wird er sich verächtlich über sie äußern: »Ich habe immer gewußt, daß sie ein minderwertiger Mensch war.«

Irgendwann bekommt Suse mit, dass ihr Mann sie mit Anneliese betrügt. Für alle wird die Situation zum Alptraum. Suse erinnert sich Jahrzehnte später: »Ich weiß nur noch, daß er eine Weile im Gärtnerzimmer lebte. Er war dort ganz für sich allein. Ein Mädchen aus dem Dorf, das zu ihm kam und ihm auch Alkohol brachte, habe ich einmal, was mir eigentlich gar nicht lag, vom Hof geprügelt. Es war ein Mädchen, das wirklich unter seiner Würde war. Ich hatte einen zweiten Schlüssel für das Gärtnerzimmer, und wenn er fort war, ging ich, um zu schauen, was er zu trinken hatte. Ich nahm es nicht weg, das wäre sinnlos gewesen, denn er hätte es sich sofort wieder beschafft. Aber ich wollte Bescheid wissen, und er merkte es jedesmal, wenn ich da gewesen war. Er schrieb mir auf einen Zettel, daß er es wüsste, und ich schrieb darunter, daß es stimmte.«

Es wird kein schönes Weihnachtsfest in Carwitz. Fallada schreibt Uli im Nachhinein: »[…] die Schuld daran habe ich getragen, nicht nur durch meine Krankheit, sondern durch ein gros ses Unrecht, dass ich Deiner Mutter angetan hatte. Sie hatte alles Recht auf mich böse zu sein. Es hat mir natürlich wohlgetan, dass Du mir gegenüber so gefällig und hilfsbereit warst, aber Du hättest das noch viel mehr Deiner Mutter gegenüber sein müssen. Es hilft alles nichts, mein lieber Uli, wir haben auf der falschen Seite gestanden, und wir müssen nun alles tun, unsere Mummi wieder zu versöhnen und sie das Geschehene vergessen zu machen.« Worte an einen 13-Jährigen, der zwischen die Fronten des Ehekriegs geraten ist.

Der Streit nimmt kein Ende, Falladas Zustand verschlechtert sich von Tag zu Tag, er sei »häufig erregt gewesen, habe Fenster zerschlagen«, heißt es im Aufnahmebericht der Kuranstalten Westend, in die er sich am 21. Januar 1944 wiederum selbst einweist. Begleitet wird er diesmal nicht von Suse, sondern von Anneliese Benzin, die nach Streitereien aber bald schon wieder abreist.

Dem Arzt vertraut Fallada an, er sei »mit dem Gedanken von zu Hause weggegangen, nie wieder zurückzukehren. Sieht aber sofort ein, dass er übereilt gehandelt hat und in seiner Erregung viel zu Hause angerichtet habe. […] Hofft, dass eine Einigung mit seiner Frau möglich sein wird, möchte sie aber jetzt keinesfalls sehen oder sich mit ihr auseinandersetzen.«

Suse schildert er das ganze Ausmaß des Schadens, den er vor dem Klinikaufenthalt angerichtet hat: »Sämtliche Bienen sind getötet, verwendbarer Honig ist nicht mehr in den Waben. Ich gebe, sobald es mein innerer und mein äusserer Zustand erlaubt, Nachricht. Vorläufig bin ich in den Kuranstalten Westend. Die Landwirtschaft ausser dem Zaun ist an Utnehmer verpachtet, Matjä und Lindenberg dem Arbeitsamt zur Verfügung gestellt. [...] Ich hoffe von Herzen, dass von nun an Friede im Haus einzieht. Leider noch eines: Haus und Grundstück sind mein Eigentum, ich untersage ihr Betreten ausdrücklich Frau E. Bakonyi; jeder derartige Fall, der mir zu Ohren kommt, wird als Hausfriedensbruch zur Anzeige gebracht.«

Sechs Tage nach seiner Aufnahme in Westend soll er wieder zur Musterung erscheinen. Zumindest diese Bedrohung kann abgewendet werden, ein Gutachten von Professor Zutt befreit ihn auf Dauer vom Wehrdienst. Fallada kommt langsam wieder zu sich und bedenkt seine Situation. Er empfindet Reue, möchte über kurz oder lang zurück nach Carwitz, überlässt es aber Suse, darüber zu befinden. Ende Januar erlebt er in Berlin neuerlich einen Bombenangriff: »Ich stand nach der Entwarnung auf dem Dach und sah die Welt überall brennen, nah und fern – es war ein grausiger Anblick.« Einem treuen Leser und Verehrer seiner Werke schreibt er: »Die häufigste Zeit meiner Krankheit hab ich in meinem berliner Sanatorium verlebt, in dessen Umgebung eigentlich alles zusammenfiel oder in Flammen aufging. [...] wie Ihnen zerschneidet es mir das Herz, wenn ich durch die so geliebte und so verwüstete Stadt gehe, auf den Wegen, die ich schon als Junge ging.«

Suse besucht ihn in Berlin, er schöpft Hoffnung: »Seit Du [...] an meinem Bett gesessen hattest, wusste ich doch, dass es eine Möglichkeit zur Rückkehr zu Dir gab.« Nach seiner Entlassung aus den Kuranstalten kehrt Fallada nicht gleich nach Hause zurück. Die schlaflosen Nächte in dem von Luftangriffen bedrohten Berlin haben ihn ausgezehrt, er wiegt gerade noch 55 Kilo. Zur Erholung fährt er ins thüringische Eisfeld, wo er bei den Eltern einer ehemaligen Haustochter Quartier findet.

Während der kommenden Wochen entspinnt sich zwischen den Eheleuten ein brieflicher Dialog über die Frage, ob und wie ein weiteres Zusammenleben denkbar sei. Die räumliche Distanz und der zeitliche Abstand, die es ermöglichen, Rede und Gegenrede in Ruhe abzuwägen, erleichtern den Austausch. Mehrfach erklärt sich Fallada über seine Beziehung zu Anneliese: »Dass die Angelegenheit mit A. endgiltig und für immer bereinigt ist, kann ich Dir schwören«, schreibt er gleich am Anfang und bittet Suse um Verzeihung. »Es war natürlich, wie ich jetzt klar sehe, nur eine Ausrede, das mit der Frigidität. Das war nie so. Die einzige Frau, die ich je geliebt habe und lieben werde, trotz aller Wunden, die ich Dir beigebracht habe, bist Du gewesen. Für Anneliese habe ich nie einen Funken Gefühl gehabt. Aber sie hatte, wie einst auch T., jene Vorliebe für erotische Spielereien, die mir immer so wichtig waren, und für die Du so gar keinen Sinn hast.«

»Du weißt, wie sehr mich schon die T.-Angelegenheit erschüttert hat«, spielt Suse auf das Verhältnis ihres Mannes mit einer jungen Haustochter an. »Damals hattest Du mir *freiwillig* versprochen, daß das nicht wieder vorkommen würde & ich habe Dir wieder vertraut. Aber dies Versprechen hattest Du gegeben in dem Bewusstsein, daß Du es doch nicht halten würdest, & mein Vertrauen hast Du ja auch sehr bald wieder mißbraucht. Daß jetzt mein Vertrauen zu Dir weg ist, kann Dich doch nicht wundern, & daß es Zeit braucht, bis ich wieder Vertrauen haben kann, ist ja wohl verständlich.« Suse sieht in den Liebesschwüren ihres Mannes nur noch Bekenntnisroutine und wünscht sich, dass »aus den Trümmern allmählich wieder eine Freundschaft wachsen wird«. Ende Februar 1944 resümiert Fallada: «Wir werden, fürchte ich, ein sehr schweres Jahr bekommen, die Zukunft liegt sehr dunkel vor uns wie vor dem ganzen deutschen Volke – wollen wir unsere kleine Zelle nur in etwas retten, unseren Kindern etwas von einer andern Welt erhalten, so müssen wir beide zusammenstehen. Dass uns das gelinge, das wünsche ich uns von Herzen.« Ende März ist er zurück in Carwitz, wo sich an der häuslichen Situation nichts geändert hat.

Inzwischen ist es dem Schriftsteller gelungen, einen neuen Generalvertrag auszuhandeln – er ist jetzt Autor des Dresdner Heyne-Verlags. Ein Buchprojekt interessiert den Verleger Franz Schneekluth besonders, da es staatlich geförderten Absatz verspricht: der Kutisker-Roman. Fallada bremst ihn: »Auf den Kutisker-Roman setze ich nicht die Hoffnungen, die Sie hegen. Ich kann ihn nie so schreiben, wie man ihn erwartet. Ich denke an eines der unvergeßlichen Gemälde wie den ›Goriot‹ von Balzac, in dem nicht ein beschimpfendes Wort steht, in dem der Autor dem Leser allein die Beurteilung der ganz objektiv geschilderten Figur überlässt. Und grade das wird man mir verübeln.«

Über zwei Jahre ist es inzwischen her, dass Fallada zu den Prozessen um die ostjüdischen Industriellen Kutisker und Barmat während der zwanziger Jahre im Justizministerium in Berlin recherchiert hat. Nach der Niederlage von Stalingrad und der Ausrufung des »totalen Kriegs« wurde Propaganda wieder großgeschrieben. Goebbels notierte am 29. Mai 1943 in sein Tagebuch: »Es sollen eine Reihe von antisemitischen Büchern geschrieben werden, und zwar von maßgebenden Schriftstellern, wenn sie auch nicht so vorbehaltslos zum Nationalsozialismus stehen wie etwa unsere Feld-, Wald- und Wiesendichter, die zwar in ihrer Gesinnung sehr tüchtig sind, aber nicht viel können. Ich denke hier an Fallada, Norbert Jacques und andere Schriftsteller, die in der Systemzeit eine große Rolle gespielt haben.«

Oberregierungsrat Dr. Rudolf Erckmann im Reichspropagandaministerium erinnerte sich an das Kutisker-Vorhaben und schrieb einen Brief nach Carwitz: »Wie ich erfahren, sind Sie seit längerer Zeit mit Vorstudien für ein großes neues Werk beschäftigt, das die Ereignisse um den Barmat-Kutisker-Skandal von einst zum Gegenstand haben soll. Im Laufe der letzten Wochen ist unsere gesamte propagandistische Arbeit wieder konsequent auf die alte gegen das Judentum gerichtete Linie eingeschwenkt, deren konsequente Verfolgung von größter Bedeutung für die Erreichung des Sieges sein wird. Dabei besteht vor allem Interesse daran, daß unsere Anschauungen dieser Frage im Auslande mehr und mehr an Boden gewinnen. Während die Presse- und Rundfunkarbeit ihre Wirkungen mehr durch den täglichen Bericht erzielt, soll das deutsche Schrifttum in der gleichen Richtung mehr in die Tiefe wirken. Hierfür ist natürlich in erster Linie das erzählende Schrifttum geeignet, da es von vornherein nicht im gleichen Maße wie Presse und Funk mit der Hypothek der Propaganda und der Zweckhaftigkeit behaftet ist. Es ist daher als ein besonderer Glücksfall anzusehen, daß Sie sich mit einem Stoff bereits befasst haben, der weitgehend gestattet, die jüdische Frage zur Darstellung zu bringen und der darüber hinaus außerordentliche schriftstellerische Möglichkeiten eröffnet. Hinzukommt, daß Ihr Werk von jeher im Auslande stärkste Beachtung erfahren hat und Ihr Name daher diesem Buch einen besonders günstigen Weg bereiten wird.«

Dieses Schreiben erhielt Fallada nach der Rückkehr von seiner ersten RAD-Reise, kurz vor seinem fünfzigsten Geburtstag. Seiner Mutter schrieb er nach Celle: »Und nun das Tollste: ich fand auch einen langen Brief des Propagandaministeriums vor, das mich mit den schmeichelhaftesten Ausdrücken über meine Kunst auffordert, in seinem Auftrag einen Roman zu schreiben, auf Grund der Kutisker-Studien, die ich vor 2 Jahren machte, der vor allem in großen Auflagen im Ausland verbreitet werden soll! Ja, Mutti, da steht das Herz vor Staunen still, und es fängt an, mir vor der Götter Neide zu grauen. Ich habe sehr vorsichtig geantwortet, vorläufig habe ich ja wirklich genug andere Verpflichtungen.«

Nach einer ersten hinhaltenden Antwort schrieb er an Erckmann: »Nichts wäre mir lieber, als diesen Plan, der mich nun schon durch zwei Jahre ständig beschäftigt, in die Tat umzusetzen.« Allerdings gäbe er zwei Probleme zu bedenken, ein inhaltliches und ein rechtliches: Er habe für sein Projekt Barmat gewählt, aber »Barmat ist viel unübersichtlicher, ein Rattenkönig von Geschäften, Weiberaffären, politischen Dingen, Verschwendungssucht spielt da durcheinander, das Buch würde zu unübersichtlich, das Material wäre nie zu erschöpfen, außerdem ist vieles nicht typisch jüdisch, sondern sehr stark Inflationserscheinung. [...] Ganz anders liegen die Dinge bei Kutisker. Kutisker ist die Verkörperung des Geld-Wahnsinnes, wie man ihn nur bei den Juden findet. Ihn interessiert nur das Geld an sich, nie das, was man sich dafür kaufen kann: kein Schmuck, keine Frauen, nicht einmal Wohlleben, kein Besitz, nur Geld. Er ist der ewige Jude in reinster Form. Sein Fall liegt verhältnismäßig einfach, er hat ausgebeutet und betrogen, er hat gelogen und geschachert, aber immer nur um des Geldes wegen. [...] Will man dieses Buch schreiben – und ich möchte es –, so muß man sich ziemlich eng an die Tatsachen halten. Meine Aufgabe wäre es, die Gestalt dieses kleinen häßlichen Juden und seiner Umwelt deutlich zu machen (wenn auch nicht verständlich, ein solcher Mensch ist nicht für uns zu verstehen). Die Tatsachen aber muß ich mit einiger Genauigkeit wiedergeben, es ist fast unmöglich, Ersatzhandlungen zu erfinden.« Gerade darin sieht Ditzen das zweite Problem: Sollte er dicht am authentischen Geschehen bleiben, könnte es Klagen von beteiligten »Ariern« geben, die sich in der Darstellung verleumdet sehen.

Dr. Erckmann beruhigte ihn daraufhin: »Ich glaube, daß Sie gar nichts Besseres tun könnten, als Kutisker selbst in die Mitte des Romans zu stellen; nach dem, was Sie mir mitteilten, ist er tatsächlich die typische Verkörperung des Judentums. Auch scheint mir, daß der Roman in dieser Durchführung jeden penetranten Charakter einer bewußt hervortretenden Tendenz verliert und ausschließlich durch die Handlungselemente selbst wirkt, was auch durchaus in unserem Interesse liegt. Die juristische Seite des Problems werde ich klären, sobald mein Kamerad Oberregierungsrat Dr. Albrecht, unser einschlägiger Sachkenner, von einer längeren Reise zurück ist. Nach Rücksprache mit dem Abteilungsleiter sind wir jedenfalls der Meinung, daß das politische Interesse an diesem Roman ein so großes ist, daß von hier aus irgendwelche privatrechtlichen Einsprüche [...] ausgeschaltet werden müssen.« Fortan benutzte Fallada das Interesse des Reichsministeriums an dem in Aussicht gestellten antisemitischen Propagandaroman für verschiedene Zwecke, zunächst einmal als Pfand für den neuen Generalvertrag mit dem Heyne-Verlag und als Vorwand für Vorschüsse, die sich ab Februar 1944 bis zum Ende des Jahres auf 14 400 RM summieren. Heyne-Lektor Hans Franke meint, mit dem Kutisker-Roman könne eine »neue Fallada-Epoche« anbrechen, doch der Schriftsteller reagiert skeptisch.

Als nun das Propagandaministerium im März noch einmal nachhakt, beginnt er im April 1944 mit der Arbeit am Buch. Fallada plant, den Stoff in drei Teile zu gliedern: die Jugend des Helden, der Lubliner statt Kutisker heißen soll, die er in Riga statt im polnischen Ghetto ansiedelt, dann den Aufstieg »dieses kleinen polnischen Juden« im Inflations-Berlin, Betrügereien usw., schließlich die gerichtliche Auseinandersetzung. Dem Heyne-Verleger Schneekluth klagt er: »Dieses Ghettomilieu ist verteufelt schwierig, und ich will mir da beileibe keine Blöße geben. [...] Und dann kommt das Börsen-Jiddisch, auf die verdammten Devisengeschäfte der Ausgangsinflation angewendet. Auch das ist eine harte Nuß [...].«

Wie bei vielen seiner Vorhaben lassen sich die Arbeitsfortschritte an den Spuren in der Korrespondenz des Autors ablesen. An Schwester Elisabeth schreibt er Ende Mai: »Ich selbst habe mich entschlossen, unter einem gewissen Druck einerseits, andererseits um überhaupt etwas zu arbeiten, den mir vom Propami in Auftrag gegebenen antisemitischen Roman in Arbeit zu nehmen. Es ist ein sehr schwieriges Thema, besonders im ersten Teil, der meines ›Helden‹ Jugend im litauischen Ghetto und im zaristischen Rußland bis zum Werden der Bolschewiken schildert. Ich arbeite sehr langsam, und es liegt eben bei uns so, daß alle Arbeitsvorhaben auch nur für den nächsten Tag durch wirtschaftliche Ereignisse umgestoßen werden.« Gegenüber Rowohlt deutet er Mitte Juni an, taktische Ziele mit der Arbeit an dem Buch zu verfolgen: »Ich schanze sehr fleißig an einem Roman, der nie zu Ende geschrieben werden wird, der aber für einen Vorschuß gut genug ist. Daneben, aber eigentlich in der Hauptsache bin ich sehr viel in der Landwirtschaft tätig: ich habe jetzt nur noch einen alten Polacken, das ist der Rest meines ganzen Hofstaates, und so muß ich das meiste allein oder mit ihm tun. Schlaf und Gesundheit sind gut.«

Der »alte Polacke« heißt Matjä und ist seit Dezember 1942 als »Fremdarbeiter« in Carwitz. Matjä weigert sich Ende Mai 1944, die Wiese zu mähen. »Erst sagte er, die Sense ginge nicht, dann [...] behauptete er, er könne nicht mähen [...]. Schließlich wurde er frech und behauptete, Mähen sei nicht seine Arbeit. Worauf ich ihm ein paar kräftige Ohrfeigen versetzte.« Tags darauf erscheint er »mit einem großen Handtuch um den Kopf gewunden«. Statt ihn zum Arzt zu schicken, lässt Fallada den Wachtmeister Stark kommen, »und dann bezog unser guter Matjä eine solche Tracht Prügel, dass ich an seiner Stelle nun wirklich ins Bett gegangen wäre und zum Doktor geschickt hätte. Statt dessen ging Matjä hin und mähte! Konnte es, wollte, tat es unermüdlich.« Fallada sähe es gern, wenn Matjä »gegen einen anderen Polen ausgetauscht wird«. Im Arbeitskalender vom 30. Mai 1944 ist zu lesen: »Verunglücktes Grasmähen (Matjä geprügelt).« Ein Jahr später, am 12. Mai 1945, notiert Falladas Mutter in ihren Aufzeichnungen: »Ich vergaß zu erwähnen, daß auch unser Pole uns eines Tages nach dem Russeneinfall verlassen hat. Rudolf glaubte immer, er würde sich hier festsetzen und Suse als Magd arbeiten lassen. Aber er war doch sehr anständig. Die zweimalige Prügel hat er wohl vergessen. [...] Von Suse hat er den Russen gesagt: ›Gute Frau.‹«

Fallada spielt mit dem Kutisker-Roman auf Zeit. Die Protektion des Reichspropagandaministeriums bietet in Zeiten des »totalen Kriegs« einen gewissen Schutz und lässt sich vielleicht auch nutzen, um Papier für den Druck seiner anderen noch ungedruckten Bücher herauszuschlagen – Schneekluth versucht es jedenfalls, indem er eine »Fleißprobe« im Ministerium einreicht. Es gibt keinen Zweifel, dass Fallada zumindest zeitweise antisemitische Stereotype verinnerlicht hat. »Du schreibst von Deinem neuen Roman«, heißt es in einem Brief der Schwester Elisabeth, »ich kann mir denken, daß das aus den verschiedensten Gründen eine schwere Arbeit gewesen ist. Ich bin auf jeden Fall sehr gespannt auf ihn; Du gabst mir mal eine Lebensbeschreibung eines orthodoxen Juden und meintest, die Sorte wäre die allergrößte Gefahr.« Eine »Forschungsreise ins jüdische Denken« nennt Elisabeth das Unternehmen ihres Bruders.

Der vermeldet wenig später, dass der erste Teil des Buchs abgetippt werde, die Sekretärin sei jedoch schlecht: »Sie stand mit der Rechtschreibung auf schlechtem Fuße, Fremdwörter waren ihr Hekuba und Jiddisch, selbst wenn ich es ganz langsam buchstabierte, wurde immer flasch[!].« Die bewährte Sekretärin und Freundin Else Bakonyi hatte den Dienst verweigert. Auf ihre Absage reagiert Fallada mit Verärgerung: »Wegen Ihrer geradezu gehässigen Behauptung über den Kutisker-Roman verdienen Sie gründlich eines auf's Dach. Sie glauben doch nicht, daß der Fallada, der's in der Ungnade nicht getan hat, jetzt, da die Sonne etwas heller scheint, einen billigen antisemitischen Roman im Stürmer-Stil schreiben wird? (Ganz abgesehen davon, daß ich das gar nicht könnte!) Sie wissen doch, daß mich dies Kutisker-Thema schon seit über 2 Jahren beschäftigt und daß nur Gründe, die im Stoff liegen, mich von der Ausführung abgehalten haben! Ich kann Ihnen nur sagen, daß mein Roman nicht annähernd so pöbelhaft antisemitisch ausfallen wird, wie ein gewisser Jud Süss von einem gewissen Lion Feuchtwanger (Die gebildeten Juden waren ja überhaupt immer die schlimmsten Antisemiten!).«

Seine Schwester hält er über den Fortschritt der Arbeiten auf dem Laufenden: »Ich diktiere mit etwas seltsamen Gefühlen. An sich finde ich die ganze Geschichte, wenigstens die Entwicklungsgeschichte des Helden im litauischen Ghetto unendlich langweilig, dann aber sage ich mir, daß es eine Arbeit, die dieses uns so fremde Leben schildert, überhaupt in der deutschen Literatur noch nicht gibt, ich denke daran, eine wie unendliche Mühe es mich gekostet hat, nur das Material dazu zusammenzubringen. Wenn ich auch nicht daran glaube, daß dieser Roman eines Tages veröffentlicht wird, so habe ich beim Schreiben doch immer alle Sorgfalt angewendet, damit auch alles stimmt. Auch der rituell frömmste Jude soll mir nicht nachsagen können, daß irgend eine meiner Schilderungen unrichtig sei. Ich habe nicht Lust, mich evtl. vor der ganzen Welt zu blamieren.«

Verleger Schneekluth in Dresden reagiert positiv auf die eingesandten Textteile: Der Roman mache »jede Tendenz- und Kampfschrift zu der Judenfrage völlig überflüssig«. Bewundernd schreibt der Heyne-Lektor Hans Franke – nach dem Krieg Verfasser einer Geschichte des Judentums in Heilbronn –, Fallada sei es gelungen, »einen nicht antisemitischen antisemitischen Roman« zu schreiben. Der Autor hat dieses Aperçu dankbar aufgegriffen, lässt es doch zwei Deutungen zu. Aus Sicht der Auftraggeber meint es, der Roman wirke antisemitisch, ohne es die Leser allzu penetrant merken zu lassen. In der entlastenden Lesart von Fallada aber bedeutet »nicht antisemitisch antisemitisch« so viel wie »nur scheinbar antisemitisch«, in Wirklichkeit aber tendenzfreie Literatur, abgeschildertes Leben. In Doppeldeutigkeiten wie diesen bleibt sein ganzes Zusammenwirken mit dem Propagandaapparat der Nationalsozialisten befangen.

Falladas Prognose – »Wir werden, fürchte ich, ein sehr schweres Jahr bekommen« – erfüllt sich im Privaten schneller als gedacht. Ein Zusammenleben in Carwitz, das aus der Entfernung noch möglich schien, hat unter den Verhältnissen von 1944 keine Chance. In einem Brief an Schwester Margarete und Schwager Fritz klagt Fallada über das volle Haus: »Das sind alles Leute, die keine Ahnung von einem Künstler haben, meine lieben Schwägerinnen, die in ihrem ganzen Leben noch nie ein Buch wirklich gelesen haben, nahmen zwar alles Gebotene völlig selbstverständlich hin, fanden aber, daß ich ein höchst lästiger und anspruchsvoller Mann sei, und haben leider erreicht, daß Suse sich dieser Ansicht ganz anschloss. [...] Am besten wäre es gewesen, ich wäre ein kleiner Büroangestellter gewesen, der tagsüber aus dem Hause war, freilich mit Falladas Einkommen. Die Gespräche, die geführt wurden, waren von einem geistigen Niveau, das mich manchmal toll machte. Versuchte ich etwas anderes, trat eisiges Schweigen ein. Spielte ich eine Beethoven-Platte, wurde mit betontem, diskreten Flüstern gesagt: Jetzt nimmst du da sechs Maschen auf usw.«

Fallada ist reizbar, trinkt viel und schießt im Garten auf Scheiben. Er möchte seine Ruhe und die Gäste aus dem Haus haben. Ins Haupthaus geht er kaum noch: »Abends gehe ich immer gleich in meine Bude rüber, und auch über Tag bin ich eigentlich nur zu den Mahlzeiten hier.« Die Ärztin aus den Kuranstalten Westend, die er ins Vertrauen zieht, rät ihm, sich anders abzureagieren als durch Schießerei. Er trifft sich noch einmal mit Anneliese Benzin, es gibt deswegen eine hässliche Szene mit Suse. »Meine Frau ist, erlegen diesem ständigen Bombardement des Ungeistes, nur noch voll Haß und Eifersucht auf mich, kommt es einmal zu einer Unterredung, so werde ich nur ›Schwein‹ geschimpft, auch werde ich besonders gern geschlagen, da sie nun einmal die stärkere ist.« Als Belastung empfindet er es auch, nach mehr als dreißig Jahren wieder mit seiner Mutter unter einem Dach zu leben. »Wir reden nur noch das Nötigste miteinander. Ich habe immer gewußt, das Mutti mit ihrem sich ständig mehr Sich gehen lassen, zum Beispiel beim Essen, mit ihren immer wiederholten Geschichten, mit ihrem letzten Endes doch ganz ungeistigen Niveau eine schwere Belastung für den Haushalt sein würde. Daß sie es in diesem Maße werden würde, habe ich nicht geahnt. Sie hat natürlich nun auch ein schweres Leben, aber Suse ist sehr liebevoll zu ihr, und so hat sie wohl das, was sie braucht. Suse hat sich auch bereit erklärt, Muttis Versorgung nach unserer Scheidung zu übernehmen. Hoffentlich bleibt es dabei, bisher hat Suse noch fast jeden Entschluß, den sie einmal gefasst hat, unter irgendeinem fremden Einfluß umgestoßen.«

Das ist es also, worauf es nur Wochen nach Falladas Rückkehr hinausläuft: die Scheidung. Fünfzehn Jahre ist es her, dass er seinen Eltern geschrieben hatte: »Ich kann Euch heute nur sagen, daß ich so glücklich bin wie noch nie in meinem Leben, daß ich das feste Gefühl habe, dieses Glück wird dauern, auch wenn der erste Schimmer verflogen ist, und dieses Glück wird mir die Kraft geben, dem, was in mir noch schwach und schlecht ist, zu widerstehen.« Im Mai 1944 ist das Glück endgültig aufgebraucht, die Scheidung wird eingereicht. Fallada bittet Rowohlt, ihm Quartier in Kampen auf Sylt zu besorgen, was sich unter den Kriegsumständen als schwierig erweist. Tatsächlich müssen die Gäste in Carwitz nun weichen: »Seitdem herrscht Ruhe, seitdem hat es nicht einen Streit mehr zwischen Suse und mir gegeben. Ich aber lasse ihr den Haushalt, ich rede in nichts mehr herein, ich versuche zu helfen. Aber ich fürchte, in den letzten Monaten erstirbt das Gefühl für sie langsam. Oft habe ich ein unendliches Mitleid mit ihr, wenn ich sie so elend und so schwach sehe, immer auf die Meinung des Letzten horchend, der mit ihr spricht, schwankend, haltlos ... Was soll aus ihr werden ohne mich? Sie ist meine Gefährtin gewesen, es tut mir so bitter weh ...« Er habe »Suse gebraucht wie der Säugling die Mutter«, hat Ledig einmal über Fallada gesagt. Noch in dessen verquerer Selbsteinschätzung bestätigt sich diese Beobachtung.

»Oft liege ich lange und frage mich, wozu ich überhaupt noch lebe?«, leitet Fallada eine Generalbilanz seines Lebens ein, die er in einem Brief an Schwester Margarete zieht: »Meine Arbeit freut mich nicht mehr. Ich bin sehr alt geworden, nicht nur äußerlich. Was soll ich noch? Niemand scheint mich mehr zu brauchen. Der Traum, ein großer Künstler zu werden, ist ausgeträumt. Ich bin auch nur ein Bücherschreiber wie so viele. Vielleicht habe ich zu sehr nach Geld und Erfolg geschielt, ich weiß es nicht. Es waren ja auch oft schwere Zeiten, in denen ich lavieren mußte. Alles ist aussichtslos, alles ist trübe, alles schmeckt nicht mehr. Ich lebe unter Fremden und Feinden, keine Stimme reicht noch zu mir. Ich bin so allein, wie ich es nie für möglich gehalten hätte. Die ich liebte, nach den schwachen Kräften meines Herzens liebte, sie verachten mich und sie hassen mich. Alle meine Freunde verlassen mich, und doch wollte auch ich einmal das Beste. Daß es das nicht immer wurde – ich habe mich nicht selbst geschaffen, eine unglückselige Mischung, zu weich und zu hart, alles bricht.«

Suse und Fallada einigen sich darauf, sich im anstehenden Scheidungsverfahren beide für schuldig zu erklären, sie »wegen Verweigerung des ehelichen Verkehrs und der Nachkommenschaft«, er wegen der Affäre mit Anneliese Benzin, die sie ihm immer noch vorwirft. Später hat diese Einigung keinen Bestand, da Suse Zweifel an seiner Eignung vorbringt, »als Gemütskranker« die Kinder zu erziehen. Anfang Juli wird die Scheidung ausgesprochen, das Urteil sieht die alleinige Schuld bei Fallada. Er lebt weiter im Gärtner-, Suse im Haupthaus. Zwischen den beiden kommt es zum Kleinkrieg. Suse versucht die Kontrolle über seinen Alkoholkonsum zu behalten und überprüft die Vorräte im Gärtnerhaus. Er wiederum verschafft sich Zugang zu ihren Schränken. Sie kommunizieren nur noch über Zettel miteinander. »Die Welt ist zum Kotzen«, lässt Fallada seinen Freund Hans Joachim Geyer wissen, aus Geldgründen will er jetzt weiter an dem »vom Propami in Auftrag gegebenen Roman« schreiben. Und Kagelmacher klagt er: »Ich stehe vor einem völligen Zusammenbruch meines bisherigen Lebens.« Wie schon am Anfang des gemeinsamen Wegs mit Suse bittet er den Freund um einen Blick in die Zukunft: »Und nun, mein Guter, könnten Sie eigentlich einmal die Sterne befragen, wohin mein Weg jetzt geht.«

Ganz am Boden liegt er da schon nicht mehr. Bereits drei Tage nach seiner Scheidung bekundet Fallada in einem Brief an seinen Schwager Fritz Bechert: »Natürlich habe ich die Absicht, bald wieder zu heiraten, freilich nicht meine Jelübte, und noch ein paar Kinder zu haben.« Nicht Anneliese Benzin hat er im Blick, sondern eine andere junge Frau. In Feldberg, am Stammtisch des Mecklenburger Hofs, traf er 1942 auf Ursula Losch, 20-jährige Mutter einer zweijährigen Tochter und seit Mai verwitwet. Ulla war vor den Bombenangriffen aus Berlin geflohen und lebte jetzt in Klinkecken, einem Ortsteil von Feldberg, wo die Familie ein Sommerhaus besaß.

Sie kam gemeinsam mit ihrem Mann, dem Mitinhaber der Berliner Firma Seifen-Losch, einer Drogeriekette mit etwa neunzig Filialen. Wie das erste Zusammentreffen mit Ulla ausgesehen haben könnte, schildert Fallada in einer Szene seines Nachkriegsromans »Der Alpdruck«: »Aber an diesem Abend war der Mann in der großen Stadt Berlin geblieben, und seine blutjunge Frau saß allein unter den Männern des Stammtischs, sie schüttelte ihre rotblonden Locken, sie sah mit ihrem länglichen Gesicht und vor allem mit ihrem schönen blutroten Munde jeden Sprecher aufmerksam an – es war ganz, als sähe dieser Mund die Menschen an. Dann warf sie den Kopf zurück, ihre kleine weiße Kehle schien vor Lachen zu tanzen – Himmel, wie sie lachen konnte, Gott, wie jung sie war! [...] Es wurde ein ganz großer Abend. Auf einen Mann Ausgang der vierzig macht es schon Eindruck, wenn eine zwanzigjährige schöne Frau ihn merken läßt, er interessiert sie.« Zwei Jahre später treffen sich Dr. Doll und die Frau wieder. Jetzt steht ihre Begegnung unter einem andern Stern, sie ist verwitwet, er geschieden. »Endlich jemand, mit dem man wirklich sprechen konnte, der kein Verräter war. Später kam mehr dazu: aufrichtige Sympathie, sogar Liebe. Da war ihnen das Geklatsche der kleinen Stadt längst gleichgültig geworden.« Seiner Schwester Elisabeth schreibt Fallada: »Vielleicht habe ich schon wieder etwas, auf das ich mich jeden Tag freuen kann – mal sehen!«

Am letzten August-Wochenende zieht er durch die Gasthäuser in Feldberg. Sonntag notiert er im Arbeitskalender: »[...] trocken, heiß, eintrübend. Nichts getan.« Er versackt im Gärtnerhaus. Später gibt er an, von Sonnabend bis Montagnachmittag »2 Flaschen Mosel- und 10 Flaschen Rotwein« getrunken zu haben. Das Nebeneinander auf dem Hof führt zu ständigen Reibereien. Er beschuldigt die Frauen, die er inzwischen rausgesetzt hat, durch ihren Einfluss auf Suse das Ende ihrer Ehe herbeigeführt zu haben. Und nun würden sie weiter brieflich »hetzen«. Am Montagnachmittag eskaliert der Streit. Fallada sitzt Suse am

Küchentisch gegenüber, er hat übermäßig getrunken und Schlafmittel genommen. Schon mehrfach an diesem Tag hat er Dr. Hotop angerufen und ihn beschworen, nach Carwitz zu kommen, »sonst geschehe etwas«. Inzwischen schaukelt sich die Situation hoch, nicht zum ersten Mal fuchtelt er mit dem Terzerol herum, einer Vorderlader-Pistole mit fünzig Zentimeter langem Lauf. Dabei ruft er Suse mehrmals zu, er würde sie erschießen. Irgendwann gibt er einen Schuss in ihre Richtung ab. »Ich aber habe an dem Körper meiner geschiedenen Frau seitlich [...] auf mindestens einen halben Meter vorbei geschossen und war nicht zerknirscht, sondern ich habe befriedigt gelacht, als ich das Erschrecken im Gesicht meiner Frau sah. Darauf ist mir ja eingekommen, sie für die kommende Auseinandersetzung zu schrecken und einzuschüchtern. Meine geschiedene Frau hat nämlich leider die Gewohnheit angenommen, wenn ich ihr gar zu bittere Wahrheiten sage oder wenn sie keine Antwort weiß, mich ins Gesicht zu schlagen. Darum der Schuß, wie bei einem Schreckschuß!«

Die Kugel trifft ein Bein des Küchentischs. Suse entreißt ihm die Waffe und wirft »sie voll Wut weit in den See hinaus«. Dann ruft sie den Arzt an, am Telefon ist Frau Hotop: »Jetzt hat er auf mich geschossen.« Inzwischen versucht Fallada, den Schrank aufzubrechen, in dem er die Briefe der vertriebenen Hausgäste vermutet. Suse gelingt es, ihn abzuwehren, sie ist stärker, und er ist betrunken. Dr. Hotop kann seine Sprechstunde in Feldberg nicht gleich verlassen, er bittet stattdessen den Ortsgendarmen, sich um den Vorfall zu kümmern. »Durch mein Toben hatten sich die in meinem Inneren angestauten Spannungen beruhigt«, gibt Fallada später zu Protokoll, »ich ging auf mein Zimmer und schlief sofort ein. Aus diesem Schlaf heraus wurde ich verhaftet.«

DREIUNDZWANZIGSTES KAPITEL

Der alte Hass auf den Nationalsozialismus – Ich sah ein, daß die Juden selbst die Blutverschiedenheit fühlen – Tausche Landhaus Südmecklenburg gegen Villa mit Garten, Stadtnähe – Ein großer antisemitischer Roman

Polizeiwachen und Gefängnisse sind Fallada nicht fremd – Greifswald, Kiel, Neumünster, Fürstenwalde, auch geschlossene Abteilungen der Psychiatrien kennt er seit seiner Jugend. Die Anstalt, in die er nun auf dem Umweg über die Feldberger Polizeiwache und das Landgerichtsgefängnis eingewiesen wird, stellt sich als eine Kombination von Gefängnis und geschlossener Psychiatrie heraus. Es ist die Abteilung III der Strafanstalt Neustrelitz-Strelitz, die »Heil- und Pflegeanstalt« für unzurechnungsfähige Straftäter, die sich im Stadtteil Alt-Strelitz befindet. Die Geschichte mit dem Schuss hatte sich in Feldberg schnell herumgesprochen, ein Staatsanwalt erfährt davon und behandelt den Fall als Offizialdelikt. Es wird ein Ermittlungsverfahren wegen versuchten Totschlags bzw. schwerer Körperverletzung nach § 224 StGB eingeleitet. Da die Befürchtung besteht, der Beschuldigte könne erneut gewalttätig werden, wird seine Unterbringung in der »Heil- und Pflegeanstalt« angeordnet. Am späten Nachmittag des 4. September wird Fallada überstellt und erhält Anstaltskleidung. Hier ist er in Gesellschaft zumeist psychisch gestörter Straftäter, die für unzurechnungsfähig erklärt wurden. Er teilt die enge Zelle »mit einem schizophrenen Mörder, einem schwachsinnigen und entmannten Sittlichkeitsverbrecher und mit einem ebenfalls schwachsinnigen Lustmord-Versucher«.

Nur wenig später legt Anwalt Dr. Rehwoldt Beschwerde gegen die Unterbringung seines Mandanten in der Anstalt ein, er sei »einer der bekanntesten und erfolgreichsten deutschen

Schriftsteller. Schon diese Tatsache zeigt, daß er nicht zurechnungsunfähig ist.« Die Beschwerde wird am 8. September vom Landgericht Neustrelitz abgelehnt. Damit ist Fallada zunächst einmal auf sich gestellt. Erstaunlicherweise erhält er bereits zwei Tage nach seiner Einlieferung die Erlaubnis zu schreiben. Auf 92 Bogen Papier im Quartformat entstehen in nur einem Monat ein Roman, fünf Erzählungen und seine persönliche Abrechnung mit dem NS-Regime in Form eines Tagebuchs.

Nur gut zwei Wochen benötigt Fallada für die Niederschrift des Romans »Der Trinker«, ohne auf irgendwelche Hilfsmittel zurückgreifen zu können, unterbrochen von dem neugierigen Interesse der Wärter und ohne Aussicht, das Geschriebene je aus der Zelle schmuggeln zu können. Schreiben ist für ihn ein Wert an sich, eine notwendige Lebensäußerung. Für das Figurenensemble im »Trinker« findet er Vorbilder in seinen Mitinsassen, das Grundmotiv aber – die Maßlosigkeit, die Schwäche, die Sucht – findet er in sich selbst. Die Geschichte des schicksalhaften Niedergangs eines Kleinunternehmers mit dem Allerweltsnamen Erwin Sommer und seiner Ehe ist Falladas persönlichster Roman, zugleich gibt es in deutscher Sprache kein literarisches Werk, das die Abgründe der Sucht so lebendig, tief und komisch schildert wie dieses Buch. Zwei Seiten genügen, um das Sujet zu umreißen, den erzählerischen Raum zu schaffen und den Protagonisten vorzustellen, dann kann die rasante Talfahrt beginnen. Ein haltloser, schwacher Mann mit falschem Selbstbild, dünkelhaft und rechthaberisch, verfällt dem Alkohol. Er erlebt die Sucht in allen Phasen, die Flucht in immer größere Quanten, den Selbstbetrug, die Enthemmung, Leichtsinn und Scham. Sein Gegenbild – die Stärke und Beständigkeit seiner Frau Magda – erscheint ihm wie ein ewiger Vorwurf seiner eigenen Schwäche. Zu Hause muss er nicht nur den geschäftlichen Niedergang, sondern auch den Alkoholismus verbergen. Er trinkt sich das Hausmädchen schön und lässt seinen erotischen Phantasien freien Lauf. Magda verliert die Achtung vor ihm, und er fragt sich: »Hatte ich diese Liebe und diese Anerkennung verloren, weil ich schlaff geworden war, oder war ich schlaff geworden, weil mir diese Aufmunterungen gefehlt hatten? Ich fand auf alle diese Fragen keine Antwort: Ich war es nicht gewohnt, über mich nachzudenken.«

Erwin Sommer sucht die Nähe eines »spröden und doch wissenden Mädchens« in einem Gasthaus, Magda verzeiht ihm und nimmt ihn wieder auf. Doch auch ihre Güte empfindet er als Vorwurf, er fühlt sich bevormundet und lässt nichts unversucht, um weitertrinken zu können: »Einmal, als mir gar nichts einfiel, ging ich sogar so weit, daß ich heimlich in ihrer Gegenwart – der Schreibtisch deckte mich gegen die Sicht – die Flasche entkorkt auf den Boden stellte, dann den Radiergummi zu Boden fallen ließ und ihn mir umständlich suchte, zuletzt auf allen vieren, wobei ich unter der Wölbung des Schreibtisches, sehr vergnügt über meine List, beträchtlichen Kognak in mich hineingluckern ließ.« Gerade in Gegenwart seiner »nüchternen, sauberen, tüchtigen Frau« möchte er sich volllaufen lassen, »welche Wollust, sie mit in den Dreck zu ziehen«.

Hilfsangebote schlägt er aus, er entkommt zwei Ärzten, indem er aus dem Auto springt, und landet in der heruntergekommenen Kolonie »Klein Rußland«, wo er sich ein Zimmer nimmt: »›Wie heißen Sie?‹ ›Polakowski‹, antwortete er. ›Aber wir sind keine Polen. Meine Eltern schon sind aus Ostpreußen zugewandert, dort gibt es so komische Namen ...‹ ›Ich kümmere mich nicht darum, ob Ihr Name komisch ist oder nicht, Herr Polakowski‹, sagte ich gönnerhaft. ›Jetzt wollen wir erst einmal anstoßen.‹« Polakowski ist eine typische Fallada-Figur, ein schmieriger Betrüger mit rötlichem Haar und knackenden Fingern, der flüsternd, eindringlich und mit sanfter Stimme spricht und seinen Schlafgast gnadenlos ausnimmt. Er wundert sich über dessen Vorhaben, Magda mit seinem Fernbleiben ängstigen zu wollen: »›Wir, wir schlagen unsere Frauen, das ist einfacher und billiger.‹ ›Nun ja, nun ja‹, lachte ich ein bißchen verlegen. ›Ich weiß nur nicht, ob ich bei einer Schlägerei mit meiner Frau nicht den kürzeren ziehen würde, ich fürchte, sie ist die Stärkere.‹«

Sommer gerät in den Bann einer jungen Servierdame, der

»hübschen Elinor«, die bald zu seiner »Königin des Schnapses« – »La reine d'alcool« – wird und ihn »Papachen« nennt, wie Anneliese Benzin ihren Geliebten als »Chefchen« und »Väterchen« anredete. Immer wieder gibt es autobiographische Anklänge im Buch, nicht nur in der Grundkonstellation, sondern auch in den Details. Eine Szene liest sich wie die Schilderung jenes Streits, bei dem Fallada und Suse, nachdem der Schuss gefallen ist, um den Zugang zu den Briefen ringen, die im verschlossenen Schrank liegen: »Wir rangen miteinander, es war ein süßes Gefühl, diesen einst so geliebten Leib nun feindlich, aber doch nahe zu spüren, jetzt die Brust, einen sich gegen mich stemmenden Schenkel. Der Gedanke schoß mir durch den Kopf: Wenn du sie jetzt plötzlich küssen, wenn du ihr Liebesbeteuerungen ins Ohr flüstern würdest! Ob du sie herumbekämst? Ich flüsterte in ihr Ohr: ›Nächste Nacht komme ich und bringe dich um. Ganz leise komme ich ...‹«

Nach verschiedenen Umwegen findet sich Erwin Sommer auf der Polizeistation seiner Heimatstadt wieder, kommt ins Gefängnis des Amtsgerichts und dann vor den Haftrichter: »Ich werde Sie erst einmal in eine Heil- und Pflegeanstalt einweisen.« Ein Medizinalrat kümmert sich um ihn, doch nach einer Verfehlung – er stiehlt beim Oberpfleger 95-prozentigen Alkohol – wird seine Entlassung ausgesetzt, er wird nach § 51 Dauerinsasse in der Anstalt, seine Frau lässt sich scheiden, und er infiziert sich irgendwann selbst mit Tuberkulose. Vor seinem Tod wünscht sich Erwin Sommer noch einmal, nach langer Abstinenz, vom Medizinalrat ein Wasserglas voll Schnaps:

Und er wird meinen Wunsch erfüllen und mit dem Glas an mein Lager treten, und ich werde trinken, nach so vielen Jahren der Entbehrung endlich wieder trinken, Schluck für Schluck, in langen Abständen, voll das unendliche Glück auskostend. Und ich werde noch einmal jung werden, und ich werde die Welt blühen sehen mit allen Frühlingen und allen Rosen und den jungen Mädchen von eh und je. Eine aber wird vor mich treten und wird ihr bleiches Gesicht über mich, der vor ihr auf die Knie fällt, neigen, und ihre dunklen Haare werden mich ganz einhüllen. Ihr Duft wird um mich sein, und ihre Lippen auf den meinen liegen, und ich werde nicht mehr alt und verunstaltet, sondern jung und schön sein, und meine reine d'alcool wird mich hinauf zu sich ziehen, und wir werden entschweben in Rausch und Vergessen, aus denen es nie ein Erwachen gibt!

Und wenn mir so geschieht in meiner Todesstunde, werde ich mein Leben segnen, und ich werde nicht umsonst gelitten haben.

Während Fallada in der Zelle am »Trinker« arbeitet, versorgt ihn Suse mit Tabak und Lebensmitteln und bemüht sich um seine Freilassung. Mehrmals bespricht sie mit Anwalt Rehwoldt die Lage. Am 12. September fährt sie nach Neustrelitz und besucht Medizinalrat Dr. Johannes Hecker, Oberarzt an der Heilanstalt Domjüch, zuständig auch für die Heil- und Pflegeanstalt in Alt-Strelitz, der mit einem Gutachten über Fallada beauftragt ist – für den Beschuldigten ein Glücksfall, denn Hecker kennt den Schriftsteller persönlich, wenn auch nur flüchtig. Er befürchtet, Fallada könne ins KZ Ravensbrück überstellt und totgeschlagen werden, da er »in den Augen einiger Parteileute das Maß an Verhaltensauffälligkeit weit überschritten hatte«. Hecker wird in seinem Gutachten auf dem schmalen Grat wandeln, einerseits die Vorteile der Unzurechnungsfähigkeit für den Angeklagten in Anspruch zu nehmen, zugleich aber die Folgen von § 51 abzuwehren – nämlich die dauerhafte Unterbringung in der Anstalt. Eine weitere Meinung wird von Professor Zutt eingeholt, der seinen Patienten als »einen ganz ungewöhnlich von Stimmungen abhängigen und in seinem Stimmungsleben schwankenden Menschen« einschätzt. »Der Wechsel seiner Stimmungen erfolgt sicher nicht nur infolge äußerer Erlebnisse, sondern auch endogen. Es erfasst ihn zuweilen eine große Unruhe, die ihn dann zum Gebrauch von narkotischen und berauschenden Mitteln bringt.« Beide Gutachten zielen auf dasselbe: den Insassen aus der Gefahrenzone zu bringen.

»Die Hausordnung ist streng«, berichtet Fallada seinem Sohn

Uli, »abends um ½ 8 Uhr müssen wir schon im Bett liegen, und um ¾ 6 Uhr ist erst aufstehen. So lange kann Dein Vater natürlich nicht schlafen. Da liege ich dann Stunden wach, sehe die Sterne am Himmel, höre die Flugzeuge brummen, eine Uhr eine Viertelstunde nach der anderen schlagen – und denke mir dabei Geschichten aus oder denke an Euch.«

Der »Trinker«-Roman ist bis zum 23. September fertiggestellt. Ab jetzt beginnt er sich um Leib und Leben zu schreiben. Mit seinen Erinnerungen an die Jahre 1933 bis 1939, die erst siebzig Jahre später unter dem Titel »In meinem fremden Land« erscheinen, befreit er seine Seele »unter der Drohung des Stranges im festen Hause in Strelitz« vom »alten Haß auf den Nationalsozialismus«. »Alle zehn Minuten etwa kommt ein Wachtmeister in meine Zelle, sieht neugierig auf mein Gekritzel und fragt mich, was ich schreibe? Ich sage: ›Eine Geschichte für Kinder‹ und schreibe weiter. Ich verscheuche jeden Gedanken an das, was aus mir wird, wenn jemand diese Zeilen liest.« Seine Erinnerungen tarnt er, indem er die Blätter auf den Kopf dreht, mit seiner winzigen, schwer entzifferbaren Schrift, mal Sütterlin, mal Latein, in den knappen Leerraum zwischen den Zeilen des bisher Aufgezeichneten weiterschreibt, wobei er an einer willkürlichen Stelle einsetzt.

Das »hervorstechende Merkmal der Nationalsozialisten«, notiert er unter den Augen des Wächters, sei es, »mit den Menschen wie mit Schlachtvieh umzugehen«. Hitler sei »nie etwas Neues eingefallen, seine ganze Partei mit ihrem Programm ist zusammengestohlen aus dem Faschismus Stalins und dem Bolschewismus Rußlands. Auch für die Lösung der Arbeitsfrage versagte das originelle Hirn des genialen Führers, ihm fiel nur der Krieg ein. [...] Er wollte den Krieg – um jeden Preis. Was er innerlich gewütet haben mag, daß ihm immer weiter nachgegeben wurde!« Und an anderer Stelle: »Ich wollte den Untergang des Nationalsozialismus, und ich wünschte ihn möglich bald. Ich wünschte unter keinen Umständen, daß Deutschland in absehbarer Zeit eine Vormachtstellung in Europa genieße: es hatte durch das Großwerden des Nationalsozialismus eben erst wieder eklatant seine politische Unreife bewiesen. Ein Volk, das so ohne eigenes Denken jeder verführerischen Parole nachlief, war zu einer Vormachtstellung noch nicht berufen.«

Das klingt ganz anders als noch ein Jahr zuvor. Gibt es überhaupt die eine »wirkliche«, unverrückbare Meinung Falladas? 1911, nach dem als Duell getarnten Doppelselbstmordversuch in Rudolstadt, wurden die Klassenkameraden zum Verhalten und zu den Ansichten ihres Mitschülers befragt. Einer von ihnen gab zu Protokoll: »Er stellte [...] die Behauptung auf, es gäbe keine Charaktere, der Mensch könne heute so, morgen so sein.« Ein »in seinem Stimmungsleben schwankender Mensch« sei Fallada, schreibt Zutt in seinem Gutachten, und diese Stimmungsschwankungen wirken sich durchaus auch auf seine politischen Äußerungen aus. Dabei muss es nicht einmal darum gehen, durch das Abrücken von früheren Positionen den eigenen Vorteil zu wahren, obwohl auch das bei Fallada häufig der Fall ist. In der Zelle in Alt-Strelitz ist es jedenfalls das Gegenteil von Berechnung und Eigennutz, seinen Kopf zu riskieren mit Aufzeichnungen, die, wären sie in die falschen Hände geraten, sein sicheres Todesurteil bedeutet hätten. Die Frage, warum er das tut, beantwortet er selbst: »Ich verscheuche jeden Gedanken an das, was aus mir wird, wenn jemand diese Zeilen liest. Ich muß sie schreiben. Ich ahne das nahe Ende des Krieges, und vorher noch will ich niedergeschrieben haben, was ich erlebte: nach dem Kriege werden's Hunderte tun. Nein, lieber jetzt – wenn auch unter Lebensgefahr.«

Der Zwang, zu schreiben, in die eigene Welt einzutauchen und sich von den zur Gestalt drängenden Geschichten und Figuren seiner Phantasie zu entlasten, ist übergroß. Politische Rücksichten oder moralische Bedenken spielen in der Phase des Schreibens keine Rolle, auch die Bilder seiner verzerrten Wahrnehmung finden Eingang in das Manuskript. Wenn er etwa beschreibt, wie sein Lektor Paul Mayer und Leopold Ullstein, die sich zuvor stets aus dem Weg gegangen sind, seit 1933 immer enger zusammenrücken, so liegt das nach seiner Beobachtung nicht daran, dass sich zwei Ausgestoßene zusammentun, sondern am gemeinsamen »Blut«: »In jenen Wochen begriff ich, daß dem Juden in der Stunde der Gefahr der gegensätzlichste, der schwierigste Jude näher stand als sein getreuester Freund von anderem Blut. Ich sah ein, daß die Juden es selbst sind, die diese Schranke zwischen sich und den anderen Völkern errichtet haben, die wir den Nazis nicht glauben wollten, daß die Juden selbst die Blutverschiedenheit fühlen und behaupten, über die wir stets gelächelt hatten.«

Seit seiner Jugend ist Fallada darum bemüht, die Unterschiede zwischen Literatur und Leben einzuebnen, auch in seinen Aufzeichnungen aus der Anstalt verschwimmen literarische Fiktion und Lebenswirklichkeit. Die frühe Flucht aus den Bedrängnissen des Lebens in die Literatur hat es ihm erschwert, ein ausgewogenes Bild von sich selbst zu gewinnen, seine außerordentlichen intellektuellen und kreativen Möglichkeiten mit seinen Schwächen ins Verhältnis zu setzen – mit seiner Verführbarkeit, seiner Eitelkeit und den Restposten von Dünkel, die gleichfalls zu seinem Wesen gehören. Es gibt immer nur eruptive Momente von Selbsterkenntnis, die entweder die eine oder die andere Seite betreffen. Zum falschen Selbstbild gehört auch, dass er sich in seinen Aufzeichnungen in der Anstalt als konsequenten Nazigegner beschreibt. Nichts an seinen Schilderungen ist falsch, aber es ist eben auch nicht die ganze Wahrheit.

»Ich glaube daran, daß wieder bessere Zeiten kommen«, schreibt Fallada Mitte September an Suse. »Ich habe einen schweren Schock erlitten und bin wie aufgewacht. Aber davon will ich nicht reden, das sollst Du eines Tages sehen.« Suse antwortet: »[…] ich bin auch überzeugt, daß Du im Augenblick selber glaubst, was Du schreibst & die besten Vorsätze hast. Aber ich habe erfahren, daß Deine Briefe anders sind als dann Deine Taten. Und ich kann nicht mehr glauben, daß es zwischen uns jemals wieder gut wird. [...] Ich habe Dich unendlich geliebt, keine Frau kann Dich jemals wieder so lieben, & ich bin unendlich glücklich durch Dich gewesen. Aber so glücklich Du mich gemacht hast, so unglücklich hast Du mich auch gemacht & in meinem ganzen Leben hat mir kein Mensch so weh getan wie Du. Und es wird mir auch nie wieder jemand so weh tun können wie Du, weil ich mich nie wieder einem Menschen so ausliefern werde.« In einem Nachsatz schreibt sie: »Denke bitte nicht, daß es Feindseligkeit oder Derartiges ist, wenn ich Dich in diesem *Brief* nicht anrede. Aber ich weiss einfach keinen Namen mehr für Dich; mein Junge bist Du nicht mehr & Rudolf mag ich nicht sagen & wirst Du wohl auch nicht hören mögen.«

Suse glaubt nicht mehr an ein gemeinsames Leben, nicht einmal mehr an ein Nebeneinander, sie möchte mit den Kindern und der Schwiegermutter fort aus Carwitz. Er schlägt vor, es noch einmal gemeinsam zu versuchen, um die Heimat für die Kinder zu retten, auch angesichts der Kriegslage und der zu erwartenden Ernährungsprobleme: »Du schreibst, ich könnte auch nicht aus meiner Haut und werde mich nicht mehr ändern. Aber Du hast oft gesagt, in den letzten Jahren hätte ich mich ganz zum Schlimmen geändert. Wenn das möglich war, kann jetzt nicht auch die Umkehr zum Besseren möglich sein?« Er verzichtet auf sein Wohnrecht in Carwitz und macht Suse zur Treuhänderin der Kinder. Auf Anregung von Medizinalrat Hecker, der auch mit Suse in Kontakt steht, schlägt er vor, auf ein Jahr zu Kagelmacher zu ziehen oder in eine Anstalt zu gehen. Sollte Suse Carwitz aufgeben wollen, möge sie inserieren: »Tausche Landhaus Südmecklenburg, Seelage, 9 Zimmer, reichl. Nebengelass, Stall/Scheune, Kohlenschuppen, Garage usw. 10 Morgen Land, Obst, Gemüse, Spargel, Kuh, 4 Schweine, gegen Villa, 6 Zimmer, mit Garten, Stadtnähe, Human. Gymnasium und Lyzeum Bedingung. Angebot m. Beschreibung und Bild unter ...«

Am 3. Oktober rechnet Fallada bereits damit, noch vor Weihnachten entlassen zu werden, und plant, das Fest mit den Kindern zu verbringen. Womöglich hat ihn Dr. Hecker in dieser

Hoffnung bestärkt. Der Arzt hat auch das an den Oberstaatsanwalt gerichtete Gesuch seines Patienten befürwortet, für einen Kurzbesuch nach Carwitz fahren zu dürfen. Am 5. Oktober notiert Fallada in seinen geheimen Aufzeichnungen: »Ich bin ziemlich erregt, es gibt vielleicht die Möglichkeit, daß ich für ein paar Stunden nach Hause darf, um dort einige Papiere zu holen, natürlich von einem Wachtmeister transportiert. Aber das würde mich kaum hindern, dieses Manuskript aus dem Totenhaus zu schmuggeln und daheim zu verstecken.« Fallada hat Glück in diesen Wochen. Während Europa in Schutt und Asche sinkt, ringsherum gestorben wird, immer noch Tausende Juden in den Vernichtungslagern ermordet werden, der Krieg mit dem Einmarsch der Roten Armee in Ostpreußen nun auch am Boden nach Deutschland zurückkehrt, findet er, der in der Heil- und Pflegeanstalt der Landesanstalt Neustrelitz-Strelitz verwahrte »Geisteskranke Rudolf Ditzen«, in Johannes Hecker seinen Lebensretter. Für den 8. Oktober 1944 notiert Suse in der Arbeitskladde: »[...] etwas wilder Sonntag mit Besuch v. R. Di. u. Holst.« Begleitet von Oberpfleger Holst, verbringt Fallada vier Stunden hier, wird das brisante Manuskript los und nimmt – das ist der vorgebliche Zweck des gewährten Freigangs – Unterlagen mit in die Anstalt, die ihm helfen sollen, einen »antisemitischen« Roman im Auftrag des Propagandaministeriums zu schreiben.

Zurück in seiner Zelle, hat er zunächst Mühe, wieder Tritt zu fassen. Doch schon zwei Tage später, am Dienstag, beginnt er, am Hauptteil des Kutisker-Romans zu schreiben, 12 bis 15 Seiten am Tag. Die Arbeit an diesem Vorhaben ist angesichts der Kriegslage zum Schutzschild geworden, von hohen Auflagen, Auslandsabschlüssen und Papier für die anderen Bücher ist keine Rede mehr. Bereits im Juli 1944 hatte Fallada in einem Brief an Rowohlt spekuliert, der Krieg könnte in einem Jahr »alle sein«. Dass sein Kurzbesuch in Carwitz überhaupt möglich wurde, hängt auch mit seiner Geschäftskorrespondenz zusammen, die über den Tisch des Oberstaatsanwalts geht. Mit den Schriftstücken vom Heyne-Verlag kann er den Auftragscharakter seiner Arbeit plausibel machen. Verleger Schneekluth hatte im August Falladas Kutisker-Arbeitsprobe beim Propagandaministerium eingereicht. Jetzt informiert er den Schriftsteller über die Resonanz: Dr. Erckmann sei begeistert, der Text »wäre genau das, was man sich vorgestellt hätte«.

Fallada hat mit Hemmungen zu kämpfen, die sich dem Schreiben des Kutisker-Romans aus seinem »Inneren entgegenstemmen. Ich helfe mir jetzt etwas dadurch, daß ich die Materie in viele kleine Bildchen zerlege und die Handlung auf eine Unzahl Figuren verteile – ähnlich wie bei B.B.B.« Ungeachtet seiner Hemmungen kommt er rasch voran. Suse werden die Fortschritte mitgeteilt: Am 25. Oktober sind 225 Druckseiten fertig, am 7. November ist das Manuskript bereits auf 450 Seiten angewachsen, am 13. November liegt er im »Schlußrennen«, und am 30. November schreibt er: »Der Kutisker-Roman ist seit vorgestern beendet; im Ganzen bin ich zufrieden, er ist wohl nur zu lang geworden.« Die Angaben, die Fallada über den Gesamtumfang des Romans macht, schwanken zwischen 1500 und 2000 Druckseiten.

Die wacheren Zeitgenossen beginnen für die Zeit nach dem Krieg zu planen. Ende Oktober 1944 entwirft Rowohlt einen Generalvertrag mit Fallada, der für eine neue Epoche gedacht ist, von der er annimmt, er werde in ihr wieder als Verleger arbeiten können. Aber noch ist Rowohlt Kompanieführer des Volkssturms in Grünheide. Anfang November besucht er seinen ehemaligen Autor in der Anstalt in Alt-Strelitz. Fallada ist grundsätzlich bereit, sich von Heyne zu lösen, allerdings hat er Bedenken, dadurch die Schutzfunktion des Kutisker-Romans zu verlieren. Die Sache zieht sich über die kommenden Monate hin. In einem der Paragraphen des Generalvertrags, der das Verhältnis des Autors zum Dresdner Heyne Verlag regelt, wird »der fast vollendete Roman ›Benjä! – Benjä!‹« erwähnt. Fallada sei bei Vertragsabschluss mit Rowohlt frei, sein Versprechen einzulösen und den Roman an Heyne zu geben. Zu Beginn seiner

Arbeit am Kutisker-Buch hatte Fallada an Schneekluth geschrieben: »[…] als Titel des Romans werde ich den ewigen Warnungsruf meiner Frau wählen: ›Benjä! Benjä!‹« – es ist der Vorname des Protagonisten Benjamin Leib Lubliner. Doch welche Nachkriegsgesellschaft stellen sich Rowohlt und Fallada vor, dass sie glauben, diesen Roman dann noch veröffentlichen zu können? Vieles bleibt in diesen mörderischen Zeiten bewusst zweideutig.

Noch im Januar 1945 erklärt Fallada einem Bekannten: »Das Geheimnis, warum ich hier noch immer unbehelligt schalten und walten kann, erklärt sich dadurch, daß ich im Auftrage des Promi einen nicht antisemitischen antisemitischen Roman schreibe, nämlich über den Kutisker-Fall. Der ist freilich so umfangreich – ich schätze ihn auf tausendachthundert Seiten –, daß ich manchmal zweifelhaft bin, was eher endet: der Krieg oder der Roman.« Ein andermal schreibt er: »Ich habe vor, in der nächsten Zeit viel zu arbeiten, wenn auch das meiste vorläufig in der Schublade liegen bleiben wird. Freilich kaum ein großer antisemitischer Roman, den das Propagandaministerium bei mir in Auftrag gegeben hat, und der in großer Auflage erscheinen soll. Bis zu seiner Vollendung wird allerdings noch einige Zeit vergehen. Bestellungen geben Sie dafür lieber noch nicht auf.« Dass er so lange wie möglich an der Schutzfunktion des Romans festhalten will, stellt er auch mit dem Datum klar, das er im Vertrag mit Heyne als Abgabetermin nennt: Es ist der 31. Dezember 1945. Als das Verlagshaus bei den verheerenden Bombenangriffen auf Dresden im Februar 45 zerstört wird, hat sich auch der Kutisker-Roman erledigt. Es ist nie eine Zeile davon aufgetaucht, Fallada wird sich selbst von dem fragwürdigen Projekt befreit haben.

Im Oktober 1944 kommen Suse und Fallada zu einer Einigung darüber, wie es in Carwitz weitergehen soll. Suse schreibt: »Nach sehr reiflicher Überlegung bin ich nun zu folgendem Entschluß gekommen: ich gebe Dir die erbetene Chance, daß wir wieder zu einem guten freundschaftlichen Verkehr kommen, & ich will Dir nach besten Kräften dabei helfen.« Ohne dies zur Bedingung machen zu wollen, hält sie es für wichtig, dass er vollständig auf Alkohol verzichtet und den Kontakt zu Anneliese Benzin und deren Familie einstellt. Fallada stimmt erleichtert zu. Am 28. November wird er zu dreieinhalb Monaten Haft verurteilt. Da die Zeit in der Anstalt angerechnet wird, darf er am 13. Dezember nach Hause. In den letzten Tagen vor seiner Entlassung schreibt er für seine Tochter Lore als Weihnachtsgeschenk die Geschichte »Fridolin, der freche Dachs«. Wieder auf freiem Fuß, setzt er sich an die Maschine und tippt das Manuskript ab. Als die Geschichte 1954 in Buchform erscheint, muss sie den veränderten politischen Umständen angepasst werden – aus dem Ortsbauernführer wird ein Oberbürgermeister. Die Vorweihnachtszeit mit den Kindern verläuft harmonisch. »Schönes Weihnachtsfest, Aussöhnung mit Suse«, schreibt Fallada am 24. Dezember in die Tageskladde. Der erste Festtag vergeht ruhig mit »Bücher besehen und Kinderspielen«. Am späten Nachmittag des zweiten Weihnachtsfeiertages fährt er mit dem Rad zu Ulla Losch, um sie von der neuen Situation in Kenntnis zu setzen und ihr Verhältnis förmlich zu lösen. Am Abend kommt er nicht zurück, drei Tage später ist er mit Ulla verlobt.

VIERUNDZWANZIGSTES KAPITEL

Ullas Tick für die abgelagerten Jahrgänge – Das ist eine richtige Fallada-Hochzeit! – Deutschland ist so kaputt – Frau Hirchert wird von mir zu 48 Stunden Haft verurteilt – Es ist wieder wie in seinen jungen Jahren

Die Jahreswende 1944/45 leitet das blutige Endspiel des Krieges ein. Für Fallada und Suse fällt es zusammen mit dem Ende ihres gemeinsamen Lebenswegs. Naturgemäß erleben sie die gleiche Situation sehr unterschiedlich. Johannes Hecker, der Medizinalrat in Neustrelitz, der das Vertrauen beider besitzt, ist im Bilde. Mit vorsichtigen Ratschlägen hatte er versucht, das Verhältnis der Eheleute zu heilen. Umso überraschender muss für ihn die Nachricht seines Patienten gewesen sein, er habe sich »ein junges Weib eingehandelt, ein sehr junges, ganze 28 Jahre ist die Gute jünger als ich. Suse und ich haben uns ausgesprochen, und ich denke, wir werden bestimmt gute Freunde bleiben.«

Am selben Tag, dem 2. Januar 1945, beschreibt Fallada seine Situation ausführlicher in einem Brief an seine Schwester Elisabeth und den Schwager: »Ich bin an diese neue Heirat, um Euch gegenüber offen zu sein, mit sehr kühlem Herzen gegangen, ich wollte einfach bald wieder heiraten, weil ich nun einmal nicht allein leben mag, und der jetzige Zustand ja hier in Carwitz für mich vollkommen unerfreulich war. Dann habe ich meine Zukünftige, Ursula Losch, geb. Boltzenthal, immer besser kennen gelernt, und jetzt bin ich sehr glücklich über den Schritt, zu dem ich mich entschlossen, sehr glücklich und reichlich verliebt.« Was so klingt, als hätte es sich in Monaten und Jahren abgespielt, das Sich-immer-besser-Kennenlernen, bezieht sich auf einen Zeitraum von drei Tagen – nicht älter ist sein Entschluss, Ulla zu heiraten. Er fährt fort:

»Meine Ulla« [...] kommt mir immer wie ein Kind vor, aber ein reizendes Kind. Sie war schon einmal verheiratet, fünf Jahre lang, mit einem sogar noch etwas älteren Manne, daher wohl ihr Tick für die abgelagerten Jahrgänge. Sie ist auffallend hübsch, sehr mondän, malt sich, lackt sich, scheint als Hausfrau keineswegs erschütternd – also in allem das völlige Gegenteil zu Suse. Aber vielleicht liegt auch darin ein Reiz. [...] Ich werde mein kleines Mädchen nächstens Mutti vorführen, weiß aber, daß weder Mutti noch vermutlich auch Ihr je ein Verhältnis zu ihr bekommen werdet. Sie ist eben ganz Weltdame, sehr elegant und sehr oberflächlich, die kleine Ulla, es werden sich da kaum Berührungspunkte ergeben. Aber mir macht es viel Spaß, und wenn ich auch beinahe sicher bin, daß die Sache eines schönen Tages schief gehen wird, vorläufig finde ich sie herrlich. [...] Also, das Leben ist und bleibt bewegt. Daß das letzte Vierteljahr sehr böse war, bemerke ich nur am Rande. Daß ich aus dieser Vernichtungsanstalt heil herausgekommen bin, wundert mich noch immer. Und nicht nur heil, ich habe sogar drei Romane dort geschrieben! Ich habe also eine gute Zeit!

Keine gute Zeit hat Suse. Erst jetzt, im Januar, kommt sie dazu, Hecker auf seinen menschlich noblen Brief zu antworten, in dem er ihr rät, an das Vergangene nicht zu rühren, und ihr Hilfe anbietet, falls sie ihm ihr Vertrauen schenken wolle. In ihrer Antwort berichtet sie dem Medizinalrat von den Tagen nach Falladas Entlassung:

Er kam zurück, wohl geschwächt von dem dortigen Leben, aber guter Stimmung, ausgeglichen und voll Tatkraft, ganz so, wie er früher am Anfang unserer Ehe in seinen besten Zeiten war. Und ich kann wohl von mir sagen, daß ich ihm das Zurückkommen so leicht wie nur möglich gemacht habe. Und wenn ich vor seinem Zurückkommen nur an ein Freundschaftsverhältnis zwischen uns gedacht – geglaubt habe, mußte ich doch bald merken, daß das alte Gefühl für ihn trotz allem Geschehenen in mir immer noch lebendig war – ich war ehrlich bereit, wieder neu mit ihm anzufangen. Und nach seinem ganzen Verhalten mußte ich von ihm dasselbe denken. Aber wie es dann Weihnachten zur Sprache kam, sagt er mir, daß ja doch die Probleme immer die gleichen bleiben und daß er sich noch so jung fühle und noch Kinder haben möchte. Ja, da sagte ich dann nur, daß wir es dann lieber bei dem jetzigen Zustand lassen wollten, denn mit 44 Jahren – obgleich ich mich noch keineswegs alt fühle – bekommt man nicht so leicht noch Kinder, zumal wenn man im Anfang der Ehe, wie man dazu jung genug war, möglichst keine Kinder kriegen sollte. Denn wenn es damals nach dem Wunsch meines Mannes gegangen wäre, wäre unser Ältester nicht geboren worden. Ich bin dann zu der Überzeugung gekommen, daß das alles nur [Ausflüchte] waren, es war lediglich die junge Frau, die ihn [anzog].

Fallada hat darüber, was er Suse mit seinem Wunsch nach weiteren Kindern abverlangte, in der Anstalt in Alt-Strelitz eine Erzählung geschrieben, eigentlich einen Lebensbericht, der nur zum Ende hin fiktiv wird: »Der Kindernarr«. Er erzählt von der schwierigen Geburt des ersten Kindes und dem Schwur der Frau, nie wieder schwanger zu werden. Er schildert, wie dieser Schwur verblasst und sie drei Jahre später Zwillinge zur Welt bringt, beschreibt das Trauma, das der Tod des einen Kindes auslöst, und erzählt, wie nach langem Drängen des Mannes und gegen den Rat der Ärzte einige Jahre später ein weiteres Kind geboren wird. Doch der Mann lässt keine Ruhe, er möchte »das getötete Mädchen« zurückhaben. Es kommt zu einer Abwärtsspirale aus Streit, Versöhnung und Streit, am Ende steht die Trennung. Er zieht in eine große Stadt, findet »Liebschaften«, aber »die Liebe nicht mehr«, ist einsam und erkrankt schwer. Seine Frau kommt und pflegt den Sterbenden, der von seinem nahen Ende nichts ahnt:

Das schönste war, wenn sie still neben seinem Bett saß, er ihre Hand halten konnte und von der wieder gemeinsamen Zukunft sprechen. Ihre Haare waren weiß geworden und ihre Gesichter runzlig […]. Er fragte nach dem Heim, er wollte wissen, wie jeder Stuhl

stand und ob noch dieselben Bilder an den Wänden hingen. [...] Nach einer Reihe von Tagen kam die Stunde, in der er von dieser Welt scheiden mußte. Und wieder saß sie bei dem ahnungslosen, glücklichen Plänemacher. Er sprach leiser und mühsamer als sonst, und ganz nahe mußte sie ihr Ohr an seinen Mund halten, um ihn zu verstehen. Und in dieser allerletzten Stunde öffnete die knöcherne Hand des Todes auch den geheimsten Winkel seines Herzens, und sie hörte ihn flüstern: »Und dann, Liebste, dann tust Du mir noch eine Liebe! Dann schenkst du mir noch ein Kind, du weißt, unser gestorbenes Mädchen. Ich habe mich immer so nach ihm gesehnt!« Da nahm sie ihn in ihre Arme, sie drückte den Sterbenden fest an die alte Brust und sie flüsterte: »Ja, Liebster, ja, ich schenke es dir.«
»Ich danke dir!« flüsterte er zurück und starb, der Kindernarr!

Falladas Kinderwunsch und der Umstand, den Dr. Hecker in seinem Gutachten mit der Formulierung ausdrückt, sein Patient sei »stets sexuell eingestandenermaßen sehr appetent« gewesen, aber auch der Verdruss über die Situation in Carwitz und die Aussicht, noch einmal von neuem beginnen zu können – vieles hat zu dem Entschluss geführt, seiner Liebesbeziehung zu Ulla so rasch wie möglich einen rechtlichen Rahmen zu geben. Dass Ulla eine reiche Partie ist, Mitinhaberin der Drogeriekette Seifen-Losch, die für den Fall einer erneuten Heirat mit einer beträchtlichen Summe abgefunden werden soll, spielt dabei keine große Rolle. Das Geld wird ohnehin bald nichts mehr wert sein. Schon am 1. Februar soll die Verbindung amtlich werden. In der ersten Januarhälfte reisen beide für ein paar Tage nach Berlin. Fallada beantragt die D-Zug-Benutzung Berlin–Neustrelitz und beruft sich dabei auf ein Schreiben des Reichsministeriums für Volksaufklärung und Propaganda vom 19. August 1944, in dem ihm »von Staatswegen der Auftrag erteilt worden« sei, an einem antisemitischen Roman zu schreiben. In Schöneberg, in der Meraner Straße, besitzt Ulla eine Wohnung, die teilweise von Evakuierten und Ausgebombten belegt ist. Wieder zurück, schreibt Fallada an Uli: »Hier in Carwitz ist alles beim alten.« In diesen

Tagen packt er seine Sachen im Gärtnerhaus und zieht in das Blockhaus nach Klinkecken zu Ulla, ihrer kleinen Tochter Jutta und Ullas pflegebedürftiger Mutter. Nach Carwitz, in die »verwunschene Herrlichkeit«, kehrt er nur noch besuchsweise zurück.

Für die Hochzeitsfeier lässt Fallada Einladungskarten mit einer Illustration zum Märchen »Das Nusszweiglein« aus Ludwig Bechsteins Sammlung drucken und setzt dazu das Motto: »Seinen rauhen Kopf auf des Mädchens Schoß legend, brummte er: Graue mich, grabble mich.« 1917, da war Ulla noch gar nicht auf der Welt, hatte er an Anne Marie Seyerlen geschrieben: »Ich möchte wohl ein großer Hund sein und den Kopf auf Deinen Schoss legen und in Deine Augen schauen. Du würdest mich streicheln.«

Auch Rowohlt ist zum 1. Februar auf das Standesamt Berlin-Schöneberg eingeladen. »›Väterchen‹ folgte der Einladung nur ungern, weil er mit ›Lämmchen‹ sympathisierte«, berichtet der frühere Rowohlt-Lektor Paul Mayer vom Ablauf des Geschehens, »während des Hochzeitsmahls, bei dem es trotz des Krieges hoch herging, ertönten Sirenen, die einen Fliegerangriff ankündigten. Rowohlt mußte Schutz in einem Bunker suchen. Nach der Entwarnung kehrte er aber nicht mehr zur Hochzeitsgesellschaft zurück, sondern begab sich zu seinem Freund Paul Wegener, wo er die Nacht verbrachte. Als dem gastfreien Hochzeiter bewußt wurde, daß Rowohlt nicht wiederkommen würde, bekam er einen Wutanfall. Mit dem Ausruf: ›Das ist eine richtige Fallada-Hochzeit!‹ zertrümmerte er das Mobiliar und vertrieb die übrigen Gäste.«

Tags darauf liefert sich der Frischvermählte ein weiteres Mal in die Kuranstalten Westend ein. Ulla, die ihn begleitet, gibt bei der Aufnahme an: »Seit einigen Tagen sei der Patient unruhiger und fing vorgestern an zu trinken. Gestern Nacht habe er dann getobt u. sich die Sachen vom Leib zerrissen, schlug verschiedenes entzwei. Ließ sich beruhigen und schlief ein. Trank aber heute weiter, äußerte von selbst, daß er nach hier wollte, fing immer wieder an zu toben.« Handschriftlich ergänzt die Ärztin, Wanda Oster, die ihn schon ein Jahrzehnt lang kennt und mit ihm in brieflichem Kontakt steht: »Herr Rudolf Ditzen-Fallada, geb. 21.7.93, leidet an Psychopathie.« Nach zwei Tagen wird er entlassen und kehrt nach Feldberg zurück. Rowohlt schreibt er: »Wir leben hier in den Tag hinein, sind ohne jede Flüsterpropaganda und hören mangels Strom meist nicht einmal die Nachrichten. Das soll jetzt aber gewaltig anders werden: am Montag fahren wir wieder einmal in die große Stadt Berlin in unsern Palazzo, und erwarten dort irgendwann Ihren Anruf. [...] Über alles andere mündlich – übrigens müssen Sie wirklich leserlicher schreiben, die schwerwiegendsten Geschichten können aus Ihrer Klaue entstehen. So las ich meiner Guten vor: Genießen Sie Ihre Gattin, was sie doch etwas zu vertraulich fand, bis ich auf das ›Grüßen Sie ...‹ geriet.«

Inzwischen ist Köln von den Amerikanern besetzt, die Rote Armee steht in Danzig. In Deutschland werden die 16-Jährigen eingezogen und nach kurzer Ausbildung an die Front geschickt. Der Hass, den die Deutschen gesät haben, schlägt tausendfach zurück. Zwei schwere Bombenangriffe legen am 3. Februar und am 18. März 1945 die Berliner Innenstadt in Schutt und Asche. Als Fallada im März nach Berlin kommt, macht ihn der Anblick der »großen Stadt« depressiv. Mitte April wird er mit Herzproblemen ins Krankenhaus nach Neustrelitz gebracht, dann fährt er nach Hamburg, um dort einen Spezialisten aufzusuchen, alles in den letzten Kriegstagen. Begleitet wird er von Ulla: »Auf der Rückfahrt wurde der Zug von Tieffliegern beschossen. Sie legt sich auf den Boden, eine Frau legt sich über sie. Sie sagt, die Frau möchte doch ein wenig beiseite rücken, die rührt sich nicht. Nachher stellt sich heraus, daß die Frau 7 Schüsse hat und tot ist.«

In Carwitz macht man sich wie überall in dem noch unbesetzten Teil des Landes Gedanken, wie man sich beim bevorstehenden Einmarsch der Roten Armee verhalten soll: zu Hause ausharren und den Besitz schützen oder sich auf die Flucht begeben?

Elisabeth Ditzen, Falladas Mutter, führt während dieser bewegten Zeit Tagebuch. Am 5. April notiert sie: »Immer mehr gewinnt der Plan Gestalt, auf eine der Inseln mit dem Boot zu fahren, möglichst viel mitzunehmen, was die Lage erträglich macht, und dann, wenn der Feind abgezogen ist, in das hoffentlich nicht zerstörte Haus wieder zurückzukehren. […] Ich habe ein Grauen vor all diesem und die feste Überzeugung, daß ich solche Strapazen, auch kalte Nächte auf der Insel, nicht überstehe.« Mitte April sammelt sich die Rote Armee nur achtzig Kilometer von Carwitz entfernt an der Oder. Ein Trommelfeuer aus vierzigtausend sowjetischen Geschützen leitet die letzte große Schlacht des Zweiten Weltkriegs in Europa ein, am 18. April gelingt den Angreifern der Durchbruch durch die deutschen Linien. Am selben Tag schreibt Fallada seiner Schwester Elisabeth: »Suse und ich sind übereingekommen, den Hof in Carwitz, der ja jetzt ihr und den Kindern gehört, unter allen Umständen zu halten – ich werde dort sein, wenn wirklich die Russen oder Amerikaner kommen.« Am 27. April ist Fallada in Carwitz und schaut nach dem Rechten, am 28. April wird Feldberg kampflos von der Roten Armee eingenommen, einen Tag später sind die Russen in Carwitz. Fallada ist bei Ulla, Suse ist mit den Kindern, einer Angestellten, einer Haustochter und der bettlägerigen Schwiegermutter allein.

»Furchtbare Tage liegen hinter uns«, schreibt Elisabeth Ditzen in ihr Tagebuch, »und es ist auch noch wenig Aussicht vorhanden, daß es besser wird. Wir sind unter russischer Herrschaft. Am 29. mittags 12 Uhr, wie Suse, Frau Schemmel und Inge in der Küche beschäftigt waren, traten die ersten 5 Russen in die Küche und gleich darauf in meine Stube, d. h. die Wohnstube. Das Gesicht des ganz jungen Anführers werde ich nicht vergessen, froh lachend kam er herein, trat an den Tisch und sagte wie die anderen: Uhrr, Uhrr! […] Dann sind im Laufe des Tages wohl 50 bis 60 gekommen, viele ganz asiatisch aussehend. Unheimliche Gestalten zum Teil. Ein Einziger schien gebildeter zu sein, fragte nach den Bildern der Familie, er wäre Maler.

27 Mit Ernst Rowohlt und Ernst von Salomon in Grünheide, März 1933

28 Fallada beaufsichtigt die Bauarbeiten in Carwitz, 18. August 1933

29 Neuangelegter Gemüsegarten in Carwitz, um 1934

30 An Suses Geburtstag, 12. März 1934

31 Mit Mildred Harnack, Carwitz, 27. Mai 1934

32 Der Landwirt mit Sohn Uli, Foto: Heinrich Hoffmann

33 Mit den Carwitzer Haustöchtern, 8. August 1937

34 Vorn Suse mit Hubert Räder, dem getreuen Freund und Hofangestellten, hinten Mücke zwischen zwei Haustöchtern, 1938

35 Hans Fallada, März 1938

36 Lektüre mit Mücke und Uli, 8. Juli 1939

37 Frühstück am Carwitzer See, 8. Juli 1939

38 »Der Hausherr in Carwitz«, Zeichnung der Sekretärin Else Bakonyi, ausgemalt von Mücke, 20. März 1938

39–42 Die großen Romane 1931 bis 1937

43 Mit Sohn Achim, 1942

44 Fallada, Achim und Suse in Carwitz, 9. Mai 1943

45 Eine Seite aus dem Gefängnistagebuch 1944

46 Ulla Losch mit Tochter Jutta, 1944

47 In der »Täglichen Rundschau«, 28. November 1945, Foto: Chanow

48 Eisenmengerweg 19, heute Rudolf-Ditzen-Weg

49 Johannes R. Becher, 1946

50/51 Beide Romane erscheinen 1947 im Aufbau-Verlag, Berlin

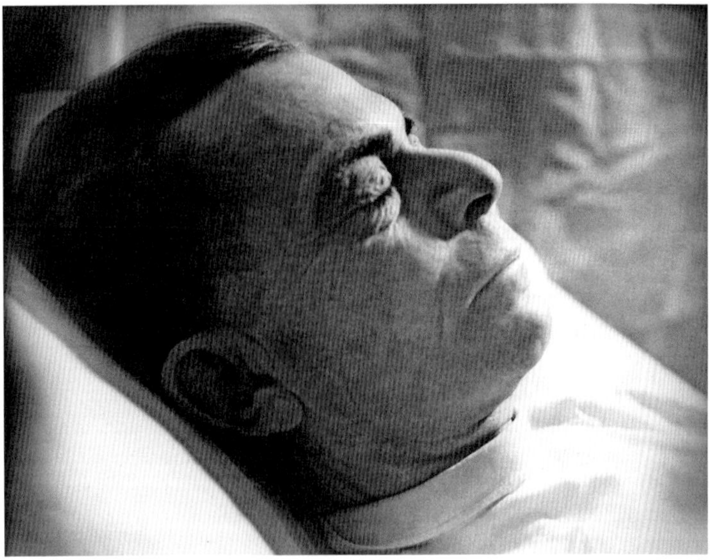
52 Fallada stirbt am 5. Februar 1947, Foto: Ruth Wilhelmi

53 Das Carwitzer Anwesen, 1953

54 Suse mit Achim und Gästen auf der Verandatreppe, um 1950

55 Uli, 1946

56 Mücke, 1948

57 Achim, um 1955

58 Suse, 1989, Foto: Bernd Lasdin

Schlimm war, daß man sich gar nicht verständigen konnte, wenn es sehr nötig war. Von dem, was sich noch ereignete, kann ich nicht schreiben, die arme Suse hat viel leiden müssen und ich komme nicht über diesen großen Kummer weg.« Vergewaltigungen wird es noch über Monate geben. Zahlreich sind die Selbstmorde in diesen Tagen. »Nach dem Mittagsessen erschien sehr aufgeregt ein Carwitzer Einwohner, der sich und seiner Frau und der Tochter die Pulsadern hatte aufschneiden wollen und es nicht an der richtigen Stelle getan hatte. Er verlangte Gift und riet uns dringend, uns auch umzubringen.«

Zu den ersten Anordnungen der Besatzer gehört die Einführung einer allgemeinen Arbeitspflicht. Ende April und in den ersten Maitagen hütet Fallada Kühe, Ulla schleppt Säcke in einem von der SS hinterlassenen Versorgungslager. Doch bereits am 2. Mai notiert Elisabeth Ditzen, ihr Sohn habe sich dem russischen Kommandanten zur Verfügung gestellt. Eine seiner ersten Aufgaben ist es, am 8. Mai von einem Balkon aus vor den versammelten Feldbergern, den Flüchtlingen und Evakuierten eine Ansprache zu halten, »vom russischen Kommandanten verfasst. U. a. hieß es: wir Russen kommen als Eure Freunde. –« Tags darauf erhält Fallada Gelegenheit, Passagen seiner in der Anstalt in Alt-Strelitz entstandenen Aufzeichnungen in die Maschine zu übertragen. Er gibt ihnen den Titel: »Der unerwünschte Autor – Meine Erinnerungen während zwölf Jahre Naziterror«. Mit dieser Fassung schmiegt er sich an die neuen politischen Realitäten an. Er überzeichnet im Vergleich zum Originaltext sein eigenes Leiden am Nationalsozialismus und revidiert seine Sicht auf das Verhalten der Juden. Ein Teil des Typoskripts, in dem es um die Denunziation durch die Sponars in Berkenbrück geht, erscheint später in der »Täglichen Rundschau« unter dem Titel »Osterfest 1933 mit der SA«.

Falladas alte und neue Familie werden bald zu einer Notgemeinschaft. Elisabeth Ditzen notiert am 9. Mai 1945: »Rudolf mit seiner Frau kam, beide ganz unbefangen. Rudolf sehr aufgeregt unaufhörlich sprechend, er machte mir einen traurigen Eindruck. Er sah nach seinen Bienen und alle anderen badeten. Der Tag ist Suse wohl sehr schwer geworden. Ich bin zu alt, um mich in solche außergewöhnlichen Verhältnisse zu finden, nur Rudolf und seine Frau meinen, es wäre doch nun ein sehr schönes Freundschaftsverhältnis. Suse meint das wohl nicht ganz.« Die Plünderungen und Vergewaltigungen lassen auch in den ersten Maiwochen nicht nach. Einmal kommt ein junger Russe und will einen Stein ins Radio werfen. Suse versucht ihn zurückzuhalten: »Deutschland ist so kaputt, bitte nicht! Da ließ er es.« Am Pfingstsonntag macht Fallada den Carwitzern den Vorschlag, sie sollten für eine Weile zu ihm und Ulla nach Feldberg ziehen: »Unser Haus ist zwar auch nicht 100%ig sicher, aber ich bin jetzt so bekannt in der Stadt und habe auch in nächster Nähe ein befreundetes Russenkommando, so daß kaum etwas zu befürchten steht. Solange ich auf der Kommandantur arbeite, kann ich Euch alle 5 mühelos ernähren. Wir werden sehr eng zusammenkriechen müssen, aber wir haben uns ausgerechnet, daß es zu machen geht.« Wenigstens aber soll die 11-jährige Mücke nach Feldberg kommen. Elisabeth Ditzen hält in ihrem Tagebuch fest: »Ich habe das immer gesagt und gedacht, denn ich sah die Blicke der Russen, und Mückchen ist groß und schon entwickelt [...]. Rudolf sagte schon, sie sollte Hosen anziehen und ich stimme immer für eine kleine Kinderschürze.«

In diesen Tagen wird Fallada für einen Zeitraum von anderthalb Jahren zum Oberbürgermeister von Feldberg und 36 Umlandgemeinden bestellt. Die Besatzungsmacht wollte zunächst den langjährigen Bürgermeister aus der Vor-Nazizeit wieder einsetzen, der lehnte jedoch aus gesundheitlichen Gründen ab. Fallada zieht mit Ulla, ihrer Tochter und ihrer Mutter in ein Haus mit acht Zimmern in der zentral gelegenen Prenzlauer Straße. Der Rechtsanwalt, dem das Haus gehörte, hat sich mit seiner Frau das Leben genommen. Jetzt wird das neue Domizil mit Möbeln aus Ullas Berliner Wohnung ausgestattet. Kurz darauf treffen die Carwitzer ein, für sechs Wochen wohnen beide Familien unter einem Dach. »Ulla ist mir sympathisch«, schreibt Elisabeth Ditzen, »eine hübsche Erscheinung, liebenswürdig und immer zuvorkommend gegen mich. Es scheint mir auch, als ob Rudolf und sie recht glücklich zusammen sind.« Die seltsame Konstellation, in der sich die Hausgemeinschaft notgedrungen zusammengefunden hat, bleibt ihr freilich fremd: »Ich hätte nie ein Zusammenleben wie hier für möglich gehalten, aber es geht ja. Nur so wunderbar kommt mir alles vor, wenn Rudolf zwischen Suse und Ulla sitzt. Ich denke immer, ich könnte das an Suses Stelle nicht aushalten, aber die Zeiten sind anders, und auch die Menschen sind verschieden.«

Als Bürgermeister hat Fallada die Unterbringung und Ernährung von Flüchtlingen zu organisieren, er ist zuständig für die Konfiszierung von NS-Symbolen und -Literatur, für das Einsammeln von Waffen und Munition, er muss gegen Diebstahl, Arbeitsverweigerung und Schwarzhandel vorgehen. Zehn Köpfe zählt seine Stadtverwaltung, dazu untersteht ihm ein Polizeimeister. Es ist nicht mehr der Gendarm Stark, der Fallada wegen seines Suchtverhaltens verhört hatte, sondern ein ehemaliger Schmied namens Kock, der für seine Arbeit über eine Truppe von elf Hilfspolizisten verfügt.

Der neue Bürgermeister geht sein Amt penibel an, hier kommt das väterliche Erbe zum Tragen. Doch sitzt er von Beginn an zwischen den Stühlen: Vielen seiner Mitbürger gilt er als Handlanger der Russen, während umgekehrt die Besatzungsmacht nicht erfreut ist über die zahlreichen Meldungen von Misshandlungen, willkürlichen Erschießungen und Vergewaltigungen, die Fallada aufnehmen lässt und weitergibt. Der Spielraum eines deutschen Bürgermeisters im Verhältnis zur sowjetischen Besatzungsmacht ist in jenen Tagen klein, er hat den Weisungen des Kommandanten zu folgen. Unter Falladas Ägide kommen annähernd vierzig Personen in Haft, die der »russischen Geheim-Polizei zugeführt« werden. Sie verschwinden im Lager Fünfeichen bei Neubrandenburg, wo neben allen möglichen NS-Funktionsträgern und willkürlich Denunzierten viele Jugendliche eingesperrt sind, denen vorgeworfen wird, zum Werwolf zu gehören. Nur durch einen glücklichen Zufall entgeht Falladas Sohn Uli dem Schicksal, auch verhaftet zu werden. Er war als Schüler einer »SS-Heimschule«, in die das humanistische Joachimsthalsche Gymnasium in Templin gegen den Willen des Rektors zuletzt noch umgewandelt wurde, ins Visier der Besatzungsmacht geraten.

Elisabeth Ditzen notiert über die Absichten ihres Sohns, des Bürgermeisters: »Er hofft auf Bücherschreiben. Es waren schon Moskauer Schriftsteller da. Auf keinen Fall möchte er hier bleiben.« Im Juni kommt Grigorij Weiss nach Feldberg, ein sowjetischer Kulturoffizier und Redakteur der »Täglichen Rundschau«, der im Oktober ins schlesische Agnetendorf zu dem greisen Gerhart Hauptmann reisen wird. Weiss erinnert sich später, dass der Eindruck, den Fallada auf ihn gemacht hat, nicht der eines Schriftstellers war, sondern eines »steifen deutschen Beamten«. Im August wollen auch »Herren aus Schwerin«, wie Elisabeth Ditzen notiert, Kontakt zu dem Autor aufnehmen. Einstweilen aber ist Fallada als Bürgermeister gefragt, Tag und Nacht, eine neue Rolle für den Einzelgänger. Einer, der gerade selbst noch in der Zelle saß, ist nun die Autorität für Tausende: »Schweres habe ich erlebt, besonders auch mit den Evakuierten, deren ich ca. 30000 in meinem Feldberger Bezirk unterbringen sollte«, berichtet er Kagelmacher rückblickend. In Wirklichkeit sind es 1373 Evakuierte und 2339 Flüchtlinge.

Diebstahl ist in diesen Zeiten eines der Hauptprobleme. Am 2. Juni 1945 diktiert der »Bürgermeister Ditzen«: »Ich erstatte hiermit Anzeige gegen Frau Rosa Thurow und ihre Tochter Elisabeth Thurow, die am gestrigen Tage zwei dem Stadtamt gehörige Lederstühle gestohlen und in ihre Wohnung verbracht haben. […] Auf die Frage, warum sie nicht um die Stühle gebeten habe, wusste sie keine Antwort zu geben. […] Ich bitte trotzdem, Strafverfolgung einzuleiten, da das immer mehr überhand nehmende Stehlen im Stadtamt unbedingt aufhören und ein Abschreckungsbeispiel gegeben werden muss.« Diebstahl ist freilich ein dehnbarer Begriff. Der Zahnarzt Walter Markwart aus

Feldberg erinnert sich: »Kurz vor dem Russeneinmarsch war ich ja mit meiner Frau weggegangen – nach Zarrenthin. Als wir wiederkamen, an meinem Geburtstag am 1. August, war mein Esszimmer ausgeräumt – Büfett und alles – und da hat man mir gesagt: ›Das hat Fallada!‹ Dann bin ich also da hin, klopfte an. ›Herein!‹ Komme ins Schlafzimmer, und da liegt er mit seiner Frau – der Ursula Losch – im Bett, und sie strahlen mich beide an. Jedenfalls habe ich alles wiederbekommen.«

Zumeist sind es Arreststrafen, mit denen Fallada als Bürgermeister versucht, der Auflösung der bürgerlichen Ordnung entgegenzuwirken. Im Juni 1945 findet er bei einer Haussuchung »zwei Nationalsozialistische Bücher, [...] und zwar das Buch ›Brest-Litowsk‹ von Theodor Krüger und das Buch ›Kriegsdichter erzählen‹ von August Friedrich Velmede«. Fallada lässt nicht gelten, dass sich die Besitzerin mit ihrer Ahnungslosigkeit und dem knappen Zeitraum entschuldigt: Jeder Laie hätte »den nationalsozialistischen Charakter der Bücher erkennen« müssen und »jeder, der ernsten Willens war«, die Zeit zur Durchsicht finden können. »Frau Hirchert wird darum von mir zu 48 Stunden Haft verurteilt. Die Haft beginnt am 19. Juni mittags 12 Uhr und endet am 21. Juni mittags um 12 Uhr. Die beiden gefundenen Bücher sind beschlagnahmt. Der Bürgermeister Ditzen.«

Zu Hause beobachtet Elisabeth Ditzen, wie die Kinder in den Bann von Ulla geraten, wie sie von der feinen Frau fasziniert sind, die so schön gekleidet ist, ganz rote Fingernägel und sogar rote Fußnägel hat. Die 77-jährige Reichsgerichtsrätin zeigt sich offen, interessiert und nicht frei von Ironie: »Über das Anmalen sprach ich in Feldberg mit Ulla. Sie meint natürlich, daß ich die jetzige Zeit nicht kenne. Man müsste alles tun, um dem Manne zu gefallen, und Rudolf möchte es sehr gern und vermißt, wenn sie es nicht getan. Man müsste aber gute Farben haben und es überhaupt verstehen. Es machte auch viel Arbeit. Darum kann ich sie nun nicht bedauern. Aber sehr geschmackvoll ist sie immer gekleidet, zieht sich oft und schnell am Tage um, eine hübsche und elegante Erscheinung.«

Im Juli wechselt der sowjetische Kommandant, Major Sidelnikoff wird abkommandiert. »Rudolf hat es gar nicht leicht mit ihm«, umschreibt seine Mutter die einsetzenden Schwierigkeiten mit dem neuen Chef. Major Miasnik hat es auf die junge Frau des Bürgermeisters abgesehen: »Er hat sie ständig verfolgt, sie zu umarmen versucht, wenn er sie allein traf, und hat ihr die schmählichsten Vorschläge gemacht.« Miasnik möchte Fallada kaputtspielen, er verlangt von ihm immer höhere Leistungen und raubt ihm »den an sich schon geringen Nachtschlaf fast regelmäßig, meist unter den lächerlichsten Vorwänden«. Die Probleme mit dem Kommandanten, die Überforderung durch die Arbeit, Ullas angeschlagene Gesundheit, die Enttäuschung, dass ihr Kinderwunsch nicht in Erfüllung geht – vieles verdüstert ihm den Horizont in diesen Tagen. Fallada erträgt die »Stinkkäfer« um sich herum nicht mehr. Gemeinsam flüchten sie sich in die Sucht. Beide sind Kettenraucher, trinken viel und gern, Fallada nimmt Schlafmittel, doch jetzt bringt Ulla wieder Morphium ins Spiel. »Es war entsetzlich zu sehen, wie er zugrunde ging«, erinnert sich Suse, »aber ich konnte es nicht mehr aufhalten. Es war nicht mehr mein Leben. Das Leben mit seiner zweiten Frau zerstörte ihn restlos.«

Es folgt ein rasanter Absturz. »[…] heute ist endlich das lang Erwartete eingetreten«, berichtet Fallada in einem Brief an Suse, die mittlerweile wieder in Carwitz lebt, »ich habe den ersten Ohnmachtsanfall meines Lebens gehabt und bin völlig arbeitsunfähig, liege im Bett, kann es mir aber höchstens bis Montag leisten. Jedes Arbeitsversäumnis wird als Sabotage angesehen.« Doch zum Sabotagefall kommt es nicht mehr, denn schon am Sonntagvormittag passiert, was sich in der kleinen Stadt und ihrer Umgebung schnell herumspricht. Eine Hausangestellte des Bürgermeisters gibt die Szene zu Protokoll: »Am 12. August 1945 hat sich hier folgendes ereignet: Der Bürgermeister Ditzen-Fallada hatte – vermutlich infolge von übermäßigem Alkoholgenuss und Gebrauch von Morphium – einen Tobsuchtsanfall erlitten. Er war im Nachthemd am hellen Vormittag zu dem Gebäude der Kommandantur gezogen und hat dort die Fensterscheiben eingeschlagen, wobei er sich verletzte. Er hat dann auch in seiner Wohnung verschiedene Gegenstände zerschlagen. Seine Frau befand sich in einem ähnlichen Zustand und hat in diesem Zustand einen Selbstmordversuch verübt, indem sie sich die Pulsadern aufzuschneiden versuchte. Ditzen wurde dann auf einem Wagen ins Krankenhaus nach Neustrelitz gefahren. Seine Frau begleitete ihn.«

Falladas Mutter kommentiert die Nachrichten aus Feldberg: »Was der Arzt so gefährlich für ihn hält, hat er leider wieder nicht vermieden.« Das Paar wird in das Landeskrankenhaus Carolinenstift in Neustrelitz eingeliefert. Ulla erholt sich rasch, aber sie wird die rechte Hand nie wieder mit ganzer Kraft benutzen können. Fallada leidet weiter unter Verwirrtheitszuständen mit Halluzinationen, er ist nur phasenweise ansprechbar, wie ein Arbeitskollege berichtet, der ihn besucht. Eine Rückkehr nach Feldberg ist für beide ausgeschlossen. Ihr Haus dort müssen sie räumen. Als sie drei Wochen später entlassen werden, fahren sie von Neustrelitz direkt nach Berlin. Mit sich führen sie eine schwere Hypothek. Elisabeth Ditzen schreibt: »Es ist wieder wie in seinen jungen Jahren.«

FÜNFUNDZWANZIGSTES KAPITEL

Ankunft in Berlin – Der Traum vom neuen Leben – Morphium von Dr. Benn – Weihnachtsfest mit Johannes R. Becher – Wilhelm Pieck schüttelt mit sanftem Lächeln den Kopf – Ein offener Brief

Abstürze haben Fallada zeitlebens begleitet, gesellschaftliche wie private, und häufig hing beides miteinander zusammen. Doch das Jahr 1945 stellt alles früher Erlebte in den Schatten, die mehrfach dicht an den Tod führenden Krisen in Kindheit und Jugend ebenso wie die chronisch wiederkehrenden Depressionen, Alkohol-, Morphium- und Schlafmittelexzesse in späteren Jahren. Das Jahr 1945 wird zum Wendepunkt vieler Biographien. Lebensläufe nehmen überraschende Wendungen, sacken ab in stumpfen, mühseligen Alltag oder führen steil hinauf in gesellschaftliche Höhen. Dass in diesem Jahr alles anders ist als nach dem verlorenen Krieg 1918, begreifen die Menschen erst langsam, Hunger, Wohnungsnot und Kälte lassen ihnen hierfür keine Zeit.

Anfang September kommt Fallada mit seiner jungen Frau nach Berlin, um hier einen doppelten Neubeginn zu versuchen, einen privaten und einen beruflichen. Hinter ihm liegt eine Kette von Katastrophen. Nach fünfzehn Jahren ist die Ehe mit Suse endgültig zerbrochen, das Familienidyll in Carwitz ist Vergangenheit, der Traum vom ungestörten Arbeiten im Naturparadies, die Frucht eines erfolgreichen Familien- und Berufslebens – alles passé. Er ahnt, dass nichts mehr wieder gut werden wird und dass er mit Suses Liebe alles verspielt hat, was seine Existenz nach außen und innen zusammenhält. Hätte er überhaupt etwas daran ändern können? Wie fast immer ist das keine Frage des guten Willens.

Nun also Berlin: Zwei Depressive, labil, von der Sucht längst nicht geheilt, in einer Ruinenstadt, in der jeder zunächst an sich selbst denkt und die elementaren Dinge – Nahrung und Wohnung – rationiert sind. Der Zuzug nach Berlin ist streng geregelt, ohne Genehmigung kein Wohnrecht, ohne Wohnung keine Lebensmittelkarte. Doch der Rückweg nach Feldberg ist abgeschnitten. Ullas Wohnung in der Meraner Straße in Schöneberg ist stark zerstört und von fremden Mietern bewohnt. Mit Mühe gelingt es ihnen, einen Teil der Sechseinhalbzimmerwohnung für sich in Beschlag zu nehmen, nur eins der Zimmer ist wirklich bewohnbar. Tagelang liegen beide apathisch im Bett, Ulla verlässt gelegentlich die unbeheizte Bleibe – die Fensterhöhlen sind notdürftig mit Pappe und Sperrholz abgedichtet – und besorgt auf dem Schwarzmarkt zu Wucherpreisen Lebensmittel, vor allem aber Stoff. Das Geld, das der Verkauf ihres Schmucks eingebracht hat, ist schnell aufgebraucht. Als auch Pelze, Mäntel und Vasen versetzt sind, trifft aus dem Krankenhaus in Neustrelitz eine Rechnung über achtzig Injektionen Morphium à 4 RM ein.

Fallada durchlebt diese Zeit in einem Dämmerzustand. Nur Monate später, noch gefangen im Alptraum, verfasst er einen Roman, der sich stellenweise wie ein autobiographischer Bericht liest: »Der Alpdruck«. Hier schildert er, wie Dr. Doll, sein Alter Ego, durch die Straßen irrt und endlich einen Arzt findet, Dr. Pernies, der bereit ist, einen Hausbesuch zu machen:

Sie gingen nebeneinander auf der Straße. Der Arzt trug einiges Instrumentenzeug in seiner Tasche. Plötzlich fragte er: »Sind Sie Schriftsteller, Herr Dr. Doll –?« Doll bejahte das. »Ich bin auch Schriftsteller«, sagte der Arzt, immer in der gleichen unpersönlichen, leisen Art. »Wußten Sie das –?«

Doll überlegte, was für ein Name auf dem Arztschild gestanden hatte. Aber er erinnerte sich nur an das »Haut- und Geschlechtskrankheiten«. »Nein«, antwortete er darum. »Ich wußte das nicht.«

»Doch!« wiederholte der Arzt. »Ich war sogar einmal ein sehr bekannter Schriftsteller. Es ist noch gar nicht so lange her.« Er machte eine Pause und setzte dann ganz unvermittelt dazu: »Übrigens hat sich meine Frau auf der Landstraße umgebracht.«

Welch Gespenst!, dachte Doll erschüttert. Daß ich grade solch Gespenst an Almas Krankenbett bringen muß! Hoffentlich erschrickt sie nicht zu sehr!

Am Krankenbett benahm sich dann aber der Arzt ganz normal. Es war sogar, als liefe ein Lächeln über sein Papiergesicht, als er das schöne Kinderantlitz der jungen Frau sah.

Sie schaffen es nicht mehr allein. Ulla kommt wegen einer fortgeschrittenen Blutvergiftung ins Krankenhaus, Fallada findet sich wie schon so oft in den Kuranstalten Westend wieder. Von dort entlässt er sich selbst, wenig später stellt sich auch Ulla wieder in der Meraner Straße ein. Noch ein weiteres Mal hilft Dr. Pernies, der sich unschwer als Gottfried Benn entschlüsseln lässt, der jungen Frau mit Spritzen aus seiner persönlichen Selbstmordration aus, und jedes Mal sieht Doll »sofort auf dem Gesicht der Frau den entspannten, beinahe glücklichen Ausdruck«.

Seinem Freund Oelze berichtet Benn in diesen Tagen über das Schicksal seiner Frau in Neuhaus an der Elbe: »Sie nahm sich das Leben, als eine neue andere Besatzungsarmee die englisch amerikanische ablöste und eine allgemeine Panik im Ort ausbrach.« Herta Benn stirbt noch vor Einmarsch der Roten Armee an einer Überdosis Morphium: »Das Nähere ist zu traurig, um es zu erzählen. Ich war im September an dem Grab.«

Die Bozener Straße, in der Benn praktiziert, liegt in fünfzig Metern Entfernung parallel zur Meraner Straße. Es ist ein seltsamer Zufall, der den »Tagelöhner der Geschlechtskrankheiten«, wie Benn sich einmal ironisch nannte, mit Fallada zusammenführt. Bereits Jahrzehnte zuvor hatten sich ihre Wege einmal gekreuzt, als Benn, seit 1912 eng mit Egmont Seyerlen befreundet, aus nächster Nähe die Beziehungsverwicklungen erlebt, die Ditzens Affäre mit Anne Marie Seyerlen auslösten. Jetzt holt Fallada während der Sperrstunde Morphium bei Benn, manchmal ruft er auch einfach über den Hinterhof zum rückwärtig gelegenen Arbeitszimmer verzweifelt nach der rettenden Spritze.

Als sich Dr. Doll und Dr. Pernies ein zweites Mal begegnen, spricht der Arzt den Schriftsteller auf die Gegenwart an: »Ich glaube, man muß sich jetzt beeilen, wenn man eine Rolle spielen will. Alle möglichen ganz unbekannten Leute scheinen sich schon wieder um die Futterkrippe zu drängen ... [...] Auch bilden sich schon wieder alle möglichen Vereine, Bünde, Kammern, Gruppen – aber noch in keinem Fall hat man mich aufgefordert, daran teilzunehmen.«

Der hilfreiche Dr. Pernies möchte kein Nazi gewesen sein, was Doll allein wegen dieser Beteuerung bezweifelt. Nicht vergessen ist 1945 Benns Parteinahme für den neuen Staat zwölf Jahre zuvor, der Versuch, die »politische Loyalität« seiner Akademiekollegen per Unterschrift zu erpressen, das unappetitliche Nachtreten gegen die aus dem Land Gejagten (»Da sitzen sie also in ihren Badeorten ...«). Dr. Pernies weist auf eine Schublade voller Briefe an alte Bekannte, die er anzuschreiben beabsichtigt, um sich wieder ins Gespräch zu bringen – kein einziger abgeschickt: »Ich brauchte ja gewiss nur einen Schritt der Bemühung hier zu gehn«, schreibt auch Benn in dieser Zeit an Oelze, »um wieder bezw. in die demokratische Front eingereiht zu werden (!), aber ich gehe diesen Schritt nicht«. Die groteske Situation, so geschehen oder nur erfunden, wird Fallada an die eigene Lage erinnert haben: Hat er sich nicht selbst zu Eingeständnissen an die Nazis hinreißen lassen? Und muss nicht auch er sich beeilen, an die »Futterkrippe« zu kommen? Anfang Oktober 1945 ist er fest dazu entschlossen.

Die »Futterkrippe« 1945 in Berlin heißt Johannes R. Becher, Benns expressionistischer Dichterkollege, in der Zwischenkriegszeit dessen politischer wie ästhetischer Antipode, seit August 1945 Präsident des Kulturbunds, Spiritus Rector bei der Gründung des Aufbau-Verlags und später erster DDR-Kulturminister. Fallada lernt Becher schon Tage später auf dem Umweg über den früheren Ullstein-Lektor Paul Wiegler kennen, jetzt Lektor im Aufbau-Verlag und später – gemeinsam mit Becher – Mitherausgeber der Literaturzeitschrift »Sinn und Form«. In Berlin hatte sich das Gerücht verbreitet, Fallada sei in den letzten Kriegstagen ums Leben gekommen. Auch Wiegler ist überrascht, den Totgeglaubten zu sehen. Er vermittelt den Kontakt zu Becher. In der zweiten Oktoberwoche 1945 treffen beide ein erstes Mal zusammen, im Haus der Reichskulturkammer in der Schlüterstraße 45, das jetzt vom Kulturbund genutzt wird.

Während Becher das Werk Falladas seit langem kennt und auch von Moskau aus verfolgt hat, was im Dritten Reich von ihm erschien, ist Fallada der Name Becher kein Begriff, obwohl beide bereits 1920 im selben Verlag publiziert haben. Die Schilderung der ersten Zusammenkunft gehört zu den – trotz der düsteren Grundstimmung nicht wenigen – komischen Stellen in Falladas Nachkriegsroman »Der Alpdruck«. Becher – unnötig zu erinnern, dass es sich um fiktionale Figuren handelt – tritt hier als Granzow auf. Doll hat sich, krank und ausgemergelt, auf die Suche nach alten Bekannten gemacht, weil er nach Wochen der Agonie wieder an seine schriftstellerische Tätigkeit anknüpfen will. Von dem Lektor Völger (Paul Wiegler) erfährt er die Adresse Granzows und spricht, eine geschlagene Kreatur, in der Schlüterstraße vor:

Doll hat eben erst seinen Namen genannt, eben erst ist eine der beiden Damen mit der Meldung im Nebenzimmer verschwunden, da tut sich schon die Tür dieses Nebenzimmers auf (das aber ein ganz in Weiß und Blau gehaltener Saal ist), und ein großer, fetter, grauer Mann stürzt auf Doll zu.

»Doll!« ruft er, ergreift seine Hand, und alles an ihm scheint vor Erregung zu zittern. »Doll! Endlich bei mir!«

Er zieht den ganz Überwältigten mit sich aus dem Vorzimmer in den blau-weißen Saal, während Frau Doll schweigend folgt. » Doll! Also, Sie sind doch nicht tot! Was wir uns für Sorgen Ihretwegen gemacht haben!«

Und Doll, seine Hand zwischen den feuchten, weichen, großen des andern, kann nichts sagen als den Namen, den er vor anderthalb Stunden zum ersten Mal gehört hat: »Granzow! Ja, wirklich, Granzow!«

Sie sehen sich beide mit Tränen in den Augen an. Es ist wie ein Wiedersehen von alten Freunden. Und wirklich haftet diesen Tränen nichts Unechtes an.

Die Beziehung zwischen Fallada und Becher dehnt sich schon nach wenigen Wochen aufs Private aus, wohl auch deshalb, weil Ullas Attraktivität ihre Wirkung auf Becher nicht verfehlt. Bald kommen die beiden Männer, deren äußere Lage unterschiedlicher nicht sein könnte, täglich zusammen: hier der frühere Erfolgsschriftsteller auf dem Tiefpunkt seiner privaten und beruflichen Existenz, dort der ehemals bedeutende Poet, der sein Talent an die Partei verschenkt hat und durch den Lauf der Dinge zum mächtigsten Kulturfunktionär im sowjetisch besetzten Teil Deutschlands geworden ist.

Bei allem, was sie äußerlich trennt, gibt es erstaunliche biographische Parallelen: Beider Elternhaus war durch den Beruf der Väter als hohe Juristen im Kaiserreich geprägt, beide erlebten sie ihre Jugend in den Jahren vor dem Ersten Weltkrieg in einer ökonomisch abgesicherten, aber als geistig bedrückend empfundenen Atmosphäre. Und nicht allein Fallada, auch Becher war als junger Mann in einen literarisch inspirierten Doppelselbstmord verwickelt, der für den jeweils anderen einen tödlichen Ausgang nahm – im Fall Bechers starb seine Geliebte. Sie sind labile Charaktere und haben lebenslang mit Depressionen zu kämpfen, auch Becher war in jungen Jahren Morphinist. Sie sind schwach und stark zugleich, in ihrer Schwäche allem Sinnlichen verfallen, in ihrer Stärke wach, von klarer Struktur, Disziplin und Ausdauer. Doch anders als Fallada, dem jeder Dogmatismus fremd ist, sucht Becher – nach einer kurzen Tändelei mit dem katholischen Glauben – sein Heil in der kommunistischen Orthodoxie.

Wenige Wochen nach der ersten Begegnung schreibt Fallada

seinem alten Verleger Rowohlt: »Becher sorgt tatsächlich wie ein Vater für mich.« Er lässt dessen Lebensmittelration von der »Gandhi- oder Friedhofskarte« zur Schwerstarbeiterkarte hochstufen – mit 100 statt 20 Gramm Fleisch am Tag –, auch Ulla bekommt eine höhere Ration. Vor allem verschafft ihm Becher Verdienstmöglichkeiten. Nach Wochen des Stillstands kann er sich jetzt kaum retten vor Angeboten. Das erste Nachkriegslebenszeichen des Schriftstellers für die Öffentlichkeit ist ein Bekenntnis zu den Zielen des Kulturbunds, das in der »Deutschen Volkszeitung«, dem KPD-Organ, erscheint. Fallada bekommt Aufträge vom Rundfunk und schreibt für fürstliche Honorare Erzählungen für die »Tägliche Rundschau«, dessen Kulturchef Roman Pereswetow den Schriftsteller in der Meraner Straße aufsucht und sich wundert, ihn zur Mittagszeit im Schlafanzug anzutreffen.

Nur Tage nach seinem ersten Besuch bei Becher bekommt Fallada auf dessen Veranlassung von Kulturbund-Generalsekretär Heinz Willmann eine Gestapo-Akte ausgehändigt, die ihm als Anregung für ein literarisches Vorhaben dienen soll. Am 18. Oktober schließt er einen Vertrag mit dem Aufbau-Verlag über ein Buch, das auf der Grundlage der Gestapo-Akten entstehen soll, als Abgabetermin ist der 1. Januar 1946 vorgesehen. Zugleich vereinbart er den Vorabdruck in der »Neuen Berliner Illustrierten«, deren Redaktion von Bechers Frau Lilly geleitet wird. Becher verhilft Fallada und Ulla auch zu einer neuen Bleibe. Zunächst wird ein Mitarbeiter des Wohnungsamts beauftragt, mit dem Schriftsteller verschiedene Häuser in Pankow zu besichtigen. Auf einer der Besichtigungstouren verliert der Angestellte in dem weitläufigen Garten eines Anwesens Fallada aus den Augen. Als er ihn schließlich wiederfindet, wird er unfreiwillig Zeuge, wie sich der Schriftsteller, der sich unbeobachtet glaubt, eine Injektion setzt. Die Wohnungssuche führt indes zu keinem Ergebnis, schließlich wird Fallada eine Villa in Aussicht gestellt, die nur wenige Minuten von Bechers Haus entfernt liegt, im Funktionärsghetto der neuen Machtelite.

Becher lebt seit dem Sommer in der Siedlung im Berliner Norden. Nach seiner Rückkehr aus dem Moskauer Exil hatte er sich zunächst in Zehlendorf niedergelassen. Wenig später ziehen die Amerikaner hier ein, und der hohe KPD-Funktionär sieht sich nach einer Bleibe im sowjetischen Sektor um. Im Juli 1945 inspiziert seine Frau Lilly verschiedene Häuser der im Krieg weitgehend unversehrt gebliebenen Siedlung im Pankower Ortsteil Niederschönhausen. Sie findet ein geeignetes Domizil in der Viktoriastraße 21, sechs Zimmer, Garage und Garten. Der Eigentümer, ein Buchmacher, muss weichen, das Inventar geht gegen eine geringe Summe an den neuen Mieter über. Im August 1945 wird das gesamte Terrain für hohe sowjetische Offiziere und führende deutsche Kommunisten geräumt, mit einem Bretterzaun umfriedet, durchgängig von sowjetischen Soldaten bewacht und an den Zugängen mit Schlagbäumen bewehrt. Hier schützen sich, wie der in London lebende Sohn Bechers 1950 nach einem Besuch in Berlin ironisch formuliert, die Herrschenden mit Stacheldraht vor der Liebe des Volkes. Wenn Adenauer später von »Pankoff« spricht, meint er diese Siedlung und das nahe gelegene Schloss Niederschönhausen, den späteren Sitz des DDR-Präsidenten.

Anfang November 1945 ziehen Fallada und Ulla in den Eisenmengerweg 19. Wiederum mit Unterstützung Bechers gelingt es in mehreren Anläufen, einige zurückgelassene Sachen aus Feldberg nach Berlin zu bringen, vieles aber, vor allem Kleidung, Bettwäsche und Schuhe, ist inzwischen gestohlen. Wie sah es aus in Niederschönhausen in jenen Monaten? Eine atmosphärisch dichte Schilderung findet sich im »Alpdruck«-Roman:

Übrigens ist dieser Vorstadt, durch die Doll jetzt geht, nicht viel von Krieg anzumerken. Ab und an ein zerschlagenes Dach, auch eine ganze Häuserruine, aber im allgemeinen sieht alles heil und zwischen dem vielen Sommergrün nicht gar zu verkommen aus. Nur die Menschen auf den Straßen: allen hätte man zwanzig Pfund Gewicht mehr und fünfzig Falten im Gesicht weniger gewünscht. Es gibt unter ihnen noch eine unvorstellbare Armut, Lumpen statt Kleider, Schuhe, immer wieder zerrissen und geflickt und zusammengebunden, die über alle Landstraßen Europas geschleppt worden zu sein scheinen. [...]

Aber sie alle, die einen wie die andern, schleppen irgend etwas: jämmerliches, von den Bäumen gebrochenes Reisig, zerplatzte Koffer, deren Inhalt man nicht kennenzulernen begehrt, vollgepfropfte Handtaschen, geheimnisvolle Aktentaschen, deren Schlösser längst entzwei sind, so oft wurden sie überfüllt, und die jetzt von einem Strick gehalten werden.

Wir gehen ja doch zugrunde, denken die einen. Aber vorher lasset uns noch einmal essen! Ach, essen, daß man von guten Dingen wirklich satt ist, daß die Zufriedenheit durch einen strömt zusammen mit dem hellen Blut, das endlich ein wenig anständige Nährstoffe erhalten hat! [...]

Nun biegt er von einer Hauptstraße in eine stille, grüne Villenstraße ein. Aber er kann nicht ohne weiteres hineingehen in diese Straße – da ist ein Schlagbaum, rot-weiß geringelt, und ein Schilderhaus, rotweiße Schrägbalken, und an dem Schilderhaus stehen ein russischer Posten und ein deutscher Polizist Wache, daß niemand Unbefugtes in diesen Bezirk, in dem eigentlich nur Offiziere der Besatzungsmacht wohnen, eindringt. Doll hat zwar die erforderlichen Ausweispapiere, er darf ohne weiteres passieren, aber er geht darum doch nicht gerne durch diese Sperre: Alles, was ihn zu nahe an Krieg und Militär erinnert, ist ihm unangenehm. Es soll vorbei sein, für immer, mit allen diesen Geschichten, nicht nur hier, nein, auf der ganzen Welt! So könnte man etwa das ungeduldige Gefühl ausdrücken, das ihn angesichts dieses rot-weißen Schilderhauses erfaßt.

Über seine neue Lebenslage berichtet Fallada seiner Schwester Elisabeth und dem Schwager: »Wir wohnen im russischen Sektor und da speziell wieder im sog. ›Offiziersstädtchen‹, das ist ein Villenviertel, das fast nur von russischen Offizieren bewohnt ist und das mit russischen Posten und Schlagbäumen gegen den allgemeinen Publikumsverkehr abgesperrt ist. Man kommt nur mit einem Dokument herein, also mit einem Ausweis, und da kommen manchmal niedliche Geschichten vor, z. B. neulich, als der Posten von Ulla, die ausgewiesen war, forderte, sie müsse auch ein Dokument für das Pferd beibringen – ihr folgte nämlich ein Wagen mit glücklich eroberten zehn Ztr. Briketts. So ist man im allgemeinen gegen störende Besucher gesichert, freilich muß man öfter erfahren, daß gerade die unangenehmsten Besucher doch durchkommen, durch Zigaretten und Nachlässigkeit.«

Tatsächlich ist es schwer, zu Fallada zu gelangen. Sein alter Verehrer Werner Hütter versucht es – wie viele andere auch – zunächst vergeblich. Als es ihm dann mit Mühe gelingt, bewundert er die soliden Verhältnisse, in denen der Schriftsteller so kurz nach dem Zusammenbruch lebt. »Fallada sagte mir, er könne wieder einmal nicht schreiben, was ihm am Herzen liegt ... Ich staunte über diese Offenheit [...]. Folgende Worte habe ich in Erinnerung: ›Dort drüben wohnt Wilhelm Pieck –, das ist ein Mann, mit dem man reden kann –.‹« Jetzt, nachdem die Postwege wieder einigermaßen funktionieren, nehmen Verwandte, Freunde und Bekannte Kontakt zueinander auf, versichern einander, überlebt zu haben, bilanzieren die Erlebnisse und Verluste der letzten Monate und schreiben von ihren gegenwärtigen Lebensumständen und -aussichten. Selbst in diesen Monaten, bedrängt von Depressionen und den Alltagssorgen um Wohnung und Lebensmittel, führt Fallada eine umfangreiche Korrespondenz. Er beantwortet sogar Leserbriefe, die langsam wieder eintreffen. Es ist angesichts der eigenen ungesicherten Lebenslage erstaunlich, wie er auf Briefe von Fremden eingeht, wie er versucht, ihnen in ihren oft schweren Schicksalen Mut zu machen, und hilft, wo er helfen kann.

Über seine eigenen Pläne schreibt er Anfang Dezember 1945 einem Freund nach München: «Die Feldberger Tage sind endgiltig vorbei, ich war dort nach dem Russeneinmarsch 4 Monate Bürgermeister, das hat meinen Beziehungen zu dieser Gegend den Rest gegeben – nie wieder! Vorläufig bleibe ich in Berlin, wo mir durch den Kulturbund und vor allem durch seinen Präsidenten Becher unendlich geholfen wird. Später will ich doch wieder auf das Land, aber fürs erste einmal ist Berlin, so zerstört es auch ist, schon besser.« Einen anderen Briefpartner lässt er wissen: »Ich vergesse es nicht, daß ich bevorzugt bin vor vielen, vor fast allen meinen Volksgenossen – welch ein Glück, wieder arbeiten zu können, welch eine Seligkeit, daß die Bombennächte endlich wieder vorüber sind, welch Glück, noch einmal wieder versuchen aufzubauen, das eigene Heim und das geliebte so geschändete, mit Schande bedeckte Deutschland.«

Doch gibt es auch Gegenwind, wenn zunächst auch nur milden. Als Anfang Dezember die Episode aus Falladas heimlichen Notizen, dem Gefängnistagebuch von 1944, aus der geschlossenen Anstalt in Strelitz unter dem Titel »Osterfest 1933 mit der SA« in der »Täglichen Rundschau« erscheint, reagiert Hannes Bolt in der »Berliner Zeitung« unter dem Titel »Fallada erinnert sich« mit »Bemerkungen zu einem Comeback«. Bolt fragt: »Wie war es nur möglich, daß der – wie er selbst sagt – zu ›zwölf Jahren erzwungenen Schweigens, Ertragens, ohnmächtigen Sichwehrens‹ verurteilte arme Fallada-Ditzen ausgerechnet während der Nazizeit literarische Erfolge verzeichnen konnte, die von kaum einem anderen Schriftsteller erreicht worden sind? Wir wollen Herrn Fallada weder weiterer Widersprüche überführen noch etwa der Gesinnungslumperei beschuldigen. Jedoch scheint sein neues ›Erinnerungsbuch‹ Georg Lukács recht zu geben, der in seiner ›Deutschen Literatur während des Imperialismus‹ bemerkt, daß Fallada mitunter eine Neigung zur Verniedlichung ernster Probleme zeige. Wer hat denn jetzt von ihm den schriftstellerischen Beweis seiner antifaschistischen Gesinnung verlangt? Also überlasse er dieses bitter-ernste Gebiet lieber jenen Dichtern, die wirklich jahrelang im Dunkeln standen und ein Anrecht haben, nun endlich gehört zu werden. Trotzdem freuen wir uns auf den nächsten Fallada, – nur echt muß er sein.«

Nur Monate nach Kriegsende ist Fallada bestrebt, die Häuslichkeit perfekt zu machen. Er schickt Paul Wiegler eine Geschichte für die Weihnachtsausgabe vom »Nacht-Express« und verknüpft damit die Bitte, eine Annonce einzurücken, bei der es um ein Weihnachtsgeschenk für seine Frau Ulla geht: »Gut dressierten Rassehund, Rottweiler oder Airedale oder Dtsch. Schäferhund kauft FALLADA – Berlin-Niederschönhausen, Eisenmengerweg 19.«

Heiligabend spielt Johannes R. Becher für Ullas kleine Tochter den Weihnachtsmann und bringt einen »riesigen Kaufmannsladen« vorbei, den er im Keller einer der Villen gefunden hat. Fallada beruhigt das schlechte Gewissen des Juristensohns hinsichtlich der Eigentumsfrage mit der Vermutung, Vorbesitzer seien »wohl irgendwelche SA- oder SS-Kinder« gewesen. Seine eigene Villa hatte dem Oberingenieur Otto Latendorf gehört, der kein Nazi war, sondern nur das Pech hatte, Hausbesitzer in der »falschen« Gegend zu sein. Er wurde mit Frau und Kindern in die nahe gelegene Crusemarkstraße umgesiedelt. Die Miete, die der neue Bewohner zahlen muss, geht über die Stadtkasse an den Besitzer: 187 RM zuzüglich 10 RM für den Garten.

Weihnachten 1945 feiern Fallada und seine »Ex-Seifenflocke«, wie er Ulla in Anspielung auf das Gewerbe ihres verstorbenen Mannes nennt, in der Pankower Viktoriastraße im Haus von Johannes R. Becher und seiner Frau. Neben den beiden ist ein Kreis von Gästen aus dem Kulturbereich geladen, darunter Heinz Willmann, Generalsekretär des Kulturbunds, Rudolf Kurtz, Chefredakteur der gerade gegründeten Berliner Abendzeitung »Nacht-Express«, einst expressionistischer Dichter wie Becher und befreundet mit ihm seit 1916, und außerdem der sowjetische Schriftsteller Konstantin Fedin, von dem eine Schilderung des Abends überliefert ist. Fedin ist schon lange vertraut mit dem Werk Falladas, von ihm stammt das Vorwort der russischen Erstausgabe von »Kleiner Mann – was nun?«, die 1934 in einem kleinen Leningrader Verlag erschien.

Die Gäste von Becher sind gebeten worden, zum gemeinsamen Weihnachtsabend jeder eine Flasche Wein mitzubringen.

Fürs Essen sorgen die Gastgeber: Es gibt Salzkartoffeln und Bockwurst. Becher hält eine Rede auf Fallada, dieselbe, die er ein reichliches Jahr später noch einmal halten wird – auf der Trauerfeier für den Schriftsteller. Am späteren Abend kommt der Nachbar von gegenüber vorbei: Wilhelm Pieck, KPD-Vorsitzender und späterer DDR-Präsident. Der Sohn eines Gubener Kutschers ist seit vierzig Jahren hauptberuflicher Parteifunktionär, zunächst in der SPD, dann in der KPD. Ihm geht der Ruf voraus, sich der jeweiligen Parteilinie besonders geschmeidig anzupassen, was ihn bei Widersachern in der eigenen Partei den Spottnamen »ausgestopfter Papagei« eingebracht hat. Vom Phänotyp und Temperament besser als der weithin unbeliebte Ulbricht dafür geeignet, übernimmt er nach seiner Rückkehr aus Moskau die Rolle des weisen, väterlichen Arbeiterführers. 1945 ist er zwar formal KPD-Vorsitzender, hat den Machtkampf gegen Ulbricht jedoch längst verloren.

Pieck und Becher überstehen – auf unterschiedlicher Fallhöhe – das sowjetische Exil, die Jahre des Terrors ab 1937 und die Bedrohung, nach dem Hitler-Stalin-Pakt an die Gestapo ausgeliefert zu werden, mit einer Mischung aus Anpassung, Selbsterniedrigung und Denunziation. Sie sind seit Jahrzehnten versiert in den Techniken der Macht, haben über zahlreiche Kurswechsel hinweg die Sprach- und Verhaltenscodes gelernt, die das Überleben wenn nicht sichern, so doch erleichtern. Anders als Pieck weiß Becher phasenweise um den Preis seiner privilegierten Position und sieht momentweise klar, in welchem Ausmaß das stalinistische System die Persönlichkeit deformiert, auch seine eigene. Becher lebte in Moskau im Hotel Lux, wo nächtlich wahllos Emigranten von der Geheimpolizei abgeholt wurden, für Jahre im Lager verschwanden oder erschossen wurden. Seine Angst drückt sich in Versen aus, die erst Jahrzehnte nach seinem Tod ans Tageslicht kommen:

> Der Aufzug nächtlich. Aller Fragen bängste:
> Klopft es vielleicht heut nacht an deiner Tür?

Verschwinden spurlos! Ihr verruchten Ängste!
Gewitterangst? Die Angst vor dir und mir.

Pieck und Becher wissen – vielleicht befürchten sie es zugleich –, dass in Deutschland, soweit es im Machtbereich der Roten Armee liegt, sowjetische Verhältnisse eingeführt werden sollen. Die neuen Machtstrukturen sind seit Herbst 1944 in Moskau teilweise bis ins Detail ausgearbeitet, ihre Umsetzung soll jedoch auf einigen taktischen Umwegen erfolgen.

Was hat der Bestsellerautor der späten Weimarer Republik in dieser Gesellschaft zu suchen, der Morphinist, der alkohol- und schlafmittelabhängige Schriftsteller Hans Fallada, hier, im kalten Zentrum der Macht, wo die Luft dünn ist und die Worte aus gutem Grund abgewogen werden, weil schon ein falscher Zungenschlag den Absturz bedeuten kann, die Verdammung in die Bedeutungslosigkeit oder Schlimmeres?

Fallada gehört zum kulturpolitischen Kalkül, zur Hoffnung Bechers, das Anknüpfen an die bürgerliche Kultur der Weimarer Republik könne mehr als eine taktische Variante sein, vielleicht sogar der Keim für ein Bündnis der Kräfte, die während der Nazi-Jahre dem brutalen Antihumanismus, der dumpfen Gewaltanbetung und der Gesinnungsschreiberei widerstanden. Die Jahre im Moskauer Exil haben Becher, den deutschen Patrioten, zweifellos geläutert, jetzt geht es um die ganze Breite der Kultur, nicht mehr allein um die Durchsetzung der »proletarisch-revolutionären Literatur«. Wie schnell diese Politik letztlich scheitern wird, sie ist ein Glücksfall angesichts der dogmatischen Alternativen. Walter Ulbricht wird Becher später als den »größten deutschen Dichter der neusten Zeit« loben. Die »Hauptachse der neueren deutschen Dichtung«, so Ulbricht, verlaufe »von Goethe und Hölderlin zu Becher«. Becher revanchiert sich mit einer Ulbricht-Biographie, die zu den Tiefpunkten seines literarischen Schaffens gehört.

Am Weihnachtsabend beim Kulturbundpräsidenten gerät Fallada, nicht mehr ganz nüchtern, mit dem KPD-Vorsitzenden

Pieck aneinander. In der servilen Diktion Konstantin Fedins klingt das so:

Der überreizte, krankhaft ungeduldige Hans Fallada sprach abgerissen, er stellte überraschend Fragen, war aber außerstande, die Antworten bis zu Ende anzuhören. »Die einfachen Deutschen müssen wissen – was weiter? Der Nürnberger Prozeß ist ihnen unwichtig, sie wissen ohnehin, daß sie betrogen worden sind, sie hassen die Vergangenheit, aber da sie jetzt keine Zukunft sehen, wieso soll denn die Zukunft besser sein als die Vergangenheit?«

Wilhelm Pieck antwortete gemächlich, bereit, seine Gedanken ausführlich darzulegen, und gutmütig bestrebt, die Unterhaltung in logische Bahnen zu lenken.

»Gerade weil der einfache Deutsche, der Arbeiter, der Bauer, die Vergangenheit hasst, will er und wird er keine schlechtere, sondern bessere Zukunft suchen. Aber eine bessere Zukunft, als er sich selbst geben kann, wird ihm keiner geben. Er selbst, seine Macht, wird ihm helfen, all das zu beseitigen, was ihm verhaßt ist, und das zu schaffen, was er für sich wünscht.«

Fallada hatte diese für ihn viel zu ruhige Entgegnung längst unterbrochen: »Der durchschnittliche Deutsche urteilt ganz einfach: Mir hat man in all den Jahren so viele Dokumente gezeigt, daß ich an keinerlei Dokumente mehr glaube. Jedes Dokument kann man fabrizieren. Warum sollen mich die Nürnberger Dokumente überzeugen?«

Wilhelm Pieck fuhr mit der verständnisvollen Gelassenheit eines Lehrers fort: »In Nürnberg werden nicht die Dokumente vorgelegt, mit denen die Nazis die Deutschen betrogen, sondern diejenigen, die sie vor den Deutschen versteckten und geheim hielten. In Nürnberg werden die Dokumente vorgelegt, die den Krieg herbeiführten, die das Unglück und die Schande über Deutschland brachten.«

»Der durchschnittliche Deutsche sieht, daß wieder ein Wettkampf der Zeitungen begonnen hat, ein Krieg der Worte. Er bekommt nichts Positives. Er wartet auf Positives und auf nichts weiter!«

»Der durchschnittliche Deutsche – das ist das Volk. Das Volk darf nicht darauf warten, daß ihm jemand etwas gibt. Nur das Volk selbst, das deutsche Volk mit der Arbeiterklasse an seiner Spitze, kann sich etwas geben. Dieses ›Etwas‹ ist seine Demokratie, das heißt – der Sozialismus.«

Schließlich und endlich mußte der Schriftsteller Fallada dasjenige sagen, ohne das es noch nie einen Meinungsstreit zwischen einem Schriftsteller und einem Politiker gegeben hat: »Das alles ist weit davon entfernt, wofür der Mensch lebt. Der heutige Deutsche erkennt als Tatsache nur das an, was er sieht, und nicht das, was man ihm sagt. Sache des Politikers ist es, sich die Wirklichkeit unterzuordnen. Sache des Künstlers ist es, die Wirklichkeit so zu gestalten, wie sie ist.«

Wilhelm Pieck schüttelte plötzlich mit sanftem Lächeln den Kopf. »Gewiß, so ist es. Aber ist es denn dem Schriftsteller gleichgültig, welche Wirklichkeit er zeigt? Und wenn sich der Politiker die Wirklichkeit unterordnet, um sie schöner zu machen, würde es dann dem Schriftsteller nicht angenehmer sein, eine schöne Wirklichkeit zu zeigen, als eine scheußliche, verbrecherische, he?«

Ein einigermaßen wirrer Dialog, was freilich auch an der Überlieferung durch Fedin liegen mag. Herauszuhören ist Falladas Unmut, schon wieder mit politischen Phrasen belästigt zu werden, sein Misstrauen gegenüber neuen Ideologien und sein Insistieren, dass Politik sich um die Verbesserung der konkreten Lebensumstände zu kümmern habe anstatt um den »Krieg der Worte«. Aber auch Piecks Position hat etwas für sich, wenn er die Bedeutung der Nürnberger Prozesse betont und auf die Verantwortung der Politik hinweist, in verzweifelter Lage im Volk die Hoffnung auf eine bessere Zukunft zu stärken.

Sprach aus Fallada der Verdruss über sich selbst, über seine neue Rolle als Propagandaredner, in die er sich von Becher hat drängen lassen? Es ist gerade einmal zwei Wochen her, dass er im Staatstheater Schwerin von den Nürnberger Prozessen als Trennstrich »zwischen dem grauenvollen Gestern und dem helleren Morgen des neuen Tages« gesprochen hatte – die Rolle des Optimisten spielend, die von ihm erwartet wird, seinem Inneren aber kaum entspricht. Wie dem auch sei: ein schwerfällig dozierender KPD-Chef und ein depressiver, drogenabhängiger, angetrunkener Schriftsteller, der dagegenhält – in Zeiten, da mancher schon für Geringeres auf Nimmerwiedersehen verschwindet, ist die Situation nicht ohne Brisanz. Die Gastgeber werden alles getan haben, sie rasch zu entschärfen.

Äußerlich betrachtet, fällt die Bilanz am Ende dieses Schicksalsjahres für Fallada positiv aus: Nach Zeiten beruflicher Rückschläge, dem Verlust seines angestammten Verlages sowie Publikationshindernissen aus politischen und Kriegsgründen kann er endlich wieder Bücher schreiben. Er bewohnt, gemeinsam mit Frau und Kindern, eine Villa in einer vom Krieg verschonten Gegend. Fallada ist dort, wo viele hinwollen: dicht an der Macht, an der »Futterkrippe«: »[...] ich bin ein unwahrscheinlich angesehener und begehrter, aber auch sehr beneideter Mann geworden, der sich vor Aufträgen nicht retten kann«, schreibt er Ende November 1945 an seine Ex-Frau Suse.

Doch wie viel davon hält der inneren Revision stand? Fallada ist im raschen Wechsel von Hochgefühlen getrieben und von Depressionen gelähmt. Der große Traum, mit über fünfzig Jahren noch einmal von vorn zu beginnen, sich mit Ulla ein neues Leben, auch mit gemeinsamen Kindern, aufzubauen und dabei seine alte Familie nicht aus den Augen zu verlieren, dieser an sich schon anspruchsvolle Plan droht an den Drogenproblemen des Paars vollends zu scheitern. Es ist eine unselige Konstellation zweier Liebender: Ulla, die selbst eine führende Hand braucht, und Fallada, der gewohnt ist, in seinen wechselnden Stimmungen Halt bei der Frau zu finden. Jetzt ist er es, der weitgehend erfolglos versucht, die Notbremse beim Alkohol- und Morphiumkonsum zu ziehen: »Ich bin wie ein Lahmer, der bisher geführt wurde, der aber jetzt nicht nur allein gehen, sondern auch einen Blinden führen muß«, schreibt er kurz vor Weihnachten an Suse. Er sehnt sich nach stabilen Verhältnissen, nach der Carwitz-Atmosphäre, nach Ruhe und Abgeschiedenheit, er wünscht sich weg von diesem »Boheme-Haushalt« und kommt doch nicht los davon. An die Stelle von Dr. Benn als Morphiumlieferanten ist als einer von vier wechselnden Ärzten – seltsame Namenskoinzidenz – Dr. Bell getreten, der eine Praxis in Pankow betreibt. Wie krass Außen- und Innenwelt Falladas auseinanderfallen, wird an seinem Schweriner Auftritt mit Becher deutlich. »[…] wir haben nicht nur Chaos, sondern wir stehen vor einem Beginn«, beschwört er das Publikum im ausverkauften Staatstheater und geißelt den Morphinisten Hermann Göring. Das hält ihn nicht davon ab, vor der Abreise nach Mecklenburg einen Brief an Dr. Bell mit der Bitte zu schreiben, sich dringend um Ulla zu kümmern: »Ich wäre Ihnen dankbar, wenn Sie wie besprochen in dieser Zeit nach meiner Frau sehen würden, ev. durch die Schwester. Meine Frau hat kein M[orphium] in der Reserve, ich habe am Donnerstag und Freitag innerhalb von 24 Stunden je 5 ccm gegeben.«

Zu Beginn des neuen Jahres wird Fallada von der überwunden geglaubten Vergangenheit eingeholt. Die Kunde von der Wiedergeburt des Schriftstellers Fallada in der Ostzone verbreitet sich auch im Westen und trifft nicht überall auf Wohlwollen. Am 31. Dezember 1945 erscheint im »Neuen Hannoverschen Kurier« ein offener Brief seiner ehemaligen Sekretärin Else Bakonyi. Sie zitiert aus ihrer Korrespondenz mit Fallada, der ihr von seiner vom Reichsarbeitsdienst organisierten Schriftstellerreise Briefe geschrieben hatte mit Sätzen wie: »Wir müssen an den Sieg glauben, sonst ist alles sinnlos« und »Wir sind die Herren der Welt, bestimmt die von Europa«. Bakonyi fragt weiter, sich auf Falladas Bekenntnis zur Kulturbundmitarbeit beziehend: »Dieser Meinung waren Sie noch Ende September 1943, und heute schon wollen Sie berufen sein, unsere Jugend zu retten, Führer zu sein auf dem Wege zu einer wahrhaften Demokratie?«

Der offene Brief wird von zahlreichen Zeitungen nachgedruckt und findet natürlich auch in der SBZ Widerhall. Fallada, der im Januar davon erfährt, verzichtet auf eine öffentliche Reaktion. Im Privaten tut er die Vorwürfe als Racheakt einer Verschmähten ab: Bakonyi »ist lange Zeit meine Sekretärin gewesen und hat mich immer stille verehrt, bis sie an irgendeinem besoffenen Tag in mein Bett kroch und rausgeschmissen wurde«. Er rechtfertigt sich damit, Durchhalteparolen wie die zitierten für die Zensur geschrieben zu haben.

Aber war es nicht eher so, dass sich Fallada von der ihn umgebenden Wirklichkeit, wie so häufig, hat hinreißen lassen, von der Begegnung mit jungen Soldaten, die nur ein paar Jahre älter als sein Sohn Uli waren? Die in den Krieg zogen wie vor 25 Jahren sein Bruder Uli, der im August 1918 fiel?

Als kurze Zeit nach den Anwürfen Else Bakonyis der Chefredakteur der renommierten Münchner »Neuen Zeitung«, Hans Habe, Fallada als »braven Nationalsozialisten« bezeichnet, wird der Fall in der Alliierten Kontrollkommission verhandelt, bleibt letztlich aber ohne Folgen für den Schriftsteller. Dennoch: Die Anspannung in Falladas Leben lässt nicht nach, die Hoffnung, unangefochten von äußeren Zwängen und politischen Anfeindungen arbeiten zu können, erfüllt sich nicht. Wo ist der Halt, der rettende Anker für jemanden wie ihn, der Erfüllung vor allem in der Arbeit findet? Ist es das neue Vorhaben – die Gestapo-Akten, die er vorerst nur mit spitzen Fingern angefasst hat –, ist das der große Roman?

SECHSUNDZWANZIGSTES KAPITEL

Wir hatten uns so ein bisschen an das Morph gewöhnt – Ich arbeite wie ein Pferd – Strahlende Einsichtslosigkeit – Nicht viel Gutes, aber auch nichts direkt Schlechtes – Ein Büchlein von 300 Druckseiten

Falladas letztes Lebensjahr besteht nicht mehr aus einer Kette von Krisen, es ist eine einzige Dauerkrise mit einigen wachen Phasen, in denen der Schriftsteller mit eruptiver Produktivität noch einmal zu seiner früheren Erzählkunst zurückfindet. Es ist die Schlussphase jenes inneren Kampfes, den die Lust am Schreiben gegen die Lust am Vergessen führt. Je deutlicher der Alkohol-, Schlafmittel- und Drogenrausch die Oberhand gewinnt, desto intensiver nutzt der Verzweifelte die Zeiten wachen Bewusstseins. Beide Zustände verbindet die Maßlosigkeit.

Noch viel weniger als er schafft es Ulla, sich von den Substanzen fernzuhalten, die den auch für Privilegierte deprimierenden Nachkriegsalltag vergessen lassen. Im Vergleich zur großen Mehrheit der Deutschen geht es beiden 1946 materiell gut – allein mit seiner Arbeit für den Aufbau-Verlag und die »Tägliche Rundschau« verdient der Schriftsteller das Vielfache eines Durchschnittsgehalts. Dennoch: Die ermüdende Sorge um die Beschaffung von Lebensmitteln und Heizmaterial, die Schwierigkeiten im Alltag mit seinem allgegenwärtigen Mangel, die Willkür der Bürokratie und der niederdrückende Anblick der Ruinenfelder, aber auch die moralische Niederlage, das Bewusstsein der eigenen Schuld – all das bleibt auch ihnen nicht erspart.

Ulla hat ihr Sensorium, immer wieder neue Quellen zur Befriedigung ihrer Sucht aufzutun, mittlerweile zulasten ihrer Rolle als Mutter und Vorsteherin eines Haushalts mit zwei, zeitweise sogar vier Kindern auf beängstigende Weise geschärft. Für Morphium werden Unsummen ausgegeben und Schulden gemacht, als Ersatz- beziehungsweise Ergänzungsdrogen dienen Alkohol und Schlafmittel. Immer weniger gelingt es ihr, den Alltag zu bewältigen. Noch im Dezember hat sie sich um den Transport der Möbel aus Feldberg nach Berlin gekümmert – in jenen Tagen ein kompliziertes Unterfangen –, und bei dieser Gelegenheit Uli mit nach Berlin genommen. Zuvor hatte sich Suse auf die beschwerliche Reise gemacht, um die Verhältnisse zu prüfen, in denen Fallada mit seiner neuen Frau lebt. Der mittlerweile 15-jährige Sohn Uli wohnt ab Dezember 1945 gemeinsam mit Ullas sechsjähriger Tochter Jutta und Bärbel, der ein Jahr älteren Tochter der Haushälterin, im Haus am Eisenmengerweg. Im September 1946 kommt Ulis Schwester Mücke hinzu.

Suse lässt sich nur mühsam davon überzeugen, die Kinder nach Berlin zu geben. Fallada argumentiert mit den besseren Bildungschancen und der – zumindest in seiner privilegierten Stellung – besseren Ernährungslage in der Hauptstadt. Gewiss wird er auch gehofft haben, mit den eigenen Kindern ein Stück Kontinuität zurückzugewinnen, ein bisschen vom alten Leben im neuen zu finden, eine durch den Familienrhythmus geprägte Gleichmäßigkeit, die unerlässlich für seine Arbeit ist. Es bleibt jedoch bei der Hoffnung.

Die Angriffe in der westzonalen Presse – am 20. Januar wird der offene Brief Else Bakonyis in der Berliner Zeitschrift »Sie« nachgedruckt – stürzen ihn in eine neue Depression. War der glücklich erworbene Status als umworbener, vielbeschäftigter Schriftsteller in der Ostzone gefährdet? Die »Tägliche Rundschau« stellt zunächst einmal die Veröffentlichung weiterer Artikel von ihm ein, womit eine ergiebige Einnahmequelle im Tagesgeschäft entfällt.

Was Fallada womöglich ahnt: Er ist zur Figur im Machtspiel der sich formierenden Blöcke geworden, wenn auch nur auf einem Nebenschauplatz. Die politische Affäre um den prominenten deutschen Schriftsteller hat immerhin die Nachrichtendienste aufgescheucht. Am 17. Januar wird die britische Information Service Unit in Hannover von der übergeordneten

Stelle in Berlin informiert: »Es ist erwünscht, den Fall von Fallada in den Berliner Zeitungen prominent zu behandeln, da er dort eine wichtige Person im Literaturbetrieb und ein Mitglied des Kulturbunds ist.« Captain W. Wallich votiert gegen ein *black listing*, bei den Amerikanern sei eine offizielle schwarze Liste für Autoren politisch nicht gewollt, die Russen wiederum hätten Fallada, noch bevor die Fakten bekannt wurden, so umfangreich publizieren lassen, dass sie es sich jetzt nicht erlauben könnten, ihn deshalb fallenzulassen (*to drop him at short notice*).

Im Jahr darauf wird diese taktische Haltung sogar aktenkundig, als die Übersetzungsanfrage einer sowjetischen Literaturzeitschrift eingeht und von dort Hinweise zur Biographie des Autors erbeten werden. Das Sekretariat von Pieck gibt die Anfrage an den Kulturfunktionär Alexander Abusch weiter, der intern festhält: »Man hat ihn [Fallada] jetzt nicht fallen lassen, damit die ›Anderen‹ ihn nicht für sich ausnützen. Zu seiner Biographie wäre zu sagen, dass er während des Krieges Offizier des RAD im Range eines Majors war. Er hat in dieser Eigenschaft Vorlesungen gehalten, meist aus seinen Werken. Sie endeten oft damit, dass er betrunken aus dem Saal getragen wurde.« Was soll man nun den sowjetischen Genossen antworten? Walter Ulbricht findet eine Lösung, die den Charme der im Osten verbreiteten »Radio-Eriwan-Witze« hat. Er notiert: »Nach Moskau telegrafiert, daß seine Romane veröffentlicht werden können ohne seine Biographie.«

Dass die Kulturpolitiker in der Ostzone an Fallada festhalten, hat auch noch andere Gründe: Man verspricht sich von ihm, der im Land geblieben war und seine Popularität mit zahlreichen Büchern in hohen Auflagen auch im Dritten Reich bewahren konnte, als Vorkämpfer eines geistigen Wandels eine höhere Überzeugungskraft beim heimischen Publikum als von den exilierten Schriftstellern. »Becher [...] möchte mich«, schreibt Fallada an Rowohlt, »immer mehr in den Vordergrund schieben, ich soll gewissermaßen auch eine repräsentative Rolle spielen als der z. Z. führende deutsche Romanautor [...].«

Die Ungewissheit zerrt an den Nerven, am 24. Januar 1946

liefert sich Fallada selbst in die Kuranstalten Westend ein, der Patient wird im Wagen von Johannes R. Becher gebracht und macht einen »völlig verwahrlosten Eindruck«. Am Folgetag randaliert er, wirft einen Tisch um, versucht ein Bein abzubrechen und greift einen Pfleger an, woraufhin er in die Tobzelle kommt, ins »Stübchen«, wie es im »Alpdruck« heißt. »[…] er isst nicht, raucht viel, will sterben«, lautet ein Vermerk in der Krankenakte. Vor seinem halbwüchsigen Sohn spielt er die Situation herunter. Wegen »Schlafmittelentzugs« sei er im Sanatorium, er und Ulla würden voraussichtlich zwölf Wochen im Krankenhaus bleiben, Uli möge sich so lange allein um das Haus kümmern: »Hast Du Schwierigkeiten mit den Russen, wende Dich sofort an Becher.«

Suse soll die Sachlage vorerst verschwiegen werden. Einem Bekannten gegenüber wird er deutlicher: »Über mich werden Sie Richtiges und Unrichtiges gehört haben. Richtig ist, daß ich schwer krank war und ich mit meiner jungen Frau durch Monate hindurch eigentlich nichts besprochen habe als die Vorzüge des Zyankali vor dem Strick – so weit waren wir in einer Depression. Verloren habe ich an materiellem Besitz fast alles, und da ich 52 bin und nun mit 4 unversorgten Kindern noch einmal, und zum dritten Mal in meinem Leben, aus dem Nichts heraus starte, bin ich auch oft nicht sehr fröhlich.« Auch Rowohlt muss er nichts vorspielen: »Wir hatten uns so ein bisschen an das Morph gewöhnt. […] Und dann schlafe ich natürlich fast gar nicht mehr, und ich sehne mich nach meiner Frau, und sie ist im selben Hause, und ich bekomme sie nicht zu sehen – o verdammtes Leben, was habe ich mir wieder mal alles aufgehuckt! Das haben wir uns auch nicht träumen lassen, als wie den Kleinen Mann starteten – und dann später den Wolf – ach, mein Alter, wir haben doch gute Zeiten miteinander gehabt, und sie sollen wiederkommen, ganz bestimmt. Einmal noch, einmal noch, ich liebe ja das Schreiben doch fast über alles, nur die kleine Frau da drüben – sie ist doch noch solch ein Kind, und ich möchte ihr das Leben doch noch einmal so schön machen, sie soll es lachend um sich schlagen wie einen großen Mantel, ganz voller Sonne ...«

Etwa die Hälfte des Jahres verbringen Fallada und Ulla, gemeinsam oder getrennt, in Krankenhäusern, Psychiatrien und Entzugsanstalten. Die im Haus lebenden Kinder sind wie auch die Erwachsenen mit den Zuständen völlig überfordert. Die sechsjährige Jutta muss mit ansehen, wie ihre Mutter, sobald die Wirkung der Rauschmittel nachlässt, mit Schaum vor dem Mund auf der Couch liegt und wie der Stiefvater in Tobsuchtsanfällen mit einem Messer in der Hand durch das Haus läuft. Einen geregelten Tagesablauf gibt es kaum mehr. Das Frühstück ist mal üppig, mal gibt es nicht einmal trocken Brot. Nicht selten freut sich Jutta, dass die Schule ausfällt, weil die Eltern verschlafen. Dennoch drängt Fallada im Februar darauf, auch Mücke, die 13-jährige Tochter, zum neuen Schuljahr nach Berlin zu holen. Suses Bedingung ist, dass die Erwachsenen »kein M.« konsumieren. Sie schreibt wenige Wochen nach Falladas Tod an seine Schwester Elisabeth über diese Zeit: »Ich habe schon Uli und Mücke mit sehr schwerem Herzen zu ihnen gelassen, hatte ja keine andere Möglichkeit, ihnen die nötige Schule zu verschaffen. Aber wenn ich das schon alles so gewußt hätte, was ich jetzt weiß, hätte ich es doch wohl auf irgend eine andere Weise möglich gemacht. Beide Kinder haben sehr häßliche Szenen miterlebt, so daß sogar Uli, der sehr an seinen Vater hing, ihm sehr entfremdet wurde.«

Liest man Falladas Briefe aus jenen Monaten, vergleicht man Ton und Inhalt mit dem verbürgten Geschehen, so zeigen sich in der Diskrepanz alle Symptome fortgeschrittenen Suchtverhaltens: die Abhängigkeit wird nicht geleugnet, aber kleingeredet, Optimismus wird bemüht und Versprechungen werden gemacht, von denen beide Seiten wissen, dass sie nicht gehalten werden. Doch anders als die meisten Süchtigen täuscht sich Fallada nicht selbst über seinen Zustand. Seit seiner Jugend kennt er das Auf und Ab von Gewöhnung und Entzug und weiß um die zerstörerische Wirkung der Sucht. Gleichzeitig hat er in Jahrzehnten die Fähigkeit entwickelt, selbst in desolaten Situationen den Überblick zu behalten über die beruflichen, finanziellen und familiären Angelegenheiten, die es zu regeln gilt.

Fallada unternimmt keine Anstrengungen, Teil des sich etablierenden Literaturbetriebs der Hauptstadt zu werden, er bleibt Einzelgänger wie in der Carwitzer Zeit und in den Jahren davor. Als er im November 1945 die Korrespondenz mit Rowohlt wieder aufnimmt, ist er beim Aufbau-Verlag untergekommen, der als erster Belletristik-Verlag in der SBZ eine Lizenz beantragt und die Genehmigung am 18. August erhalten hat, während Rowohlt in Hamburg mit den britischen Besatzungsbehörden noch um eine entsprechende Lizenz ringt. Vieles dreht sich im Briefwechsel mit dem Freund um Johannes R. Becher, das Zentralgestirn des Kulturlebens in den ersten Nachkriegsmonaten. Fallada berichtet, Becher erwäge, Rowohlt die Leitung des Aufbau-Verlags anzutragen. Der ist nicht abgeneigt: »Becher ist ein außerordentlich liebenswerter Mensch und hat einen ganz außergewöhnlichen Charme und Zauber, der auf mich schon in längst vergangenen Zeiten außergewöhnlich stark gewirkt hat.« Es werden Pläne für eine künftige Interessengemeinschaft von Rowohlt und Aufbau geschmiedet, die sich alle zerschlagen, als Autor und Verleger beinahe gleichzeitig Schwierigkeiten wegen ihrer Rolle in der NS-Zeit bekommen.

Rowohlt wird seine NSDAP-Mitgliedschaft vorgeworfen, zudem wird ihm angekreidet, 1940 aus dem sicheren Brasilien nach Deutschland zurückgekehrt zu sein, wo er in einer Propagandakompanie Dienst tat. Die erhobenen Vorwürfe lassen es zweifelhaft erscheinen, dass er eine Verlagslizenz erhält. »Hier in Berlin ist es schon ausgemacht, daß Sie nicht wieder verlegen werden«, schreibt Fallada im März 1946. Der Aufbau-Verlag hat sich inzwischen zum wichtigsten belletristischen Verlag in Deutschland mit hohem Absatz auch in den westlichen Besatzungszonen entwickelt – bis Ende 1946 erscheinen 62 Erstauflagen und 45 Nachauflagen in einer Auflagenhöhe von insgesamt 1,5 Millionen Exemplaren. Die Gewichte verschieben sich erst mit der Neuzulassung anderer Verlage und der Währungsreform von 1948, durch die der Absatz im Westen einbricht.

Über seine eigene Situation berichtet Fallada seiner Schwester Margarete und dem Schwager: »Für uns sieht der Himmel ziemlich gewitterschwer aus. Die Amerikaner haben nun die Pressefehde gegen mich aufgenommen und tun mich als einen Schrittmacher Hitlers und getreuen Wegbereiter der Nazis ab. Wie am ›Wolf unter Wölfen‹ zu sehen sei. Jedem zwar unverständlich, aber dagegen ist nichts zu machen. Ulla und ich rechnen mit der Möglichkeit, daß ich mein Gewerbe mal wieder aufgeben muß, und dann werden wir aus meinen Büchern eine Leihbibliothek aufmachen und uns auch nicht unterkriegen lassen. Uli geht es glänzend. Uns mäßiger.«

Rowohlt und Fallada geraten in die Lage, sich gegenseitig zu entlasten. Der Autor schreibt einen sehr persönlich gehaltenen »Persilschein« für seinen Verleger: »Kompromisse hat jeder machen müssen, der von 1933 bis 1945 in Deutschland arbeiten wollte – es fing bei jedem damit an, daß er die Naziflagge raushängte und entscheidend ist m. E. nur, wie weit es mit diesen Kompromissen ging, ob einer innerlich sauber blieb.« Der Autor selbst empfängt ambivalente Signale: Einerseits wird sein Buch »Bauern, Bonzen und Bomben« in der SBZ aus den öffentlichen Bibliotheken entfernt, andererseits erscheint gleichzeitig eine Neuauflage von »Wer einmal aus dem Blechnapf frißt«. »Becher nimmt all dem gegenüber eine sehr weiche Haltung ein«, berichtet er Rowohlt, »er geht den Widerständen gern aus dem Wege, ein Kämpfer ist er bestimmt nicht. Offiziell stehen wir uns noch sehr gut, innerlich gibt es so einige Differenzen.«

Gleichfalls im März 1946 kündigt Fallada ihm an: »Ein Büchlein von etwa 300 Druckseiten wird zu Ende des Monats fertig, dann will ich in einen ganz großen Roman steigen.« Das »Büchlein« heißt zu dieser Zeit noch »Fallada sucht seinen Weg«. »[...] ich arbeite wie ein Pferd«, schreibt der Autor. Es dauert jedoch noch bis August, bis der Roman fertiggestellt ist, weil der reale Alpdruck den Schriftsteller nicht loslässt. Das Buch ist denn auch mehr ein autobiographischer Bericht als ein Roman. Es beschreibt die Ereignisse in der Zeitspanne vom Einmarsch der Roten Armee in Feldberg bis Ende November 1945 und schließt einen Tag Anfang Juli 1946 mit ein, also die unmittelbare Gegenwart des Schreibenden.

Fallada hat den autobiographischen Charakter der Aufzeichnungen nur marginal verfremdet, an manchen Stellen weichen die zeitlichen Abläufe vom wirklichen Geschehen ab, an anderen setzt bereits der innere Zensor ein. Völlig unglaubwürdig erscheint etwa die Eingangsszene, in der Alma, eine junge attraktive Frau, im April 1945 arglos mit dem Fahrrad zwischen den einrückenden sowjetischen Panzern hindurchfährt. Was mögen die Zeitgenossen bei der Lektüre dieser Passagen empfunden haben? Dass der Einmarsch der Roten Armee von den wenigsten Deutschen als Befreiung erlebt wird, hängt nicht nur mit der Verbreitung der Nazi-Ideologie zusammen, sondern auch mit den Schrecken des Einmarsches, den Verbrechen an der Zivilbevölkerung.

Dabei wechselt das Buch seltsam unentschlossen zwischen Roman und autobiographischem Bericht, häufig liegt das Erzählte noch viel zu dicht am Erlebten, es gibt zahlreiche Anfänge, die im Nichts enden, Ungereimtheiten im Geschehen, Figuren, die auftauchen und wieder verschwinden, und einen durch die Vorgeschichte nicht motivierten optimistischen Schluss. Aber sind es wirklich die in sich stimmigen Erzählungen, die großen künstlerischen Entwürfe, die eine Vorstellung von der physischen und geistigen Realität jener Umbruchzeit bieten, oder spiegelt sich die desolate Wirklichkeit dieser Jahre nicht eher gerade in der fragmentarischen Prosa, im Unfertigen und Gebrochenen? Anders als die jüngeren Zeitgenossen wie etwa Günter Eich oder Arno Schmidt glaubt Fallada nicht, dass es darauf ankäme, nach dem vollständigen Zusammenbruch eine neue literarische Form zu finden, vielmehr strebt er danach, Figuren zu gestalten, die sich unter dem Druck der geschichtlichen Ereignisse entwickeln.

Das Fragmentarische des »Alpdrucks« ist daher kein Ergebnis eines neuen Formwillens, sondern hängt vor allem mit den Umständen seiner Entstehung und dem fehlenden Abstand zum erzählten Geschehen zusammen. Doch wenn sich der Stoff auch der künstlerischen Gestaltung durch den Autor widersetzt hat, ist gerade mit diesem Buch ein beklemmendes Zeitbild entstanden. Falladas Beobachtungs- und Beschreibungskunst hat nichts von ihrer Kraft eingebüßt. Die Hypothek der vergangenen zwölf Jahre lastet schwer auf ihm: »Plötzlich wurde es Doll klar, daß sein Leben vermutlich nicht mehr ausreichen würde, um die Reinigung des deutschen Namens in der Welt Augen noch zu erleben, daß vielleicht seine eigenen Kinder und Enkel unter der Schmach ihrer Väter zu leiden haben würden.«

Im Vorwort heißt es: »Vielleicht wird man schon in naher Zeit die Lähmung nicht mehr begreifen, die so verhängnisvoll dies erste Jahr nach Kriegsende beeinflußte. Eine Krankheitsgeschichte also, kein Kunstwerk – verzeiht!« Dass das Buch mit seiner depressiven Grundstimmung in der Sowjetischen Besatzungszone im Spätherbst 1947 überhaupt erscheinen kann, sagt viel über die anfängliche Offenheit kulturpolitischer Vorstellungen und über den hohen Kredit, den Fallada dank Becher bei den maßgebenden Instanzen genießt. Die Resonanz in der Presse ist überschaubar. Während der Erzähler Heinz Rein den »Alpdruck« in der SED-Zeitschrift »Einheit« verreißt und urteilt: »Das ist einfach unerträglich, auch vom Literarischen her«, urteilt Max Schroeder ausgewogener. Das Buch sei ein »künstlerisch unbefriedigendes, aber durch seine Aufrichtigkeit wertvolles und aufschlußreiches Werk«.

Als der Schriftsteller am 20. März 1946 aus den Kuranstalten Westend entlassen wird, gehört das unfertige Manuskript des »Alpdrucks« zu seinem Gepäck. Seit vier Wochen hat er täglich sechs bis acht Seiten geschrieben. Sein Plan, das Buch bis Ende des Monats fertigzustellen, wäre realistisch gewesen, wenn ihm nicht Ulla einen Strich durch die Rechnung gemacht hätte. Sie war drei Wochen nach Fallada in die Kuranstalten aufgenommen worden, als er bereits das Schlimmste hinter sich hatte, und erwies sich als schwierige Patientin. »Strahlende Einsichtslosigkeit« wird ihr auf dem Krankenblatt attestiert. Wenigstens ein Vierteljahr hätte sie bleiben müssen, um vor einem Rückfall einigermaßen gefeit zu sein, aber schon der Entzug unter Aufsicht des Klinikpersonals misslingt. Für Ulla trifft zu, was der Leiter der Kuranstalten, Professor Zutt, 1946 in einem Beitrag über die »Gegenwärtige Zunahme des Morphinismus« schreibt: »Es gehört zum Wesen des Morphinisten, dass er seine eigene Prognose zu günstig sieht.« Da sie die notwendige Dauer des Entzugs nicht akzeptiert, wird ihr von Zutt anheimgestellt, die Anstalt zu verlassen. Mit ihr verlässt auch Fallada die Klinik, da er um den Zustand seiner Frau weiß.

Damit nimmt das Unglück von neuem seinen Lauf. »Gleich auf dem Rückweg« besorgen sich die beiden »neues M.«, und zu Hause wird »gleich weitergespritzt«. Gelegentlich hilft Dr. Kupke aus, der Leibarzt der Pankower Prominenz: »Lieber Herr Fallada! Glück gehabt! Ganz tief in einer Ecke fand ich noch diese Schachtel mit 7 [?] Ampullen M. Sie müssen aber damit bis heut Abend auskommen, und dann geht es [...] in die Heilung! Ich glaube fest an Sie und freue mich auf unseren gemeinsamen Kampf!« Seinem Freund Geyer schreibt Fallada: »Ganz schlecht ist die Uschi nicht [...]. Nur, daß sie mir immer dieses Mistzeug von Morphium ins Haus bringt! Nein, ich muß von ihr freikommen, um wieder arbeiten zu können, ich muß! Die Jahre an der Seite Suses waren immer Jahre des Aufbaus gewesen, doch die Jahre an der Seite dieser Frau sind Jahre des völligen Zerfalls, des völligen Untergangs!« Beide konsumieren in so kurzen Abständen Drogen, dass sie keine Abstinenzerscheinungen haben. Für ein paar Wochen nimmt das Leben im Eisenmengerweg den Schein von Normalität an. Zum Alltag gehört, dass täglich sieben verschiedene Zeitungen gelesen werden. Fallada schreibt eine Geschichte für die »Tägliche Rundschau« und setzt sich danach wieder an den »Alpdruck«.

In diesen Woche begegnet Grigorij Weiss dem Schriftsteller: »Fallada war hager, blaß und erinnerte mit seiner dunklen Brille an eine Krimigestalt. Er hatte etwas Magisches im Gesicht, das man lange anstarren mochte. Leidgeprägt und böse zugleich, mochte es einem Fremden arrogant und hart erscheinen, doch dem Wesen nach war Fallada ein guter und sanfter Mensch. Wenn er sprach, schaute er sich häufig um, als fürchte er Lauscher oder einen Stoß in den Rücken.«

Ende des Monats steuern Fallada und seine Frau auf einen neuen Tiefpunkt zu, das Morphium geht aus. Ulla gelingt es nicht, Nachschub zu beschaffen. Die Entzugserscheinungen sind so gravierend und die allgemeine Verzweiflung so groß, dass beide beschließen, ihrem Leben ein Ende zu setzen. Fallada schreibt am 1. Mai ein Testament, in dem sich die Eheleute gegenseitig als Universalerben einsetzen, läuft damit zu Becher, dann wieder zurück in den Eisenmengerweg, wo er droht, sich mit Salzsäure zu vergiften, die zum Reinigen der Toilette im Haus ist. Becher, dem er ankündigt, auch Ulla umbringen zu wollen, läuft hinterher. Es gelingt ihm, den Freund mit dem Hinweis auf eine Flasche Cognac hinzuhalten und die schlimmsten Entzugserscheinungen mit Alkohol zu betäuben. Zu dritt trinken sie die Flasche leer. 1950 erinnert sich Becher: »[...] er hielt die Hochspannung nicht aus, mit der er bei seiner Arbeit geladen war, und konnte sich nicht anders entspannen als mittels Drogen. [...] Tag und Nacht hielt er mich auf dem Sprung.«

Am Abend trifft der vom Kulturbundpräsidenten alarmierte Dr. Kupke ein. Er spritzt Fallada Morphium und sorgt dafür, dass er in einer Krankenstation unterkommt, einem ehemaligen Altersheim in der Marthastraße in Niederschönhausen, das seit Kriegsende als Sanatorium für geschlechtskranke Frauen dient. Hier erhält der Patient während der ersten Tage Schlafmittel. Bald stellt sich auch Ulla ein, die im Nebenzimmer untergebracht wird. »[...] da haben sich leider manchmal sehr hässliche Szenen abgespielt. [...] die Frau war schlimmer als der Mann«, erinnert sich Kupke Jahrzehnte später. Sohn Uli muss derweil mit dem Schulalltag und allen Verpflichtungen eines Haushaltsvorstands allein klarkommen.

Ende Mai 1946 vermeldet Fallada aus der Marthastraße seinem Freund Rowohlt: »Ich habe viel mit Depressionen zu tun und das Leben ist im Augenblick eigentlich nur unerfreulich.« Dennoch geht es bergauf, Indikator dafür ist wie immer das Anschwellen der schriftstellerischen Produktion. Am 1. Juni schreibt er bereits den »Pfingstgruß an Achim«, ein Geschenk für den jüngsten Sohn in Carwitz. Die Geschichte wird am 9. Juni in der »Täglichen Rundschau« veröffentlicht, zugleich ein Signal dafür, dass der Autor trotz der Angriffe in der Presse mit keinem politischen Bann belegt ist. Gleich darauf setzt sich Fallada an die Lebensbeschreibung von Alfred Schmidt-Sas, dem Freund der »Kenterin«, schreibt am »Alpdruck« und an Kalendergeschichten für die »Tägliche Rundschau«, zumeist bloße Gelegenheitsarbeiten.

»Ich pussele endlose Kurzgeschichten«, berichtet er seiner Schwester. In ihnen nutzt er teilweise Motive aus früheren Erzählungen, die dem neuen politischen Kontext angepasst werden. So kann im »Genesenden-Urlaub« von 1942 ein Kriegsversehrter froh wieder in den Krieg ziehen, weil sein Arm durch die Zuwendung eines Mädchens geheilt wird, während vier Jahre später der Held in der Erzählung »Der Heimkehrer« durch das gleiche Wunder für den Wiederaufbau tauglich wird. Ein Bild vom Alltagsleben in Pankow 1945/46 und ein Porträt des ältesten Sohnes Uli bietet die Erzählung »Der Ententeich«.

Am 9. Juni erhält Suse von der Krankenstation folgendes Resümee: »Gesamtergebnis: nicht viel Gutes, aber auch nichts direkt Schlechtes. Das beste ist, dass ich wieder den Arbeitswillen und auch einige Arbeitskraft habe. Ich werde es schon irgendwie schaffen.«

Ende Juli kehrt Fallada in den Eisenmengerweg zurück, wo er sich zunächst um die Begleichung der inzwischen auf die stattliche Summe von 15 000 RM aufgelaufenen Schulden kümmern muss, die teilweise ohne sein Wissen von Ulla gemacht wurden. Kurz vorher betrug die Summe sogar noch 35 000 RM. Er warnt die Gläubiger, dass er für künftige Schulden seiner Frau nicht mehr aufkomme. Selbst Becher wird in die juristischen Scharmützel um den Kauf illegal beschaffter Rauschmittel verwickelt. Die Finanzmisere wird zum Dauerthema. Seit vielen Jahren führt Fallada Buch über Ein- und Ausgaben, und auch in Berlin hat er diese Gewohnheit beibehalten. Die überlieferten Aufzeichnungen vom 1. Juli bis 22. August 1946 weisen 33 500 RM an Honoraren aus, das meiste davon kommt vom Aufbau-Verlag (26 000 RM), der Rest von der »Täglichen Rundschau«. Die Ausgaben sind penibel aufgelistet, so etwa für den 16. Juli: Fleisch: 4,10; Milch: 0,60; Stachelbeeren: 0,62; Zucker: 1,93; Heringe: 1,55; Butter: 1,21 RM. Alles kleine Beträge, wohin verschwindet der Rest?

Das meiste Geld fließt in die Rückzahlung der Schulden, die sich durch Morphium, Zigaretten und Alkohol angehäuft haben. Die Posten für Morphium werden unter der Rubrik »Darlehen von Dr. Kupke« versteckt. Übrig bleibt ein Betrag, der sich u. a. wie folgt aufteilt: 6619 Mark für Zigaretten, 2002 Mark für Alkohol (Schnaps, Bier, Alkolat) und 159,92 RM für Lebensmittel. Auch an Suse ist gedacht, die sich zur gleichen Zeit um Falladas pflegebedürftige Mutter und um zwanzig im Carwitzer Haus einquartierte Flüchtlinge kümmert. Für den 20. August findet sich die Position »Frau Anna Ditzen, Zuschuß, 200 RM«.

In der zweiten Augustwoche erleidet Ulla eine Fehlgeburt. Was nach den vergangenen Monaten noch übriggeblieben sein mag von dem Plan, noch einmal neu anzufangen – für Zuversicht reicht es nicht mehr aus. Fallada möchte sich endgültig von Ulla trennen. Suse schreibt er: »Jedenfalls ist mir klar, daß all meine Arbeitskraft und Arbeitslust bei Ulla verlorengehen würden, daß die mir am wichtigsten sind, weißt Du ja.« Aus diesen Wochen stammt ein skurriler Vorschlag Falladas, der von der Verzweiflung angesichts seiner persönlichen Lage zeugt: Suse möge eine zweite Ehe mit ihm eingehen, nur unter dieser Bedingung würde Ulla der Scheidung zustimmen. Aus Carwitz kommt ein klares Nein: »Fünfzehn Jahre Ehe, wie wir sie geführt haben, lassen sich nicht einfach auslöschen, aber das Ende unserer Ehe war doch zu schmerzhaft.« Suse sagt »ihrem Jungen« jedoch Unterstützung zu. Da sind Fallada und Ulla längst schon wieder versöhnt und wollen es »noch einmal miteinander versuchen«: »Ich wie Ulla sind eigentlich immer bester Stimmung.« In der zweiten Septemberhälfte schließt Fallada den »Alpdruck« ab, über den er selbst keine günstige Meinung hat. An Rowohlt schreibt er: »Der fertig gewordene Roman [...] ist nichts, worauf ich stolz bin, eine Verlegenheitsarbeit, zwischen zwei Stühlen, um den Brei geredet – und dazu auch noch mißlungen.« Und noch in einem seiner letzten Briefe urteilt er: »[...] ein sehr mäßiger, ja ein völlig mißlungener Roman.« Das sollte das Buch, an das er sich nun setzt und das er in einer Rekordzeit von 24 Tagen zu Papier bringt, nicht werden.

SIEBENUNDZWANZIGSTES KAPITEL

Endlich wieder ein richtiger Fallada – Die Wirklichkeit ist schlimmer als der Roman – Da schwamm mein kleiner Fallada also lustig im Wasser umher – Geh du raus! – Das alternde Herz hört auf zu schlagen

Am 14. September 1946 brachte Fallada seine Frau in die Universitätsfrauenklinik. So unerfreulich die Gründe dafür waren – er konnte jetzt zu Hause ungestört arbeiten und vermeldete schon vier Tage später Rowohlt den Abschluss des »Alpdrucks«. Ein Schreiben von der DEFA, der ein halbes Jahr zuvor gegründeten ostdeutschen Filmgesellschaft, trifft ein. Hier hat man einen Aufsatz des Schriftstellers gelesen, der 1945 in der Zeitschrift »Aufbau« erschienen war, und sieht darin den Plot für einen Film – hat Becher nachgeholfen? Statt des Buchs, das später »Jeder stirbt für sich allein« heißen wird, ist bisher nur ein 15-Seiten-Aufsatz »Über den doch vorhandenen Widerstand der Deutschen gegen den Hitlerterror« im November 1945 im »Aufbau« erschienen. In ihm schildert der Schriftsteller das aus den Akten rekonstruierte Geschehen. Er verfremdet aber schon die Namen und Orte, ändert die zeitliche Abfolge, das handlungsauslösende Moment und kündigt an, einen Roman über den Widerstand eines Berliner Arbeiterpaares verfassen zu wollen. Den Inhalt beschreibt er so: »Die beiden schon ältlichen Leute hatten plötzlich im Kriege angefangen, Postkarten mit Aufrufen gegen Hitler zu schreiben, nachdem sie doch bis dahin kleine Parteiämter bekleidet hatten, und diese Karten hatten sie in den Treppenhäusern sehr begangener Geschäftsbauten niedergelegt. Das war so zwei Jahre gut gegangen, dann war der Mann durch die Gestapo erwischt worden, nach ihm die Frau, es folgte das unvermeidliche Verfahren vor dem Volksgerichtshof und das Todesurteil, das dann im Jahre 1942 an beiden vollstreckt wurde.« Die Karten landeten fast vollständig bei der Gestapo: »Welche Verängstigung aller, aber auch aller, die sich in der übereiligen Abgabe dieser Karten kundtut! Ein Volk von Verrätern, großgezogen von einem Staats-Verführer, in dem die Denunzianten Ehre und Beförderung erfahren, in dem der Vater nicht vor der Anzeige des Sohnes, die Schwester nicht vor der des Bruders sicher ist!«

Fallada tut sich schwer mit dem Roman. Ein Teil der Reserve, die der Schriftsteller gegenüber dem Stoff hat, hängt mit seiner Befürchtung zusammen, ein Buch nach der Vorlage der Gestapo-Akten könnte ihm als nachgeholter Widerstand ausgelegt werden. »Widerstandskämpfer sei er nicht gewesen. Er habe sich im großen Strom mittreiben lassen und wolle nicht besser scheinen, als er gewesen sei«, erinnert sich Kulturbund-Generalsekretär Willmann an die Gründe, weshalb Fallada die Beschäftigung mit dem Stoff zunächst ablehnte. Obwohl der Abgabetermin längst verstrichen ist, vereinbart war der 1. Januar 1946, ist noch keine Zeile geschrieben, als der Verlag im Februar 1946 den neuen Roman des namhaften Schriftstellers ankündigt unter dem ursprünglichen Titel: »Im Namen des Volkes (Streng geheim)«. Zu diesem Zeitpunkt ist Fallada gerade auf Morphiumentzug in den Kuranstalten Westend und bangt angesichts der Vorwürfe in der Westpresse um seinen Status im Osten. Es gibt Neider, wie den Schriftsteller und Schauspieler Horst Lommer, der sich beim Leiter des Aufbau-Verlags beschwert, dass sein Roman in der Verlagsankündigung »in kleinster Aufmachung« beworben wird, »während dem Profaschisten Fallada eine ganze Seite gewidmet ist«. Was das moralische Gewicht von Lommers Urteil allerdings verringert, ist der Umstand, dass er seine eigene NSDAP-Mitgliedschaft verschwiegen hat. Zu den politischen Erblasten Lommers gehört überdies sein Debüt als Filmschauspieler: Er verkörperte die Rolle eines jungen Offiziers in Veit Harlans »Jud Süß«.

Fallada ist in die Mühlen der großen Politik geraten. Längst steht das Zweckbündnis der Alliierten nicht mehr auf so festen Füßen wie noch ein Jahr zuvor. Im Februar 1946 laufen die Vorbereitungen für die Zwangsvereinigung von SPD und KPD.

Eine entsprechende Urabstimmung unter SPD-Mitgliedern ist nur in den Berliner Westsektoren möglich – über vier Fünftel sprechen sich gegen die Vereinigung aus. Im Osten werden sozialdemokratische Vereinigungsgegner in die ehemaligen Konzentrationslager der Nazis eingeliefert, die jetzt vom sowjetischen Geheimdienst betrieben werden und »Speziallager« heißen – nicht wenige Sozialdemokraten finden sich nach 1945 unter anderen Vorzeichen ein zweites Mal im selben Lager wieder. In einer Situation, da die Alliierten beginnen, verschiedene Wege zu gehen, scheut man im Osten den politischen Gesichtsverlust und hält nach einigem Zögern an dem prominenten Schriftsteller fest.

Dass sich Fallada so viel Zeit mit dem Roman lässt, hängt zudem mit einem gravierenden stofflichen Problem zusammen – die Materie ist zu spröde: »Da waren zwei ältere Leute, ohne Anhang, ohne Kinder, ohne Freundschaft, sie schrieben Postkarten, zwei Jahre lang, nichts wie das, und legten sie auf den Treppen nieder. Schließlich wurden sie erwischt und hingerichtet. Es war zu trocken, zu wenig. Kein bisschen Jugend, Licht, Hoffnung. Nun ja, die Gestapo war da mit ihren Beamten, die nach den Kartenschreibern jagten, aber wie gleichgültig, wie routinemäßig und wie ungeschickt jagten sie. Sie jagten, wie ein Beamter Briefmarken hinter seinem Schalter verkauft! Nein, der Stoff gab nichts her, daraus war wohl ein Aufsatz von zwanzig Schreibmaschinenseiten zu machen, aber nie ein Roman von vierhundert!« Wer mochte angesichts der deprimierenden Gegenwart gern an die düstere, eben erst überstandene Zeit erinnert werden? Ist der Preis für den Neuanfang, den die Generation des Wiederaufbaus in Deutschland zahlen musste, nicht ohnehin die Verdrängung? Es sei »unbedingt notwendig, daß auch etwas Jugend und ein wenig Liebe in diesem Buch vorkommt«, schreibt Fallada.

Beim Treffen mit den Filmleuten am 26. September 1946 möchte er gern eine andere Idee anbringen. Ihm schwebt ein »großer Roman« vor, der, so der verworfene Titel eines früheren Buchs, »Die Eroberung von Berlin« heißen soll: »Der Roman wird aber nichts mit militärischen Eroberungen zu tun haben, sondern schildern, wie ein junger Mann, Flüchtling aus Pommern, in die Ruinenstadt Berlin kommt, wie er dort lebt, sich eine Existenz aufbaut, eine kleine bescheidene Existenz in dieser Zeit. Das Buch soll einen Querschnitt durch das heutige Leben junger Menschen in Berlin geben.«

Davon aber wollen die DEFA-Leute nichts wissen, sie bestehen auf dem Widerstandsplot. Fallada braucht Geld, um seine Schulden zu bezahlen, seinen Hausstand, seine und Ullas Drogensucht zu finanzieren. So willigt er ein, und die DEFA sichert sich »die zeitlich und örtlich uneingeschränkten Weltverfilmungsrechte für jede bekannte und noch unbekannte Art der Tonfilm-Herstellung und -Verwertung, insbesondere für Farbsowie plastischen Film«. Noch auf dem Heimweg bereut er seine Zusage fast schon wieder. Soviel auch gegen dieses Buch »Über den doch vorhandenen Widerstand der Deutschen gegen den Hitlerterror« spricht, das einmal Gelesene und zu einem Aufsatz Verarbeitete geht ihm nicht mehr aus dem Kopf: »[...] mein Gehirn beschäftigte sich doch mit dem Stoff, es beschäftigte sich fast ununterbrochen mit der Frage: wie bekomme ich ein bißchen Farbe und Leben in diese Düsternis?«

Aus dem Filmprojekt wird nichts. Der Roman aber nimmt ab dem 30. September Gestalt an, Fallada sitzt nun zumeist von früh um fünf bis abends sieben Uhr am Schreibtisch. An den Psychoanalytiker Schultz-Hencke, bei dem er sich in Behandlung zu begeben erwägt, schreibt er: »Nun aber sitze ich in einer großen Arbeit, die vertraglich bis zum 1. 12. abgeliefert werden muss, und ich kann das nur schaffen, wenn ich jeden Tag mindestens 12 Stunden am Schreibtisch sitze. In solcher Arbeit fühle ich mich immer von allen meinen Krankheits-Belästigungen befreit, die kommen dann erst wieder, wenn die Arbeit abgeschlossen und abgeliefert ist.«

Mehrfach hat er sich auch öffentlich über seine Schaffenstechnik geäußert, zuletzt 1946 in einem Rundfunkvortrag, den er als »Zwiegespräch zwischen dem Verfasser und seiner Frau« anlegt:

Wenn die erdachten, erfundenen Gestalten ihr Eigenleben bekommen, wenn sie zu wirklichen Menschen für mich werden, wenn sie in der Stille meines Arbeitszimmers bei mir leben – das ist Glück. Und wenn ich abends den Kampf verzweifelt aufgebe, wenn ich nicht weiter weiß, wenn selbst ich den Knoten nicht lösen kann … Wenn ich dann ins Bett gehe und schlafe nur wenig und ganz dünn, immer das Hirn nur mit dem einen Gedanken beschäftigt: wie geht es morgen weiter? – und ich finde das ›Weiter‹ nicht … Und wenn dann die Angst dazu kommt, der Strom könnte unterbrochen, ja vielleicht versiegt sein, und es gäbe gar keinen Schluß für dieses Buch, ich sei in eine ausweglose Sackgasse geraten … Und wenn ich mich früh am nächsten Morgen wieder an die Arbeit setze, von dieser Angst erfüllt, und doch wieder zu schreiben anfange, irgendeinen belanglosen Überbrückungsabschnitt, bloß um irgendetwas zu schreiben, dann habe ich einen neuen Roman begonnen, muß jeden Tag geschrieben werden, ganz gleich, wie die Stimmung ist …

Es ist eine Zeit höchster Anspannung und Konzentration. Ausgeprägte Beobachtungsgabe, Interesse an allem Menschlichen, auch am scheinbar Nebensächlichen, ein exzellentes Gedächtnis, Gewissenhaftigkeit, Disziplin und schriftstellerisches Handwerk sind aber nur die Vorbedingungen von Literatur: Wie weit es gelingt, dem Stoff über eine solide erzählte Geschichte hinaus literarische Gestalt zu verleihen, gehört zu den Unwägbarkeiten des schöpferischen Prozesses.

Nur 24 Tage benötigt Fallada für die Niederschrift eines Buchs, das im Druck über 600 Seiten umfasst. Im zweiten Schritt, ab 1. November, wird das Geschriebene überarbeitet, Teile werden gestrichen, umgestellt oder ergänzt, was beinahe die gleiche Zeit beansprucht. An Suse schreibt er nach der ersten Niederschrift des Romans: »Ich glaube, es ist seit Wolf unter Wölfen wieder der erste richtige Fallada geworden, trotzdem mir der Stoff doch gar nicht lag.«

Tatsächlich bietet dieser Roman den ganzen Fallada: die hohe Kunst der Milieuschilderung, zeitlos gültige Bilder und Szenen ebenso wie Schablonenhaftes, Kitsch und Unglaubwürdiges. Das Geschehen wird als politischer Kriminalfall dramatisiert, als Wettlauf zwischen den Quangels, die ungeachtet der Gefahr, gefasst zu werden, immer weiter handgeschriebene Karten mit Anklagen gegen das NS-Regime verbreiten, und einer mit professionellen Polizeimitteln arbeitenden brutalen Verfolgungsbehörde, der Gestapo.

Eindrucksvoll gelingt die Zeichnung einzelner Figuren, etwa die des Kammergerichtsrats mit dem sprechenden Namen Fromm, der die jüdische Nachbarin Frau Rosenthal in seiner Wohnung versteckt. Fromm trägt Züge von Falladas Vaters, so wie der Sohn ihn sah. Über den Kammergerichtsrat heißt es: »Trotzdem er gütig ist, ist er kalt. Selbst seine Güte ist kalt.« Über allem steht die Majestät des Rechts, und das Gesetz besagt, dass Frau Rosenthal das Zimmer, das ihr zugewiesen ist, tagsüber nie verlassen dürfe: »Sobald Sie eigenmächtig handeln, sobald einmal, ein einziges Mal nur, die Tür dieser Wohnung hinter Ihnen zugeschlagen ist, öffnet sich diese Tür Ihnen nie wieder, ist Ihr und Ihres Mannes Name für immer ausgelöscht hinter dieser Stirn.« Der Kammergerichtsrat sieht nicht, dass die bedrängte und verängstigte Frau in ihrer Situation nicht nur ein Versteck braucht, sondern auch Zuwendung. Die Übertragung abstrakter Regeln des Rechts aufs Private, die Kälte, mit der das menschlich Gebotene umgesetzt wird, die rein juristische Grundierung von Güte, die ihren Wert doch in sich selbst haben sollte – all das hat Fallada zumindest in seiner Jugend auch dem Vater vorgeworfen.

»Farbe und Leben« in die Geschichte bringt nicht zuletzt der Sinn des Schriftstellers für – bei aller Tragik – absurde Szenen. Als Frau Rosenthal, die nach dem Bild der Freundin Lore Soldin gestaltet ist, eines Tages doch das Zimmer verlässt und auf die verängstigte Haushälterin trifft, entwickelt sich eine groteske Situation: Die (dem Hausherrn gegenüber loyale) Haushälterin, eine »dürre, ältere Frau«, »starrt erst einen Augenblick die unerwartete Besucherin an, wobei sie die Augenlider rasch hintereinander ein paar Mal zukneift, als könne sie den Anblick da für nicht ganz wirklich nehmen. Dann lehnt sie den Teppichroller gegen den Tisch und fängt an, mit Händen und Armen abwehrende Bewegungen zu machen, wobei sie von Zeit zu Zeit ein scharfes ›Sch! Sch!‹ ausstößt, als scheuche sie Hühner. Frau Rosenthal, schon im Rückzug, sagt flehend: ›Wo ist der Kammergerichtsrat? Ich muss ihn einen Augenblick sprechen!‹ Die Frau kneift die Lippen zusammen und schüttelt heftig den Kopf. Dann beginnt sie wieder mit ihren Scheuchbewegungen und dem ›Sch! Sch!‹, bis Frau Rosenthal ganz in ihr Zimmer zurückgewichen ist.«

Eingang in das Buch findet auch das Schicksal eines Bekannten, Alfred Schmidt, der sich nach seinem Geburtsort Schlegel in der Oberlausitz Schmidt-Sas (»Schmidt aus Schlegel«) nannte. Der Lebensgefährte von Marga Dietrich-Kenter, der Freundin der Familie und häufigen Besucherin in Carwitz, betrieb eine private Musikschule in Berlin. Hier kam er in Kontakt mit einer Widerstandsgruppe, für die er einen Abziehapparat zum Vervielfältigen von Flugblättern besorgte und eine Druckmaschine in einem Koffer in seiner Wohnung aufbewahrte. Die Gruppe flog im Herbst 1941 auf, Schmidt-Sas kam ins KZ Sachsenhausen, wurde noch einmal freigelassen, dann wieder verhaftet und wegen Vorbereitung zum Hochverrat zum Tode verurteilt. Fallada hatte den Musiker 1935 in Carwitz kennengelernt, verfolgte dessen Schicksal und wusste von seiner Verhaftung und Hinrichtung. Kurz vor der Arbeit am Roman beschäftigt er sich 1946 mit dessen Lebensgeschichte in einem Beitrag für die Zeitschrift »Aufbau«. Im Roman taucht die in der Wohnung aufbewahrte Druckmaschine ebenso auf wie ein Porträt des Musikpädagogen als Dr. Reichhardt, der seinen Zellengenossen Otto Quangel durch Souveränität und innere Ruhe beeindruckt.

Es ist der Erzählkunst Falladas zu verdanken, dass die beiden Quangels – er ein eigenbrötlerischer, pedantischer Werkmeister, der dem als Soldat gefallenen Kind gegenüber keine Liebe empfunden hat, sie eine innerlich ausgeglühte, kränkelnde Frau –, dass diese beiden nicht auf Anhieb sympathieheischenden Figuren als Protagonisten die Handlung eines Romans vorantreiben, der niemals farb- und spannungslos zu werden droht. Dies liegt auch daran, dass Fallada den trockenen Aktenstoff anreichert und den Blick weitet über das enge Milieu der Quangels hinaus auf die zwielichtige Welt der Gauner und Spitzel, auf das Berliner Kneipen- und Kleinkriminellenmilieu.

Ist es nun wirklich ein »richtiger Fallada«? Ein wichtiger Roman ist es auf jeden Fall mit einer Grundbotschaft, die konträr zu dem liegt, was der Autor als Essenz des »Kleinen Mannes« 1932 festgehalten hatte. Anders als dort heißt es jetzt, nach den Erfahrungen der Hitler-Diktatur: In »diesem Kriegs-Deutschland [gab es] ein privates Leben überhaupt nicht mehr«, ein solcher Rückzug wäre also auf Selbsttäuschung hinausgelaufen. Eine bemerkenswerte Erkenntnis für den Carwitzer Eremiten, die nur schwer mit dem Wesen des realen Rudolf Ditzen in Einklang zu bringen ist – ein Gegenbild zum eigenen Lebensentwurf im Dritten Reich, mit dem er gescheitert ist.

Die Gutachter von 1946 monieren, dass viele Schilderungen mit der jüngsten Vergangenheit kaum etwas zu tun hätten. Die Alltagswelt scheine nur aus KZ, SS und Gestapo bestanden zu haben. In einem der Gutachten heißt es: »Empfand beim Lesen wachsendes Unbehagen. […] In diesem Roman fehlen die mittleren Menschen, es gibt nur schwarze und weiße Gestalten […]. Wenn ich mich frage, welcher der Figuren in diesem Roman könnte ich in all diesen Jahren begegnet sein, muss ich antworten: keiner.«

Alle vier Gutachten fallen negativ aus. Tatsächlich hat Fallada die Nazi-Zeit weitgehend fernab des großstädtischen Alltags und der Zwänge verbracht, denen die »Volksgenossen« gemeinhin unterworfen waren. Ihm ist das selbst bewusst, und so versucht er, diese Erfahrungslücke zu schließen, indem er sich bei seinen Verwandten brieflich nach den Ereignissen in der Handlungszeit des Romans erkundigt, nach dem allgemeinen Kriegsgeschehen ebenso wie nach dem Alltag in Berlin, »wie es da mit den Bombenangriffen und der Ernährung aussah«.

Der Verlag setzt sich allerdings über die Gutachten hinweg. Indessen passt nicht alles aus Falladas Originalfassung in die sich 1947 bereits verengenden kulturpolitischen Vorstellungen der neuanbrechenden Zeit in der SBZ. Paul Wiegler, mit Fallada lange bekannt, ein ausgewiesener Literaturhistoriker, gestandener Ullstein-Lektor und nunmehr in derselben Profession im jungen Aufbau-Verlag tätig, besorgt das Lektorat. Neben sachlich begründeten Veränderungen nimmt er auch politisch motivierte Glättungen vor: Die Widerstandszelle, die bei Fallada einigermaßen dilettantisch und brutal auftritt, wird der Zuschreibung als »kommunistisch« entledigt und alles, was im Original auf eine frühere Sympathie der Quangels für das Hitler-Regime hindeutet und ihrer Vorbildwirkung abträglich sein könnte, gestrichen.

»Jeder stirbt allein, und allein zu sterben ist bitter«, heißt es in Falladas Roman »Wir hatten mal ein Kind« (1934). Das Selbstzitat gibt ein Dutzend Jahre später den Titel des neuen Romans ab. »Jeder stirbt für sich allein« bezieht sich jetzt auf den von den NS-Justizbehörden verweigerten Wunsch des Ehepaars, gemeinsam hingerichtet zu werden. »[...] sie haben jedenfalls eine rechte Ehe miteinander geführt, wenn man unter Ehe die völlige Übereinstimmung von Gefühl und Gesinnung, das bedingungslose Eintreten füreinander versteht«, schreibt Fallada in seinem Aufsatz für den »Aufbau«, nachdem er die Gestapo-Akten gelesen hatte. Und der Verlag kündigt im November 1946 den Roman mit den Sätzen an: »Ein Buch voller Trauer und doch voll stiller Menschengröße: anständig bleiben oder sterben. Nein, anständig bleiben und sterben!« Erst Jahrzehnte später stellt sich heraus, dass Fallada ganz offensichtlich nicht die kompletten Akten des Falls vorlagen. Nach der Verhaftung der Hampels, wie das Ehepaar in Wirklichkeit hieß, haben die beiden einander zunächst in Schutz genommen. Als das Todesurteil ausgesprochen wird, brechen sie zusammen. Die Dokumentation dessen, was folgt – die gegenseitigen Bezichtigungen und die Gnadengesuche –, hat Fallada nicht zu Gesicht bekommen.

Ende Oktober ist eine erste Fassung des Romans fertiggestellt, jetzt muss das Manuskript abgetippt werden. Ein Durchschlag wandert, zerlegt in drei Teile, durch die Hände von Becher, Chefredakteur Kurtz und Aufbau-Verlagsleiter Wilhelm. Zur Genugtuung über das abgeschlossene Vorhaben gesellt sich im Hause Fallada die unerwartete Freude über ein Carepaket, das von Georg Svensson vom schwedischen Bonnier Verlag eintrifft. Im Dankesbrief heißt es: »Am Abend haben wir dann genascht, alle zusammen. Die ganz Kleinen haben zum ersten Mal in ihrem Leben Kakao getrunken, und auch die großen Kinder wußten nicht mehr so genau, wie Schokolade schmeckt. [...] Das Paket enthielt: 1 Kilo Trockenmilch, 1 Kilo Kaffee, ¾ Kilo Kakao, 5 Rollen Kakes, ½ Liter Marmelade, 300 Gramm Tee, ½ Kilo Maränen in Oel, 10 Schächtelchen Süsstoff, ½ Kilo Schokolade, 1 Käse.« Vermehrt melden sich in jenen Monaten auch wieder Leser, die sich danach erkundigen, wo sie Fallada-Bücher erwerben können. So schreibt ein Herr Direktor F. Kraemer von der Forschungsgemeinschaft Burgberg aus Dahlen (Sachsen), der bei einem Luftangriff seine Bibliothek verloren hat und »Einzelexemplare« nachkaufen möchte: »Insbesondere vermisse ich den Roman ›Bomben, Bonzen und Granaten‹. Wenn Sie mir davon ein Exemplar dedizieren würden, bin ich bereit, Ihrer Gattin mit Artikeln unserer Nährmittelabteilung unter die Arme zu greifen.«

Wie dicht Tragik und Komik beieinander liegen, illustriert der Briefwechsel, der sich im Herbst 1946 zwischen Fallada und Christian Seebeck entspinnt: Vom 16. Oktober 1946 datiert der erste Brief dieser denkwürdigen Korrespondenz: »Sehr geehrter Herr Fallada! Ich erlaube mir, Ihnen anliegend eine Dose Fischkonserven zu übersenden. Ich bitte Sie höflichst mir nachzuweisen, ob und wie ich zur Zeit ein Exemplar Ihres Buches ›Wer einmal aus dem Blechnapf frißt‹ beziehen kann. Hochachtungsvoll Chr. Seebeck, Geestemünder Farben-Fabrik August Seebeck.« Fallada antwortet am 28. Oktober: »Sehr geehrter Herr Seebeck, ich danke Ihnen für Ihr Schreiben vom 16. d.M. mit einer Dose Fischkonserven – mit der sie hier große Freude erregt haben. Ich habe meinen Verleger angewiesen, Ihnen 1 Exemplar des Blechnapf, möglichst Ganz-, sonst Halbleinen, zugehen zu lassen, und wäre Ihnen dankbar, wenn Sie mir noch 2 Dosen Fischkonserven zugehen lassen könnten – ich glaube, das ist nicht zu viel für einen so umfangreichen Blechnapf!«

Jetzt stellt sich dem erfolgreich angebahnten Tauschgeschäft ein unerwartetes Hindernis in den Weg, das mit den Fährnissen des Nachkriegspostverkehrs zusammenhängt: Das Buch kann wegen Übergewichts nicht als Paket verschickt werden. Darauf schlägt Seebeck dem Aufbau-Verlag am 11. November vor: »Da Sie das Buch ›Wer einmal aus dem Blechnapf fraß‹ wegen Übergewicht nicht als ganzes senden können, bitten wir Sie, uns dieses in zwei oder drei Päckchen zu schicken. Wir werden das Buch hier wieder binden lassen.« Fallada, ersichtlich darum bemüht, den Nahrungsmittelspender bei Laune zu halten, sendet, parallel zum Verlag, das Buch am 17. November in drei Einzelteilen: »Auf das Titelblatt habe ich mir erlaubt, ein paar Widmungsworte zu schreiben«, worauf Seebeck am 23. November reagiert: »Ich danke Ihnen für die stückweise Zusendung des Buches, das hier gut angekommen ist, und hoffe, daß Sie inzwischen auch die vier Dosen nacheinander erhalten haben.« Einer der letzten überlieferten Briefe von Fallada ist vom 28. Dezember 1946 datiert und an Christian Seebeck gerichtet: »Sie sind so freundlich, meinem Fest durch Sendung von vier neuen Dosen [...] eine kleine Bereicherung zu geben. Das trifft sich besonders gut dadurch, daß ich z.Z. krank in der Charité liege, und daß die hiesige Krankenhauskost eine solche zusätzliche Bereicherung durchaus verträgt.«

Am 24. November 1946, Fallada hat noch zwei Monate zu leben, sendet er das fertige Typoskript an seinen Verlag. Jetzt passiert, was immer passiert, wenn er eine Geschichte abgeschlossen hat: Die »Krankheits-Belästigungen«, wie es im Brief an Schultz-Hencke vom Oktober heißt, setzen wieder ein. Bereits am Folgetag muss Dr. Kupke dem erschöpften Schriftsteller ein Schlafmittel verordnen. Schwer trifft ihn die Entscheidung des »Clubs der Kulturschaffenden«, ihm die Aufnahme zu verweigern, da er ein Trinker sei: »Ich weiss nicht, wer Ihnen die Mitteilung gemacht hat, ich sei ein Trinker, jedenfalls ist sie falsch [...]. Die Entscheidung der Aufnahmekommission gegen mich würde in ihrer Konsequenz bedeuten, dass der Klub nur Abstinente aufnimmt. Kulturschaffende wie Christian Dietrich Grabbe, Fritz Reuter und Ernst Theodor Hoffmann hätten nicht seine Mitglieder sein dürfen.«

Inzwischen ist Ulla wieder zu Hause. Sie erscheint kurz vor Fertigstellung des Romans mit Morphium, das sie von einem amerikanischen Arzt besorgt hat, fünf Ampullen für jeden, um ihm eine Freude zu machen. Der häusliche Frieden ist bedroht: Ulla ist eifersüchtig auf Gertrud Kramer, die bei ihnen wohnt, um den Roman abzutippen, Fallada unterstellt Ulla umgekehrt ein zu enges Verhältnis zu Becher. Mittlerweile hat er einen großen Teil seiner Bibliothek mit vielen Erstausgaben deutscher klassischer Literatur an die Berliner Buchhandlung Keiper verkauft, um Außenstände zu tilgen. Ulla macht hinter seinem Rücken neue Schulden. Beide hängen schon wieder seit Tagen an der Nadel, die Dosis beträgt zuletzt zehn Ampullen Morphium, wie Johannes R. Becher später dem Arzt berichtet.

Als am 6. Dezember 1946, einem Freitag, der Stoff ausgeht und die Entzugserscheinungen einsetzen, eskaliert die Situation ein weiteres Mal. Fallada wirft mit Büchern um sich. Dr. Kupke wird gerufen, der seinem Patienten ein Schlafmittel injiziert. Als Kupke am nächsten Tag nach ihm sehen will, wird er von Fallada aus dem Haus geworfen. Am Samstagabend bekommt der Schriftsteller wieder einen seiner gefürchteten Tobsuchtsanfälle, er wirft mit Gegenständen um sich und versucht die Entzugserscheinungen zu betäuben, indem er zwei Flaschen Cognac hinunterstürzt. Diesmal wird Dr. Bell gerufen, der entscheidet, die für Montag geplante Einlieferung in die Nervenklinik der Charité umgehend vorzunehmen. Der Schriftsteller kann, obwohl ihm Morphium zur Beruhigung gespritzt wird, nur mit Gewalt in den Krankenwagen gezwungen werden. »Bei der Aufnahme ist er sehr laut, schimpft auf die Charité, verlangt Zigaretten, lässt sich auf Zureden nicht beruhigen«, heißt es in der kürzlich aufgefundenen Krankenakte.

Fallada wird in der geschlossenen Abteilung für geisteskranke Männer untergebracht, wo es neben dem Wachsaal einen Schlafsaal mit 15 Betten gibt. Schon am nächsten Tag ist er ansprechbar und gibt bereitwillig Auskunft über seine Sucht. Als erfahrener Patient stellt er – gewiss zum Missfallen der Ärzte – Prognosen über den Verlauf seiner Heilung und bittet um baldige Verlegung auf ein Einzelzimmer, da er bald wieder schreiben könne. Sein Zustand bleibt allerding über die nächsten Tage labil. Am Mittwochmorgen, die Vorlesung beginnt um neun Uhr, spricht Fallada, im Rollstuhl sitzend und von Klinikchef Professor Roggenbau als »ein prominenter Mensch« angekündigt, vor Studenten über seine Drogenlaufbahn: »Immer noch schwerfällige, schleppende Sprache. Beim Erzählen verliert er immer wieder den Faden und muss vom Professor dauernd ermahnt werden, bei der Stange zu bleiben«, vermerkt der betreuende Arzt. Am Freitag darf Fallada die geschlossene Abteilung verlassen und wird auf Station 6 verlegt.

Zur gleichen Zeit ist Ulla zum Entzug auf der Inneren Abteilung des Krankenhauses Niederschönhausen. Fallada bittet Professor Roggenbau darum, dass seine Frau von Pankow in die Charité gebracht wird, was am 19. Dezember erfolgt. Im Krankenblatt heißt es: »Sie macht bei der Aufnahme einen betrunkenen Eindruck [...]. Der Blick ist glasig, ihr Äußeres ist vernachlässigt, die Haare hängen wirr und unordentlich. [...] Die Hände sind mit roten Farbflecken beschmiert, das Gesicht mit Lippenschminke befleckt.« Die Kinder im Eisenmengerweg sind derweil auf sich gestellt. Vor Weihnachten fahren Uli und Mücke nach Carwitz und sollen erst am 10. Januar wieder nach Berlin kommen, Ullas Tochter Jutta ist »irgendwo anders untergebracht«, wie Fallada seinem Freund Geyer schreibt. In seinem letzten Brief an die Mutter bedauert Fallada, dass es ihm nicht gelungen sei, ein väterliches Verhältnis zu Jutta herzustellen: »Es kann nicht nur an dem Kind liegen, auch ich muß Schuld daran tragen.«

Spürt Fallada in diesen Tagen, dass seine Einlieferung in die Charité mehr bedeutet als nur ein Glied in einer lebenslangen Kette von Klinik- und Sanatoriumsaufenthalten? Die Stimmung schwankt täglich. Im gleichen Brief an seine Mutter zieht der Sohn eine berührende Lebensbilanz: »Woran liegt es nur bei mir, Mutti? Ich lasse es weder an Fleiß noch an Ausdauer, noch an Ordnung und gewiß auch nicht an Liebe fehlen, aber dann zerschlage ich mir selbst in wenigen Stunden oft das, an dem ich Monate und Jahre gebaut. Ich habe jetzt einen wirklich großen Roman geschrieben, in ganz kurzer Zeit, einen Roman, der ein Erfolg werden wird, ich hatte die Früchte meines Fleißes schon in der Hand, und nun sitze ich hier einsam und allein und habe mich wieder um alles Erreichte gebracht. Irgend etwas in mir ist nie ganz fertig geworden, irgend etwas fehlt mir, so daß ich kein richtiger Mann bin, nur ein alt gewordener Mensch, ein alt gewordener Gymnasiast, wie Erich Kästner mal von mir gesagt hat.«

Am 23. Dezember wird der prominente Patient auf ein Einzelzimmer verlegt. Fallada schreibt Briefe und einen Text, den er Uli für die Schule versprochen hat und der später unter dem Titel »Wie ich Schriftsteller wurde« veröffentlicht wird. Den ganzen Tag klappert die Schreibmaschine. Besucher kommen. Auf dem Tisch liegen Zeitungen und Bücher, und er kann auch wieder fließend sprechen. Nach wie vor bekommt er am Abend eine hohe Dosis Schlafmittel. Heiligabend tippt er auf der Schreibmaschine einen achtseitigen Brief an Ulla, die er nicht sehen darf, um beider Genesung nicht zu gefährden: »Denke an die besten Stunden, die wir miteinander verlebten, denke daran, wie viel Glück wir uns schon schenken konnten, dass wir beide jung sind, dass noch ein langes Leben vor uns liegt. […] Du wirst immer das ganze Glück meines alternden Herzens sein.« In den nächsten Tagen schreibt er noch mehrere Liebesbriefe an seine Frau.

Um etwas Abwechslung kümmert sich die Fürsorgerin Liselotte Laabs, die den »freundlichen, zurückhaltenden, ruhigen und ausgeglichenen« Fallada im Einvernehmen mit Professor Roggenbau öfter besucht: »Ich sehe das Zimmer noch vor mir, rechts stand das Bett am Fenster, links hatte er Tisch, Stuhl, Waschgelegenheit.« Eines Tages wird sie zu Fallada gerufen und trifft ihn im Schwimmbad an: »Da schwamm mein kleiner Fallada also lustig im Wasser umher. Er sah furchtbar elend aus, alt und elend, ich habe in Erinnerung, dass der Körper so schmal, so ganz, ganz schmal war.« Liselotte Laabs kümmert sich im Auftrag Falladas darum, das Ullas Tochter Jutta über Weihnachten in einem katholischen Heim in Berlin-Wilmersdorf unterkommt. In diesen Tagen besucht auch Suse ihren geschiedenen Mann mehrmals in der Charité: »Wenn sie von ihm sprach, nannte sie ihn immer ›mein Jungchen‹.«

Am ersten Weihnachtsfeiertag kommt Lilly Becher mit dem Romantyposkript von »Jeder stirbt für sich allein« vorbei. Besuch bekommt er auch von Aufbau-Verlagsleiter Kurt Wilhelm und von Hans Joachim Geyer, der die Hoffnung hegt, dass der Freund »wieder voll genesen würde, denn er war von einer geistigen und körperlichen Frische, die mich überraschte«. Fallada arbeitet an Textkürzungen für den Abdruck in der »Neuen Berliner Illustrierten«. Ulla schreibt er: »Aber es wird schon werden, keine Bange.« Am gleichen Tag besucht er seine alten Zimmergenossen auf Stube 1, wo er literarischen Stoff zu finden hofft. Hier liegt »ein gewisser Päule Leuchter, ein Mann in meinen Jahren, ein Bauer aus der Gegend von Jüterbog [...]. Ein Mann, der alle Menschen eigentlich nur anschnauzt, immer nur kommandiert, und dabei grundgut, anständig, aber anschreien muß er. [...] Päule Leuchter soll die Hauptfigur für meine Erzählung in der Wilhelmschen Jugendschriftenreihe abgeben. Jetzt ist der Mann schwer krank, manchmal spinnt er direkt, hat uns nachts manchmal hübsch mobil gehalten, wenn er durchaus wissen wollte, wohin all die Autos aus unserer Krankenstube rausgefahren seien, oder wenn er Bomben schmeissen hörte und seine Wagen sind noch immer draussen. Er hat nämlich neben seinem Bauernhof noch einen Fuhrbetrieb mit sechs Fahrzeugen. Also diesen Mann will ich zum Helden meiner nächsten Erzählung machen, und seinetwegen mache ich dort auf Stube 1 noch immer Besuche.«

Fallada schließt den Brief an Ulla mit dem Volkslied »Ade zur guten Nacht« aus dem »Zupfgeigenhansl«. In seinem Erinnerungsbuch »Damals bei uns daheim« beschreibt er, wie ihn das Lied vier Jahrzehnte zuvor, auf der Holland-Fahrt mit der Wandervogel-Gruppe, zu einer Eingebung verholfen und die Reisenden aus einer ausweglosen Lage befreit hatte. Ging ihm das durch den Kopf, als er Ulla die erste Strophe schrieb? Oder dachte er zugleich an die dritte Strophe: »Das Brünnlein rinnt und rauscht / Wohl dort am Holderstrauch, / Wo wir gesessen, / Wie manchen Glockenschlag, / da Herz bei Herzen lag, / das hast du vergessen«? War ihm bewusst, dass »Ade zur guten Nacht« ursprünglich kein Abendgruß, sondern ein Abschiedslied war?

Ulla wird sich im Krankensaal auf Station 6 zur gleichen Zeit der Situation bewusst: Ihre Tochter darf sie Heiligabend nicht besuchen und muss auch über die Feiertage im Heim bleiben. Sie wird ungehalten, verlangt, ihren Mann zu sehen oder andernfalls sofort entlassen zu werden. Während sich ihr Zustand in den kommenden Tagen bessert, verschlechtert sich Falladas Befinden nach den Weihnachtstagen: »Er fürchte, eine Depression zu bekommen«, heißt es im Krankenblatt, »er habe große Angst davor, denn dann sei er unfähig zu arbeiten und könne seinen Roman nicht zur festgesetzten Zeit beenden. Die Depression dauere ca. 6 Wochen und sei ein scheußlicher Zustand.« Für einige Tage verliert der Patient die Lust am Arbeiten, ist gereizt, droht damit, die Fensterscheiben zu zerschlagen, sollte er kein Schlafmittel bekommen, und wird wegen seines aggressiven Verhaltens wieder in den Wachsaal verlegt. Erst am Neujahrstag 1947 beruhigt sich Fallada wieder. An diesem Tag liest er Jean Paul.

Es sind traurige Szenen, die sich in den kommenden Tagen in

der Psychiatrischen und Nervenklinik der Charité abspielen. Durch Berufung auf einen hohen sowjetischen Offizier gelingt es Fallada, noch einmal auf ein Einzelzimmer verlegt zu werden, aber schon einen Tag später muss er wegen seines Verhaltens wieder zurück in den Wachsaal. Von hier aus besucht er morgens um sechs überraschend seine Frau und kündigt an, die Fensterscheibe ihres Zimmers zu zerschlagen, was diese mit der entschlossenen Bemerkung kontert, dann gebe es »Keile«. Die Ärzte fragen sich, ob es Ulla geschafft haben könnte, Morphium in die Klinik zu schmuggeln. Fallada wird unruhig, weint und lässt sein Essbesteck auf den Boden fallen. Beiden wird für die nächsten Tage der gegenseitige Besuch untersagt.

Am Morgen des 10. Januar 1947 übernimmt eine neue Ärztin den Patienten. Fallada besteht erregt auf seiner sofortigen Entlassung. Professor Roggenbau fragt daher bei zwei Berliner Anstalten an, ob sie den Patienten übernehmen würden, was abschlägig beantwortet wird. Um 14 Uhr bekommt der Patient einen Anfall, die Ärztin ist überzeugt, er simuliere. Mit Suse war ausgemacht, dass die Kinder am 10. Januar von Carwitz zurückkehren. Vermutlich hängt Falladas Entlassungswunsch damit zusammen. Jedenfalls ist für den Folgetag in den Krankenunterlagen notiert: »Unterredung des Pat. mit seiner zweiten Frau in Gegenwart der Stationsärztin. Pat. ist sehr gereizt, nervös. Will seine Zustimmung zur Entfernung der beiden Kinder aus seinem Haus ungern geben.«

Ulla drängt darauf, die Entziehungskur in der Nähe der eigenen Wohnung in Niederschönhausen fortzusetzen. Fallada verhält sich in den folgenden Tagen passiv, bleibt im Bett, schläft, raucht. Am 13. Januar gegen 22 Uhr werden beide mit einem Krankenwagen in ein Hilfskrankenhaus in der Blankenburger Straße 21/23 gefahren, keine zehn Minuten Fußweg vom Eisenmengerweg entfernt. Über die kommenden drei Wochen weiß man wenig. Fallada bekommt ein Parterrezimmer für sich, er lässt sich von zu Hause Manuskripte, Bücher und Briefe bringen, arbeitet aber nicht. Ulla wird im Stockwerk darüber untergebracht, sie versorgt ihn mit Cognac und Zigaretten und vermutlich auch mit Morphium.

Ein letztes Mal kommt Freund Geyer Anfang Februar 1947 zu Besuch: »Hans Fallada war steinalt geworden! Ungepflegt sah er aus, vernachlässigt, und wenn er schlief, wie schon längst gestorben! Von Tag zu Tag verfiel sein Körper immer mehr. Als ich ihn zum letzten mal lebend antraf, vermochte er nur zeitweise zu erfassen, was um ihn herum vorging, nur noch schleppend vermochte er zu sprechen.«

»Geh du raus!«, soll Fallada in dieser Zeit einmal erregt zu seiner Frau gesagt haben, ehe er erschöpft einschlief. Ein oder zwei Tage später, am 5. Februar 1947 gegen 20 Uhr, ist es so weit. Er, der in seinen Büchern unzähligen Lesern Mut zugesprochen hat, der jedem Rückschlag im Leben das Gute abgerungen und in schier aussichtsloser Lage immer noch Zukunftspläne geschmiedet hat, gibt den Kampf auf. Fallada will nicht mehr. Das »alternde Herz« hört auf zu schlagen.

NACHSPIEL

Gelöster Ausdruck von Ruhe und Frieden – Bei diesem Abschiednehmen merkte ich wieder, wie sehr ich ihn geliebt hatte – Komm mal ganz dicht zu mir, ich muss dir was sagen – In Supermärkten und Tankstellen

Uli erhält noch am selben Tag die Nachricht vom Tod seines Vaters: »Der Vater lag, als der Sohn ihn zum letzten Male sah, noch auf dem Sterbebett; der Sohn sah auf dem Gesicht des toten Vaters einen gelösten Ausdruck von Ruhe und Frieden, wie er ihn noch nie bemerkt hatte.« Am Tag danach besucht Wilhelm Pieck das Hilfskrankenhaus, wo der Schriftsteller aufgebahrt ist. Rowohlt hört am 7. Februar auf Reisen über den Rundfunk vom Tod seines langjährigen Freundes und Autors, zu Hause findet er ein Telegramm Bechers mit der Todesnachricht vor. In Medizinerkreisen spricht sich die Geschichte herum, mitverantwortlich an Falladas Tod sei eine Nachlässigkeit des Personals, das das Verabreichen des Schlafmittels in die Hände seiner Frau gelegt hätte. Ulla habe durch eine versehentliche Überdosierung das Herzversagen des Patienten verursacht.

Suse erfährt vom Tod »ihres Jungen« von einer Schreibhilfe im Carwitzer Gemeindebüro, die die Nachricht im Radio hörte. Bis am Abend die Telegramme von Ulla und von Becher eintreffen, glaubt sie an eine Falschmeldung. Jahrzehnte später erinnert sie sich: »[...] einen Mann lieben konnte ich nur einmal, und dieser Mann war mein Mann. Als er starb, weinte ich, wie eine Frau weint, deren Mann gestorben ist. Ich war wie versteinert. Von Johannes R. Becher wurde ich hoch geehrt. Er führte mich bei der Beerdigung und ließ mich gar nicht mehr los, als ob er allen zeigen wolle, wie er zu mir hielt.« Der Leichnam wird am 13. Februar im Krematorium im Wedding eingeäschert, hier gibt es eine Trauerfeier mit Musik von Robert Schumann, Becher spricht. Beigesetzt wird die Urne zwei Wochen später auf dem Städtischen Friedhof in Pankow. »[...] die Totenfeier bei nahezu 30 Grad Kälte und einem Dutzend Anwesenden – ein großes Leuchten sank als ein gespenstisch verklingendes Irrlicht in ein undurchdringliches Dunkel«, schreibt Becher 1950. Im Sommer 1981 lässt Suse die Urne nach Carwitz überführen. Noch die Begräbnisstätte spiegelt die gespaltene Existenz des Schriftstellers: Im dichten Abstand stehen in dem Hain ein Gedenkstein für Hans Fallada und ein Grabstein für Rudolf Ditzen.

Becher wird in den kommenden Jahren Ämter auf Ämter häufen und auf andere Art scheitern als Fallada, politisch wie künstlerisch. Von ihm, der noch jahrelang die Totenmaske Falladas in seinem Arbeitszimmer zu stehen hat, stammt das intimste Porträt des Schriftstellers. Sein Rückblick auf den schwierigen Künstler-Freund, in dem er ungeachtet aller Unterschiede einen Seelenverwandten sah, liest sich stellenweise, als rede er über sich selbst:

> Fallada war als Dichter kein Denker. Kaum nachdenklich war er. Er war immer vollauf beschäftigt mit der Fülle der ihn bedrängenden Figuren [...], er, der nur an das Lebensspiel seiner Figuren dachte, hat das eigene Leben zuwenig bedacht, er reagierte maßlos und triebhaft und mit schon gebrochenem Instinkt. [...] Wenn wir von Fallada sprechen als von einem »Stück Deutschland«, so ist dieses Stück nicht das beste und nicht das schlechteste. Es ist jene Menschenart, die heute, bei gewissen politischen Übertriebenheiten, wieder unberücksichtigt bleibt und die, guten, aber schwachen Willens, an den »unvorhergesehenen Verhältnissen« sich mitschuldig machte, um dann angesichts des von ihr mitangerichteten Schadens das »Schicksal« anzuklagen: »Wir haben doch immer nur das Beste gewollt!«

Die flirrende Existenz der liebenswürdigen, haltlosen, schönen Ulla vollendet sich bereits 1958, da ist sie gerade einmal 37 Jahre alt. Gleich nach Falladas Tod geht das Gerücht, sie sei von der sowjetischen Armee an der Pankower Sektorengrenze »mit Morphium im Wert von dreißigtausend Mark« gestellt worden. Ihre Wohnung in Pankow, in die sie nach dem Tod Falladas umgezogen war, wird aufgelöst. Ein Mitarbeiter des Magistrats erinnert sich: »Nach der Öffnung der Wohnung – es herrschte Tauwetter – bemerkten wir einen fauligen Gestank. Wir betraten eine unaufgeräumte Wohnung. In einem Zimmer stand eine große Kartoffelkiste: erfrorene Kartoffeln, aus denen die Brühe troff. Auf der Erde lag die Totenmaske von Fallada. Auf einer danebenliegenden Wandkachel war die Aufschrift angebracht: ›Mir langt's!‹« 1948 scheitert Ulla mit dem Versuch, das einzige in ihrem Besitz befindliche Fallada-Manuskript mit seinen Jugendgedichten zu veröffentlichen. Eine Vorrede unterschreibt sie mit »Ursula Fallada«. Zwei Jahre nach seinem Tod geht sie eine neue Ehe ein und bringt im Jahr darauf einen Sohn zur Welt. 1950 gewinnt sie einen Erbstreit gegen Suse, die für den Pflichtteil ihrer Kinder kämpft, nimmt weiter Drogen, die sie teilweise von den Fallada-Tantiemen finanziert. Wenig später lebt sie nur noch von dem, was »tägliche Pumpversuche« bei Freunden einbringen – mit Rowohlt hat sie sich zerstritten, für »Alkohol und M.« reicht das Geld nicht mehr. 1954 wird Ulla zeitweise entmündigt, im Jahr darauf verkauft sie den Fallada-Nachlass an einen Braunschweiger Unternehmer gegen eine Summe von 18 000 DM: Der neue Besitzer muss feststellen, dass die Rechte an den meisten Texten bereits schon einmal verkauft worden waren. Ullas Beisetzung wird vom Sozialamt Berlin-Neukölln bezahlt, das Grab existiert nicht mehr. Die beiden Kinder wachsen in verschiedenen Heimen auf. Jutta sieht die Mutter zuletzt 1952 oder 1953: »Als sie 1958 starb, hat mich niemand benachrichtigt. Erst als ich 1959 heiratete, hab ich erfahren, daß sie schon gestorben ist.«

Falladas materielles Erbe besteht anfänglich vor allem aus Schulden – aus Steuerrückständen von 2304 RM für 1945 und 30 577 RM für 1946. Unklar ist 1948, ob die Verwertung der Rechte jemals zur Begleichung der Schulden ausreichen würde, so dass sich der Schutzverband Deutscher Autoren in einem

Schreiben an das Landesfinanzamt von Groß-Berlin wendet: »Wir möchten es Deutschland ersparen, in einen [...] Vorfall hineingezogen zu werden, in dem die Ansprüche des Fiskus in einem unlösbaren Widerspruch zu der Bedeutung eines literarischen Werkes, das in aller Welt Bestand hat, geraten. [...] Wir fühlen uns nicht im geringsten dazu berufen, das persönliche Leben Falladas, das hinter seinen Werken ins Dunkel der Bedeutungslosigkeit zurücktritt, zu entschuldigen, zu beschönigen oder seinen Morphinismus zu rechtfertigen – wir sind uns über die Unzulänglichkeit der menschlichen Person Hans Falladas völlig klar. Wir fühlen uns aber berufen, Ihnen vorzuschlagen, diese unerquickliche Angelegenheit auf eine würdige Weise zu bereinigen.«

Suse bleibt mit Achim, dem Jüngsten, der wieder nach Carwitz geholten Mücke und der Mutter von Fallada auf dem Anwesen in Mecklenburg. Sie hält die Familie mit der Bewirtschaftung des Hofs und der Aufnahme von Sommergästen über Wasser. Im März 1947 schreibt sie der Schwägerin Elisabeth:

Ich konnte auch Rudolf noch sehen, es war ein unendlich friedvolles Gesicht. [...] Und bei diesem Abschiednehmen merkte ich wieder, wie sehr ich ihn geliebt hatte, und daß trotz allem Schweren, was ich durch ihn erlebt habe, und allem Bösen, was er mir angetan hatte, dieses Gefühl immer noch lebte. [...] Du kannst ganz sicher sein, liebe Ibeth, daß ich nicht vergessen werde, was für ein Mensch und was für ein großes Talent Rudolf gewesen ist, daß er enorm viel geleistet hat, daß ich mit ihm wunderschöne Zeiten gehabt habe. Er war in den letzten Jahren ein sehr unglücklicher Mensch, ruhelos und friedlos, und Schlafmittel- und Alkoholmißbrauch und zuletzt das Morphium hatten ihn kolossal verändert. Ich glaube, daß es für ihn gut ist, daß er jetzt gestorben ist. Sein Leben wäre wahrscheinlich nur noch ein steiler Absturz geworden.

Ab 1950 erhält Suse eine kleine Rente, bezahlt aus den Tantiemen der Bücher, die im Aufbau-Verlag erscheinen. 1951 stirbt

Falladas 83-jährige Mutter, die pflegebedürftige Reichsgerichtsrätin, in Carwitz, wo ihr Bett mitten im Wohnzimmer stand. So war sie – gewollt oder ungewollt – der Mittelpunkt der Familie.

Schlimmer als alle bisherigen Prüfungen, die Suse zu bestehen hatte, ist, was nur wenige Wochen später passiert: Mücke, die mittlerweile 17-jährige Tochter Lore, wird mit einer Sepsis ins Krankenhaus Neustrelitz eingeliefert. Sooft sie kann, macht sich Suse auf den Weg in die zwei Stunden entfernte Stadt. »Und dann hatte die Mücke an einem schwülen Sommertag gebeten, das Fenster weit zu öffnen, hatte zur Mummi gesagt: ›Komm mal ganz dicht zu mir, ich muss dir was sagen‹, und, als Mummi sich dicht über sie gebeugt hatte: ›Ich muss sterben.‹« Suse erinnert sich: »Als es zur Gewißheit wurde, daß sie nicht durchkommen würde, hätte ich am liebsten auch ein Ende gemacht.«

Uli möchte 1948 eine Junglehrerausbildung im mecklenburgischen Neukloster beginnen, was ihm wegen »ideologischer Unreife« verwehrt wird. Der drohenden Verschickung in den Uranbergbau zieht er ein Jurastudium im Westteil Berlins vor. So leben die beiden Brüder in unterschiedlichen Systemen, der ältere, Uli, als Jurist im Westen, der jüngere, Achim, als Schriftsetzer und späterer Ingenieur für Polygraphie im Osten, ein Spiegel der deutschen Teilung. Suse verkauft 1965 das Haus in Carwitz und zieht nach Feldberg. Sie überlebt ihren Mann um 43 Jahre und stirbt im August 1990.

Der Schriftsteller Hans Fallada bleibt in beiden deutschen Staaten mehr oder weniger präsent. Im Westen erscheinen seine Hauptwerke zumeist unkommentiert in unveränderter Gestalt der Erstdrucke, auch die Illustrierten- und Unterhaltungsromane aus dem Nachlass werden gedruckt, was für das literarische Ansehen des Autors nicht folgenlos bleibt – Fallada ist hier, wenn nicht vergessen, einzig und allein der Unterhaltungsschriftsteller. Im Osten wird sein Werk mit größerer Sorgfalt gepflegt. Als erstes Fallada-Buch im Aufbau-Verlag und als einziges zu seinen

Lebzeiten erscheint 1946 ein Nachdruck von »Wer einmal aus dem Blechnapf frißt« mit einem auf den Dezember 1945 datierten Vorwort des Autors. Es folgen 1947 postum »Jeder stirbt für sich allein« und »Der Alpdruck«. In den vier Jahrzehnten nach dem Tod des Schriftstellers werden hier über zwanzig Fallada-Ausgaben mehr als neunzig Mal aufgelegt. Den Kern dieser verlegerischen Aktivitäten bildet die zehnbändige Fallada-Werkauswahl, die der langjährige Cheflektor Günter Caspar zwischen 1962 und 1987 ediert.

Caspar war dem Werk Falladas bereits seit seiner Berliner Schülerzeit in den dreißiger Jahren verbunden. 1948 aus englischer Kriegsgefangenschaft nach Berlin zurückgekehrt, trifft er zunächst in der Redaktion der Zeitschrift »Aufbau« und ab 1955 im Lektorat des Aufbau-Verlags auf eine Generation von Remigranten, die einen humanistischen Grundimpuls mit einem breiten literarischen und ästhetischen Horizont verbinden. Doch agieren sie in einem Raum, der umstellt ist von teils selbstgewählten, teils fremdbestimmten politischen und ideologischen Vorgaben. Dass das Werk von Fallada darin einen – nicht unumstrittenen – Platz findet, liegt nicht allein an der persönlichen Protektion des Schriftstellers durch Becher, sondern vor allem an dessen Kulturpolitik in den frühen Nachkriegsjahren, die mehr didaktischen als ideologischen Zielen verpflichtet ist.

Die Autorität Bechers ist ein Pfund, mit dem Caspar über die Jahrzehnte wuchern kann. So überlebt sein Fallada-Projekt, das auf einen Auftrag Max Schroeders von 1955 zurückgeht, die Verhaftungs- und Einschüchterungswelle im Aufbau-Verlag vom Dezember 1956, deren prominentestes Opfer der Verlagsleiter Walter Janka wird, ebenso wie alle nachfolgenden Wechselfälle der DDR-Kulturpolitik. Wie schwierig auch bei Fallada solch ein großes Publikationsvorhaben bleibt, zeigt sich am – gewiss auch ökonomisch bedingten – stockenden Vorankommen der Werkausgabe: Die Leser müssen sich 25 Jahre gedulden, bis alle zehn Bände der Ausgewählten Werke vorliegen, einmal erscheint elf Jahre lang überhaupt kein Band.

Der lange Atem hat sich ausgezahlt. Caspar liefert mit seinen unermüdlichen Recherchen, mit seiner ausgedehnten Korrespondenz mit damals noch lebenden Zeitzeugen, seinen Bemühungen um die Erschließung des Nachlasses und den Forschungsreisen auf den Spuren Falladas wesentliche Bausteine für das Verständnis von Leben und Werk des Schriftstellers. Zugleich setzt er mit der Texttreue seiner Edition, beginnend mit der akribischen Rekonstruktion des ursprünglichen Romanschlusses vom »Eisernen Gustav« nach den Originalquellen, philologische Maßstäbe. Die so entstandene »Urfassung« bildet seit dem Jahr 1978 auch die Grundlage aller Ausgaben des Buchs im Westen.

Fallada geriet als Autor nie gänzlich in Vergessenheit, wozu ganz gewiss seine Kinderbücher beigetragen haben, die über Jahrzehnte in immer neuen Auflagen erschienen sind. Überdies war er mit Verfilmungen seiner Hauptwerke fürs Kino oder Fernsehen in beiden Teilen des Landes relativ präsent. Doch erst mit der deutschen Wiedervereinigung hat die Beschäftigung mit Leben und Werk Falladas neuen Auftrieb bekommen. Aus einem bereits seit 1983 bestehenden Freundeskreis gründet sich 1991 die Hans-Fallada-Gesellschaft, in der sich Freunde seiner Literatur aus beiden Teilen des Landes und aus dem Ausland zusammenfinden. Die beiden Söhne des Schriftstellers unterstützen das Bemühen, die Erinnerung an ihren Vater wachzuhalten. Auf dem Anwesen in Carwitz entstehen – nach Jahren der Nutzung als Ferienheim des Berliner Kinderbuchverlags – eine vielbesuchte Gedenkstätte und ein Schriftstellerarchiv. Gleichzeitig rückt das Werk in seiner Geburtsstadt Greifswald in den Fokus des akademischen Interesses, es werden Tagungen veranstaltet und Ausstellungen präsentiert. In dichten Abständen erscheinen Publikationen mit Beiträgen zu Leben und Werk des Autors und mit Erinnerungen von Zeitzeugen. Die Hans-Fallada-Gesellschaft gibt ein Jahrbuch heraus, in Neumünster wird seit 1981 ein Hans-Fallada-Literaturpreis vergeben, der Schriftsteller ist Namensgeber der Stadtbibliothek in Greifswald, aber auch von

Schulen und Straßen in anderen Orten des Landes. Seit 2000 ist sogar ein Asteroid nach Fallada benannt.

Mit der Wiedervereinigung müssen für den nunmehr gemeinsamen deutschen Buchmarkt die Verwertungsrechte neu geklärt werden. In wirtschaftlich schwierigen Umbruchzeiten hält der Aufbau-Verlag an seinem Autor fest und versammelt die verstreuten Rechte in seiner Hand. Bereits 1993 erscheint, wiederum von Günter Caspar ediert, eine zweibändige Auswahl der wichtigsten Frühwerke, es folgen Erstausgaben aus dem Nachlass wie der »Wizzel Kien«-Roman oder Neuausgaben wie das »Märchen vom Stadtschreiber«, dem die Holzschnitte von Kiwitz in einem zweiten Band beigegeben sind. Wohl eine der aufwändigsten editorischen Leistungen im Zusammenhang mit Fallada ist die Entzifferung des Tagebuchs, das der Schriftsteller 1944 in der Heil- und Pflegeanstalt in Alt-Strelitz geschrieben hat. 2009 erscheint zum ersten Mal der komplette Text der vom Autor bewusst enigmatisch angelegten Aufzeichnungen, in denen sich Fallada seinen Hass gegen den Nationalsozialismus von der Seele schrieb.

Sieben Jahre nach Falladas Tod heißt es in der Hamburger »Zeit«: »Fallada [...] kam wie sein Karl Siebrecht von unten herauf, und wenn man bei ihm auch gelegentlich die gesellschaftskritische Analyse Fontanes, die Träumerei Kleists und die Melancholie Büchners spürt – so bleibt er doch eigentlich einziges, nur aus sich selbst erklärbares Original. Wäre er Amerikaner gewesen, so wäre er vielleicht irgendwann zwischen 1925 und 1945 zum Nobelpreis vorgeschlagen, auf jeden Fall eine Weltberühmtheit geworden.« Fallada war jedoch nie einzig der »Kleine Mann«, für den die Leser ihn häufig hielten. Obwohl er den Standesdünkel seiner Eltern ablehnte, war ihm stets bewusst, wo er herkam, eben nicht »von unten herauf«. Er hat die verschiedenen Lebenssphären kennengelernt und in ihnen den Stoff für seine Literatur gefunden. Häufig ist es die »Atmosphäre der ungewaschenen Füße«, wie Kurt Tucholsky es treffend nannte, die Fallada am besten einfängt. Die schrägen Typen sind es, die ihn interessieren und die er literarisch mit der größten Überzeugungskraft gestaltet. Sosehr er Teil des Milieus wird, das er schildert – nie geht er ganz darin auf, immer bleibt er im Abstand des Beobachters.

1954 war nicht zu ahnen, dass Fallada mehr als sechzig Jahre nach seinem Tod doch noch einmal eine »Weltberühmtheit« werden würde – zum zweiten Mal nach 1932. Als »Jeder stirbt für sich allein« 1947 erstmals erschien, war das Interesse im Ausland verhalten. Es kam, teils mit deutlicher Verzögerung, nur zu einigen wenigen Lizenzabschlüssen, etwa 1948 mit der UdSSR und Schweden, 1949 mit Finnland und 1951 mit Rumänien. Falladas englischer Hausverlag Putnam, bei dem seine wichtigsten Werke der dreißiger Jahre erfolgreich erschienen waren, beurteilte dessen letzten Roman als misslungen: Leider habe Fallada seine Inspiration verloren und tragischerweise nicht mehr die Zeit gehabt, vielleicht doch noch zu seiner alten Schaffenskraft zurückzufinden, urteilte der Programmverantwortliche. In den sechziger Jahren gelang schließlich noch ein verspäteter Lizenzabschluss mit Frankreich, der in der Folge allerdings schicksalhaft werden sollte.

Auf dem Umweg über die französische Neuausgabe der Übersetzung aus den sechziger Jahren, die im Jahr 2002 erschien, wird das Buch auch in den USA wahrgenommen und erzeugt parallel in Großbritannien Interesse. Die erste englische Übersetzung sorgt in den USA unter dem Titel »Every Man Dies Alone«, in Großbritannien dann als »Alone in Berlin« für Furore: In den USA wird das Buch über 150 000 Mal verkauft, in Großbritannien über 300 000 Mal, hier wird es sogar in Supermärkten und Tankstellen angeboten. Die »Los Angeles Times« hält den Roman für »eine der herausragendsten literarischen Wiederentdeckungen der jüngsten Zeit«. Sohn Uli erlebt den beispiellosen Erfolg des Buches noch, er stirbt 2013.

Heute ist »Jeder stirbt für sich allein« in rund dreißig Ländern erschienen, darunter auch in Israel, wo es monatelang die Bestsellerliste anführte und eine breite Geschichtsdebatte über den

Widerstand im »Land der Täter« ausgelöst hat. Der Erfolg führte dazu, dass andere Werke Falladas erstmals und neu im Ausland erscheinen, jüngst der »Alpdruck« 2016 in englischer Übersetzung.

Während sich in der englischsprachigen Welt mit der ersten Übersetzung von »Jeder stirbt für sich allein« ein erstaunlicher Erfolg abzuzeichnen beginnt, taucht im Archiv des Verlags bei Recherchen das für den Satz eingerichtete Romantyposkript auf. Es enthält handschriftliche Korrekturen und Streichungen durch den Lektor Paul Wiegler, die vor allem politische Aspekte betreffen. Jetzt kann das Buch – in der Tradition von Caspars ein halbes Jahrhundert zurückliegender Textrekonstruktion des »Eisernen Gustav« – auf seine Urfassung zurückgeführt werden. Es wird, 65 Jahre nach der Entstehung, zum aufsehenerregenden Bestseller. In fünf Jahren verkauft sich das Buch häufiger als die Druckfassung von 1947 in der ganzen Zeit zuvor, weit über 300000 Mal. 2016 erscheint zum ersten Mal der nach dem handschriftlichen Original rekonstruierte Urtext von »Kleiner Mann – was nun?« – ein weiterer editorischer Glücksfall.

Mit der Fallada-Renaissance im Zuge von »Jeder stirbt für sich allein« geht die ästhetische Neubewertung des Gesamtwerks einher. Nicht selten wurde in der literarischen Öffentlichkeit, aber auch in der akademischen Welt unterstellt, das Sujet von Falladas Romanen, die Welt der »kleinen Leute«, korrespondiere mit dem reinen Unterhaltungsanspruch der Literatur. Doch längst wird sein Werk in der ganzen Breite wahrgenommen als das eines Schriftstellers, der in seinem Erzählen den europäischen Wurzeln ebenso nahe wie der amerikanischen Moderne steht. Schon zu seinen Lebzeiten war er einer der wenigen deutschen Schriftsteller, die weit über den deutschsprachigen Raum hinaus wahrgenommen wurden.

Falladas internationale Popularität in der Gegenwart fällt zusammen mit dem gestiegenen Interesse einer neuen Generation an Deutschland und seiner jüngeren Geschichte. Ideologische Frontstellungen gehören der Vergangenheit an, zunehmend verblassen die Schwarz-Weiß-Muster und weichen differenzierten Geschichtsbildern. Ausgerechnet in Israel wird das Gefängnistagebuch von 1944 zum zweiten Fallada-Bestseller. Dabei lassen die Aufzeichnungen des Nazi-Gegners Fallada, der sich buchstäblich um Kopf und Kragen schreibt, durchaus die blinden Flecken seiner Wahrnehmung erkennen. Es gibt keinen Zweifel, dass der Mensch und Künstler Fallada das Nazi-Regime verabscheut hat. Und dennoch gab es Zeiten, in denen er dem Druck und der Indoktrination erlegen war. Der Essayist Johannes Gross hat mit Blick auf die Nachgeborenen einmal beobachtet: »Je länger das Dritte Reich tot ist, umso stärker wird der Widerstand gegen Hitler und die Seinen.« Bücher wie das Gefängnistagebuch und Lebensgeschichten wie die von Fallada schützen vor Selbstgerechtigkeit beim Rückblick auf die Geschichte, sie schützen davor, abzustürzen auf dem schmalen Grat von moralischem Relativismus und einem wohlfeilen Urteil, das sich auf das Wissen unserer Zeit stützt.

Bis heute lässt die Faszination, die von der Biographie des Schriftstellers ausgeht, nicht nach. Sie liegt, außer im bewegten und verwickelten Leben selbst, auch darin begründet, dass sich die verschiedenen Bilder nicht zur Deckung bringen lassen: Hier der disziplinierte Arbeiter, der pedantisch den Alltag plant, der respektierte Landwirt, der liebende Familienvater und zuverlässig für seine Angestellten sorgende Vorstand des Hauses, der Schriftsteller, der mit seinen beachtlichen Einkünften die wirtschaftliche Grundlage seines Kleinbetriebs sichert. Und dort der Künstler, bedrängt von seinen Dämonen, der Frauenheld, der politische Opportunist, der Tobsüchtige, der Alkoholiker und Morphinist. Fallada ist am Leben mit einer Größe gescheitert, wie nur wenige sie aufbringen, die es mit Erfolg bewältigen. Er lebte, wie Becher es formulierte, »in der Fülle seiner Gesichte. Das Ungeborene, dem er noch nicht zum Leben verholfen hatte, peinigte ihn, und als vollendete sich die Welt erst im Wort, dichtete er dem Leben nach und erfand sich zu Lust und Leid seine Geschöpfe, die einzigen, die ihm etwas Licht und Lebenswärme spendeten in der lebenslänglichen Haft seiner grauen Vereinsamung.«

Wir alle sind in unseren Anlagen gefangen. Die Sucht war nichts, wonach Fallada gestrebt hätte, sie hat ihn ereilt in Phasen der Schwäche, die regelmäßig und untrennbar auf Zeiten künstlerischer Anspannung folgten. Dann ging alles kaputt, was ihn sonst ausgemacht hat: Strebsamkeit, Disziplin, Verantwortungsbewusstsein, Liebe. In seinen besten Büchern vereint er Spannung mit Tiefe, Humor mit einem menschlichen Ernst, der die gebrochenen Abbilder seines Lebens in der Literatur erkennen lässt. Nicht im melancholischen Verdämmern, sondern in trotziger Selbstbehauptung und im Streben nach Glück begegnen seine Figuren der Unerbittlichkeit des Lebens, selbst dann, wenn ihnen das Scheitern eingeschrieben ist. Fallada bietet keine Rezepte, aber er trifft den Ton seiner Zeit, weil es sein eigener ist, ein zeitloser. Heute ist er so präsent und lebendig wie nie zuvor – mit einem Werk, »das in aller Welt Bestand hat«.

ANHANG

Hans Fallada
Zeichnung von e.o. plauen, 1943

ANMERKUNGEN

Folgende Abkürzungen werden verwendet: Bundesarchiv, Berlin-Lichterfelde (BArch), Deutsches Literaturarchiv Marbach (DLA), Hans-Fallada-Archiv, Carwitz (HFA) und Hans Fallada Jahrbuch (HFJ).

11 *Was werden die Leute morgen sagen* – Die Schilderung folgt in den Details dem Ablauf des Geschehens, wie es in der Rudolstädter Gerichtsakte, in der Tannenfelder Krankenakte und im 2005 in Jena wiederentdeckten, von Ditzen auf Verlangen des Klinikdirektors geschriebenen Lebenslauf von 1911 überliefert ist. Alle nicht anders nachgewiesenen, kursiv gesetzten Zitate sind im Wortlaut im Lebenslauf überliefert, zitiert nach: Börner 2010, S. 21–55 (auch in: Lemke 2010). – Alle Zitate im Buch werden in den Anmerkungen nachgewiesen.
Die Stube des Schülers – Fallada beschreibt die Rudolstädter Szenerie in »Wer einmal aus dem Blechnapf frißt«: Werke, Band III, S. 521.
Ich hab' von all' den lieben Lippen – Monolog des Claudio im ersten Kapitel von Hugo von Hofmannsthals »Der Tor und der Tod«: »Ich hab von allen lieben Lippen / Den wahren Trank des Lebens nie gesogen, / Bin nie von wahrem Schmerz durchschüttert, / Die Straße einsam, schluchzend, nie! gezogen.«

13 *Fallada! Namen werden zu Schicksalen* – Werke, Band X, S. 313 (Damals bei uns daheim).

15 *Am 21. Juli 1893 früh 8 Uhr* – Elisabeth Ditzen, Erinnerungen, HFA S 7.
glückliche Geburt – Müller-Waldeck/Ulrich 2012, S. 15 (Faksimile).

16 *Vater hatte einen starken Familiensinn* – Werke, Band X, S. 283 f. (Damals bei uns daheim).
Jetzt, wo ich selber Kinder habe – An die Eltern, 22. 7. 1933, zitiert nach: Hampel/Becker/Ditzen 2013, S. 15.

17 *Als konservativer Jurist* – Ebenda, S. 32 f.
ungeheuer rücksichtsvoll – Ebenda, S. 49.
Im mütterlichen Stamm – Werke, Band X, S. 75 (Damals bei uns daheim).

18 *Mit meinem künftigen Beruf* – Charlotte Lorenz, Erinnerungen, HFA S 6.
Nach seinem Tode baten [die Insassen] – Elisabeth Ditzen, Erinnerungen, HFA S 7.
Kein Buch war sicher – Ebenda, S. 85.

19 *Er war nachtragend* – Werke, Band X, S. 247 (Damals bei uns daheim).
An zwei besondere Ereignisse – Elisabeth Ditzen, Erinnerungen, HFA S 7.
Ich hatte mich […] in die Großstadt gefunden – Ebenda.

20 *Mein Vater war mit Leidenschaft* – Werke, Band X, S. 75 (Damals bei uns daheim).
Bethmann schlug vor – Wilhelm Ditzen, Erinnerungen, HFA S 4.
Weder trug er eine Uniform – Werke, Band X, S. 288 (Damals bei uns daheim).

21 *als Ziel seines Lebens* – Wilhelm Ditzen, Erinnerungen, HFA S 4.
Wir haben, bis wir […] getraut wurden – Ebenda.
Vater nahm Mutter und führte sie aus der Enge – Werke, Band X, S. 259 (Damals bei uns daheim).

22 *Ich bin in der […] berühmten Universitätsstadt Greifswald geboren* – Ebenda, S. 300 f.
Er lernte sehr viel später – Elisabeth Ditzen, Unsere lieben Vier, HFA S 1868.
Behaglichkeitsphilosophen – Werke, Band X, S. 136 (Damals bei uns daheim).
In späteren Jahren wird der Vater den Kindern – Gessler 1972, S. 8 f.

23 *Die Zeit bis ein Uhr nachts* – Elisabeth Hörig, Szenen aus dem Familienleben, S. 15, HFA S 5.
kaum noch Erinnerungen – Börner 2010, S. 21 f.
Ich bin ein tüchtiger Pechvogel gewesen – Selbstauskunft für die »Frankfurter Illustrierte«, zitiert nach: Farin 1993, S. 23.

24 *Bis zu seinem 16. Lebensjahr* – Werke, Band X, S. 299 f. (Damals bei uns daheim).
Rudolf steckte immer voll von Plänen – Elisabeth Ditzen, Erinnerungen, HFA S 7.
Er fuhr vor dem Tore des Friedrichsruher Schlosses – Wilhelm Ditzen, Erinnerungen, HFA S 4.

25 *in eine völlige Niederlage* – Nietzsche 1873, S. 2.
Sprung ins Dunkle – Nach dem Zeugnis von Kurt Riezler, zitiert nach: Walther 2008, S. 17.

27 *ca. 1,8 Millionen Euro* – Die Umrechnung von Goldmark in Euro erfolgt bis heute für Versicherungszwecke bei älteren Gebäuden auf der Grund-

lage von Immobilienpreisen von 1914 (Faktor für 2016: 17,03). Im Hinblick auf die gewandelten Lebensumstände, Notwendigkeiten, Bedürfnisse usw. bieten die Ergebnisse solcher Umrechnungen jedoch nur eine grobe Orientierung.

27 *im Oktober 1899* – Aufnahme-Schein des Königlichen Prinz-Heinrich-Gymnasiums, 7.9.1899, HFA S 2064.

Es kam als nächstgelegene Schule – Tagebuch Elisabeth Ditzens, HFA S 53.

Sobald er mich nur aufrief – Werke, Band X, S. 67 (Damals bei uns daheim).

28 *Die ganze Unterrichtsstunde* – Ebenda, S. 65.

Ich sehe mich da noch stehen – Ebenda, S. 62.

Es entstehen seine ersten Gedichte – Börner 2010, S. 22.

wahllos alles durcheinander – Ebenda; zu den Schlafproblemen: Werke X, S. 214 (Damals bei uns daheim). Außerdem die Erinnerungen der Mutter: »Rudolf war der einzige Frühaufsteher von unseren Kindern. Er brauchte anscheinend nicht viel Schlaf. Konnte er aus irgend einem Grund nicht früh aufstehen, las er unermüdlich« (Elisabeth Ditzen, Unsere lieben Vier, HFA S 1868).

Aber mich interessierte nicht so sehr das Juristische – Werke, Band X, S. 76 (Damals bei uns daheim).

29 *Der Lateinlehrer Marcetus* – Tagebuch Elisabeth Ditzens, HFA S 53.

du mußt jetzt deiner Mutter und mir erzählen – Werke, Band X, S. 72 (Damals bei uns daheim).

Ähnliche Sachen kamen mehr vor – Wilhelm Ditzen, Erinnerungen, HFA S 4.

Dieses ewige Heulen – Werke, Band X, S. 73 (Damals bei uns daheim).

30 *bis zum Alexanderplatz* – Ebenda, S. 53.

Als ich diese Elektrische näher kommen gesehen hatte – Ebenda, S. 56f.

31 *über das Knie gelegt* – Ebenda, S. 60f.

Ich traf es hier besser – Lebenslauf von 1911, zitiert nach: Börner 2010, S. 24.

32 *Mir war so seltsam, als sei ich noch zu Haus* – Werke, Band X, S. 125f. (Damals bei uns daheim).

Ich ging gern viel spazieren – Börner 2010, S. 24.

Ein rascher Schauer – Frühe Prosa, Band 1, S. 172f. (Der junge Goedeschal).

Auf einer mehrtägigen Reise – Börner 2010, S. 24.

33 *Ich hatte meine schrecklich rosa angepinselten Weibsen* – Werke, Band X, S. 331 (Damals bei uns daheim).

verriegelt und der Cherub hinter uns – Heinrich von Kleist: Über das Marionettentheater. In: Kleist: Sämtliche Werke. Hrsg. von K. F. Reinking. Wiesbaden 1972. S. 980–987.

34 *Damit hatte ich mein Ziel erreicht* – Wilhelm Ditzen, Erinnerungen, HFA S 4.

Unbegreiflich erschien mir […] solches Festhalten an einem Jugendplan – Werke, Band X, S. 75 f. (Damals bei uns daheim).

Da schlug mir mein Vater vor – Börner 2010, S. 25.

35 *Aufgabe zugefallen, mich in Mathematik zu unterrichten* – Werke, Band X, S. 314 f. (Damals bei uns daheim).

36 *Am Sonnabend vormittag* – Müller-Waldeck/Ulrich 2012, S. 31.

Wir entschieden uns – Ebenda, S. 32.

Der Rausch der Schnelligkeit – Werke, Band X, S. 325 f. (Damals bei uns daheim).

37 *mit Morphium behandelt* – Margarete Bechert an Jean Full, 9. 9. 1968: »Mir wurde damals gesagt, daß mein Bruder schon nach seinem Rad-Unfall 1909 mit dem Morphium in Berührung gekommen sei« (DLA, A: Fallada/Bechert).

Wilde Gedanken kreuzten mein Hirn – Gedanken über den Glauben, Rudolstädter Gerichtsakte, HFA S 58/1.

Und eine Vision – Ebenda.

38 *künstliches Gestänge* – Werke, Band X, S. 327 (Damals bei uns daheim).

Ich kam bald ganz in das Leben des Gymnasiums – Börner 2010, S. 29 (Lebenslauf 1911).

Ich mochte die Tiere – Ebenda, S. 30.

39 *Als er dem Tier der Atmung Luft versperrte* – HFA S 297.

Wir mochten uns gegenseitig – Börner 2010, S. 30 (Lebenslauf 1911).

40 *die schönste und reinste Erinnerung* – Ebenda.

Ich machte kleine lyrische Gedichte – Ebenda, S. 29.

Ein Leipziger Klassen- und Wandervogel-Kamerad – Johannes Hartenstein: Hans Falladas abenteuerlicher Start ins Leben. Unveröffentlichtes Typoskript von 1952, DLA, A: Fallada/Bechert.

Sie hatten unter sich einen Gymnasiasten – Wir hatten mal ein Kind, S. 285.

Hier hätte ich liegen mögen – HFA S 59/2 (Tannenfeld-Akte).

Mir ist in dieser Beziehung aufgefallen – Zitiert nach: Liersch 1997, S. 29 f.

41 *Ich denke manchmal, mein ganzes Leben wäre anders verlaufen* – Werke, Band X, S. 327 f. (Damals bei uns daheim).

Er war merkwürdig verändert – Zitiert nach: Williams 2011, S. 36.

Mir gegenüber hat er sich damals schon dahin ausgesprochen – Rudolstädter Gerichtsakte, HFA S 58/1.

Inzwischen hatte ich zu rauchen angefangen – Börner 2010, S. 31 (Lebenslauf 1911).

42 *Ditzen war sehr begabt* – Rudolstädter Gerichtsakte, HFA S 58/1.
großes Ehrgefühl – Caspar, Nachwort, in: Werke, Band IX, S. 654f.
bringt von Necker Gift mit – Williams 2011, S. 37.
sich selbst die Halsschlagader durchzuschneiden – Gutachten Prof. Binswanger, Bl. 190–233, Rudolstädter Gerichtsakte, HFA S 58/1.
sorgfältigste Überwachung – Oswald Gerhardt: Über die Schülerselbstmorde. Berlin 1909. Zitiert nach: Börner 2010, S. 114.

43 *weil sie zurückgeblieben und den Anforderungen der Schule nicht gewachsen sind* – Gustav Landauer: Selbstmord der Jugend (1911). In: Landauer: Der werdende Mensch. Aufsätze über Leben und Schrifttum. Hrsg. von Martin Buber. Potsdam 1921. S. 68–72. Zitiert nach: Börner 2010, S. 114.
Eine Freundschaft – Börner 2010, S. 31 (Lebenslauf 1911).

44 *Hier findest du sicher manches* – Manfred Kuhnke: Das früheste literarische Zeugnis Hans Falladas. In: Salatgarten 2/2002.
stärkste schriftstellerische Produktivität – Börner 2010, S. 31 (Lebenslauf 1911).
Er schildert darin, wie er sich erschießt – Ebenda.

45 *So wachte ich einmal* – Börner 2010, S. 32 (Lebenslauf 1911).
In den Anlagen der Promenade – Zitiert nach: Crepon 1992, S. 39.
Ich hatte mir vorher keine Gedanken darüber gemacht [...] nicht in Wirklichkeit daran – Börner 2010, S. 32 (Lebenslauf 1911).

46 *Sehr geehrte Frau Rat* – Zitiert nach: Liersch 1997, S. 31.
Da sagte ich ihm, daß ich viel zu schwach und zu feige wäre – Börner 2010, S. 33 (Lebenslauf 1911).
er habe sich in die betreffende junge Dame verliebt – HFA S 59/2 (Tannenfelder Akte).

47 *Da stand der Vater* – Frühe Prosa, Band 1, S. 280 (Der junge Goedeschal).
Dr. Eggebrecht führt das Verhalten auf Hysterie zurück – Caspar, Nachwort, in: Frühe Prosa, Band 2, S. 443.
aus Leipzig fortzudürfen – Aussage Elisabeth Ditzens in der Rudolstädter Gerichtsakte, HFA S 58/1.
den schwersten Gang seines Lebens – Rudolstädter Gerichtsakte, HFA S 58/1.

48 *kleines Dorf, weit von der Bahn* – Börner 2010, S. 35f. (Lebenslauf 1911).
Da damals die Zimmer ja noch mit Gas beleuchtet waren – Johannes Hartenstein: Hans Falladas abenteuerlicher Start ins Leben. DLA, A: Fallada/Bechert.
Auf meinen Spaziergängen – Börner 2010, S. 35 (Lebenslauf 1911).

49 *schwer hysterischen Menschen* – Zitiert nach: Crepon 1992, S. 40.
Gegen meine Eltern habe ich schon länger eine leise Aversion – Börner 2010, S. 33f. (Lebenslauf 1911).

49 *Sie hatte starke literarische Interessen* – Ebenda, S. 33.
Mein Bruder ist uns drei Geschwistern – Elisabeth Hörig an Ernst Ziemke, 1.2.1926, zitiert nach: Neumärker 2015, S. 112.

50 *Strafrichter und Tyrannen* – Sachlicher Bericht über das Glück, ein Morphinist zu sein, S. 68.
Ach, gleich wird diese Tür – Frühe Prosa, Band 1, S. 498 (Anton und Gerda).

51 *Ich schielte unter meinen Tränen* – Werke, Band X, S. 160 (Damals bei uns daheim).
Und nun begann ich mich ganz mit […] Lyrik zu beschäftigen – Börner 2010, S. 36 (Lebenslauf 1911).
so daß eine gewisse Disziplinlosigkeit – Zitiert nach: Caspar, Nachwort, in: Frühe Prosa, Band 2, S. 441.

52 *nur mit Dichtung und Dichtern* – Börner 2010, S. 37 (Lebenslauf 1911).
In einsamen Stunden packt mich immer noch – 12.9.1911, zitiert nach: Liersch 1997, S. 36.
Diese ganz müde Ruhe – Börner 2010, S. 39 (Lebenslauf 1911).

53 *daß er sich willig in eine christliche Hausordnung einfüge* – Rudolstädter Gerichtsakte, HFA S 58/1.
Das war für mich das unrichtigste Haus – Börner 2010, S. 39 und 41 (Lebenslauf 1911).
Ich halte Ditzen für einen – Rudolstädter Gerichtsakte, HFA S 58/1.
gemeinsame Neigung zur Schriftstellerei – Zitiert nach: Caspar, Nachwort, in: Frühe Prosa, Band 2, S. 448.
mit meinem Freunde Hanns Dietrich – Börner 2010, S. 33 (Lebenslauf 1911).

54 *Ich sah, daß ich in der Schule zu große Lücken besaß* – Ebenda, S. 41.
Die Proben waren für mich – Ebenda.
den Helden des Stückes – Zitiert nach: Liersch 1997, S. 42.

55 *ein dekadenter, fast lebensmüder Mensch* – Zitiert nach: Caspar, Nachwort, in: Frühe Prosa, Band 2, S. 449.
Er war ein vollständig – Ebenda.
Nach Ende der Sommerferien – Rudolstädter Gerichtsakte, HFA S 58/1.
Ditzen hatte mit einem Flaschenkork – Zitiert nach: Müller-Waldeck/Ulrich 2012, S. 42.

56 *Wir sind in vollem Frieden* – Rudolstädter Gerichtsakte, HFA S 58/1.
den Eindruck eines sehr begabten – Ebenda.
stets freundlich und zuvorkommend – Ebenda.
unser Tod sei ein Fest – Börner 2010, S. 42 (Lebenslauf 1911).

57 *Erna Simon töten zu müssen* – Aussage von Unterprimaner Bernhard Hübner, Rudolstädter Gerichtsakte, HFA S 58/1.
phantastischen Vertrag zweier Freunde – Gutachten Binswangers in der Rudolstädter Akte, zitiert nach: Börner 2010, S. 64, Fußnote 57.
Ich werde mich – Zitiert nach: Liersch 1997, S. 45.
59 *Am 17. Oktober 1911* – Rudolstädter Gerichtsakte, HFA S 58/1.
Ich lag auf einem Sofa in der Wirtsstube – Börner 2010, S. 50 f. (Lebenslauf 1911).
60 *Sind wir nicht zur Trauer* – Rudolstädter Gerichtsakte, HFA S 58/1.
nicht etwa wegen meiner Tat – Börner 2010, S. 51 f.
61 *Auch in der »Aktion«* – Faksimile in: Ebenda, S. 109.
Ich wartete diese ganze Zeit – Ebenda, S. 51 f. (Lebenslauf 1911).
62 *Hanns Dietrich von Necker war immer* – Ebenda, S. 63.
Lies diese letzten Zeilen – 16. 10. 1911 an die Mutter, Rudolstädter Gerichtsakte, HFA S 58/1.
63 *geleitete die Anstalt* – Börner 2010, S. 63 (Programmschrift der zu feiernden Sittenfeste des Fürstlichen Gymnasiums, 29. 3. 1912).
er stände mit einer Verlagsbuchhandlung – Rudolstädter Gerichtsakte, HFA S 58/1.
Sie weinte oft lange – HFA S 2086, zitiert nach: Neumärker 2015, S. 112.
In unserer Familie – Rudolstädter Gerichtsakte, HFA S 58/1.
64 *unter dem Einfluss* – Neumärker 2015, S. 31.
Der p. Ditzen – Zitiert nach: Ebenda, 2015, S. 30 f.
65 *lernt neben Englisch* – Hampel/Becker/Ditzen 2013, S. 61.
66 *Nach einer Meldung* – Faksimile in: Börner 2010, S. 72.
Ich habe aber dieses Leben satt – An Anna Ditzen, o. D. (Januar 1912), zitiert nach: Ebenda, S. 73.
67 *Gestern Abend* – Krankenakte der Jenaer Klinik, 7. 1. 1912, zitiert nach: Börner 2010, S. 92 f.
69 *Die Zimmer geben* – Prospekt Tannenfeld, DLA, A: Fallada/Bechert.
Zwischen 210 und 450 – Williams 2011, S. 54.
70 *Degenerierte psychopathische Minderwertigkeit* – Neumärker 2015, S. 36.
11. 2. 1912: Macht Gedichte – Zitiert nach: Müller-Waldeck/Ulrich 2012, S. 47.
71 *Ich glaube, wir können* – Ada Ditzen an Dr. Schönhals, 17. 2. 1912, in: Börner 2010, S. 85 f.
Sie sagen, gerade durch – Zitiert nach: Liersch 1997, S. 61.
Als er einen Augenblick – Zitiert nach: Crepon 1992, S. 68.
72 *Sag mal, wer ist eigentlich Tante Ada?* – Zitiert nach: Liersch 1997, S. 58.

72 *Immer wieder behandelt er* – Ada Ditzen an Dr. Schönhals, 17. 2. 1912, in: Börner 2011, S. 86.
Hat wieder eine Novelle – Zitiert nach: Caspar, Nachwort, in: Frühe Prosa, Band 2, S. 460.
Vielleicht ist Park hier nichts – HFA S 297 (Gestalten und Bilder).
73 *Jeder, der mich nicht kennt* – 10. 7. 1912, HFA S 59.
Ich saß allein im Park – Zitiert nach: Crepon 1992, S. 69.
Ich bin ruhig geworden – 10. 6. 1912, zitiert nach: Liersch 1997, S. 62 f.
74 *Ich komme immer tiefer* – Zitiert nach: Ebenda, S. 60.
75 *Mein literarischer Vertrauensmann* – Eugen Diederichs an Rudolf Ditzen, 11. 11. 1912, zitiert nach: Liersch 1997, S. 65 f.
So wie ihr Michelange – Zitiert nach: Gunnar Müller-Waldeck: Neues zu Romain Rolland. Hans Fallada und Ada Ditzen. In: HFJ 3 (2000), S. 49–63 (3. 11. 1912, S. 58).
Ich schätze es – Ebenda, S. 61 (6. 11. 1912, S. 61).
76 *krankhafte Störung* – Zitiert nach: Neumärker 2015, S. 43.
Am 1. August 1913 – Angaben nach dem Lebenslauf von Rudolf Ditzen, geschrieben 1944 in der Anstalt in Alt-Strelitz, HFA S 63.
Ein Gutsbesitzer – Wie ich Schriftsteller wurde, S. 190.
77 *Wir saßen zu Haus* – Hans Rothe: Erinnerung an Hans Fallada. DLA, A: Fallada/Bechert. – Der Neffe Falladas, Horst Bechert, hatte Anfang der 1960er Jahre begonnen, sich für die frühen Lebensstationen seines Onkels zu interessieren, und u. a. einige Erinnerungen von Zeitzeugen zusammengetragen.
78 *Der phantastische, unklare Schwärmer* – Arthur Tecklenburg an Landratsamt Ronneburg, 28. 10. 1913, HFA S 59/2.
konstitutionell Minderwertigen – Zitiert nach: Neumärker 2015, S. 48.
79 *Auch sehe ich H. F.* – Margit Elbers an Horst Bechert, 1. 4. 1973, DLA, A: Fallada/Bechert.
Wie der Spieß beim Barras – Hans Rothe: Erinnerung an Hans Fallada. DLA, A: Fallada/Bechert.
Ich war nämlich fast immer – Wie ich Schriftsteller wurde, S. 191 f.
80 *Ein Abweichen* – Arthur Tecklenburg an Wilhelm Ditzen, 10. 9. 1914, zitiert nach: Williams 2011, S. 61.
Herr Ditzen hatte – Zitiert nach: Müller-Waldeck/Ulrich 2012, S. 53.
81 *So viel Unglück der Krieg* – 7. 11. 1915, zitiert nach: Liersch 1997, S. 75.
Ich war damals ziemlich weit – Wie ich Schriftsteller wurde, S. 191.
unermüdlichen Fleiß – Zitiert nach: Liersch 1997, S. 76.
In meinen besten Zeiten – Wie ich Schriftsteller wurde, S. 194.

82 *Daß Stettin auf die Dauer* – Brief an Ernst Rowohlt, 4. 5. 1941, in: Töteberg/Buck 2008, S. 330.

83 *schriftliche Anfragen* – HFA S 90 (Eingabe im Zusammenhang mit der beantragten Wiederaufnahme des Kieler Verfahrens, 16. 1. 1928).

Erhalten hat sich aus dieser Zeit – Erika Becker: Neue Schätze im Hans-Fallada-Archiv. In: Salatgarten 2/2008, S. 26f.

84 *Als ich mich selbst verlor im Überschwange* – HFA S 297 (Gestalten und Bilder).

unbegründete Antipathien – Adelaide Ditzen an Arthur Tecklenburg, 3. 7. 1917, zitiert nach: Williams 2011, S. 68.

Nach einer Reihe – An Anne Marie Seyerlen, 8. 1. 1918, in: Studnitz 2007, S. 125.

85 *eine kurze Liaison* – Strafgefangener, Zelle 32. Tagebuch, S. 181 (Anmerkungen Caspar).

Kartoffeln liegen hoch – HFA S 297 (Gestalten und Bilder).

ganz perverse – Zitiert nach: Williams 2011, S. 69.

86 *Die Glieder frei!* – HFA S 297 (Gestalten und Bilder).

Der Ditzen tat mir leid – Briefentwurf an Jürgen Manthey, 1963, in: Studnitz 2007, S. 32f.

Du hast gestern – An Anne Marie Seyerlen, 25. 6. 1917, in: Ebenda, S. 42f.

87 *ein Bestandteil unserer Seelen* – An Anne Marie Seyerlen, 1. 7. 1917, in: Ebenda, S. 47.

Ich bin ein ganz kleiner dummer Junge geworden – An Anne Marie Seyerlen, o. D. (Frühjahr 1917), in: Ebenda, S. 40.

dumm und klug – An Anne Marie Seyerlen, o. D. (vermutlich 14. 6. 1917), in: Ebenda, S. 41.

Es liegt alles daran – An Anne Marie Seyerlen, 6. 8. 1918, in: Ebenda, S. 171.

Wir haben wie Pech und Schwefel – Rudolf an Anna Ditzen, 2. 2. 1931, in: Fallada/Ditzen 2007, S. 235.

88 *Zahl der Drogensüchtigen* – Neumärker 2015, S. 77.

Ich fühle ätzend – An Anne Marie Seyerlen, 21. 8. 1917, in: Studnitz 2007, S. 89.

Aber als ich an jenem Morgen – Sachlicher Bericht über das Glück, ein Morphinist zu sein, S. 5.

Es ist so sanft – Ebenda, S. 16f.

89 *Bei dem Tempo* – An Anne Marie Seyerlen, 30. 8. 1917, in: Studnitz 2007, S. 94.

90 *Seine Augen streiften* – Frühe Prosa, Band 1, S. 33f. (Der junge Goedeschal).

90 *Ilses Hand* – Ebenda, S. 164.
Jeder Augenblick ist geschildert – Adelaide Ditzen an Arthur Tecklenburg, 6. 1. 1918, zitiert nach: Studnitz 2007, S. 119.
91 *Er ist in ganz böse Gesellschaft geraten* – Ebenda.
6000 Mark im Jahr – Ebenda.
Ich möchte wohl – An Anne Marie Seyerlen, 1. 7. 1917, in: Ebenda, S. 52.
Mein Herz weiß alles – An Anne Marie Seyerlen, 14. 10. 1917, in: Ebenda, S. 100.
daß Du und Egmont – An Anne Marie Seyerlen, 29. 8. 1917, in: Ebenda, S. 93.
strengen Schwiegervater – An Anne Marie Seyerlen, 27. 7. 1918, in: Ebenda, S. 153.
Rede ich nicht zu meiner Mutter – An Anne Marie Seyerlen, 21. 8. 1917, in: Ebenda, S. 85.
92 *Heimweh-Verlangen* – An Anne Marie Seyerlen, 14. 10. 1917, in: Ebenda, S. 101.
einen typischen Beischlaftraum – Strafgefangener, Zelle 32, S. 90.
In seinen Wunschträumen – Kleiner Mann – was nun? Ungekürzte Neuausgabe 2016, S. 172.
eine Zuflucht – In meinem fremden Land, S. 263.
Ja am liebsten – Werke, Band VII, S. 443 (Der Alpdruck).
93 *ein körperlicher Mangel* – An Anne Marie Seyerlen, 20. 12. 1917, in: Studnitz 2007, S. 107.
Ich fürchte, nach allem – Adelaide Ditzen an Arthur Tecklenburg, Ende Dezember 1917, zitiert nach: Ebenda, S. 110.
Wie ich die Eltern gefunden habe – An Anne Marie Seyerlen, 24. 12. 1917, in: Ebenda, S. 110 f.
94 *daß der Wahnsinn einmal doch kommt* – An Anne Marie Seyerlen, 5. 7. 1917, in: Ebenda, S. 62.
Alles, was ich schrieb – An Anne Marie Seyerlen, 25. 12. 1917, in: Ebenda, S. 117.
als immer nur die Geschichte – Adelaide Ditzen an Arthur Tecklenburg, o. D., zitiert nach: Ebenda, S. 118.
95 *grässlichen sogenannten Roman* – Adelaide Ditzen an Arthur Tecklenburg, 3. 3. 1918, zitiert nach: Ebenda, S. 133.
In diesem rein mechanischen – Wilhelm Ditzen zitiert die Äußerung seines Sohns in einem Brief an Arthur Tecklenburg vom 14. 5. 1918, HFA S 59.
96 *Heute bin ich weder Fisch noch Fleisch* – Rudolf Ditzen an Arthur Tecklenburg, 12. 5. 1918, ebenda.

96 *daß es gesundheitlich besser* – Arthur Tecklenburg an Rudolf Ditzen, 15. 5. 1918, ebenda.

Was ich Dir im folgenden – Studnitz 2007, S. 173 f.

Papa hat sich nie etwas Schöneres gewünscht – An Anne Marie Seyerlen, 2. 8. 1918, in: Ebenda, S. 169.

97 *Neben mir eine ältliche Kriegerwitwe* – An Anne Marie Seyerlen, 23. 7. 1918, in: Ebenda, S. 143.

1918 kam Uli – Elisabeth Ditzen, Erinnerungen, HFA S 7.

98 *Uns ist durch den Tod* – 20. 12. 1918, HFA S 59.

Die Eltern wenigstens – An Anne Marie Seyerlen, 18. 10. 1918, in: Studnitz 2007, S. 181.

Ich war so blödsinnig unruhig – An Anne Marie Seyerlen, 1. 8. 1918, in: Ebenda, S. 163.

Du machst Dir Vorwürfe – An Anne Marie Seyerlen, 8. 1. 1918, in: Ebenda, S. 127.

99 *Kinder und Narren* – Adelaide Ditzen an Arthur Tecklenburg, 20. 12. 1918, HFA S 59.

Ich war angerufen worden – Anne Marie Förg (Seyerlen) an Jürgen Manthey, Briefentwurf, 1963, in: Studnitz 2007, S. 190.

100 *Ich will nicht, dass ein Stück* – An Anne Marie Seyerlen, 30. 1. 1919, in: Ebenda, S. 189.

Ich hatte zwei große Hoffnungen – Ebenda, S. 192.

Vielleicht war doch noch – Ebenda, S. 195

101 *Morphium oder – ja, Luftinjektion* – Ebenda, S. 196.

Das Versuchsjahr war für Dich – Wilhelm an Rudolf Ditzen, 2. 4. 1919, in: Ebenda, S. 204 f.

102 *Weißt Du, dass ich keine Nacht ordentlich schlafen kann* – An Anne Marie Seyerlen, 16. 9. 1921, in: Ebenda, S. 222.

Viele, viele Male – An Anne Marie Seyerlen, 30. 9. 1921, in: Ebenda.

Du darfst sicher sein, Annia – An Anne Marie Seyerlen, 2. 4. 1931, in: Ebenda, S. 228 und 233.

Liebe Annia, ich habe Deinen Brief – An Anne Marie Seyerlen, 22. 8. 1932, in: Ebenda, S. 229.

103 *Das Geld strömte nur so herbei* – Werke, Band X, S. 367 (Heute bei uns zu Haus).

Ich habe natürlich stets gewußt – An Anne Marie Seyerlen, 19. 4. 1934, in: Studnitz 2007, S. 231 ff.

104 *Er war ein hagerer* – Zitiert nach: Manthey 2007, S. 53.

105 *Der Dichter dieses bezwingenden Buches* – Zitiert nach: Kuhnke 2005, S. 100.

106 *In meinem ganzen Leben* – 9. 4. 1920 (»Saale-Zeitung«) und 8. 5. 1920 (»Deutsches Tageblatt«), zitiert nach: Williams 2011, S. 86.

Trotzdem er die üble Gewohnheit – 9. 8. 1920 (»Wiener Montags-Journal«).

Er scheint ein Idealist zu sein – Fritz Bechert an Herrn Hoffmann, Gutsverwaltung Neuhaus, 29. 11. 1925, zitiert nach: Müller-Waldeck/Ulrich 2012, S. 76.

107 *Ein Querkopf* – Wir hatten mal ein Kind, S. 337.

Ich hatte einen schnurrigen Kauz – Wie ich Schriftsteller wurde, S. 197.

Da geriet er auf das flache Dach – Ebenda, S. 198.

Nirgend bin ich so zu Haus – Strafgefangener, Zelle 32, S. 116.

Mein früherer Ehemann – Krankengeschichte Johannes Kagelmacher der Landes-Heil- und Pflegeanstalt Leipzig-Dösen, Dezember 1936, HFA S 846.

Kagelmacher lässt sein Gut – Roland Ulrich: Johannes Kagelmacher: Spökenkieker, Sonderling und verlässlicher Freund. In: Müller-Waldeck/Ulrich 1993b (Ausstellungsband), S. 23–38.

108 *mit einer Reitpeitsche* – Neumärker 2015, S. 205.

er glaubte plötzlich daran – Wie ich Schriftsteller wurde, S. 200.

wir haben leider feststellen müssen – Müller-Waldeck/Ulrich 2012, S. 104 und 108.

109 *Man fand in seinem Wohnraum* – Krankengeschichte Johannes Kagelmacher der Landes-Heil- und Pflegeanstalt Leipzig-Dösen, Dezember 1936, HFA S 846.

An diesen Gegenständen – Ebenda.

für Ihre Arbeiten und Pläne – An Johannes Kagelmacher, 3. 12. 1936, HFA N 222.

Johannes Kagelmacher leidet – Krankengeschichte Johannes Kagelmacher, HFA S 846.

K. hat ja Jahre unendlich viel für mich getan – 30. 10. 1936, in: Müller-Waldeck/Ulrich 2012, S. 143.

110 *wo Erde mit Wasser und Luft* – Denkschrift Johannes Kagelmachers an den Führer, 28. 2. 1942, HFA N 222.

wegen Wohnungsmangel – Hans Fallada an Werner Völger, 12. 12. 1945, HFA N 289.

Ihr Sohn bat mich – Arthur Tecklenburg an Wilhelm Ditzen, 7. 9. 1919, HFA S 59/2.

111 *torkelig mit gläsernem Blick* – Krankenakte Rudolf Ditzen in Tannenfeld vom 15. 9. 1919, zitiert nach: Neumärker 2015, S. 85.

Er warf uns direkte Kunstfehler – Zitiert nach: Neumärker 2015, S. 85 f.

112 *wegen Geistesschwäche* – Zitiert nach: Williams 2011, S. 81.

112 *Daß der unglückselige Junge* – 22. 9. 1919, HFA S 59/1.
und schon sah ich ihren Mund – Frühe Prosa, Band 2, S. 95 f. (Die Kuh, der Schuh, dann du).
113 *Ich denke übrigens* – An Paul Mayer, 16. 6. 1920, in: Töteberg/Buck 2008, S. 32.
Der Körper erwachte – Frühe Prosa, Band 2, S. 107 f. (Die Kuh, der Schuh, dann du).
Halb mit List – 16. oder 26. Juni 1920, in: Studnitz 2007, S. 218.
114 *Seit die letzten Hocken* – Frühe Prosa, Band 1, S. 284 (Anton und Gerda).
da verlangte ich – An Hörigs, 15. 12. 1921, HFA S 2227.
115 *vielleicht auch die Asylfunktion* – Angaben nach der erst 2011 aufgefundenen Krankenakte Ditzens aus dem Jahr 1921, zitiert nach: Neumärker 2015, S. 93.
Ich bin ja nun glücklich – An Hörigs, 13. 7. 1921, HFA S 2227.
116 *niemals gesunde Kinder* –An Anna Ditzen, 5. 2. 1929, HFA S 343/2. Ditzen zitiert einen Brief seiner Mutter an ihn, in dem sie wiederum dessen Briefentwurf an das Mädchen in Marzdorf erwähnt.
117 *Sein nackter Oberkörper* – Frühe Prosa, Band 1, S. 410 f. (Anton und Gerda).
118 *Aufgewachsen in der Stickluft* – Ebenda, S. 520.
die kleinen, häßlichen Tragödien – Ebenda, S. 502.
Sie lehnten an einer fremden Schlafzimmertür – Ebenda, S. 486.
Er riss ihre Glieder voneinander – Ebenda, S. 484.
will von diesen Kindern nichts wissen – Zitiert nach: Liersch 1997, S. 104 (»Lieblingsbuch«), und: Wie ich Schriftsteller wurde, S. 195.
119 *Ihr Schoß öffnete sich* – Frühe Prosa, Band 1, S. 484 f. (Anton und Gerda).
Ditzen kümmert sich um – Vgl. Lamp 2002, S. 15.
Lange Zeit war ich Feldwächter – Wie ich Schriftsteller wurde, S. 196.
120 *Sie war das schönste Mädchen* – Frühe Prosa, Band 2, S. 179 f. (Apparat der Liebe).
121 *An einem solchen Abend* – Zitiert nach: Manthey 2007, S. 58 f.
122 *In der doppelten amerikanischen Buchführung* – Zitiert nach: Neumärker 2015, S. 100.
Es war, als konzentrierte sich – Strafgefangener, Zelle 32, S. 10.
Wir wanderten dann – Ebenda, S. 11.
123 *Denk dir, das was jetzt Himmel ist* – Rainer Maria Rilke, Gesammelte Werke, S. 435.
Als Name und Adresse – Strafgefangener, Zelle 32, S. 14 f.
124 *Die Zeit von halb sieben* – Ebenda, S. 23.
Meine Seele jauchzt – Ebenda, S. 26.

124 *Direkt vor meinem Auge* – Ebenda, S. 17.

125 *Ich wache auf* – Ebenda, S. 30.

Ich zitterte ein wenig vor ihm – Ebenda, S. 38f.

möchte einmal feststellen – Ebenda, S. 46.

Rainer Maria Rilke als Hühnerzüchter – Ebenda, S. 143.

Wieder einmal onaniert – Liersch 1997, S. 110f.; Passage nicht enthalten in: Strafgefangener, Zelle 32 (Auslassung S. 99).

126 *Gewiß, ich habe Angst* – Strafgefangener, Zelle 32, S. 75.

127 *Unter der schirmlosen Sträflingsmütze* – Werke, Band IX, S. 35 (Länge der Leidenschaft).

ich hob sie natürlich auf – Strafgefangener, Zelle 32, S. 152.

Er ist glücklich – Werke, Band III, S. 592f. (Stimme aus den Gefängnissen).

Und wenn wir dann erst die richtigen Schlingel –Strafgefangener, Zelle 32, S. 51.

Und doch, da ich dies – Ebenda, S. 85.

128 *Ich habe mir hin und her überlegt* – Ebenda, S. 154.

Vorm Arsch – Ebenda, S. 29.

Die Geschichte Josephs – Ebenda, S. 132.

Gibt es nichts mehr – Ebenda, S. 99.

129 *Der eine, der, wenn er »hier fertig ist«* – Ebenda, S. 36f.

Habe ich denn nichts zu schreiben? – Ebenda, S. 130.

Als ich gestern Abend – Ebenda, S. 135.

130 *So ein Haufen von hundertzwanzig Strümpfen* – Ebenda, S. 167.

131 *Nachfolger hinkte* – Werke, Band IX, S. 30 (Länge der Leidenschaft).

Mann und Kinder – Ebenda, S. 37.

sie ihre jüngste Tochter – Ebenda.

132 *Ich habe vor kurzem* – Werke, Band III, S. 586 (Stimme aus den Gefängnissen).

133 *Über fünfzig Anwälte* – Vgl. Weber/Bayerlein/Drabkin 2013, S. 468–477.

134 *da ihm die hiesiges Stellung* – Neumärker 2015, S. 105.

Eines Morgens wache ich – Sachlicher Bericht über das Glück, ein Morphinist zu sein, S. 26f.

135 *Lieber Papa, ich nehme an* – HFA S 90.

sehr stark mit der Möglichkeit – Zitiert nach: Lamp 2007, S. 20.

136 *allein in Lübgust will er 5000 Mark* – Zitiert nach: Caspar, Nachwort, in: Sachlicher Bericht über das Glück, ein Morphinist zu sein, S. 147.

benennt er einen Schaden – Angaben zu den Fehlbeträgen: Manthey 2007, S. 62.

137 *Ein Gitter trennte den Häftling* – Ebenda, S. 64.

137 *ausgesprochen entarteten Psychopathen* – Neumärker 2015, S. 116.
So vielleicht darf ich aber wohl sagen – 24. 10. 1925, zitiert nach: Manthey 2007, S. 64.
5 Anzüge, 3 Mäntel – HFA S 90.

138 *Er neigte stets zu Absonderlichkeiten* – Ebenda.
Ich bin stolz darauf – Das gute Buch. Literarische Wochenbeilage des Prager Tagblattes, 24. 12. 1926.

139 *etwa 7 Straftaten* – HFA S 90.
Ich habe Mutti – Ebenda.

140 *Es gibt ein Haus in Hamburg* – Werke, Band III, S. 70 (Wer einmal aus dem Blechnapf frißt).

141 *Die Konkurrenz war groß* – Wie ich Schriftsteller wurde, S. 199.
Ich sitze hier in Hamburg – Zitiert nach: Lamp 2006, S. 37.
Die Mädchen auf der Reeperbahn – Werke, Band IX, S. 59 (Einbrecher träumt von der Zelle).

142 *O meine Liebe Loge Phönix* – 21. 10. 1928, zitiert nach: Lamp 2007, S. 40 f.
Jeder hat, was er verdient – Gedicht zum einjährigen Hochzeitsjubiläum von Oscar und Magda, 5. 11. 1928, HFA S 1798–1803.

143 *ein Geständnis will ich Ihnen nun doch machen* – 19. 1. 1929 an Magda Ebers, HFA S 1798–1803. Ausführlich hat Erika Becker den Brieffund beschrieben in: Salatgarten 2/2003 und 1/2004.
der rührendste und gütigste Mensch – An die Mutter, 11. 7. 1929, zitiert nach: Lamp 2007, S. 58.
jeder Dritte aus meiner unglücklichsten Zeit – An Ernst Rowohlt, 16. 10. 1928, in: Töteberg/Buck 2008, S. 51.

144 *jeder wirke im eigenen Kreis* – HFA N 70.
Neumünster ist eigentlich schrecklich – 21. 10. 1928, HFA N 215–221.

145 *Ich trällerte* – Werke, Band X, S. 343 (Heute bei uns zu Haus).

146 *Ich war sofort verliebt* – Edschmid 1990, S. 50.
Ich bin wieder einmal – 11. 12. 1928, zitiert nach: Lamp 2007, S. 46.

147 *Ich will und muß* – 14. 12. 1928, in: Fallada/Ditzen 2007, S. 18.
Ich mag Ihnen von der Suse nichts vorschwärmen – 29. 12. 1928, HFA N 215–221.
Liebe Ibeth, lieber Heinz – 28. 12. 1928, HFA N 182–185.

148 *Ich für meine Person darf sagen* – 15. 12. 1928, HFA N 166.
Darf ich Euch zum Scheiden – 29. 12. 1928, ebenda.
Daß wir in absehbarer Zeit – 16. 1. 1929, ebenda.
Liebe Eltern, ich habe mich in den Weihnachtstagen – HFA N 166.

149 *Ich las, was ich in die Hände bekam* – Edschmid 1990, S. 44.

149 *Suse gebraucht* – Zitiert nach: Lamp 2007, S. 69.

150 *Ich will Dir alles sagen* – 17. 2. 1929, in: Fallada/Ditzen 2007, S. 73.
Ich habe mich einmal – Ebenda, S. 28.
Wenn ich an all die vielen – An Anna Ditzen, 15. 2. 1929, in: Ebenda, S. 69.

151 *Wenn am 6. April* – Zitiert nach: Lamp 2007, S. 96.
Menschen dieser Art – Werke, Band X, S. 349 (Heute bei uns zu Haus).

152 *Da sind Felder und Wälder* – »General-Anzeiger« (Neumünster), Nr. 153, 3. 7. 1929.
Wenn man beinahe jedes Haus kennt – 29. 1. 1929, zitiert nach: Lamp 2007, S. 75.

153 *Mein neuer Chef* – An die Eltern, 1. 12. 1928, HFA N 166.
Ihr könnt verstehen – 18. 11. 1928, ebenda.

154 *Guten Tag, ja, und er käme von der Redaktion* – Werke, Band III, S. 350 f. (Wer einmal aus dem Blechnapf frißt).
Jetzt sitze ich beinahe jeden Abend – An Elisabeth Hörig, 8. 2. 1929, HFA N 182–185.

155 *Die Bedeutung der Blutgruppen für die Rechtspflege* – Die Bedeutung der Blutgruppen für die Rechtspflege, in: »General-Anzeiger« (Neumünster), 1. 2. 1929; »Geburtenrückgang – Geburtenbeschränkung. Gehen wir einer Entartung entgegen?«, in: Ebenda, 8. 3. 1929.
Die trotz der Kälte – HFA N 145.
Der Stil – 7. 2. 1929, nach: Lamp 2007, S. 75.
Schmutzig ist dieser Beruf schon sehr – 15. 3. 1929, HFA S 1798–1803.

156 *Wir gratulieren den Herren Einbrechern* – Zitiert nach: Lamp 2007, S. 78
auf die konziliante ste Weise – Ebenda, S. 80.

157 *Am 13. 1. bin ich von der Krimpo* – 16. 1. 1929, zitiert nach: Lamp 2007, S. 76.
Liebste, eben ist Berthold gekommen – 31. 1. 1929, HFA S 343.
Die letzten Tage – 6. 2. 1919, in: Fallada/Ditzen 2007, S. 55.
Aber, warum ich Dir das erzähle – 12. 2. 1929, in: Ebenda, S. 63.

158 *Heute hatte ich die große Unterredung* – 1. 3. 1929, in: Ebenda, S. 87.
Wir sind eine sterbende Zeitung – An Elisabeth Hörig, 10. 5. 1929, HFA S 2227.

159 *Du ahnst es nicht* – An Elisabeth Hörig, 17. 7. 1929, ebenda.

160 *Also: das Zimmer ist eine Schlucht* – Kleiner Mann – was nun? Neuausgabe 2016, S. 50.
Wir waren glücklich – Wie ich Schriftsteller wurde, S. 204.

163 *Landvolkbewegung, Städter, Reichsbanner* – An Hörigs, 20. 11. 1929, HFA N 182–185.
Meine Tätigkeit ist leider – 15. 12. 1929, HFA N 215–221.

163 *Neumünster ist eben* – An Margarete Bechert, 20. 11. 1929, zitiert nach: Crepon/Dwars 1993, S. 158.

mit einem Brief in Erinnerung – 14. 8. 1929, in: Töteberg/Buck 2008, S. 55.

164 *Als aber der Abend* – Wie ich Schriftsteller wurde, S. 205.

ein bekanntes Gesicht – Ernst Rowohlt: Die Geschichte einer Wieder-Entdeckung (1930). Zitiert nach: Crepon/Dwars 1993, S. 76.

So, Mutti, liebe Eltern – 2. 9. 1929, HFA N 166.

165 *Liebe Eltern, ich möchte Euch heute* – 15. 12. 1929, ebenda.

Neumünster war gut – 23. 12. 1929, HFA S 2047.

Unsere große, große Weihnachtsfreude – 22. 12. 1929, ebenda.

167 *muss Ditzen zu Fuß zum Verlag gehen* – An die Eltern, 12. 5. 1930, in: Müller-Waldeck/Ulrich 2012, S. 103.

Nun hatte mein Brotgeber – Werke, Band X, S. 361 f. (Heute bei uns zu Haus).

168 *die Geschichte einer verkrachten Kleinstadtzeitung* – 14. 8. 1929, in: Töteberg/Buck 2008, S. 55.

es ist eigentlich die Geschichte – 13. 4. 1930, HFA N 215–221.

169 *Der Junge, der blaue Augen* – 15. 3. 1930, HFA S 2227.

nimmt ihn gegen das Kind ein – Anna Ditzen an Johannes Hecker, 9. 1. 1945, HFA S 2243.

Aber was Du mir gibst – 23. 3. 1930, HFA S 343/1. Die erste Strophe des von Fallada aus dem Gedächtnis zitierten Gedichts von Friedrich Rückert lautet: »Du bist die Ruh, / Der Friede mild, / Die Sehnsucht du / Und was sie stillt.«

Ich selber arbeite ja – 9. 4. 1930, HFA S 2227.

170 *So beschäftige ich mich* – 2. 5. 1929, HFA N 215–221.

Zeichnen ist Weglassen – Hans Fallada: Ernest Hemingway oder Woran liegt es? In: Die Literatur 1930/31, S. 187–190, zitiert nach: Bredohl/Williams 2005, S. 49 (komplett abgedruckt in Text & Kritik 200, S. 3–6).

172 *Also, das Buch ist geschludert* – 8. 8. 1930, HFA N 215–221.

Dieses Buch ist eine im Tiefsten – Die Weltbühne, 25. 6. 1929, Nr. 26, S. 935.

arbeitet Olga auch für den sowjetischen Geheimdienst – Aspetsberger 1995, S. 564.

173 *im Äther diktierte der pralle Wams* – A. H. Schelle-Notzel (d. i. Arnolt Bronnen): Kampf im Äther oder Die Unsichtbaren. Berlin 1935, zitiert nach: Aspetsberger 1995, S. 631.

Hyäne – Kiaulehn 1967, S. 135.

Er hatte früher – Zuckmayer 2004, S. 68.

173 *Ich weiß nicht, ich werde es kaum tun* – 13.7.1930, zitiert nach: Müller-Waldeck/Ulrich 2012, S. 103.

174 *Arbeiterschule* – Aspetsberger 1995, S. 621.

weil ich ja auch am persönlichen Umgang – Mayer 1968, S. 170.

Wenn Joachim Ringelnatz – Ebanda, S. 98.

175 *Wenn wir allein waren* – Ebenda, S. 100.

Da fand ich durch Zufall hier draußen – 8.8.1930, HFA N 215–221.

Man kommt durch einen Vorbau – Mai 1930, zitiert nach: Müller-Waldeck/Ulrich 2012, S. 104.

177 *ohne Dich hätte ich nie wieder* – Fallada/Ditzen 2007, S. 203.

Da habe ich immer meinen besonderen Spaß – Ebenda, S. 213.

Und wie ich Angst – 17.2.1931, ebenda, S. 269.

einer der schönsten Augenblicke – 18.2.1931, ebenda, S. 270f.

178 *Fallada folgt völlig* – Zitiert nach: Caspar, Nachwort, in: Werke, Band I, S. 625.

faschistischen Roman – Ebenda, S. 624.

179 *Bald schon kursierten die ersten Listen* – Müller-Waldeck/Ulrich 1993a, S. 45.

Ein politisches Lehrbuch – Weltbühne 27 (1931), S. 498 und 500.

Abneigung gegen das Abstrakte – 22.4.1931, zitiert nach: Lamp 2007, S. 175.

180 *es gibt keinen Autor* – Hans Fallada: Ernest Hemingway oder Woran liegt es? In: Die Literatur 1930/31, S. 187–190, zitiert nach: Bredohl/Williams 2005, S. 49 (komplett abgedruckt in Text & Kritik 200, S. 3–6).

Man hat gefragt – Im Ullstein-Magazin »Uhu«, zitiert nach: Caspar, Nachwort, in: Werke, Band I, S. 632.

die etwaige politische Überzeugung – 18.12.1931, zitiert nach: Lamp 2007, S. 174.

Ich habe nie einen Roman – 15.12.1930, HFA S 2227.

Salomon ist als junger Kadett – Anfang Oktober 1930, zitiert nach: Lamp 2007, S. 190.

181 *Mit Rowohlt soll ihn* – Kiaulehn 1967, S. 134.

Er ist grundsätzlicher Gegner – Zitiert nach: Lamp 2007, S. 194.

Ich wäre gar nicht so fuchtig – Fallada/Ditzen 2007, S. 196 (19.1.1931).

182 *Es wird eine erste Auflage* – Angaben aus dem Brief Falladas an Hörigs vom 18.4.1931, HFA S 2227.

für diese Sommertage – 21.6.1931, zitiert nach: Williams 2011, S. 155.

Wichtigster Berater – Näheres dazu in Koburger 2015, S. 322– 327.

184 *Was mir in dieser Zeit* – Uhu, Heft 5, Februar 1932.

185 *das Schicksal des kleinen Angestellten* – Töteberg/Buck 2008, S. 66f.

185 *Wenn man netto zwanzig Jahre* – Undatiertes Vortragsmanuskript, vermutlich 1932, zitiert nach: Caspar, Nachwort, in: Werke, Band II, S. 366 f.
Ich saß darüber – Ebenda, S. 368 f.
Mein Mann stand sehr früh auf – Edschmid 1990, S. 53.

187 *Aufschnitt, da ich nicht mehr in die Stadt komme* – An die Eltern, 15. 11. 1931, HFA N 168.
Für den Jungen – 24. 11. 1931 an Paul Mayer, in: Töteberg/Buck 2008, S. 74.
Ich war […] zusammengeklappt – An Hörigs, 19. 12. 1931, HFA S 2227.
mitten im Winter, im halben Dezember – Undatiertes Vortragsmanuskript, vermutlich 1932, zitiert nach: Caspar, Nachwort, in: Werke, Band II, S. 369.

188 *Auf breiten Tischen* – Mayer 1968, S. 106.
Nach Mitternacht aber – Salomon 1951, S. 318.

189 *beide kennen sich auch persönlich* – Für die Rezension von »Bauern, Bonzen und Bomben« bedankte sich Fallada am Silvestertag 1931 bei Kracauer: »Sie haben es fertig gebracht, diese Kritik zu schreiben, als wäre sie geschrieben, als wir uns noch nicht kannten, und doch ist vieles wie ein Gruß und Mahnung an mich« (DLA, 72.2247/1).
nähren ein falsches Bewußtsein – Siegfried Kracauer: Die Angestellten. Aus dem neuesten Deutschland. Frankfurt am Main 1930, zitiert nach: Grisko 2002, S. 158 f.

190 *Lämmchen ist eine vollständig neue Figur* – An Hans Fallada, 14. 7. 1932, in: Töteberg/Buck 2007, S. 86.
Die Verleger rennen herbei – H. A. Wyss, NZZ, 16. 4. 1933.
Was ist das für ein herrliches Mädchen – Otto Schulz an Hans Fallada, 24. 6. 1932, zitiert nach: Gansel, Nachwort, in: Kleiner Mann – was nun? Ungekürzte Neuausgabe 2016, S. 533.
Pinneberg und Lämmchen – Zitiert nach: Müller-Waldeck/Ulrich 1993b, S. 283.

191 *Er schlägt vor* – Personal-Zeitung. Beilage zum »Schuhmarkt«, Frankfurt am Main, 20. 11. 1932, zitiert nach: Grisko 2002, S. 93.

192 *Lieber Herr Fallada* – 27. 6. 1932, zitiert nach: Hans-Joachim Sandberg: Stimmen fern und nah. Fallada, Rowohlt, Tucholsky, Hamsun, Thomas Mann. In: HFJ 3, S. 94–118.
Als wir bei Besichtigung des Hauses – Mayer 1968, S. 122.
Rot Front! – In meinem fremden Land, S. 22.

193 *Wenn Preise* – An Rowohlt, 26. 4. 1932, in: Töteberg/Buck 2007, S. 79.
Und wer ist auf der Titelseite? – Fallada/Ditzen 2007, S. 274.
eher klein und schmal – 16. 5. 1932, in: Ebenda, S. 277 f.

194 *Du kennst ja meinen Standpunkt* – 17. 5. 1932, in: Ebenda, S. 283.

194 *Ich habe die Entdeckung gemacht* – An Anna Ditzen, 18. Mai 1932, in: Ebenda.

Sie wissen ja, wie es mit Suse und mir ist – An Kagelmacher, 26.7.1931, zitiert nach: Williams 2011, S. 176.

195 *unbewußt satirisch* – 14.7.1932, in: Töteberg/Buck 2008, S. 87.

zwei sehr schöne Spickaale – 19.7.1932, in: Ebenda, S. 90.

Wie nennst Du Dich eigentlich – Elisabeth an Rudolf Ditzen, 24.6.1932, HFA N 182–185.

In den letzten Tagen – 14.7.1932, in: Töteberg/Buck 2008, S. 86.

196 *Sie wissen ja* – 30.7.1931, in: Ebenda, S. 93.

schüchternen und ängstlichen Menschen – Zitiert nach: Gansel, Nachwort, in: Kleiner Mann – was nun? Ungekürzte Neuausgabe 2016, S. 536.

Alle Welt spricht mit hellem Entzücken – Thomas Mann an Ernst Rowohlt, 29.9.1931, in: Töteberg/Buck 2008, S. 98.

die Wahrhaftigkeit in der Darstellung – Verlagswerbung von Rowohlt, Der Dichter hat das Wort, Faksimile in: Ebenda, S. 102f.

In Falladas Büchern ist Menschengeruch – Ebenda.

197 *Er hat etwas geschaffen* – 7.9.1932, zitiert nach: Grisko 2002, S. 67f.

Es wird verschlungen – Abendausgabe vom 24.11.1932, zitiert nach: Grisko 2002, S. 73.

198 *für die Intellektuellen zu dämlich* – Zitiert nach: Düsterberg 2004, S. 399.

364 Seiten Prosa – Velhagen und Klasings Monatshefte (47), 1.9.1932, S. 92f., zitiert nach: Grisko 2002, S. 67.

jedes Schicksalsgefühl – Berliner Börsen-Zeitung, 15.1.1933, zitiert nach: Grisko 2002, S. 76.

Die Privatheit der Rettung – Helmut Lethen, Kleiner Mann – was nun? und die bürgerliche Mittelstandstheorie, in: Lethen, Neue Sachlichkeit 1924–1932. Studien zur Literatur des »Weißen Sozialismus«. Stuttgart 1970, S. 157–162 und 165, zitiert nach: Grisko 2002, S. 131.

199 *was meine politische Einstellung* – 2.7.1932, in: Ebenda, S. 81 f.

Ich weiß schon eine Antwort – Ebenda, S. 58.

wie aus einer Geschichte hervorgeht – Caspar, Nachwort, in: Werke, Band IX, S. 702.

Mein Buch ist der Glaube an die Anständigkeit – An Herrn Benda, 3.11.1932, in: Müller-Waldeck/Ulrich 2012, S. 119.

200 *Sollten Sie durch irgendeine* – 27.10.1932 (»If by some God-given chance you were yourself asked to come over to Hollywood would you be able to leave Germany?«), im amerikanischen Original in: Töteberg/Buck 2008, S. 101.

200 *Nach Hollywood* – An Rowohlt, 5. 11. 1932, in: Töteberg/Buck 2008, S. 104.
um nahezu ein Viertel gekürzt – Näheres im Nachwort von Carsten Gansel in: Kleiner Mann – was nun? Ungekürzte Neuausgabe 2016.
Der Übergang war zu plötzlich – Werke, Band X, S. 367 (Heute bei uns zu Haus).

202 *Kommen tatsächlich Unruhen* – An die Eltern, 25. 1. 1932, HFA S 2224.

203 *Ich wußte wirklich nicht mehr* – Wie ich Schriftsteller wurde, S. 219.
Ihr müsst Euch denken – 29. 9. 1932, zitiert nach: Müller-Waldeck/Ulrich 2012, S. 118.
Er, Sponar, ein Siebziger – In meinem fremden Land. S. 23 f. – Die Sponars lebten seit 1921 in Berkenbrück, Paul Sponar betätigte sich außerdem als Bildhauer. Von ihm stammen u. a. die Allegorien der Bürgertugenden am Pankower Rathaus. Es war nicht nur der Absatzrückgang von Alabasterschalen, sondern vor allem die Folgen eines Brands im Jahr 1927, die Sponar zwangen, eine Hypothek auf das Haus aufzunehmen. Vgl. Werner Sagner: Paul Sponar – Berkenbrück, Roter Krug Nr. 9. In: Freundeskreis der Chronik Pankow e. V., Mitteilungsblatt Nr. 4 (2013), S. 29–31.

204 *Unser Junge jubelte* – In meinem fremden Land, S. 26.
es war eine sehr elegante – Ebenda, S. 76.

205 *Stück für Stück* – Ebenda, S. 10.

206 *Der Reichstag brennt* – Ebenda, S. 12.
Hören Sie, Bertolt Brecht ist bei mir versteckt – Ebenda, S. 110.
Ihr Brief ist der erste – Bertolt Brecht: Briefe 1913–1956. Band 1: Texte. Berlin und Weimar 1983, S. 487 f.

207 *Sturm auf ein Lebensmittelgeschäft* – Zitiert nach: Caspar, Nachwort, in: Werke, Band IX, S. 707.
Kamen wir aber – In meinem fremden Land, S. 26.

208 *Die Revolution ist da* – 27. 2. 1933, in: Schuster 1989, S. 14.
Lieber Ditzen! Zingler berichtet mir – 14. 2. 1933, in: Töteberg/Buck 2008, S. 106.

209 *21 000 RM sollen Haus und Grundstück kosten* – Caspar, Nachwort, in: Werke, Band III, S. 617.
Wissen Sie, was man Ihnen vorwirft? – Salomon 1951, S. 488 f.
Ich fand das stille Haus – In meinem fremden Land, S. 35.

210 *Wenn Sie vielleicht austreten möchten* – Ebenda, S. 42 f.

211 *Spuren überall an den Wänden* – Ebenda, S. 46.
Zum ersten Mal – Ebenda, S. 51.
Jeden Tag nehme ich – 15. 4. 1933, in: Fallada/Ditzen 2007, S. 288.
Ich will sehen – An Anna Ditzen, 18. 4. 1933, in: Ebenda, S. 291.

212 *Es ist doch eine der seltsamen Geschichten* – An Anna Ditzen, 22.4.1933, in: Ebenda, S. 298f.

Schlaflieder und ein Ostergedicht – 20.4.1933, HFA S 347.

Ich setzte mich an die Maschine – In meinem fremden Land, S. 72.

213 *Wir haben nun beschlossen* – 23.4.1933, HFA N 186.

214 *der als Edelstein-Aufkäufer* – In meinem fremden Land, S. 81.

Für uns war er damals – Ebenda, S. 111.

216 *dämmrige Gestalt* – Ebenda, S. 93.

Erbschleicher – Ebenda, S. 105.

wie es nun eben seine Art war – Ebenda, S. 113.

Meine Schulaufgabe – Ebenda, S. 114f.

Solch kleines Wesen – Werke, Band X, S. 370 (Heute bei uns zu Haus).

217 *Es hatte sich die Fontanelle* – Edschmid 1990, S. 57f.

Der Titel sagt genug – 26.8.1933, zitiert nach: Williams 2011, S. 201.

Seit Tagen plagte mich – Werke, Band X, S. 368f. (Heute bei uns zu Haus).

218 *Das Haus ist ein richtiges* – 22.7.1933, zitiert nach: Müller-Waldeck/Ulrich 2012, S. 129.

219 *Lieber Rudolf, zum 21. meine besten Wünsche!* – 12.7.1933, HFA N 170.

ein herrliches Klo – Hans Fallada an Anna Ditzen, 23.8.1933, in: Fallada/Ditzen 2007, S. 304.

Elektroherd und Kühlschrank – Hans Fallada an Anna Ditzen, 25.8.1933, in: Ebenda, S. 306.

direkt am See – Hans Fallada an Heinz Hörig, 29.7.1933, HFA N 186.

220 *Ich baute, ich brachte den Garten in Ordnung* – In meinem fremden Land, S. 191.

221 *Carwitz ist unendlich schön* – 8.5.1934, HFA S 91.

Idiotenkaffee – Sophie Zickermann in: Müller-Waldeck/Ulrich 1993a, S. 86.

222 *Gegengift zu dem vielen Papier* – Zitiert nach: Anna Ditzen, in: Jürgen Manthey: »Das Porträt. Hans Fallada«, WDR 1969 (Dokumentarfilm).

ganz überflüssig dasteht – Theodor Fontane: Die gesellschaftliche Stellung der Schriftsteller (Das Magazin für Literatur 1891). In: Fontane: Werke, Schriften und Briefe. Hrsg. von W. Keitel und H. Nürnberger. Bd. 1, Abt. III. Darmstadt 1976, S. 573ff.

Unsere Landwirtschaft war teuer – Edschmid 1990, S. 58.

täglich 40 bis 55 Pfund Erdbeeren – An die Eltern, 24.6.1936, in: Müller-Waldeck/Ulrich 2012, S. 142.

223 *einen ungeheuren Schub* – Hinzu kommen noch etliche Erzählungen, Kindergeschichten, die Übersetzung »Life with Father« und »Life with Mo-

ther« von Clarence Day (1936 bzw. 1938), das RAD-Tagebuch und das Gefängnistagebuch von 1944.

223 *Erste Szenen* – Fallada berichtet darüber in einem Brief an Will Vesper, 4. 7. 1934, DLA, 76.2083/2.

224 *unter dieselbe Brause* – Werke, Band III, S. 329 (Wer einmal aus dem Blechnapf frißt).

namentlich auch – An Margarete Bechert, 15. 12. 1933, zitiert nach: Manthey 2007, S. 100.

224 *Das sieht alles so günstig* – Ebenda, S. 101.

225 *Ich bin gestern den ganzen Tag* – Töteberg/Buck 2008, S. 127.

Lieber Rowohlt – An Rowohlt, 13., 18. und 22. 12. 1933, zitiert nach: Kuhnke 2005, S. 113 f.

226 *Ich brülle schon nach Saufleisch!!* – Rowohlt an Fallada, 26. 1. 1934, zitiert nach: Ebenda, S. 116.

Es ist aus dem Nazi Lauterbach – 3. 12. 1933, in: Töteberg/Buck 2008, S. 132.

Der Verkauf des Buchs – Detlev Jürß: »Kleiner Mann – was nun?« in den öffentlichen Büchereien des Dritten Reiches unerwünscht. In: HFJ 1, S. 52–57. Zu den Auflagenhöhen: Gansel, Nachwort, in: Kleiner Mann – was nun? Ungekürzte Neuausgabe 2016, S. 541.

227 *Man hat mir zugemutet* – 24. 1. 1941, HFA N 168.

Ich sage Ihnen ganz ehrlich – An F. H. Küthe, 21. 10. 1933, Archiv der Akademie der Künste Berlin, Hans-Fallada-Sammlung 44.

Wie Knut Hamsun – Druckbeleg ohne Angabe von Herkunft und Datum, Anfang März 1934, Archiv der Akademie der Künste Berlin, Hans-Fallada-Sammlung 44.

228 *Ganz offen und ehrlich* – Rowohlt an Fallada, 12. 2. 1934, in: Töteberg/Buck 2008, S. 137.

All meine andern Bücher – Faksimile in: Ebenda, S. 142.

229 *Um in Deutschland möglich zu sein* – 14. 3. 1934, in: Mann 1997, S. 356 f.

Handelt es sich einfach – 19. 3. 1934, in: Mann 1997, S. 366.

Las nach Tische – 12. 4. 1934, in: Ebenda, S. 388.

einen der wenigen deutschen Autoren – Besprechung in der »National-Zeitung«, Basel, 1. 4. 1934, zitiert nach: Caspar, Nachwort, in: Werke, Band III, S. 647 f.

230 *Freude am Abenteuerlichen* – Zitiert nach: Caspar, Nachwort, in: Werke, Band III, S. 649.

Er konnte keinen ruhigen Weg gehen – Werke, Band III, S. 450 (Wer einmal aus dem Blechnapf frißt).

231 *Im Ausland ist der Blechnapf* – 1. 4. 1934, HFA N 187.
Fallada ist Scharfschütze – Zitiert nach: Caspar, Nachwort, in: Werke, Band III, S. 642.
232 *Ein in vieler Hinsicht peinliches Buch* – Ebenda, S. 643.
Sehr geehrter Herr Vesper – An Will Vesper, 4. 7. 1934, DLA, 76.2083/2.
Nein, Herr Vesper – An Will Vesper, 15. 7. 1934, DLA, 76.2083/3.
233 *Instinkt ist Stimme des Blutes* – Zitiert nach: Caspar, Nachwort, in: Werke, Band V, S. 624.
Kufalt ist einer von jener Sorte – 10. 6. 1934, zitiert nach: Ebenda, S. 645 f.
Der Absatz bricht rapide ein – Ebenda, S. 641.
234 *eine verdammte Schluderei* – 18. 6. 1934, zitiert nach: Salatgarten 2/2010, S. 60.
Ich bin ein reiner Autodidakt – An Herrn Caspari, 13. 4. 1935, zitiert nach: Müller-Waldeck/Ulrich 2012, S. 136.
daß ich gegebenenfalls – 19. 3. 1934, HFA N 256.
in einer Erzählung – Vgl. Werke, Band IX, S. 172–185 (Mit Metermaß und Gießkanne, 1934).
235 *Herr Fallada! Es ist anzunehmen* – Sybel an Hans Fallada, o. D., HFA N 264.
Zuerst einmal und als Wichtigstes – 10. 5. 1934, in: Töteberg/Buck 2008, S. 156.
ein nettes Assortement – Ebenda.
236 *die Streitereien unter seinen Einwohnern* – In meinem fremden Land, S. 209.
Wir werden nun – Zitiert nach: Kuhnke 2001a, S. 7.
Er war ja Landwirt – Müller-Waldeck/Ulrich 1993a, S. 88.
237 *Gelernt hatte er die Maurerei* – Werke, Band X, S. 393 f. (Heute bei uns zu Haus).
Ist am Sonntagsmorgen – Ebenda, S. 402.
stattliche 208,5 Pfund – Hampel/Becker/Ditzen 2013, S. 121.
Er war damals einundzwanzig Jahre alt – Werke, Band X, S. 416 (Heute bei uns zu Haus).
238 *Er war ein ganz einfacher Junge* – Ebenda, S. 419.
Die Kinder liebten ihn – Ebenda, S. 420.
239 *Eigentlich ging alles mit dem Frühstück los* – Kuhnke 2001a, S. 82.
Er war penibel und besessen – Edschmid 1990, S. 54.
Natürlich wußte ich – Kuhnke 2001a, S. 39.
240 *Brief an den Herrn Bahnschaffner* – 3. 12. 1934, zitiert nach: Kuhnke 2005, S. 50.

241 *Mir und Suse* – 11. 12. 1934, zitiert nach: Ebenda, S. 51.
Ich fühlte mich – Dodd 2005, S. 63.
wie ein Schmetterling – Larson 2011, S. 115.

242 *Es hat doch niemand fertiggebracht* – Dodd 2005, S. 404.
Hans Fallada kam mit seiner einfachen – Ebenda, S. 99.

244 *Lieber Vater Rowohlt, manchmal denke ich* – 22. 12. 1933, zitiert nach: Müller-Waldeck/Ulrich 2012, S. 135.
mit der alten Methode von B.B.B. – 16. 5. 1934, HFA N 187.

245 *Prost! sagte Gäntschow* – Wir hatten mal ein Kind, S. 584 f.

246 *Ihr Töchterchen, Herr Ditzen* – Caspar 1988, S. 125.
Auf dem Laken – Wir hatten mal ein Kind, S. 598.
dankbar, daß dies Buch so geworden ist – An die Eltern, 21. 4. 1934, zitiert nach: Jürgen C. Thöming: Hans Fallada als der verlorene Sohn Johannes Gäntschow. In: Müller-Waldeck/Ulrich 1993b, S. 183–210 (S. 187).

247 *wir haben hier gelächelt* – 3. 5. 1934, zitiert nach: Ebenda, S. 188 f.
das alberne Geschwätz – An die Eltern, 22. 5. 1934, zitiert nach: Ebenda, S. 185.
Wir wollen Sie gerne – 12. 8. 1934, zitiert nach: Kuhnke 2005, S. 88.

248 *bei Fallada eine sehr wesentliche Faschisierung* – Zitiert nach: Thomas Bredohl: Verzerrte Provinz. »Wir hatten mal ein Kind« im Visier der Kritik. In: Bredohl/Williams 2005, S. 80–95 (S. 88).
Was man auch von ihm verlange – Trude Richter: Der gleichgeschaltete Fallada. In: Internationale Literatur 5 (1935), Heft 4, S. 103–106 (S. 106).
Karl Rauch – Karl Burkert, zitiert nach: Bredohl/Williams 2005, S. 84.

249 *Daß ein Baum reifen* – Zitiert nach: Lange 1995, S. 32.
Axt anlegen – Münchner Neueste Nachrichten, 24. 10. 1934, zitiert nach: Thomas Bredohl: Verzerrte Provinz. »Wir hatten mal ein Kind« im Visier der Kritik: In: Bredohl/Williams 2005, S. 80–95 (S. 85).
Wir hatten mal ein Kind sei kein Buch – Zitiert nach: Ebenda, S. 86.
Sie, Herr Hans Fallada, müßten wissen – Theodor Jacobs: Verdorrte Schrift. In: Der Student in Mecklenburg-Lübeck (Rostock), 5. 2. 1935, zitiert nach: Bernd Lingnau: »Wir hatten mal ein Kind« – verurteilt und vergessen? (Artikelserie 2008–2010). In: Salatgarten 1/2010, S. 44.

250 *von allen offiziellen Organen* – Ebenda.
Wir wußten von den Konzentrationslagern – Edschmid 1990, S. 56.
Movie-Gesindel – Flügge 2015, S. 202.
als Hollywood mit all seinen Zechinen – An Kagelmacher, 13. 11. 1933, zitiert nach: Thomas Bredohl: Bleiben oder Gehen? Hans Fallada und das Exil. In: HFJ 3, S. 82–92 (S. 85).

250 *ich kann nicht wie andere* – 17. 6. 1934, zitiert nach: Williams 2011, S. 221.
im Eigenen sitzen – 17. 6. 1933, zitiert nach: Gansel, Nachwort, in: Kleiner Mann – was nun? Originalfassung 2016, S. 537.

251 *Ich will nicht für 2 oder 3000 Menschen schreiben* – An Heinz Hörig, 4. 9. 1933, HFA N 186.
Nach einigen Vorpostengefechten – An Kagelmacher, 13. 9. 1935, HFA N 222.
Es ist zum Kotzen! – An Kagelmacher, 20. 9. 1935, zitiert nach: Thomas Bredohl: Bleiben oder Gehen? Hans Fallada und das Exil. In: HFJ 3, S. 82–92 (S. 86).

252 *Es scheint mir* – An die Eltern, 1. 5. 1936, zitiert nach: Müller-Waldeck/Ulrich 2012, S. 141.
Im letzten Augenblick – Williams 2011, S. 266.
Und wenn ich mich heute frage – In meinem fremden Land, S. 20.

253 *Ich habe lieber* – Ebenda, S. 17 f.

254 *Ein Gemeindevorsteher* – Bernd Lingnau: »Wir hatten mal ein Kind« – verurteilt und vergessen? In: Salatgarten 2/2010, S. 60.

255 *keine einheitliche nationalsozialistische Literaturpolitik* – Vgl. Christian Adam: Lesen unter Hitler. Autoren, Bestseller, Leser im Dritten Reich. Berlin 2010.
Ich will nie einen anderen Verleger – 18. 3. 1934, in: Töteberg/Buck 2008, S. 168.
Es kränkt mich aufs Tiefste – An Hans Fallada, 20. 3. 1934, in: Ebenda, S. 175.

256 *Liebste Suse* – o. D., Fallada/Ditzen 2007, S. 313.
Das eben empfand er – Krankenakte der Charité zu Rudolf Ditzen, handschriftliche Angaben von Dr. Zutt nach Auskünften von Anna Ditzen, 22. 5. 1935, zitiert nach: Neumärker 2015, S. 151.
im allerungünstigsten Moment – Ernst Rowohlt an Anna Ditzen, 6. 4. 1935, in: Töteberg/Buck 2008, S. 180.

257 *Manische Depressionen* – 18. 4. 1935, zitiert nach: Neumärker 2015, S. 163.
In Leipzig riet ihm der Chauffeur – Krankenakte der Charité zu Rudolf Ditzen, zitiert nach: Neumärker 2015, S. 151.
Da liege ich nun auf der Nase – Fallada/Ditzen 2007, S. 316.
tatenlos, willenlos – 18. 4. 1935, zitiert nach: Neumärker 2015, S. 163.
Ja, solch ein bisschen Dickfelligkeit – 11. 4. 1935, Töteberg/Buck 2008, S. 185 f.

258 *Mal ein Tag gut* – An Heinz Hörig, 29. 4. 1935, zitiert nach: Neumärker 2015, S. 163.
mit Kalt- und Warmwasseranschluß – Zitiert nach: Ebenda, S. 167.

259 *Jetzt in den letzten Tagen* – Zitiert nach: Ebenda, S. 174.
14 Tage fehlen vollständig – An Hörigs, 17. 6. 1935, zitiert nach: Ebenda, S. 181.
Der Patient verlangt gleich – Krankenakte der Charité zu Rudolf Ditzen, zitiert nach: Neumärker 2015, S. 175 f.
262 *In der Systemzeit* – Volksgesundheit, Heft 4/1936, zitiert nach: Töteberg/Buck 2008, S. 204 und 207.
263 *Ach, rief Guntram, was brauchet der Mensch denn Flügel* – Märchen vom Stadtschreiber, der aufs Land flog, S. 265.
264 *Junge nachts schwere Depressionen* – Zitiert nach: Neumärker 2015, S. 186.
Vom Flur war ein Drücker – Erinnerungen Sophie Zickermann, zitiert nach: Müller-Waldeck/Ulrich 1993a, S. 78.
Er begrüßte mich etwas herb – Ebenda, S. 77 f.
265 *meine liebe Woffie* – Neumärker 2015, S. 193.
Wir konnten gut miteinander – Müller-Waldeck/Ulrich 1993a, S. 81.
Er hat damals im Heidehaus – Ebenda, S. 91.
266 *Hier hatten wir gestern* – 22. 1. 1936, Fallada/Ditzen 2007, S. 326.
Louis Falkenstein – Neumärker 2015, S. 195.
Der Dr. Falkenstein – 24. 1. 1936, Fallada/Ditzen 2007, S. 326 f.
267 *Ein Erfolgsautor zu werden* – 15. 7. 1936 an Hörigs, zitiert nach: Williams 2011, S. 246.
Denke Dir, gestern nachmittag – 4. 3. 1936, in: Fallada/Ditzen 2007, S. 343.
Was Du mir in diesen Jahren gewesen bist – o. D. (Anfang April 1936), in: Ebenda, S. 345.
Ich war ganz hingerissen – 5. 4. 1936, in: Ebenda, S. 346 f.
268 *Könnten Sie mir nicht mal* – 13. 5. 1936, zitiert nach: Müller-Waldeck/Ulrich 2012, S. 141.
358 RM – Caspar 1988, S. 139.
ich will in den nächsten zwei Jahren – 3. 8. 1936, HFA N 222.
Rowohlt möchte am liebsten – 17. 12. 1936, zitiert nach: Müller-Waldeck/Ulrich 2012, S. 149.
270 *Romane kacke* – An Rowohlt, 26. 3. 1932, zitiert nach: Lamp 2002, S. 39.
1928 der NSDAP beigetreten – Der Spiegel, 18.11.1953, Nr. 47, S. 15–18.
Seitdem arbeitet er – Behling/Eik 2012, S. 114–128 (S. 117).
Jawohl, sie nennen ihn – Werke, Band VI, S. 65 (Wolf unter Wölfen).
Er war einmal in jenen fernen Zeiten – In meinem fremden Land, S. 204 bis 209.
272 *Mit dem heutigen Tag* – Der Spiegel, 24. 5. 1971, Nr. 22, S. 137.

273 *Verdienstmedaille der Nationalen Volksarmee* – Behling/Eik 2012, S. 114 bis 128.

Daß der Brief von der Zensur geöffnet war – 24. 9. 1933, in: Müller-Waldeck 2016, S. 60.

274 *der Rausch, Menschen zu erschaffen* – In meinem fremden Land, S. 174.

Es ist wirklich belanglos – An Familie Bechert, 31. 3. 1937, HFA S 91.

275 *Ich habe einen guten Vater gehabt* – 25. 4. 1937, zitiert nach: Neumärker 2015, S. 210.

Rowohlt war gerade in meinen kranken drei Tagen hier – 25. 4. 1937, zitiert nach: Kuhnke 2005, S. 124.

276 *Ich erwarte nun Ihren Bescheid* – An Ernst Rowohlt, 23. 5. 1937, in: Töteberg/Buck 2008, S. 234.

Liebe Ditzens, am Abend – Zitiert nach: Kuhnke 2005, S. 127.

Er war doch gewaltig down – 24. 6. 1937, in: Töteberg/Buck 2008, S. 237.

Wenn in Carwitz der Mond – Zitiert nach: Kuhnke 2005, S. 131.

277 *Würde der Verlag über dieses Buch platzen* – Caspar 1988, S. 149.

278 *Das KaDeWe präsentiert* – Lamp 2002, S. 74.

279 *Die Stimmen der voreiligen Freunde* – An Rowohlt, 13. 10. 1937, zitiert nach: Ebenda.

Ich kann nur sagen – Echo des Abends, Reichssender Berlin, 5. 11. 1937, zitiert nach: Müller-Waldeck/Ulrich 2012, S. 155.

meist sumpfig schillerndes – Völkischer Beobachter, 20. 11. 1937, zitiert nach: Caspar 1988, S. 150.

für das Widerliche und Ekelhafte – Zitiert nach: Caspar 1988, S. 150.

280 *Herr Minister Goebbels* – 1938, zitiert nach: Müller-Waldeck/Ulrich 2012, S. 163.

Nachmittags gelesen: Fallada – 31. 1. 1938, in: Die Tagebücher von Joseph Goebbels. Hrsg. im Auftrag des Instituts für Zeitgeschichte von Elke Fröhlich. Teil 1, Band 5. München 2000, S. 126. Eine beinahe gleichlautende Wertung findet sich im Eintrag für den 14. 1. 1938 (ebenda, S. 273).

in dieser kriegsumsäumten Welt – Hermann Broch an Hans Fallada, 29. 4. 1934, zitiert nach: Müller-Waldeck 2016, S. 68.

Da ist alles vorhanden – Hermann Broch an Hans Fallada, 22. 11. 1937, zitiert nach: Caspar 1988, S. 177 ff.

281 *heute noch eine legitime Lebensäußerung* – Zitiert nach: Müller-Waldeck 2016, S. 73.

Ich selbst habe mich – 1. 12. 1937, zitiert nach: Müller-Waldeck/Ulrich 2012, S. 157.

283 *Einmal habe ich erlebt* – Kuhnke 2001a, S. 91.

283 *Er wird als »bedingt tauglich« eingestuft* – Neumärker 2015, S. 215.
alle späteren Musterungen – Fallada wurde 1938, 1940 und 1944 auf seine Wehrdienstfähigkeit geprüft. Bis zu seiner Ausmusterung 1944 galt er als »laut Wehrpaß beschränkt tauglich« (Brief vom 27. 9. 1940, zitiert nach: Müller-Waldeck 2016, S. 58).
200 000 Menschen – Müller-Waldeck/Ulrich 1994, S. 30.

285 *Ganz Feldberg* – Hans Fallada, 17. 6. 1938, zitiert nach: Caspar 1988, S. 311.
Mitglied 5550284 – Neumärker 2015, S. 214.
Das Ende wird gänzlich umgearbeitet – Die Tagebücher von Joseph Goebbels. Hrsg. im Auftrag des Instituts für Zeitgeschichte von Elke Fröhlich. Teil 1, Band 5. München 2000, zitiert nach: Koburger 2015, S. 547.
Jannings' Manuskript – Zitiert nach: Müller-Waldeck/Ulrich 1994, S. 159.
Der Monat, durch den ich – In meinem fremden Land, S. 170.

286 *Ich stand damals vor der Wahl* – An Nico Rost, 19. 9. 1946, HFA N 286.
Ausgaben in Höhe von 570 474 RM – Michael Töteberg: »Beim Film weiß man nie«. Ein Autor scheitert an der Filmindustrie. In: Korte 2013, S. 40 bis 50 (S. 47) (Text & Kritik, Heft 200).
tobenden Widerspruch – Carl Junghans in einem Brief an Caspar, 1. 2. 1966, in: Caspar 1988, S. 314.

287 *Also ich soll einen Heimkehrer-Film schreiben* – Ebenda, S. 324.
Er hatte nicht einmal fertiggebracht – Dies Herz, das dir gehört, S. 45.
Bei diesem Quatsch – Caspar 1988, S. 326.

288 *Richtig ist es* – An Professor Hölscher, 28. 4. 1940, zitiert nach: Müller-Waldeck/Ulrich 2012, S. 179.
»Die Quangels« soll der Film heißen – -lt: Keine Traumfabrik sein … In: Berliner Zeitung, 23. Mai 1947.
Ich selbst werde älter – 24. 11. 1938, zitiert nach: Thomas Bredohl: Bleiben oder Gehen? Hans Fallada und das Exil. In: HFJ 3, S. 82–93 (S. 88).
die sich als angehende Autorin Annemarie Steiner nennt – Die Fallada-Biographin Cecilia von Studnitz vermutet, dass die Wahl des Pseudonyms auf eine Anregung von Fallada zurückgeht, dessen Jugendliebe Anne Marie Seyerlen in zweiter Ehe Anne Marie Steiner hieß (Studnitz 2007, S. 7).

289 *Es war ganz, ganz verschwiegen* – Gunnar Müller-Waldeck: »Er war ein Ermunterer«. Gespräch mit Annemarie Steiner. In: HFJ 3, S. 64–81 (S. 67).
schon Ende der dreißiger Jahre – HFJ 3, S. 72.
Liebes Väterchen Ditzen – 3. 10. 1938, in: Töteberg/Buck 2008, S. 264.
eine typische Erscheinung der Zersetzung – Mitteilung des Amtes Schrifttumspflege an die Kanzlei des Reichsleiters Rosenberg, 25. 8. 1938, BArch NS 8/246, Bl. 243.

290 *Wie gern würde ich* – 24. 11. 1938, in: Töteberg/Buck 2008, S. 275.
Vertraulich kann ich Ihnen auch noch mitteilen – Ledig an Emil Jannings, 9. März 1939, in: Ebenda, S. 285.

292 *jetzt ist es den Eltern lieber* – In meinem fremden Land, S. 265 f.
Liebe Mutti, wir sind noch schnell – 2. 9. 1939, zitiert nach: Müller-Waldeck/Ulrich 2012, S. 171.

293 *Und wie habe ich mich im Schreiben* – In meinem fremden Land, S. 229.
mit ihrem Humor – Hans Fallada an die Mutter, 15. 2. 1939, zitiert nach: Kuhnke 2001a, S. 93.

294 *Ditzen sagte zu mir* – Lieselotte Neumann (Lilo) im Gespräch mit Manfred Kuhnke, in: Ebenda, S. 123.

295 *ein sehr netter* – Christa Utnehmer, die Tochter des Carwitzer Gastwirts, in: Ebenda, S. 140.
Sie sind doch eine anständige Person – Lieselotte Neumann, in: Ebenda, S. 126.
Wir haben uns bei Ditzens – Luise Lamp, in: Ebenda, S. 41 f.

296 *In dem Augenblick* – HFJ 3, S. 68.
rasch vergehende Lichtblitze – Hans Fallada an Margarete und Fritz Bechert, 25. 5. 1944, zitiert nach: Müller-Waldeck/Ulrich 2012, S. 208.
Mein Vater holte Herrn Ditzen – Erinnerungen von Christa Utnehmer, in: Kuhnke 2001a, S. 142.

297 *Sie kennen ja diese Zustände* – 23. 7. 1940, zitiert nach: Neumärker 2015, S. 241.
Ich bitte nur – An Rowohlt, 17. 1. 1937, in: Töteberg/Buck 2008, S. 223.
Das Weihnachtsfest war ein voller Erfolg – An Frau Schultz, 12. 1. 1940, HFA N 265.

298 *in Brasilien Häute verkauft* – Der Spiegel, 29. 5. 1948, Nr. 22, S. 19.
das gute Essen – Ernst Rowohlt an Hans Fallada, 4. 2. 1941, in: Töteberg/Buck 2008, S. 321.
mit einer Schwester – Hans Fallada an Wanda Oster, 13. 1. 1941, zitiert nach: Müller-Waldeck/Ulrich 2012, S. 181.
Die eigentliche Schlafmittelsucht – Zitiert nach: Neumärker 2015, S. 248.
Junge schlechtes Befinden – Ebenda, S. 248 f.

299 *Eigentlich sollte ich ja noch in Dresden* – An Hörigs, 18. 3. 1941, HFA N 194.
Der kleine Scherz – An Heinrich Maria Ledig-Rowohlt, 20. 4. 1941, in: Töteberg/Buck 2008, S. 326.
Ich schreibe so eine Art Erinnerungen – 4. 5. 1941, in: Töteberg/Buck 2008, S. 331.

300 *Die haben alle keine Ahnung* – Werke, Band X, S. 200 (Damals bei uns daheim).

300 *Dann setzte die Orgel ein* – Ebenda, S. 223f.
301 *meine Erinnerungsbücher* – In meinem fremden Land, S. 229.
Im Grunde genommen – Zitiert nach: Williams 2011, S. 287.
302 *ein großes Arbeitsvorhaben* – An Elisabeth Ditzen, 9. 7. 1941, zitiert nach: Ebenda, S. 288.
Ich habe nämlich den Plan – 22. 7. 1941, ebenda.
303 *vor allem darum, damit es in dieser Zeit* – An Jürg Zutt, 23. 8. 1941, zitiert nach: Neumärker 2015, S. 254.
Ich habe hier noch mindestens eine Woche zu tun – 9. 9. 1941, HFA N 168.
304 *Das Buch hat, wenn ich es so durchhalte* – An den Lektor Alfred Günther, 22. 11. 1941, in: Töteberg/Buck 2008, S. 344.
Wahrscheinlich kommt in diesem Jahr unser alter Besuch – An Hörigs, 22. 12. 1941, HFA N 194.
305 *Du hast die Pflicht* – Zitiert nach: Neumärker 2015, S. 256.
306 *Seltsamerweise hat mich nicht einmal* – An Werner Hütter, 24. 1. 1942, HFA N 699 (den Hinweis verdanke ich Erika Becker, HFA).
307 *Ich habe all mein Lebtag* – Werke, Band X, S. 584 (Heute bei uns zu Haus).
308 *Jeden Tag, den Gott werden lässt* – An Werner Hütter, 25. 11. 1941, zitiert nach: Renate Kümmel: Die Handschriften Hans Falladas. HFJ 3, S. 164 bis 180 (S. 178).
Es ist Suses Aufgabe – Werke, Band X, S. 552 (Heute bei uns zu Haus).
Buchbesprechungen lese ich – An Herbert Schönfeld, 7. 3. 1939, zitiert nach: Müller-Waldeck/Ulrich 2012, S. 169.
Ich kritzele so langsam vor mich hin – Ein Roman wird begonnen. Zwiegespräch zwischen dem Verfasser und seiner Frau. Rundfunkmanuskript von 1946, HFA N 77.
309 *Ich lege die Feder hin* – Werke, Band X, S. 544 (Heute bei uns zu Haus).
Das Ende vom Liede ist doch – Ebenda, S. 550.
furchtbar abhängig – Kuhnke 2001a, S. 65.
Am Anfang und am Ende – Werke, Band X, S. 339f. (Heute bei uns zu Haus).
310 *Als ich so an die 20 war* – Erinnerungen von Christa Utnehmer in: Kuhnke 2001a, S. 142f.
Was zwischen uns spielte – 24. 2. 1944, HFA S 2239–2244.
Das kleine Dreckschweinchen – 17. Juli 1942, zitiert nach: Neumärker 2015, S. 259.
311 *Hier bin ich in allem Außenseiter* – 28. 11. 1942, zitiert nach: Müller-Waldeck/Ulrich 2012, S. 191.
Ich bin recht entmutigt – An Elisabeth Ditzen, zitiert nach: Williams 2011, S. 299.

311 *Übrigens war in den letzten Wochen* – An Ernst Rowohlt, 2. 1. 1943, in: Töteberg/Buck 2008, S. 355 f.

312 *Er war ein Zeichner von Eigenart* – Zitiert nach: Kuhnke 2003, S. 33.

313 *Lieber Fallada!* – 23. 1. 1943, zitiert nach: Ebenda, S. 51.

bei Ohser, da haben wir darüber gesprochen – Gespräch mit Kuhnke, 21. 9. 1993, zitiert nach: Ebenda, S. 66.

Was für einen Misthaufen – In meinem fremden Land, S. 148.

314 *er müsse sofort* – Krankenakte Rudolf Ditzen der Kuranstalten Westend, zitiert nach: Neumärker 2015, S. 269.

er macht jetzt einen intoxikierten Eindruck – Ebenda.

zwischen 61 000 und knapp 75 000 RM – HFA S 388.

Es ist ein Manuskript – Brief vom 26. 3. 1943, zitiert nach: Der Jungherr von Strammin, S. 2.

315 *ich befürchte, der Krieg wird noch* – An Uli, 16. 2. 1943, in: Fallada/Ditzen 2004, S. 120.

Ende Mai werde ich übrigens – An Uli, 16. 3. 1943, in: Ebenda, S. 125.

316 *Jedenfalls habe ich vor* – 14. 5. 1943, HFA N 168.

317 *Ich habe die Absicht* – 10. 7. 1943, HFA N 256.

Ich habe mich an ihn gewandt – Annemarie Steiner im Gespräch mit Gunnar Müller-Waldeck, HFJ 3, S. 78.

Übrigens erkundigte ich mich – 22. 5. 1943, HFA S 2239.

318 *Freizeitveranstaltung* – An Anna Ditzen, 26. 5. 1943, HFA S 2239.

Heute sind wir schon vor 5 Uhr – An Anna Ditzen, 25. 5. 1943, HFA S 2239.

319 *Im Jahre 1943 wurde ich gezwungen* – Kuhnke 1999, S. 79; Faksimile in: Lange 1988, S. 86.

Prange betreut mich wirklich rührend – An Anna Ditzen, 30. 5. 1943, HFA S 2239.

einen schnapsartigen Wein – An Anna Ditzen, 25. 5. 1943, ebenda.

Übrigens, was ich schon lange sagen wollte – An Anna Ditzen, 30. 5. 1943, ebenda.

320 *die deutsche Wehrmacht* – An Anna Ditzen, 15. 6. 1943, ebenda.

Es ist fast zu viel – An Elisabeth Ditzen, 10. 6. 1943, HFA N 168.

Ein berückender Vorschlag – 3. 6. 1943, HFA S 2239.

321 *Ich werde wohl bei der Bakonyi hausen* – An Anna Ditzen, 11. 6. 1943, ebenda. Durch Zeitungsveröffentlichungen 1945/46 ist die falsche Schreibweise »Bakonjé« in Umlauf gekommen.

Ich habe so unendlich viel gesehen – 27. 6. 1943, HFA N 168.

322 *Ständiger Kampf ist nichts für mich* – An Werner Hütter, 24. 1. 1942, HFA N 699.

322 *Gegen einen Einsatz vor der Truppe* – Zitiert nach: Neumärker 2015, S. 275.
Nicht weniger als 173 Bücher – An Ernst Rowohlt, 26. 7. 1943, in: Töteberg/Buck 2008, S. 359.
323 *Ja, es ist sogar möglich* – 27. 8. 1943, HFA S 2239–2244.
Damals fuhren Fallada und ich – Müller-Waldeck 2016, S. 97.
eine leichte Attacke – An Anna Ditzen, 2. 9. 1943, HFA S 2239–2244.
recht abwechslungsreiches – An Heinrich-Maria Rowohlt-Ledig, 31. 8. 1943, zitiert nach: Williams 2011, S. 307.
324 *wieder beherrscht durch die Werbung für die SS* – An Anna Ditzen, 4. 9. 1943, HFA S 2239–2244.
In den letzten Tagen – An Lore und Uli Ditzen, 3. 9. 1943, in: Fallada/Ditzen 2004, S. 137 f.
dem »Euthanasie«-Programm des NS-Regimes zum Opfer fiel – Kuhnke 2005, S. 21.
Buch die richtige Abrundung zu geben – An Anna Ditzen, 7. 9. 1943, HFA S 2239–2244.
nimmt er die Schreibmaschine auf den Schoß – An Anna Ditzen, 10. 9. 1943, ebenda.
schätzt er auf 350 bis 400 Seiten – An Martin Stiebing, 11. 7. 1943, zitiert nach: Müller-Waldeck/Ulrich 2012, S. 199.
erst Ende Februar 1944 – Hans Fallada an Anna Ditzen, 27. 2. 1944, in: Fallada/Ditzen 2007, S. 386.
Und schließlich habe ich jetzt wieder – 3. 3. 1944, HFA S 819.
325 *Es besteht ja auch noch immer* – 10. 3. 1944, HFA S 2239–2244.
ein per Muß geschriebenes Buch – 1. 4. 1944, HFA S 1943. Die Korrespondenz von Fallada mit dem Heyne-Verlag ist nur in den Exzerpten überliefert, die Günter Caspar 1968 bei Emma D. Hey in Braunschweig anfertigte. Über den weiteren Verbleib der Briefe ist nichts bekannt.
setzt er sich doch an seine Tagebuch-Aufzeichnungen – Hans Fallada an Franz Schneekluth, 10. 4. 1944, HFA S 1943.
da könne er nichts mit anfangen – Werner Hütter: Besuch bei Hans Fallada. In: HFJ 1, S. 147–157 (S. 149).
326 *Gestern habe ich zweimal* – 19. 9. 1943, HFA S 2239–2244.
327 *Ich bin bei all diesen Dingen* – 27. 9. 1943, ebenda.
Es ist nicht wichtig, mein Junge – 27. 9. 1943, in: Fallada/Ditzen 2007, S. 142 f.
Ich bin noch nie so optimistisch gewesen – An Else Bakonyi, zitiert nach dem Faksimile ihres offenen Briefs im »Neuen Hannoverschen Kurier«, in: Lange 1988, S. 80.

328 *Überhaupt ist das, was ich an Kameradschaft* – 30.5.1943, HFA S 2239.

329 *Manchmal denke ich, ich komme hier vor Heimweh um* – An Anna Ditzen, 27.9.1943, HFA S 2239–2244.

Jeden Augenblick kann der Abmarschbefehl – An Anna Ditzen, 28.9.1943, ebenda.

330 *Ist es nicht eigentlich wunderbar* – An Hans A. Wyss, 8.10.1943, zitiert nach: Müller-Waldeck/Ulrich 2012, S. 202.

optimistisch und lebensbejahend – In meinem fremden Land, S. 229.

331 *Ich bin ein Deutscher* – An Hans A. Wyss, 8.10.1943, zitiert nach: Müller-Waldeck/Ulrich 2012, S. 203.

Ich hatte also bis zu 12 Weibsen im Haus – An Kagelmacher, 23.7.1944, HFA N 222.

332 *Es ist ein recht jämmerlicher Zustand* – 16.11.1943, in: Fallada/Ditzen 2007, S. 149.

Tobte, war ziellos – Neumärker 2015, S. 279.

Der Patient wird Zigaretten drehend im Zimmer angetroffen – Ebenda, S. 280.

333 *Wisst Ihr was von Berlin?* – 30.11.1943, in: Fallada/Ditzen 2004, S. 153.

Ich habe immer gewußt – An Anna Ditzen, 24.2.1944, HFA S 2239–2244.

Ich weiß nur noch – Edschmid 1990, S. 59.

334 *Die Schuld daran habe ich getragen* – 23.1.1944, in: Fallada/Ditzen 2004, S. 155.

häufig erregt gewesen – Neumärker 2015, S. 285.

mit dem Gedanken von zu Hause weggegangen – Ebenda, S. 286f.

Sämtliche Bienen sind getötet – Ohne Anrede (an Anna Ditzen), o.D. (ca. 22.1.1944), in: Fallada/Ditzen 2007, S. 365.

335 *Ich stand nach der Entwarnung* – An Anna Ditzen, 31.1.1944, in: Ebenda, S. 368.

Die häufigste Zeit meiner Krankheit – An Friedrich Hermann Küthe, 13.4.1944, Archiv der Akademie der Künste Berlin, Hans-Fallada-Sammlung 44.

Seit Du an meinem Bett gesessen hattest – An Anna Ditzen, 24.2.1944, in: Fallada/Ditzen 2007, S. 383.

336 *Daß die Angelegenheit mit A. endgiltig* – O.D. (Januar 1944), in: Ebenda, S. 367.

Es war natürlich, wie ich jetzt klar sehe – 31.1.1944, in: Ebenda, S. 369.

Du weißt, wie sehr mich – Anna Ditzen an Hans Fallada, 18.2.1944, in: Ebenda, S. 379f.

336 *Wir werden, fürchte ich, ein sehr schweres Jahr bekommen* – 24. 2. 1944, in: Ebenda, S. 384.

337 *Auf den Kutisker-Roman* – An Franz Schneekluth, 7. 2. 1944, zitiert nach: Caspar 1988, S. 222.

Es sollen eine Reihe – Die Tagebücher von Joseph Goebbels. Hrsg. im Auftrag des Instituts für Zeitgeschichte von Elke Fröhlich. Teil 2, Band 8. München 1993, S. 386. Norbert Jacques (1880–1954) ist der Autor von »Dr. Mabuse«.

Wie ich erfahren – 8. 6. 1943, HFA N 262.

338 *Und nun das Tollste* – 27. 6. 1943, HFA N 168.

Nichts wäre mir lieber – An Rudolf Erckmann, 26. 6. 1943, HFA N 262.

339 *Ich glaube, daß Sie gar nichts Besseres tun könnten* – 5. 8. 1943, ebenda.

340 *auf 14400 RM summieren* – Hans Fallada an Franz Schneekluth, 28. 12. 1944, und Hans Fallada an Franz Schneekluth, 1. 4. 1944, HFA S 1943.

neue Fallada-Epoche – Hans Franke an Hans Fallada, 31. 1. 1944, HFA S 1943.

beginnt er im April 1944 – Im Arbeitskalender ist der Fortschritt der Arbeiten mit den folgenden Einträgen vermerkt: 19. April 1944: Material Benjä; 23. April: Beginn der Arbeit an Benjä; 17.–19. Mai, 23. Mai: Benjä, Benjä; 6.–19. Juli: Benjä, Benjä; 19.–20. Juli und 22. Juli: Diktat Benjä, Benjä; 8.–11. August: Diktat Benjä, Benjä, HFA S 1200.

dieses kleinen polnischen Juden – 11. 8. 1943, HFA N 262.

Dieses Ghettomilieu – 10. 4. 1944, zitiert nach: Caspar 1988, S. 227.

Ich selbst habe mich entschlossen – 25. 5. 1944, HFA N 197.

Ich schanze sehr fleißig – 13. 6. 1944, in: Töteberg/Buck 2008, S. 368.

341 *Erst sagte er* – An Uli Ditzen, 3. 6. 1944, in: Fallada/Ditzen 2004, S. 175 f.

Im Arbeitskalender – HFA S 1200.

Ich vergaß zu erwähnen – Tagebuch Elisabeth Ditzens, 12. 5. 1945, HFA S 53.

Fleißprobe – Hans Fallada an Familie Hörig, 18. 8. 1944, HFA N 197.

342 *Du schreibst von Deinem* – 2. 8. 1944, ebenda.

Sie stand mit der Rechtschreibung – An Familie Hörig, 8. 8. 1944, ebenda.

Wegen Ihrer geradezu gehässigen – An Else Marie Bakonyi, zitiert nach: Kuhnke 2005, S. 93.

Ich diktiere mit etwas seltsamen Gefühlen – An Familie Hörig, 18. 8. 1944, HFA N 197.

343 *jede Tendenz- und Kampfschrift* – Franz Schneekluth an Hans Fallada, 28. 8. 1944, zitiert nach: Caspar 1988, S. 229.

343 *einen nicht antisemitischen antisemitischen Roman* – Hans Franke an Hans Fallada, 2. 9. 1944, zitiert nach: Caspar 1988, S. 229.

Das sind alles Leute – An Becherts, 25. 5. 1944, zitiert nach: Müller-Waldeck/Ulrich 2012, S. 207.

344 *Abends gehen ich immer gleich* – An Anneliese Benzin, 14. 5. 1944, HFA S 63.

Die Ärztin aus den Kuranstalten Westend – Erika Schmidt-Rost an Fallada, 3. 5. 1944, HFA S 63.

Meine Frau ist, erlegen diesem ständigen Bombardement des Ungeistes – An Kagelmacher, 23. 7. 1944, HFA N 222.

Wir reden nur noch das Nötigste – An Hörigs, 25. 5. 1944, HFA N 197.

Ich kann Euch heute nur sagen – 16. 1. 1929, HFA N 166.

345 *Fallada bittet Rowohlt* – An Rowohlt, 15. 5. 1944, in: Töteberg/Buck 2008, S. 366.

Seitdem herrscht Ruhe – An Becherts, 25. 5. 1944, zitiert nach: Müller-Waldeck/Ulrich 2012, S. 208.

Suse gebraucht wie der Säugling die Mutter – Zitiert nach: Lamp 2007, S. 69.

Oft liege ich lange – An Becherts, 25. 5. 1944, zitiert nach: Müller-Waldeck/Ulrich 2012, S. 208.

346 *beide für schuldig zu erklären* – Hans Fallada an Erika Schmidt-Rost, 4. Mai 1944, HFA S 63.

Die Welt ist zum Kotzen – Juli 1944, HFA 278.

Und nun, mein Guter – 23. 7. 1944, HFA N 222.

Natürlich habe ich die Absicht – 8. 7. 1944, HFA N 213.

347 *schon damals gesehen* – Joachim Artz, der Ehemann von Ulla Loschs Nichte, hat überliefert, Ulla und Fallada hätten sich 1942 kennengelernt, ohne näher miteinander in Beziehung zu treten. Vgl. Manfred Kuhnke: Eine Randbemerkung. In: Salatgarten 1/1997, S. 11–13, sowie Joachim Artz: Forsch geforscht! Zur ersten Begegnung zwischen Hans Fallada und Ulla Losch. In: Salatgarten 2/2000, S. 40 f..

Aber an diesem Abend – Werke, Band VII, S. 328 f. (Der Alpdruck).

Endlich jemand – Ebenda, S. 340.

Vielleicht habe ich schon wieder etwas – 8. 8. 1944, HFA N 197.

trocken, heiß, eintrübend – Arbeitskalender, Eintrag vom 27. 8. 1944, HFA S 1200.

2 Flaschen Mosel- und 10 Flaschen Rotwein – Beschluss in der Strafsache vom 8. 9. 1944, HFA S 63.

348 *sonst geschehe etwas* – Einspruch Ditzens an das Amtsgericht Neustrelitz, September 1944, HFA S 63.

348 *Ich aber habe an dem Körper* – Ebenda.
sie voll Wut weit in den See hinaus – Edschmid 1990, S. 61.
Jetzt hat er auf mich geschossen – So Margarete Hotop, die Witwe des Arztes, in der Filmdokumentation »Ich weiß ein Haus am Wasser« (1975) von Peter Gehring.
Suse gelingt es – Vgl. Anna Ditzens Erinnerungen im Brief an Günter Caspar vom 13. 12. 1967, in: Fallada/Ditzen 2007, S. 399.
Durch mein Toben – Einspruch Ditzens an das Amtsgericht Neustrelitz, September 1944, HFA S 63.
349 *Heil- und Pflegeanstalt* – Zur Geschichte der Einrichtung vgl. Witzke 2012.
mit einem schizophrenen Mörder – In meinem fremden Land, S. 151.
einer der bekanntesten – HFA S 63.
350 *Hatte ich diese Liebe* – Der Trinker, S. 29.
351 *Einmal, als mir gar nichts einfiel* – Ebenda, S. 53.
Wie heißen Sie? – Ebenda, S. 72.
Wir schlagen unsere Frauen – Ebenda, S. 73.
352 *Wir rangen miteinander* – Ebenda, S. 87.
Ich werde Sie erst einmal – Ebenda, S. 148.
Und er wird meinen Wunsch – Ebenda, S. 287.
353 *in den Augen einiger Parteileute* – Nach der Erinnerung des Sohns, Karl-Andreas Hecker, zitiert nach: Neumärker 2015, S. 304.
Der Wechsel seiner Stimmungen – Zitiert nach: Ebenda, S. 305.
Die Hausordnung ist streng – 14. 9. 1944, in: Fallada/Ditzen 2004, S. 187.
354 *unter der Drohung* – In meinem fremden Land, S. 20.
Alle zehn Minuten etwa – Ebenda, S. 21.
hervorstechende Merkmal – Ebenda, S. 57.
nie etwas Neues eingefallen – Ebenda, S. 243.
Ich wollte den Untergang – Ebenda, S. 244 f.
355 *Er stellte die Behauptung auf* – Aussage von Bernhard Hübner, Rudolstädter Gerichtsakte, HFA S 58/1.
Ich verscheuche jeden Gedanken – In meinem fremden Land, S. 21.
356 *In jenen Wochen begriff ich* – Ebenda, S. 89.
Ich glaube daran – 14. 9. 1944, in: Fallada/Ditzen 2007, S. 403.
357 *Denke bitte nicht* – 21. 9. 1944, in: Ebenda, S. 405.
Du schreibst, ich könnte auch nicht aus meiner Haut – 29. 9. 1944, in: Ebenda, S. 407.
Tausche Landhaus Südmecklenburg – 3. 10. 1944, in: Ebenda, S. 411.
358 *Ich bin ziemlich erregt* – In meinem fremden Land, S. 228.

358 *Geisteskranke Rudolf Ditzen* – Abrechnungsblatt des Landesfürsorgeverbandes Mecklenburg, 30. 9. 1944, zitiert nach: Kuhnke 2005, S. 173.
etwas wilder Sonntag – Zitiert nach: Ebenda, S. 176.
alle sein – 20. 7. 1944, in: Töteberg/Buck 2008, S. 370.

359 *wäre genau das, was man sich vorgestellt hätte* – Franz Schneekluth an Fallada, 27. 10. 1944, zitiert nach: Caspar 1988, S. 229.
Inneren entgegenstemmen – Fallada/Ditzen 2007, S. 411.
Der Kutisker-Roman – Ebenda, S. 424.
zwischen 1500 und 2000 Druckseiten – Caspar 1988, S. 231.
der fast vollendete Roman – Zitiert nach: Koburger 2015, S. 578.

360 *als Titel des Romans* – An Franz Schneekluth, 21. 4. 1944, HFA S 1943.
Das Geheimnis, warum ich hier noch immer – An Erwin Topf, 28. 1. 1945, zitiert nach: Caspar 1988, S. 231.
Ich habe vor, in der nächsten Zeit – An Paul Collrep, 19. 1. 1945, HFA N 273.
Es ist der 31. Dezember 1945 – Hans Fallada an den Heyne-Verlag, 28. 12. 1944, zitiert nach: Caspar 1988, S. 231.
Nach sehr reiflicher Überlegung – 18. 10. 1944, in: Fallada/Ditzen 2007, 412.

361 *Schönes Weihnachtsfest* – Arbeitskalender, Eintrag Falladas vom 25. 12. 1944, HFA S 1200.
Bücher besehen – Ebenda, Eintrag Falladas vom 25. 12. 1944.

362 *ein junges Weib eingehandelt* – Zitiert nach: Neumärker 2015, S. 310.
Ich bin an diese neue Heirat – An Hörigs, 2. 1. 1945, HFA 197.
menschlich noblen Brief – Johannes Hecker an Anna Ditzen, 13. 12. 1944, HFA S 2243.

363 *Er kam zurück, wohl geschwächt* – Briefentwurf Anna Ditzens an Johannes Hecker, 9. 1. 1945, HFA S 2243.

364 *Das schönste war* – Der Kindernarr, in: Sachlicher Bericht über das Glück, ein Morphinist zu sein, S. 111 f.

365 *stets sexuell eingestandenermaßen sehr appetent* – Gutachten Johannes Hecker, HFA S 63.
von Staatswegen – 3. 1. 1945, HFA 1943.
Hier in Carwitz ist alles beim alten – 19. 1. 1945, in: Fallada/Ditzen 2007, S. 194 f.

366 *Ich möchte wohl ein großer Hund sein* – An Anne Marie Seyerlen, 1. 7. 1917, in: Studnitz 2007, S. 52.
während des Hochzeitsmahls – Mayer 1968, S. 142.
seit einigen Tagen – Krankenakte der Kuranstalten Westend (Dr. Wanda Oster), zitiert nach: Neumärker 2015, S. 311.

367 *Wir leben hier in den Tag hinein* – 9. 3. 1945, HFA S 819.
Auf der Rückfahrt – Tagebuch Elisabeth Ditzens, 20. 4. 1945, HFA S 53.
368 *Immer mehr gewinnt der Plan Gestalt* – Ebenda, 5. 4. 1945.
Suse und ich sind übereingekommen – An Hörigs, 18. 4. 1945, HFA N 197.
Furchtbare Tage – Tagebuch Elisabeth Ditzens, datiert auf den 28. 4., aber erst nach dem 2. 5. 1945 geschrieben, HFA S 53.
369 *vom russischen Kommandanten* – 2. 5. 1945, ebenda.
Rudolf mit seiner Frau – 9. 5. 1945, ebenda.
370 *Deutschland ist so kaputt* – 1. 5. 1945, ebenda.
Unser Haus ist zwar auch nicht 100%ig sicher – An Anna Ditzen, 20. 5. 1945, in: Fallada/Ditzen 2007, S. 428.
Ich habe das immer gesagt – Tagebuch Elisabeth Ditzens, 20. 5. 1945, HFA S 53.
36 Umlandgemeinden – HFA S 54 (Bürgermeisterakte).
den langjährigen Bürgermeister aus der Vor-Nazizeit wieder einsetzen – Margarete Hotop, die Witwe des Feldberger Arztes, an Günter Caspar, 8. 7. 1970, HFA S 1293–1301.
Ulla ist mir sympathisch – Tagebuch Elisabeth Ditzens, 12. 6. 1945, HFA S 53.
371 *Ich hätte nie ein Zusammenleben* – 12. 6. 1945, ebenda.
Truppe von elf Hilfspolizisten – Olschewski 2009, S. 232.
russischen Geheim-Polizei zugeführt – Müller-Waldeck/Ulrich 1993a, S. 166.
372 *gegen den Willen des Rektors* – Wegener 2007, S. 165 f., sowie Fallada/Ditzen 2004, S. 163 und 165.
Er hofft auf Bücherschreiben – Tagebuch Elisabeth Ditzens, 12. 6. 1945, HFA S 53.
steifen deutschen Beamten – Weiss 1981, S. 91.
Herren aus Schwerin – Tagebuch Elisabeth Ditzens, 14. 8. 1945, HFA S 53.
Schweres habe ich erlebt – An Kagelmacher, 4. 12. 1945, HFA N 222.
1373 Evakuierte und 2339 Flüchtlinge – HFA S 54 (Stand: 21. 9. 1945). Für August ist nur die Zahl der Flüchtlinge überliefert, die im Vergleich zum Vormonat lediglich um fünf Personen abweicht.
Ich erstatte hiermit Anzeige – Zitiert nach: Müller-Waldeck/Ulrich 1993a, S. 173.
373 *Kurz vor dem Russeneinmarsch* – Müller-Waldeck 2016, S. 180 f.
zwei Nationalsozialistische Bücher – Protokoll vom 19. 6. 1945, in: Müller-Waldeck/Ulrich 1993a, S. 174 f.
Über das Anmalen – Tagebuch Elisabeth Ditzens, 18. 7. 1945, HFA S 53.

374 *Rudolf hat es gar nicht leicht mit ihm* – 12. 7. 1945, ebenda.

Er hat sie ständig verfolgt – Hans Fallada an Johannes R. Becher, 15. 10. 1945, zitiert nach: Müller-Waldeck 2016, S. 150.

Stinkkäfer – Zitiert nach: Williams 2011, S. 332.

Es war entsetzlich zu sehen – Edschmid 1990, S. 59 f.

Heute ist endlich das lang Erwartete eingetreten – 10. 8. 1945, in: Fallada/Ditzen 2007, S. 428 f.

Am 12. August 1945 – Notiz nach der Aussage einer Hausangestellten der Ditzens vom 29. 7. 1946, Kreisarchiv Neustrelitz, zitiert nach: Neumärker 2015, S. 318.

375 *Was der Arzt so gefährlich für ihn hält* – Tagebuch Elisabeth Ditzens, 17. 8. 1945, HFA S 53.

Verwirrtheitszuständen mit Halluzinationen – Die Angaben zu den Halluzinationen hat Fallada bei der Aufnahme in die Kuranstalten Westend in Berlin am 7. 9. 1945 selbst gemacht, zitiert nach: Neumärker 2015, S. 321.

Es ist wieder wie in seinen jungen Jahren – Tagebuch Elisabeth Ditzens, 21. 8. 1945, HFA S 53.

377 *achtzig Injektionen Morphium à 4* RM – Fünfzig Injektionen für Fallada, dreißig für Ulla, HFA N 273.

Sie gingen nebeneinander – Werke, Band VII, S. 388 f. (Der Alpdruck).

378 *sofort auf dem Gesicht* – Ebenda, S. 389.

Sie nahm sich das Leben – Gottfried Benn an Friedrich Wilhelm Oelze, 7. 11. 1945, in: Sinn und Form (68) 2016, S. 43.

aus nächster Nähe die Beziehungsverwicklungen erlebt – Vgl. Anmerkungen in: Gerhard Schuster (Hrsg.): Gottfried Benn – Egmont Seyerlen. Briefwechsel 1914–1956. Stuttgart 1993. S. 116.

Jetzt holt Fallada während der Sperrstunde Morphium bei Benn – Neumärker 2015, S. 324.

379 *Ich glaube, man muß sich beeilen* – Werke, Band VII, S. 468 (Der Alpdruck).

Ich brauchte ja gewiss nur einen Schritt – Gottfried Benn an Friedrich Wilhelm Oelze, 25. 12. 1945, in: Sinn und Form (68) 2016, S. 57.

380 *Er vermittelt den Kontakt zu Becher* – Paul Wiegler an Hans Fallada, 8. 10. 1945, HFA N 289.

Doll hat eben erst – Werke, Band VII, S. 490 f. (Der Alpdruck).

382 *Becher sorgt wirklich wie ein Vater für mich* – Hans Fallada an Ernst Rowohlt und Heinrich Maria Ledig, 12. 11. 1945, in: Töteberg/Buck 2008, S. 395.

382 *dessen Kulturchef Roman Pereswetow* – Sinn und Form, 2. Sonderheft Johannes R. Becher, 1960.

wird er unfreiwillig Zeuge – Müller-Waldeck/Ulrich 1993a, S. 187.

383 *Übrigens ist dieser Vorstadt, durch die Doll jetzt geht* – Werke, Band VII, S. 509 ff. (Der Alpdruck).

384 *Wir wohnen im russischen Sektor* – An Margarete und Fritz Bechert, 23. 7. 1946, HFA N 273.

385 *Fallada sagte mir, er könne wieder einmal nicht schreiben* – Werner Hütter, Erinnerungen, HFJ 1, S. 151.

Die Feldberger Tage sind endgiltig vorbei – An Gerd Berendt, 12. 12. 1945, HFA N 273.

386 *Ich vergesse es nicht, daß ich bevorzugt bin vor vielen* – An Friedrich Hermann Küthe, 13. 4. 1944, in: Archiv der Akademie der Künste Berlin, Hans-Fallada-Sammlung 44.

Wie war es nur möglich – Bolt (d. i. Hannes Bolt), Berliner Zeitung, 8. 12. 1945.

387 *Gut dressierten Rassehund* – 21. 12. 1945, HFA N 284.

Seine eigene Villa – Neumärker 2015, S. 326.

Ex-Seifenflocke – In einem Brief an den Buchhändler und Antiquar Keipert, 12. 12. 1945, zitiert nach: Liersch 2005, S. 13.

riesigen Kaufmannsladen – An die Mutter, 31. 12. 1945, zitiert nach: Müller-Waldeck/Ulrich 2012, S. 224.

1934 in einem kleinen Leningrader Verlag – Peter Labuhn: Aspekte zur russischen Erstausgabe von »Kleiner Mann – was nun?«. In: HFJ 2 (1997), S. 67.

388 *eine Rede auf Fallada* – Tagebucheintrag, 24. 12. 1950, in: Becher 1950, S. 571.

Der Aufzug nächtlich. Aller Fragen bängste – Zitiert nach: Tanja Stern: Apparat ohne Seele, Berlin 2012.

389 *größten deutschen Dichter* – Zitiert nach: Lexikon sozialistischer deutscher Literatur, Berlin 1973. S. 101.

390 *Der überreizte, krankhaft ungeduldige* – Konstantin Fedin: Ein Sohn des deutschen Volkes. Zum 84. Geburtstag von Wilhelm Pieck. In: Fedin 1962, S. 245 ff.

391 *zwischen dem grauenvollen Gestern* – Abgedruckt in: Lange 1988, S. 57 bis 63 (S. 63).

392 *Ich bin ein unwahrscheinlich angesehener* – 29. 11. 1945, in: Fallada/Ditzen 2007, S. 445.

Ich bin wie ein Lahmer – 20. 12. 1945, zitiert nach: Caspar 1988, S. 271.

393 *Dr. Bell, der eine Praxis in Pankow betreibt* – Neumärker 2015, S. 330.

393 *Wir haben nicht nur Chaos* – Lange 1988, S. 57.
Ich wäre Ihnen dankbar – Zitiert nach: Liersch 1997, S. 276.
Dieser Meinung waren Sie noch – Faksimile in: Lange 1988, S. 80.

394 *ist lange Zeit meine Sekretärin gewesen* – An Elisabeth und Heinz Hörig, 15. 2. 1946, HFA S 2228.

396 *Im September 1946 kommt auch Ulis Schwester Mücke hinzu* – Vgl. Hampel/Becker/Ditzen 2013, S. 147.

397 *Es ist erwünscht* – Im Original: »It is desired to give the case of Fallada some prominence in the Berlin press, as he is an important literary figure there and a member of the Kulturbund«, HFA S 651.
Nach Moskau telegrafiert – Kuhnke 2011, S. 50.
Man hat ihn jetzt – 12. 2. 1946, HFA S 252.

398 *völlig verwahrlosten Eindruck* – Neumärker 2015, S. 331.
Er ißt nicht, raucht viel – Ebenda, S. 333.
Hast Du Schwierigkeiten – 10. 2. 1946, in: Fallada/Ditzen 2004, S. 199.
Über mich werden Sie Richtiges – An Gerd Berendt, 9. 1. 1946, HFA N 273.
Wir hatten uns so ein bisschen an das Morph gewöhnt – 12. 2. 1946, HFA S 252 (Brief nicht in: Töteberg/Buck 2008).

399 *Die sechsjährige Jutta muss mit ansehen* – Erinnerungen von Jutta Kulessa in: Müller-Waldeck/Ulrich 1993a, S. 184f.
Ich habe schon Uli und Mücke – 7. 3. 1947, HFA S 2228.

400 *Becher ist ein außerordentlich* – 2. 1. 1946, in: Töteberg/Buck 2008, S. 399.
Hier in Berlin – 20. 3. 1946, in: Ebenda, S. 420.
bis Ende 1946 – Carsten Wurm: Prospekt und Umbruch. Die ersten Jahre des Aufbau-Verlags. In: Heukenkamp 1996, S. 147–174 (S. 151).

401 *Für uns sieht der Himmel* – An Margarete und Fritz Bechert, 3. 3. 1946, HFA N 273.
Kompromisse hat jeder machen müssen – 20. 3. 1946, in: Töteberg/Buck 2008, S. 424.
Becher nimmt all dem gegenüber – 20. 3. 1946, in: Ebenda, S. 422.
Ein Büchlein von etwa 300 Druckseiten – 20. 3. 1946, in: Ebenda, S. 420f.
Ich arbeite wie ein Pferd – Ebenda, S. 420.

402 *kein Ergebnis eines neuen Formwillens* – Ein Roman wird begonnen. Zwiegespräch zwischen dem Verfasser und seiner Frau, HFA N 77.

403 *Plötzlich wurde es Doll klar* – Werke, Band VII, S. 316 (Der Alpdruck).
Vielleicht wird man schon in naher Zeit – Ebenda, S. 291f.
Das ist einfach unerträglich – Heinz Rein: Die große Literatur des kleinen Mannes. Der Fall Fallada. In: »Einheit«, Berlin, August 1948, zitiert nach: Caspar, Nachwort, in: Band VII, S. 622f.

403 *künstlerisch unbefriedigendes [...] Werk* – Zitiert nach: Ebenda.
404 *Strahlende Einsichtslosigkeit* – Neumärker 2015, S. 334.
Es gehört zum Wesen – Zitiert nach: Ebenda, S. 338.
Gleich auf dem Rückweg – Ebenda, S. 368.
Lieber Herr Fallada! – 7. 5. 1946, HFA N 281.
Ganz schlecht ist die Uschi nicht – Liersch 1997, S. 279.
täglich sieben verschiedene Zeitungen – An P. C. Ettinghofer, 11. 8. 1946, HFA N 276.
Fallada war hager – Weiss 1981, S. 112.
405 *ihrem Leben ein Ende zu setzen* – Anna Ditzen an Hörigs, 7. 3. 1947, HFA S 2228. Die Schilderung der Vorgänge folgt einer eidesstattlichen Versicherung von Ursula Ditzen (o. D./1947), HFA S 1932.
Er hielt die Hochspannung nicht aus – Zitiert nach: Gessler 1972, S. 149.
Da haben sich leider manchmal – Neumärker 2015, S. 342.
406 *Ich habe viel mit Depressionen* – 27. 5. 1946, in: Töteberg/Buck 2008, S. 428.
Ich pussele – An Elisabeth und Heinz Hörig, 10. 7. 1946, zitiert nach: Lange 1988, S. 35.
Gesamtergebnis: nicht viel Gutes – 9. 6. 1946, in: Fallada/Ditzen 2007, S. 454.
Summe von 15 000 RM – An Elisabeth und Heinz Hörig, 10. 7. 1946, zitiert nach: Lange 1988, S. 35.
sogar noch 35 000 RM – Hans Fallada an Anna Ditzen, 9. 6. 1946, zitiert nach: Lange 1988, S. 16 (Passage nicht enthalten in: Fallada/Ditzen 2007).
407 *Frau Anna Ditzen, Zuschuß, 200 RM* – Angaben nach dem Haushaltsbuch, das Hans Fallada selbst geführt hat, HFA S 161.
Jedenfalls ist mir klar – 16. 9. 1946, in: Fallada/Ditzen 2007, S. 462.
Fünfzehn Jahre Ehe – 7. 10. 1946, in: Ebenda, S. 464.
408 *Ich wie Ulla sind eigentlich immer bester Stimmung* – 7. 10. 1946, in: Ebenda, S. 467.
Der fertig gewordene Roman – 18. 9. 1946, in: Töteberg/Buck 2008, S. 437.
ein sehr mäßiger – An Fritz Bechert, 28. 12. 1946, zitiert nach: Caspar, Nachwort, in: Werke, Band VII, S. 613.
409 *Die beiden schon ältlichen Leute* – Wie ich Schriftsteller wurde, S. 223. Die Hampels wurden 1943 (nicht 1942) hingerichtet. Sie waren ab 1942 inhaftiert.
410 *Welche Verängstigung aller* – Zitiert nach: Lange 1988, S. 48.

410 *Widerstandskämpfer sei er nicht gewesen* – Willmann 1977, S. 30 f.
in kleinster Aufmachung – Horst Lommer an Kurt Wilhelm, 23. 4. 1946, zitiert nach: Heukenkamp 1996, S. 157.

411 *Da waren zwei ältere Leute* – Wie ich Schriftsteller wurde, S. 223 f.
unbedingt notwendig – An X. Kappus, 20. 1. 1946, zitiert nach: Kuhnke 2011, S. 110.
Der Roman wird aber nichts – An den norwegischen Verlag H. Aschehoug & Co, 22. 8. 1946, HFA N 272.

412 *die zeitlich und örtlich* – Vertrag DEFA–Fallada (28. 9. 1946, § 5), HFA N 275.
mein Gehirn beschäftigte sich – Wie ich Schriftsteller wurde, S. 225.
Nun aber sitze ich – 13. 10. 1946, zitiert nach: Neumärker 2015, S. 350 f.

413 *Wenn die erdachten* – Ein Roman wird begonnen. Zwiegespräch zwischen dem Verfasser und seiner Frau, Typoskript eines Rundfunkgesprächs 1946, HFA N 77.
Ich glaube, es ist seit Wolf unter Wölfen – 27. 10. 1946, in: Fallada/Ditzen 2007, S. 466.

414 *Trotzdem er gütig ist* – Jeder stirbt für sich allein, S. 100. Ungekürzte Neuausgabe 2011.
Sobald Sie eigenmächtig handeln – Ebenda, S. 98.
dürre, ältere Frau – Ebenda, S. 142 f.

416 *diesem Kriegs-Deutschland* – Ebenda, S. 376.
Empfand beim Lesen – Zitiert nach: Kuhnke 2011, S. 48.

417 *wie es da mit den Bombenangriffen* – An Elisabeth und Heinz Hörig, 28. 9. 1946. Eine detaillierte Antwort erfolgt am 20. 10. 1946, beides HFA N 278.
Sie haben jedenfalls eine rechte Ehe – Zitiert nach: Lange 1988, S. 46.
Ein Buch voller Trauer – Zitiert nach: Kuhnke 1999, S. 124.

418 *Am Abend haben wir dann genascht* – An Georg Svensson, 13. 11. 1946, HFA 273.
Insbesondere vermisse ich – 16. 5. 1946, HFA N 281.
Sehr geehrter Herr Fallada – Christian Seebeck an Hans Fallada, 16. 10. 1946, HFA N 287.

419 *Sehr geehrter Herr Seebeck* – An Christian Seebeck, 28. 10. 1946, ebenda.
Da Sie das Buch – Christian Seebeck an Aufbau-Verlag, 11. 11. 1946, ebenda.
Auf das Titelblatt – An Christian Seebeck, 17. 11. 1946, ebenda.
Ich danke Ihnen für die stückweise Zusendung – Christian Seebeck an Hans Fallada, 23. 11. 1946, ebenda.
Sie sind so freundlich – An Christian Seebeck, 28. 12. 1946, ebenda.

420 *Ich weiß nicht, wer Ihnen die Mitteilung gemacht hat* – An die Aufnahmekommission des Clubs der Kulturschaffenden, 3. 11. 1946. Faksimile in: Kuhnke 1999, S. 98.
um ihm eine Freude zu machen – Neumärker 2015, S. 358.
421 *Bei der Aufnahme ist er sehr laut* – Ebenda, S. 352.
Immer noch schwerfällige – Ebenda, S. 359.
Sie macht bei der Aufnahme – Ebenda, S. 364.
422 *irgendwo anders untergebracht* – 22. 12. 1946, Faksimile, abgedruckt in Manthey 2007, S. 158.
Es kann nicht nur an dem Kind liegen – 22. 12. 1946, zitiert nach: Müller-Waldeck/Ulrich 1997, S. 251.
Woran liegt es nur bei mir – 22. 12. 1946, zitiert nach: Studnitz 1997, S. 378 f.
Denke an die besten Stunden – HFA S 654, Faksimile in: Müller-Waldeck/Ulrich 1997, S. 248.
423 *freundlichen, zurückhaltenden* – Kuhnke 2001a, S. 170 f.
wieder voll genesen würde – Hans Joachim Geyer an Anna Ditzen, 4. 3. 1947, Abschrift von Anna Ditzen, HFA S 2228.
Aber es wird schon werden – An Ursula Losch, 25. 12. 1946 (»Nachm. 4 Uhr«), HFA S 654.
ein gewisser Päule Leuchter – Ebenda.
424 *Er fürchte, eine Depression zu bekommen* – Neumärker 2015, S. 367.
425 *Fallada wird unruhig* – Ebenda, S. 370.
Unterredung des Pat. mit seiner zweiten Frau – Ebenda, S. 371.
426 *Hans Fallada war steinalt geworden* – Manthey 2007, S. 159.
Geh du raus! – Liersch 1997, S. 289.
427 *Der Vater lag* – Fallada/Ditzen 2004, S. 209.
besucht Wilhelm Pieck – Kuhnke 2011, S. 50 (Die Krankenschwester Hedwig Rösler in einem Gespräch mit Manfred Kuhnke).
versehentliche Überdosierung – Manfred Kuhnke im Interview mit Dr. Kupke, 1984, zitiert nach: Neumärker 2015, S. 371 f.
glaubt sie an eine Falschmeldung – Anna Ditzen an Hörigs, 7. 3. 1947, HFA S 2228, Teil 2.
Einen Mann lieben konnte ich nur einmal – Edschmid 1990, S. 62.
Musik von Robert Schumann – -gt: Abschied von Hans Fallada. In: Neues Deutschland, 14. 2. 1947.
428 *zwei Wochen später auf dem Städtischen Friedhof* – Kuhnke 2011, S. 124.
Die Totenfeier – Zitiert nach: Gessler 1972, S. 149.
Fallada war als Dichter – Johannes R. Becher, An Stelle eines Geleitwortes, Was nun? Zu Hans Falladas Tod, in: Werke, Band I, S. 7 ff.

428 *Nach der Öffnung der Wohnung* – Erinnerungen von Erwin Hoof, aufgezeichnet von Heinrich Kardel, zitiert nach: Müller-Waldeck 2016, S. 185.

429 *tägliche Pumpversuche* – Anna Ditzen an Magarete und Fritz Bechert, 23. 3. 1953, DLA, A: Fallada/Bechert.

Der neue Besitzer muss feststellen – Uli Ditzen an Fritz Bechert, 19. 9. 1955, DLA, A: Fallada/Bechert.

Als sie 1958 starb – Müller-Waldeck/Ulrich 1993a, S. 186.

430 *Wir möchten es Deutschland ersparen* – Schutzverband Deutscher Autoren an das Landesfinanzamt von Groß-Berlin, Ministerialrat Weltzien, 15. 7. 1948, Archiv Akademie der Künste, Werner-Schendell-Archiv, Nachlass Fallada, Sign.: Schendell 103.

Ich konnte auch Rudolf noch sehen – Anna Ditzen an Elisabeth Hörig, 7. 3. 1947, HFA S 2228.

431 *Und dann hatte die Mücke* – Erinnerungen von Christa Ditzen, in: Kuhnke 2001b, S. 14.

Als es zur Gewissheit wurde – Edschmid 1990, S. 57.

432 *über zwanzig Fallada-Ausgaben mehr als neunzig Mal* – Caspar 1988, S. 341.

So überlebt sein Fallada-Projekt – Das Konzept zur Ausgabe lag im November 1956 vor, vgl. Caspar 1988, S. 336.

einmal erscheint elf Jahre lang überhaupt kein Band – Das war zwischen 1970 und 1981. Die Werke erschienen zudem nicht chronologisch, sondern die Reihe begann mit Band II und endete mit Band VII (vgl. Dünnebier 1993).

434 *Fallada […] kam wie sein Karl Siebrecht* – Paul Hühnerfeld: Ballade von einem Mann, der hinauf will. In: Die Zeit, 25. 2. 1954.

435 *Leider habe Fallada seine Inspiration verloren* – René Strien: Die Geschichte eines Bestsellers. In: Salatgarten 1/2011, S. 46.

In den USA wird das Buch – Ebenda.

eine der herausragendsten literarischen Wiederentdeckungen – Matthew Shaer: Hans Fallada is resurrected in the U.S. In: Los Angeles Times, 22. 3. 2009.

437 *in der Fülle seiner Gesichte* – Johannes R. Becher, An Stelle eines Geleitwortes, Was nun? Zu Hans Falladas Tod, in: Werke, Band I, S. 8.

438 *das in aller Welt Bestand hat* – SDA an das Landesfinanzamt von Groß-Berlin, Archiv Akademie der Künste, Werner-Schendell-Archiv, Nachlass Fallada, Sign.: Schendell 103.

511 *Nach langen Fallada-Forscher-Jahren* – Günter Caspar an Horst Bechert, 19. 4. 1970, DLA, A: Fallada/Bechert.

LITERATUR

1. Hans-Fallada-Ausgaben

Die meisten Fallada-Bücher sind im Aufbau Verlag erhältlich. Sofern sie Teil der zehnbändigen »Ausgewählten Werke« (1962–1987) sind, beruhen die aktuellen Einzelausgaben auf dieser von Günter Caspar kenntnisreich und akribisch besorgten Edition. Drei Romane wurden in den zuvor nicht veröffentlichten Urfassungen publiziert (»Der eiserne Gustav«, »Jeder stirbt für sich allein«, »Kleiner Mann – was nun?«). Nach welcher Ausgabe in diesen Fällen zitiert wird, entscheidet der jeweilige Kontext. Einige wenige Texte sind in Ausgaben bei Rowohlt, Ullstein oder anderen Verlagen erschienen.

Altes Herz geht auf die Reise. Roman. Berlin 2007.

Ausgewählte Werke in Einzelausgaben. 10 Bde. Hrsg. von Günter Caspar. Berlin 1962–1987.

Band I: Bauern, Bonzen und Bomben. Roman. Nachwort Günter Caspar. Mit einem Aufsatz von Johannes R. Becher. Berlin 1966 (erstmals 1964).

Band II: Kleiner Mann – was nun? Roman. Nachwort Günter Caspar. Berlin 1965 (erstmals 1962).

Band III: Wer einmal aus dem Blechnapf frißt. Roman. Vorwort Hans Fallada. Nachwort Günter Caspar. Berlin 1969 (erstmals 1967).

Band IV/V: Wolf unter Wölfen. Roman. Nachwort Günter Caspar. Berlin 1979 (erstmals 1970).

Band VI: Der eiserne Gustav. Roman. Nachwort Günter Caspar. Berlin 1965 (erstmals 1962).

Band VII: Der Trinker. Roman / Der Alpdruck. Nachwort Günter Caspar. Berlin 1988 (erstmals 1987).

Band VIII: Jeder stirbt für sich allein. Roman. Vorwort Hans Fallada. Berlin 1981.

Band IX: Märchen und Geschichten. Mit einer Studie von Günter Caspar. Berlin 1985.
Band X: Damals bei uns daheim. Erlebtes, Erfahrenes und Erfundenes / Heute bei uns zu Haus. Ein anderes Buch Erfahrenes und Erfundenes. Berlin 1982.

Das Abenteuer des Werner Quabs. Frankfurt am Main, Berlin 1988.
Der Bettler, der Glück bringt. Die schönsten Geschichten. Mit einem Nachwort von Birgit Vanderbeke. Berlin 2012.
Der eiserne Gustav. Roman. Berlin 1938.
Der Jungherr von Strammin. Berlin 2005.
Der ungeliebte Mann. Frankfurt am Main, Berlin 1988.
Die Stunde, eh' du schlafen gehst. Frankfurt am Main, Berlin 1988.
Dies Herz, das dir gehört. Roman. Berlin 2013.

Ein Mann will nach oben. Roman. Berlin 2014.

Frühe Prosa. 2 Bde. Hrsg. von Günter Caspar. Berlin 1993.

In meinem fremden Land. Gefängnistagebuch 1944. Hrsg. von Jenny Williams und Sabine Lange. Berlin 2009.

Jeder stirbt für sich allein. Roman. Ungekürzte Neuausgabe. Hrsg. und mit einem Nachwort von Almut Giesecke. Berlin 2015 (erstmals 2011).

Kleiner Mann, großer Mann – alles vertauscht oder Max Schreyvogels Last und Lust des Geldes. Ein heiterer Roman. Berlin 2012.
Kleiner Mann – was nun? Roman. Ungekürzte Neuausgabe. Mit einem Nachwort von Carsten Gansel. Berlin 2016.

Märchen vom Stadtschreiber, der aufs Land flog. Berlin 1991.

Pechvogel und Glückskind. Ein Märchen für Kinder und Liebende. Mit Graphiken von Werner Schinko. Hrsg. von Gunnar Müller-Waldeck. Neubrandenburg 2010.

Sachlicher Bericht über das Glück, ein Morphinist zu sein. Hrsg. von Günter Caspar. Berlin 2011.
Strafgefangener, Zelle 32. Tagebuch 22. Juni – 2. September 1924. Hrsg. von Günter Caspar. Berlin 1998.

Süßmilch spricht. Ein Abenteuer von Murr und Maxe. Reinbek 1985.

Wie ich Schriftsteller wurde. In: Lieschens Sieg und andere Erzählungen. Reinbek 1973.
Wir hatten mal ein Kind. Roman. Berlin 2014.
Wizzel Kien. Der Narr von Schalkemaren. Hrsg. von Günter Caspar. Berlin 1995.

Zwei zarte Lämmchen, weiß wie Schnee. Roman. Reinbek 1967.

2. Verwendete Sekundärliteratur

Adam, Christian: Lesen unter Hitler. Autoren, Bestseller, Leser im Dritten Reich. Berlin 2010.
Aspetsberger, Friedbert: Arnolt Bronnen. Biographie. Wien, Köln, Weimar 1995.

Becher, Johannes R.: Auf andere Art so große Hoffnung. Tagebuch 1950. Berlin 1969.
Behling, Klaus/Eik, Jan: Wie John Kling zur Stasi kam. In: Behling/Eik: Tod bei der Fahne. Fälle aus MfS, Polizei und NVA. Berlin 2012.
Behrens, Alexander: Johannes R. Becher. Eine politische Biographie. Wien, Köln, Weimar 2003.
Börner, Daniel: »Wenn Ihr überhaupt nur ahntet, was ich für einen Lebenshunger habe!« Hans Fallada in Thüringen. Weimar und Jena 2010.
Böttcher, Klaus/Krohn, Paul Günter (Redaktion): Leonhard Frank, Hans Fallada (Schriftsteller der Gegenwart). Hilfsmaterial für den Literaturunterricht an den Ober- und Fachschulen. Berlin (Ost) 1955.
Bredohl, Thomas/Williams, Jenny: Die Provinz im Leben und Werk von Hans Fallada. Kolloquium des Fallada-Forums 4. 12. 2004 in der Akademie der Künste Berlin. O. O. 2005.

Caspar, Günter: Fallada-Studien. Berlin und Weimar 1988.
Crepon, Tom: Leben und Tode des Hans Fallada. Halle 1992 (erstmals 1978).
Crepon, Tom: Kurzes Leben – langes Sterben. Hans Fallada in Mecklenburg. Rostock 1998.
Crepon, Tom/Dwars, Marianne: An der Schwale liegt (k)ein Märchen. Hans Fallada in Neumünster. Neumünster 1993.

Dünnebier, Enno: Hans Fallada 1893–1947. Eine Bibliographie. Neubrandenburg 1993.
Dodd, Martha: Nice to meet you, Mr. Hitler! Meine Jahre in Deutschland 1933 bis 1937. Frankfurt am Main 2005.
Düsterberg, Rolf: Hanns Johst: »Der Barde der SS«. Karrieren eines deutschen Dichters. Paderborn 2004.

Edschmidt, Ulrike: Diesseits des Schreibtisches. Lebensgeschichten von Frauen schreibender Männer. Frankfurt am Main 1990.

Fallada, Hans/Ditzen, Anna: Wenn du fort bist, ist alles nur halb. Briefe einer Ehe. Hrsg. von Uli Ditzen. Berlin 2007.
Fallada, Hans/Ditzen, Uli: Mein Vater und sein Sohn. Briefwechsel. Hrsg. von Uli Ditzen. Berlin 2004.
Farin, Klaus: Hans Fallada. Welche sind, die haben kein Glück. München 1993.
Fedin, Kontantin: Fedin und Deutschland. Aus dem Werk. Alte und neue Begegnungen, Stimmen der Freunde. Berlin 1962.
Flügge, Manfred: Das Jahrhundert der Manns. Berlin 2015.

Gessler, Alfred: Hans Fallada. Sein Leben und Werk (Schriftsteller der Gegenwart). Berlin (Ost) 1972.
Grisko, Michael: Hans Fallada – was nun? Erläuterungen und Dokumente. Stuttgart 2002.

Hampel, Heide/Becker, Erika/Ditzen, Achim (Hrsg.): Hans Fallada und die liebe Verwandtschaft. Auf den Spuren der Familie Rudolf Ditzen alias Hans Fallada. Berlin 2013.
Hans-Fallada-Gesellschaft e. V. (Hrsg.): Der Salatgarten. Feldberg 1991 ff.
Hans-Fallada-Gesellschaft e. V./Literaturzentrum Neubrandenburg/Federchen Verlag Neubrandenburg (Hrsg.): Hans Fallada Jahrbuch Nr. 1–7. 1995 ff.
Hans-Fallada-Verein-Greifswald e. V.: Fallada. Leben und Werk (Begleitband zur Fallada-Ausstellung in Greifswald). Greifswald 1993.
Heukenkamp, Ursula (Hrsg.): Unterm Notdach. Nachkriegsliteratur in Berlin 1945–1949. Berlin 1996.

Kiaulehn, Walther: Mein Freund, der Verleger. Ernst Rowohlt und seine Zeit. Hamburg 1967.

Koburger, Sabine: Ein Autor und sein Verleger. Hans Fallada und Ernst Rowohlt in Verlags- und Zeithorizonten. München 2015.

Korte, Hermann (Redaktionsleitung): Text + Kritik. Hans Fallada. Heft 200. München 2013.

Kuhnke, Manfred: Verstrickt in die Zeiten. Anmerkungen zu den verwobenen Lebenslinien von Johannes R. Becher und Hans Fallada. Neubrandenburg 1999.

Kuhnke, Manfred: Wir saßen alle an einem Tisch. Sekretärin und Krankenschwester, Pflichtjahrmädchen und Haustöchter erzählen von Hans Fallada. Neubrandenburg 2001 (zitiert als Kuhnke 2001a).

Kuhnke, Manfred: ... ich würde es wieder so leben. Zur Erinnerung an Anna Ditzen. Neubrandenburg 2001 (zitiert als Kuhnke 2001b).

Kuhnke, Manfred: Der traurige Clown und der Elefant auf dem Seil. Hans Fallada und e. o. plauen. Neubrandenburg 2003.

Kuhnke, Manfred: Väterchen Rowohlt, Freund Franz, die unselige Miss Dodd ... Hans Falladas Besucher in Carwitz. Neubrandenburg 2005.

Kuhnke, Manfred: Falladas letzter Roman. Die wahre Geschichte. Friedland 2011.

Lamp, Hannes: Fallada unter Wölfen. Schreiben im Dritten Reich. Die Geschichte des Inflationsromans »Wolf unter Wölfen«. Friedland 2002.

Lamp, Hannes: Der Alp meines Lebens. Hans Fallada in Hamburg und Schleswig-Holstein. Hamburg 2007.

Lange, Sabine: »... wir haben nicht nur das Chaos, sondern wir stehen an einem Beginn ...« Hans Fallada 1945–1947. Neubrandenburg 1988.

Lange, Sabine: Im Mäckelnbörgischen, in der Welteinsamkeit. Hans Fallada in Carwitz und Feldberg (1933–1945). Neubrandenburg 1995.

Larson, Erik: In the Garden of Beasts. Love, Terror, and an American Family in Hitler's Berlin. New York 2011.

Lemke, Sebastian (Hrsg.): Rudolf Ditzen – Hans Fallada. Lebenslauf eines Rudolstädter Gymnasiasten. Rudolstadt, Berlin 2010.

Liersch, Werner: Hans Fallada. Sein großes kleines Leben. Reinbek 1997 (erstmals 1981).

Liersch, Werner: Fallada. Der Büchersammler, der Literaturkritiker, der Photographierte, der Missbrauchte. Schöneiche 2005.

Liersch, Werner/Sadek, Martin: Es gibt eine Echtheit, die sich sofort überträgt. 25 Jahre Hans-Fallada-Preis der Stadt Neumünster. Neumünster 2008.

Mann, Thomas: Tagebücher 1933–1934. Hrsg. von Peter de Mendelssohn. Frankfurt am Main 1997.

Manthey, Jürgen: Hans Fallada mit Selbstzeugnissen und Bilddokumenten. Reinbek 2007 (erstmals 1963).

Mayer, Paul: Ernst Rowohlt in Selbstzeugnissen und Bilddokumenten. Reinbek 1968.

Müller-Waldeck, Gunnar: Er war der eiserne Gustav. Die Geschichte des legendären Kutschers Gustav Hartmann. Berlin 1994.

Müller-Waldeck, Gunnar: Hans Fallada. Nach wie vor. Betrachtungen, Erinnerungen, Gespräche, biographische Splitter. Elmenhorst (Vorpommern) 2016.

Müller-Waldeck, Gunnar/Ulrich, Roland: Neues von daheim und zu Haus. Erinnerungen an Hans Fallada. Gespräche – Betrachtungen – Dokumente. Berlin 1993 (zitiert als Müller-Waldeck/Ulrich 1993a).

Müller-Waldeck, Gunnar/Ulrich, Roland: Fallada. Leben und Werk (Begleitband zur Fallada-Ausstellung in Greifswald). Greifswald 1993 (zitiert als Müller-Waldeck/Ulrich 1993b).

Müller-Waldeck, Gunnar/Ulrich, Roland (Hrsg.): Hans Fallada. Beiträge zu Leben und Werk. Materialien der 1. Internationalen Hans-Fallada-Konferenz in Greifswald vom 10.6 bis 13.6.1993. Rostock 1995.

Müller-Waldeck, Gunnar/Ulrich, Roland (Hrsg.) unter Mitarbeit von Uli Ditzen: Hans Fallada. Sein Leben in Bildern und Briefen. Erweiterte Neuausgabe. Berlin 2012.

Neumärker, Klaus-Jürgen: Der andere Fallada. Eine Chronik des Leidens. Berlin 2015 (erstmals 2014).

Nietzsche, Friedrich: Unzeitgemäße Betrachtungen. Erstes Stück. David Strauss, der Bekenner und Schriftsteller. Leipzig 1873.

Olschewski, Berit: »Freunde« im Feindesland. Rote Armee und deutsche Nachkriegsgesellschaft im ehemaligen Großherzogtum Mecklenburg-Strelitz 1945–1953. Berlin 2009.

Rilke, Rainer Maria: Gesammelte Werke. Köln 2013.

Salomon, Ernst von: Der Fragebogen. Hamburg 1951.

Sarkowicz, Hans / Mentzer, Alf: Literatur in Nazi-Deutschland. Ein biografisches Lexikon. Hamburg, Wien 2000.

Schuster, Gerhard (Hrsg.): Gottfried Benn – Egmont Seyerlen. Briefwechsel 1914–1956. Stuttgart 1993.
Studnitz, Cecilia von: Es war wie ein Rausch. Fallada und sein Leben. Düsseldorf 1996.
Studnitz, Cecilia von: Ich bin nicht der, den Du liebst. Die frühen Jahre des Hans Fallada in Berlin. Neubrandenburg 2007.

Töteberg, Michael/Buck, Sabine (Hrsg.): Hans Fallada. Ewig auf der Rutschbahn. Briefwechsel mit dem Rowohlt Verlag. Reinbek 2008.

Walther, Peter (Hrsg.): Endzeit Europa. Ein kollektives Tagebuch deutschsprachiger Schriftsteller, Künstler und Gelehrter im Ersten Weltkrieg. Göttingen 2008.
Weber, Hermann: Juristensöhne als Dichter. Hans Fallada, Johannes R. Becher und Georg Heym. Der Konflikt mit der Welt ihrer Väter in ihrem Leben und ihrem Werk. Berlin 2009.
Weber, Hermann/Bayerlein, Bernhard H./Drabkin, Yakov: Deutschland, Russland, Komintern. Berlin 2013.
Wegener, Heinz: Das Joachimsthalsche Gymnasium – die Landesschule Templin. Berlin 2007.
Weiss, Grigorij: Am Morgen nach dem Kriege. Erinnerungen eines sowjetischen Kulturoffiziers. Berlin 1981.
Williams, Jenny: Mehr Leben als eins. Hans Fallada. Biographie. Aus dem Englischen von Hans-Christian Oeser. Berlin 2011 (erstmals 2002).
Willmann, Heinz: Steine klopft man mit dem Kopf. Lebenserinnerungen. Berlin 1977.
Witzke, Christiane: Domjüch. Eine Landesirren-, Heil- und Pflegeanstalt in Mecklenburg. Friedland 2012.
Wolff, Rudolf (Hrsg.): Hans Fallada. Werk und Wirkung. Bonn 1983.
Wulf, Joseph: Literatur und Dichtung im Dritten Reich. Eine Dokumentation. Frankfurt/M., Berlin 1989.

Zachau, Reinhard K.: Hans Fallada. Bibliographie zur Sekundärliteratur. Neubrandenburg 1998.
Zuckmayer, Carl: Geheimreport. Hrsg. von Gunther Nickel und Johanna Schrön. München 2004.

CHRONIK

1893–1899

Geburt am 21. Juli in Greifswald als drittes Kind des Landrichters Wilhelm Ditzen und seiner Ehefrau Elisabeth; 1896 Umzug von der Steinstraße 58 zum Karlsplatz 17 (heute Karl-Marx-Platz), 1899 in die Bismarckstraße (heute Johann-Sebastian-Bach-Straße).

1899–1906

1899 Berufung des Vaters zum Kammergerichtsrat und Umzug nach Berlin, Luitpoldstraße 11 in Schöneberg; am 10. Oktober 1899 Einschulung am Prinz-Heinrich-Gymnasium, im Herbst 1906 Wechsel auf das Bismarck-Gymnasium.

1909/10

Ende März Umzug nach Leipzig, Schenkendorfstraße 61; schwerer Fahrradunfall; Schüler am Königin-Carola-Gymnasium; im Sommer 1910 Wandervogelfahrt nach Holland.

1911

Briefaffäre um Käthe Matzdorf, erster Suizidversuch; kommt zunächst zu Verwandten nach Mariensee bei Hannover, dann nach Schnepfenthal; von Mai bis Juni Aufenthalt im Sanatorium von Bad Berka. Ab August Besuch des Gymnasiums in Rudolstadt; als Duell getarnter Doppelselbstmordversuch, bei dem der Freund Hanns Dietrich von Necker stirbt. Patient in Jena, die Mordanklage wird wegen Unzurechnungsfähigkeit fallengelassen.

1912/13

Ab Februar 1912 Patient in der Nervenheilanstalt Tannenfeld, Sprachunterricht durch Adelaide Ditzen (Tante Ada). 1913 Landwirtschaftseleve auf dem nahe gelegenen Gut Posterstein, 1914 Kriegsfreiwilliger in Leipzig, nach wenigen Tagen als untauglich entlassen; 1915 Eleve auf Gut Heydebreck (Hinterpommern).

1916/17
März 1916 Anstellung bei der Landwirtschaftskammer in Stettin, November Umzug nach Berlin, hier für die Kartoffelbaugesellschaft tätig. Lernt im Frühjahr 1917 Anne Marie Seyerlen kennen, vermutlich bereits ab Sommer 1917 morphiumsüchtig.

1918 – 1923
Die Liebesbeziehung mit Anne Marie Seyerlen scheitert, Januar 1918 Selbstmordversuch. Im August Tod des jüngeren Bruders Uli im Ersten Weltkrieg. Freiwilliges Ausscheiden aus der Kartoffelbaugesellschaft; die Eltern finanzieren Rudolf ein »schriftstellerisches Probejahr«; zwischen Oktober 1918 und Juni 1922 wechselnde Anstellungen auf Gütern in Pommern, Westpreußen, Mecklenburg, Schlesien und Brandenburg sowie Morphium-Entziehungskuren u. a. in Tannenfeld, Rinteln und Carlsfeld. 1920 erscheint sein erster Roman, »Der junge Goedeschal«, 1923 das zweite Buch, »Anton und Gerda«.

1924/25
Wegen Unterschlagung auf Gut Neu Schönfeld bei Bunzlau dreimonatige Haft in Greifswald, danach bei Johannes Kagelmacher auf Rügen. Ab März 1925 Rechnungsführer der von Rohrschen Gutsverwaltung im pommerschen Lübgust, ab Juli 1925 Rechnungsführer in Neuhaus bei Kiel im Dienst von Ferdinand Reichsgraf von Hahn. Wegen erneuter Unterschlagung ein halbes Jahr Untersuchungshaft in Kiel und zwei Jahre Gefängnis in Neumünster.

1928
Im Mai Haftentlassung nach Hamburg, finanziert sich mit Adressenschreiben, tritt den Guttemplern (Abstinenzbewegung) bei, lernt im Oktober seine spätere Frau Anna (Suse) Issel kennen, Umzug nach Neumünster; Verlobung zu Weihnachten.

1929
Annoncen- und Abonnentenwerber sowie Lokalreporter in Neumünster, 5. April 1929 Hochzeit mit Suse in Hamburg, ab Mai erste eigene Woh-

nung in Neumünster, Kuhberg 41. Berichterstatter beim Landvolkprozess. Im August Begegnung mit Ernst Rowohlt auf Sylt.

1930/31
Anstellung als Leiter der Rezensionsabteilung im Rowohlt Verlag, Umzug nach Berlin, Calvinstraße 15a; 14. März 1930 Geburt des Sohns Ulrich (Uli); im Juni Umzug nach Neuenhagen, Arbeit am Roman »Bauern, Bonzen und Bomben«, der 1931 erscheint.

1932
Welterfolg mit »Kleiner Mann – was nun?«. Im Herbst Umzug nach Berkenbrück bei Fürstenwalde, östlich von Berlin.

1933
Im April Verhaftung durch die SA, zehn Tage Haft im Amtsgefängnis Fürstenwalde, Nervenzusammenbruch; 18. Juli Geburt der Zwillinge Edith und Lore (Mücke), Edith stirbt kurz nach der Geburt; im August Kauf der Büdnerei in Carwitz, Einzug der Familie im Oktober; schreibt »Wer einmal aus dem Blechnapf frißt« und beginnt die Arbeit am Roman »Wir hatten mal ein Kind«.

1934
Nach dem Erscheinen von »Wer einmal aus dem Blechnapf frißt« und »Wir hatten mal ein Kind« Angriffe in der NS-Presse, Fallada leidet unter Depressionen. Ende Oktober erste gemeinsame Reise der Familie zu Falladas Eltern nach Leipzig.

1935
Der Roman »Märchen vom Stadtschreiber, der aufs Land flog« entsteht. Aufenthalte in Nervenkliniken in München, Berlin und im Sanatorium »Heidehaus« in Zepernick bei Berlin. Wird für einige Monate als »unerwünschter Autor« eingestuft, Finanzmisere infolge sinkender Einnahmen und hoher Steuerforderungen.

1936
Der Roman »Altes Herz geht auf die Reise« und die Kindererzählung »Hoppelpoppel, wo bis du?« erscheinen. Im Mai erneuter Aufenthalt im »Heidehaus« in Zepernick.

1937
»Wolf unter Wölfen« erscheint; am 14. April stirbt der Vater.

1938
»Der eiserne Gustav« entsteht als Vorlage für einen Film mit Emil Jannings. Im Februar und März Aufenthalte im Sanatorium in Zepernick. Die »Geschichten aus der Murkelei« erscheinen. Im März Autoreise nach Süddeutschland mit dem eigenen Ford V8. Die Scheune in Carwitz wird zum Gärtnerhaus ausgebaut. Die Ufa dreht im Dorf »Altes Herz geht auf die Reise«.

1939
Fallada schreibt Unterhaltungsromane, darunter »Kleiner Mann, großer Mann – alles vertauscht«, »Der ungeliebte Mann« und »Dies Herz, das dir gehört«; im Januar und im November ist er jeweils für eine Woche in Sanatorien.

1940
»Der ungeliebte Mann« erscheint, 3. April Geburt des Sohns Achim. Im Juli und von Oktober bis Dezember erneute Behandlung im »Heidehaus« in Zepernick.

1941
Der Roman »Ein Mann will nach oben« und die Erzählung »Das Abenteuer des Werner Quabs« entstehen. Gleichzeitig Arbeit an dem Erinnerungsbuch »Damals bei uns daheim«, das 1942 erscheint.

1942
»Zwei zarte Lämmchen, weiß wie Schnee« sowie »Die Stunde, eh' du schlafen gehst« erscheinen, im April Beginn der Arbeit an »Heute bei uns zu Haus«.

1943
Im Februar Abschluss des Romans »Jungherr von Strammin«; als Sonderführer des Reichsarbeitsdienstes (RAD) drei Reisen durch Frankreich und das Sudetenland, verfasst darüber Aufzeichnungen (RAD-Tagebuch). Im Oktober Schließung des Rowohlt Verlags, Fallada wird Autor des Dresdner Wilhelm-Heyne-Verlags. Im Januar und November Patient in den Berliner Kuranstalten Westend.

1944
Im Januar/Februar fast für einen Monat in den Kuranstalten Westend. Nach der Scheidung von Suse im Juli 1944 Wiedersehen mit Ursula Losch. Ende August Zwangseinweisung in die Heil- und Pflegeanstalt Alt-Strelitz wegen des Verdachts auf versuchten Totschlag gegenüber seiner geschiedenen Frau. Hier entstehen die Kindergeschichte »Fridolin, der freche Dachs«, der »Trinker«-Roman und die unter dem Titel »In meinem fremden Land. Gefängnistagebuch 1944« bekannt gewordenen Erinnerungen an die Jahre 1933 bis 1939; der »Kutisker«-Roman wird fertiggestellt.

1945
Verlässt im Januar Carwitz und zieht zu Ursula Losch nach Feldberg-Klinkecken. Heirat mit Ursula Losch am 1. Februar in Berlin, tags darauf Selbsteinweisung in die Kuranstalten Westend. Von Mai bis August erster Nachkriegsbürgermeister in Feldberg. Erneute Morphiumsucht, nach Nervenzusammenbruch und Krankenhausaufenthalt in Neustrelitz Übersiedlung nach Berlin-Schöneberg, Meraner Straße 12. Im September Patient in den Kuranstalten Westend. Im Oktober Begegnung mit Johannes R. Becher, der ihm Wohnung und Arbeitsmöglichkeiten vermittelt; Fallada wird Autor des Aufbau-Verlags, Berlin, Vertragsabschluss über das Buch, das später »Jeder stirbt für sich allein« heißen wird.

1946
Fast ein halbes Jahr Entziehungskuren, schreibt den »Alpdruck« und verschiedene Erzählungen, vor allem für die »Tägliche Rundschau«. Der letzte Roman Falladas entsteht: »Jeder stirbt für sich allein«.

1947
Stirbt am 5. Februar im Hilfskrankenhaus in Berlin-Niederschönhausen.

PERSONENREGISTER

WERKREGISTER

Das Register erfasst neben den im Text genannten Titeln von literarischen Werken und journalistischen Beiträgen Falladas auch unvollendete Buchprojekte und Filmpläne.

DANK

Es ist ein Glücksfall und eine Herausforderung zugleich, dass die meisten Etappen von Falladas Leben durch eine überreiche schriftliche Überlieferung dokumentiert sind. Die Korrespondenz des Schriftstellers, die den Kernbestand des Fallada-Archivs in Carwitz bildet, umfasst ca. 8000 Briefe, die vor allem aus den Jahren ab 1928 stammen und in großen Teilen unveröffentlicht sind. Das Carwitzer Jahrzehnt ist überdies Tag für Tag mit kurzen Einträgen im Arbeitskalender bezeugt. Spuren von Falladas Leben finden sich vielfach auch in Kranken-, Verwaltungs- und Prozessakten. Auf welche Weise er Autobiographisches in sein Werk hat einfließen lassen und wo die Grenzen des Authentischen liegen, wird deutlich beim Vergleich der literarischen Fiktion mit den umfangreichen Aufzeichnungen der Ditzens, die eine schreibfreudige Familie waren.

Auch Erinnerungen von Zeitgenossen an Fallada gibt es in großem Umfang. Günter Caspar hat zum Wert dieser Quellen einmal angemerkt: »Nach langen Fallada-Forscher-Jahren gebe ich auf Gedächtnisse keinen Pfifferling mehr, sie irren alle.« Dennoch wurde im vorliegenden Buch vielfach darauf zurückgegriffen, weniger um Fakten zu bezeugen, als um ein lebendiges Bild des Schriftstellers in seinen alltäglichen Bezügen zu vermitteln. Die Berichte von Zeitzeugen abgerufen, überliefert und zahlreiche Quellen zu Leben und Werk Falladas neu erschlossen zu haben ist das Verdienst von Manfred Kuhnke, Gunnar Müller-Waldeck und Roland Ulrich, deren Recherchen seit den frühen neunziger Jahren in einer Reihe von Publikationen erschienen sind.

In den 15 Jahren seit Erscheinen der letzten Fallada-Biographie von Jenny Williams ist darüber hinaus eine Vielzahl neuer Fallada-Quellen entdeckt und publiziert worden. Dazu gehören der Lebenslauf des Oberprimaners aus den Akten des Krankenhauses in Rudolstadt (2010), die Briefe an Anne Marie Seyerlen (2007) und Magda Ebers (2003), vor allem aber das bis 2009 nur in Auszügen bekannte Gefängnistagebuch von 1944. Drei umfangreiche Ausgaben mit einer Auswahl von Briefen, die Fallada mit seiner Frau (2007), seinem Sohn Uli (2004) und seinem Verleger Rowohlt (2008) gewechselt hat, liegen inzwischen vor, die Familiengeschichte der Ditzens ist in aufwändigen Recherchen zusammengetragen und in einem reichillustrierten Band publiziert worden. Neben diesen Arbeiten war es Klaus-Jürgen Neumärkers Studie zur Krankengeschichte des Schriftstellers (2014) mit den wiederaufgefundenen Krankenakten aus der Provizialheilanstalt Stralsund, aus der Charité und dem West-Sanatorium, die das Fallada-Bild in den vergangenen Jahren wohl am stärksten akzentuiert hat.

Wie lebendig Schriftsteller und Werk im Bewusstsein der Gegenwart sind, lässt sich nicht zuletzt an diesem regen Forschungsinteresse ablesen. Auf all diese Recherchen konnte sich die Darstellung von Falladas Leben im vorliegenden Buch stützen. Zusammen mit dem Archivmaterial, das bisher nicht ausgewertet wurde oder nicht zugänglich war – zu Letzterem gehören die Briefe, die Fallada während seiner Zeit beim Reichsarbeitsdienst schrieb –, bilden sie die Grundlage für das Vorhaben, das Leben des Schriftstellers dicht entlang der Quellen zu schildern.

Dabei haben mich zahlreiche Personen und Institutionen unterstützt. Ihnen gilt mein Dank, an erster Stelle Achim Ditzen für die Erlaubnis, das komplette biographische Material einsehen zu dürfen, und Erika Becker vom Hans-Fallada-Archiv für viele Anregungen, Hinweise und ihre Aufgeschlossenheit für dieses Unternehmen. Für seine Gastfreundschaft danke ich Stefan Knüppel vom Hans-Fallada-Museum in Carwitz, für Auskünfte Joachim Artz, Birgit Dahlke, Helmut Eikermann, Jürgen Geyer,

Winfried Langner, Jürgen Manthey und Michael Töteberg. Darüber hinaus danke ich den Mitarbeitern des Deutschen Literaturarchivs in Marbach, der Stiftung Archiv der Akademie der Künste in Berlin, des Deutschen Rundfunkarchivs in Potsdam-Babelsberg, des Pfarrarchivs in Neudietendorf, der Deutschen Dienststelle (WASt) und des Berliner Bundesarchivs für die Bereitstellung von Unterlagen. Mein Dank gilt Katarzyna Zorn und Hendrik Röder vom Brandenburgischen Literaturbüro, die das Entstehen der Biographie begleitet haben. Ich danke Nele Holdack vom Aufbau Verlag, die das Buch angeregt und sachkundig lektoriert hat.

EDITORISCHE NOTIZ

Eine große Anzahl der benutzen Archivmaterialien wird hier zum ersten Mal publiziert. Das betrifft Erinnerungen eines Mitschülers des jungen Rudolf Ditzen in Leipzig (1910/11) und von Zeitgenossen an den Gutseleven in Posterstein (1913–1915). Sie stammen aus dem bisher kaum erschlossenen Nachlass des Fallada-Neffen Horst Bechert, der zum Bestand des Deutschen Literaturarchivs in Marbach gehört. Dort befindet sich auch die Korrespondenz mit Siegfried Kracauer und Will Vesper, die erstmals für die Arbeit an diesem Buch genutzt werden konnte. Ebenfalls unveröffentlicht sind die zitierten Gedichte aus dem in Privatbesitz befindlichen Manuskript »Gestalten und Bilder« sowie zahlreiche Briefe und Briefpassagen aus allen Lebensphasen Falladas, darunter der biographisch aufschlussreiche Brief an die Schwester Elisabeth von 1921 (vgl. Neuntes Kapitel). Auch konnte der jetzt erst zugänglich gemachte umfangreiche Ehebriefwechsel aus der Zeit beim Reichsarbeitsdienst ausgewertet werden. Nicht weniger interessant ist die Perspektive von Falladas Frau Suse auf die geschilderten Ereignisse, besonders auf die Zeit der Trennung von ihrem Mann und seinen Tod, wie sie in ihren hier erstmals veröffentlichten Notizen für die Briefe an den Arzt Johannes Hecker (1945) und an die Familie Hörig (1947) anschaulich wird. Die Aufzeichnungen von Günter Caspar waren im Hinblick auf die Korrespondenz mit damals noch lebenden Zeitzeugen und auf später verlorengegangene Brieftexte aus dem Fallada-Nachlass aufschlussreich. Alle letztgenannten Materialien befinden sich im Hans-Fallada-Archiv in Carwitz.

Die Wiedergabe der Zitate entspricht den jeweiligen Vorlagen, offenkundige Schreibfehler wurden korrigiert.

Der Abdruck der Abbildungen, unter ihnen eine Reihe bisher unveröffentlichter Fotos, erfolgt mit freundlicher Genehmigung von:

Akademie der Künste, Berlin (Nr. 45; Hans-Fallada-Sammlung und Archiv, Sign. 1)
Archiv Gerhard Kobert, Berlin (Nr. 9)
Archiv Müller-Waldeck, Greifswald (Nr. 48)
Deutsches Literaturarchiv Marbach (Nr. 2, 3, 5, 25, 52, 53, 57)
Hans-Fallada-Archiv, Carwitz (Nr. 1, 4, 6, 11, 12, 15–23, 26 bis 38, 43, 44, 47, 54–56, 58)
Hans-Fallada-Archiv, Carwitz/Dr. Jürgen Geyer (Nr. 14)
Landesarchiv Thüringen – Staatsarchiv Rudolstadt (Nr. 8)
SLUB – Dresden (Nr. 24)
Stadtarchiv Rudolstadt (Nr. 7; Bildarchiv BGi 20/95)
ullstein bild – Imagno Votava (Nr. 49)

Die übrigen Abbildungen stammen aus dem Archiv des Aufbau Verlags. Das Foto von Suse 1989 entstand im Rahmen des Langzeitprojektes »Zeitenwenden« von Bernd Lasdin.

LESEPROBE

»Dass das Original jetzt zu lesen ist, ist großartig.« F.A.S.
Hans Fallada
Roman
Kleiner Mann – was nun?
atb
Erstmals in der Originalfassung

Pinneberg erfährt etwas Neues über Lämmchen und fasst einen großen Entschluss

Es ist fünf Minuten nach vier. Pinneberg hat das eben festgestellt. Er steht, ein nett aussehender, blonder junger Mann, vor dem Haus Rothenbaumstraße 24 und wartet.

Also es ist fünf Minuten nach vier, und auf drei viertel vier ist Pinneberg mit Lämmchen verabredet. Pinneberg hat die Uhr wieder eingesteckt und sieht erst auf ein Schild, das am Eingang des Hauses Rothenbaumstraße 24 angemacht ist. Er liest:

Dr. Sesam
Frauenarzt
Sprechstunden 9–12 und 4–6

Eben! Und nun ist es doch wieder fünf Minuten nach vier. Wenn ich mir eine Zigarette anbrenne, kommt Lämmchen natürlich sofort um die Ecke. Lass ich es also. Heute wird es schon wieder teuer genug.

Er sieht von dem Schild fort. Die Rothenbaumstraße hat nur eine Häuserreihe, jenseits des Fahrdamms, jenseits eines Grünstreifens, jenseits des Kais fließt die Strela, hier schon hübsch breit, kurz vor ihrer Einmündung in die Ostsee. Ein frischer Wind weht herüber, die Büsche nicken mit ihren Zweigen, die Bäume rauschen ein wenig.

So müsste man wohnen können, denkt Pinneberg. Sicher hat dieser Sesam sieben Zimmer. Muss ein klotziges Geld verdienen. Er wird Miete zahlen … zweihundert Mark? Dreihundert Mark? Ach was, ich habe keine Ahnung. – Zehn Minuten nach vier!

Pinneberg greift in seine Tasche, holt aus dem Etui eine Zigarette und brennt sie an.

Um die Ecke weht Lämmchen, im plissierten weißen Rock, der Rohseidenbluse, ohne Hut, die blonden Haare verweht.

»Tag, Junge. Es ging wirklich nicht eher. Die Burmeister war heute besonders ulkig. Böse?«

»Keine Spur. Nur, wir werden endlos sitzen müssen. Es sind mindestens dreißig Leute reingegangen, seit ich warte.«

»Sie werden ja nicht alle zum Doktor gegangen sein. Und dann sind wir ja angemeldet.«

»Siehst du, dass es richtig war, dass wir uns angemeldet haben?!«

»Natürlich war es richtig. Du hast ja immer recht, Junge.« Und vor der Entreetür nimmt sie seinen Kopf zwischen beide Hände und küsst ihn stürmisch. »O Gott, bin ich glücklich, dass ich dich mal wieder habe, Junge. Denke doch, beinahe vierzehn Tage!«

»Ja, Lämmchen«, antwortet er. »Ich bin auch nicht mehr brummig.«

Die Tür geht auf, und im halbdunklen Flur steht ein weißer Schemen vor ihnen, bellt: »Die Krankenscheine!«

»Lassen Sie einen doch erst mal rein«, sagt Pinneberg und schiebt Lämmchen vor sich her. »Übrigens sind wir privat. Ich bin angemeldet. Pinneberg ist mein Name.«

Auf das Wort »privat« hin hebt der Schemen die Hand und schaltet das Licht auf dem Flur ein: »Herr Doktor kommt sofort. Einen Augenblick, bitte. Bitte dort hinein.«

Sie gehen auf die Tür zu und kommen an einer anderen, halb offenstehenden vorbei. Das ist wohl das gewöhnliche Wartezimmer, und in ihm scheinen die dreißig zu sitzen, die Pinneberg an sich vorbeikommen sah. Alles schaut auf die beiden, und ein Stimmengewirr erhebt sich: »So was gibt's nicht!« – »Wir warten schon länger!« – »Wozu zahlen wir unsere Kassenbeiträge?« – »Und mehr als solche feinen Pinkels!«

Die Schwester tritt in die Tür: »Seien Sie bloß man ruhig!

Herr Doktor wird ja gestört. Was Sie denken, ist nicht, das ist der Schwiegersohn von Herrn Doktor mit seiner Frau. Nicht wahr?«

Pinneberg lächelt geschmeichelt, Lämmchen strebt der anderen Tür zu. Einen Augenblick ist Stille.

»Nu bloß schnell«, flüstert die Schwester und schiebt Pinneberg vor sich her. »Diese Kassenpatienten sind zu gewöhnlich. Was die Leute sich einbilden für das bisschen Geld, das die Kasse zahlt ...«

Die Tür fällt zu, der Junge und Lämmchen sind im roten Plüsch.

»Das ist sicher sein Privatsalon«, sagt Pinneberg. »Wie gefällt dir das? Schrecklich altmodisch, finde ich.«

»Mir war es grässlich«, sagt Lämmchen. »Wir sind doch sonst auch Kassenpatienten. Da hört man mal, wie die beim Arzt über uns reden.«

»Warum regst du dich auf?«, fragt er. »Das ist doch so. Mit uns kleinen Leuten machen sie, was sie wollen ...«

»Es regt mich aber auf ...«

Die Tür öffnet sich, eine andere Schwester kommt. »Herr und Frau Pinneberg bitte? Herr Doktor lässt noch um einen Augenblick Geduld bitten. Wenn ich unterdes die Personalien aufnehmen dürfte?«

»Bitte«, sagt Pinneberg und wird gleich gefragt: »Wie alt?«

»Dreiundzwanzig.«

Und nun geht es weiter: »Vorname: Johannes.« – Nach einem Stocken: »Buchhalter.«

Und glatter: »Immer gesund gewesen. Die üblichen Kinderkrankheiten, soviel ich weiß, beide gesund.« Wieder stockend: »Ja, die Mutter lebt noch. Der Vater nicht mehr, nein. Kann ich nicht sagen, woran er gestorben ist.«

Und Lämmchen:

»Zweiundzwanzig – Emma.«

Jetzt zögert sie: »Geborene Mörschel. – Stets gesund, beide Eltern am Leben, beide gesund.«

»Also einen Augenblick noch. Herr Doktor ist sofort frei.«

»Wozu das alles nötig ist«, brummt er, nachdem die Tür wieder zufiel. »Wo wir doch nur ...«

»Gerne hast du es nicht gesagt: Buchhalter.«

»Und du nicht das mit der geborenen Mörschel!« Er lacht. »Emma Pinneberg, genannt Lämmchen, geborene Mörschel. Emma Pinne...«

»Bist du stille! O Gott, Junge, ich müsste noch einmal ganz unbedingt. Hast du eine Ahnung, wo das hier ist?«

»Also das ist doch immer dieselbe Geschichte mit dir ... Statt dass du das vorher ...«

»Aber ich bin, Junge. Ich bin wirklich. Noch auf dem Rathausmarkt. Für einen ganzen Groschen. Aber wenn ich aufgeregt bin ...«

»Also Lämmchen, nimm dich doch einen Augenblick zusammen. Wenn du wirklich eben erst ...«

»Junge, ich muss ...«

»Ich bitte«, sagt eine Stimme. In der Tür steht Doktor Sesam, der berühmte Doktor Sesam, von dem die halbe Stadt und die viertel Provinz flüstern, dass er ein weites Herz hat, manche sagen auch: ein gutes Herz. Jedenfalls hat er eine volkstümliche Broschüre über sexuelle Probleme verfasst, und darum hat Pinneberg den Mut gehabt, ihm zu schreiben und sich und Lämmchen anzumelden.

Dieser Doktor Sesam steht also in der Tür und sagt: »Ich bitte.«

Pinneberg sieht ihn scheu von der Seite an, als er vorbeigeht: Ein Mann, der jeden Tag mit solchen Dingen zu tun haben darf, zu dem alle Frauen kommen.

Lämmchen denkt: Wie ein netter Papa sieht er aus, wie ein guter, aber müder Papa. Ich ließe ihn mal ausschlafen.

»Sie haben mir geschrieben, Herr Pinneberg«, sagt der Doktor und sucht auf seinem Schreibtisch nach dem Brief. »Sie können noch keine Kinder brauchen, weil das Geld nicht reicht.«

»Ja«, sagt Pinneberg und ist schrecklich verlegen.

»Machen Sie sich immer schon ein bisschen frei«, sagt der Arzt zu Lämmchen und fährt dann fort: »Und nun möchten Sie einen ganz sicheren Schutz wissen. Ja, einen ganz sicheren ...« Er lächelt skeptisch durch seine goldene Brille.

»Ich habe in Ihrem Buch gelesen«, sagt Pinneberg, »diese Pessoirs ...«

»Diese Pessare«, sagt der Arzt, »ja, aber sie passen nicht für jede Frau. Und dann ist es ja immer etwas umständlich. Ob Ihre Frau das Geschick hat ...«

Er sieht zu ihr hoch. Sie hat sich ein bisschen ausgezogen, nur so angefangen, die Bluse und den Rock, mit ihren schlanken Beinen steht sie sehr groß da. Ihre Schultern sind so kräftig und breit. »Nun, gehen wir einmal rüber«, sagt der Arzt. »Die Bluse hätten wir dazu nun nicht auszuziehen brauchen, kleine junge Frau.«

Lämmchen wird ganz rot.

»Nun lassen Sie sie jetzt liegen. Kommen Sie. Einen Augenblick, Herr Pinneberg.«

Die beiden gehen in das Nebenzimmer. Pinneberg sieht ihnen nach. Der ganze Doktor Sesam reicht Lämmchen nicht bis an die Schultern, und so in Schlüpfern sieht Lämmchen auch noch besonders groß aus. Pinneberg findet wieder, sie sieht herrlich aus, das beste Mädchen von der Welt, das einzige überhaupt. Er arbeitet in Ducherow und sie hier in Platz, er sieht sie höchstens alle vierzehn Tage, und so ist sein Entzücken immer frisch und sein Appetit über alles Begreifen.

Nebenan hört man den Arzt ab und zu halblaut etwas fragen, gegen einen Schalenrand klappert ein Instrument, das Geräusch kennt man vom Zahnarzt, es ist kein angenehmes Geräusch.

Nun fährt er zusammen, diese Stimme von Lämmchen kennt er noch nicht – sie sagt ganz laut, fast schreiend, so hell: »Nein, nein, nein!« Und noch einmal: »Nein!« Und dann ganz leise, aber er hört es doch: »O Gott.«

Pinneberg macht drei Schritte gegen die Tür – was ist das? was kann da sein? –, aber nun spricht der Arzt wieder, nichts zu verstehen, und jetzt klappert wieder das Instrument.

Und dann lange Stille.

Es ist ein Hochsommertag, etwa Mitte Juli, herrlichster Sonnenschein. Der Himmel draußen ist dunkelblau, ins Fenster reichen ein paar Zweige, sie bewegen sich im Seewind. Das ist ein altes Lied aus Pinnebergs Kinderzeit:

Wehe-Wind, Puste-Wind,
Nimm den Hut nicht meinem Kind!
Puste-Wind, Wehe-Wind –
Sei gelind zu meinem Kind.

Die im Wartezimmer reden. Denen wird die Zeit auch lang. Eure Sorgen möcht ich haben. Eure Sorgen …

Die beiden kommen wieder. Pinneberg wirft einen Blick auf Lämmchen, sie hat so große Augen, wie von einem Schreck erweitert. Sie ist blass, aber nun lächelt sie ihm zu, kümmerlich erst, und dann breitet sich das Lächeln voll aus und wird immer stärker und blüht auf …

Der Arzt steht in der Ecke, er wäscht sich die Hände. Schräg schaut er hinüber zu Pinneberg. Dann sagt er eilig: »Ein bisschen zu spät, Herr Pinneberg, mit der Verhütung. Die Tür ist zu. Ich denke Anfang des zweiten Monats.«

Pinneberg ist ohne Atem. Dann sagt er: »Herr Doktor, das ist unmöglich! Wir haben so aufgepasst. Ganz unmöglich ist das. Sag doch selbst, Lämmchen.«

»Junge!«, sagt sie. »Junge …«

»Es ist so«, sagt der Arzt. »Ein Zweifel ist gar nicht möglich. Und glauben Sie mir, Herr Pinneberg, ein Kind ist für jede Ehe immer gut.«

»Herr Doktor«, sagt Pinneberg, und seine Lippe zittert. »Herr Doktor, ich verdiene im Monat hundertachtzig Mark! Ich bitte Sie, Herr Doktor …!«

Doktor Sesam sieht schrecklich müde aus. Was jetzt kommt, das kennt er, das hört er am Tage dreißigmal.

»Nein«, sagt er. »Nein. Kommt überhaupt nicht in Frage. Sie sind beide gesund. Und Ihr Einkommen ist gar nicht schlecht. Gar – nicht – schlecht.«

»Herr Doktor …!«, sagt Pinneberg fieberhaft.

Hinter ihm steht Lämmchen und streicht ihm über die Haare. »Lass, Junge, lass. Es wird schon gehen.«

»Aber es ist ganz unmöglich …«, bricht Pinneberg aus und wird still. Die Schwester ist hereingekommen.

»Herr Doktor werden am Apparat verlangt.«

»Sie sehen«, sagt der Arzt. »Passen Sie auf, Sie freuen sich noch. Und wenn das Kind da ist, kommen Sie sofort zu mir. Dann machen wir das mit der Verhütung. Verlassen Sie sich nicht aufs Nähren. Also denn … Mut, junge Frau!« Er schüttelt Lämmchen die Hand.

»Ich möchte gleich …«, sagt Pinneberg und fasst nach seinem Portemonnaie.

»Ach ja«, sagt der Arzt, schon in der Tür, und sieht die beiden noch einmal an, schätzend. »Na, fünfzehn Mark, Schwester.«

»Fünfzehn …«, sagt Pinneberg gedehnt und sieht die Tür an. Doktor Sesam ist schon fort. Er holt umständlich einen Zwanzigmarkschein hervor, schaut mit gerunzelter Stirn zu, wie die Quittung ausgeschrieben wird, und nimmt sie in Empfang.

Seine Stirn hellt sich etwas auf: »Ich bekomme das von der Krankenkasse wieder, nicht wahr?«

»Doch nicht«, sagt die Schwester. »Schwangerschaftsdiagnosen erstatten die Kassen nicht.«

»Komm, Lämmchen«, sagt er.

Sie steigen langsam die Treppe hinunter. Auf einem Absatz bleibt Lämmchen stehen und nimmt seine Hand zwischen die ihren. »Sei nicht so traurig, bitte nicht! Es wird schon gehen.«

»Ja. Ja«, sagt er, tief in Gedanken.

Sie gehen ein Stück Rothenbaumstraße, dann biegen sie in die Hohe Straße ein. Hier sind viele Häuser und Menschen, Autos fahren in Rudeln, die Abendzeitungen sind schon da, niemand achtet auf die beiden.

»Gar kein schlechtes Einkommen, sagt der, und nimmt mir fünfzehn Mark ab von meinen hundertachtzig. Solch Räuber.«

»Ich schaffe es schon«, sagt Lämmchen. »Ich schaffe es schon.«

»Ach du«, sagt er.

Von der Hohen Straße biegen sie in den Krümperweg ein, still ist das plötzlich hier.

Lämmchen sagt: »Jetzt versteh ich manches.«

»Wieso?«, fragt er.

»Ach nichts, nur dass mir morgens immer schlecht ist. Und es war überhaupt so komisch ...«

»Aber du musst es doch an der Regel gemerkt haben.«

»Ich hab doch immer gedacht, die kommt noch. Wer denkt das nicht ...«

»Vielleicht hat er sich geirrt!«

»Nein. Das glaube ich nicht. Es stimmt schon.«

»Aber möglich ist es doch, dass er sich geirrt hat?«

»Nein, ich glaube ...«

»Bitte, höre doch nur zu, was ich sage! Möglich ist es doch!?«

»Möglich ... möglich ist alles.«

»Also vielleicht kommt morgen schon die Regel. Dann schreib ich dem aber einen Brief ...!« Er versinkt in Gedanken, er schreibt einen Brief.

Auf den Krümperweg folgt die Hebbelstraße, die beiden gehen fein bedachtsam durch den Sommernachmittag, in dieser Straße stehen schöne Ulmen.

»Meine fünfzehn Mark verlang ich dann aber auch zurück«, sagt Pinneberg plötzlich.

Lämmchen antwortet nicht. Sie tritt kräftig auf, mit der ganzen Breite des Schuhs, und sie sieht genau, wohin sie tritt, es ist alles so anders ...

»Wohin gehen wir eigentlich?«, fragt er plötzlich.

»Ich muss noch mal nach Haus«, sagt Lämmchen. »Ich habe Mutter nichts gesagt, dass ich wegbleibe.«

»Auch das noch!«, sagt er.

»Schimpf nicht, Junge«, bittet sie. »Ich konnte es doch gar

nicht, wo du heute Vormittag erst im Geschäft angerufen hast. Aber ich will sehen, dass ich um halb neun noch mal runterkomme. Mit welchem Zug willst du fahren?«

»Um halb zehn.«

»Dann bring ich dich zur Bahn.«

»Und sonst nichts«, sagt er. »Sonst wieder mal nichts. Ein Leben ist das …«

Die Lütjenstraße ist eine richtige Arbeiterstraße, immer wimmelt es von Kindern da, man kann keinen richtigen Abschied nehmen.

»Nimm es nicht so schwer, Junge«, sagt sie und gibt ihm die Hand. »Ich schaff es schon.«

»Jaja«, sagt er und versucht zu lächeln. »Du bist Trumpfass, Lämmchen, und stichst alles.«

»Und um halb neun bin ich unten. Bestimmt.«

»Und keinen Kuss jetzt?«

»Es geht wirklich nicht, es wird gleich weitergetratscht. Tapfer, tapfer.«

Sie sieht ihn an.

»Also gut, Lämmchen«, sagt er. »Nimm du es auch nicht so schwer. Irgendwie wird es ja werden …«

»Natürlich«, sagt sie. »Ich verlier den Mut nicht. Tjüs derweile.«

Sie huscht schnell die dunkle Treppe hinauf, ihr Stadtköfferchen schlägt gegen das Geländer: klapp – klapp – klapp …

Pinneberg sieht den hellen Beinen nach. Dreihundertsiebenundachtzigmal, sechstausendfünfhundertzweiunddreißigmal ist ihm Lämmchen diese gottverdammte Treppe hinauf entschwunden.

»Lämmchen!«, brüllt er. »Lämmchen!«

»Ja?«, fragt sie von oben und sieht über das Geländer.

»Einen Augenblick«, ruft er. Er stürmt die Treppe hinauf, er steht atemlos vor ihr, er fasst sie bei den Schultern. »Lämmchen!«, sagt er und keucht vor Aufregung und Atemnot. »Emma Mörschel! Wie, wenn wir uns heiraten würden?«